Título original: *Shaman*

Traducción: Elsa Mateo

1.ª edición: octubre 2005
1.ª reimpresión: enero 2006
2.ª reimpresión: enero 2006
3.ª reimpresión: marzo 2006

© 1992 Noah Gordon
© Ediciones B, S.A., 2005
   para el sello Zeta Bolsillo
   Bailén, 84 - 08009 Barcelona (España)
   www.edicionesb.com

Printed in Spain
ISBN: 84-96546-42-X
Depósito legal: B. 16.065-2006

Impreso por LIBERDÚPLEX, S.L.
Ctra. BV 2249 Km 7,4 Polígono Torrentfondo
08791 - Sant Llorenç d'Hortons (Barcelona)

CHAMÁN

NOAH GORDON

*Este libro está dedicado con amor
a Lorraine Gordon, Irving Cooper,
Cis y Ed Plotkin, Charlie Ritz,
y a la querida memoria de Isa Ritz.*

PRIMERA PARTE

EL REGRESO A CASA

22 DE ABRIL DE 1864

1

Triquitraque

El *Spirit of Des Moines* había enviado sus señales a medida que se acercaba a la estación de Cincinnati en medio del fresco del amanecer. Primero Chamán las detectó como un delicado temblor que apenas se percibía en el andén de madera de la estación, después como un acusado estremecimiento que notó claramente, y por fin como una sacudida. De repente el monstruo apareció con su olor a metal caliente, grasa y vapor, corriendo hacia él entre la tenebrosa media luz grisácea, con sus accesorios de latón resplandecientes en su cuerpo negro de dragón, sus poderosos pistones como brazos en movimiento, arrojando una nube de humo pálido que se elevaba hacia el cielo como el chorro de una ballena, y que luego fue arrastrándose y avanzando lentamente en jirones deshilachados mientras la locomotora se deslizaba hasta detenerse.

En el interior del tercer vagón sólo había algunos asientos de madera desocupados, y Chamán se acomodó en uno de ellos mientras el tren vibraba y reanudaba la marcha. Los trenes aún eran una novedad, pero suponían viajar con demasiada gente. A él le gustaba montar a caballo, solo, concentrado en sus pensamientos. El largo vagón iba atestado de soldados, viajantes de comercio, granjeros y un repertorio de mujeres con niños y sin ellos. El llanto de los niños no le molestaba en absoluto, por supuesto; pero el vagón estaba impregnado de una mezcla de olor a calcetines sucios, pañales cagados, mal:

digestiones, cuerpos sudorosos, y el aire viciado por el humo de cigarros y pipas. La ventanilla parecía un desafío, pero él era grande y fuerte, y por fin logró levantarla, cosa que pronto resultó un error. Tres vagones más adelante, la alta chimenea de la locomotora despedía, además de humo, una mezcla de hollín, carbonilla, encendida y apagada, y cenizas, que empujada hacia atrás por la velocidad del tren, en parte logró entrar por la ventanilla abierta. Muy pronto una brasa empezó a quemar el abrigo nuevo de Chamán. Entre toses y murmullos de exasperación cerró la ventanilla de golpe y se sacudió el abrigo hasta que la chispa quedó apagada.

Al otro lado del pasillo, una mujer lo miró sonriente. Tenía unos diez años más que él e iba vestida con ropas elegantes pero adecuadas para viajar: un vestido de lana gris con falda desprovista de miriñaque, con adornos de lino azul que hacían resaltar su pelo rubio. Se miraron durante un instante antes de que la mujer volviera a fijar la vista en el encaje de hilo que tenía en el regazo. Chamán se alegró de apartar la mirada de ella; el luto no era una buena época para disfrutar de los juegos entre hombres y mujeres.

Se había llevado consigo un libro nuevo e importante para leer, pero cada vez que intentaba concentrarse en él, su padre se apoderaba de sus pensamientos.

El revisor logró bajar por el pasillo hasta quedar detrás de él, y Chamán sólo se enteró de su presencia cuando el hombre le tocó el hombro con la mano. Sorprendido, levantó la vista y vio una cara colorada. El revisor lucía un bigote acabado en dos puntas enceradas, y su barba rojiza empezaba a encanecer; a Chamán le gustó porque dejaba la boca claramente visible.

—¿Es sordo, señor? —dijo el hombre en tono jovial—. Le he pedido el billete tres veces.

Chamán le sonrió, tranquilo porque ésta era una situación a la que se había enfrentado una y otra vez durante toda su vida.

—Sí. Soy sordo —dijo mientras le entregaba el billete.

Contempló la pradera que se extendía al otro lado de la ventanilla, pero no era algo que mantuviera su atención. Había cierta monotonía en el terreno, y además las cosas pasaban tan rápidamente junto al tren que apenas tenían tiempo de quedar registradas en su conciencia antes de desaparecer. La mejor manera de viajar era a pie o a caballo; si uno llegaba a un sitio y tenía hambre o necesitaba mear, simplemente podía entrar y satisfacer sus necesidades. Cuando uno llegaba en tren a ese tipo de lugar, éste desaparecía en un abrir y cerrar de ojos.

El libro que había llevado consigo se titulaba *Bosquejos de hospital*. Estaba escrito por una mujer de Massachusetts llamada Alcott, que había estado atendiendo a los heridos desde el principio de la guerra, y su descripción del sufrimiento y las terribles condiciones de los hospitales del ejército estaba armando revuelo en los círculos médicos. Leerlo empeoraba las cosas, porque le hacía imaginar el sufrimiento que debía de estar soportando su hermano Bigger, que había desaparecido en combate como explorador de los confederados. Aunque en realidad, reflexionó, Bigger no estaba entre los muertos anónimos. Esa clase de pensamiento lo condujo directamente hasta su padre por un camino de asfixiante congoja, y empezó a mirar a su alrededor con desesperación.

Cerca de la parte delantera del vagón, un niño flaco empezó a vomitar; su madre, pálida, iba sentada entre montones de bultos junto a otros tres niños, y se levantó de un salto para sostenerle la frente y evitar que el chico manchara sus pertenencias. Cuando Chamán se acercó, ella ya había empezado la desagradable tarea de limpiar el vómito.

—Tal vez pueda ayudar al niño. Soy médico.

—No tengo dinero para pagarte.

Él no hizo caso de las palabras de la mujer. El chico sudaba debido al ataque de náusea, pero estaba frío al tacto. No tenía las glándulas inflamadas y sus ojos parecían bastante brillantes.

En respuesta a sus preguntas, ella dijo que era la esposa de Jonathan Sperber. De Lima, Ohio. Iba a reunirse con su esposo, que trabajaba en una granja con otros cuáqueros de Springdale, a ochenta kilómetros al oeste de Davenport. El paciente era Lester, de ocho años, y ya empezaba a recuperar el color. Aunque débil, no parecía gravemente enfermo.

—¿Qué ha comido?

De una grasienta bolsa de harina sacó de mala gana una salchicha casera. Estaba verde, y la nariz de Chamán confirmó lo que le mostraban sus ojos. Jesús.

—Mmmm... ¿Le dio de comer lo mismo a los otros niños?

Ella asintió, y Chamán observó a los otros niños con respeto por su digestión.

—Bueno, no puede seguir dándoles esto. Está muy pasada.

La boca de la mujer se convirtió en una línea recta.

—No tanto. Está bien salada, y las hemos comido peores. Si estuviera tan mala, los otros niños estarían enfermos, y yo también.

Él conocía demasiado bien a los granjeros de cualquier creencia religiosa y supo captar lo que ella estaba diciendo realmente: esa salchicha era todo lo que había; o comían salchicha pasada o no comían nada. Asintió y regresó a su asiento. Llevaba su comida en una cornucopia hecha con hojas del *Cincinnati Commercial*: tres bocadillos enormes de carne magra de vaca con pan negro, una tarta de mermelada de fresa y dos manzanas con las que hizo juegos malabares para hacer reír a los niños. Cuando le dio la comida a la señora Sperber, ella abrió la boca como si fuera a protestar, pero enseguida la cerró. La esposa de un granjero debe poseer una considerable dosis de realismo.

—Te lo agradecemos, amigo —dijo.

Al otro lado del pasillo, la mujer rubia los observaba; Chamán intentó concentrarse otra vez en el libro cuando regresó el revisor.

—Oye, ahora caigo en la cuenta de que te conozco. Eres el hijo del doctor Cole, del otro lado de Holden's Crossing. ¿Correcto?

—Correcto. —Chamán comprendió que lo había identificado gracias a la sordera.

—Tú no me recuerdas. Me llamo Frank Fletcher. Solía cultivar maíz en el camino de Hooppole. Tu padre atendió a los siete miembros de mi familia durante más de seis años hasta que lo vendí todo y me uní al ferrocarril, y nos mudamos a East Moline. Recuerdo que no eras más que una criatura, y a veces ibas con él, montado en la grupa del caballo, agarrado a tu padre desesperadamente.

Las visitas a domicilio habían sido la única forma que su padre tenía de estar con sus hijos, y a ellos les encantaba acompañarlo.

—Ahora lo recuerdo —le dijo a Fletcher—. Y recuerdo su casa. Una casa blanca, de madera, un establo rojo con tejado de estaño. La casa original de paja la utilizaban de almacén.

—Exacto, así es. A veces lo acompañabas tú, a veces tu hermano..., ¿cómo se llama?

Bigger.

—Alex. Mi hermano Alex.

—Sí. ¿Dónde está ahora?

—En el ejército. —No aclaró en cuál.

—Por supuesto. ¿Tú estudias para ser sacerdote? —preguntó el revisor al tiempo que miraba el traje negro que veinticuatro horas antes colgaba de una percha de Seligman's Store, en Cincinnati.

—No, yo también soy médico.

—¡Santo cielo! Pareces demasiado joven.

Sintió que sus labios se tensaban, porque la cuestión de la edad era más difícil de resolver que la de la sordera.

—Tengo edad suficiente. He estado trabajando en un hospital de Ohio. Señor Fletcher..., mi padre murió el jueves.

La sonrisa del hombre se desvaneció tan lenta y completamente que no quedó duda de la intensidad de su tristeza.

—Vaya. Estamos perdiendo a los mejores, ¿no? ¿Por la guerra?

—Estaba en casa en ese momento. El telegrama decía que fue la fiebre tifoidea.

El revisor sacudió la cabeza.

—¿Querrás decirle a tu madre que la recordaremos en nuestras oraciones?

Chamán le dio las gracias y dijo que su madre lo agradecería.

—¿En alguna de las estaciones subirá algún vendedor ambulante?

—No. Todo el mundo se trae su comida. —El hombre lo miró con expresión preocupada—. No tendrás la posibilidad de comprar absolutamente nada hasta que hagas el transbordo en Kankakee. Dios mío, ¿no te lo dijeron cuando compraste el billete?

—Oh, sí, no hay problema. Sólo era curiosidad.

El revisor se tocó el borde de la gorra y se marchó. En ese momento, la mujer que estaba en el otro extremo del pasillo se estiró hasta el portaequipaje para coger un cesto de tamaño considerable de varillas de roble, y dejó a la vista una atractiva figura desde el pecho hasta los muslos. Chamán atravesó el pasillo y le bajó el cesto.

La mujer le sonrió.

—Debe compartir mi comida —dijo en tono firme—. Como ve, tengo para alimentar un ejército.

Él mostró su desacuerdo, pero admitió que tal vez la comida alcanzara para un pelotón. Pocos minutos después estaba comiendo pollo asado, tarta de calabaza y pastel de patata. El señor Fletcher, que había vuelto con un aplastado bocadillo de jamón que había pedido en algún sitio para Chamán, mostró una amplia sonrisa y afirmó que el doctor Cole era más eficaz para conseguir alimento que el ejército del Potomac, y volvió a marcharse con la declarada intención de comerse el bocadillo.

Chamán comió más de lo que habló, avergonzado y sorprendido por su apetito a pesar de la aflicción. La mujer habló más de lo que comió. Se llamaba Martha McDonald. Su esposo, Lyman, era agente de ventas en Rock Island de la firma American Farm Implements Co. La mujer expresó sus condolencias por la pérdida sufrida por Chamán. Cuando ella le sirvió la comida, las rodillas de ambos se rozaron, y la sensación fue agradable. Hacía tiempo que se había dado cuenta de que muchas mujeres reaccionaban ante su sordera con rechazo o con excitación. Tal vez las del último grupo se sentían estimuladas por el prolongado contacto visual; él no apartaba los ojos de ellas mientras hablaban, para poder leer el movimiento de sus labios.

Chamán no se hacía ilusiones con respecto a su apariencia. No era apuesto pero sí alto y nada torpe, rezumaba la energía de la joven masculinidad y una excelente salud, y sus facciones regulares y los penetrantes ojos azules que había heredado de su padre al menos lo hacían atractivo. En todo caso, nada de esto importaba con respecto a la señora McDonald. Tenía por norma —tan inquebrantable como la necesidad de lavarse bien las manos antes y después de una consulta— no enredarse jamás con una mujer casada. En cuanto logró hacerlo sin añadir agravio al rechazo, le dio las gracias por la fantástica comida y regresó al otro extremo del pasillo.

Pasó la mayor parte de la tarde concentrado en su libro. Louisa Alcott escribía sobre operaciones realizadas sin agentes que evitaran el dolor de la incisión, de hombres que morían a causa de heridas infectadas en hospitales rebosantes de mugre y putrefacción. La muerte y el sufrimiento nunca dejaban de entristecerlo, pero el dolor inútil y la muerte innecesaria lo enloquecían.

A última hora de la tarde, el señor Fletcher se acercó y anunció que el tren avanzaba a setenta kilómetros por hora, más rápido que un caballo de carreras... ¡y sin cansarse! Un telegrama le había comunicado la muerte de su padre la mañana después de que ocurriera. Chamán pensó sorprendido que el mundo se precipitaba hacia una era de transporte veloz y comunicación más veloz aún, de nuevos hospitales y métodos de tratamiento, de cirugía sin dolor. Cansado de pensamientos serios, se dedicó a desnudar secretamente a Martha McDonald con la mirada y pasó una agradable y cobarde media hora imaginando un reconocimiento médico que se convertía en seducción, la más segura e inofensiva violación de su juramento hipocrático.

El entretenimiento no duró mucho. ¡Papá! Cuando más cerca estaba de su casa, más difícil le resultaba enfrentarse a la realidad. Se le llenaron los ojos de lágrimas. Un médico de veintiún años no debía llorar en público. Papá... La noche cayó varias horas antes de hacer el transbordo en Kankakee. Finalmente, apenas once horas después de haber salido de Cincinnati, el señor Fletcher anunció la llegada a la estación:

—¡Ro-o-ock I-I-Isla-and!

La estación era un oasis de luz. En cuanto bajó del tren, Chamán vio a Alden, que lo esperaba bajo una de las lámparas de gas. El jornalero le palmeó el brazo y le ofreció una triste sonrisa y un saludo conocido.

—Otra vez en casa, otra vez en casa, triquitraque.

—Hola, Alden. —Se quedaron un momento bajo la luz para conversar—. ¿Cómo se encuentra ella? —preguntó Chamán.

—Bueno, ya sabes. Mierda. Aún no se ha dado cuenta. No ha tenido demasiado tiempo para estar sola, con la gente de la iglesia y el reverendo Blackmer, que se han pasado todo el día en la casa con ella.

Chamán asintió. La inquebrantable piedad de su madre era un tormento para todos ellos, pero si la Primera Iglesia Baptista podía ayudarlos a superar esto, él estaba agradecido.

Alden había supuesto acertadamente que Chamán sólo llevaría una maleta, permitiéndole así utilizar el cabriolé, que tenía buenas ballestas, en lugar del carretón, que no tenía ninguna. El caballo, Boss, era un tordo castrado que a su padre le había gustado mucho; Chamán le acarició el hocico antes de subir a su asiento. Cuando emprendieron el camino, la conversación se volvió imposible porque en la oscuridad no podía ver el rostro de Alden. Alden olía como siempre, a heno, tabaco, lana cruda y whisky. Cruzaron el río Rocky sobre el puente de madera y luego siguieron al trote el camino del noroeste. Chamán no lograba ver el terreno de los lados, pero conocía cada árbol y cada piedra. Algunos tramos eran intransitables porque la nieve casi había desaparecido, y al derretirse se llenaba todo de barro. Después de una hora de viaje, Alden se detuvo en el lugar de siempre para que el caballo descansara, y él y Chamán bajaron y mearon en los pastos húmedos de Hans Buckman y luego caminaron unos minutos para desentumecerse. Pronto estaban cruzando el estrecho puente sobre el río, y el momento más espantoso para Chamán fue cuando aparecieron ante sus ojos la casa y el establo. Hasta ahora no le había resultado extraño que Alden lo recogiera en Rock Island y lo llevara a casa, pero cuando llegaran, papá no estaría allí. Nunca más.

Chamán no fue directamente a la casa. Ayudó a Alden a desenganchar el caballo y lo siguió hasta el granero, donde encendió la lámpara de aceite para poder hablar con él. Alden metió la mano entre el heno y sacó una botella que aún tenía una tercera parte del contenido, pero Chamán sacudió la cabeza.

—¿Te has vuelto abstemio en Ohio?

—No. —Resultaba muy complicado. Él bebía poco, como todos los Cole, pero lo más importante era que mucho tiempo atrás su padre le había explicado que el alcohol mermaba el Don—. Simplemente, no bebo demasiado.

—Sí, eres como él. Pero esta noche deberías hacerlo.

—No quiero que ella lo huela. Ya hemos tenido suficientes problemas sin necesidad de discutir sobre esto. Pero déjala aquí, ¿quieres? Cuando ella se vaya a la cama, vendré y la cogeré mientras voy al retrete.

Alden asintió.

—Ten paciencia con ella —sugirió en tono vacilante—. Sé que puede ser dura, pero... —Se quedó helado de asombro cuando Chamán se acercó y lo rodeó con sus brazos. Ese gesto no formaba parte de la relación entre ambos; los hombres no abrazaban a los hombres. El jornalero palmeó el hombro de Chamán tímidamente. Un momento después, el joven se compadeció de él y apagó la lámpara; luego cruzó el patio oscuro en dirección a la cocina donde, ahora que todos se habían marchado, su madre lo esperaba.

2

La herencia

A la mañana siguiente, aunque el nivel del líquido pardo de la botella de Alden sólo había descendido unos cinco centímetros, a Chamán le latía la cabeza. Había dormido mal; el viejo colchón de cáñamo llevaba años sin que nadie lo estirara y volviera a anudar. Al afeitarse se hizo un corte en la barbilla. A media mañana, nada de todo esto le pareció importante. Su padre había sido enterrado enseguida porque había muerto de fiebre tifoidea, pero el servicio había quedado postergado hasta el regreso de Chamán. El pequeño edificio de la Primera Iglesia Baptista estaba atestado de tres generaciones de pacientes que habían sido atendidos por su padre, personas a las que había tratado de enfermedades, heridas de bala, puñaladas, erupciones en la ingle, huesos rotos y quién sabe cuántas cosas más. El reverendo Lucian Blackmer pronunció el panegírico en tono lo suficientemente cálido para evitar la animosidad de los presentes, pero no tan cálido como para que alguien pudiera tener la impresión de que estaba bien morir como el doctor Robert Judson Cole, sin haber tenido la sensatez de unirse a la verdadera iglesia. La madre de Chamán le había expresado varias veces su gratitud porque, por respeto a ella, el señor Blackmer había permitido que su esposo fuera enterrado en el cementerio de la iglesia.

La casa de los Cole estuvo toda la tarde llena de gente, y

casi todos llevaban platos de asado, relleno de carne, budines y tartas, tanta comida que la ocasión adoptó casi un cariz festivo. Incluso Chamán se sorprendió mordisqueando lonchas frías de corazón asado, su carne preferida. Había sido Makwa-ikwa quien le enseñara a saborearlo; él lo había considerado una exquisitez india, como el perro hervido o la ardilla guisada con las tripas, y se había alegrado al descubrir que muchos de sus vecinos blancos también guisaban el corazón después de matar una vaca o sacrificar un venado. Se estaba sirviendo otra loncha cuando levantó la vista y vio a Lillian Geiger, que cruzaba la estancia con paso resuelto en dirección a su madre. Era mayor y estaba más ajada, pero seguía siendo atractiva; era de su madre de quien Rachel había heredado su belleza. Lillian llevaba puesto su mejor vestido de raso negro, un sobretodo de lino también negro y un chal blanco doblado; la pequeña estrella de David de plata, colgada de una cadena, se balanceaba sobre su hermoso pecho. Notó que ella elegía cuidadosamente a quién saludaba; algunas personas podían hacer de mala gana un saludo cortés a un judío, pero jamás a un norteño simpatizante de los confederados. Lillian era prima de Judah Benjamin, el secretario de estado confederado, y su esposo Jay había abandonado su Carolina del Sur natal al principio de la guerra y se había unido al ejército de la Confederación con dos de sus tres hermanos.

Mientras Lillian avanzaba hacia Chamán, su sonrisa se tensó.

—Tía Lillian —dijo él. Ella no era su tía, pero los Geiger y los Cole habían sido como de la familia cuando él era pequeño, y siempre la había llamado así.

La mirada de ella se suavizó.

—Hola, Rob J. —dijo con su tono tierno de siempre. Nadie más lo llamaba de este modo porque así llamaban a su padre, pero Lillian rara vez se dirigía a él como Chamán. Lo besó en la mejilla y no se molestó en decirle que lamentaba lo sucedido.

Dijo que por las noticias que tenía de Jason, que eran

poco frecuentes porque sus cartas tenían que cruzar las líneas de batalla, su esposo se encontraba bien y al parecer no corría peligro. Era boticario, y al unirse al ejército había trabajado como administrador de un pequeño hospital militar de Georgia; ahora ocupaba el puesto de comandante de un hospital más grande a orillas del río James, en Virginia. En su última carta, dijo Lillian, comunicaba la noticia de que su hermano, Joseph Reuben Geiger —farmacéutico como todos los hombres de la familia, aunque él se había convertido en soldado de caballería—, había resultado muerto mientras luchaba a las órdenes de Stuart.

Chamán asintió gravemente, y tampoco él expresó el pesar que la gente daba por sentado.

¿Cómo estaban sus hijos?

—Muy bien. Los varones han crecido tanto que Jay no los conocerá. Comen como fieras.

—¿Y Rachel?

—Perdió a su esposo, Joe Regensburg, en junio del año pasado. Murió de fiebre tifoidea, igual que tu padre.

—Oh —dijo en tono triste—. Oí decir que la fiebre tifoidea fue muy común en Chicago el verano pasado. ¿Ella se encuentra bien?

—Oh, sí. Rachel está muy bien, lo mismo que sus hijos. Tiene un niño y una niña. —Lillian vaciló—. Sale con otro hombre, un primo de Joe. Anunciarán su compromiso cuando se haya cumplido un año del luto de Rachel.

Ah. Era sorprendente que todavía pudiera importarle tanto, retorcerse en su interior tan profundamente.

—¿Y cómo te sientes siendo abuela?

—Me encanta —respondió, y separándose de él se puso a conversar con la señora Pratt, cuyas tierras lindaban con la casa de los Geiger.

Al atardecer, Chamán sirvió comida en un plato y lo llevó hasta la pequeña cabaña de Alden Kimball, que estaba mal ventilada y siempre olía a humo de leña. El jornalero estaba sentado en la litera, vestido con ropa interior, bebiendo de una garrafa. Tenía los pies limpios porque se había bañado en honor del servicio fúnebre. El resto de su ropa de lana, más gris que blanca, estaba secándose en medio de la cabaña, colgada de una cuerda atada a un clavo de una viga y a un palo colocado en la saliente.

Chamán sacudió la cabeza cuando Alden le ofreció la garrafa. Se sentó en la única silla de madera y observó a Alden mientras comía.

—Si de mí dependiera, habría enterrado a papá en nuestras tierras, mirando al río.

Alden sacudió la cabeza.

—Ella no lo toleraría. Eso está demasiado cerca de la tumba de la mujer Injun. Antes de que fuera... asesinada —dijo con cautela—, la gente hablaba mucho de ellos dos. Tu madre estaba terriblemente celosa.

Chamán estaba impaciente por hacer preguntas sobre Makwa, su madre y su padre, pero no le pareció correcto chismorrear con Alden sobre sus padres. En lugar de eso, se despidió y se marchó. Empezaba a oscurecer cuando bajó hasta el río, a las ruinas del *hedonoso-te* de Makwa-ikwa. Un extremo de la casa comunal estaba intacto, pero el otro empezaba a derrumbarse, los troncos y las ramas se pudrían y eran un hogar seguro para serpientes y roedores.

—He vuelto —dijo.

Podía sentir la presencia de Makwa. Hacía mucho tiempo que ella había muerto; el pesar que ahora sentía por ella quedaba eclipsado ante la pena por su padre. Buscaba consuelo, pero lo único que sintió fue la terrible ira de ella, tan patente que se le erizó el pelo de la nuca. No muy lejos de allí estaba la tumba de ella, sin ninguna señal pero muy bien cuidada, el césped cortado y los bordes adornados con azucenas silvestres de color amarillo que habían sido cortadas de un parterre que se encontraba a orillas del río. Los brotes verdes ya empezaban a asomar en la tierra húmeda. Posiblemente había sido su padre quien se ocupaba de arreglar la tumba; se arrodilló y cogió un par de semillas que había entre las flores.

Casi había oscurecido. Imaginó que podía sentir que

Makwa intentaba decirle algo. Ya le había ocurrido con anterioridad, y siempre creía en cierto modo que por eso sentía la ira de Makwa, porque ella no podía decirle quién la había asesinado. Quería preguntarle qué debía hacer ahora que su padre no estaba. El viento levantó ondas en el agua. Vio las primeras estrellas que brillaban con luz pálida y se estremeció. Mientras regresaba a la casa pensó que aún quedaba mucho frío invernal por delante.

Al día siguiente tenía que quedarse en la casa por si llegaba algún visitante rezagado, pero descubrió que no podía hacerlo. Se puso sus ropas de trabajo y pasó la mañana desinfectando a las ovejas con Alden. Había algunos corderos nuevos y castró a los machos, y Alden le pidió las criadillas para freírlas con huevos a la hora de la comida. Por la tarde, bañado y vestido otra vez con su traje negro, Chamán se sentó en la sala de estar con su madre.

—Será mejor que miremos las cosas de tu padre y decidamos quién se queda con qué —comentó ella.

Aunque su cabellera rubia estaba casi totalmente gris, su madre era una de las mujeres más interesantes que jamás había visto, tenía la nariz larga y hermosa, y la boca delicada. Cualquiera que fuese el obstáculo que se interponía siempre entre ambos aún seguía allí, pero ella notó la actitud reacia de su hijo.

—Más tarde o más temprano habrá que hacerlo, Robert —dijo.

Estaba preparándose para llevar las fuentes y los platos vacíos a la iglesia, donde serían recogidos por los visitantes que habían llevado comida al funeral, y él se ofreció amablemente a llevarlos para que no tuviera que hacerlo ella. Pero su madre quería visitar al reverendo Blackmer.

—Ven tú también —propuso; pero él sacudió la cabeza porque sabía que eso supondría una prolongada sesión durante la cual tendría que escuchar los motivos por los que debía recibir al Espíritu Santo. Siempre le asombraba lo literalmente que su madre creía en el cielo y el infierno. Al recordar las discusiones que ella había mantenido con su padre, comprendió que ahora debía de estar sufriendo una angustia tremenda, porque siempre la había atormentado la idea de que, al haber rechazado el bautismo, su esposo no estaría esperándola en el paraíso.

Levantó la mano y señaló la ventana abierta.

—Se acerca alguien a caballo.

Escuchó durante un instante y luego le dedicó una amarga sonrisa.

—La mujer le ha preguntado a Alden si el médico está aquí. Dice que su esposo se encuentra en su casa, herido. Alden le ha dicho que el médico ha muerto. Ella le ha preguntado por el médico joven, y Alden le ha contestado que ése sí que está aquí.

A él también le pareció curioso. Ella ya se había acercado al maletín de Rob J., que esperaba en el lugar de costumbre junto a la puerta, y se lo entregó a su hijo.

—Coge el carro. Los caballos ya están enganchados. Yo iré a la iglesia más tarde.

La mujer era Liddy Geacher. Ella y su esposo, Henry, habían comprado la casa de los Buchanan mientras Chamán estaba fuera. Él conocía muy bien el camino, sólo había unos cuantos kilómetros. Geacher se había caído desde lo alto del almiar. Lo encontraron tendido en el lugar en que había caído, jadeando de dolor. Cuando intentaron desvestirlo se quejó, de modo que Chamán cortó sus ropas abriéndolas cuidadosamente por las costuras, para que la señora Geacher pudiera volver a coserlas. No había sangre, sólo unas magulladuras y el tobillo izquierdo hinchado. Chamán cogió el estetoscopio del maletín de su padre.

—Acérquese, por favor. Quiero que me diga lo que oye —le indicó a la mujer, y le colocó las boquillas del aparato en los oídos.

La señora Geacher abrió los ojos desorbitadamente

cuando él colocó el otro extremo en el pecho de su esposo. La dejó escuchar durante un buen rato, sosteniendo el aparato con la mano izquierda mientras tomaba el pulso del hombre con las puntas de los dedos de la mano derecha.

—¡Pum-pum-pum-pum-pum! —exclamó ella.

Chamán sonrió. El pulso de Henry Geacher era rápido, lo cual resultaba normal.

—¿Qué más oye? No tenga prisa.

Ella escuchó con detenimiento.

—¿Un crujido no muy suave, como si alguien estuviera estrujando paja seca?

Ella sacudió la cabeza.

—Pum-pum-pum.

Bueno, no había costillas rotas que hubieran perforado el pulmón. Le quitó el estetoscopio a la mujer y luego recorrió con las manos el cuerpo de Geacher, centímetro a centímetro. Como no oía, tenía que ser más cuidadoso y observador con sus otros sentidos que la mayoría de los médicos. Cuando cogió las manos del hombre, asintió satisfecho ante lo que el Don le indicaba. Geacher había tenido suerte al caer sobre un montón bastante grande de heno. Se había golpeado las costillas, pero Chamán no encontró ninguna señal de fractura peligrosa. Pensó que tal vez se había roto de la quinta a la octava costilla, y probablemente la novena. Cuando lo vendó, Geacher respiró con mayor comodidad. Luego le vendó el tobillo y sacó del maletín un frasco del analgésico de su padre, a base de alcohol con un poco de morfina y algunas hierbas.

—Le dolerá. Dos cucharaditas cada hora.

Un dólar por la visita a domicilio, cincuenta centavos por los vendajes, y cincuenta centavos más por el medicamento. Pero sólo estaba hecha una parte del trabajo. Los vecinos más cercanos de los Geacher eran los Reisman, cuya casa se encontraba a diez minutos a caballo. Chamán fue a verlos y habló con Tod Reisman y su hijo Dave, que estuvieron de acuerdo en ayudar y hacer funcionar la granja de los Geacher durante una semana aproximadamente, hasta que Henry se hubiera recuperado.

Guió a Boss lentamente de regreso a casa, saboreando la primavera. La tierra negra aún estaba demasiado húmeda para ararla. Esa mañana había visto que en los pastos de los Cole empezaban a crecer las flores pequeñas: violetas, amapolas, nomeolvides, y en unas pocas semanas las llanuras estarían iluminadas con los colores más vivos. Aspiró encantado el peculiar aroma de los campos abonados.

Cuando llegó, la casa estaba vacía y la cesta de los huevos no se hallaba en su gancho, lo cual significaba que su madre se encontraba en el gallinero. No fue a buscarla. Examinó el maletín antes de volver a colocarlo junto a la puerta, como si lo viera por primera vez. El cuero estaba gastado, pero era de buena calidad y duraría mucho tiempo. El instrumental, las vendas y los medicamentos estaban en el interior tal como su padre los había dispuesto con sus propias manos, cuidados, ordenados, preparados para cualquier eventualidad.

Chamán entró en el estudio y comenzó una metódica inspección de las pertenencias de su padre, revolvió en los cajones del escritorio, abrió el cofre de cuero y separó las cosas en tres grupos: para su madre, una selección de pequeños objetos que podían tener valor sentimental; para Bigger, la media docena de jerséis que Sarah Cole había tejido con su propia lana para que el médico estuviera abrigado cuando hacía visitas en las noches frías, el equipo de caza y de pesca de su padre y un tesoro tan nuevo que Chamán lo veía por primera vez: un Colt calibre 44 Texas Navy con empuñadura de nogal negro y cañón rayado de nueve pulgadas. El arma le produjo sorpresa y sobresalto. Aunque el pacifista de su padre había accedido finalmente a atender a las tropas de la Unión, lo hizo siempre con el convencimiento de que era un civil y no llevaba armas; entonces, ¿por qué había comprado esta arma, evidentemente cara?

Los libros de medicina, el microscopio, el maletín, el botiquín con las hierbas y los medicamentos serían para Chamán. En el cofre, debajo del estuche del microscopio, había un montón de libros, una serie de volúmenes de papel de cuentas cosido.

Cuando Chamán los hojeó, vio que eran el diario de su padre.

El volumen que escogió al azar había sido escrito en 1842. Mientras pasaba las páginas, Chamán encontró una abundante y casual serie de notas sobre medicina y farmacología, y pensamientos íntimos. El diario estaba salpicado de bosquejos: rostros, dibujos de anatomía, un desnudo femenino de cuerpo entero; se dio cuenta de que se trataba de su madre. Estudió el rostro joven y contempló fascinado el cuerpo prohibido, consciente de que debajo del vientre inequívocamente preñado había habido un feto que acabaría siendo él. Abrió otro volumen que había sido escrito con anterioridad, cuando Robert Judson Cole era un joven que vivía en Boston y acababa de bajar del barco que lo traía de Escocia. Éste también contenía un desnudo femenino, aunque en este caso el rostro era desconocido para Chamán; los rasgos resultaban confusos pero la vulva había sido dibujada con detalles clínicos, y se encontró leyendo sobre una aventura sexual que su padre había tenido con una mujer en la pensión en la que vivía.

Mientras leía el informe completo, se sintió más joven. Los años desaparecieron, su cuerpo retrocedió, la tierra invirtió su rotación, y los frágiles misterios y tormentos de la juventud quedaron recuperados. Volvía a ser un niño que leía libros prohibidos en esta biblioteca, buscando palabras y dibujos que pudieran revelar las cosas secretas, degradantes y tal vez absolutamente maravillosas que los hombres hacían con las mujeres. Se quedó de pie temblando, atento, por temor a que su padre apareciera en la puerta y lo encontrara allí.

Luego sintió la vibración de la puerta de atrás que se cerraba firmemente mientras su madre entraba con los huevos, y se obligó a cerrar el libro y a guardarlo en el cofre.

Durante la cena le dijo a su madre que había empezado a revisar las cosas de su padre y que bajaría una caja vacía del desván en la que guardaría las cosas que serían para su hermano.

Entre ambos quedó en suspenso la pregunta tácita de si Alex vivía para regresar y usar esas cosas, pero Sarah asintió:

—Bien —dijo, evidentemente aliviada de que él se hubiera puesto manos a la obra.

Esa noche, desvelado, consideró que leer los diarios lo convertiría en un *voyeur*, en un intruso en la vida de sus padres, tal vez incluso en su lecho, y que debía quemarlos. Pero la lógica le indicó que su padre los había escrito para registrar la esencia de su vida, y ahora Chamán yacía en la cama hundida y se preguntaba cuál había sido la verdad sobre cómo había vivido y muerto Makwa-ikwa, y le preocupaba que la verdad pudiera contener graves peligros.

Por fin se levantó, encendió la lámpara y bajó sigilosamente por el pasillo para no despertar a su madre.

Recortó la mecha humeante y subió la llama todo lo que pudo. Eso produjo una luz apenas suficiente para leer. El estudio estaba desagradablemente frío a esa hora de la noche. Pero Chamán cogió el primer libro y empezó a leer, y en realidad se olvidó de la iluminación y de la temperatura a medida que se iba enterando de más cosas de las que jamás había querido saber sobre su padre y sobre sí mismo.

SEGUNDA PARTE

LIENZO NUEVO, PINTURA NUEVA

11 DE MARZO DE 1839

3

El inmigrante

Rob J. Cole vio por primera vez el Nuevo Mundo un brumoso día de primavera en que el paquebote *Cormorant* —el orgullo de la Black Ball Line, aunque era un pesado barco con tres mástiles desproporcionadamente bajos y una vela de mesana— fue arrastrado a un espacioso puerto por la marea ascendente y dejó caer el ancla en sus aguas. East Boston no era gran cosa, sólo un par de hileras de casas de madera mal construidas, pero en uno de los muelles cogió por tres centavos un pequeño buque de vapor que se deslizó entre una impresionante formación de barcos hasta el otro lado del puerto y el muelle principal, una extensión de tiendas y viviendas que despedían un tranquilizador olor a pescado podrido, a sentinas y a cabos cubiertos de alquitrán, como cualquier puerto escocés.

Era un joven alto y de espaldas anchas, más corpulento que la mayoría. Cuando se alejó del puerto por las sinuosas calles adoquinadas, le resultó difícil andar porque la travesía lo había dejado totalmente agotado. Sobre el hombro izquierdo cargaba el pesado baúl, bajo el brazo derecho, como si llevara una mujer cogida por la cintura, sujetaba un instrumento de cuerda muy grande. Dejó que América le atravesara los poros. Calles estrechas que apenas dejaban sitio para carros y coches; la mayor parte de los edificios eran de madera o de ladrillos muy rojos. Tiendas bien provistas de mercancías, con letreros de colores llamativos y letras doradas. Intentó no comerse con los ojos a las mujeres que entraban y salían de las tiendas, aunque sentía un vivo deseo, casi embriagador, de oler una mujer.

Asomó la cabeza en un hotel, el American House, pero quedó intimidado por los candelabros y las alfombras turcas y supo que la tarifa era demasiado alta. En una casa de comidas de la calle Union tomó un bol de sopa de pescado y pidió a dos camareros que le recomendaran una pensión limpia y barata.

—Decídase, amigo; tendrá que ser una cosa o la otra —le dijo uno de ellos.

Pero el otro camarero sacudió la cabeza y lo envió a casa de la señora Burton, en Spring Lane.

La única habitación disponible había sido construida para que hiciera las veces de alojamiento de los criados y compartía el desván con las habitaciones del peón y la criada. Éstas eran diminutas y se encontraban al final de tres tramos de escalera que daban a un cuchitril, debajo de los aleros, que sin duda sería caluroso en verano y frío en invierno. Había una cama estrecha, una mesa pequeña con una palangana agrietada, y un orinal blanco cubierto por una toalla de lino con flores azules bordadas. El desayuno —gachas de avena, galletas y un huevo de gallina— iba incluido en el precio de la habitación, de un dólar y cincuenta centavos a la semana, según le informó Louise Burton, una viuda de sesenta y tantos años, de piel cetrina y mirada franca.

—¿Qué es eso?

—Se llama viola de gamba.

—¿Eres músico?

—Toco por placer. Me gano la vida como médico.

Ella asintió con expresión vacilante. Le pidió que pagara por adelantado y le habló de una taberna situada a la altura de la calle Beacon en la que podría tomar las demás comidas por otro dólar a la semana.

Cuando se marchó la mujer, se dejó caer en la cama. Durmió plácidamente esa tarde y toda la noche, salvo que aún sentía el balanceo del barco, pero por la mañana se despertó como nuevo. Cuando bajó a dar cuenta del desayuno se sentó junto a otro huésped, Stanley Finch, que trabajaba en una sombrerería de la calle Summer. Gracias a Finch pudo enterarse de dos datos de sumo interés: por veinticinco centavos, Lem Raskin, el mozo, podía calentar agua y colocarla en una tina de estaño; y en Boston había tres hospitales, el Massachusetts General, la Maternidad y el Hospital de Ojos y Oídos. Después del desayuno se sumergió placenteramente en un baño, y sólo se restregó cuando el agua se quedó fría; luego se ocupó de que sus ropas estuvieran lo más presentables posible. Cuando bajó la escalera, la criada estaba a cuatro patas, fregando el rellano. Sus brazos desnudos estaban cubiertos de pecas, y sus redondos glúteos vibraban con el enérgico fregado. El rostro ceñudo de chismosa se alzó para mirarlo mientras pasaba, y él vio que la cabellera roja cubierta por el gorro tenía el color que a él menos le gustaba, el de las zanahorias húmedas.

En el Massachusetts General esperó la mitad de la mañana y luego fue entrevistado por el doctor Walter Channing, que no tardó en decirle que el hospital no necesitaba más médicos. La experiencia se repitió en los otros dos hospitales. En la Maternidad, un médico joven llamado David Humphreys Storer sacudió la cabeza comprensivamente.

—De la facultad de medicina de Harvard salen todos los años médicos que tienen que hacer cola para conseguir un puesto, doctor Cole. La verdad es que un recién llegado tiene pocas posibilidades.

Rob J. sabía lo que el doctor Storer no decía: algunos de los graduados del lugar contaban con la ayuda de las relaciones y el prestigio familiar, del mismo modo que en Edimburgo él había disfrutado de la ventaja de ser uno de los médicos de la familia Cole.

—Yo probaría en otra ciudad, tal vez en Providence o en New Haven —añadió el doctor Storer, y Rob J. murmuró unas palabras de agradecimiento y se marchó. Pero un instante después, Storer salió corriendo tras él—. Existe una remota posibilidad —comentó—. Tiene que hablar con el doctor Walter Aldrich.

El médico tenía el despacho en su domicilio, una casa de madera blanca, muy bien cuidada, al sur de la pradera, conocida como el Common. Rob J. llegó en el horario de visitas, y tuvo que esperar un buen rato.

El doctor Aldrich resultó ser un hombre corpulento, con una abundante barba gris que no lograba ocultar una boca semejante a una cuchillada. Escuchó a Rob J., interrumpiéndolo de vez en cuando con alguna pregunta.

—¿El University Hospital de Edimburgo? ¿A las órdenes del cirujano William Fergusson? ¿Por qué abandonó una ayudantía como ésa?

—Si no me hubiera marchado, habría sido deportado a Australia. —Era consciente de que su única esperanza estaba en decir la verdad—. Escribí una octavilla que provocó manifestaciones de la industria contra la corona inglesa, que durante años ha estado chupándole la sangre a Escocia. Se produjeron enfrentamientos y fueron asesinadas varias personas.

—Habla usted con franqueza —dijo el doctor Aldrich, y asintió—. Un hombre debe luchar por el bienestar de su país. Mi padre y mi abuelo lucharon contra los ingleses. —Observó a Rob J. con expresión burlona—. Hay una vacante. En una institución benéfica que envía médicos a visitar a los indigentes de la ciudad.

Parecía un trabajo siniestro y poco propicio; el doctor Aldrich dijo que la mayoría de los médicos que hacían esas visitas cobraban cincuenta dólares al año y se sentían felices de contar con esa experiencia, y Rob se preguntó qué era lo que un médico de Edimburgo podía aprender sobre medicina en un barrio bajo de provincias.

—Si se une al Dispensario de Boston haré las gestiones necesarias para que pueda trabajar por las noches como profesor auxiliar del laboratorio de anatomía de la facultad de medicina Tremont. Eso le proporcionará doscientos cincuenta dólares más al año.

—Dudo de que pueda vivir con trescientos dólares al año, señor. No me quedan reservas, prácticamente.

—No tengo otra cosa que ofrecerle. En realidad, el ingreso anual sería de trescientos cincuenta dólares. El lugar de trabajo es el Distrito Octavo, y por esta circunstancia la junta de administración del dispensario decidió pagar cien dólares en lugar de cincuenta a los médicos que hagan las visitas.

—¿Y por qué en el Distrito Octavo se paga el doble que en las otras zonas?

Entonces fue el doctor Aldrich quien eligió la franqueza.

—Allí viven los irlandeses —anunció en un tono tan sutil y frío como sus labios.

A la mañana siguiente, Rob J. subió las escaleras crujientes del número 109 de la calle Washington y entró en la exigua tienda del boticario, que era el único despacho del Dispensario de Boston. Ya estaba llena de médicos que esperaban que se les asignara la tarea del día. Charles K. Wilson, el administrador, se mostró ásperamente eficiente cuando le llegó el turno a Rob.

—Veamos. Un médico nuevo para el Distrito Octavo, ¿no es así? Bien, el barrio ha estado desatendido. Le esperan todos éstos —declaró, al tiempo que le entregaba una pila de fichas, cada una con un nombre y una dirección.

Wilson le explicó cuáles eran las reglas y le describió el Distrito Octavo. La calle Broad se extendía entre el puerto y la mole de Fort Hill, que surgía amenazadora. Cuando la ciudad era nueva, el barrio estaba formado por comerciantes que construyeron grandes residencias para encontrarse cerca de los depósitos de mercancías y del movimiento del puerto. Con el tiempo se mudaron a otras calles más elegantes, y las casas fueron ocupadas por yanquis de la clase trabajadora; más tarde los edificios fueron subdivididos y alquilados a nativos más pobres, y finalmente a los inmigrantes irlandeses que salían en tropel de las bodegas de los barcos. En aquel entonces las casas grandes se encontraban en un estado ruinoso y fueron subdivididas y subarrendadas a unos precios semanales injustos. Los depósitos de mercancías se convirtieron en enjambres de habitaciones minúsculas sin una sola fuente de luz y de aire, y el espacio habitable era tan escaso que a los lados y detrás de cada construcción existente se levantaron horribles chabolas de techo inclinado. El resultado fue un espantoso barrio bajo en el que vivían hasta doce personas en una sola habitación: esposas, esposos, hermanos, hermanas e hijos, que en ocasiones dormían juntos en la misma cama.

Rob J. siguió las instrucciones de Wilson y encontró el Distrito Octavo. El hedor de la calle Broad y las miasmas que emanaban de los escasos retretes utilizados por demasiadas personas eran el olor de la pobreza, el mismo en todas las ciudades del mundo. Cansado de ser un extranjero, algo en su interior se alegró al ver los rostros de los irlandeses, con quienes compartía el origen celta. Su primera ficha correspondía a Patrick Geoghegan, de Half Moon Place. La dirección no le sirvió de nada porque enseguida se perdió en el laberinto de callejones y caminos desconocidos y sin letreros que arrancaban de la calle Broad. Finalmente le dio un centavo a un niño mugriento que lo condujo hasta un patio pequeño y atestado. Las averiguaciones lo llevaron hasta la planta superior de una casa vecina, y una vez allí se abrió paso a través de habitaciones ocupadas por otras dos familias y llegó a la diminuta vivienda de los Geoghegan. Una mujer examinaba el pelo de un niño, iluminada por la luz de una vela.

—¿Patrick Geoghegan?

Rob J. tuvo que repetir el nombre y por fin oyó un ronco susurro:

—Es mi... Murió en estos días, de fiebre cerebral.

También los escoceses llamaban así a cualquier fiebre alta que precedía a la muerte.

—Lamento su desgracia, señora —dijo serenamente, pero la mujer ni siquiera levantó la vista.

Bajó la escalera y se detuvo a mirar. Sabía que todos los países tenían calles como éstas, reservadas a la existencia de una injusticia tan abrumadora que crea sus propias visiones, sonidos y olores: un niño de rostro descolorido, sentado en un porche, mordisqueando una corteza pelada de tocino como un perro que roe un hueso; tres zapatos sin pareja, tan gastados que ya no tenían arreglo, adornaban el callejón lleno de basura; la voz de un borracho convertía en himno una canción sentimental que hablaba de las verdes colinas de una tierra desaparecida; maldiciones lanzadas con tanta pasión como una plegaria; el olor a col hervida mezclado con el hedor de las alcantarillas desbordadas y de otras clases de porquería. Estaba familiarizado con los barrios pobres de Edimburgo y Paisley, y con las casas de piedra dispuestas en hilera de montones de ciudades en las que adultos y niños se marchaban antes del alba para trabajar en las fábricas de lana y algodón y no regresaban hasta bien entrada la noche, peatones solitarios en la oscuridad. Le sorprendió lo paradójico de su situación: había huido de Escocia por haber luchado contra las fuerzas que creaban barrios bajos como éste, y ahora, en un país nuevo, se lo restregaban por las narices.

La siguiente ficha era la de Martin O'Hara, de Humphrey Place, una zona de chabolas y cobertizos asentada en la ladera de Fort Hill a la que se accedía mediante una escalera de madera de unos quince metros, tan empinada que parecía casi una escalera de mano.

A lo largo de ésta se extendía una cuneta abierta en la madera, por la que rezumaban y fluían los residuos de Humphrey Place que iban a sumarse a todas las desgracias de Half Moon Place. A pesar de la miseria que lo rodeaba, Rob J. subió rápidamente, ya familiarizado con su ajetreo.

El trabajo resultaba agotador, aunque al final de la tarde sólo podía contar con una comida pobre y con su segundo trabajo, que comenzaba al anochecer. Ninguna de las dos ocupaciones le proporcionaría dinero para un mes, y con las reservas que le quedaban no podría pagar demasiadas comidas.

El aula y el laboratorio de disección de la facultad de

medicina Tremont se encontraban en una única habitación enorme, arriba de la botica de Thomas Metcalfe, en el 35 de Tremont Place. Era dirigido por un grupo de profesores diplomados en Harvard que, preocupados por la desigual formación médica ofrecida por su alma máter, habían ideado un programa de tres años de cursos dirigidos que los convertiría en mejores médicos, según creían.

El profesor de patología a cuyas órdenes trabajaría como docente en el tema de la disección resultó ser un hombre bajo y patizambo, aproximadamente diez años mayor que él. Lo saludó con una ligera inclinación de cabeza.

—Me llamo Holmes. ¿Tiene usted experiencia como profesor auxiliar, doctor Cole?

—No. Nunca he trabajado como profesor auxiliar. Pero tengo experiencia en cirugía y en disección.

La fría expresión del profesor Holmes parecía decir: ya veremos. Resumió brevemente los preparativos que debían realizarse antes de la clase. Salvo unos pocos detalles, se trataba de una rutina con la que Rob J. estaba muy familiarizado. Él y Fergusson habían realizado autopsias cada mañana antes de salir a hacer las visitas, para investigar y adquirir la práctica que les permitía actuar con rapidez cuando se trataba de operar a una persona viva. Ahora quitó la sábana que cubría el enjuto cadáver de un joven, se puso el largo delantal gris que se empleaba en las disecciones y dispuso el instrumental mientras los alumnos empezaban a llegar.

Sólo había siete estudiantes de medicina. El doctor Holmes se quedó de pie junto a un atril, a un lado de la mesa de disección.

—Cuando yo estudiaba anatomía en París —comenzó—, cualquier estudiante podía comprar un cuerpo entero por sólo cincuenta centavos en un sitio en que se vendían todos los días al mediodía. Pero en la actualidad escasean los cadáveres para el estudio. Este chico de dieciséis años, que murió esta mañana de una congestión pulmonar, nos fue entregado por la junta estatal de instituciones benéficas. Esta noche no harán ustedes ninguna disección. En la próxima clase distribuiremos el cuerpo entre todos: dos se quedarán con un brazo, dos con una pierna, y los demás compartirán el tronco.

Mientras el doctor Holmes describía lo que hacía Rob J., éste abrió el pecho del chico y empezó a retirar los órganos y a pesarlos, anunciando el peso en voz clara para que el profesor pudiera apuntarlo. Después su tarea consistió en señalar distintas partes del cuerpo para ilustrar lo que el profesor iba diciendo. Holmes tenía una forma de expresarse vacilante y voz aguda, pero Rob J. notó enseguida que los alumnos disfrutaban en sus clases. No le tenía miedo al lenguaje sencillo. Para ilustrar la forma en que se mueve un brazo lanzó un terrible gancho al aire. Para explicar el movimiento de las piernas dio una patada, y para describir el de las caderas hizo una demostración de la danza del vientre. Los alumnos lo escuchaban con deleite. Al final de la clase se apiñaron alrededor del doctor Holmes para hacerle preguntas. Mientras respondía, el profesor observó a su nuevo auxiliar, que colocaba el cadáver y los especímenes anatómicos en el recipiente de formalina, lavaba la mesa y finalmente lavaba, secaba y guardaba el instrumental. Cuando se marchó el último alumno, Rob J. se estaba lavando las manos y los brazos.

—Ha trabajado bastante bien.

Sintió deseos de preguntar por qué no, ya que se trataba de un trabajo que cualquier alumno aventajado habría podido hacer. En cambio se encontró preguntando tímidamente si era posible solicitar un pago anticipado.

—Me han dicho que trabaja en el dispensario. Yo también trabajé un tiempo allí. Es un trabajo terriblemente duro en el que las penurias están garantizadas, pero resulta instructivo. —Holmes cogió dos billetes de cinco dólares de su cartera—. ¿Es suficiente el salario de la primera mitad del mes?

Rob J. intentó que el alivio no quedara reflejado en su voz y le aseguró al doctor Holmes que era suficiente. Apagaron las lámparas, se despidieron al llegar al pie de la escalera, y cada uno siguió su camino. Al pensar en los billetes que llevaba en el bolsillo experimentó una sensación de vértigo. En el momento en que pasaba frente a la panadería Allen's, un dependiente retiraba las bandejas de las pastas del escaparate, preparándose para cerrar, de modo que entró y compró dos tartas de zarzamora. Toda una celebración.

Tenía la intención de comerlas en su dormitorio, pero al llegar a la casa de la calle Spring encontró a la criada todavía levantada, terminando de lavar los platos. Entró en la cocina y le mostró las tartas.

—Una es para ti, si me ayudas a robar un poco de leche.

Ella le sonrió.

—No es necesario hablar en voz baja. Está dormida. —Señaló en dirección al dormitorio de la señora Burton, en la segunda planta—. Cuando se duerme, no hay nada que la despierte. —Se secó las manos y cogió el recipiente de la leche y dos tazas limpias. Disfrutaron con la conspiración del robo. Ella le dijo que se llamaba Margaret Holland; todos la llamaban Meg. Cuando terminaron el banquete, a ella le quedaron manchas de leche en la comisura de los labios; él se inclinó por encima de la mesa y con su dedo de experto cirujano borró hasta la última huella.

4

La lección de anatomía

Casi inmediatamente vio el terrible fallo del sistema utilizado en el dispensario. Los nombres de las fichas que recibía todas las mañanas no correspondían a las personas más enfermas de Fort Hill. El plan de atención médica era injusto y antidemocrático; los vales de tratamiento eran repartidos entre los acaudalados donantes de la institución de beneficencia, que los entregaban a quienes ellos decidían, en la mayoría de los casos a sus propios criados, como recompensa. A menudo Rob J. tenía que buscar una casa para ocuparse de alguien aquejado de una dolencia poco importante, mientras al otro lado del pasillo un pobre desempleado agonizaba por no recibir atención médica. El juramento que había hecho al convertirse en médico le prohibía dejar desatendido a un paciente grave, pero si quería conservar su trabajo debía entregar un gran número de vales e informar que había atendido a los pacientes cuyos nombres figuraban en ellos.

Una noche, en la facultad de medicina, comentó el problema con el doctor Holmes.

—Cuando yo trabajaba en el dispensario, reunía los vales de tratamiento de los amigos de mi familia que donaban dinero —le dijo el profesor—. Volveré a hacerlo y se los daré a usted.

Rob J. se sintió agradecido, pero eso no le levantó el ánimo. Sabía que no podría reunir suficientes vales en blanco para todos los pacientes necesitados del Distrito Octavo. Eso requeriría un ejército de médicos.

La parte más alegre del día solía ser el momento en que regresaba a la calle Spring, a última hora de la noche, y pasaba unos minutos comiendo restos de contrabando con Meg Holland. Adquirió la costumbre de llevarle pequeños sobornos: un puñado de castañas asadas, un trozo de azúcar de arce, algunas manzanas reinetas. La chica irlandesa le contaba los chismes de la casa: que el señor Stanley Finch, del segundo piso, se jactaba —¡se jactaba!— de haber dejado embarazada a una chica de Gardner y de haber escapado después; que la señora Burton podía ser imprevisiblemente encantadora, o una maldita bruja; que el peón, Lemuel Raskin, que tenía la habitación contigua a la de Rob J., era un hombre de una sed insaciable.

Cuando Rob llevaba allí una semana, ella mencionó de pasada que cada vez que alguien le daba a Lem un cuarto de litro de coñac, él se lo bebía de inmediato y después no podía mantenerse despierto.

La noche siguiente, Rob J. le regaló coñac a Lemuel.

La espera resultó penosa, y él se dijo más de una vez que era un tonto, que la chica era una charlatana. En la casona se oía una gran cantidad de ruidos nocturnos, de vez en cuando el crujido de la madera, los ronquidos guturales de Lem, misteriosos estallidos en el apartadero de madera. Finalmente se oyó un débil sonido en la puerta, en realidad sólo fue la insinuación de una llamada, y cuando él abrió, Margaret Holland se deslizó en la pequeña habitación impregnándola con el suave olor del sexo y del agua de lavar los platos; susurró que sería una noche fría y ofreció su excusa, una manta raída.

Apenas tres semanas después de la disección del cadáver del joven, la facultad de medicina Tremont recibió otro regalo: el cuerpo de una mujer joven que había muerto en la cárcel de fiebre puerperal después de dar a luz. Esa noche el doctor Holmes estaba ocupado en el Massachusetts General, y la clase fue impartida por el doctor David Storer, de la Maternidad. Antes de que Rob J. comenzara la disección, el doctor Storer insistió en someter las manos del profesor auxiliar a una detallada inspección.

—¿No tiene padrastros ni heridas en la piel?

—No, señor —respondió un poco ofendido, incapaz de comprender el motivo del interés por sus manos.

Cuando la lección de anatomía concluyó, Storer indicó a los alumnos que se trasladaran al otro extremo del aula, donde les demostraría cómo llevar a cabo un examen interno de pacientes embarazadas o con problemas femeninos.

—Es posible que descubran que la recatada mujer de Nueva Inglaterra rechaza este tipo de examen, e incluso se niega a someterse a él —comentó—. Sin embargo, es tarea de ustedes ganarse su confianza con el fin de ayudarla.

El doctor Storer iba acompañado por una mujer corpulenta en avanzado estado de gestación, tal vez una prostituta contratada para realizar la demostración. El profesor Holmes llegó en el momento en que Rob J. estaba limpiando la zona de disección y poniéndola en orden. Cuando concluyó, fue a reunirse con los alumnos que examinaban a la mujer, pero un inquieto doctor Holmes le interceptó el paso repentinamente.

—¡No, no! —exclamó el profesor—. Debe lavarse y salir de aquí. ¡Enseguida, doctor Cole! Vaya a la taberna Essex y espere allí mientras reúno algunas notas y papeles.

Desconcertado y molesto, Rob hizo lo que el profesor le indicaba. La taberna se encontraba a la vuelta de la escuela. Como estaba nervioso pidió cerveza, aunque se le ocurrió que tal vez iban a despedirlo de su puesto de profesor auxiliar, y que en ese caso sería mejor no gastar dinero. Sólo había bebido medio vaso cuando un estudiante de segundo año llamado Harry Loomis apareció con dos libretas y varias reimpresiones de artículos de medicina.

—El poeta le envía esto.

—¿Quién?

—¿No lo sabe? Es un laureado de Boston. Cuando Dickens visitó Estados Unidos, le pidieron a Oliver Wendell Holmes que escribiera unas palabras de bienvenida. Pero no tiene por qué preocuparse: es mejor como médico que como poeta. Y un excelente profesor, ¿verdad? —Con una señal, Loomis pidió al camarero una cerveza—. Aunque un poco maniático con respecto a la higiene de las manos. ¡Piensa que la suciedad provoca infección en las heridas!

Loomis también llevaba consigo una nota garabateada en el dorso de una factura de láudano de la droguería de Weeks & Potter, en la que se leía: «Doctor Cole, lea esto antes de regresar a la Tremont mañana por la noche. Sin falta, por favor. Atte., Holmes.»

Empezó a leer casi inmediatamente después de llegar a su habitación en casa de la señora Burton, primero con cierto rencor y luego con creciente interés. Los hechos habían sido expuestos por Holmes en un artículo publicado en el *New England Quarterly Journal of Medicine*, y de modo resumido en el *American Journal of the Medical Sciences*. Al principio le resultaron familiares a Rob J. porque eran comparables a lo que él sabía que estaba ocurriendo en Escocia: un alto porcentaje de mujeres embarazadas con temperaturas sumamente elevadas que conducían rápidamente a un estado de infección generalizada y luego a la muerte.

Pero el artículo del doctor Holmes hablaba de un médico de Newton, Massachusetts, llamado Whitney, que con la ayuda de dos estudiantes de medicina había practicado la autopsia a una mujer que había muerto de fiebre puerperal. El doctor Whitney tenía un padrastro en un dedo, y uno de los estudiantes tenía una pequeña herida en carne viva en una mano, producida por una quemadura. Los dos consideraron su herida como una simple molestia sin importancia, pero al cabo de pocos días el médico empezó a sentir un hormigueo en el brazo. En la mitad del brazo tenía una mancha roja del tamaño de un guisante, desde la que se extendía una línea roja hasta el padrastro. El brazo se hinchó rápidamente hasta alcanzar el doble del tamaño normal, y el médico empezó a tener fiebre alta y a vomitar de forma incontrolable. Entretanto, el estudiante que tenía la mano quemada también empezó a tener fiebre; en unos pocos días, su estado empeoró súbitamente. Se puso morado, se le hinchó el vientre y por fin murió. El doctor Whitney estuvo al borde de la muerte, pero empezó a mejorar poco a poco y acabó recuperándose.

El segundo estudiante de medicina, que no tenía cortes ni llagas en las manos en el momento de realizar la autopsia, no presentó síntomas graves.

Se informó del caso, y los médicos de Boston analizaron las evidentes relaciones entre las heridas abiertas y la infección con fiebre puerperal, pero no llegaron a ninguna conclusión. De todas formas, algunos meses más tarde un médico de la ciudad de Lynn examinó un caso de fiebre puerperal mientras tenía heridas abiertas en las manos, y al cabo de unos días murió a causa de una infección generalizada. En una reunión de la Asociación Bostoniana para el Progreso de la Medicina se planteó una pregunta interesante: ¿Qué habría ocurrido si el médico fallecido no hubiera tenido ninguna herida en las manos? Si no hubiera quedado infectado, ¿habría llevado consigo el agente infeccioso, extendiendo el desastre cada vez que tocara las heridas o llagas de otro paciente, o el útero de una futura madre?

Oliver Wendell Holmes no había logrado apartar esa pregunta de su mente. Pasó varias semanas investigando sobre el tema, visitando bibliotecas, consultando sus propios archivos y pidiendo historiales a médicos que ejercían la obstetricia. Como quien trabaja con un complicado rompecabezas, reunió una serie de pruebas concluyentes que abarcaban un siglo de práctica médica en dos continentes. Los casos habían surgido de forma esporádica y habían sido pasados por alto en la literatura médica. Sólo cuando fueron analizados y reunidos se reforzaron mutuamente y proporcionaron un enunciado sorprendente y aterrador; la fiebre puerperal era causada por médicos, enfermeras, comadronas y personal del hospital que, después de tocar a una paciente contagiosa, examinaban a mujeres no contaminadas y las condenaban a morir a causa de la fiebre.

La fiebre puerperal, como escribió Holmes, era una peste causada por la profesión médica. Una vez que un médico comprendía esto, debía considerarse un crimen —un asesinato— el hecho de que infectara a una mujer.

Rob leyó dos veces el artículo y quedó azorado.

Le hubiera gustado ser capaz de reírse, pero los casos y las estadísticas de Holmes no podían ser atacados por nadie que tuviera amplitud de ideas. ¿Cómo era posible que este pequeñajo, un médico del Nuevo Mundo, supiera más que sir William Fergusson? En ocasiones Rob había ayudado a sir William a practicar la autopsia a pacientes que habían muerto de fiebre puerperal. Luego habían examinado a mujeres embarazadas. Se obligó a recordar a las mujeres que habían muerto después de esos exámenes.

Al parecer, estos provincianos tenían algo que enseñarle sobre el arte y la ciencia de la medicina.

Se levantó para despabilar el candil y así poder leer otra vez el artículo, pero se oyó el chirrido de la puerta y Margaret Holland entró rápidamente en la habitación. No se atrevía a desnudarse, pero en el minúsculo cuarto no había sitio para la intimidad, y de todos modos él ya había empezado a desvestirse. Ella dobló su ropa y se quitó el crucifijo. Su cuerpo era regordete pero musculoso. Rob masajeó las marcas que las ballenas del corsé habían dejado en la carne de la joven y cuando empezaba a avanzar hacia caricias más excitantes se detuvo, sobrecogido por una idea repentina y aterradora.

Dejó a la muchacha en la cama, se levantó y puso agua en la palangana. Mientras ella lo miraba como si se hubiera vuelto loco, él se enjabonó y se frotó las manos. Una y otra vez. Luego se las secó, regresó a la cama y reanudó el juego amoroso. A pesar de sí misma, Margaret Holland empezó a reír tontamente.

—Eres el caballero más extraño que he visto en mi vida —le susurró al oído.

5

El distrito condenado por Dios

Por la noche, cuando regresaba a su habitación, se sentía tan cansado que sólo en contadas ocasiones era capaz de tocar la viola de gamba. Le faltaba práctica con el instrumento, pero la música era para él un bálsamo, que lamentablemente le estaba negado, ya que Lem Raskin enseguida golpeaba la pared para indicarle que guardara silencio. No podía permitirse el lujo de suministrar whisky a Lem para asegurarse la música además del sexo, así que resultó perjudicada la música. Un boletín de la biblioteca de la facultad de medicina recomendaba que una mujer que no deseaba ser madre debía irrigarse después del acto sexual con una infusión de alumbre y corteza de roble blanco, pero él estaba seguro de que no podía contar con que Meggy se irrigara regularmente. Harry Loomis reflexionó seriamente cuando Rob J. le pidió consejo, y lo envió a una cuidada casa gris que se alzaba al sur de Cornhill. La señora Cynthia Worth era una mujer madura, de pelo blanco. Sonrió y asintió al oír el nombre de Harry.

—A los médicos les hago buen precio.

Su producto estaba confeccionado con intestino ciego de oveja, una cavidad natural de tripa, abierta en un extremo y por lo tanto admirablemente adecuada para la transformación a la que la sometía la señora Worth. Ella mostraba su mercancía con tanto orgullo como si dirigiera un mercado de pescado y aquéllas fueran criaturas marinas con ojos enjoyados de frescura. Rob J. lanzó un suspiro al oír el precio, pero la señora Worth permaneció impasible.

—El trabajo es considerable —dijo.

Describió la forma en que había que dejar el intestino ciego remojado en agua durante varias horas, volverlo del revés, macerarlo otra vez en una solución alcalina suave que debía cambiarse cada doce horas; rasparlo cuidadosamente hasta que quedaba libre de mucosa, dejando la membrana peritoneal y la muscular expuesta al vapor del azufre ardiente; lavarlo con agua y jabón; inflarlo y secarlo; cortar los extremos abiertos de una longitud de veinte centímetros, y colocarle cintas rojas o azules para que quedara herméticamente cerrado, ofreciendo protección. La mayoría de los caballeros los compraban de a tres, añadió, porque así resultaban más baratos. Rob J. compró uno. No mostró preferencia por ninguno de los dos colores, pero la cinta era de color azul.

—Si lo cuida, con uno le bastará.

La señora Worth le explicó que podía utilizarlo muchas veces si lo lavaba después de cada uso, lo inflaba y lo espolvoreaba. Cuando Rob se marchó con su compra, ella se despidió alegremente y le pidió que la recomendara a sus colegas y pacientes.

Meggy odiaba el preservativo. Valoró mucho más un regalo que Harry Loomis le había hecho a Rob diciéndole que pasaría un rato fantástico. Se trataba de un frasco que contenía un líquido incoloro, óxido nitroso, conocido como gas hilarante por los estudiantes de medicina y los médicos jóvenes, que se habían acostumbrado a utilizarlo como diversión. Rob puso un poco en un trapo y él y Meggy lo aspiraron antes de hacer el amor. La experiencia resultó un éxito total: jamás sus cuerpos habían parecido más divertidos ni el acto físico más cómicamente absurdo.

Aparte de los placeres del lecho, no había nada entre ellos. Cuando el acto sexual era lento, había poca ternura; y cuando era frenético, había más desesperación que pasión. A veces conversaban; ella solía chismorrear sobre la vida de la pensión

—cosa que a él le aburría— o recordaba la tierra natal, cosa que él evitaba porque los recuerdos lo entristecían. No había ningún contacto entre la mente o el alma de ambos. Nunca volvieron a disfrutar de la hilaridad química que compartieron esa única vez gracias al óxido nitroso, porque el regocijo sexual había resultado ruidoso; aunque Lem, que estaba borracho, no se había enterado de nada, ellos sabían que habían tenido suerte al pasar inadvertidos. Rieron juntos una sola vez más, cuando Meggy comentó en tono malhumorado que el preservativo debía de estar hecho con tripa de carnero, y lo bautizó con el nombre de Viejo Cornudo. Él estaba preocupado por la forma en que la utilizaba. Notó que las enaguas de la joven estaban excesivamente zurcidas y le compró unas nuevas, un regalo para aliviar el sentimiento de culpabilidad. A ella le gustó muchísimo y él la dibujó en su diario, recostada sobre la estrecha cama: una chica regordeta con rostro de gato sonriente.

Vio muchas otras cosas que habría dibujado si la medicina le hubiera dejado la energía suficiente. Había comenzado estudiando arte en Edimburgo, en franca rebeldía contra la tradición médica de los Cole, soñando únicamente con ser pintor, por lo que la familia lo había considerado chiflado. Cuando cursaba el tercer año en la universidad de Edimburgo, le dijeron que tenía talento artístico, pero no el suficiente. Era demasiado prosaico. Carecía de la imaginación vital, de la visión brumosa.

«Posees la llama pero te falta el calor», le había dicho el profesor de retratos, no con severidad pero sí con toda franqueza. Se sintió abrumado, hasta que sucedieron dos cosas. En los archivos polvorientos de la biblioteca de la universidad encontró un dibujo de anatomía. Era muy antiguo, tal vez anterior a Leonardo, y se trataba de un desnudo masculino seccionado de manera tal que quedaban a la vista los órganos y los vasos sanguíneos. Se titulaba *El segundo hombre transparente*, y Rob quedó gratamente sorprendido al ver que había sido hecho por un antepasado suyo, y que la firma era legible: «Robert Jeffrey Cole, a la manera de Robert Jeremy Cole.» Era la prueba de que al menos varios antepasados suyos habían sido artistas, además de médicos. Y dos días más tarde entró en una sala de operaciones y vio a William Fergusson, un genio que practicaba la cirugía con absoluta seguridad, a la velocidad de un rayo, para reducir al mínimo la conmoción que producía en el paciente el angustiante dolor. Por primera vez Rob J. comprendió que los Cole formaban un extenso linaje de médicos, y tuvo la certeza de que el lienzo más extraordinario nunca podría ser tan precioso como una sola vida humana. En ese momento sintió la llamada de la medicina.

Desde el principio de su formación tuvo lo que su tío Ranald—que ejercía como internista cerca de Glasgow— llamaba «el don de los Cole», o sea la capacidad para decir, cogiendo las manos del paciente, si éste viviría o moriría. Era como un sexto sentido para el diagnóstico, en parte instinto, en parte intuición, en parte energía producida por sensores genéticos que nadie podía comprender ni identificar, pero funcionaba siempre y cuando no quedara atrofiada por el uso excesivo del alcohol. Para un médico era un verdadero don, pero ahora, trasplantado a una tierra lejana, a Rob J. le agobiaba porque en el Distrito Octavo había más moribundos de los que correspondía.

El distrito condenado por Dios, como había llegado a considerarlo, dominaba su existencia. Los irlandeses habían llegado allí con grandes esperanzas. En su tierra natal, el jornal de un trabajador era de seis peniques, cuando había trabajo. En Boston había menos desempleo y los trabajadores ganaban más, pero debían trabajar quince horas diarias, durante siete días a la semana. Pagaban elevados alquileres por tugurios, pagaban más por la comida, y allí no había ni siquiera un pequeño jardín, ni un minúsculo trozo de terreno en el que cultivar unas manzanas harinosas, ni tener vacas que dieran leche, ni cerdos para preparar tocino. El barrio lo atormentaba por su pobreza, su mugre y sus necesidades. Estas cosas deberían haberlo paralizado, pero en cambio lo estimulaban a trabajar como un escarabajo que intenta mover una montaña de mierda de oveja. Los domingos deberían haber servido de breve pausa para recuperarse del agotador trabajo de una semana terrible. Incluso Meg se tomaba unas horas libres los domingos por la mañana para ir a misa. Pero los domingos sorprendían nuevamente a Rob J. en el distrito, sin tener que ajustarse al programa impuesto por las fichas de visitas, en condiciones de dedicar horas que le pertenecían a él, horas que no tenía que robar. No tardó en establecer una consulta dominical, en la mayoría de los casos no retribuida, porque mirara donde mirara siempre veía enfermedad y heridas. Muy pronto se extendió el rumor de que había un médico competente que estaba dispuesto a hablar en gaélico, el dialecto céltico que compartían escoceses e irlandeses. Cuando le oyeron pronunciar como en su tierra natal, incluso los más resentidos y cascarrabias se alegraban y sonreían. *Beannacht De ort, dochtuir oig* —¡Que Dios le bendiga, joven doctor!—, le gritaban por la calle. Todos hablaban del médico que «conocía la lengua», y poco después se encontró hablando el gaélico todos los días. En Fort Hill lo adoraban, pero en la oficina del dispensario no era precisamente popular porque empezaron a aparecer toda clase de inesperados pacientes con recetas en las que el doctor Robert J. Cole prescribía medicamentos y muletas, e incluso alimentos para tratar la desnutrición.

—¿Qué sucede? ¿Cómo? No están en la lista de los enviados por los donantes para recibir tratamiento —se quejó el señor Wilson.

—Son las personas del Distrito Octavo que más necesitan de nuestra ayuda.

—No importa. No se puede permitir que la cola mueva al perro. Si va a seguir en el dispensario, doctor Cole, debe acatar las normas —advirtió el señor Wilson en tono severo.

Uno de los pacientes de los domingos era Peter Finn, de Half Moon Place, que había sufrido un desgarrón en la pantorrilla derecha al caerle encima un cajón de un carro mientras se ganaba medio jornal en los muelles. El desgarrón, que había sido vendado con un trapo sucio, se le había hinchado y le dolía cuando se lo mostró al médico. Rob lavó y cosió los trozos rotos de carne, pero ésta empezó a descomponerse de inmediato, y al día siguiente Rob se vio obligado a quitar los puntos y colocar un tubo de drenaje en la herida. La infección alcanzó unas proporciones alarmantes, y al cabo de unos días el Don le indicó a Rob que si quería salvar la vida a Peter Finn, debía amputarle la pierna.

Esto ocurría un martes, y la solución no podía aplazarse hasta el domingo, de modo que volvió a robarle horas al dispensario. No sólo se vio obligado a utilizar uno de los preciosos vales de tratamiento que le había proporcionado Holmes, sino que tuvo que darle a Rose Finn el poco dinero que tenía y que tanto le había costado ganar para que fuera a la taberna a buscar una garrafa de whisky irlandés, tan necesario para la operación como el bisturí.

Joseph Finn, el hermano de Peter, y Michael Bodie, el cuñado, aceptaron de mala gana ayudarlo. Rob J. esperó hasta que Peter quedó atontado por el whisky rociado con morfina y lo tendió en la mesa de la cocina, como si se tratara de un sacrificio. Pero al primer corte del escalpelo, el estibador abrió los ojos desorbitadamente, se le hincharon las venas del cuello y su aullido fue una acusación que hizo palidecer a Joseph Finn y dejó a Bodie impotente y tembloroso. Rob había atado la pierna afectada a la mesa, pero como Peter se sacudía y bramaba como una bestia agonizante, gritó a los dos hombres:

—¡Sujetadlo! ¡Sujetadlo enseguida!

Cortó tal como le había enseñado Fergusson, con exactitud y rapidez. Los gritos cesaron mientras cortaba la carne y el músculo, pero el castañeteo de los dientes de Peter era aún más terrible. Cuando separó la arteria femoral, empezó a manar la sangre brillante y Rob intentó cogerle la mano a Bodie para enseñarle a contener el derrame; pero el cuñado se apartó de un salto.

—Ven aquí, hijo de puta.

Pero Bodie corría escaleras abajo, sollozando. Rob intentó trabajar como si tuviera seis manos. Su fuerza y tamaño le permitieron ayudar a Joseph a sujetar a la mesa al agitado Peter, al tiempo que encontraba la habilidad necesaria para coger con los dedos el resbaladizo extremo de la arteria, conteniendo la sangre. Pero cuando la soltó para coger la sierra, la hemorragia se reprodujo.

—Dígame lo que hay que hacer. —Rose Finn se había colocado a su lado. Tenía la cara blanca como la harina, pero logró coger el extremo de la arteria y controlar la efusión de sangre. Rob J. aserró el hueso, hizo unos cuantos cortes rápidos y la pierna quedó suelta. Entonces pudo atar la arteria y recortar y dar unos puntos de sutura a los colgajos. En ese momento, Peter Finn tenía los ojos vidriosos a causa de la conmoción y el único sonido que emitía era el de la respiración entrecortada.

Rob se llevó la pierna envuelta en una toalla raída y manchada para examinarla más tarde en la sala de disección. Se sentía deprimido y fatigado, pero más porque era consciente del martirio sufrido por Peter Finn que por el esfuerzo de la amputación. No podía hacer nada por sus ropas ensangrentadas, pero en un grifo público de la calle Broad se lavó la sangre de las manos y los brazos antes de ir a ver a la siguiente paciente, una mujer de veintidós años que se moría de tuberculosis.

Cuando estaban en casa, en sus propios barrios, los irlandeses vivían en la miseria. Fuera de sus barrios eran calumniados. Rob J. veía los letreros en las calles: «Todos los católicos y todas las personas que apoyan la Iglesia católica son viles impostores, mentirosos, maleantes y cobardes asesinos. UN AMERICANO AUTÉNTICO.»

Una vez por semana Rob asistía a una clase de medicina que se impartía en el anfiteatro del segundo piso del Ateneo, un local cuyas enormes dimensiones se habían logrado uniendo dos mansiones de la calle Pearl. A veces, después de la clase, se iba a la biblioteca y leía el *Boston Evening Transcript*, que reflejaba el odio que sacudía a la sociedad. Pastores destacados, como el reverendo Lyman Beecher, pastor de la iglesia congregacionalista de la calle Hanover, escribían artículos y más artículos sobre «la prostitución de Babilonia» y «la horrible bestia del catolicismo romano». Los partidos políticos alababan a los nativos y criticaban a los «sucios e ignorantes inmigrantes irlandeses y alemanes».

Cuando leía las noticias de ámbito nacional para aprender cosas sobre Estados Unidos, se daba cuenta de que se trataba de un país codicioso, que no dejaba escapar la posibilidad de aumentar el territorio. Últimamente se había anexionado Tejas, había adquirido el territorio de Oregón mediante un tratado con Gran Bretaña y había entrado en guerra con México por California y la zona suroeste de Norteamérica. La frontera era el río Mississippi, que separaba la civilización del desierto al que habían sido empujados los indios de las llanuras. Rob J. se sentía fascinado por los indios, porque durante su infancia había devorado todas las novelas de James Fenimore Cooper. Leyó todo el material que había en el Ateneo sobre los indios, y luego se dedicó a la poesía de Oliver Wendell Holmes. Le gustó sobre todo el retrato del duro superviviente de «La última hoja», pero Harry Loomis tenía razón: Holmes era mejor médico que poeta. Era un médico excelente.

Harry y Rob se aficionaron a tomar un vaso de cerveza en el Essex al término de las largas jornadas de trabajo, y a menudo Holmes se unía a ellos. Resultaba evidente que Harry era el alumno preferido del profesor, y a Rob le resultaba difícil no envidiarlo. La familia Loomis estaba bien relacionada; cuando llegara el momento, Harry recibiría los nombramientos adecuados que le asegurarían una carrera médica satisfactoria en Boston. Una noche, mientras bebían juntos, Holmes comentó que mientras consultaba algunos libros en la biblioteca se había encontrado con una referencia al «bocio de Cole» y al «cólera maligno de Cole». Eso despertó su curiosidad, y había indagado en la literatura médica y había encontrado abundantes pruebas de las contribuciones de la familia Cole a la medicina, incluida la «gota de Cole» y el «síndrome de Cole y Palmer», una enfermedad en la que el edema iba acompañado de fuertes sudores y respiración estertorosa.

—Además —añadió—, he descubierto que más de una docena de Cole han sido profesores de medicina en Edimburgo o en Glasgow. ¿Son todos parientes suyos?

Rob J. sonrió, turbado pero contento.

—Todos son parientes. Pero la mayor parte de los Cole, a lo largo de los siglos, han sido simples médicos rurales en las colinas de las tierras bajas, como mi padre. —No mencionó el Don de los Cole; no era algo de lo que se pudiera hablar con otros médicos, que lo habrían tomado por loco o mentiroso.

—¿Su padre aún vive allí? —preguntó Holmes.

—No, no. Murió aplastado por unos caballos desbocados cuando yo tenía doce años.

Fue en ese momento cuando Holmes, a pesar de la relativamente poca diferencia de edad que había entre ellos, decidió desempeñar el papel de padre para que Rob fuera admitido en el afortunado círculo de las familias de Boston mediante un matrimonio ventajoso.

Poco después, Rob aceptó dos invitaciones a la casa de los Holmes en la calle Montgomery, donde vislumbró un estilo de vida similar al que en otros tiempos había creído posible para él en Edimburgo. En la primera ocasión, Amelia —la vivaz y casamentera esposa del profesor— le presentó a Paula Storrow, que pertenecía a una antigua y acaudalada familia, pero que era una mujer torpe e increíblemente estúpida. Pero en la segunda cena, su compañera fue Lydia Parkman. Era demasiado delgada y no tenía pechos, pero debajo de su cabellera lisa de color nuez, su rostro y sus ojos irradiaban un irónico y travieso humor; pasaron la velada enredados en una conversación divertida y variada. Ella sabía algunas cosas sobre los indios, pero hablaron sobre todo de música, porque ella tocaba el clavicordio.

Esa noche, cuando regresó a la casa de la calle Spring, Rob se sentó en su cama, debajo del alero, y pensó cómo sería pasar sus días en Boston, como colega y amigo de Harry Loomis y Oliver Wendell Holmes, casado con una anfitriona que presidiera una mesa divertida.

En ese momento se oyó la débil llamada en la puerta que él ya conocía. Meg Holland entró en la habitación. Ella no era demasiado delgada, notó Rob mientras la saludaba con una sonrisa y empezaba a desabotonarse la camisa. Pero por primera vez Meggy se quedó sentada en el borde de la cama, sin moverse.

Al hablar lo hizo en un ronco susurro, y fue su tono más que sus palabras lo que sobrecogió profundamente a Rob J. La voz de Meg Holland tenía un tono apagado, como el sonido de las hojas secas arrastradas por la brisa.

—Estoy embarazada —dijo.

6

Sueños

—Seguro —añadió.

Él no supo qué decirle. Recordó que cuando empezó a visitarlo ya era una mujer experimentada. ¿Cómo podía saber si el niño era suyo? «Yo siempre he usado el preservativo», protestó mentalmente. Pero, para ser justo, debía admitir que no se había puesto nada las primeras veces, y tampoco la noche en que probaron el gas hilarante.

Debido a su formación, estaba condicionado a no apoyar jamás el aborto, y en este caso fue lo suficientemente sensible para resistir la tentación de sugerirlo, consciente de que la religión estaba muy arraigada en ella.

Finalmente él le dijo que estaría a su lado. Él no era Stanley Finch.

Ella no pareció demasiado alentada por esa declaración.

Él se obligó a cogerla entre sus brazos y acunarla. Quería ser tierno y consolarla. Fue el peor momento posible para darse cuenta de que al cabo de pocos años el rostro felino de la joven sería decididamente bovino, no el rostro de sus sueños.

—Eres protestante. —No era una pregunta, porque ella conocía la respuesta.

—Así me educaron.

Era una mujer valiente. Sus ojos se iluminaron por primera vez cuando él le dijo que no estaba seguro de la existencia de Dios.

—¡Conquistador, sinvergüenza! Lydia Parkman ha quedado favorablemente impresionada por tu compañía —le comentó Holmes la noche siguiente en la facultad de medicina, y sonrió cuando Rob J. le dijo que ella le había parecido una mujer muy agradable. Holmes mencionó de pasada que Stephen Parkman, el padre de Lydia, era juez del Tribunal Supremo e inspector del Harvard College. La familia había empezado en el comercio del pescado seco, con el tiempo había pasado al comercio de la harina, y en la actualidad controlaba el extendido y lucrativo negocio de los productos alimentarios envasados.

—¿Cuándo piensas volver a verla? —le preguntó Holmes.

—Pronto, puedes estar seguro —dijo Rob J. sintiéndose culpable, incapaz de permitirse pensar en ello.

Para Rob, las ideas de Holmes con respecto a la higiene médica habían revolucionado la práctica de la medicina. Holmes le contó dos casos que reforzaban sus teorías. Uno tenía que ver con la escrófula, una enfermedad tuberculosa de las articulaciones y las glándulas linfáticas; en la Europa medieval se creía que la escrófula podía curarse mediante el contacto con las manos de la realeza. El otro caso estaba relacionado con la antigua práctica supersticiosa de lavar y vender las heridas de los soldados y luego aplicar ungüento —terribles pomadas que contenían ingredientes tales como carne en proceso de putrefacción, sangre humana y musgo del cráneo de un hombre ejecutado— al arma que había causado la herida. Holmes comentó que ambos métodos daban buenos resultados y eran famosos porque sin proponérselo conseguían la limpieza del paciente. En el primer caso, el enfermo de escrófula era lavado completa y cuidadosamente por temor a que pudiera ofender el olfato de los «sanadores» en el momento de tocarlo. En el segundo caso, el arma era untada con materias en mal estado, pero las heridas de los soldados, lavadas y sin tocar, tenían la posibilidad de cicatrizar sin que hubiera infección. El «ingrediente secreto» mágico era la higiene.

En el Distrito Octavo resultaba difícil mantener la limpieza clínica. Rob J. se acostumbró a llevar toallas y jabón en el maletín y a lavarse las manos y el instrumental varias veces al día, pero las condiciones de pobreza se combinaban para convertir el distrito en un sitio en el que era fácil enfermar y morir.

Intentó llenar su vida y su mente con la lucha médica cotidiana, pero al tiempo que meditaba sobre su difícil situación se preguntaba si no se estaría encaminando a su propia destrucción. Había perdido su carrera y sus raíces en Escocia debido a su participación en la política, y ahora, en Estados Unidos, había agravado su situación complicándose la vida con un embarazo desastroso. Margaret Holland abordaba su estado de manera práctica; le preguntó a Rob con qué recursos contaba. Lejos de consternarla, los ingresos anuales de trescientos cincuenta dólares de Rob le parecieron suficientes. Le preguntó por su familia.

—Mi padre está muerto. Mi madre estaba muy débil cuando salí de Escocia, y estoy seguro de que ahora... Tengo un hermano, Herbert. Administra las tierras de la familia en Kilmarnock, cría ovejas. Es el propietario.

Ella asintió.

—Yo tengo un hermano, Timothy, que vive en Belfast. Es miembro de la Joven Irlanda, siempre está metido en líos.
—Su madre había muerto; su padre y cuatro hermanos vivían en Irlanda, pero un quinto hermano, Samuel, vivía en la zona de Boston llamada Fort Hill. Margaret preguntó tímidamente si no debía hablarle de Rob a Samuel y pedirle que estuviera atento por si aparecía una vivienda para ellos, tal vez cerca de donde él vivía.

—Todavía no. Aún es pronto —respondió, y le acarició la mejilla para tranquilizarla.

La idea de vivir en el distrito lo horrorizaba. Pero sabía que si continuaba siendo médico de los inmigrantes pobres, sólo podría mantenerse y mantener a una esposa y un niño en una conejera como ésa. A la mañana siguiente pensó en el distrito con miedo y al mismo tiempo con rabia, y en su interior creció una desesperación comparable a la impotencia que veía en las calles principales y en los callejones.

Empezó a dormir mal por las noches, perturbado por pesadillas. Había dos que se repetían una y otra vez y que lo atormentaban cuando pasaba una mala noche. Cuando no podía dormir, se quedaba acostado a oscuras y analizaba los acontecimientos en todos sus detalles, hasta que finalmente era incapaz de saber si estaba dormido o despierto.

La madrugada. Tiempo triste, pero con un sol optimista. Él está de pie entre varios miles de hombres, fuera de la Fundición de Hierro Carron, donde se fabrican piezas de artillería de gran calibre para la marina inglesa. Empieza bien. Un hombre que está subido encima de un cajón está leyendo la octavilla que Rob J. había escrito de forma anónima para inducir a los hombres a manifestarse: «Amigos y compatriotas. Despertados del estado en que nos hemos encontrado durante tantos años, nos vemos obligados, por el carácter extremo de la situación y por el desprecio con que se tratan nuestras peticiones, a hacer valer nuestros derechos a riesgo de nuestra vida.» La voz del hombre es alta y se quiebra de vez en cuando, dejando al descubierto su miedo. Al concluir lo vitorean. Tres gaiteros empiezan a tocar; los hombres reunidos cantan a voz en cuello, al principio himnos y luego canciones más animadas, terminando con Scots Wha' Hae Wi' Wallace Bled. *Las autoridades han visto la octavilla de Rob y han hecho preparativos. Hay policías armados, milicia, el primer batallón de la brigada de fusileros, y soldados de caballería bien entrenados del 7.º de húsares y del 10.º de húsares, veteranos de las guerras europeas. Los soldados llevan uniformes espléndidos. Las botas muy lustradas de los húsares brillan como suntuosos espejos oscuros. Los miembros de la tropa son más jóvenes que los policías, pero sus rostros poseen idéntico desdén. El problema comienza cuando el amigo de Rob, Andrew Gerould, de Lanark, pronuncia un discurso sobre la destrucción de las granjas y de la incapacidad de los obreros para vivir de la limosna recibida por un trabajo que enriquece a Inglaterra y hace a Escocia aún más pobre. A medida que la voz de Andrew se vuelve más acalorada, los hombres em-*

piezan a rugir de cólera y a gritar: «¡Libertad o muerte!» Los dragones incitan a sus caballos a avanzar, alejando a los manifestantes de la valla que rodea la Fundición de Hierro. Alguien lanza una piedra. Ésta golpea a un húsar que cae de la montura. Enseguida los otros jinetes desenvainan sus espadas con gran alboroto, y una lluvia de piedras cae sobre los otros soldados, salpicando de sangre los uniformes de color azul, carmesí y dorado. La milicia empieza a hacer fuego sobre la multitud. Los soldados de caballería destrozan todo a su paso. Los hombres gritan y lloran. Rob se encuentra rodeado. No puede huir solo. Lo único que puede hacer es salvarse de la venganza de los soldados, haciendo un esfuerzo por mantenerse en pie porque sabe que si tropieza será pisoteado por la multitud que corre aterrorizada...

El segundo sueño es peor.

Otra vez en medio de una multitud. Tan numerosa como la que se había reunido frente a la Fundición de Hierro, pero en este caso son hombres y mujeres que están de pie ante ocho horcas colocadas en Stirling Castle, y la multitud es refrenada por la milicia formada alrededor de la plaza. Un pastor, el doctor Edward Bruce, de Renfrew, está sentado y lee en silencio. Frente a él hay un hombre vestido de negro. Rob J. lo reconoce antes de que se oculte tras una máscara negra; se llama Bruce no sé cuántos, es un estudiante de medicina necesitado que se ganará quince libras como verdugo. El doctor Bruce dirige la lectura del salmo 130: «Cuando estaba perdido te llamé, oh, Señor.» A cada uno de los condenados se le entrega el acostumbrado vaso de vino y luego son conducidos a la plataforma, donde esperan ocho ataúdes. Seis prisioneros prefieren no hablar. Un hombre llamado Hardie observa el mar de rostros y dice en voz apagada: «Muero como un mártir de la causa de la justicia.» Andrew Gerould habla con claridad. Parece fatigado y mayor de veintitrés años. «Amigos míos, espero que nadie haya sido perjudicado. Cuando esto concluya, haced el favor de ir tranquilamente a vuestra casa y leed la Biblia.» Todos se ponen la gorra. Dos de ellos se despiden mientras les ajustan el nudo corredizo. Andrew no dice nada más. Tras una señal todo ha terminado, y cinco de ellos mueren sin resistirse. Otros tres dan algunas patadas. El Nuevo Testamento cae de las manos inertes de Andrew sobre la multitud silenciosa. Después de bajarlos, el verdugo les corta la cabeza con un hacha, uno por uno, y levanta el terrorífico objeto por el pelo, diciendo en cada ocasión, como prescribe la ley: «¡Ésta es la cabeza de un traidor!»

Al librarse del sueño, a veces se quedaba tendido en la estrecha cama, debajo del alero, tocándose y temblando de alivio porque estaba vivo. Clavaba la vista en la oscuridad y se preguntaba cuánta gente había dejado de vivir porque él había escrito esa octavilla. ¿Cuántos destinos habían cambiado, cuántas vidas concluidas porque él había trasmitido sus convicciones a tanta gente? La moral aceptada decía que valía la pena luchar por los principios, morir por ellos. Sin embargo, cuando se consideraba todo lo demás, ¿no era la vida la más preciada posesión de todo ser humano? ¿Y él, como médico, no estaba obligado a proteger y preservar la vida por encima de todo?

Se juró a sí mismo y a Esculapio, el padre de la curación, que nunca más causaría la muerte de un ser humano por una diferencia de convicciones, ni siquiera golpearía a otra persona aunque estuviera furioso, y por milésima vez se maravilló por lo terrible que había sido para Bruce no sé cuántos ganarse quince libras.

7

El color de la pintura

—¡No es su dinero el que gasta! —le dijo el señor Wilson una mañana en tono agrio mientras le entregaba un fajo de fichas de visitas—. Es el dinero que entregan al dispensario los ciudadanos notables. Los fondos de una institución benéfica no son para gastarlos al capricho de un médico que está a nuestro servicio.

—Nunca he gastado el dinero de la institución. Jamás he atendido ni recetado nada a ningún paciente que no estuviera realmente enfermo y absolutamente necesitado de nuestra ayuda. Su sistema no sirve. A veces he estado atendiendo a alguien que tenía un tirón en un músculo mientras otros morían por falta de tratamiento.

—Usted se extralimita, señor. —La mirada y la voz del señor Wilson eran serenas, pero le temblaba la mano con la que sujetaba las fichas—. En el futuro deberá limitar las visitas a los nombres que figuran en las fichas que le asigno cada mañana, ¿entendido?

Rob deseaba desesperadamente decirle al señor Wilson qué era lo que entendía, y lo que podía hacer él con las fichas de las visitas. Pero teniendo en cuenta las complicaciones de su propia vida, no se atrevió. En lugar de eso se obligó a asentir con la cabeza y a marcharse. Se metió el fajo de fichas en el bolsillo y echó a andar en dirección al distrito.

Esa noche todo cambió. Margaret Holland fue a su habitación y se sentó en el borde de la cama, el sitio que elegía para hacer sus declaraciones.

—Estoy sangrando.

Él se obligó a pensar primero como médico.

—¿Tienes una hemorragia? ¿Pierdes mucha sangre?

Ella sacudió la cabeza.

—Al principio, un poco más abundante que de costumbre. Después, como siempre. Casi he terminado.

—¿Cuándo empezó?

—Hace cuatro días.

—¡Cuatro días! —Se preguntó por qué ella había esperado cuatro días para decírselo. Meg no lo miró. Se quedó totalmente quieta, como protegiéndose contra la ira de Rob, y él comprendió que había pasado esos cuatro días luchando consigo misma—. Estuviste a punto de no decírmelo, ¿verdad?

No respondió, pero él entendió. A pesar de ser un desconocido, un protestante no convencido, para ella representaba la oportunidad de huir finalmente de la cárcel de la pobreza. Tras haberse visto obligado a contemplar esa cárcel de cerca, le resultó sorprendente que ella hubiera sido capaz de decirle toda la verdad, de modo que en lugar de rabia por la demora lo que sintió fue admiración y una gratitud abrumadora. Se acercó a ella, la ayudó a ponerse de pie y le besó los ojos enrojecidos. Luego la rodeó con sus brazos y la estrechó, dándole unas suaves palmaditas de vez en cuando, como si estuviera consolando a un niño asustado.

A la mañana siguiente estuvo paseando de un lado a otro, mareado, y de vez en cuando sentía las rodillas débiles por el alivio. Hombres y mujeres sonreían cuando los saludaba. Era un mundo nuevo, con un sol más radiante y un aire más benévolo que respirar.

Se ocupó de sus pacientes con la atención de siempre, pero entre una visita y otra, su mente era un torbellino. Finalmente, se sentó en un pórtico de madera de la calle Broad y examinó el pasado, el presente y su futuro.

Había escapado por segunda vez a un destino terrible.

Creía haber recibido el aviso de que su existencia debía ser empleada con mayor cuidado y respeto.

Pensó en su vida como en una enorme pintura en proceso de creación. Al margen de lo que a él le ocurriera, el cuadro terminado tendría como tema la medicina, pero tenía la impresión de que si se quedaba en Boston, la pintura estaría hecha con diferentes tonalidades de gris.

Amelia Holmes podía arreglarle lo que ella llamaba «un brillante casamiento», pero después de escapar de un matrimonio pobre y sin amor, no sentía deseos de buscar fríamente uno rico y sin amor, ni de prestarse a ser vendido en el mercado del matrimonio de la sociedad de Boston, carne médica a tanto el kilo.

Quería que su vida estuviera pintada con los colores más intensos que pudiera encontrar.

Esa tarde, al concluir su trabajo, fue al Ateneo y volvió a leer los libros que tanto le habían interesado. Mucho antes de concluir la lectura, supo adónde quería ir, y qué quería hacer.

Esa noche, cuando estaba acostado, oyó un conocido y débil golpe en la puerta. Se quedó inmóvil, con la vista fija en la oscuridad. El golpe se oyó por segunda y luego por tercera vez.

Por diversas razones quería ir hasta la puerta y abrirla. Pero se quedó acostado, sin moverse, congelado en un momento tan terrible como los de las pesadillas, y finalmente Margaret Holland se marchó.

Le llevó más de un mes hacer los preparativos y renunciar al dispensario de Boston. En lugar de una fiesta de despedida, una noche espantosamente fría de diciembre, él, Holmes y Harry Loomis hicieron la disección del cuerpo de una esclava negra llamada Della. La mujer había trabajado toda su vida y tenía un cuerpo notablemente musculoso.

Harry había demostrado auténtico interés y talento para la anatomía, y reemplazaría a Rob J. como profesor auxiliar de la facultad de medicina. Holmes hablaba mientras ellos cortaban, y les mostró que el extremo en forma de fleco de la trompa de Falopio era «como el fleco del chal de una mujer pobre». Cada órgano y cada músculo le recordaba a alguno de ellos un cuento, un poema, un juego de palabras o un chiste escatológico. Se trataba de un trabajo científico serio; eran meticulosos con respecto a cada detalle, y sin embargo mientras trabajaban todo eran carcajadas y buenos sentimientos. Concluida la disección, fueron a la taberna Essex y bebieron vino caliente con especias hasta la hora del cierre. Rob prometió ponerse en contacto con Holmes y con Harry cuando llegara a su destino definitivo, y consultar sus problemas con ambos si necesitaba hacerlo. Se despidieron con tanta camaradería que Rob se arrepintió de la decisión que había tomado.

Por la mañana caminó hasta la calle Washington y compró unas castañas asadas; las llevó a la casa de la calle Spring en un cucurucho hecho con el *Boston Transcript*. Entró a hurtadillas en la habitación de Meggy Holland y las dejó debajo de su almohada.

Poco después del mediodía subió a un vagón de ferrocarril que pronto salió de la estación arrastrado por una locomotora de vapor. El revisor que recogió su billete miró de reojo el equipaje, porque Rob J. se había negado a poner su viola de gamba y su baúl en el vagón del equipaje. Además del instrumental quirúrgico y la ropa, el baúl contenía ahora a Viejo Cornudo y media docena de pastillas de jabón basto, como las que usaba Holmes. De modo que aunque tenía poco dinero, abandonaba Boston mucho más rico que cuando había llegado.

Faltaban cuatro días para Navidad. El tren pasó junto a casas cuyas puertas estaban decoradas con guirnaldas y a través de cuyas ventanas podían verse árboles de Navidad. La ciudad pronto quedó atrás. A pesar de la débil nevada, en menos de tres horas llegaron a Worcester, la estación terminal del Ferrocarril de Boston. Los pasajeros tenían que hacer el trasbordo al Ferrocarril del Oeste, y en el nuevo tren Rob se sentó junto a un hombre corpulento que enseguida le ofreció un trago.

—No, se lo agradezco —respondió, pero aceptó la conversación, para quitar dureza a su negativa.

El hombre era un viajante de comercio que llevaba clavos —de cierre, de remache, de dos cabezas, avellanados, diamantados, en tamaños que iban desde los diminutos como agujas hasta los enormes para barcos— y le enseñó a Rob sus muestras, una buena forma de pasar el rato.

—¡Viajar al oeste! ¡Viajar al oeste! —exclamó el vendedor—. ¿Usted también?

Rob asintió.

—¿Hasta dónde va?

—¡Hasta el límite del Estado! A Pittsfield. ¿Y usted, señor?

Responder le produjo tanta satisfacción, tanto placer, que mostró una amplia sonrisa y tuvo que reprimirse para no gritar y que todos lo oyeran, ya que las palabras tenían su propia música y proyectaban una delicada y romántica luz en todos los rincones del vagón traqueteante.

—A la tierra de los indios —dijo.

8

Música

Atravesó Massachusetts y Nueva York mediante una serie de ferrocarriles de corto recorrido conectados por líneas de diligencias. Resultaba duro viajar en invierno. En ocasiones una diligencia tenía que esperar mientras una docena de bueyes arrastraba un arado para retirar la nieve amontonada, o la aplastaba con enormes rodillos de madera. Las posadas y tabernas eran caras. Rob J. se encontraba en el bosque de la meseta Allegheny, en Pensilvania, cuando se quedó sin dinero y se consideró afortunado al encontrar trabajo en las tierras maderables de Jacob Starr, atendiendo a los leñadores. Cuando se producía un accidente solía ser grave, pero mientras tanto tenía poco que hacer y consiguió un nuevo trabajo: se unió a los equipos de hombres que talaban pinos blancos y cicutas que tenían más de doscientos cincuenta años. Por lo general, él hacía funcionar un extremo de un tronzador, una sierra con un mango en cada extremo. Su cuerpo se endureció y se hizo más grueso. Casi ningún campo de trabajo contaba con un médico; los leñadores sabían lo valioso que Rob J. era para ellos y lo protegían cuando trabajaba en la peligrosa tarea de la tala. Le enseñaron a remojarse las palmas sangrantes en salmuera, hasta que se le endurecieron. Por las noches, en el barracón, hacía juegos malabares para mantener la habilidad de sus dedos para la cirugía y tocaba la viola de gamba para los leñadores, alternando el acompañamiento a las toscas canciones que cantaban a gritos con selecciones de J. S. Bach y Marais, que escuchaban embelesados.

Durante todo el invierno acumularon troncos enormes en las orillas de una corriente. En la parte de atrás de todas las hachas de un solo filo que había en el campo se veía una enorme estrella de cinco puntas grabada en relieve. Cada vez que se talaba y se podaba un árbol, los hombres invertían la posición del hacha y golpeaban la estrella grabada contra el tronco recién cortado, marcándolo como un tronco Starr*. Cuando llegó la primavera y se derritió la nieve, la corriente creció más de dos metros y arrastró los troncos hasta el río Clarion. Se montaron enormes armadías, y sobre éstas se construyeron barracones, cocinas y chozas para las provisiones. Rob condujo las armadías río abajo como un príncipe, una lenta travesía de ensueño interrumpida únicamente cuando los troncos se atascaban y se amontonaban, lo que obligaba expertos y pacientes encargados de la cadena de troncos a ordenarlos. Vio toda clase de pájaros y animales mientras bajaba por el sinuoso Clarion hasta su desembocadura en el Allegheny y conducía los troncos a lo largo de éste, hasta Pittsburgh.

En Pittsburgh se despidió de Starr y sus leñadores. En un bar lo contrataron como médico para un equipo que se ocupaba del tendido de vías del Ferrocarril de Washington y Ohio, una línea que procuraba competir con los dos concurridos canales del Estado. Fue trasladado a Ohio con un equipo de trabajo, hasta el comienzo de una gran abertura dividida en dos por dos vías férreas relucientes. Lo alojaron con los jefes en cuatro vagones de ferrocarril. La primavera en la llanura era maravillosa, pero el mundo del Ferrocarril de Washington y Ohio era horrendo. Los que se ocupaban del tendido, los niveladores y los cocheros eran inmigrantes irlandeses y alemanes cuya vida se consideraba una mercancía barata. La responsabilidad de Rob consistía en asegurar

---

* Juego de palabras con el apellido *Starr* y *star*, «estrella». *(N de la T.)*

que hasta el último gramo de fuerza de esos hombres se utilizara en el tendido de las vías. Recibió con alegría el salario, pero el trabajo estaba condenado desde un principio porque el superintendente, un hombre de rostro moreno llamado Cotting, era un sujeto desagradable que no quería gastar dinero en comida. El ferrocarril empleaba a cazadores que conseguían montones de carne, y había una bebida de achicoria que pasaba por café. Pero —salvo en la mesa que compartían Cotting, Rob y los jefes— no tenían verduras, col, zanahorias, patatas, ni nada que proporcionara ácido ascórbico excepto, como un placer muy poco frecuente, un bote de judías. Los hombres padecían de escorbuto. Aunque estaban anémicos, no tenían apetito. Les dolían las articulaciones, les sangraban las encías, se les caían los dientes y sus heridas no cicatrizaban. Estaban siendo literalmente asesinados mediante la desnutrición y el trabajo duro. Finalmente, Rob J. forzó con una palanca el vagón cerrado de las provisiones y repartió cajones de coles y patatas hasta que desapareció la comida de los jefes. Afortunadamente Cotting no sabía que su joven médico había hecho un voto de no violencia. El tamaño, la condición de Rob y el frío de sus ojos hicieron que el superintendente prefiriera despedirlo a discutir con él.

Rob J. había ganado en el ferrocarril dinero apenas suficiente para comprar una yegua vieja y lenta, un fusil de segunda mano del calibre 12 que se cargaba por la boca, un rifle de menor calibre para cazar animales más pequeños, agujas e hilo, un sedal y anzuelos, una herrumbrosa sartén de hierro y un cuchillo de caza. A la yegua le puso de nombre Monica Grenville, en honor a una hermosa mujer mayor, amiga de su madre, a quien durante años, en las febriles fantasías de su adolescencia, había soñado montar. Monica Grenville, la yegua, le permitió avanzar hacia el Oeste por su cuenta. Empezó a cazar fácilmente después de descubrir que el rifle tiraba hacia la derecha; pescaba cada vez que tenía la oportunidad, y ganaba dinero o mercancías cuando encontraba a alguien que necesitaba un médico.

Le sorprendió la extensión del país, con sus montañas,

valles y llanuras. Después de unas cuantas semanas quedó convencido de que podría seguir avanzando mientras viviera, cabalgando sobre Monica Grenville lenta y eternamente en dirección al sol poniente.

Se quedó sin medicamentos. Ya era bastante difícil practicar la cirugía sin la ayuda de los insuficientes paliativos con que contaban, pero además no tenía láudano, morfina ni ninguna otra droga, y tenía que confiar en su rapidez como cirujano y en el whisky que pudiera comprar en el camino, por malo que fuera. Fergusson le había enseñado algunos trucos valiosos que aún recordaba. Cuando le faltaba tintura de nicotina —que se administraba por vía oral como relajante muscular para aflojar el esfínter anal durante una operación de fístula— compraba los puros más fuertes que encontraba e introducía uno en el recto del paciente hasta que se absorbía la nicotina del tabaco y se producía la relajación. En una ocasión, en Titusville, Ohio, un hombre mayor lo vio por casualidad mientras vigilaba a un paciente que estaba inclinado sobre el varal de un carro, con el puro asomado.

—¿Tiene una cerilla, señor? —le preguntó Rob J.

Más tarde, en la tienda, oyó que el anciano les decía a sus amigos en tono solemne:

—Jamás creeríais cómo los fumaban.

En una taberna de Zanesville vio a su primer indio y tuvo una decepción espantosa. En contraste con los espléndidos salvajes de James Fenimore Cooper, el hombre era un fofo y ceñudo borracho con mocos en la cara, que soportaba los insultos mientras mendigaba una copa.

—Delaware, supongo —dijo el tabernero cuando Rob le preguntó a qué tribu pertenecía el indio—. Miami, tal vez. O shawnee. —Se encogió de hombros en un gesto de desdén—. ¿A quién le importa? Para mí, todos esos miserables bastardos son iguales.

Unos días después, en Columbus, Rob encontró a un joven judío robusto y de barba negra llamado Jason Maxwell Geiger, un boticario que tenía una farmacia bien surtida.

«¿Tiene láudano? ¿Tiene tintura de nicotina? ¿Y yoduro de potasio?» Preguntara lo que preguntase, Geiger respondía con una sonrisa y asentía, y Rob se paseó feliz entre vasijas y retortas. Los precios eran más bajos de lo que él temía, porque el padre y los hermanos de Geiger eran fabricantes de productos farmacéuticos en Charleston, y él explicó que si había algo que no le resultara posible preparar, podía encargárselo en buenas condiciones a su familia. Así que Rob J. cargó una buena cantidad de provisiones. Cuando el farmacéutico le ayudó a llevar la compra hasta el caballo, vio el bulto envuelto del instrumento musical y de inmediato se volvió hacia el visitante.

—¿Es una viola?

—Una viola de gamba —dijo Rob, y vio un brillo nuevo en los ojos del hombre, no exactamente codicia sino un melancólico anhelo tan poderoso que resultaba inconfundible—. ¿Le gustaría verla?

—Tendría que venir con ella a mi casa y enseñársela a mi esposa—sugirió Geiger en tono ansioso.

El hombre lo condujo hasta la vivienda que había detrás de la botica. En el interior se encontraba Lillian Geiger, que mientras eran presentados se colocó un paño de cocina sobre el pecho, pero no antes de que Rob J. notara las manchas de sus pechos goteantes. En una cuna dormía su hija Rachel, de dos meses de edad. La casa olía a leche de la señora Geiger y a *hallah* recién horneado. En la sala oscura había una silla, un sofá de crin y un piano vertical. La mujer entró rápidamente en el dormitorio y se cambió el vestido mientras Rob J. desenvolvía la viola; luego el matrimonio contempló el instrumento, deslizando los dedos sobre las siete cuerdas y los diez trastes como si estuvieran acariciando un icono familiar recién recuperado. Ella le enseñó su piano de madera de nogal oscura, cuidadosamente aceitado.

—Fue fabricado por Alpheus Babcock, de Filadelfia —le informó.

Jason Geiger sacó de detrás del piano otro instrumento.

—Éste fue fabricado por un cervecero llamado Isaac Schwartz, que vive en Richmond, Virginia. No es lo suficientemente bueno para poderlo considerar un violín de verdad. Espero tener algún día un auténtico violín.

Pero un instante más tarde, mientras afinaban, Geiger le arrancó dulces sonidos.

Se miraron con expresión cautelosa, por temor a resultar musicalmente incompatibles.

—¿Qué? —le preguntó Geiger, en un gesto de cortesía.

—¿Bach? ¿Conocéis este preludio del *Clave bien temperado*? Es del Libro II, no recuerdo el número. —Tocó para ellos el comienzo, e inmediatamente Lillian Geiger se unió a él y enseguida lo hizo su esposo.

—El doce. —Lillian se limitó a mover los labios.

A Rob J. no le interesaba identificar la pieza, porque ese tipo de interpretación no era para entretener a los leñadores. Enseguida fue evidente que el hombre y la mujer eran expertos y estaban acostumbrados a acompañarse, y Rob tuvo la certeza de haber hecho el ridículo. Mientras la interpretación de ellos mejoraba, él los seguía lenta y espasmódicamente. En lugar de deslizarse al ritmo de la música, sus dedos parecían dar saltos espásticos, como un salmón que se esfuerza por remontar una cascada. Pero al llegar a la mitad del preludio olvidó su temor porque el hábito adquirido después de tantos años de interpretación venció la torpeza causada por la falta de práctica. Pronto pudo notar que Geiger tocaba con los ojos cerrados, mientras su esposa mostraba una expresión de placer en sus ojos vidriosos, que era comunicativa y al mismo tiempo intensamente íntima.

La satisfacción le resultó casi dolorosa. No se había dado cuenta de hasta qué punto había echado de menos la música. Al concluir se quedaron sentados, mirándose con una sonrisa. Geiger salió a toda prisa para colocar el letrero de «Cerrado» en la puerta de la tienda. Lillian fue a mirar a la niña y a poner un asado en el horno, y Rob desensilló y dio de comer a la pobre y paciente Monica. Cuando volvieron a reunirse, resultó que los Geiger no conocían nada de Marin Marais, en tanto que Rob J. no había memorizado ninguna de las obras de ese polaco llamado Chopin. Pero los tres cono-

cían las sonatas de Beethoven. Durante toda la tarde construyeron una atmósfera acogedora y especial. En el momento
en que el llanto de la criatura hambrienta interrumpió la interpretación, ya estaban mareados con la embriagadora belleza de los sonidos.

El farmacéutico no quiso ni oír hablar de la partida de
Rob J. La cena consistió en cordero con un ligero sabor a
romero y ajo, asado con zanahorias y patatas nuevas, y compota de arándanos.

—Dormirás en la habitación de huéspedes —anunció
Geiger.

Rob le preguntó a Geiger qué posibilidades tenía un
médico en esa zona.

—Por aquí vive mucha gente, porque Columbus es la
capital del Estado, y ya hay muchos médicos. Es un sitio fantástico para tener una farmacia, pero nosotros vamos a abandonar Columbus en cuanto nuestra pequeña tenga edad suficiente para soportar el viaje. Yo quiero ser granjero, además
de boticario, y tener tierras que pueda dejar a mis hijos. En
Ohio las tierras de labrantío son terriblemente caras. He estado estudiando los sitios en los que puedo comprar tierra
fértil que esté a mi alcance.

Tenía mapas, y los abrió sobre la mesa.

—Illinois —dijo, y le señaló a Rob J. la parte del Estado
que, según sus investigaciones, era la más deseable: la zona
comprendida entre el río Rocky y el Mississippi—. Un buen
suministro de agua. Bosques maravillosos que bordean los
ríos. Y el resto son praderas, tierras que jamás han visto un
arado.

Rob J. estudió los mapas.

—Tal vez debería ir hasta allí —dijo finalmente—. Para
ver si me gusta.

Geiger sonrió. Pasaron un largo rato inclinados sobre los
mapas, señalando el mejor itinerario, intercambiando opiniones. Después Rob se fue a dormir; Jay Geiger se quedó
levantado hasta tarde y copió a la luz de una vela la música
de una mazurca de Chopin. La interpretaron a la mañana si-

guiente, despúes del desayuno. Luego los dos hombres consultaron una vez más el mapa señalado. Rob J. estuvo de acuerdo en que si Illinois resultaba un sitio tan bueno como Geiger creía, se instalaría allí y escribiría enseguida a su nuevo amigo, diciéndole que fuera con su familia hasta la frontera del Oeste.

9

Dos parcelas

Illinois resultó interesante desde el principio. Rob llegó al Estado a finales del verano, cuando la vegetación de la pradera estaba seca y descolorida por haber pasado demasiados días al sol. En Danville vio a los hombres hervir el agua de las salinas en enormes ollas negras, y al marchar se llevó consigo un paquete de sal pura. La pradera era ondulada, y en algunos sitios estaba adornada con colinas bajas. El Estado contaba con agua dulce. Rob sólo encontró unos pocos lagos, pero vio una serie de pantanos que alimentaban riachuelos que desembocaban en ríos. Se enteró de que cuando la gente de Illinois hablaba de la tierra que había entre los ríos, probablemente se refería al extremo sur del Estado, entre el Mississippi y el Ohio. Ésta tenía ricos suelos de aluvión procedentes de los dos grandes ríos. La gente del lugar llamaba Egipto a la región, porque pensaban que era tan fértil como la legendaria tierra del delta del Nilo. En el mapa de Jay Geiger, Rob J. vio que en Illinois había unos cuantos «pequeños Egiptos» entre ríos. De alguna forma, durante su breve encuentro con Geiger el hombre se había ganado su respeto, y siguió avanzando hacia la región que, según le había dicho Jay, era la más apropiada para establecerse.

Le llevó dos semanas abrirse paso hasta Illinois. El decimocuarto día, el camino que él seguía se internó en un bosque, ofreciendo una maravillosa frescura y el aroma de la vegetación húmeda. Siguiendo el estrecho sendero oyó el sonido del agua, y enseguida apareció junto a la orilla oriental de un río de tamaño considerable que, según sus cálculos, debía de ser el Rocky.

Era la estación seca pero la corriente era fuerte, y las grandes rocas que daban nombre al río volvían blanca el agua. Mientras guiaba a Monica a lo largo de la orilla, intentando encontrar un sitio que fuera vadeable, llegó a una zona más profunda y lenta. De dos troncos enormes de una y otra orilla colgaba una cuerda gruesa, y de una de las ramas, un triángulo de hierro y un trozo de acero junto a un letrero que anunciaba:

HOLDEN'S CROSSING
Llame al transbordador

Hizo sonar el triángulo con fuerza y durante un buen rato, según le pareció, antes de ver al hombre que bajaba perezosamente por la orilla opuesta, donde estaba amarrada la balsa. Dos sólidos postes verticales colocados sobre la balsa terminaban en grandes anillos de hierro a través de los cuales pasaba la maroma suspendida, permitiendo que la balsa se deslizara a lo largo de la cuerda a medida que era empujada con una pértiga por el río. Cuando la balsa estuvo en medio del río, la corriente había arrastrado la cuerda río abajo, de modo que el hombre movió la balsa formando un arco, en lugar de cruzar en línea recta. En el medio, las aguas oscuras y aceitosas eran demasiado profundas para vadearlas, y el hombre arrastró la balsa lentamente, tironeando de la cuerda. Estaba cantando, y la letra llegó claramente a oídos de Rob J.

Un día, mientras caminaba, oí un lamento,
y vi a una anciana que era la imagen de la tristeza.
Miraba el barro de su puerta (llovía)
y empuñando la escoba cantaba esta canción.

Oh, la vida es una lucha y el amor un problema,
la belleza desaparecerá y los ricos huirán,
disminuyen los placeres y se duplican los precios,
y nada es como yo desearía que fuera...

Había muchos versos, y mucho antes de que se terminaran, el barquero pudo empujar de nuevo con la pértiga. A medida que la balsa se acercaba, Rob pudo ver a un hombre musculoso, tal vez de treinta y tantos años. Era una cabeza más bajo que Rob y parecía natural del lugar; llevaba unas botas pesadas, un pantalón de tela basta de algodón y lana, de color marrón, demasiado grueso para esa época, una camisa de algodón azul de cuello grande y un sombrero de cuero, de ala ancha, manchado de sudor. Tenía una mata de pelo negro y largo, una barba negra y abundante, y unos pómulos salientes a cada lado de una nariz fina y curvada que podría haber dado un aire de crueldad a su rostro de no ser por sus ojos azules, que eran alegres y agradables. A medida que se acortaba la distancia entre ambos, Rob sintió la cautela y la perspectiva de afectación que se derivaba de ver a una mujer extraordinariamente bella, o a un hombre demasiado apuesto. Pero el barquero carecía de afectación.

—Hola —lo saludó. Un último empujón a la pértiga hizo que la balsa se arrastrara sobre la arena de la orilla. El hombre extendió la mano—. Nicholas Holden, para servirle.

Rob le estrechó la mano y se presentó. Holden había cogido un rollo de tabaco húmedo y oscuro del bolsillo de la camisa y cortó un trozo con el cuchillo. Se lo ofreció a Rob J., pero éste rehusó con la cabeza.

—¿Cuánto pide por cruzarme?

—Tres centavos usted. Diez centavos el caballo.

Rob pagó lo que le pedía, trece centavos por adelantado. Ató a Monica a los anillos colocados con ese fin en el suelo de la balsa. Holden le entregó una segunda pértiga, y ambos gruñeron mientras ponían manos a la obra.

—¿Piensa instalarse en esta zona?

—Tal vez —respondió Rob con cautela.

—¿No será herrador, por casualidad? —Holden tenía los ojos más azules que Rob había visto jamás en un hombre, desprovistos de femineidad gracias a la mirada penetrante que lo hacía parecer secretamente divertido—. Maldita sea —dijo, pero no pareció sorprendido por la negativa de Rob—. Le aseguro que me gustaría encontrar un buen herrero. ¿Es granjero?

Se alegró visiblemente cuando Rob le informó que era médico.

—¡Bienvenido tres veces, y una vez más! En Holden's Crossing necesitamos un médico. Y cualquier médico puede viajar gratis en este transbordador —anunció, y dejó de empujar con la pértiga el tiempo suficiente para coger tres centavos y colocarlos solemnemente en la palma de Rob.

Rob miró las monedas.

—¿Qué ocurre con los otros diez centavos?

—¡Mierda! Supongo que el caballo no será también médico.

Al sonreír fue lo bastante simpático para hacer creer a cualquiera que era feo.

Tenía una minúscula cabaña de troncos colocados en ángulo recto y unidos con arcilla blanca, cerca de un jardín y de un manantial, instalada sobre una elevación que daba al río.

—Justo a tiempo para la comida —dijo, y pronto estaban comiendo un fragante estofado en el que Rob identificó nabos, col y cebolla, pero quedó desconcertado con la carne—. Esta mañana conseguí una liebre vieja y un pollo joven, y los he metido en el estofado —explicó Holden.

Mientras compartían el segundo cuenco, cada uno habló de sí mismo lo suficiente para crear una atmósfera agradable. Holden era un abogado rural del estado de Connecticut. Tenía grandes proyectos.

—¿Y cómo es que le pusieron tu nombre al pueblo?

—No se lo pusieron. Fui yo quien lo hizo —respondió

en tono afable—. Yo fui el primero en llegar, y establecí el servicio del transbordador. Cada vez que viene alguien a instalarse, yo le informo del nombre de la población. Por ahora nadie lo ha cuestionado.

En opinión de Rob, la cabaña de troncos de Holden no era el equivalente de una acogedora casa de campo escocesa. Era oscura y estaba mal ventilada. La cama, instalada demasiado cerca de la humeante chimenea, se hallaba cubierta de hollín. Holden le comentó en tono alegre que lo único bueno de aquel lugar era el emplazamiento; dijo que en el plazo de un año la cabaña sería derribada y en su lugar se construiría una casa elegante.

—Sí, señor, grandes proyectos.

Le habló de las cosas que pronto llegarían: una taberna, un almacén en el que se vendería de todo, y con el tiempo un banco. Fue sincero al intentar convencer a Rob para que se instalara en Holden's Crossing.

—¿Cuántas familias viven aquí? —preguntó Rob J., y sonrió con tristeza al oír la respuesta—. Un médico no puede ganarse la vida atendiendo sólo a dieciséis familias.

—Claro que no. Pero están llegando granjeros que se sienten tan atraídos por este lugar como por una mujer. Y esas dieciséis familias viven dentro de la población. Más allá de los límites de la población no hay ningún médico entre esta ciudad y Rock Island, y hay montones de granjas diseminadas en la llanura. Sólo tendrías que conseguirte un caballo mejor y estar dispuesto a viajar un poco para hacer una visita.

Rob recordó lo frustrado que se había sentido por no haber podido practicar una buena medicina en el superpoblado Distrito Octavo. Pero esto era el reverso de la moneda. Le dijo a Nick Holden que lo consultaría con la almohada.

Esa noche durmió en la cabaña, envuelto en un edredón, en el suelo, mientras Nick Holden roncaba en la cama. Pero eso no era tan terrible para alguien que había pasado el invierno en un barracón con diecinueve leñadores que no paraban de toser y de tirarse pedos. Por la mañana, Holden preparó el desayuno pero dejó que Rob lavara los platos y la sartén, y dijo que tenía que hacer algo y que volvería enseguida.

Era un día claro y fresco. El sol empezaba a calentar, y Rob desenvolvió la viola y se sentó sobre una roca, a la sombra, en el claro que había entre la cabaña y el límite del bosque. A su lado, encima de la roca, colocó la copia de la mazurca de Chopin que Jay Geiger había transcrito para él, y empezó a tocar con sumo cuidado.

Trabajó una media hora en el tema y la melodía hasta que empezó a sonar como música. Luego levantó la vista de la página, miró en dirección al bosque y vio dos indios montados a caballo que lo miraban desde más allá del límite del claro.

Se sintió alarmado porque le hicieron recuperar su confianza en James Fenimore Cooper. Eran hombres de mejillas hundidas, con el pecho desnudo que parecía fuerte y enjuto, brillante gracias a una especie de aceite. El que estaba más cerca de Rob llevaba pantalones de ante y tenía una nariz enorme y ganchuda. Su cabeza afeitada estaba dividida por un llamativo mechón de pelo de animal, tieso y tosco. Llevaba un rifle. Su compañero era un hombre corpulento, tan alto como Rob J. pero más voluminoso. Tenía pelo negro y largo, sujeto detrás por una cinta de cuero, y llevaba pantalones con parches y polainas de cuero. Tenía un arco, y Rob J. vio claramente las flechas que colgaban del cuello del caballo, como en un dibujo de uno de los libros sobre indios que había encontrado en el Ateneo de Boston.

No sabía si detrás de ellos, entre los árboles, había otros indios. Si se mostraban hostiles estaba perdido, porque la viola de gamba es poco útil como arma. Decidió seguir tocando y volvió a colocar el arco sobre las cuerdas, pero no repitió la pieza de Chopin; no quería tener que apartar la mirada de ellos para ver la partitura. Sin pensarlo, empezó a tocar una pieza del siglo XVII que conocía muy bien, titulada *Cara la vita mia*, de Oratio Bassani. La tocó del principio al fin y luego la repitió hasta la mitad. Finalmente se detuvo, porque no podía quedarse sentado y tocando la viola eternamente.

Oyó un ruido a sus espaldas; se volvió rápidamente y vio una ardilla roja que pasaba a toda velocidad. Al girarse de nuevo quedó totalmente aliviado y muy pesaroso porque los dos indios se habían marchado. Durante un instante oyó los caballos que se alejaban, y luego sólo percibió el murmullo del viento entre las hojas de los árboles.

Cuando regresó Nick Holden y Rob le contó lo ocurrido, intentó no mostrarse preocupado. Hizo un rápido recorrido de inspección pero dijo que al parecer no faltaba nada.

—Los indios que había por aquí eran los sauk. Hace doce años fueron desplazados al otro lado del Mississippi, a Iowa, debido a unas luchas que la gente del lugar llegó a llamar la guerra de Halcón Negro. Hace algunos años, los sauk que aún quedaban vivos fueron trasladados a una reserva de Kansas. El mes pasado nos enteramos de que unos cuarenta guerreros indios se habían marchado de la reserva con sus mujeres y sus hijos. Según se rumoreaba, se dirigían hacia Illinois. Al ser tan pocos, dudo de que sean tan estúpidos como para crearnos problemas. Creo que simplemente esperan que los dejemos en paz.

Rob asintió.

—Si hubieran querido crearme problemas, podrían haberlo hecho fácilmente.

Nick estaba impaciente por dejar de lado cualquier tema que pudiera empañar la reputación de Holden's Crossing. Dijo que había pasado la mañana buscando cuatro parcelas de tierra. Quería enseñárselas y, ante su insistencia, Rob ensilló su yegua.

La tierra era propiedad del gobierno. Mientras cabalgaban, Nick le explicó que había sido dividida por los topógrafos federales en parcelas de ochenta acres. La propiedad privada se vendía a ocho dólares el acre, o más, pero el precio de las tierras del gobierno era de un dólar con veinticinco centavos el acre, es decir, cien dólares el terreno de ochenta acres. Para adquirir la tierra había que dar una entrada de la vigésima parte del precio, el veinticinco por ciento a los cuarenta días, y el resto en tres plazos iguales al cabo de dos, tres y cuatro años, contando desde la fecha de la entrada. Nick dijo que era la mejor tierra que se podía conseguir para una granja, y cuando llegaron allí Rob le creyó. Las parcelas se encontraban aproximadamente a un kilómetro y medio del río, brindando una gruesa franja de bosque ribereño que contenía varios manantiales y madera para construir. Más allá del bosque se extendía la fértil promesa de la llanura sin labrar.

—Éste es mi consejo —anunció Holden—. Yo no consideraría esta tierra como cuatro parcelas de ochenta acres, sino como dos de ciento sesenta acres. En este momento el gobierno permite que los nuevos pobladores compren hasta dos secciones, y eso es lo que yo haría si estuviera en tu lugar.

Rob J. hizo una mueca y sacudió la cabeza.

—Es una tierra fantástica. Pero no tengo los cincuenta dólares que hacen falta.

Nick Holden lo miró con aire pensativo.

—Mi porvenir está ligado a esta futura ciudad. Si puedo atraer a otros pobladores, seré propietario del almacén, el molino y la taberna. Los pobladores acuden en tropel a un sitio en el que hay médico. Para mí es una garantía tenerte viviendo en Holden's Crossing. Los bancos están prestando dinero a un interés anual del dos y medio por ciento. Yo te prestaría los cincuenta dólares al uno y medio por ciento, para que me los devuelvas en el plazo de ocho años.

Rob J. miró a su alrededor y lanzó un suspiro. Era una tierra fantástica. El lugar le parecía tan perfecto que tuvo que hacer un esfuerzo por controlar su voz mientras aceptaba la oferta. Nick le estrechó la mano cálidamente y restó importancia a su gratitud:

—No es más que un buen negocio.

Recorrieron lentamente la propiedad. La parcela doble

que estaba al sur era un terreno bajo, prácticamente llano. El sector del norte era ondulado, con varias elevaciones que casi podían considerarse pequeñas colinas.

—Yo me quedaría con los trozos del sur —sugirió Holden—; el suelo es mejor y más fácil de arar.

Pero Rob J. ya había decidido comprar el sector del norte.

—Dedicaré la mayor parte a pastos y criaré ovejas; ése es el tipo de agricultura que yo entiendo. Pero conozco a alguien que está ansioso por cultivar la tierra, y tal vez quiera las parcelas del sur.

Cuando le habló de Jason Geiger, el abogado sonrió de placer.

—¿Una farmacia en Holden's Crossing? Eso sería tener el éxito asegurado. Bueno, entregaré un depósito para la parcela sur y la reservaré a nombre de Geiger. Si él no la quiere, no será difícil hacer negocio con una tierra tan buena.

A la mañana siguiente los dos hombres se trasladaron a Rock Island, y cuando salieron de la Oficina del Catastro de Estados Unidos, Rob J. se había convertido en propietario y en deudor.

Por la tarde volvió solo a su propiedad. Ató a la yegua y exploró a pie el bosque y la pradera mientras pensaba y hacía planes. Caminó junto al río, como si estuviera soñando, mientras lanzaba piedras al agua, incapaz de creer que todo eso fuera suyo. En Escocia era terriblemente difícil comprar tierra. El terreno y las ovejas que su familia poseía en Kilmarnock habían pasado de una generación a otra a lo largo de varios siglos.

Esa noche le escribió a Jason Geiger describiéndole los ciento sesenta acres que habían sido reservados junto a su propiedad, y le pidió que le hiciera saber en cuanto le fuera posible si quería tomar posesión de la tierra definitivamente. También le pidió que le enviara una buena provisión de azufre porque Nick le había contado de mala gana que en primavera siempre había una epidemia que la gente del lugar llamaba sarna de Illinois, y lo único que al parecer servía para combatirla era una elevada dosis de azufre.

10

La crianza

Enseguida corrió la voz de que había llegado un médico. Tres días después de que Rob J. llegara a Holden's Crossing fue llamado por su primer paciente, que vivía a veinticinco kilómetros de distancia, y a partir de entonces no dejó de trabajar en ningún momento. A diferencia de los colonos del sur y el centro de Illinois, la mayoría de los cuales provenían de los Estados del Sur, los granjeros que se establecían en el norte de Illinois llegaban desde Nueva York y Nueva Inglaterra, cada mes en mayor número, a pie, a caballo o en carromato, a veces con una vaca, algunos cerdos y algunas ovejas. El ejercicio de su profesión abarcaría un territorio amplio: la pradera que se extendía entre los grandes ríos, atravesada por pequeños arroyos, dividida por bosquecillos y estropeada por ciénagas profundas y llenas de barro. Si los pacientes iban a verlo, cobraba setenta y cinco centavos la consulta. Si él tenía que ir a visitar al paciente, cobraba un dólar, y uno y medio si era de noche. Pasaba la mayor parte del día montado en su caballo, porque en este extraño país las granjas se hallaban muy apartadas. A veces, al caer la noche, estaba tan cansado de viajar que lo único que podía hacer era echarse en el suelo y dormir profundamente.

Le comunicó a Holden que a finales de ese mes estaría en condiciones de devolverle una parte de su deuda, pero Nick sonrió y sacudió la cabeza.

—No te apresures. En realidad creo que sería mejor que te prestara un poco más. El invierno es duro y vas a necesitar un animal más fuerte que el que tienes. Y con tantos pacientes no tienes tiempo de hacerte una cabaña antes de que empiecen las nevadas. Será mejor que busque a alguien que pueda construirte una, a jornal.

Nick encontró a un constructor de cabañas llamado Alden Kimball, un hombre infatigable, delgado como un palo, que tenía los dientes amarillos porque siempre estaba fumando en una apestosa pipa hecha con una mazorca. Había crecido en una granja en Hubbardton, Vermont, y últimamente era un réprobo mormón de Nauvoo, Illinois, donde los adeptos eran conocidos como los santos del último día, y se rumoreaba que los hombres tenían tantas esposas como querían. Kimball contó a Rob J. que había tenido una discusión con los ancianos de la iglesia y que se había marchado, simplemente. Rob J. no estaba interesado en hacerle demasiadas preguntas. Para él era suficiente que Kimball usara el hacha y la azuela como si formaran parte de su cuerpo. Cortaba y desbastaba los troncos y los dejaba planos de los dos lados correspondientes. Un día Rob le alquiló un buey a un granjero llamado Grueber. En cierto modo Rob sabía que Grueber no le habría confiado su valioso buey si Kimball no hubiera estado con él. El santo caído insistía pacientemente en someter al buey a su voluntad, y en un solo día los dos hombres y la bestia arrastraron los troncos preparados hasta el emplazamiento que Rob había elegido a la orilla del río. Mientras Kimball unía los troncos de los cimientos con clavijas para la madera, Rob vio que el único tronco grande que sustentaría la pared norte tenía una curva de un tercio de su longitud, aproximadamente, y se lo hizo notar a Alden.

—Está bien —respondió Kimball, y Rob se marchó y lo dejó trabajar.

Al visitar el lugar un par de días más tarde, Rob vio que ya estaban levantadas las paredes de la cabaña. Alden había taponado los troncos con arcilla extraída de un lugar a la orilla del río, y estaba blanqueando las tiras de arcilla. En el lado que daba al norte, todos los troncos tenían una sinuosidad que combinaba casi exactamente con el tronco de la base, dando una ligera inclinación a toda la pared.

A Alden debía de haberle llevado mucho tiempo encontrar troncos con el mismo defecto, y de hecho dos de ellos habían tenido que ser tallados con la azuela para lograr que combinaran.

Fue Alden quien le habló de un caballo ágil que Grueber tenía para vender. Cuando Rob J. confesó que no sabía demasiado de caballos, Kimball se encogió de hombros.

—Es una yegua de cuatro años; aún está creciendo y desarrollando los huesos. Es un animal sano, no tiene nada malo.

Así que Rob la compró. Era lo que Grueber llamaba un animal bayo, más rojo que pardo, con patas, crin y cola negras, y manchas negras como pecas en la frente; tenía quince palmos de altura, un cuerpo fuerte y expresión inteligente en los ojos. Como las pecas le recordaban a la chica que había conocido en Boston, la llamó Margaret Holland. Meg, para abreviar.

Se dio cuenta de que Alden tenía buen ojo para los animales, y una mañana le preguntó si le gustaría seguir como jornalero cuando la cabaña estuviera terminada, y trabajar en la granja.

—Bueno..., ¿qué clase de granja?

—De ovejas.

Alden puso mala cara.

—No entiendo nada de ovejas. Siempre he trabajado con vacas lecheras.

—Yo he crecido entre ovejas —comentó Rob—. No es difícil cuidarlas. Tienen tendencia a moverse en rebaño, así que un hombre y un perro pueden dominarlas fácilmente en una pradera. En cuanto a las otras tareas, castrarlas, esquilarlas y todo lo demás, yo podría enseñártelas.

Alden pareció reflexionar, pero sólo se trataba de un gesto de cortesía.

—Para ser sincero, no me interesan mucho las ovejas. No

—dijo finalmente—. Gracias por su amabilidad, pero supongo que no. —Tal vez para cambiar de tema le preguntó a Rob qué pensaba hacer con la otra yegua. Monica Grenville lo había llevado al Oeste, pero era un animal cansado—. No crea que conseguirá mucho si la vende sin ponerla antes en condiciones. En la pradera hay mucha hierba, pero tendrá que comprar heno para el invierno.

Ese problema quedó resuelto pocos días después, cuando un granjero que andaba escaso de dinero le pagó un parto con una carretada de heno. Después de consultarlo, Alden aceptó extender el techo de la cabaña junto a la pared que daba al sur, sosteniendo los extremos con estacas, para montar un establo abierto para las dos yeguas.

Pocos días después de que estuviera terminado, Nick pasó para echar un vistazo. Sonrió al ver el cobertizo añadido para los animales y evitó la mirada de Alden Kimball.

—Tienes que reconocer que le da un aspecto extraño —dijo mientras levantaba las cejas señalando la pared norte de la cabaña—. La maldita pared está curvada.

Rob J. pasó las yemas de los dedos por encima de la curva de los troncos, en un gesto de admiración.

—No, fue construida de este modo a propósito; así es como nos gusta. Eso la hace diferente de las otras cabañas que probablemente has visto.

Después de que Nick se marchara, Alden estuvo trabajando en silencio aproximadamente durante una hora; luego dejó de colocar clavijas y se acercó a Rob, que estaba almohazando a Meg. Golpeó la pipa contra el tacón de la bota para quitar el tabaco.

—Supongo que puedo aprender a cuidar ovejas —dijo.

11

El solitario

Para empezar a formar el rebaño, Rob J. pensó sobre todo ovejas merinas españolas, porque su lana fina resultaba valiosa, y cruzarlas con una raza inglesa de lana larga, como había hecho su familia en Escocia. Informó a Alden de que no compraría los animales hasta la primavera, para ahorrarse el gasto y el esfuerzo que suponía cuidarlos durante el invierno. Alden se ocupó entre tanto de amontonar postes para vallas, construir dos establos con techo de una vertiente, y levantar una cabaña para él en el bosque. Afortunadamente podía trabajar sin que nadie lo supervisara, porque Rob J. estaba ocupado. La gente de los alrededores se las había arreglado sin médico, y él pasó los primeros meses intentando corregir los efectos de la falta de atención y de los remedios caseros. Visitó pacientes con gota, cáncer, hidropesía y escrófula, muchos niños con lombrices y personas de todas las edades con tisis. Se cansó de arrancar muelas picadas. Cuando arrancaba una muela picada sentía lo mismo que cuando amputaba un miembro; detestaba quitar algo que nunca podría volver a poner.

—Espera a la primavera, que es cuando todo el mundo coge algún tipo de fiebre. Te vas a forrar —dijo Nick Holden alegremente.

Sus visitas lo llevaban por senderos remotos, casi inexistentes. Nick se ofreció a prestarle un revólver hasta que él pudiera comprarse uno.

—Viajar es peligroso. Hay bandidos que son como piratas de tierra, y ahora esos malditos hostiles.

—¿Hostiles?

—Indios.

—¿Alguien los ha visto?

Nick frunció el entrecejo. Dijo que habían sido divisados en varias ocasiones, pero admitió de mala gana que no habían molestado a nadie.

—Hasta ahora —añadió en tono pesimista.

Rob J. no se compró ningún revólver ni usó el de Nick. Se sentía seguro con su nueva yegua. Era un animal de gran resistencia, y él disfrutaba al ver la seguridad con que podía trepar y bajar por orillas empinadas y vadear corrientes rápidas. Le enseñó a aceptar que la montaran por un costado o por otro, y la yegua aprendió a acudir cuando le silbaba. Los animales de su tipo se utilizaban para reunir el ganado, y Grueber ya le había enseñado a arrancar, detenerse y girar instantáneamente, respondiendo al más mínimo cambio del peso de Rob, o a un pequeño movimiento de las riendas.

Un día de octubre fue llamado a la granja de Gustav Schroeder, que se había aplastado dos dedos de la mano izquierda con unas pesadas rocas. Rob se perdió por el camino, y se detuvo a preguntar en una choza de aspecto lamentable que se encontraba junto a unos campos muy bien cuidados. La puerta se abrió apenas una rendija, pero fue asaltado por el peor de los olores, por el hedor de desechos humanos viejos, aire viciado y podredumbre. Apareció una cara, y Rob vio los ojos rojos e hinchados, el pelo húmedo y lleno de mugre, como el de una bruja.

—¡Lárguese! —le ordenó una áspera voz de mujer.

Algo del tamaño de un perro pequeño se movió al otro lado de la puerta. ¿No había un niño allí dentro? La puerta se cerró de golpe.

Los cuidados campos resultaron ser de Schroeder.

Cuando Rob llegó a la granja tuvo que amputar al granjero el dedo meñique y la primera articulación del tercer dedo, lo cual representó un sufrimiento para el paciente. Al terminar le preguntó a la esposa de Schroeder por la mujer de la choza, y Alma Schroeder pareció un poco avergonzada.

—Es la pobre Sarah —respondió.

12

El indio grande

Las noches empezaron a ser frías y cristalinas, con estrellas enormes, y luego el cielo estuvo encapotado durante varias semanas seguidas. Antes de que noviembre tocara a su fin llegó la nieve, encantadora y terrible; luego empezó a soplar el viento, esculpiendo el grueso manto blanco, amontonándolo en ventisqueros que desafiaban pero nunca detenían a la yegua. Fue al ver con cuánto coraje reaccionaba ante la nieve cuando Rob J. empezó a quererla realmente.

El frío glacial en la llanura permaneció inalterable durante todo el mes de diciembre y gran parte de enero. Un amanecer, mientras regresaba a su casa después de pasar toda la noche levantado en una vivienda humeante con cinco niños, tres de los cuales tenían crup, tropezó con dos indios que se encontraban en un grave apuro. Reconoció enseguida a los hombres que lo habían escuchado interpretar la viola junto a la cabaña de Nick Holden. Los cuerpos de tres liebres muertas daban testimonio de que habían estado cazando. Uno de los ponis se había caído, rompiéndose una pata delantera a la altura del menudillo, y aprisionando a su jinete, el sauk de la nariz ganchuda y grande. Su compañero, el indio voluminoso, había matado inmediatamente al caballo y le había abierto la panza; luego había logrado arrastrar al hombre herido liberándolo del animal muerto y lo había colocado en la humeante cavidad del caballo para evitar que se congelara.

—Soy médico, tal vez pueda ayudarlo.

No entendía el inglés, pero el indio grande no hizo ningún intento de impedirle examinar al hombre herido. En cuanto buscó a tientas debajo de la andrajosa ropa de piel, resultó evidente que el cazador había sufrido una dislocación posterior de la cadera derecha y que estaba terriblemente dolorido. El nervio ciático estaba dañado porque el hombre tenía el pie colgando, y cuando Rob le quitó el zapato de cuero y lo pinchó con la punta de un cuchillo, no pudo mover los dedos. Los músculos protectores se habían vuelto tan difíciles de manipular como un trozo de madera debido al dolor y al frío glacial, y no había forma de acomodar la cadera inmediatamente.

Rob se sintió desesperado cuando el indio grande montó en su caballo y los abandonó, cruzando la pradera en dirección al límite del bosque, tal vez en busca de ayuda. Rob se quitó una chaqueta apolillada de piel de oveja que el invierno anterior había ganado a un leñador en una partida de póquer, y tapó con ella al paciente; luego abrió su alforja y sacó unas vendas con las que ató las piernas del indio para inmovilizar la cadera dislocada. En ese momento regresó el indio grande arrastrando dos ramas de árbol recortadas, estacas resistentes pero flexibles. Las ató a ambos lados del caballo como si fueran los varales de un carro, y las unió con algunas de sus prendas de piel, formando una camilla transportable. Encima de ella ataron al hombre herido, que debió de sufrir terriblemente mientras era arrastrado, aunque la nieve permitió que el viaje fuera más tranquilo que si se hubiera tratado del terreno pelado.

Mientras Rob J. cabalgaba detrás del herido, empezó a caer aguanieve. Avanzaron por el límite del bosque que bordeaba el río. Finalmente el indio guió al caballo hasta un claro entre los árboles y entraron en el campamento de los sauk.

Los tipis de cuero, de forma cónica —cuando Rob J. tuvo ocasión de contarlos descubrió que eran diecisiete—, habían sido montados entre los árboles, donde quedaban protegidos del viento.

Los sauk iban bien abrigados. Por todas partes había indicios de la reserva, porque además de cueros y pieles de animales llevaban las ropas desechadas por los blancos, y en varias tiendas se veían cajas viejas de municiones del ejército. Tenían montones de ramas secas para hacer fuego, y del agujero para el humo de cada tipi se elevaban volutas grises. Pero la ansiedad con que las manos cogieron las delgadas liebres no pasó inadvertida para Rob J., y tampoco la expresión angustiada de todos los rostros que vio, porque ya en otras ocasiones había visto personas hambrientas.

El hombre herido fue trasladado a uno de los tipis, y Rob lo siguió.

—¿Alguien habla inglés?

—Yo conozco su idioma.

Resultaba difícil determinar la edad de la persona que había hablado porque llevaba puesto el mismo montón informe de ropa de piel que los demás, y la cabeza cubierta con una capucha de pieles cosidas de ardilla gris, pero la voz era la de una mujer.

—Yo sé cómo curar a este hombre. Soy médico. ¿Sabe lo que es un médico?

—Lo sé. —Sus ojos pardos lo miraron serenamente desde debajo de los pliegues de la piel. La mujer dijo algo en su lengua y los demás indios que estaban en la tienda esperaron, mirando a Rob.

Cogió un poco de leña del montón y preparó el fuego. Al quitarle la ropa al hombre vio que tenía la cadera girada.

Levantó las rodillas del indio hasta que estuvieron totalmente flexionadas y luego, por intermedio de la mujer, se aseguró de que unas manos fuertes sujetaran firmemente al hombre. Se puso en cuclillas y colocó su hombro derecho exactamente debajo de la rodilla del costado herido. Luego empujó con todas sus fuerzas, y se oyó el crujido que produjo el hueso al volver a acomodarse en la cavidad de la articulación.

El indio parecía muerto. Durante todo ese tiempo apenas se había quejado, y Rob J. pensó que un trago de whisky y láudano le haría bien. Pero llevaba ambas medicinas en las alforjas, y antes de que pudiera cogerlas, la mujer había colocado agua en una calabaza, la había mezclado con un polvo que guardaba en una bolsita de gamuza y se la había dado al herido, que bebió ansiosamente. La mujer colocó una mano en cada cadera del hombre y lo miró a los ojos mientras canturreaba algo en su lengua. Mientras la observaba y escuchaba, Rob J. sintió que se le erizaba el pelo de la nuca. Se dio cuenta de que ella era el médico de aquellos indios. O tal vez una especie de sacerdotisa.

En ese momento, la noche en vela y la lucha con la nieve durante las veinticuatro horas anteriores dejaron caer su peso sobre Rob; mareado de cansancio, salió del tipi tenuemente iluminado y se encontró con los sauk que esperaban fuera, salpicados de nieve.

Un anciano de ojos legañosos lo tocó con expresión de asombro.

—*Cawso wabeskiou!* —exclamó el anciano, y los demás repitieron con él—: *Cawso wabeskiou, Cawso wabeskiou.*

La médico-sacerdotisa salió del tipi. Cuando la capucha resbaló de su rostro, Rob vio que no era vieja.

—¿Qué están diciendo?

—Te llaman chamán blanco —respondió ella.

La hechicera le informó que, por motivos que enseguida le parecieron evidentes, el hombre herido se llamaba Waucauche, Nariz de Águila.

El nombre del indio grande era Pyawanegawa, Viene Cantando. Mientras Rob J. regresaba a su cabaña se cruzó con Viene Cantando y con otros dos sauk, que debían de haber cabalgado hasta donde estaba el caballo muerto, en cuanto Nariz de Águila quedó en su tienda, para llevarse la carne antes de que los lobos dieran cuenta de ella. Habían cortado el poni muerto en trozos y trasladaban la carne en dos caballos de carga. Pasaron en fila junto a Rob, aparentemente sin mirarlo siquiera, como si se tratara de un árbol.

Cuando llegó a su casa, Rob J. escribió en su diario e intentó dibujar a la mujer de memoria; pero por mucho que lo intentó, sólo consiguió una especie de rostro indio genérico, asexuado y famélico. Necesitaba dormir pero no se sintió tentado por su colchón de paja. Sabía que Gus Schroeder tenía espigas secas de sobra para vender, y Alden había mencionado que Paul Grueber tenía un poco de cereal de sobra, separado para venderlo antes de almacenar. Montó a Meg y llevó a Monica, y esa tarde regresó al campamento sauk y descargó dos sacos de maíz, uno de colinabo y otro de trigo.

La hechicera no le dio las gracias. Simplemente miró los sacos de alimentos y dio unas cuantas órdenes, y las manos ansiosas de los indios los llevaron rápidamente al interior de los tipis, para protegerlos del frío y la humedad. El viento abrió de golpe la capucha de la india. Era una verdadera piel roja: su rostro tenía el matiz del colorete rojizo, y su nariz una protuberancia en el puente y ventanillas casi negroides. Sus ojos pardos eran maravillosamente grandes y su mirada directa. Cuando le preguntó cómo se llamaba, ella dijo que Makwa-ikwa.

—¿Qué significa?

—La Mujer Oso —respondió ella.

13

La época fría

Los muñones de los dedos amputados de Gus Schroeder cicatrizaron sin infección. Rob visitaba al granjero tal vez con demasiada frecuencia porque sentía curiosidad por la mujer que habitaba la cabaña de la casa de los Schroeder. Al principio Alma Schroeder se mostró discreta, pero en cuanto se dio cuenta de que Rob J. quería ayudar se mostró maternalmente locuaz con respecto a la joven mujer. Sarah tenía veintidós años y era viuda; hacía cinco años que había llegado a Illinois desde Virginia con su joven esposo, Alexander Bledsoe. Durante dos primaveras, Bledsoe había cortado las malas hierbas rebeldes y profundamente arraigadas, luchando con un arado y una yunta de bueyes para lograr que sus campos fueran lo más grandes posible antes de que, con la llegada del verano, la hierba de la pradera le cubriera la cabeza. Durante el segundo año de su estancia en el Oeste, en el mes de mayo, contrajo la sarna de Illinois, y a continuación la fiebre que lo mató.

—En la primavera siguiente ella intenta arar y sembrar, ella sola —añadió Alma—. Consigue una *kleine* cosecha, corta un poco más de hierba, pero no puede. Simplemente no puede cultivar la tierra. Ese verano nosotros vinimos de Ohio, Gus y yo. Hicimos... ¿cómo lo llaman...? ¿Un acuerdo? Ella entrega sus campos a Gustav, nosotros le suministramos harina de maíz, vegetales. Y leña para el fuego.

—¿Cuántos años tiene la criatura?

—Dos años —repuso Alma Schroeder serenamente—. Ella nunca lo ha dicho, pero nosotros pensamos que Will Mosby era el padre. Los hermanos Will y Frank Mosby vivían río abajo. Cuando vinimos a vivir aquí, Will Mosby pasaba muchísimo tiempo con ella. Estábamos contentos. Por aquí, una mujer necesita un hombre. —Alma suspiró con desdén—. Esos hermanos. No buenos, no buenos. Frank Mosby está huyendo de la ley. Will fue asesinado en una pelea en una taberna, exactamente antes de que llegara el bebé. Un par de meses más tarde, Sarah se puso enferma.

—No tiene mucha suerte.

—Ninguna suerte. Está muy enferma. Dice que se está muriendo de cáncer. Tiene dolores de estómago; le duele tanto que no puede... ya sabe... retener el agua.

—¿También ha perdido el control de los intestinos?

Alma Schroeder se ruborizó. Hablar de un bebé nacido fuera del matrimonio era una simple observación sobre las extravagancias de la vida, pero no estaba acostumbrada a hablar de las funciones fisiológicas con ningún hombre que no fuera Gus, ni siquiera con un médico.

—No. Sólo del agua... Quiere que me quede con el pequeño cuando ella se vaya. Nosotros ya tenemos cinco que alimentar... —Lo miró fijamente—. ¿Puede darle algún medicamento para el dolor?

Una persona enferma de cáncer podía escoger entre el whisky o el opio. No existía nada que ella pudiera tomar, y seguir cuidando de su hijo. Pero cuando se marchó de casa de los Schroeder se detuvo junto a la cabaña cerrada y aparentemente sin vida.

—Señora Bledsoe —llamó. Golpeó la puerta.

No obtuvo respuesta.

—Señora Bledsoe. Soy Rob J. Cole. Soy médico. —Volvió a golpear.

—¡Váyase!

—Le he dicho que soy médico. Tal vez pueda hacer algo.

—Váyase. Váyase. Váyase.

A finales del invierno su cabaña empezó a tener aspecto de hogar. Cada vez que iba a algún sitio compraba cosas para la casa: una olla de hierro, dos tazas de hojalata, una botella de color, un cuenco de barro, cucharas de madera. Algunas cosas las compraba. Otras las aceptaba como pago, que era el caso del par de las viejas pero útiles mantas hechas con retazos de varios colores; colgó una en la pared norte, para reducir la corriente de aire, y usó la otra para abrigarse en la cama que le había hecho Alden Kimball. Éste también le hizo un taburete de tres patas y un banco bajo para poner delante de la chimenea, y exactamente antes de que comenzaran las nevadas había arrastrado hasta la cabaña un trozo de sicomoro de un metro aproximadamente, y lo había colocado de pie. Clavó al tronco un trozo de madera, sobre el que Rob extendió una manta vieja de lana. Se sentaba ante esa mesa como si fuera un rey, en el mejor mueble de la casa: una silla con asiento de corteza trenzada de nogal; allí comía o leía sus libros y periódicos antes de irse a la cama, iluminado por la luz vacilante de un trapo que ardía en un plato con grasa. La chimenea, construida con piedras del río y arcilla, mantenía caliente la cabaña. Encima de ella se veían sus rifles, colocados en ganchos, y de las vigas había colgado manojos de hierbas, ristras de cebollas y ajos, hilos con rodajas secas de manzana, embutido y un jamón ahumado. En un rincón guardaba herramientas: una azada, un hacha, una roturadora, una horca de madera, todas hechas con diferentes grados de habilidad.

De vez en cuando tocaba la viola de gamba. La mayor parte del tiempo estaba demasiado cansado para tocar él solo. El 2 de marzo llegó a la oficina de la diligencia, en Rock Island, una carta y una provisión de azufre remitidas por Jay Geiger. En la carta decía que la descripción que Rob J. había hecho de las tierras de Holden's Crossing era más de lo que él y su esposa habían esperado. Le había enviado a Nick Holden un giro para cubrir el depósito sobre la propiedad, y se haría cargo de los futuros pagos a la oficina del catastro. Por desgracia, los Geiger no pensaban trasladarse a Illinois hasta que hubiera pasado un tiempo; Lillian estaba embarazada otra vez, «un acontecimiento inesperado que, aunque nos llena de dicha, retrasará nuestra partida de este lugar». Esperarían hasta que su segundo hijo tuviera edad suficiente para sobrevivir al traqueteo del viaje por la pradera.

Rob J. leyó la carta con una mezcla de sentimientos. Estaba encantado de que Jay confiara en su recomendación con respecto a la tierra y de que algún día se convirtiera en su vecino. Pero le desesperaba que ese día aún no estuviera a la vista. Habría dado cualquier cosa por poder sentarse con Jason y Lillian y tocar una música que lo consolara y transportara su alma. La pradera era una cárcel enorme y silenciosa, y la mayor parte del tiempo estaba solo en ella.

Se dijo que buscaría un perro apropiado.

A mediados del invierno los sauk estaban otra vez delgados y hambrientos. Gus Schroeder se preguntó en voz alta por qué Rob J. quería comprar otros dos sacos de maíz, pero cuando éste no le dio ninguna explicación, no insistió en el asunto. Los indios aceptaron el regalo suplementario de maíz en silencio y sin mostrar ninguna emoción, como en la ocasión anterior. Rob le llevó a Makwa-ikwa una libra de café y se acostumbró a pasar el rato con ella, junto al fuego. Ella hizo durar el café añadiendo tal cantidad de una raíz silvestre tostada, que resultó distinto de cualquier café que él hubiera tomado. Lo bebieron puro; no era bueno pero estaba caliente y tenía cierto sabor indio. Poco a poco aprendieron a conocerse. Ella había asistido a la escuela durante cuatro años, en una misión para niños indios, cerca de Fort Crawford. Sabía leer un poco y había oído hablar de Escocia, pero cuando él supuso que era cristiana, ella le corrigió. Su pueblo adoraba a Sewanna —su dios principal— y a otros manitús, y ella les decía cómo hacerlo a la antigua usanza. Rob comprendió que también era sacerdotisa, y eso le ayudaba a ser una sanadora eficaz. Sabía todo lo necesario sobre las plantas medicinales del lugar, y de los mástiles de su tienda colgaban manojos de hierbas secas. En varias ocasiones él la vio curar a los sauk. Empezaba poniéndose en cuclillas a un lado del indio enfermo y tocaba suavemente un tambor hecho con una vasija de cerámica, en la que había dos tercios de agua, y un trozo de piel delgada y curtida extendida sobre la boca. Luego frotaba el parche del tambor con un palo curvo. El resultado era un trueno grave que finalmente producía un efecto soporífero. Un rato después colocaba ambas manos en la parte del cuerpo que necesitaba ser curada y le hablaba al enfermo en su lengua. La vio aliviar de esa forma la espalda torcida de un joven y los huesos doloridos de una anciana.

—¿Cómo haces para que el dolor desaparezca sólo con tus manos?

Ella sacudió la cabeza.

—No puedo explicarlo.

Rob J. cogió las manos de la anciana entre las suyas. A pesar de que la anciana ya no sentía dolor, él percibió que las fuerzas de la enferma disminuían, y le comunicó a Makwa-ikwa que sólo le quedaban unos días de vida. Cuando regresó al campamento sauk, cinco días más tarde, la anciana había muerto.

—¿Cómo lo sabías? —le preguntó Makwa-ikwa.

—La muerte que se acerca... Algunas personas de mi familia pueden percibirla. Es una especie de don. No puedo explicarlo.

De modo que se creyeron. Él la encontraba tremendamente interesante, muy distinta de las personas que había conocido. Incluso entonces, la conciencia física era una presencia existente entre ambos. La mayor parte de las veces se sentaban junto al pequeño fuego de ella en el tipi y bebían café o conversaban. En una ocasión él intentó contarle cómo era Escocia y fue incapaz de descifrar cuánto había comprendido, pero ella estuvo atenta y luego le preguntó por los animales salvajes y las cosechas. Makwa-ikwa le explicó la estructura tribal de los sauk, y entonces le tocó a ella tener paciencia, porque a él le resultó complicado. La nación sauk estaba dividida en doce grupos similares a los clanes escoceses, con la diferencia de que en lugar de McDonald, Bruce y Stewart, ellos tenían otros nombres: *Namawuck*, Esturión; *Muc-kissou*, Águila Calva; *Pucca-hummowuk*, Perca Anillada; *Macco Pennyack*, Patata Oso; *Kiche Cumme*, Gran Lago; *Payshake-issewuck*, Venado; *Pesshe-peshewuck*, Pantera; *Waymeco-uck*, Trueno; *Muck-wuck*, Oso; *Me-seco*, Perca Hurón; *Aha-wuck*, Cisne; y *Muhwha-wuck*, Lobo. Los clanes convivían sin competir, pero cada hombre sauk pertenecía a una de las dos Mitades altamente competitivas: la *Keeso-qui*, Pelos Largos, o la *Osh-cush*, Hombres Valientes. En el momento de su nacimiento, el primer hijo varón era declarado miembro de la Mitad a la que pertenecía su padre; el segundo hijo varón se convertía en miembro de la otra Mitad, y así sucesivamente, alternando de manera tal que las dos Mitades estuvieran representadas de forma más o menos equivalente dentro de cada familia y de cada clan. Competían en los juegos, en la caza, en hacer niños, en dar golpes y en otros actos de valentía en todos los aspectos de su vida. La competición salvaje mantenía a los sauk fuertes y valerosos, pero no había peleas sangrientas entre las Mitades. A Rob J. le pareció que era un sistema más sensato que el que él conocía, más civilizado, porque miles de escoceses habían muerto a manos de miembros de los clanes rivales durante siglos de salvajes luchas de exterminio mutuo.

Debido a la escasez de víveres y a la aprensión que sentía por la forma en que los indios preparaban los alimentos, al principio evitó compartir las comidas de Makwa-ikwa. Luego, en varias ocasiones en las que los cazadores tuvieron éxito, comió lo que ella había cocinado y lo encontró sabroso. Observó que comían más estofados que asados, y que cuando podían elegir preferían las carnes rojas o las aves al pescado. Ella le habló de los banquetes de perro, comidas religiosas porque los manitús apreciaban la carne canina. Le explicó que cuanto más valioso era el perro como animal doméstico, mejor era el sacrificio de la fiesta, y más poderosa la medicina. Rob J. no pudo ocultar su repugnancia.

—¿No te parece raro comer un perro, que es un animal doméstico?

—No tan raro como comer el cuerpo y la sangre de Cristo.

Él era un joven normal y a veces, aunque estaban protegidos del frío con muchas capas de ropa y pieles, se sentía tremendamente excitado. Si los dedos de ambos se rozaban cuando ella le daba una taza de café, él sentía una conmoción glandular. En una ocasión cogió las manos frías y cuadradas de ella entre las suyas y quedó impresionado por la vitalidad que percibió. Examinó sus dedos cortos, la piel rojiza y áspera, los callos rosados de las palmas. Le preguntó si alguna vez iría a visitarlo a su cabaña. Ella lo miró en silencio y retiró las manos. No dijo que no visitaría su cabaña, pero nunca lo hizo.

Durante la época del barro, Rob J. cabalgó hacia el poblado indio, evitando los lodazales que aparecían por todas partes porque la esponjosa pradera no podía absorber la gran cantidad de nieve derretida. Encontró a los sauk levantando el campamento de invierno y los siguió a lo largo de casi diez kilómetros, hasta un lugar abierto en el que reemplazaron los abrigados tipis del invierno por *hedonosotes*, casas comunales de ramas entrelazadas a través de las cuales soplarían las suaves brisas del verano. Existía una buena razón para trasladar el campamento: los sauk no sabían nada sobre la higiene, y el campamento de invierno apestaba a mierda. Sobrevivir al crudo invierno y trasladarse al campamento de verano evidentemente había animado a los indios, porque Rob J. veía por todas partes hombres jóvenes luchando, corriendo o jugando a palo y pelota, un juego que jamás había visto. Utilizaban palos de madera con bolsas de cuero en forma de red en un extremo, y una pelota de madera cubierta de ante. Mientras corría a toda velocidad, un jugador lanzaba la pelota fuera de la red sujetada por el palo, y otro jugador la cogía hábilmente en la suya. Pasándosela de uno a otro, hacían que la pelota recorriera grandes distancias. Era un juego rápido y muy rudo. Cuando un jugador estaba en poder de la pelota, los otros jugadores tenían libertad para intentar sacarla de la red golpeando a diestro y siniestro con su palo, a menudo asestando golpes terribles en el cuerpo o en las piernas o brazos de su rival, mientras se ponían zancadillas y se empujaban mutuamente. Al advertir la fascinación con que Rob seguía el desarrollo del juego, uno de los cuatro jugadores indios le hizo señas para que se acercara y le ofreció su palo.

Los otros sonrieron y enseguida le hicieron participar en el juego, que más le pareció una mutilación criminal que un deporte. Él era más grande que la mayoría de los jugadores, más musculoso. A la primera oportunidad, el hombre que tenía la pelota hizo girar la muñeca y lanzó violentamente la dura esfera en dirección a Rob. Éste hizo un infructuoso intento de cogerla y tuvo que correr para alcanzarla, pero sólo consiguió meterse en una refriega salvaje, una lluvia de palos que parecían caer siempre sobre él. El largo adelantamiento lo desconcertó. Luego de una triste valoración de las habilidades que no poseía, devolvió el palo a su propietario.

Mientras comía conejo guisado en la casa de Makwaikwa, ésta le comunicó serenamente que los sauk deseaban que él les hiciera un favor. En el transcurso del crudo invierno, habían conseguido varias pieles con sus trampas. Ahora tenían dos fardos de excelentes pieles de visón, de zorro, de castor y ratón almizclero. Querían canjear las pieles por semillas para sembrar su primer cultivo del verano.

Rob J. quedó sorprendido porque nunca había pensado en los indios como agricultores.

—Si nosotros lleváramos las pieles a un comerciante blanco, nos estafaría —comentó Makwa-ikwa. Lo dijo sin rencor, como hubiera podido contarle cualquier otra cosa.

De modo que una mañana él y Alden Kimball partieron rumbo a Rock Island con dos caballos de carga en los que llevaban las pieles, y otro caballo sin ningún tipo de carga. Rob J. negoció con el tendero del lugar y a cambio de las pieles consiguió cinco sacos de maíz de siembra —un saco de maíz temprano y pequeño, dos de un maíz más grande y de grano duro para moler, y dos de un maíz de espiga granada y grano blando, para hacer harina—, y tres sacos más: uno de semillas de judía, uno de semillas de calabaza, y otro de semillas de calabacín. Recibió además tres monedas de oro de veinte dólares de Estados Unidos para proporcionar a los sauk una pequeña reserva de emergencia, por si necesitaban comprar otras cosas a los blancos.

Alden estaba asombrado por la perspicacia de su patrón, convencido de que éste había planeado el complicado trato comercial en beneficio propio.

Esa noche se quedaron en Rock Island. En una taberna, Rob pidió dos vasos de cerveza ligera y escuchó los recuerdos jactanciosos de quienes en otros tiempos habían luchado contra los indios.

—Todo esto pertenecía a los sauk y a los fox —afirmó el tabernero de ojos legañosos—. Los sauk se llamaban a sí mismos osaukie, y los fox, mesquakie. Eran dueños de todo lo que hay entre el Mississippi al oeste, el lago Michigan al este, el Wisconsin al norte y el río Illinois al sur: ¡cincuenta millones de acres de la mejor tierra de cultivo! La población más grande era Sauk-e-nuk, una ciudad corriente, con calles y una plaza. Allí vivían once mil sauk, cultivando dos mil quinientos acres entre el río Rock y el Mississippi. Bueno, no nos llevó mucho tiempo espantar a esos bastardos rojos y hacer producir esa maravillosa tierra.

Las historias que contaban eran anécdotas de peleas sangrientas contra Halcón Negro y sus guerreros, en las que los indios siempre eran malvados y los blancos siempre valientes y nobles. Eran historias contadas por veteranos de las Grandes Cruzadas casi siempre mentiras evidentes, sueños de lo que podría haber sido si aquellos que las contaban hubiesen sido mejores hombres. Rob J. admitía que la mayoría de los hombres blancos no lograba ver lo que él veía cuando miraba a los indios. Los otros hablaban como si los sauk fueran animales salvajes que habían sido justamente acorralados hasta que huyeron, haciendo que el país resultara más seguro para los seres humanos.

Rob había estado buscando durante toda su vida la libertad espiritual que veía en los sauk. Era eso lo que perseguía cuando escribió aquella octavilla en Escocia, lo que había pensado que moría cuando colgaron a Andrew Gerould. Ahora lo había descubierto en un puñado de gentuza extranjera de piel roja. No se estaba dejando llevar por el romanticismo: reconocía la mugre del campamento sauk, el atraso de su cultura en un mundo que los había dejado de lado. Pero mientras bebía su cerveza, intentando fingir interés en las historias alcohólicas de destripamientos, cabelleras arrancadas, pillaje y rapiña, supo que Makwa-ikwa y sus sauk eran lo mejor que le había ocurrido en esas tierras.

14

Pelota y palo

Rob J. se encontró con Sarah Bledsoe y su hijo de la misma forma en que se sorprende a las criaturas salvajes en los raros momentos de tranquilidad. Había visto pájaros que se quedaban adormecidos bajo el sol con igual satisfacción, después de limpiarse y arreglarse las plumas. La mujer y su hijo estaban sentados en el suelo, fuera de la cabaña, con los ojos cerrados. Ella no se había limpiado ni arreglado. Su largo pelo rubio se veía sin brillo y enmarañado, y el vestido que cubría su cuerpo enjuto estaba mugriento y arrugado. Tenía la piel hinchada, y su rostro abotargado y pálido reflejaba su enfermedad. El pequeño, que estaba dormido, tenía el pelo rubio como el de su madre, e igualmente enmarañado.

Cuando Sarah abrió los ojos y se encontró con la mirada de Rob, en su rostro apareció una repentina mezcla de sorpresa, temor, consternación e ira, y sin pronunciar una sola palabra cogió a su hijo y se metió a toda prisa en la casa. Él se acercó a la puerta. Estaba empezando a aborrecer estos intentos periódicos de hablar con ella a través de un trozo de madera.

—Por favor, señora Bledsoe. Quiero ayudarles —insistió, pero la única respuesta de la mujer fue un gruñido producido por el esfuerzo y el sonido de la pesada tranca que caía al otro lado de la puerta.

Los indios no abrían la tierra con arados, como hacían

los granjeros blancos. En lugar de eso buscaban trozos en los que el césped fuera más ralo y hurgaban la tierra, dejando caer las semillas en los surcos que dejaban los plantadores puntiagudos. Las zonas de césped más difíciles las cubrían con montones de maleza. Al cabo de un año el césped se pudría, y de este modo conseguían más tierra para sembrar sus semillas a la primavera siguiente.

Cuando Rob J. visitó el campamento de verano de los sauk, ya se había llevado a cabo la siembra de maíz y se respiraba un clima festivo. Makwa-ikwa le dijo que después de la siembra se celebraría la Danza de la Grulla, su fiesta más alegre. El primer acontecimiento era un gran partido de pelota y palo en el que participaban todos los varones. No había necesidad de formar equipos porque jugaban la Mitad contra la Mitad. Pelos Largos tenían media docena de hombres menos que Hombres Valientes. Fue el indio grande llamado Viene Cantando quien provocó la ruina de Rob, porque mientras él estaba conversando con Makwa-ikwa, aquél se acercó y habló con ella.

—Te invita a correr en el juego de pelota y palo con los Pelos Largos —dijo ella dirigiéndose a Rob.

—Ah, bien —respondió él sonriendo estúpidamente. Aquello era lo último que deseaba hacer porque recordó la destreza de los indios y su propia torpeza. Tenía la negativa en la punta de la lengua pero el hombre y la mujer lo miraban con especial interés y le pareció que la invitación tenía un significado que él no comprendía. Así que en lugar de rechazar la propuesta, cosa que habría hecho cualquier hombre sensato, les dio las gracias cortésmente y les dijo que estaría encantado de correr con los Pelos largos.

En su elemental inglés de colegiala —que a veces sonaba extraño— ella le explicó que la competición comenzaría en el poblado de verano. La Mitad ganadora sería la que pusiera la pelota en una pequeña cueva de la orilla opuesta, a unos diez kilómetros río abajo.

—¡Diez kilómetros! —Quedó más sorprendido aún al saber que no existían las líneas de banda. Makwa-ikwa logró transmitirle que si alguien se escapaba hacia un lado para evitar a sus rivales, no sería muy bien considerado.

Para Rob, ésta era una competición extraña, un juego ajeno, una manifestación de una cultura salvaje. Entonces, ¿por qué participaba? Esa noche se hizo la misma pregunta montones de veces, pues durmió en el *hedonoso-te* de Viene Cantando, ya que el juego comenzaría poco después del amanecer. La casa comunal tenía unos quince metros de largo por seis de ancho y estaba construida con ramas entretejidas y cubiertas por fuera con corteza de olmo. No había ventanas, y de las puertas de los extremos colgaban mantas hechas con piel de búfalo, pero el tipo de construcción permitía que entrara mucho aire. Contaba con ocho compartimientos, cuatro a cada lado de un pasillo central. En uno de ellos dormía Viene Cantando y su esposa, Luna; en otro dormían los ancianos padres de Luna, y tres más estaban ocupados por los seis hijos de ambos. Los otros compartimientos servían de despensa, y en uno de ellos Rob J. pasó una noche de desasosiego, contemplando las estrellas por el agujero que había en el techo para el humo, oyendo suspiros, pesadillas, el ruido del viento, y en varias ocasiones lo que sólo podrían haber sido los sonidos de una vigorosa y entusiasta cópula, aunque su anfitrión no emitió una sola nota, ni siquiera canturreó.

Por la mañana, después de desayunar con maíz molido y hervido en el que reconoció grumos de cenizas y afortunadamente no otras cosas, Rob J. se sometió a un honor inverosímil. No todos los Pelos Largos tenían el pelo largo; la forma en que se diferenciarían ambos equipos sería la pintura. Los Pelos Largos llevaban pintura negra, una mezcla de grasa animal y carbón vegetal. Los Hombres Valientes se untaban con una arcilla blanca. Por todo el campamento se veían hombres que metían los dedos en los cuencos de pintura y se decoraban la piel. Viene Cantando se pintó unas rayas negras en la cara, el pecho y los brazos. Luego le ofreció la pintura a Rob.

¿Por qué no?, se preguntó despreocupadamente, cogiendo la pintura negra con los dedos como quien come gachas con guisantes sin cuchara. Al pasársela por la frente y las mejillas sintió que tenía una textura arenosa. Dejó caer su camisa al suelo, como una nerviosa mariposa macho que se despoja de su crisálida, y se pintó rayas en el tórax. Viene Cantando observó los pesados zapatos escoceses y se marchó. Al poco rato regresó con un par de zapatos ligeros de gamuza, como los que usaban todos los sauk. Rob se probó varios pares pero tenía pies grandes, incluso más grandes que los de Viene Cantando. Ambos se rieron del tamaño de los pies, y el indio grande consideró la causa perdida y permitió a Rob calzarse con sus pesadas botas.

Viene Cantando le entregó un palo con red, cuyo mango de nogal era tan fuerte como un garrote, y con señas le indicó que lo siguiera. Los grupos rivales se reunieron en una plaza abierta alrededor de la cual estaban construidas las casas comunales. Makwa-ikwa hizo una declaración en su lengua, sin duda una bendición, y antes de que Rob J. se enterara de qué ocurría, echó la mano hacia atrás y lanzó la pelota, que voló en dirección a los guerreros en una lenta parábola; ésta concluyó en un salvaje choque de palos, gritos frenéticos y aullidos de dolor. Para desilusión de Rob, los Hombres Valientes se hicieron con la pelota, que cayó en la red de un joven de piernas largas, vestido con pantalón, apenas más grande que un chico, pero de piernas musculosas como las de un corredor adulto. Arrancó rápidamente y todos lo siguieron, como perros en persecución de una liebre. Evidentemente era un buen momento para los corredores veloces, porque la pelota se adelantó en varias ocasiones, y muy pronto quedó lejos de Rob.

Viene Cantando se había quedado a su lado. En diversas ocasiones ganaron terreno a los hombres más rápidos mientras se entablaba el combate, aminorando la velocidad del avance. Viene Cantando gruñó de satisfacción cuando la pelota quedó atrapada en la red de un Pelos Largos, pero no pareció sorprendido cuando fue recuperada por los Hombres Valientes unos minutos más tarde. Mientras todo el grupo corría junto a la línea de árboles que seguía el río, el indio grande hizo señas a Rob para que lo acompañara, y los dos se apartaron del itinerario que seguían los demás y atravesaron la pradera; sus pesados pies hacían saltar el rocío del césped tierno, que parecía un enjambre de insectos plateados intentando morderle los talones.

¿Adónde lo llevaba este indio? ¿Podía confiar en él? Era demasiado tarde para preocuparse por ese tipo de cosas porque ya le había entregado su confianza. Concentró sus energías en mantenerse al ritmo de Viene Cantando, que se movía bien teniendo en cuenta lo grande que era. Enseguida vio lo que se proponía Viene Cantando; corrían a toda velocidad en una línea recta que les daría la posibilidad de interceptar a los demás en el recorrido más largo junto al sendero del río. En el momento en que él y Viene Cantando pudieron dejar de correr, a Rob J. le pesaban los pies, estaba sin aliento y sentía una punzada en un costado. Pero llegaron a la curva del río antes que el grupo.

En efecto, el grueso del grupo había sido adelantado por los corredores más aventajados. Mientras Rob y Viene Cantando esperaban en un bosquecillo de nogales y robles, acumulando en sus pulmones todo el aire que podían, aparecieron ante sus ojos tres corredores pintados de blanco. El sauk que iba a la cabeza no tenía la pelota; llevaba el palo con la red vacía y suelta, como si fuera una lanza. Iba descalzo y su única ropa era un pantalón andrajoso que había empezado sus días como el pantalón de tela casera de un hombre blanco. Era más pequeño que cualquiera de los dos hombres que estaban junto a los árboles, pero musculoso. Su expresión de fiereza parecía acrecentarse por el hecho de que la oreja izquierda le había sido arrancada hacía mucho tiempo, y el trauma había dejado ese lado de su cabeza fruncido por la cicatriz. Rob J. se puso tenso, pero Viene Cantando le tocó el brazo para aplacarlo, y dejaron pasar a los corredores. Poco después se veía la pelota en la red de uno de los Hombres Valientes, el joven que la había atrapado cuando Makwa-ikwa la puso en juego. Junto a él corría un sauk bajo y fornido, vestido con unos pantalones acortados que en otros tiempos habían pertenecido a la Caballería de Estados Unidos: azules, con una lista ancha, de color amarillo sucio, a cada costado.

Viene Cantando señaló a Rob y luego al joven, y Rob asintió: el joven quedaba bajo su responsabilidad. Sabía que tenían que atacar antes de que hubiera pasado la sorpresa porque si este Hombre Valiente se escapaba, él y Viene Cantando no lo alcanzarían.

Así que se lanzaron como un relámpago, y entonces Rob J. vio una de las utilidades de las tiras de cuero que llevaba atadas a los brazos, porque con la misma rapidez con que un pastor habría derribado un carnero y le habría atado las patas, Viene Cantando arrojó al suelo al corredor guardián y le ató las muñecas y los tobillos. Y en buena hora, porque el corredor que iba a la cabeza regresó. Rob fue más lento para atar al joven sauk, de modo que Viene Cantando salió a enfrentarse con el joven al que le faltaba una oreja. El Hombre Valiente utilizó su palo de red como garrote, pero Viene Cantando esquivó el golpe casi con desdén. Era el doble de grande que el joven, y más violento, y lo sujetó en el suelo y lo ató casi antes de que Rob J. terminara con su prisionero.

Viene Cantando recogió la pelota y la dejó caer en la red de Rob. Sin decir una palabra ni mirar siquiera a los tres sauk atados, echó a correr. Mientras sujetaba la pelota en la red como si fuera una bomba con una mecha encendida, Rob J. se precipitó sendero abajo, detrás del indio.

Se habían escapado sin que nadie los detuviera. De pronto Viene Cantando detuvo a Rob y le indicó que habían llegado al sitio por donde debían cruzar el río. Otra de las aplicaciones de las correas quedó demostrada cuando Viene Cantando ató con ellas el palo de Rob a su cinturón, dejándole las manos libres para nadar. Viene Cantando ató su propio palo a su taparrabos y de una patada se quitó los zapatos de gamuza y los dejó abandonados. Rob J. sabía que sus pies eran demasiado delicados para correr sin las botas, así que las unió, atando los cordones, y se las colgó del cuello. Sólo le quedaba la pelota, y se la metió en el delantero de los pantalones.

Viene Cantando sonrió y levantó tres dedos.

Aunque no fue el súmmum de la agudeza, alivió la tensión de Rob, que echó la cabeza hacia atrás y lanzó una carcajada: un error, porque el agua se llevó el sonido y devolvió gritos de persecución en cuanto fue localizado su origen, de modo que no perdieron tiempo en meterse en las frías aguas del río.

Avanzaban al mismo ritmo, aunque Rob utilizaba la braza de pecho europea, y Viene Cantando se impulsaba moviendo las manos como los animales. Rob estaba disfrutando muchísimo; no es que se sintiera como un noble salvaje, pero le habría costado muy poco convencerse de que era Calcetines de Cuero. Cuando llegaron a la orilla opuesta, Viene Cantando le gruñó con impaciencia mientras él se calzaba las botas. En el río se veía la cabeza de sus perseguidores, balanceándose como un montón de manzanas en un cubo. Cuando por fin Rob estuvo listo y la pelota quedó otra vez en la red, los corredores más aventajados casi habían terminado de cruzar el río.

En cuanto empezaron a correr, Viene Cantando señaló con el dedo la entrada de una pequeña cueva, y la oscura abertura tiró de él. Un exultante grito en gaélico se elevó hasta su garganta, pero fue prematuro. Media docena de sauk aparecieron repentinamente en el sendero que se extendía entre ellos y la entrada de la cueva; aunque el agua había borrado gran parte de la pintura, les quedaban restos de arcilla blanca. Casi al instante dos Pelos Largos siguieron a los Hombres Valientes hasta el bosque y los atacaron. En el siglo XV, un antepasado de Rob llamado Brian Cullen había resistido sin ayuda de nadie a todo un grupo de guerreros de los McLaughlin blandiendo su enorme espada escocesa en un silbante círculo de muerte. Con dos círculos menos letales, que sin embargo resultaban intimidantes, los dos Pelos Largos habían acorralado a sus rivales haciendo girar sus palos. Esto dejaba en libertad a tres Hombres Valientes para que intentaran hacerse con la pelota. Viene Cantando rechazó hábilmente un garrotazo con su palo e inmovilizó a su rival con la planta de su pie descalzo.

—¡En el culo! ¡Dale patadas en el culo! —bramó Rob, olvidando que nadie podía comprender sus palabras. Se le acercó un indio, que lo miró como si estuviera drogado. Rob lo esquivó y, cuando los pies descalzos del hombre quedaron a su alcance, lo pisó con su pesada bota. Se alejó unos cuantos pasos de su gimiente víctima y quedó bastante cerca de la cueva, pese a sus limitadas habilidades. Se oyó el ruido seco que produjeron sus muñecas, y la pelota salió volando. No importaba que en lugar de un golpe fuerte y limpio entrara en el oscuro interior rebotando. Lo importante fue que la vieron entrar.

Lanzó su palo al aire y gritó:

—¡Victoria! ¡Victoria para el clan negro!

Cuando el palo que agitaba el hombre que estaba detrás de él le dio en la cabeza, oyó el golpe en lugar de sentirlo. Fue un sonido crujiente, sólido, semejante al que había aprendido a reconocer con los leñadores, el ruido que hacía un hacha de doble filo al entrar en contacto con el sólido tronco de un roble. Quedó desconcertado al sentir que el suelo se abría. Cayó en un profundo agujero que sólo originó oscuridad y puso fin a todo, dejándolo inmóvil como un reloj parado.

15

Un regalo de Perro de Piedra

No se enteró de que era trasladado de regreso al campamento como un saco de grano. Cuando abrió los ojos sólo vio la oscuridad de la noche. Olía a césped machacado. Y a carne asada, tal vez a grasa de ardilla. A humo del fuego, y a la femineidad de Makwa-ikwa, que estaba inclinada sobre él y lo miraba con sus jóvenes ojos viejos. No supo qué era lo que ella le preguntaba, sólo tenía conciencia del terrible dolor de cabeza. El olor de la carne le produjo náuseas. Evidentemente ella lo había previsto, porque le sostuvo la cabeza por encima de un cubo de madera, ayudándolo a vomitar.

Cuando terminó estaba débil y jadeante, y ella le dio a beber una pócima, un líquido fresco, verde y amargo. Le pareció sentir sabor a menta, pero había algo más fuerte y menos agradable. Intentó resistirse apartando la cabeza, pero ella lo sujetó con firmeza y le obligó a tragar, como si fuera un niño. Se puso furioso, pero poco después se quedó dormido. De vez en cuando se despertaba y ella lo obligaba a beber el líquido verde y amargo. Y así pasó casi dos días: durmiendo, en un estado de semiconciencia, o chupando la teta de extraño sabor de la Madre Naturaleza.

El tercer día por la mañana, el chichón que tenía en la cabeza había bajado y el dolor había desaparecido. Ella estuvo de acuerdo en que estaba mejorando, pero le dio una dosis igualmente fuerte y él volvió a quedarse dormido.

Cerca de allí continuaba la fiesta de la Danza de la Grulla. A veces se oían los murmullos del tambor de agua de Makwa-ikwa, de las voces que cantaban en su lengua extraña y gutural, y los ruidos lejanos y próximos de juegos y carreras, los gritos de los indios espectadores. A última hora del día Rob J. abrió los ojos en la oscuridad de la casa comunal y vio a Makwa-ikwa cambiándose de ropa. Clavó la mirada en sus pechos y quedó sorprendido; la luz que había era suficiente para revelar lo que parecían verdugones y cicatrices que formaban extraños símbolos, marcas semejantes a runas que se extendían desde su pecho hasta las aureolas de sus dos pezones.

Aunque él no se movió ni emitió ningún sonido, ella notó que estaba despierto. Se quedó un momento delante de él y se miraron a los ojos. Luego ella se apartó y le dio la espalda. Él observó que no lo hacía tanto para ocultar su triángulo oscuro y enredado como para apartar de su vista los símbolos misteriosos de su seno sacerdotal. Pechos sagrados, se dijo maravillado. No había nada sagrado en sus caderas ni en sus nalgas. Tenía huesos grandes, pero Rob se preguntó por qué la llamaban Mujer Oso, dado que por su rostro y su flexibilidad se parecía más a un poderoso gato. No supo adivinar su edad. De repente se vio asaltado por una fantasía en la que la cogía por detrás mientras aferraba una gruesa trenza de pelo negro engrasado en cada mano, como si cabalgara en un sensual caballo humano. Pensó con desconcierto que estaba planificando la forma de convertirse en el amante de la mujer piel roja más maravillosa que cualquier James Fenimore Cooper hubiera sido capaz de imaginar, y se dio cuenta de una vigorosa respuesta física. El priapismo podía ser una señal inquietante, pero él sabía que la manifestación estaba causada por esta mujer y no por una herida, y por tanto preveía su recuperación.

Se quedó quieto y la observó mientras ella se ponía una prenda de gamuza con flecos. De su hombro derecho colgó una correa compuesta por cuatro tiras de cuero de colores que terminaban en una pequeña bolsa de cuero pintada con figuras simbólicas y un anillo de plumas grandes y brillantes de pájaros desconocidos para Rob; la bolsa y el anillo caían sobre su cadera izquierda.

Un instante después ella salió, y mientras él seguía acostado oyó su voz que subía y bajaba, sin duda entonando una oración.

Heugh! Heugh! Heugh!, respondían los demás al unísono, y ella cantó un poco más. Rob no tenía la menor idea de lo que le decía a su dios, pero su voz le produjo escalofríos y escuchó atentamente mientras miraba por el agujero del humo las estrellas semejantes a trozos de hielo a las que de algún modo ella había prendido fuego.

Esa noche Rob esperó pacientemente que se apagaran los sonidos de la Danza de la Grulla. Dormitó, se despertó y escuchó, inquieto; esperó un poco más hasta que los sonidos se desvanecieron, disminuyeron las voces hasta que se hizo el silencio, y concluyó la fiesta. Finalmente fue alertado por el sonido que alguien hacía al entrar en la casa, por el crujido de las ropas que se quitaba y dejaba caer al suelo. Un cuerpo se instaló a su lado; las manos se estiraron hasta encontrar el cuerpo de Rob, y las manos de éste tocaron la piel. Todo se llevó a cabo en silencio salvo por la respiración pesada, un gruñido divertido, un siseo. Él tuvo que hacer muy poco. No pudo prolongar el placer porque llevaba demasiado tiempo soltero. Ella era experta y hábil; él fue apremiante y rápido, y después quedó decepcionado.

... Como morder un fruto maravilloso y descubrir que no era lo que esperaba.

Mientras hacía inventario en la oscuridad, le pareció que los pechos eran más caídos de lo que recordaba, y sus dedos notaron que eran lisos, sin cicatrices. Rob J. se arrastró hasta el fuego, cogió un leño y agitó el extremo encendido para hacer llama.

Cuando se arrastró otra vez hasta el colchón, provisto de la antorcha, lanzó un suspiro.

El rostro ancho y chato que le sonreía no era en modo alguno desagradable, pero no había visto a aquella mujer en toda su vida.

Por la mañana, cuando Makwa-ikwa regresó a su casa comunal, llevaba otra vez el acostumbrado traje sin forma de tela desteñida, hecha en casa. Era evidente que la fiesta de la Danza de la Grulla había terminado por fin.

Mientras ella preparaba el maíz molido para el desayuno, él parecía estar de mal humor. Le dijo que nunca más debía enviarle una mujer; ella respondió con el estilo amable y reservado que sin duda había aprendido de niña, cuando los maestros cristianos le hablaban en tono severo.

La mujer que le había enviado se llamaba Mujer de Humo, le informó. Mientras cocinaba le dijo sin emoción en la voz que ella no podía acostarse con ningún hombre porque en caso de hacerlo perdería sus poderes como hechicera.

Malditas tonterías aborígenes, pensó Rob con desesperación. Aunque era evidente que ella las creía.

Pero reflexionó mientras desayunaban; el áspero café sauk le pareció más amargo que nunca. Sinceramente, sabía con qué rapidez él habría huido de su lado si introducir su pene en ella hubiera significado el fin de su capacidad como médico.

Se sintió obligado a admirar la forma en que ella había manejado la situación, asegurándose de que la pasión de él hubiera quedado aplacada antes de decirle sencilla y honestamente cómo eran las cosas. Era una mujer muy peculiar, se dijo Rob, y no por primera vez.

Esa tarde los sauk se apiñaron en el *hedonoso-te* de Makwa-ikwa. Viene Cantando habló brevemente, dirigiéndose a los otros indios, no a Rob, pero ella traducía.

—*I'neni'wa*. Él es un hombre —dijo el indio grande. Añadió que *Cawso wabeskiou*, el chamán blanco, sería por siempre un sauk y un Pelos Largos. Durante el resto de sus días todos los sauk serían hermanos y hermanas de *Cawso wabeskiou*.

El Hombre Valiente que le había dado un golpe en la cabeza después de que finalizara el partido de pelota y palo, fue empujado hacia delante y se acercó sonriendo y arrastrando los pies. Se llamaba Perro de Piedra. Los sauk no sabían disculparse pero sí lo que era una compensación. Perro de Piedra le entregó una bolsa de cuero parecida a la que llevaba a veces Makwa-ikwa, pero decorada con cañones de plumas de pájaros carpinteros en lugar de plumas.

Makwa-ikwa le explicó que se usaba para guardar el manojo medicinal, el conjunto de artículos personales sagrados llamados *Mee-shome*, que nunca debía ver nadie y de los que todos los sauk extraían su fortaleza y poder. Para que pudiera llevar la bolsa, ella le regaló cuatro tendones teñidos —marrón, naranja, azul y negro— y los ató a la bolsa como una correa para que se la colgara del hombro. Las tiras se llamaban trapos *Izze*, le dijo ella.

—Cuando la lleves, las balas no podrán hacerte daño, y tu presencia ayudará a las cosechas y curará a los enfermos.

Rob J. estaba conmovido y al mismo tiempo incómodo.

—Me siento feliz de ser hermano de los sauk.

Siempre le había resultado difícil expresar su gratitud. Cuando su tío Ranald se había gastado cincuenta libras para comprarle el puesto de ayudante del cirujano del Hospital Universitario para que pudiera adquirir experiencia mientras estudiaba medicina, apenas había logrado darle las gracias. Esta vez no lo hizo mejor. Afortunadamente los sauk tampoco eran dados a las muestras de gratitud ni a las despedidas, y nadie hizo ninguna de ambas cosas cuando él salió, ensilló su caballo y se marchó.

Cuando regresó a su cabaña, al principio se tomó a broma la selección de objetos para su manojo medicinal sagrado. Varias semanas antes había encontrado un diminuto cráneo de animal, blanco, limpio y misterioso, en el suelo del bosque. Pensó que era el de una mofeta; parecía tener el tamaño exacto. Muy bien, pero ¿qué más? ¿El dedo de un niño estrangulado en el momento de nacer? ¿El ojo de un tritón, una pata de rana, unos pelos de murciélago, una lengua de perro? De pronto sintió deseos de componer su manojo medicinal con toda seriedad. ¿Cuáles eran los objetos de su esencia, las claves de su alma, el *Mee-shome* del que Robert Judson Cole obtenía su poder?

Colocó dentro de la bolsa la reliquia de la familia Cole, el bisturí de acero azul que los Cole llamaban el escalpelo de Rob J., y que siempre pasaba a manos del hijo mayor que se convertía en médico.

¿Qué más podía coger de su vida anterior? Era imposible guardar el aire fresco de las tierras altas en una bolsa. Ni la cálida seguridad de la familia. Sintió deseos de tener un retrato de su padre, cuyos rasgos había olvidado hacía tiempo. Cuando se despidieron, su madre le había dado una Biblia, y por eso la guardaba como un tesoro, pero no la incluiría en su *Mee-shome*. Sabía que nunca más vería a su madre; tal vez ella ya había muerto. Se le ocurrió hacer su retrato en un papel, ya que aún la recordaba. Cuando puso manos a la obra le resultó fácil hacer el boceto, salvo la nariz; le llevó varias horas de angustia hasta que por fin lo logró. Enrolló el papel, lo ató y lo colocó en la bolsa.

Agregó la partitura que Jay Geiger había copiado para que pudiera interpretar a Chopin en la viola de gamba.

Guardó una pastilla de jabón tosco, símbolo de lo que Oliver Wendell Holmes le había enseñado acerca de la higiene y la cirugía. Eso lo llevó a pensar en otros términos, y después de reflexionar unos instantes quitó todo lo que había puesto en la bolsa, salvo el bisturí y el jabón. Luego añadió trapos y vendajes, un surtido de drogas y medicinas, y los instrumentos quirúrgicos que necesitaba cuando visitaba a los enfermos en su domicilio.

Cuando concluyó, la bolsa quedó convertida en un maletín de médico que guardaba los artículos e instrumentos de su arte y oficio. Ése era pues el manojo medicinal que le proporcionaba sus poderes, y se sintió sumamente feliz con el regalo con que Perro de Piedra había compensado el golpe asestado a su dura cabeza.

16

Los cazadores de zorras

La compra de las ovejas fue un acontecimiento importante, porque los balidos eran el último detalle que necesitaba para sentirse en casa. Al principio cuidó las merinas con Alden, pero pronto se dio cuenta de que el jornalero era tan eficaz con las ovejas como con los otros animales, y enseguida él solo empezó a cortar rabos, a castrar corderos machos y a estar al acecho de la roña, como si hubiera sido pastor durante años. Fue una suerte que Rob no tuviera que estar en la granja, porque cuando se corrió la voz de que había un buen médico, los pacientes lo obligaron a recorrer distancias cada vez más grandes. Supo que pronto tendría que limitar el área de su actividad profesional porque el sueño de Nick Holden se estaba materializando, y a Holden's Crossing seguían llegando nuevas familias.

Una mañana Nick pasó para ver el rebaño, al que calificó de apestoso, y se quedó «para hablarte de algo prometedor. Un molino de grano».

Uno de los recién llegados era un alemán llamado Pfersick, un molinero de Nueva Jersey. Pfersick sabía dónde podía comprar el equipo para un molino, pero no tenía capital.

—Bastaría con novecientos dólares. Yo pondré seiscientos por el cincuenta por ciento del capital. Tú pondrás trescientos por el veinticinco por ciento, yo te adelantaré lo que necesites; y a Pfersick le daremos el veinticinco por ciento restante por hacer funcionar el negocio.

Rob había devuelto a Nick menos de la mitad del dinero que le debía, y detestaba tener deudas.

—Tú pones todo el dinero. ¿Por qué no te quedas con el setenta y cinco por ciento?

—Quiero que te hagas tan rico que no sientas la tentación de marcharte. Para una ciudad eres una mercancía tan valiosa como el agua.

Rob J. sabía que era verdad. Cuando fue con Alden a Rock Island a comprar el ganado, vio un prospecto que Nick había distribuido en el que se describían las diversas ventajas de instalarse en Holden's Crossing, entre las que la presencia del doctor Cole ocupaba un papel destacado. Consideró que participar en el negocio del molino no comprometería su situación como médico, y al final aceptó.

—¡Socios! —exclamó Nick.

Se estrecharon la mano para sellar el trato. Rob rechazó el enorme cigarro de celebración: el uso de puros largos y baratos para administrar nicotina por vía anal había anulado su gusto por el tabaco. Cuando Nick lo encendió, Rob le dijo que parecía un perfecto banquero.

—Lo seré antes de lo que crees, y tú te enterarás antes que nadie. —Nick lanzó el humo hacia arriba con aire satisfecho—. Este fin de semana voy a Rock Island a cazar zorras. ¿Te gustaría acompañarme?

—¿A cazar zorras? ¿En Rock Island?

—No, no lo que tú te imaginas. Miembros de la secta femenina ¿Qué dices, compañero?

—No voy a los burdeles.

—Estoy hablando de escoger mercancía privada.

—Bueno, te acompañaré —respondió Rob J. Había intentado hablar en tono indiferente, pero sin duda hubo algo en su voz que dio a entender que no trataba esas cuestiones a la ligera, porque Nick Holden sonrió burlonamente.

La Casa Stephenson reflejaba la personalidad de una ciudad del río Mississippi en la que atracaban mil novecientos buques de vapor al año, y por la que a menudo pasaban flotando armadías de medio kilómetro de largo. Cuando los barqueros y los leñadores tenían dinero, el hotel estaba atestado y a menudo se producían escenas de violencia.

Nick Holden había reservado un sitio que era al tiempo costoso y privado: una suite de dos dormitorios separados por una sala de estar y comedor. Las mujeres eran primas, ambas se apellidaban Dawber, y estaban encantadas de que sus clientes fueran profesionales. La chica de Nick se llamaba Lettie; la de Rob, Virginia. Eran menudas y alegres, pero compartían un estilo malicioso que a Rob le produjo dentera. Lettie era viuda. Virginia le dijo que nunca se había casado, pero esa noche, cuando él se familiarizó con el cuerpo de la mujer, se dio cuenta de que había tenido hijos.

A la mañana siguiente, cuando los cuatro se encontraron para desayunar, las dos mujeres hablaron en susurros y rieron tontamente. Virginia debió de comentarle a Lettie lo del preservativo al que Rob llamaba Viejo Cornudo, y Lettie debió de contárselo a Nick porque cuando cabalgaban de regreso a casa, Nick lo mencionó y lanzó una carcajada.

—¿Para qué molestarse en usar esas malditas cosas?

—Bueno, por las enfermedades —dijo Rob en tono suave—. Y para evitar la paternidad.

—Pero estropea el placer.

¿Había sido tan placentero? Rob sabía que su cuerpo y su espíritu habían quedado aliviados, y cuando Nick le dijo que había disfrutado con la compañía, él dijo que también, y estuvo de acuerdo en que tenían que salir otra vez a cazar zorras.

Cuando volvió a pasar por la casa de los Schroeder vio a Gus en un prado, trabajando con la guadaña a pesar de que le faltaban dos dedos, y se saludaron. Sintió la tentación de pasar de largo por la cabaña de los Bledsoe porque la mujer había dejado claro que lo consideraba un intruso, y sólo de pensar en ella se ponía de mal humor. Pero en el último momento guió a su caballo hasta el claro y desmontó.

Al llegar a la cabaña detuvo su mano antes de que sus nudillos golpearan la puerta, porque oyó claramente los gemidos del niño y unos roncos gritos de adulto. Sonidos espantosos. Cuando intentó abrir la puerta, descubrió que no estaba echada la llave. El olor del interior resultó impresionante, y a pesar de la luz mortecina vio que Sarah Bledsoe se hallaba tendida en el suelo. Junto a ella estaba sentado el niño, con el rostro húmedo y torcido por un terror tan desmesurado ante este último golpe —la visión de ese gigantesco desconocido— que de su boca abierta no salió ningún sonido. Rob J. quiso coger al niño y consolarlo, pero la mujer volvió a gritar y se dio cuenta de que debía concentrarse en ella.

Se arrodilló y le tocó la mejilla. Sudor frío.

—¿Qué le ocurre, señora?

—El cáncer. Ah.

—¿Dónde le duele, señora Bledsoe?

Sus largos dedos se estiraron como arañas blancas hasta la parte inferior del abdomen, a ambos lados de la pelvis.

—¿Es un dolor agudo o sordo? —siguió preguntando Rob J.

—¡Punzante! ¡Penetrante! Señor. ¡Es... terrible!

Rob J. temió que la mujer no retuviera la orina a causa de una fístula provocada por el parto; en ese caso, no podría hacer nada por ella.

La mujer cerró los ojos porque la prueba constante de su incontinencia la tenía él en la nariz y en los pulmones cada vez que respiraba.

—Debo examinarla.

Sin duda ella se habría negado, pero cuando abrió la boca fue para lanzar un grito de dolor. Cuando él la colocó casi boca abajo, sobre el costado izquierdo y el pecho, con la rodilla y el muslo derechos levantados, notó que ella estaba rígida a causa de la tensión, aunque se mostró dócil. Entonces pudo comprobar que no existía ninguna fístula.

Rob J. tenía en su bolsa un pequeño recipiente con manteca de cerdo que utilizó como lubricante.

—No tiene por qué angustiarse. Soy médico —le dijo,

pero ella se puso a llorar, más por humillación que por angustia, mientras el dedo medio de la mano izquierda de Rob J. se introducía en su vagina y la mano derecha palpaba su abdomen. Intentó que la punta de su dedo fuera tan eficaz como un ojo; al principio no notó nada mientras se movía y exploraba, pero a medida que se acercaba al hueso púbico encontró algo.

Y una vez más.

Retiró el dedo suavemente, le dio a la mujer un trapo para que se limpiara y fue hasta el arroyo para lavarse las manos.

La condujo hasta la cruda luz del sol que brillaba fuera, y la sentó sobre un tocón, con el niño entre los brazos.

—Usted no tiene cáncer. —Deseó poder detenerse en ese punto—. Tiene cálculos en la vejiga.

—¿No voy a morir?

Él se limitó a decir la verdad.

—Con un cáncer tendría muy pocas posibilidades. Con cálculos en la vejiga, las posibilidades son razonables. —Le explicó que en la vejiga se formaban unas piedras minerales, causadas tal vez por una dieta invariable y una diarrea prolongada.

—Sí. Tuve diarrea durante mucho tiempo después de que naciera mi hijo. ¿Existe algún medicamento?

—No, no existe ningún medicamento que disuelva las piedras. Las piedras pequeñas a veces se eliminan con la orina, y a menudo tienen bordes afilados que pueden desgarrar el tejido. Creo que por eso su orina estaba mezclada con sangre. Pero usted tiene dos piedras grandes, demasiado grandes para eliminarlas

—¿Entonces tendrá que abrirme? Por favor... —dijo con voz temblorosa.

—No. —Rob J. vaciló, pensando cuánto debía saber la mujer. Parte del juramento hipocrático que él había hecho decía: «No abriré a una persona que sufra de cálculos.» Algunos carniceros pasaban por alto el juramento y abrían igualmente, practicando un corte profundo en el perineo, entre el ano y la vulva o el escroto, para abrir la vejiga y acceder a las piedras. Algunas víctimas se recuperaban con el tiempo, muchas morían a causa de una peritonitis, y otras quedaban mutiladas de por vida porque quedaba seccionado un músculo del intestino o de la vejiga—. Introduciré en la vejiga un instrumento quirúrgico a través de la uretra, el estrecho canal por el que pasa la orina. El instrumento se llama litotrito. Tiene dos pequeñas tenazas de acero, como mandíbulas, con las cuales se quitan o se deshacen las piedras.

—¿Es doloroso?

—Sí, sobre todo cuando se inserta el litotrito y cuando se retira. Pero el dolor sería menos intenso que el que sufre ahora. Si el procedimiento tuviera éxito, usted quedaría totalmente curada. —Resultaba difícil admitir que el mayor peligro consistía en que su técnica podía resultar inadecuada—. Si al intentar coger la piedra con las mandíbulas del litotrito pellizcara la vejiga y la rompiera, o si desgarrara el peritoneo, sería muy probable que usted muriera a causa de la infección. —Al estudiar su rostro arrugado vio algunos destellos que le revelaron a una mujer más joven y bonita—. Usted tiene que decidir si debo intentarlo.

A causa de la agitación apretó al niño con demasiada fuerza, haciendo que se echara a llorar nuevamente.

Por eso a Rob J. le llevó unos segundos comprender lo que ella había susurrado.

«Por favor.»

Sabía que necesitaría ayuda para llevar a cabo la litotomía. Recordó la rigidez de la señora Bledsoe durante el reconocimiento y supo instintivamente que su ayudante debería ser una mujer; dejó a su paciente, cabalgó hasta la granja más cercana y habló con Alma Schroeder.

—¡Oh, no puedo! ¡Jamás! —La pobre Alma se puso pálida. Su consternación se vio agravada por su auténtico cariño por Sarah—. *Gott im Himmel!* Oh, doctor Cole, por favor, no puedo.

Cuando se dio cuenta de que Alma era sincera, le aseguró que su actitud no la rebajaba. Algunas personas no soportaban ver una operación, simplemente.

—Está bien, Alma. Encontraré a otra persona.

Mientras se alejaba en su caballo intentó pensar en alguna mujer del distrito que pudiera ayudarlo, pero rechazó las pocas posibilidades que se le ocurrieron.

Ya estaba harto de llantos; lo que necesitaba era una mujer inteligente, con brazos fuertes, una mujer con un espíritu que le permitiera mantenerse impertérrita ante el sufrimiento.

A mitad de camino de su casa hizo girar su caballo y cabalgó en dirección al poblado indio.

17

Hija del *Mide'wiwin*

Cuando Makwa se permitió pensar en el asunto, recordó los tiempos en que sólo unos pocos llevaban ropas de blancos, cuando una camisa harapienta o un vestido roto eran una medicina poderosa porque todos usaban ante curtido y ablandado, o pieles de animales. Cuando ella era una niña —en aquel entonces la llamaban Nish-wri Kekawi, Dos Cielos—, en Sauk-e-nuk al principio había muy pocos blancos, *mookamonik,* que afectaran sus vidas.

En la isla había una guarnición del ejército, instalada después de que los oficiales de St. Louis encontraran a algunos mesquakie y sauk borrachos y los obligaran a firmar un documento cuyo contenido no pudieron leer cuando estuvieron sobrios. El padre de Dos Cielos era Ashtibugwa-gupichee, Búfalo Verde. Él le contó a Dos Cielos y a su hermana mayor, Meci-ikwawa, Mujer Alta, que cuando se construyó el puesto del ejército los Cuchillos Largos destruyeron los mejores arbustos de bayas del Pueblo. Búfalo Verde pertenecía al clan Oso, un linaje adecuado para el mando, pero él no sentía deseos de ser cacique ni hechicero. A pesar de su nombre sagrado (le pusieron ese nombre por el manitú) era un hombre sencillo, respetado porque obtenía buenas cosechas de sus campos. En su juventud había combatido a los iowa y había vencido. No era como algunos, que siempre alardeaban, pero cuando su tío Winnawa, Cuerno Corto, murió, Dos Cielos supo algunas cosas de su padre. Cuerno Corto fue el primer sauk que ella había conocido que murió bebiendo el veneno que los *mookamon* llamaban whisky de Ohio, y que el Pueblo llamaba agua de pimienta. Los sauk enterraban a sus muertos, a diferencia de otras tribus que simplemente levantaban el cuerpo hasta la horquilla de un árbol. Cuando introdujeron a Cuerno Corto en la tierra, el padre de Dos Cielos golpeó el borde de la tumba con su *pucca-maw*, blandiendo violentamente el garrote de batalla.

—He matado tres hombres en la guerra y entrego los tres espíritus a mi hermano, que yace aquí, para que le sirvan como esclavos en el otro mundo —dijo, y así fue como Dos Cielos se enteró de que su padre había sido guerrero en otros tiempos.

Su padre era bondadoso y trabajador. Al principio él y su madre, Matapya, Unión de Ríos, cultivaban dos campos de maíz, calabazas y calabacines, pero cuando el Consejo vio que él era un buen agricultor le dio dos campos más. El problema comenzó cuando Dos Cielos cumplió diez años, momento en que llegó un *mookamon* llamado Hawkins y construyó una cabaña en el campo contiguo a aquél en que su padre tenía el maíz. El campo en el que se instaló Hawkins había sido abandonado después de que muriera el que lo cultivaba, Wegu-wa, Bailarín Shawnee, y el Consejo no había llegado a ceder nuevamente la tierra. Hawkins llevó caballos y vacas. Los campos cultivados sólo estaban separados por vallas de maleza y setos vivos, y los caballos entraban en el campo de Búfalo Verde y se comían el maíz. Búfalo Verde cogió los caballos y se los llevó a Hawkins, pero a la mañana siguiente los animales estaban otra vez en el campo de maíz. Se quejó, pero el Consejo no sabía qué hacer, porque habían llegado otras cinco familias y se habían instalado también en Rock Island, en unas tierras que habían sido cultivadas por los sauk durante más de cien años.

Búfalo Verde resolvió encerrar el ganado de Hawkins en su propia tierra en lugar de devolvérselo, y de inmediato fue visitado por el negociante de Rock Island, un blanco llamado George Davenport. Había sido el primer blanco que había ido a vivir entre los indios, y el Pueblo confiaba en él. Le dijo a Búfalo Verde que le devolviera los caballos a Hawkins, o los Cuchillos Largos lo encarcelarían, y Búfalo Verde hizo lo que le aconsejaba su amigo Davenport.

En el otoño de 1831, los sauk se trasladaron a su campamento de invierno en Missouri, como hacían todos los años. Al llegar la primavera, cuando regresaron a Sauk-e-nuk, descubrieron que las nuevas familias blancas habían ocupado los campos de los sauk, derribando vallas y quemando casas comunales. El Consejo tuvo que tomar medidas, y consultó con Davenport y Felix St. Vrain —el agente indio—, y con el comandante John Bliss, el jefe de los soldados del fuerte. Las reuniones se prolongaron, y entretanto el Consejo cedió otros campos a los miembros de la tribu cuyas tierras habían sido usurpadas.

Un holandés bajo y achaparrado de Pensilvania llamado Joshua Vandruff se había apropiado del campo de un sauk llamado Makataime-shekiakiak, Halcón Negro. Vandruff empezó a vender whisky a los indios del *hedonoso-te* que Halcón Negro y sus hijos habían construido con sus propias manos. Halcón Negro no era un cacique, pero durante la mayor parte de sus sesenta y tres años había luchado contra los osage, los cheroquí, los chippewa y los kaskaskia. En 1812, cuando estalló la guerra entre los blancos, él había reunido una fuerza de sauk luchadores y había ofrecido sus servicios a los norteamericanos, pero fue rechazado. Ofendido, había hecho la misma oferta a los ingleses, que lo trataron con respeto y se ganaron sus servicios durante la guerra, dándole armas, municiones, medallas y la capa roja que distinguía a los soldados.

Ahora, a medida que se acercaba a la vejez, Halcón Negro veía cómo el whisky se vendía desde su propia casa. Peor aún, era testigo de la corrupción que el alcohol había originado en su tribu. Vandruff y su amigo, B. F. Pike, emborrachaban a los indios y les estafaban pieles, caballos, armas y trampas. Halcón Negro fue a ver a Vandruff y a Pike y les pidió que dejaran de vender whisky a los sauk. Como no le hicieron caso, regresó con media docena de guerreros que arrastraron todos los barriles fuera de la casa comunal, los desfondaron y derramaron el whisky en el suelo.

Vandruff llenó sus alforjas de provisiones para un largo viaje y cabalgó hasta Bellville, la tierra de John Reynolds, gobernador de Illinois. En una declaración al gobernador, juró que los indios sauk se habían desmandado hasta tal punto que se había producido una muerte a puñaladas y grandes daños en las granjas de los blancos. Le entregó al gobernador Reynolds una segunda demanda firmada por B. F. Pike que decía que «los indios pastorean sus caballos en nuestros campos de trigo, disparan a nuestras vacas y ganado, y amenazan con prender fuego a nuestras casas con nosotros dentro».

Reynolds había sido elegido recientemente y había prometido a sus votantes que Illinois era un sitio seguro para los colonos. Un gobernador que combatiera con éxito a los indios podía soñar con la presidencia.

—Por Dios, señor —le dijo a Vandruff en tono emocionado—, ha dado con el hombre adecuado para hacer justicia.

Llegaron setecientos soldados a caballo y acamparon más abajo de Sauk-e-nuk; su presencia causó nerviosismo y desasosiego. Al mismo tiempo, un barco de vapor que lanzaba humo resoplaba río Rocky arriba. El barco encalló en algunas de las rocas que daban nombre al río, pero los *mookamonik* lo soltaron y pronto estuvo anclado, y su único cañón apuntado directamente a la población. El jefe guerrero de los blancos, el general Edmund P. Gaines, quiso reunirse con los sauk para hablar. Sentados detrás de una mesa se encontraban el general, el agente indio St. Vrain y el negociante Davenport, que hacía las veces de intérprete. Se presentaron unos veinte sauk destacados.

El general Gaines dijo que el tratado de 1803, según el

cual se había levantado el fuerte en Rock Island, también había cedido al Gran Padre que estaba en Washington todas las tierras de los sauk que se extendían al este del Mississippi, es decir, cincuenta millones de acres. Les dijo a los estupefactos y perplejos indios que habían recibido rentas vitalicias, y que ahora el Gran Padre que estaba en Washington quería que sus hijos abandonaran Sauk-e-nuk y fueran a vivir al otro lado de *Masesibowi*, el río grande. El Padre que estaba en Washington les haría un regalo de maíz para ayudarlos a pasar el invierno.

El jefe de los sauk era Keokuk, que sabía que los norteamericanos eran muy numerosos. Cuando Davenport le transmitió las palabras del jefe guerrero blanco, un puño gigantesco apretó el corazón de Keokuk. Aunque los otros lo miraron esperando que respondiera, él guardó silencio. Pero se puso de pie un hombre que había aprendido bastante bien el idioma mientras luchaba para los ingleses, y habló sin intérprete.

—Nosotros nunca vendimos nuestro país. Nunca recibimos ninguna renta vitalicia de nuestro Padre norteamericano. Conservaremos nuestra población.

El general Gaines vio un indio casi anciano, sin el tocado de cacique. Vestido con ropas de ante manchadas. De mejillas hundidas y frente alta y huesuda. Más gris que negro en la cabellera que dividía en dos su cráneo afeitado. Una nariz enorme semejante a un pico insultante que saltaba entre dos ojos muy separados. Una boca triste sobre una barbilla con hoyuelo que no correspondía a esa cara que parecía un hacha.

Gaines suspiró y miró a Davenport con expresión interrogativa.

—Se llama Halcón Negro.

—¿Qué es? —le preguntó el general a Davenport, pero quien respondió fue Halcón Negro.

—Soy un sauk. Mis padres eran sauk, grandes hombres. Deseo permanecer donde reposan sus huesos y ser enterrado junto a ellos. ¿Por qué habría de dejar sus campos?

Halcón Negro y el general se miraron fijamente, piedra y acero.

—No he venido aquí a rogar ni a pagarles a ustedes para que abandonen la población. Mi misión consiste en sacarlos de aquí —afirmó Gaines en tono suave—. Pacíficamente, si puedo. Por la fuerza, si es necesario. Les doy dos días para que se vayan. Si no atraviesan el Mississippi para entonces, los obligaré a marcharse.

Los miembros del Pueblo discutieron, sin dejar de mirar el cañón del barco que los apuntaba. Los soldados, que cabalgaban en pequeños grupos, protestando y gritando, estaban bien alimentados y bien armados, con gran cantidad de munición. Los sauk tenían rifles viejos con pocas balas, y carecían de reservas de comida.

Keokuk envió un mensajero a llamar a Wabokieskieh, Nube Blanca, un hechicero que vivía con los winnebago. Nube Blanca, hijo de un winnebago y una sauk, era alto y gordo, tenía el pelo largo y gris, y un ralo bigote negro, una rareza entre los indios. Era un gran chamán que se ocupaba de las necesidades espirituales y médicas de los winnebago, los sauk y los mesquakie. Las tres tribus lo conocían como el Profeta, pero Nube Blanca no tenía ninguna profecía alentadora que ofrecer a Keokuk. Dijo que la milicia era una fuerza superior y que Gaines no atendería a razones. Su amigo Davenport, el negociante, se reunió con el cacique y con el chamán y los apremió a que hicieran lo que se les ordenaba y a que abandonaran la tierra antes de que la disputa se convirtiera en un choque sangriento.

De modo que en la segunda noche de los dos días que se había concedido al Pueblo, abandonaron Sauk-e-nuk como animales trasladados de un lado a otro y atravesaron el *Masesibowi*, internándose en la tierra de sus enemigos, los iowa.

Ese invierno Dos Cielos perdió la confianza en que el mundo era un sitio seguro. El maíz entregado por el agente indio a la nueva población al oeste de *Masesibowi* era de mala calidad y en modo alguno suficiente para aplacar el hambre. El Pueblo no podía cazar ni conseguir carne suficiente con trampas porque muchos habían trocado sus armas y sus trampas por el whisky de Vandruff. Lamentaron la pérdida de las cosechas abandonadas en los campos. El maíz para hacer harina, los sustanciosos y alimenticios calabacines, las dulces y enormes calabazas. Una noche, cinco mujeres volvieron a atravesar el río y fueron hasta sus antiguos campos, donde cogieron algunas espigas heladas del maíz que habían plantado ellas mismas durante la primavera anterior. Fueron descubiertas por los granjeros blancos y severamente golpeadas.

Algunas noches más tarde, Halcón Negro condujo a unos pocos hombres a caballo de regreso a Rock Island. Llenaron sacos con maíz de los campos y entraron por la fuerza en un almacén del que se llevaron calabazas y calabacines. Durante el crudo invierno se desencadenó una controversia. Keokuk, el cacique, afirmaba que la acción de Halcón Negro haría intervenir a los ejércitos blancos. La nueva población no era Sauk-e-nuk, pero podía ser un buen lugar para vivir, razonó, y la presencia de *mookamonik* representaba un mercado para las pieles de los tramperos sauk.

Halcón Negro dijo que los blancos echarían a los sauk lo más lejos posible y que luego los destruirían. La única alternativa era luchar. A los hombres de piel roja no les cabía otra alternativa que olvidar las enemistades entre las tribus y unirse desde Canadá hasta México, con la ayuda del Padre Inglés, contra el enemigo más grande, el norteamericano.

Los sauk discutieron intensamente. Al llegar la primavera, la mayor parte del Pueblo había decidido quedarse con Keokuk al oeste del ancho río. Sólo trescientos sesenta y ocho hombres y sus familias unieron su destino a Halcón Negro. Entre ellos se encontraba Búfalo Verde.

Cargaron las canoas. Halcón Negro, el Profeta y Neosho, un hechicero sauk, se instalaron en la canoa que iba delante, y los demás desatracaron y remaron laboriosamente contra la corriente poderosa del *Masesibowi*. Halcón Negro no quería que hubiera destrucción ni muerte a menos que sus fuerzas fueran atacadas. Mientras avanzaban corriente abajo, al acercarse a un poblado *mookamon,* ordenó a su gente que golpearan los tambores y cantaran. Contando las mujeres, los niños y los ancianos, tenía casi mil trescientas voces, y los colonos huían del ruido atronador. En algunos poblados recogieron comida, pero había demasiadas bocas que alimentar y no tenían tiempo para cazar ni pescar.

Halcón Negro había enviado mensajeros a Canadá para pedir ayuda a los británicos y a una docena de tribus. Los mensajeros regresaron con malas noticias. No resultaba sorprendente que antiguos enemigos como los siux, los chippewa y los osage no quisieran unirse a los sauk en contra de los blancos, pero tampoco quiso hacerlo la nación hermana de los mesquakie, ni ninguna otra nación amiga. Peor aún, el Padre Británico sólo envió a los sauk palabras de aliento y deseos de buena suerte en la guerra.

Al recordar los cañones de los buques de guerra, Halcón Negro hizo que su gente se retirara del río y varara las canoas en la costa este de la que habían sido exiliados. Como cada pizca de comida era preciosa, cada uno de ellos se convirtió en porteador, incluso las indias que estaban embarazadas, como Unión de Ríos. Bordearon Rock Island y subieron por el río Rocky hasta encontrarse con los potawatomi, a quienes esperaban arrendar tierras en las que cultivar maíz. A través de los potawatomi, Halcón Negro se enteró de que el Padre que se encontraba en Washington había vendido el territorio sauk a inversores blancos. La población de Sauke-nuk y casi todos sus campos habían sido vendidos a George Davenport, el negociante que, fingiéndose amigo de ellos, los había instado a abandonar las tierras.

Halcón Negro organizó una fiesta del perro, porque sabía que el Pueblo necesitaría la ayuda de los manitús. El Profeta supervisó el estrangulamiento de los perros, la limpieza y purificación de la carne. Mientras ésta se cocinaba, Halcón

Negro colocó sus bolsas de medicinas delante de sus hombres.

—Guerreros —les dijo—, Sauk-e-nuk ya no existe. Nos han robado nuestras tierras. Los soldados blancos han incendiado nuestros *hedonoso-tes*. Han derribado las vallas de nuestros campos, han roturado el Lugar de los Muertos y plantado maíz entre nuestros huesos sagrados. Éstas son las bolsas de medicina de nuestro padre, Muk-ataquet, que fue el principio de la nación sauk. Fueron entregadas al gran cacique guerrero de nuestra nación, Na-namakee, que estuvo en guerra con todas las naciones de los lagos y con todas las naciones de las llanuras, y nunca cayó en desgracia. Espero que todos vosotros las protejáis.

Los guerreros comieron la carne sagrada, que les proporcionó coraje y fortaleza. Era necesario porque Halcón Negro sabía que los Cuchillos Largos estarían preparándose para enfrentarse a ellos. Tal vez fue el manitú quien permitió que Unión de Ríos tuviera su bebé en ese campamento, y no en medio del camino. Fue un niño, e hizo tanto por el espíritu de los guerreros como la Fiesta del Perro, porque Búfalo Verde llamó a su hijo Wato-kimita, El-que-posee-Tierra.

Aguijoneado por la histeria pública ante el rumor de que Halcón Negro y los sauk estaban en pie de guerra, Reynolds, gobernador de Illinois, convocó a mil voluntarios montados. Respondió a la llamada más del doble de hombres dispuestos a combatir a los indios, y se alistaron en el servicio militar mil novecientos treinta y cinco hombres no entrenados. Se reunieron en Beardstown, se fusionaron con trescientos cuarenta y dos milicianos regulares y enseguida pasaron a formar cuatro regimientos y dos batallones de exploradores. Samuel Whiteside, del Distrito de St. Clair, fue proclamado general de brigada y puesto al mando de las tropas.

Los informes de los colonos indicaban dónde se encontraba Halcón Negro, y Whiteside hizo salir a su brigada. Había sido una primavera inicialmente lluviosa, y tuvieron que atravesar a nado incluso los riachuelos más pequeños mientras los esteros normales se convertían en brazos pantanosos del río por los que avanzaban con dificultad. Para llegar a Oquawka, donde debían estar esperando las provisiones, hicieron cinco días de duro viaje por extensiones desprovistas de caminos. Pero el ejército había cometido un error: no había provisiones, y hacía mucho tiempo que los hombres se habían comido lo que llevaban en las alforjas. Indisciplinados y pendencieros, protestaron ante los oficiales como civiles que eran en realidad, exigiendo comida. Whiteside envió un parte al general Henry Atkinson, del Fuerte Armstrong, y éste mandó de inmediato el vapor *Chieftain* río abajo con un cargamento de víveres. Whiteside envió primero los dos batallones de la milicia regular, mientras el grueso de los voluntarios pasaban casi una semana llenándose el estómago y descansando.

En ningún momento dejaron de ser conscientes de que se encontraban en un medio desconocido y siniestro. Una templada mañana de mayo, unos mil seiscientos hombres de a caballo, la mayor parte de la fuerza, incendiaron Prophetstown, la población abandonada de Nube Blanca. Al concluir la acción se sintieron inexplicablemente nerviosos, y poco a poco se convencieron de que los indios vengadores esperaban detrás de cada colina. El nerviosismo se transformó pronto en miedo, y el terror provocó una desbandada. Huyeron desesperadamente, abandonando equipos, armas, provisiones y munición, atravesando prados, malezas y bosques, sin detenerse hasta que, individualmente y en pequeños grupos, hicieron una vergonzosa entrada en la población de Dixon, a dieciséis kilómetros del lugar en el que habían empezado a correr.

El primer contacto real tuvo lugar poco después. Halcón Negro y unos cuarenta guerreros indios avanzaban para encontrarse con algunos potawatomi a los que intentaban alquilar un campo de maíz. Habían acampado a orillas del río Rocky, cuando un mensajero les informó que un gran contingente de Cuchillos Largos avanzaba hacia ellos. Halcón Negro ató inmediatamente una bandera blanca a un palo y envió tres sauk desarmados a llevársela a los blancos y solicitar una reunión entre él y el comandante. Detrás de ellos envió a cinco sauk a caballo para que actuaran como observadores.

Las tropas no estaban preparadas para luchar contra los indios, y se aterrorizaron en cuanto vieron a los sauk. Enseguida cogieron a los tres hombres que llevaban la bandera pidiendo tregua y los hicieron prisioneros; luego fueron a buscar a los cinco observadores, dos de los cuales fueron sorprendidos y asesinados. Los otros tres lograron regresar al campamento, perseguidos por la milicia. Cuando llegaron los soldados blancos, fueron atacados por unos treinta y cinco guerreros indios dirigidos por un Halcón Negro totalmente furioso y dispuesto a morir para vengarse de la traición de los blancos. Los soldados que iban a la vanguardia de la caballería no tenían idea de que los indios no contaban con un numeroso ejército de guerreros a sus espaldas. Echaron un vistazo a los sauk que los apuntaban, hicieron girar sus caballos y huyeron.

Nada es tan contagioso como el pánico en medio de una batalla, y a los pocos minutos reinaba el caos entre los soldados. En la confusión, dos de los tres sauk que habían sido capturados con la bandera de tregua lograron escapar. El tercero fue matado de un disparo. Los doscientos setenta y cinco milicianos armados y montados fueron presa del terror y huyeron con tanta desesperación como el grueso del cuerpo de voluntarios, aunque esta vez el peligro no era imaginario. Los pocos guerreros de Halcón Negro los hicieron huir en desbandada, acosaron a los rezagados y se retiraron con once cabelleras. Algunos de los doscientos sesenta y cuatro blancos que se batían en retirada no se detuvieron hasta que llegaron a su casa, pero la mayor parte de los soldados se dispersaron finalmente en la ciudad de Dixon.

Durante el resto de su vida, la niña que entonces se llamaba Dos Cielos recordaría el regocijo que siguió a la batalla. Era una niña y percibía la esperanza. La noticia de la victoria se extendió rápidamente entre los pieles rojas, y muy pronto se unieron a ellos noventa y dos winnebago. Halcón Negro se paseaba de un lado a otro luciendo una camisa blanca con chorreras y un libro de leyes encuadernado en cuero bajo el brazo, ambos encontrados en las alforjas abandonadas por un oficial en su huida. Su oratoria se intensificó. Dijo que habían demostrado que los *mookamonik* podían ser derrotados, y que ahora las otras tribus enviarían guerreros para formar la alianza que él había soñado.

Pero pasaban los días y los guerreros no llegaban. Los alimentos empezaban a escasear y la caza era mala. Finalmente, Halcón Negro envió a los winnebago en una dirección y condujo al Pueblo en otra. En contra de lo que había ordenado, los winnebago atacaron las granjas desprotegidas de los blancos y se llevaron varias cabelleras, incluida la de St. Vrain, el agente indio. Durante dos días seguidos el cielo adquirió un color negro verdoso, y el manitú Shagwa agitó el aire y la tierra. Wabokieshiek le advirtió a Halcón Negro que en ningún momento viajara sin enviar exploradores por delante, y el padre de Dos Cielos dijo entre dientes que no era necesario ser profeta para saber que iban a ocurrir cosas terribles.

El gobernador Reynolds estaba furioso. La vergüenza por lo que había sucedido a su milicia era compartida por la gente de todos los Estados limítrofes. Los estragos causados por los winnebago fueron exagerados y achacados a Halcón Negro. Empezaron a llegar nuevos voluntarios, atraídos por el rumor, que aún circulaba, de una gratificación establecida por la legislatura de Illinois en 1814: se pagarían cincuenta dólares por cada indio al que se le diera muerte, o por cada india o niño piel roja capturado. Reynolds no tuvo problemas en tomar juramento a otros tres mil hombres. En los fuertes instalados a lo largo del Mississippi ya había acampados dos mil nerviosos soldados a las órdenes del general Henry Atkinson, seguido en la línea de mando por el coronel Zachary Taylor. Fueron enviadas dos compañías de infantería desde Baton Rouge, Louisiana, hasta Illinois, y un ejército de mil soldados regulares se trasladó desde los puestos del este al mando del general Winfield Scott. Estas tropas resultaron aquejadas de cólera mientras atravesaban los Grandes Lagos en los buques de vapor, pero incluso sin ellas era enorme el contingente que, sediento de venganza racial y ansioso por recuperar el honor, se había puesto en marcha.

Para la pequeña Dos Cielos, el mundo había quedado reducido. Siempre le había parecido enorme cuando realizaban la pausada travesía entre el campamento de invierno de Missouri y la población de verano a orillas del río Rocky. Pero ahora, miraran donde mirasen, había exploradores blancos, y disparos y gritos antes de que tuvieran tiempo de escapar. Se hicieron con algunas cabelleras y perdieron algunos guerreros indios. Tuvieron la suerte de no cruzarse con el cuerpo principal de las tropas de los blancos. Halcón Negro fingió una maniobra y volvió sobre sus pasos, dejando falsas huellas en un intento por evitar a los soldados, pero la mayor parte de sus seguidores eran mujeres y niños, y resultaba difícil ocultar los movimientos de tanta gente.

Empezaron a quedar cada vez menos. Los ancianos murieron, y también algunos niños. El hermano pequeño de Dos Cielos crecía con el rostro pequeño y los ojos grandes. Los pechos de su madre no se secaron pero empezó a disminuir la leche y a volverse menos densa, de modo que nunca era suficiente para satisfacer al niño. La mayor parte del tiempo era Dos Cielos la que llevaba a su hermano.

Muy pronto Halcón Negro dejó de hablar acerca de rechazar a los blancos. Ahora hablaba de huir al lejano norte del que habían llegado los sauk cientos de años antes. Pero a medida que pasaban las lunas, a muchos de sus seguidores les faltaba la fe necesaria para quedarse con él. El grupo de sauk perdía una tienda tras otra a medida que sus ocupantes se marchaban por su cuenta. Los grupos pequeños probablemente no lograrían sobrevivir, pero la mayoría de ellos habían decidido que el manitú no estaba con Halcón Negro.

Búfalo Verde se mantuvo fiel a pesar de que cuatro lunas después de haber dejado a los sauk de Keokuk, el grupo de Halcón Negro se había reducido a unos pocos cientos que intentaban sobrevivir comiendo raíces y cortezas de árbol. Regresaron al *Masesibowi*, buscando como siempre alivio en el gran río. El buque de vapor *Warrior* descubrió a la mayor parte de los sauk en los bajos de la desembocadura del río Wisconsin, intentando pescar. Mientras el barco se acercaba a ellos, Halcón Negro vio el cañón que había en la proa y supo que no podían seguir luchando. Sus hombres agitaron una bandera blanca, pero el barco se acercó aún más, y un winnebago mercenario que se encontraba en la cubierta les gritó en su lengua:

—¡Huid y ocultaos! ¡Los blancos van a disparar!

Habían empezado a chapotear en dirección a la orilla, gritando, cuando el cañón disparó toda su metralla a quemarropa, al que siguió una fuerte descarga de fusilería. Resultaron muertos veintitrés sauk. Los otros lograron internarse en el bosque, algunos arrastrando o llevando a cuestas a los heridos.

Esa noche se reunieron para deliberar. Halcón Negro y el Profeta decidieron trasladarse hasta la tierra de los chippewa para ver si podían vivir allí. Los ocupantes de tres tiendas dijeron que los seguirían, pero los demás —incluido Búfalo Verde— no confiaban en que los chippewa dieran a los sauk campos de maíz si las otras tribus no lo hacían, y decidieron unirse de nuevo a los sauk de Keokuk. Por la mañana se despidieron de los pocos que iban a reunirse con los chippewa y partieron rumbo al sur, en dirección a la tierra natal.

El buque de vapor *Warrior* localizaba a los indios siguiendo río abajo las bandadas de cornejas y buitres. Ahora, fueran donde fuesen, los sauk abandonaban a sus muertos. Algunos eran ancianos y niños, y otros, los heridos en el ataque anterior. Cuando el barco se detenía a examinar los cadáveres, siempre se llevaban las orejas y las cabelleras. No importaba si la mata de pelo oscuro pertenecía a un niño, o la oreja rojiza era de una mujer; serían orgullosamente trasladadas a las poblaciones pequeñas como prueba de que sus poseedores habían luchado contra los indios.

Los sauk que seguían con vida abandonaron el *Masesibowi* y avanzaron hacia el interior, pero tropezaron con los winnebago mercenarios del ejército. Detrás de los winnebago, las líneas de soldados calaban las bayonetas, razón por la cual los indios los llamaron Cuchillos Largos. Mientras los blancos atacaban, de sus filas surgió un ronco grito animal, más profundo que uno de guerra pero igualmente salvaje. Eran muchos y estaban dispuestos a matar para recuperar algo que creían perdido. Los sauk no pudieron hacer nada más que retroceder al tiempo que disparaban. Cuando llegaron al *Masesibowi* intentaron luchar, pero fueron rápidamente empujados hacia el río. Cuando Dos Cielos estaba de pie junto a su madre, con el agua hasta la cintura, una bala de plomo le arrancó la mandíbula inferior a Unión de Ríos. Ésta cayó al agua boca abajo. Dos Cielos tuvo que colocar a su madre de espaldas mientras sostenía al pequeño El-que-posee-Tierra. Logró hacerlo con un enorme esfuerzo, pero comprendió que Unión de Ríos estaba muerta. No vio a su padre ni a su hermana. Lo único que se oía eran disparos y gritos, y cuando los sauk llegaron por el agua hasta una pequeña isla de sauces, ella los siguió.

Intentaron hacer un alto en la isla, acurrucándose detrás de las rocas y los troncos caídos. Pero desde el río, avanzando entre la niebla como un enorme fantasma, el buque de vapor puso la pequeña isla bajo el fuego cruzado de su cañón. Algunas mujeres se metieron corriendo en el río e intentaron avanzar a nado. Dos Cielos no sabía que el ejército había contratado siux que esperaban en la orilla opuesta y asesinaban a cualquiera que lograra cruzar, y finalmente se metió en el agua hundiendo los dientes en la piel suave y floja de la nuca del bebé para tener las manos libres para nadar. Sus dientes mordieron la carne del pequeño y ella llegó a sentir el sabor de la sangre de su hermano, y los músculos de su propio cuello y sus hombros quedaron doloridos por el esfuerzo de mantener la pequeña cabeza fuera del agua. Se cansó enseguida y se dio cuenta de que si continuaba, ella y el bebé se ahogarían. La corriente los arrastró río abajo, lejos de los disparos, y ella volvió a nadar en dirección a tierra, como una zorra o una ardilla que traslada a su cría. Cuando llegó a la orilla se tendió junto al bebé que no dejaba de llorar, e intentó no mirar el cuello lastimado de su hermano.

Enseguida cogió a El-que-posee-Tierra y lo alejó del ruido de los disparos. Había una mujer sentada a la orilla del río y, mientras se acercaban, Dos Cielos vio que se trataba de su hermana. Mujer Alta estaba cubierta de sangre, pero le dijo a Dos Cielos que no era suya, que mientras un soldado la estaba violando, una bala lo alcanzó en un costado. Ella había logrado salir de debajo del cuerpo ensangrentado de él; el soldado había levantado una mano y le había pedido ayuda en su idioma, y ella había cogido una roca y lo había matado.

Mujer Alta había logrado contar su historia, pero no comprendió cuando Dos Cielos le dijo que su madre había muerto. El sonido de los gritos y los disparos parecían estar cada vez más cerca. Dos Cielos levantó en brazos a su hermano y condujo a su hermana a la maleza de la orilla, donde se escondieron. Mujer Alta no dijo una palabra, pero El-que-posee-Tierra no interrumpió sus agudos berridos, y Dos Cielos tuvo miedo de que los soldados lo oyeran y se acercaran. Se abrió el vestido y acercó la boca del pequeño hasta su pecho aún no desarrollado. El pequeño pezón se agrandó con los tirones secos de los labios del niño, y ella lo estrechó con fuerza.

A medida que pasaban las horas, los disparos se hacían menos frecuentes y la agitación se apagaba. Las sombras del atardecer se habían alargado cuando ella oyó los pasos de una patrulla que se acercaba, y el bebé empezó a llorar de nuevo. Se le ocurrió que podía ahogar a El-que-posee-Tierra para que ella y Mujer Alta pudieran sobrevivir. Pero en lugar de eso se limitó a esperar, y unos minutos después un muchacho blanco y delgado metió el mosquete entre las malezas y las hizo salir.

Mientras caminaban hacia el buque de vapor vieron por todas partes muertos a los que les faltaban las orejas o la cabellera. En la cubierta, los Cuchillos Largos habían reunido treinta y nueve mujeres y niños. Todos los demás habían sido asesinados. El bebé seguía llorando, y un winnebago miró su rostro demacrado y su cuello herido.

—Pequeño canalla —dijo en tono desdeñoso.

Pero un soldado pelirrojo que llevaba dos galones amarillos en la manga azul de su uniforme mezcló azúcar y agua en una botella de whisky a la que ató un trapo. Arrancó el bebé de brazos de Dos Cielos y le dio a chupar la mezcla; luego se alejó con el pequeño, y con expresión satisfecha en el rostro. Dos Cielos intentó seguirlos, pero el winnebago se le acercó y le golpeó la cabeza con la mano haciéndole zumbar los oídos. El buque se alejó de la desembocadura del Bad Ax, avanzando entre los cadáveres flotantes de los sauk. Tuvieron que recorrer sesenta y cinco kilómetros río abajo para llegar a Prairie du Chien. En Prairie du Chien, ella, Mujer Alta y otras tres jóvenes sauk —Mujer de Humo, Luna y Pájaro Amarillo— fueron trasladadas fuera del barco hasta un carro. Luna era más joven que Dos Cielos. Las otras dos eran mayores, pero no tanto como Mujer Alta. No supo qué fue de los demás prisioneros sauk, y nunca volvió a ver a El-que-posee-Tierra.

El carro llegó a un puesto del ejército que luego aprendieron a llamar Fuerte Crawford, pero no entró; llevó a las jóvenes mujeres sauk cinco kilómetros más allá del fuerte, a una granja rodeada de dependencias y vallas. Dos Cielos vio campos arados y sembrados, y varias clases de animales que pastaban, y aves de corral. Dentro de la casa apenas pudo respirar porque el aire estaba viciado por el jabón áspero y la cera, un olor de santidad *mookamonik* que odió durante el resto de su vida. En la Escuela Evangélica para Niñas Indias tuvo que soportarlo durante cuatro años.

La escuela estaba dirigida por el reverendo Edvard Bronsun y por su hermana, la señorita Eva, ambos de mediana edad. Nueve años antes, bajo el patrocinio de la Sociedad Misionera de la ciudad de Nueva York, habían decidido internarse en el desierto y acercar a los indios paganos a Jesús. Habían iniciado la actividad de la escuela con dos niñas winnebago, una de las cuales era deficiente mental. Las mujeres indias habían resistido obstinadamente las repetidas invitaciones a trabajar los campos de los Bronsun, a cuidar su ganado, a encalar y pintar sus edificios, y a hacer las faenas domésticas. La inscripción de niñas sólo creció mediante la cooperación de las autoridades jurídicas y militares, y a la llegada de los sauk tenían veintiuna alumnas ceñudas pero obedientes que cuidaban una de las granjas mejor conservadas de la zona.

El señor Edvard, un hombre alto y delgado, con la calva llena de pecas, enseñaba a las niñas agricultura y religión, mientras la señorita Eva, una mujer corpulenta y de mirada glacial, les enseñaba cómo los blancos querían ver fregados los suelos, y lustrados los muebles y los objetos de madera. Los estudios de las alumnas se centraban en las faenas domésticas y en el incesante y duro trabajo agrícola, en aprender a hablar inglés, en olvidar su lengua y su cultura nativas y en rezar a dioses desconocidos. La señorita Eva, siempre sonriendo fríamente, castigaba infracciones tales como la pereza o la insolencia, o el empleo de una palabra india, utilizando varillas flexibles que cortaba del ciruelo claudio de la granja.

Las otras alumnas eran winnebago, chippewa, illinois, kickapoo, iroquesas y potawatomi. Todas miraron a las recién llegadas con hostilidad, pero las sauk no les temían; al llegar juntas formaban una mayoría tribal, aunque el sistema del lugar intentaba anular esta ventaja. Lo primero que perdía cada niña nueva era su nombre indio. Los Bronsun consideraban que sólo había seis nombres bíblicos dignos de inspirar piedad a una conversa: Rachel, Ruth, Mary, Martha, Sarah y Anna. Para evitar confusiones, dado que una elección tan limitada significaba que varias chicas compartían el mismo nombre, también le daban a cada alumna un número que sólo tenía validez cuando su poseedora abandonaba la escuela. Así, Luna se convirtió en Ruth Tres; Mujer Alta en Mary Cuatro; Pájaro Amarillo en Rachel Dos; y Mujer de Humo en Martha Tres. Dos Cielos era Sarah Dos.

No resultó difícil acostumbrarse. Las primeras palabras inglesas que aprendieron fueron «por favor» y «gracias». Durante las comidas, todos los alimentos y bebidas eran denominados una vez, en inglés. A partir de entonces, las que no los pedían en inglés pasaban hambre. Las niñas sauk aprendían inglés rápidamente. Las dos comidas diarias principales eran maíz molido, pan de maíz y picadillo de raíces vegetales. La carne, que se servía en contadas ocasiones, estaba llena de grasa o era caza menor. Las chicas que habían pasado hambre siempre comían con ansia. A pesar de que el trabajo era duro, engordaban. Desapareció la mirada sombría de los ojos de Mujer Alta, pero de las cinco sauk ella era la que más probabilidades tenía de olvidarse y hablar la lengua del Pueblo, y por eso era castigada con frecuencia. A los dos meses de estar en la escuela, la señorita Eva oyó a Mujer Alta susurrar algo en la lengua de los sauk y la azotó cruelmente mientras el señor Edvard observaba. Esa noche el señor Edvard fue hasta el oscuro dormitorio del desván y susurró a Mary Cuatro que tenía un bálsamo para untarle la espalda y quitarle el dolor. Hizo salir a Mujer Alta del dormitorio.

Al día siguiente, el señor Edvard le dio a Mujer Alta una bolsa de pan de maíz que ella compartió con las otras sauk. Después de eso, él solía acercarse al dormitorio por la noche para buscar a Mujer Alta, y las chicas sauk se acostumbraron a tener comida extra.

Al cabo de cuatro meses, Mujer Alta empezó a marearse por la mañana, y ella y Dos Cielos supieron, incluso antes de que se le notara en el vientre, que estaba embarazada.

Unas semanas más tarde, el señor Edvard enganchó el caballo a la calesa. La señorita Eva hizo subir con ella a Mujer Alta y se marcharon. La señorita Eva regresó sola y le dijo a Dos Cielos que su hermana había tenido mucha suerte. Le explicó que a partir de ese momento Mary Cuatro trabajaría en una elegante granja cristiana, al otro lado del Fuerte Crawford. Dos Cielos nunca volvió a ver a Mujer Alta.

Cuando Dos Cielos estaba segura de que se encontraban a solas, hablaba a las otras sauk en su lengua. Mientras quitaban los bichos de las patatas, les contaba las historias que Unión de Ríos le había contado a ella. Cuando desherbaban la remolacha, cantaba las canciones de los sauk, y mientras cortaban madera, les hablaba de Sauk-e-nuk y del campamento de invierno, y les recordaba las danzas y las fiestas, y los parientes vivos y muertos. Si ellas no respondían en su lengua, las amenazaba con golpearlas más fuerte que la señorita Eva. Aunque dos de las niñas eran más grandes y mayores que ella, no la desafiaron, y conservaron su antigua lengua.

Cuando ya llevaban allí casi tres años, llegó una alumna nueva, una muchacha siux. Se llamaba Ala Batiente, y era mayor que Mujer Alta. Pertenecía al grupo de Wabashaw, y por la noche atormentaba a las sauk con historias de cómo su padre y sus hermanos habían esperado en la orilla opuesta del *Masesibowi* y habían matado y arrancado la cabellera a todos los sauk enemigos que habían logrado cruzar el río durante la matanza en la desembocadura del Bad Ax. A Ala Batiente le pusieron el nombre de Mujer Alta, Mary Cinco. Desde el principio el señor Edvard se encaprichó con ella. Dos Cielos soñaba con matarla, pero la presencia de Ala Batiente resultó afortunada porque al cabo de unos meses ella también estaba embarazada; tal vez Mary era un nombre adecuado para procrear.

Dos Cielos veía crecer el vientre de Ala Batiente, y hacía planes y se preparaba. Un cálido y apacible día de verano, la señorita Eva se llevó a Ala Batiente en la calesa. El señor Edvard estaba solo y no podía vigilarlas a todas. En cuanto la mujer se fue, Dos Cielos dejó caer la azada que había estado utilizando en el campo de remolachas y se arrastró fuera de la vista, detrás del establo. Apiló gruesas astillas de pino contra los leños secos y las encendió con las cerillas de azufre que había robado y guardado para la ocasión. Cuando el incendio resultó visible, el establo ya estaba envuelto en llamas. El señor Edvard llegó corriendo desde el campo de patatas, gritando como un loco y con los ojos desorbitados, y ordenó a las chicas que cogieran cubos y formaran un grupo.

En medio del nerviosismo general, Dos Cielos conservó la frialdad. Reunió a Luna, a Pájaro Amarillo y a Mujer de Humo. Como si se le hubiera ocurrido en ese mismo momento, cogió una de las varillas de ciruelo de la señorita Eva y la utilizó para sacar el enorme cebón que había en la granja del oscuro lodazal de la pocilga. Lo hizo entrar en la limpia y lustrada casa que olía a beata y cerró la puerta. Luego guió a sus compañeras hasta el bosque, lejos de ese lugar *mookamon*.

Evitaron los caminos y se quedaron en el bosque hasta que llegaron al río. En la orilla había un tronco de roble atascado, y entre las cuatro jóvenes lo soltaron. Las cálidas aguas contenían los huesos y los espíritus de sus seres queridos, y abrazaron a las niñas mientras ellas se aferraban al tronco y dejaban que *Masesibowi* las condujera hacia el sur.

Cuando empezó a oscurecer, abandonaron el río. Esa noche durmieron en el bosque y pasaron hambre. Por la mañana, mientras cogían bayas a la orilla del río, encontraron una canoa siux escondida y la robaron, con la esperanza de que perteneciera a algún pariente de Ala Batiente. Ya era media tarde cuando giraron en un recodo y descubrieron que estaban en Prophetstown. En la orilla, un piel roja limpiaba pescado. Cuando se dieron cuenta de que era un mesquakie, rieron aliviadas y empujaron la canoa hacia él como si fuera una flecha.

En cuanto le fue posible, después de la guerra, Nube Blanca regresó a Prophetstown. Los soldados blancos habían incendiado su casa comunal junto con las demás, pero él construyó otro *hedonoso-te*. Cuando se extendió el rumor de que el chamán había regresado, las familias de varias tribus se acercaron y levantaron sus tiendas en las cercanías para poder pasar su vida junto a él. De vez en cuando llegaban otros discípulos, pero él miró con especial interés a las cuatro niñas que habían huido de los blancos y se habían abierto camino hasta él.

Durante varios días las observó mientras ellas descansaban y comían en su tienda, y notó que tres de ellas recurrían a la cuarta buscando su consejo para todo. Las interrogó por separado y detenidamente, y las tres le hablaron de Dos Cielos.

Siempre Dos Cielos. Él empezó a observarla con creciente esperanza.

Finalmente cogió dos ponis y le dijo a Dos Cielos que lo acompañara. Ella cabalgó detrás de él durante la mayor parte del día, hasta que el terreno empezó a elevarse. Todas las montañas son sagradas, pero en un paisaje de llanura incluso una colina es un sitio sagrado; en la cima boscosa, él la condujo hasta un claro en el que se sentía el olor almizcleño de los osos y se veían huesos de animales desparramados y cenizas de fuegos apagados.

Cuando desmontaron, Wabokieshiek cogió la manta que lleva en los hombros y le dijo a Dos Cielos que se desnudara y se tendiera sobre ella. La muchacha no se atrevió a negarse, aunque estaba segura de que el viejo chamán tenía la intención de utilizarla sexualmente. Pero cuando Wabokieshiek la tocó, no lo hizo como un amante. La examinó hasta asegurarse de que estaba intacta.

Mientras se ponía el sol recorrieron el bosque de los alrededores y él colocó tres trampas. Luego encendió una hoguera en el claro y se puso a cantar mientras ella estaba tendida en el suelo, durmiendo.

Cuando Dos Cielos se despertó, él había recogido un conejo de una de las trampas y le estaba abriendo la panza. La muchacha estaba hambrienta, pero él no se movió para cocinar el conejo; en lugar de eso, tocó las vísceras y las estudió con más atención de la que había dedicado a examinar el cuerpo de ella. Cuando concluyó, lanzó un gruñido de satisfacción y la miró con expresión cautelosa y maravillada.

Cuando él y Halcón Negro se enteraron de la matanza de los suyos en el río Bad Ax se sintieron desalentados. Decidieron que no habría más sauk muertos mientras ellos estuvieran al mando, de modo que se entregaron al agente indio en Prairie du Chien. En Fuerte Crawford fueron puestos en manos de un joven teniente del ejército llamado Jefferson Davis, que había llevado a sus prisioneros *Masesibowi* abajo, hasta St. Louis. Pasaron todo el invierno encerrados en el Cuartel de Jefferson, sufriendo la humillación de estar encadenados. En la primavera, para mostrar a los blancos que el ejército había derrotado completamente al Pueblo, el Gran Padre de Washington ordenó que los dos prisioneros fueran trasladados a ciudades norteamericanas. Vieron el ferrocarril por primera vez y viajaron en él a Washington, Nueva York, Albany, Detroit. En todas partes, multitudes como manadas de búfalos se reunían para contemplar las rarezas, los «jefes indios» derrotados.

Nube Blanca vio poblaciones inmensas, edificios magníficos, máquinas espantosas. Infinidad de norteamericanos. Cuando se le permitió regresar a Prophetstown, comprendió la amarga verdad: los *mookamonik* nunca podrían ser apartados de las tierras de los sauk. Los pieles rojas siempre serían alejados de las mejores tierras y de la mejor caza. Y sus hijos, los sauk, los mesquakie y los winnebago, necesitaban acostumbrarse a un mundo cruel dominado por los hombres blancos. El problema ya no consistía en alejar a los blancos. Ahora el chamán pensó cómo podría cambiar su gente para sobrevivir y al mismo tiempo conservar el manitú y sus ritos mágicos. Él era viejo y moriría pronto, y empezó a buscar a alguien a quien pudiera transmitirle lo que él era, un recipiente en el que pudiera verter el alma de las tribus algonquinas, pero no encontró a nadie. Hasta que apareció esta mujer.

Le explicó todo esto a Dos Cielos mientras estaba sentado en el sitio sagrado de la colina, buscando augurios favorables en el conejo abierto, que empezaba a oler mal. Al acabar le preguntó si le permitiría enseñarle a ser hechicera.

Dos Cielos era una niña, pero sabía lo suficiente para estar asustada. Había muchas cosas que no podía comprender, pero entendió lo que era importante.

—Lo intentaré —le susurró al Profeta.

Nube Blanca envió a Luna, a Pájaro Amarillo y a Mujer de Humo a vivir con los sauk de Keokuk, pero Dos Cielos se quedó en Prophetstown, viviendo en la tienda de Wabokieshiek como una hija predilecta. Él le mostraba hojas, raíces y cortezas, y le explicaba cuáles podían elevar el espíritu fuera del cuerpo para permitirle conversar con el manitú, con cuáles se podía teñir la gamuza y con cuáles preparar pinturas de guerra, cuáles debían ser secadas y cuáles preparadas en infusión, cuáles debían cocerse al vapor y cuáles utilizarse como cataplasma, cuáles debían limpiarse con movimientos ascendentes y cuáles con movimientos descendentes, cuáles podían abrir los intestinos y cuáles podían cerrarlos, cuáles podían eliminar la fiebre y cuáles aliviar el dolor, cuáles podían curar y cuáles matar.

Dos Cielos lo escuchaba. Al cabo de cuatro estaciones, cuando el Profeta la sometió a una prueba, quedó satisfecho. Dijo que la había guiado a través de la primera Tienda de la Sabiduría.

Antes de ser conducida por la segunda Tienda de la Sabiduría, su condición de mujer se manifestó por primera vez. Una de las sobrinas de Nube Blanca le enseñó a cuidarse, y todos los meses, mientras sangraba, iba a alojarse en la tienda de las mujeres. El Profeta le explicó que no debía dirigir ninguna ceremonia ni tratar enfermedades ni heridas antes de asistir al sudadero para purificarse después del flujo mensual.

Durante los cuatro años siguientes aprendió a convocar al manitú con canciones y tambores, a sacrificar perros según diversos métodos ceremoniales y a cocinarlos para la Fiesta del Perro, a enseñar a cantantes y canturreadores a participar en las danzas sagradas. Aprendió a leer el futuro en los órganos de un animal muerto. Aprendió el poder de la ilusión: a chupar la enfermedad del cuerpo y escupirla de su boca en forma de pequeña piedra, para que la víctima pudiera tocarla y ver que había sido desterrada. Aprendió a cantar al espíritu del moribundo para acompañarlo al otro mundo cuando era imposible convencer al manitú de que le permitiera seguir con vida.

Había siete Tiendas de la Sabiduría. En la quinta, el Profeta le enseñó a dominar su propio cuerpo para llegar a comprender cómo dominar el cuerpo de los demás. Aprendió a vencer la sed y a pasar largos períodos sin comer. A menudo la hacía recorrer grandes distancias a caballo y después regresaba él solo a Prophetstown con los dos caballos, dejando que hiciera el camino de regreso a pie. Poco a poco le enseñó a dominar el dolor enviando su mente a un lugar pequeño y lejano, tan profundamente oculto dentro de ella que el dolor no podía alcanzarla.

Ese mismo verano volvió a llevarla al claro sagrado de la cima de la colina. Encendieron una fogata y convocaron al manitú con canciones, y volvieron a colocar trampas. Esta vez cogieron un conejo flaco, de color pardo, y cuando le abrieron la panza y estudiaron los órganos, Dos Cielos reconoció que las señales eran favorables.

Mientras caía el crepúsculo, Nube Blanca le dijo que se quitara el vestido y los zapatos. Cuando estuvo desnuda, él le hizo dos cortes en cada hombro con su cuchillo inglés y luego, cuidadosamente, le cortó tiras de piel con la forma de las charreteras que usaban los oficiales del ejército.

Pasó una cuerda a través de estos cortes ensangrentados e hizo un nudo, lanzó la cuerda por encima de la rama de un árbol y levantó a la muchacha hasta que quedó colgada sobre el suelo, suspendida por su propia piel sangrante.

Con unas finas varillas de roble cuyos extremos habían sido calentados al rojo blanco en la fogata, marcó en la cara interior de los pechos de la joven los fantasmas del Pueblo y los símbolos del manitú.

Cuando la oscuridad cayó sobre ella, aún intentaba liberarse. Durante la mitad de la noche estuvo revolviéndose hasta que por fin la tira de piel de su hombro izquierdo se desgarró. Pronto la carne de su hombro derecho se rompió y ella cayó al suelo. Con la mente en el lugar pequeño y distante en el que escapaba al dolor, tal vez se durmió.

Se despertó con la débil luz de la mañana y oyó la ruidosa respiración de un oso que se acercaba por el otro extremo del claro. El animal no la olió porque se movía en la misma dirección que la brisa matinal, arrastrando las patas tan lentamente que ella vio su hocico blanco y se dio cuenta de que era una hembra. Apareció un segundo oso, completamente negro, un macho joven ansioso por acoplarse a pesar del gruñido de advertencia de la hembra. Dos Cielos pudo ver la enorme y rígida *coska* del animal, rodeada por unos pelos grises y tiesos, mientras montaba a la hembra por detrás. Ésta se puso a gruñir y se volvió haciendo varios intentos de morderlo, y el macho se apartó. Durante un instante la hembra lo siguió, luego tropezó con el conejo muerto, lo cogió con los dientes y se alejó.

Por fin, terriblemente dolorida, Dos Cielos se puso de pie. El Profeta se había llevado sus ropas. No vio huellas de oso en la tierra compacta del claro, pero en la fina ceniza de la fogata apagada había una sola huella de un zorro. Era posible que por la noche se hubiera acercado un zorro y se hubiera llevado el conejo; tal vez había soñado con los osos, o éstos habían sido el manitú.

Viajó durante todo el día. En una ocasión oyó unos caballos y se ocultó entre la maleza mientras pasaban dos jóvenes siux. Aún era de día cuando entró en Prophetstown acompañada por los fantasmas, con el cuerpo desnudo cubierto de sangre y suciedad. Mientras se acercaba, tres hombres guardaron silencio y una mujer dejó de moler maíz. Por primera vez vio el temor reflejado en los rostros de los que la miraban.

El Profeta en persona la lavó. Mientras se ocupaba de sus hombros lastimados y de las quemaduras, le preguntó si había soñado. Cuando ella le contó lo de los osos, él sonrió.

—¡La señal más poderosa! —murmuró. Y le dijo que significaba que mientras no se acostara con un hombre, el manitú permanecería junto a ella.

Mientras la joven reflexionaba sobre esto, Nube Blanca le dijo que ella jamás volvería a ser Dos Cielos, como nunca más volvería a ser Sarah Dos. Esa noche, en Prophetstown, se convirtió en Makwa-ikwa, la Mujer Oso.

Una vez más, el Gran Padre que estaba en Washington había mentido a los sauk. El ejército había prometido a los sauk de Keokuk que podrían vivir para siempre en la tierra de los iowa, al otro lado de la orilla oeste del *Masesibowi*, pero los colonos blancos habían empezado a instalarse rápidamente en esas tierras. Al otro lado del río, desde Rock Island, se había instalado una ciudad blanca. La llamaban Davenport, en honor del negociante que había aconsejado a los sauk que abandonaran los huesos de sus antepasados y se marcharan de Sauk-e-nuk, y que luego había comprado sus tierras al gobierno para su propio beneficio.

Ahora el ejército les dijo a los sauk de Keokuk que tenían una cuantiosa deuda en dinero norteamericano, y que debían vender sus nuevas tierras del territorio de Iowa y mudarse a una reserva que Estados Unidos había creado para ellos a una gran distancia hacia el sudoeste, en el territorio de Kansas.

El Profeta le dijo a Mujer Oso que jamás en su vida debía aceptar como verdadera la palabra de un blanco.

Ese año Pájaro Amarillo fue picada por una serpiente. La mitad del cuerpo se le llenó de agua y se murió. Luna había encontrado esposo, un sauk llamado Viene Cantando, y ya había tenido hijos. Mujer de Humo no se casó. Se acostaba con tantos hombres y era tan feliz que la gente sonreía al pronunciar su nombre. En ocasiones Makwa-ikwa se sentía excitada por el deseo sexual, pero aprendió a dominarlo como cualquier dolor. La falta de niños era una pena. Recordaba cómo se había escondido con El-que-posee-Tierra durante la matanza en el Bad Ax, cómo los labios ávidos de su pequeño hermano habían tironeado de su pezón. Pero se había resignado; ya había vivido demasiado unida al manitú como para discutir su decisión de que no fuera madre. Se conformaba con ser hechicera.

Las dos últimas Tiendas de la Sabiduría se ocupaban de la magia de las influencias malignas, de cómo enfermar a una persona sana mediante hechizos, de cómo convocar y dirigir la mala fortuna. Makwa-ikwa se familiarizó con los diablillos perversos llamados *watawinonas*, como fantasmas y brujas, y con Panguk, el Espíritu de la Muerte. Estos espíritus no eran abordados hasta las Tiendas finales, porque una hechicera debía conseguir el dominio de sí misma antes de convocarlos, para no unirse a los *watawinonas* en su maldad. La magia negra era la mayor responsabilidad. Los *watawinonas* le robaron a Makwa-ikwa la capacidad de sonreír. Se volvió macilenta. Su carne se fundió hasta que sus huesos parecieron enormes, y algunos meses no sangraba. Notó que los *watawinonas* también se estaban bebiendo la vida del cuerpo de Wabokieshiek porque cada vez estaba más frágil y pequeño, pero él le prometió que aún no moriría.

Al cabo de otros dos años el Profeta la condujo por la última Tienda. Si esto hubiera ocurrido en los viejos tiempos, habría exigido la convocatoria de bandas, carreras y juegos sauk remotos, fumar la pipa de la paz, y una reunión secreta de los *Mide'wiwin*, la sociedad de medicina de las tribus algonquinas. Pero los viejos tiempos habían pasado. En todas partes los pieles rojas eran dispersados y acosados. Lo mejor que el Profeta podía hacer era proporcionar tres ancianos como jueces: Cuchillo Perdido, de los mesquakie; Caballo Estéril, de los ojibwa, y Pequeña Gran Serpiente, de los menomini. Las mujeres de Prophetstown le hicieron a Makwa-ikwa un vestido y zapatos de ante blanco, y ella se puso sus trapos *Izze*, y ajorcas y brazaletes que sonaban cuando se movía. Utilizó el palo de estrangulamiento para sacrificar dos perros, y supervisó la limpieza y cocción de la carne. Después de la fiesta, ella y los ancianos pasaron la noche sentados junto al fuego.

Cuando la interrogaron, ella respondió con respeto pero con franqueza, como si fuera una igual. Arrancó los sonidos de súplica al tambor de agua mientras cantaba, convocando al manitú y a los fantasmas pacificadores. Los ancianos le revelaron los secretos especiales del *Mide'wiwin*, al tiempo que cada uno mantenía su propio secreto del mismo modo que, a partir de entonces, ella mantendría el suyo. Por la mañana se había transformado en chamán.

En otros tiempos, eso la habría convertido en una persona de gran poder. Pero ahora Wabokieshiek la ayudó a reunir las hierbas que no podría encontrar en el sitio al que se dirigía. Sus tambores, su manojo de medicinas y las hierbas fueron cargados en una mula manchada que ella condujo. Le dijo adiós al Profeta por última vez y montó en el otro regalo que él le había hecho, un poni gris, rumbo al territorio de Kansas donde ahora vivían los sauk.

La reserva se encontraba en una tierra aún más plana que la llanura de Illinois.

Y seca.

Había agua suficiente para beber, pero tenían que recogerla lejos. Esa vez los blancos habían dado a los sauk una tierra suficientemente fértil para cultivar cualquier cosa. Las semillas que plantaron brotaron con fuerza en la primavera, pero antes de que el verano tuviera algo más que unos pocos días de vida, todo se marchitó y murió. El viento arrastró un polvo a través del cual el sol quemaba como un redondo ojo rojo.

Así que comieron los alimentos de los blancos que les llevaron los soldados: carne vacuna en mal estado, grasa maloliente de cerdo, verduras viejas. Migajas de un banquete de los blancos.

No había *hedonoso-te*. El Pueblo vivía en chozas construidas con madera verde que se ahuecaba y se contraía dejando grietas lo suficientemente grandes para que en invierno se filtrara la nieve. Dos veces al año, un nervioso y menudo agente indio pasaba con los soldados y dejaba una serie de mercancías en la pradera: espejos baratos, cuentas de cristal, jarros agrietados y rotos adornados con campanas, ropa vieja, carne agusanada. Al principio todos los sauk recogían la pila de cosas, hasta que alguien le preguntó al agente indio por qué las llevaba, y él respondió que eran un pago por la tierra que el gobierno había confiscado a los sauk. A partir de entonces, sólo los más débiles y despreciables cogían alguna vez algo. La pila se hacía más grande cada seis meses y terminaba pudriéndose a la intemperie.

Ellos habían oído hablar de Makwa-ikwa. A su llegada la recibieron con respeto, pero ya no eran una tribu tan grande para necesitar un chamán. Los más vigorosos se habían marchado con Halcón Negro y habían sido asesinados por los blancos, o habían muerto de hambre, o ahogados en el *Masesibowi*, o asesinados por los siux, pero en la reserva quedaban algunos que poseían el corazón fuerte de los sauk de antaño. Su coraje era constantemente puesto a prueba en las luchas con las tribus nativas de la región, porque la caza empezaba a mermar y los comanches, los kiowa, los cheyenes y los osage estaban resentidos por la competencia que suponían para la caza las tribus del este trasladadas allí por los norteamericanos.

Los blancos hacían que a los sauk les resultara difícil defenderse, porque se ocupaban de que hubiera grandes cantidades de whisky malo, y a cambio se llevaban la mayor parte de las pieles que ellos conseguían. Cada vez eran más numerosos los sauk que pasaban los días mareados por el alcohol.

Makwa-ikwa vivió en la reserva poco más de un año. Esa primavera, una pequeña manada de búfalos recorrió la pradera. El esposo de Luna, Viene Cantando, salió a caballo con otros cazadores en busca de carne. Makwa-ikwa anunció una Danza del Búfalo y avisó a canturreadores y cantantes. El Pueblo danzó a la antigua usanza, y ella vio en los ojos de algunos un brillo que hacía tiempo no veía, una luz que la llenó de gozo.

Otros sintieron lo mismo. Después de la Danza del Búfalo, Viene Cantando llevó a Makwa-ikwa a un aparte y le dijo que algunos miembros del Pueblo querían abandonar la reserva y vivir como lo habían hecho sus padres. Y querían saber si su chamán los acompañaría.

Ella le preguntó a Viene Cantando adónde irían.

—A casa —respondió él.

De modo que los más jóvenes y fuertes se marcharon de la reserva, y Makwa-ikwa con ellos. En otoño se encontraban en unas tierras que les alegró el espíritu y al mismo tiempo les apenó el corazón. Resultaba difícil evitar al hombre blanco mientras viajaban, y daban grandes rodeos para no atravesar los poblados. La caza era mala. El invierno los sorprendió mal preparados. Ese verano había muerto Wabokieshiek, y Prophetstown estaba desierta. Ella no podía recurrir a los blancos para pedir ayuda porque recordaba lo que el Profeta le había enseñado de no confiar jamás en un blanco.

Pero cuando ella rezó, el manitú les envió ayuda bajo la forma del médico blanco llamado Cole, y a pesar del fantasma del Profeta, ella había llegado a sentir que podía confiar en él.

Así que cuando él llegó al campamento sauk y le dijo a ella que ahora necesitaba su ayuda para aplicar su medicina, ella aceptó acompañarlo sin la más mínima vacilación.

18

Piedras

Rob J. intentó explicarle a Makwa-ikwa qué era un cálculo en la vejiga, pero no supo si ella había creído que la enfermedad de Sarah Bledsoe era causada realmente por piedras en la vejiga. Ella le preguntó si quitaría las piedras chupándolas, y mientras hablaban fue evidente que esperaba presenciar un juego de manos, una especie de trampa para hacer creer a su paciente que había quitado la fuente del problema. Él le explicó varias veces que las piedras eran reales, que existían en la vejiga de la mujer y le provocaban dolor, y que él introduciría un instrumento en el cuerpo de Sarah y las quitaría.

El desconcierto de Makwa-ikwa continuó cuando llegaron a la cabaña de Rob J. y él utilizó jabón basto y agua para lavar la mesa que Alden le había construido, sobre la cual operaría. Fueron juntos a buscar a Sarah Bledsoe en el carro. Alex, el niño, se había quedado con Alma Schroeder, y su madre estaba esperando al médico con el rostro pálido y transido de dolor. En el viaje de regreso, Makwa-ikwa guardó silencio, y Sarah Bledsoe pareció casi muda de terror. Rob J. intentó aliviar la tensión con un poco de charla, pero no tuvo éxito.

Cuando llegaron a la cabaña, Makwa-ikwa bajó de un salto del carro. Ayudó a la chica blanca a bajar del alto asiento con una cortesía que sorprendió a Rob J., y habló por primera vez.

—En un tiempo me llamaban Sarah Dos —le comentó a Sarah Bledsoe, pero Rob J. creyó que había dicho «Sarah, también»*.

Sarah no era una experta bebedora. Tosió cuando intentó tragar los tres dedos de whisky de malta remojada que Rob J. le dio, y le entraron náuseas con la pizca que él añadió a la jarra para completar la dosis. Quería que la joven fuera insensible al dolor pero que estuviera en condiciones de cooperar. Mientras esperaban que el whisky surtiera efecto, él colocó velas alrededor de la mesa y las encendió a pesar de que era un caluroso día de verano, porque la luz natural que entraba en la cabaña era débil. Cuando desnudaron a Sarah, vio que tenía el cuerpo rojo de tanto restregarlo. Sus enflaquecidas nalgas eran pequeñas como las de una criatura, y sus muslos azulados estaban tan delgados que parecían casi cóncavos. Hizo una mueca cuando él insertó un catéter y le llenó la vejiga de agua. Rob J. le enseñó a Makwa-ikwa cómo quería que sostuviera las rodillas, y luego engrasó el litotrito con grasa limpia cuidando de no untar las pequeñas mandíbulas que tendrían que coger las piedras. La joven gimió cuando él deslizó el instrumento en la uretra.

—Sé que te duele, Sarah. Hace daño al entrar, pero... Así... Ahora está mejor.

Ella estaba acostumbrada a un dolor mucho peor, y los gemidos disminuyeron, pero él se sentía inquieto. Habían pasado varios años desde que hiciera un sondeo para extraer piedras, y entonces lo había realizado bajo la cuidadosa supervisión de un hombre que sin ninguna duda era uno de los mejores cirujanos del mundo. El día anterior había pasado horas practicando con el litotrito, cogiendo pasas y guijarros, atrapando nueces y rompiéndoles la cáscara, ensayando con estos objetos en un pequeño tubo con agua, con los ojos ce-

---

* Juego de palabras con *two*, que significa «dos» y *too* que quiere decir «también», y que se pronuncian de la misma forma. (*N. de la T.*)

rrados. Pero era muy distinto hurgar dentro de la frágil vejiga de un ser vivo, sabiendo que avanzar sin cuidado o cerrar
las mandíbulas cogiendo un pliegue del tejido en lugar de una
piedra podía dar como resultado un desgarramiento que
provocaría una infección terrible y una muerte dolorosa.

Cerró los ojos puesto que en ese momento no le servían
de nada y movió el litotrito lenta y delicadamente, mientras
todo su ser se fundía en un solo nervio que funcionaba en el
extremo del instrumento. Éste tocó algo. Rob J. abrió los
ojos y observó la ingle y el bajo vientre de la joven, desean-
do poder ver a través de su carne.

Makwa-ikwa observaba sus manos y estudiaba su rostro
sin perderse nada. Rob J. apartó una mosca que pasaba zum-
bando y luego no prestó atención a nada más que a la paciente, la tarea y el litotrito que tenía en las manos. La piedra...
enseguida se dio cuenta de que era enorme. Tal vez del tamaño de su pulgar, calculó mientras manipulaba el litotrito muy
lenta y cuidadosamente.

Para determinar si la piedra se movería, cerró las mandíbulas del litotrito alrededor de la misma, pero cuando realizó una pequeña presión hacia atrás con el instrumento, la
paciente abrió la boca y lanzó un grito.

—Tengo la piedra más grande, Sarah —dijo en tono sereno—. Es demasiado grande para sacarla entera, así que intentaré romperla. —Mientras hablaba movió los dedos sobre
el asidero del tornillo que había en el extremo del litotrito.
Era como si cada giro del tornillo aumentara también la tensión que sentía él en su interior, porque si la piedra no se
rompía, las posibilidades de la joven eran escasas. Pero afortunadamente mientras seguía girando se oyó un apagado
crujido, el sonido que se produce cuando alguien aplasta con
el pie un recipiente de cerámica.

La rompió en tres fragmentos. Aunque trabajaba con
sumo cuidado, al quitar el primer trozo le hizo daño.
Makwa-ikwa humedeció un trapo y lo pasó por el rostro
sudoroso de Sarah. Rob se estiró y le aflojó la mano izquierda, echando los dedos hacia atrás como si fueran pétalos, y

dejó caer el fragmento de la piedra en la palma blanca de ella. Era un cálculo horrible, marrón y negro. El trozo del medio era liso y en forma de huevo, pero los otros dos eran irregulares, con pequeñas puntas como agujas y bordes afilados.

Cuando ella tuvo los tres trozos en la mano, él insertó un catéter y enjuagó la vejiga, y ella evacuó un montón de cristales que se habían desprendido de la piedra en el momento en que él la rompió.

Sarah quedó agotada.

—Es suficiente —decidió Rob J.—. Tienes otra piedra pero es pequeña y será fácil quitarla. Te la extraeremos otro día.

En menos de una hora había empezado a enrojecerse debido a la fiebre que se producía inmediatamente después de casi todas las operaciones. La obligaron a beber bastante líquido, incluida la eficaz infusión de corteza de sauce que preparaba Makwa-ikwa. A la mañana siguiente aún estaba ligeramente afiebrada, pero pudieron llevarla de regreso a su cabaña. Él sabía que la joven estaba dolorida y exhausta, pero hizo el ajetreado viaje sin quejarse. La fiebre aún se notaba en sus ojos, pero le brillaban con otra luz, y Rob J. notó que era el brillo de la esperanza.

Pocos días más tarde, cuando Nick Holden lo invitó otra vez a cazar zorras, Rob J. aceptó con reservas. En esta ocasión cogieron un barco que los llevó corriente arriba hasta la ciudad de Dexter, donde las dos hermanas LaSalle los esperaban en la taberna. Aunque Nick las había descrito con pícara hipérbole masculina, Rob J. se dio cuenta enseguida de que se trataba de un par de putas cansadas. Nick eligió a Polly, la más joven y atractiva, y le dejó a Rob una mujer que empezaba a envejecer, de ojos glaciales y un labio superior en el que el polvo de arroz no había podido ocultar el oscuro bigote; se llamaba Lydia. Lydia se mostró claramente ofendida ante la importancia que Rob J. daba al agua y el jabón, y al empleo de Viejo Cornudo, pero realizó su parte del acuerdo con diligencia profesional. Esa noche él se tendió a su lado en la habitación que albergaba a los débiles fantasmas olfativos de pasiones compensadas, y se preguntó qué estaba haciendo allí. Desde la habitación contigua le llegaron voces airadas, una bofetada, el grito ronco de una mujer, una serie de ruidos sordos espantosos pero inconfundibles.

Rob J. golpeó la delgada pared con el puño.

—Nick, ¿ocurre algo?

—Todo va muy bien. Duérmete un rato, Cole. O lo que sea. ¿Me oyes? —respondió Holden con la voz enturbiada por el whisky y el fastidio.

A la mañana siguiente Polly se presentó a desayunar con el lado izquierdo de la cara enrojecido e hinchado. Nick debía de haberle pagado muy bien por golpearla, porque cuando se despidieron ella lo hizo en un tono de voz bastante agradable.

En el barco de regreso a casa no fue posible pasar por alto el incidente. Nick puso una mano en el brazo de Rob.

—A veces a las mujeres les gusta un poco de mano dura, ¿no lo sabías, viejo amigo? Casi te suplican que lo hagas, para poder derramar sus jugos.

Rob lo observó en silencio, consciente de que ésta era la última salida que hacía a cazar zorras. Un instante después, Nick retiró su mano del brazo de Rob y empezó a hablarle de las próximas elecciones. Había decidido presentar su candidatura para el gobierno del Estado, presentarse para la legislatura por su distrito. Estaba convencido de que sería una gran ayuda, le explicó con sinceridad, que cada vez que el doctor Cole hiciera una visita domiciliaria presionara a sus pacientes para que votaran a su buen amigo.

19

Un cambio

Dos semanas después de librar a Sarah de la piedra grande que tenía en la vejiga, Rob J. estaba preparado para quitarle el cálculo más pequeño; pero ella se mostró reacia. Unos días después de la extracción de la piedra, había eliminado otros cristales pequeños con la orina, a veces acompañados de dolor. Desde que los últimos fragmentos de la piedra rota habían salido de su vejiga, ella había dejado de tener síntomas. Por primera vez desde el comienzo de su enfermedad no experimentaba dolores paralizantes, y la ausencia de espasmos le había permitido recuperar el control de su cuerpo.

—Aún tienes una piedra en la vejiga —le recordó él.

—No quiero quitarla. No me hace daño. —Lo miró con expresión desafiante pero luego bajó la vista—. Tengo más miedo ahora que la primera vez.

Él notó que había adquirido mejor aspecto. Aún tenía el rostro arrugado por el padecimiento de una prolongada enfermedad, pero había engordado lo suficiente para perder la extremada delgadez.

—La piedra grande que quitamos comenzó siendo pequeña. Crece, Sarah —le advirtió en tono amable.

Así que ella aceptó. Una vez más, Makwa-ikwa se sentó a su lado mientras él le extraía de la vejiga el pequeño cálculo, de aproximadamente una cuarta parte del tamaño del anterior. Las molestias fueron mínimas, y Rob J. experimentó una sensación de triunfo al terminar la intervención.

Pero esta vez, cuando llegó la fiebre del postoperatorio, el cuerpo de Sarah quedó abrasado. Él reconoció enseguida el desastre inminente y se maldijo por haberle dado un consejo equivocado. Antes de que cayera la noche, los presentimientos de la joven quedaron justificados; lamentablemente, el procedimiento más fácil para extraer la piedra más pequeña había dado como resultado una infección generalizada. Makwa-ikwa y Rob se turnaron para sentarse junto a su lecho durante cuatro noches y cinco días, mientras dentro de su cuerpo se libraba una batalla. Al coger las manos de la joven entre las suyas, Rob notó que disminuía su vitalidad. De vez en cuando Makwa-ikwa parecía mirar con fijeza algo que no estaba allí, y cantaba quedamente en su lengua. Le dijo a Rob que le estaba pidiendo a Panguk, el dios de la muerte, que pasara de largo junto a esta mujer. Poco más podían hacer por Sarah, salvo ponerle paños húmedos y levantarla mientras acercaban una taza de líquido a su boca y la obligaban a beber, y untar sus labios agrietados con grasa. Durante un tiempo ella siguió decayendo, pero en la mañana del quinto día —¿fue Panguk, su propio espíritu, o tal vez la infusión de sauce?— empezó a sudar. Sus camisas de dormir quedaban empapadas casi con la misma rapidez con que se las cambiaban. A media mañana había entrado en un sueño profundo y relajado, y esa tarde, cuando Rob le tocó la frente, notó que estaba casi fría, que la temperatura era casi igual a la suya.

La expresión de Makwa-ikwa no cambió mucho, pero Rob J. empezaba a conocerla y creía que ella estaba encantada con la sugerencia, aunque al principio no la tomó en serio.

—Trabajar contigo. ¿Todo el tiempo?

Él asintió. Tenía sentido. Había visto que ella sabía cuidar a un paciente y que no dudaba en hacer lo que él le pedía. Le dijo que podía ser interesante para los dos.

—Puedes aprender algo de mi medicina. Y tú puedes enseñarme muchas cosas sobre las plantas y hierbas. Qué curan. Cómo utilizarlas.

Hablaron del asunto por primera vez en el carro, después de llevar a Sarah a casa. Él no quiso apremiarla. Simplemente guardó silencio y la dejó reflexionar.

Unos días más tarde Rob pasó por el campamento sauk y volvieron a hablar del tema mientras compartían un bol de estofado de conejo. Lo que a ella menos le gustaba de la oferta era su insistencia de que tenía que vivir cerca de su cabaña para poder ir a buscarla rápidamente en casos de emergencia.

—Tengo que estar con mi gente.

Él ya había pensado en los sauk.

—Tarde o temprano algún blanco solicitará al gobierno cada trozo de la tierra que vosotros queréis para instalar un poblado o un campamento de invierno. No tendréis a dónde ir, salvo que regreséis a la reserva de la que os marchasteis. —Añadió que lo que debían hacer era aprender a vivir en el mundo tal como era—. En mi granja necesito ayuda, Alden Kimball no puede ocuparse de todo. Yo podría necesitar a una pareja como Luna y Viene Cantando. Podríais construir cabañas en mis tierras. Os pagaría a los tres con dinero de Estados Unidos, además de lo que proporcione la granja. Si funciona, tal vez otras granjas tengan trabajo para los sauk. Y si ganáis dinero y ahorráis, tarde o temprano tendréis lo suficiente para comprar vuestra propia tierra, de acuerdo con la ley y las costumbres del hombre blanco, y nadie podrá echaros de ella jamás.

Ella lo miró.

—Sé que os ofende tener que comprar una tierra que ya era vuestra. Los blancos os han mentido, os han embaucado. Y han matado a muchos de los vuestros. Pero los pieles rojas os habéis mentido mutuamente. Y os habéis robado mutuamente. Y las diferentes tribus siempre os habéis matado mutuamente, tú me lo has contado. El color de la piel no importa, hay hijos de puta de todas clases. Pero no todo el mundo es hijo de puta.

Dos días más tarde, ella, Luna y Viene Cantando, junto con los dos hijos de Luna, cabalgaron hasta las tierras de Rob J. Construyeron un *hedonoso-te* con dos agujeros para el humo, una sola casa comunal que la chamán compartiría con la familia sauk, lo suficientemente grande para albergar también al tercer hijo que ya abultaba el vientre de Luna. Levantaron la tienda a la orilla del río, cuatrocientos metros más abajo de la cabaña de Rob J. Cerca de allí construyeron un sudadero y una tienda para que la utilizaran las mujeres durante la menstruación.

Alden Kimball se paseaba de un lado a otro con expresión resentida.

—Por ahí hay hombres blancos que buscan trabajo —le dijo a Rob J. en tono glacial—. Hombres blancos. ¿Nunca se le ha ocurrido pensar que tal vez yo no quiera trabajar con unos malditos indios?

—No —respondió Rob—, nunca se me ocurrió. Me parece que si hubieras encontrado un buen trabajador blanco me habrías dicho hace tiempo que lo contratara. Yo he llegado a conocer a esta gente. Realmente son buenas personas. Ahora bien, sé que puedes marcharte, Alden, porque nadie sería tan tonto de no contratarte si estuvieras disponible. Sentiría mucho que lo hicieras porque eres el mejor hombre que jamás encontraré para administrar esta granja. Así que espero que te quedes.

Alden lo miró con fijeza, confundido, contento por el elogio pero resentido por el claro mensaje. Finalmente se volvió y empezó a cargar en el carro postes para una valla.

Lo que inclinó la balanza fue la estatura y la fuerza prodigiosa de Viene Cantando, que junto con su agradable carácter, lo convertían en un jornalero fantástico. Luna había aprendido a cocinar para los blancos mientras estaba en la escuela cristiana. Para unos hombres solteros que vivían solos era un festín tener bollos calientes, pasteles y comida sabrosa. Al cabo de una semana estuvo claro que aunque Alden se mantenía apartado y jamás se rendiría, los sauk se habían convertido en parte de la granja.

Rob J. observó una reacción similar entre sus pacientes. Mientras compartían una copa de sidra, Nick Holden le advirtió:

—Algunos colonos han empezado a llamarte Injun Cole. Dicen que eres amigo de los indios. Dicen que por tus venas debe de correr sangre sauk.

Rob J. sonrió, fascinado por la idea.

—Te diré una cosa. Si alguien te presenta alguna queja sobre el médico, tú entrégale simplemente una de esas estrafalarias octavillas que tanto te gusta repartir. Una de esas que dicen lo afortunada que es la ciudad por contar con un médico con la preparación y la educación del doctor Cole. La próxima vez que estén enfermos, dudo que muchos de ellos pongan objeciones a mis supuestos antepasados. O al color de las manos de mi ayudante.

Cuando fue a la cabaña de Sarah para ver cómo se recuperaba la joven, notó que el sendero que conducía desde el camino hasta la puerta había sido arreglado, alisado y barrido. Nuevos macizos de plantas silvestres suavizaban los contornos de la pequeña casa. En el interior, todas las paredes habían sido blanqueadas y sólo se sentía un fuerte olor a jabón y el agradable perfume de lavanda, el poleo, la salvia y el perifollo, que colgaban de las vigas.

—Alma Schroeder me dio las hierbas —comentó Sarah—. Ahora es demasiado tarde para hacer un huerto, pero el año que viene tendré el mío. —Le enseñó el trozo de tierra para el huerto, que ya había limpiado parcialmente de maleza y zarzas.

El cambio operado en la mujer era más sorprendente que la transformación de la casa. Dijo que había empezado a cocinar todos los días en lugar de depender de la comida caliente que de vez en cuando le llevaba la generosa Alma. Una dieta normal y más nutritiva había transformado su delgadez y su aspecto demacrado en una graciosa femineidad. Se inclinó para coger algunas cebollas verdes que habían crecido entre la maleza del huerto, y él observó su nuca rosada. Pronto quedaría oculta, porque su pelo estaba volviendo a crecer como una mata amarilla.

Su hijo corría tras ella como un animalillo rubio. También él estaba limpio, aunque Rob notó el disgusto que mostró Sarah mientras intentaba quitar las manchas de barro de las rodillas de su hijo.

—Es inevitable que los niños se ensucien —le dijo Rob en tono alegre. El niño lo observó con expresión extraña y temerosa. Él siempre llevaba en su bolsa algunos caramelos para hacerse amigo de sus pequeños pacientes, y ahora cogió uno y lo desenvolvió. Le llevó casi media hora de charla serena acercarse lo suficiente al pequeño Alex para ofrecerle el caramelo. Cuando su manecita cogió por fin la golosina, Rob oyó el suspiro de alivio de Sarah y al levantar la vista vio que ella lo contemplaba. Tenía unos ojos hermosos, llenos de vida.

—Si quiere compartir nuestra mesa... he preparado un pastel de venado.

Rob J. estaba a punto de rechazar la invitación, pero los dos rostros lo observaban, el pequeño saboreando dichoso el caramelo, la madre seria y expectante. Parecía que ambos le hacían preguntas que él no lograba captar.

—Me encanta el pastel de venado —dijo.

20

Los pretendientes de Sarah

Rob J. consideró muy oportuno detenerse a visitar a Sarah varias veces durante la semana siguiente, al regresar de sus visitas domiciliarias, porque podía hacerlo apartándose tan sólo un poco de su recorrido y porque como médico debía asegurarse de que ella se recuperaba sin problemas. De hecho, su recuperación estaba siendo fantástica. Había poco que decir sobre su salud, salvo que el tono de su piel había pasado de la palidez mortal a una rosa melocotón que resultaba de lo más favorecedor, y que sus ojos brillaban con una expresión alerta e inteligente. Una tarde le sirvió té y pan de maíz. La semana siguiente él se detuvo tres veces en la cabaña, y en dos ocasiones aceptó la invitación de ella a comer. Sarah era mejor cocinera que Luna, y él nunca se cansaba de su forma de cocinar, que según ella era típica de Virginia. Rob J. era consciente de que los recursos de la joven eran escasos, de modo que se acostumbró a llevarle algunas cosas, como algún saco de patatas, o un pequeño jamón. Un día, un colono que tenía poco dinero efectivo le entregó como pago parcial cuatro urogallos gordos que acababa de cazar, y él fue hasta la cabaña de Sarah con las aves colgadas de la montura.

Al llegar encontró a Sarah y a Alex sentados en el suelo, cerca del huerto, que estaba siendo nuevamente cavado por un sudoroso y corpulento individuo descamisado que tenía los músculos abultados y la piel bronceada de quien se gana la vida al aire libre. Sarah le presentó a Samuel Merriam, un granjero de Hooppole. Merriam había llegado de Hooppole con un carro cargado de estiércol de cerdo, la mitad del cual ya había sido incorporado al huerto.

—El mejor material del mundo para cultivar cosas —le dijo a Rob J. en tono alegre.

Junto al magnífico regalo que representaba un carro lleno de estiércol de cerdo, las pequeñas aves eran un obsequio pobre, pero no obstante se las entregó y ella se mostró muy agradecida. Rechazó cortésmente su invitación a que compartiera la mesa con ella y Samuel Merriam, y en lugar de eso fue a visitar a Alma Schroeder, que se mostró entusiasmada con los logros que Rob J. había alcanzado en la salud de Sarah.

—Ya tiene un pretendiente rondando por allí, ¿no? —comentó Alma, radiante. Merriam había perdido a su esposa el otoño anterior a causa de la fiebre, y necesitaba sin demora otra mujer para que se ocupara de sus cinco hijos y lo ayudara con los cerdos—. Una buena oportunidad para Sarah —añadió la mujer con sensatez—. Aunque hay tan pocas mujeres en esta zona que tendrá montones de oportunidades.

En el camino de regreso a casa, Rob J. volvió a pasar por la cabaña de Sarah. Se acercó a ella y la observó sin bajar del caballo. Esta vez ella le sonrió desconcertada, y Rob vio que Merriam interrumpía su trabajo en el huerto y lo observaba con curiosidad. Hasta que abrió la boca, Rob no tenía idea de lo que quería decirle.

—Deberías hacer tú misma todo el trabajo que pudieras —le dijo por fin en tono serio—, porque para recuperarte del todo necesitas hacer ejercicio. —Luego saludó, llevándose la mano al sombrero, y regresó de mal humor a su casa.

Tres días más tarde, cuando volvió a detenerse en la cabaña de Sarah, no había señales del pretendiente. Sarah intentaba infructuosamente cortar una enorme y vieja raíz de ruibarbo en varios trozos para volver a plantarla, y finalmente Rob J. le resolvió el problema troceándola con el hacha. Juntos cavaron los agujeros en el mantillo, plantaron las raíces y las cubrieron con tierra caliente, tarea que a él le encantó y con la que se ganó una parte del almuerzo de picadillo de carne que ella había preparado, regado con agua fresca de la fuente.

Después, mientras Alex dormía la siesta a la sombra de un árbol, se sentaron a la orilla del río y vigilaron el palangre de Sarah. Rob le habló de Escocia, y ella le comentó que le habría gustado que hubiera una iglesia cerca de allí para que su hijo pudiera aprender a tener fe.

—Ahora pienso a menudo en Dios —dijo—. Cuando creí que me estaba muriendo y que Alex se quedaría solo, recé, y Él te envió a ti.

No sin cierta turbación, él le confesó que no creía en la existencia de Dios.

—Pienso que los dioses son una invención de los hombres, y que siempre ha sido así —explicó. Vio la impresión reflejada en los ojos de ella y tuvo miedo de haberla empujado a una vida de piedad en una pocilga.

Pero ella había abandonado el tema de la religión y hablaba de su juventud en Virginia, donde sus padres poseían una granja. Sus enormes ojos eran de un azul tan oscuro que casi parecían púrpura; su expresión no era sentimental, pero Rob percibió en ellos el amor que Sarah sentía por aquella época más fácil y agradable.

—¡Caballos! —dijo ella sonriendo—. Crecí amando los caballos.

Eso le permitió a Rob invitarla a cabalgar con él al día siguiente para ir a visitar a un anciano que se estaba muriendo de tisis, y ella no disimuló la ilusión. A la mañana siguiente pasó a buscarla montado en Margaret Holland y llevando de las riendas a Monica Grenville. Dejaron a Alex con Alma Schroeder, que estaba totalmente radiante de alegría al ver que Sarah salía a «dar un paseo a caballo» con el médico.

Era un día fantástico para cabalgar, no demasiado caluroso, y dejaron que las cabalgaduras caminaran tranquilamente. Ella había guardado pan y queso en sus alforjas, y comieron a la sombra de un roble. Cuando llegaron a la casa del enfermo, ella se mantuvo en un segundo plano, escuchando la respiración agitada y observando cómo Rob J. sostenía las manos del paciente. Rob J. esperó hasta que el agua estuvo caliente en el fuego de la chimenea; luego lavó los delgados miembros del anciano y le administró algunas cucharaditas de una poción calmante, para que el sueño volviera más soportable la espera. Sarah oyó que les comunicaba al hijo y a la nuera imperturbables que el anciano moriría en unas horas. Cuando se marcharon, ella estaba impresionada y habló poco. Para intentar recuperar la distensión que habían compartido antes de la visita, Rob sugirió que se cambiaran las yeguas en el camino de regreso, porque ella era una excelente amazona y podía llevar a Margaret Holland sin problemas. Sarah disfrutó con la cabalgadura más ágil.

—¿Las dos yeguas llevan el nombre de mujeres a las que has conocido? —dijo, y él reconoció que así era.

Ella asintió, pensativa. A pesar de los esfuerzos de Rob J., en el camino de regreso a casa se mostraron más silenciosos.

Dos días más tarde, cuando fue a la cabaña de Sarah, encontró a otro hombre, un vendedor ambulante alto y cadavéricamente delgado llamado Timothy Mead, que observaba el mundo con sus tristes ojos pardos. El hombre habló en tono respetuoso cuando le presentaron al médico. Mead le dejó a Sarah un obsequio de hilos de cuatro colores.

Rob J. le quitó una espina del pie a Alex, que iba descalzo, y se dio cuenta de que el verano estaba llegando a su fin y que el niño no tenía zapatos adecuados. Hizo un calco de los pies y durante su siguiente visita a Rock Island fue a ver al zapatero y le encargó un par de botas de niño; disfrutó muchísimo con el encargo. A la semana siguiente, cuando le entregó las botas a Sarah, vio que ella se ponía nerviosa. La joven aún era un enigma para él; no supo si estaba agradecida o enfadada.

La mañana después de resultar elegido para la legislatura, Nick Holden cabalgó hasta el claro que había junto a la cabaña de Rob. En el plazo de dos días viajaría a Springfield para presentar leyes que contribuirían al crecimiento de Holden's Crossing. Holden escupió e hizo girar la conversación hacia el tema conocido por todos: que el médico salía a cabalgar con la viuda Bledsoe.

—Hay cosas que deberías saber, viejo amigo.

Rob lo miró.

—Bueno, el niño, su hijo. ¿Estás enterado de que es fruto de un desliz? Nació casi dos años después de que muriera el esposo de ella.

Rob se puso de pie.

—Adiós, Nick. Que tengas un buen viaje a Springfield.

Su tono de voz resultó inconfundible, y Holden se puso lentamente de pie.

—Sólo estoy intentando decirte que un hombre no tiene por qué... —empezó a decir, pero lo que vio en el rostro de Rob J. le obligó a tragarse las palabras.

Un instante después, Holden saltó sobre su montura, dijo un desconcertado adiós y se alejó.

Rob J. pudo percibir una confusa mezcla de expresiones en el rostro de Sarah: placer al verlo y estar en su compañía, ternura cuando ella misma se lo permitía, pero a veces también una especie de terror. Una noche él la besó. Al principio la boca abierta de ella resultó blanda y agradable y se apretó contra él, pero luego el momento se estropeó. Sarah se apartó. Rob J. se dijo que a ella no le importaba nada de él, y eso era todo. Pero se obligó a preguntarle suavemente cuál era el problema.

—¿Cómo puedes sentirte atraído por mí? ¿Es que no me has visto en un estado lamentable y asqueroso? Has sentido... el olor de mi suciedad —dijo ella con el rostro encendido.

—Sarah —dijo él, mirándola a los ojos—, cuando estuviste enferma, yo fui tu médico. Desde entonces he venido a verte como mujer de gran encanto e inteligencia, con la que me gusta intercambiar ideas y compartir mis sueños. He llegado a desearte en todos los sentidos. Sólo pienso en ti. Te amo.

El único contacto físico en ese momento eran las manos de ella entre las de él. Sarah lo apretó con más fuerza pero no dijo nada.

—Tal vez podrías aprender a amarme.

—¿Aprender? ¿Cómo podría no amarte? —repuso ella impetuosamente—. A ti, que me devolviste la vida, como si fueras Dios.

—¡No, Sarah, sólo soy un hombre corriente! Y eso es lo que necesito ser...

Se besaron. Los besos se prolongaron en un arrebato insaciable. Fue Sarah quien previó lo que podría haber ocurrido a continuación y lo apartó bruscamente. Dio media vuelta y se arregló la ropa.

—Cásate conmigo, Sarah.

Como ella no respondió, Rob J. añadió:

—No naciste para pasarte el día en una granja con los cerdos, ni para ir de un lado a otro del país con el paquete de un vendedor ambulante a la espalda.

—¿Para qué nací, entonces? —preguntó ella en tono débil y triste.

—Pues para ser la esposa de un médico. Es sencillo —respondió él con expresión grave.

Ella no tuvo que hacer ningún esfuerzo para estar seria.

—Algunos se apresurarán a hablarte de Alex, de su origen, así que yo misma voy a contártelo.

—Quiero ser el padre de Alex. Estoy interesado por él hoy, y lo estaré mañana. No necesito saber nada sobre ayer. Yo también tengo un pasado terrible. Cásate conmigo, Sarah.

A ella se le llenaron los ojos de lágrimas, pero aún tenía algo nuevo por revelar. Miró a Rob serenamente.

—Dicen que esa mujer india vive contigo. Debes despedirla.

—«Dicen» y «algunos te hablarán». Muy bien, voy a decirte una cosa, Sarah Bledsoe. Si te casas conmigo, debes aprender a decir a esa gente que se vaya al infierno. —Respiró profundamente—. Makwa-ikwa es una mujer buena y muy trabajadora. Vive en la casa que ella misma se construyó en mis tierras. Despedirla sería una injusticia con ella y conmigo y no voy a hacerlo. Sería la peor forma de empezar nuestra vida juntos.

»Puedes tener la total seguridad de que no hay motivo para los celos —añadió. Sostuvo las manos de ella con firmeza y no quiso soltarla—. ¿Alguna otra cosa?

—Sí —repuso ella con vehemencia—. Debes cambiar el nombre de tus yeguas. Les has puesto el nombre de dos mujeres con las que te has acostado, ¿no es verdad?

Rob J. empezó a sonreír, pero en los ojos de Sarah había verdadera furia.

—El de una de ellas. La otra era una bella anciana a la que conocí de niño, una amiga de mi madre. Yo la amaba, pero ella me consideraba una criatura.

Sarah no le preguntó a qué mujer correspondía el nombre de cada yegua.

—Es una broma cruel y desagradable, típica de los hombres. Tú no eres un hombre cruel y desagradable, así que debes cambiar el nombre a esas yeguas.

—Tú misma les pondrás un nombre nuevo —propuso Rob enseguida.

—Y debes prometerme, ocurra lo que ocurra en el futuro, que jamás le pondrás mi nombre a una yegua.

—Te lo prometo. Por supuesto —comentó con ironía—, tengo la intención de encargarle un cerdo a Samuel Merriam, y...

Afortunadamente todavía la tenía cogida de las manos y no se las soltó hasta que ella le devolvió el beso satisfactoriamente. Cuando dejaron de besarse, vio que Sarah estaba llorando.

—¿Qué ocurre? —le preguntó, agobiado por el inquietante temor de que no le iba a resultar fácil estar casado con aquella mujer.

Ella lo miró con los ojos húmedos y brillantes.

—Despachar las cartas en la diligencia será un gasto tremendo—comentó—. Pero por fin podré enviar buenas noticias a mi hermano y a mi hermana, que están en Virginia.

21

El gran despertar

Fue más fácil decidir la boda que encontrar un pastor. Debido a esta dificultad, algunas parejas que vivían en la frontera de la zona colonizada no se molestaban en establecer un compromiso formal, pero Sarah se negó a «estar casada sin estar casada». Tenía la capacidad de hablar claramente.

—Sé lo que significa tener y criar un hijo sin padre, y jamás volverá a sucederme —afirmó.

Él se hizo cargo. Pero había llegado el otoño y Rob sabía que una vez que las nieves hubieran rodeado la pradera podrían transcurrir varios meses antes de que un pastor itinerante o un predicador ambulante pasara por Holden's Crossing. La respuesta al problema apareció un día en un prospecto que Rob leyó en la tienda, en el que se anunciaba una reunión de una asamblea evangélica de una semana de duración.

—Se llama el Gran Despertar y se celebrará en la ciudad de Belding Creek. Tenemos que ir, Sarah, porque allí no faltarán pastores.

Como él insistió en que llevaran a Alex con ellos, Sarah aceptó entusiasmada. Cogieron el carro. Fue un viaje de un día y una mañana por un camino transitable, aunque lleno de piedras, y la primera noche se alojaron en el granero de un hospitalario granjero, extendiendo sus mantas sobre el heno fragante del pajar. A la mañana siguiente, Rob J. dedicó media hora a castrar los dos toros del granjero y a quitar una excrecencia de la ijada de una vaca, pagando así el alojamiento; a pesar de la demora, llegaron a Belding Creek antes del mediodía. Ésta era otra comunidad nueva, sólo cinco años más antigua que Holden's Crossing, pero mucho más grande. Mientras entraban en la ciudad, Sarah abrió desmesuradamente los ojos, se acercó a Rob y cogió la mano de Alex, porque no estaba acostumbrada a ver tanta gente. El Gran Despertar se celebraba en la pradera, junto a un sombreado saucedal. Había atraído a gente de todos los rincones de la región; por todas partes se habían levantado tiendas para protegerse del sol del mediodía y del viento otoñal. Había carros de todo tipo, y caballos y bueyes atados. Los organizadores atendían a la multitud, y los tres viajeros de Holden's Crossing pasaron junto a fogatas en las que los vendedores ambulantes cocinaban platos que despedían aromas que hacían la boca agua: guisado de venado, sopa de pescado de río, cerdo asado, maíz, liebre a la parrilla. Cuando Rob J. ató su cabalgadura a un arbusto —se trataba de la yegua que había llevado el nombre de Margaret Holland y que ahora se llamaba Vicky, un apodo por la Reina Victoria («no te habrás acostado con la joven reina, ¿verdad?», le preguntó Sarah)— estaban ansiosos por comer, pero no tuvieron necesidad de gastar dinero en la comida de los vendedores ambulantes. Alma Schroeder los había aprovisionado con una cesta tan cargada que el banquete de bodas podría haber durado una semana, y comieron pollo frío y budín de manzanas.

Lo hicieron a toda velocidad, contagiados del entusiasmo, mientras miraban a la multitud y escuchaban los gritos y el ruido de voces. Luego, cogiendo cada uno una mano del pequeño, recorrieron el lugar de la reunión. En realidad se trataba de dos asambleas evangélicas en una, porque había una continua guerra religiosa: los competitivos sermones de metodistas y baptistas. Durante un rato escucharon a un pastor baptista que hablaba en un claro del bosquecillo. Se llamaba Charles Prentiss Willard. Gritaba y aullaba, e hizo estremecer a Sarah. Les advirtió que Dios estaba escribiendo los nombres de todos ellos en su libro, señalando quién debía gozar de la vida eterna y quién debía sufrir la muerte eterna. Lo que a un pecador le haría obtener la muerte eterna, dijo, era la conducta inmoral e infiel, como fornicar, disparar a un hermano cristiano, pelear y emplear lenguaje obsceno, beber whisky o traer al mundo hijos ilegítimos.

Rob J. frunció el ceño, y Sarah estaba temblorosa y pálida mientras se acercaban a la pradera para escuchar al pastor metodista, un hombre llamado Arthur Johnson. Éste no era ni mucho menos tan buen orador como el señor Willard, pero dijo que la salvación era posible para todos quienes hacían buenas acciones, confesaban sus pecados y pedían perdón a Dios, y cuando Rob J. le preguntó si pensaba que el señor Johnson podía celebrar la boda, Sarah asintió. El señor Johnson pareció encantado cuando Rob se acercó a él después del sermón. Quería casarlos delante de toda la asamblea, pero ni Rob J. ni Sarah quisieron convertirse en parte del espectáculo. Cuando Rob le dio tres dólares, el pastor aceptó seguirlos un par de kilómetros fuera de la ciudad y los casó debajo de un árbol a orillas del río Mississippi, con el pequeño Alex sentado en el suelo, mirándolos, y una mujer plácida y gorda, que el señor Johnson presentó simplemente como la hermana Jane, hizo las veces de testigo.

—Tengo un anillo —anunció Rob J. mientras lo sacaba de su bolsillo, y Sarah abrió los ojos desmesuradamente, porque él no había mencionado el anillo de boda de su madre.

Los largos dedos de Sarah eran demasiado delgados y el anillo le quedaba flojo. Llevaba la melena rubia recogida con una cinta azul que le había dado Alma Schroeder, y se la quitó y sacudió la cabeza, dejando que el pelo cayera suelto a los lados de su cara. Dijo que llevaría el anillo en la cinta, alrededor del cuello, hasta que pudieran adaptarlo a su dedo. Sujetó con firmeza la mano de Rob mientras el señor Johnson les hacía pronunciar sus solemnes promesas con la soltura que proporciona una práctica prolongada. Rob J. repitió las palabras con una voz tan ronca que se sorprendió. Sarah lo hizo con voz temblorosa, y su expresión era ligeramente incrédula, como si no pudiera creer que aquello estuviera ocurriendo realmente. Concluida la ceremonia, y cuando aún se estaban besando, el señor Johnson trató de convencerlos para que regresaran a la asamblea, porque la mayor parte de las almas acudían a la reunión de la tarde para ser salvadas.

Pero ellos le dieron las gracias y se despidieron, haciendo girar a Vicky en dirección a casa. El niño pronto se puso inquieto y lloroso, pero Sarah le cantó canciones alegres y le contó cuentos, y varias veces, cuando Rob J. detuvo la yegua, Sarah hizo bajar a Alex del carro y se puso a correr, saltar y jugar con él.

Cenaron temprano el pastel de carne y riñones y la tarta con azúcar glaseado que les había preparado Alma, regados con agua del arroyo, y luego mantuvieron una serena conversación sobre el alojamiento que buscarían para esa noche. Había una posada a unas pocas horas de distancia, y la perspectiva evidentemente entusiasmó a Sarah, que nunca había tenido dinero para hospedarse fuera de casa. Pero cuando Rob J. mencionó las chinches y la suciedad general de esos establecimientos, ella aceptó rápidamente la sugerencia de que se detuvieran en el mismo granero en el que habían dormido la noche anterior.

Llegaron al anochecer, y tras recibir el consentimiento del granjero, subieron a la cálida oscuridad del pajar con la agradable sensación de estar otra vez en casa.

Cansado por el esfuerzo y la falta de siesta, Alex se quedó profundamente dormido al instante, y después de taparlo extendieron una manta cerca de él y se abrazaron antes de quedar completamente desnudos. A Rob J. le gustó que ella no fingiera inocencia, y que la avidez que cada uno sentía por el otro fuera honesta e inteligente. Hicieron el amor ruidosa y agitadamente y esperaron a oír alguna señal de que habían despertado a Alex, pero el pequeño seguía durmiendo.

Él terminó de desvestirla y quiso ver su cuerpo. El granero había quedado a oscuras, pero juntos se deslizaron hasta la pequeña puerta a través de la cual se introducía el heno en el pajar. Cuando Rob J. abrió la puerta, la luna creciente proyectó un rectángulo de luz en la que ambos se miraron detenidamente. Él contempló los brazos y los hombros brillantes de ella, sus pechos bruñidos, el montículo de la entrepierna como el nido plateado de un pequeño pájaro, las nalgas pálidas y espectrales. Habría hecho el amor a la luz de la luna, pero el aire era el típico de la estación y ella temía que el granjero los viera, de modo que cerraron la puerta. Esta vez fueron lentos y muy tiernos, y precisamente en el momento en que los diques se desbordaban, él le gritó con regocijo:

—¡Ahora estamos haciendo nuestro retoño! ¡Ahora!

El pequeño fue despertado por los sonoros gemidos de su madre y se echó a llorar.

Se quedaron tendidos con Alex acurrucado entre ambos, mientras Rob la acariciaba a ella suavemente, quitándole trozos de paja, memorizando su cuerpo.

—No debes morir —susurró ella.

—Ninguno de los dos debe hacerlo, al menos durante mucho tiempo.

—¿Un retoño es un niño?

—Sí.

—¿Crees que ya hemos hecho un hijo?

—Tal vez.

En ese momento él la oyó tragar saliva.

—Quizás deberíamos seguir probando, para asegurarnos, ¿no te parece?

Como esposo y como médico, Rob J. consideró que era una idea sensata. Se arrastró a cuatro patas en la oscuridad, sobre el heno fragante, siguiendo el brillo de los pálidos costados del cuerpo de su esposa que se apartaba del niño dormido.

TERCERA PARTE

HOLDEN'S CROSSING
14 DE NOVIEMBRE DE 1842

22

Maldiciones y bendiciones

A partir de mediados de noviembre, el aire se volvió glacial. Las fuertes nevadas llegaron muy pronto, y Reina Victoria avanzaba con dificultad por los ventisqueros. En los días de mal tiempo, cuando Rob salía de viaje, a veces la llamaba Margaret, y ella erguía sus cortas orejas al oír su antiguo nombre. Tanto la yegua como el jinete sabían cuál era su meta. El animal luchaba por llegar al agua caliente y a una bolsa llena de avena, mientras el hombre se afanaba en regresar al calor y la luz de su cabaña que surgían de la mujer y del niño más que de la chimenea y de las lámparas de aceite. Si Sarah no había concebido durante el viaje de bodas, lo había hecho poco después. Las violentas náuseas matinales no apagaron el ardor de la pareja. Esperaban ansiosamente que el niño se durmiera y entonces se fundían uno en el otro, los cuerpos casi tan rápidamente como las bocas, con una avidez que seguía siendo constante; pero a medida que el embarazo avanzaba, él se convirtió en un amante cauteloso y galanteador. Una vez al mes cogía un lápiz y una libreta y la dibujaba desnuda junto al calor de la chimenea, un registro del desarrollo del embarazo que no era menos científico por las emociones que se abrían paso entre los trazos. También hizo representaciones arquitectónicas; ambos estuvieron de acuerdo en que la casa debía tener tres dormitorios, una cocina grande y una sala de estar. Rob J. dibujó los planos de construcción a escala para que Alden pudiera contratar a dos carpinteros y comenzaran a levantar la casa después de la siembra de primavera.

Sarah estaba resentida porque Makwa-ikwa compartía una parte del mundo de su esposo que a ella le estaba vedada. Cuando los días cálidos convirtieron la pradera primero en una ciénaga y luego en una delicada alfombra verde, ella le dijo a Rob que tan pronto llegaran las fiebres propias de la estación lo acompañaría a atender a los enfermos. Pero a finales de abril su cuerpo se volvió pesado. Torturada por los celos y por el embarazo, Sarah se quedó en casa, irritada, mientras la india se marchaba con el médico y regresaba varias horas más tarde, cuando no varios días después. Agotado de cansancio, Rob J. comía, se bañaba cuando le resultaba posible, echaba un sueño y luego recogía a Makwa y salían de nuevo.

En junio, el último mes de embarazo de Sarah, la epidemia de fiebre había disminuido lo suficiente para que Rob dejara a Makwa en casa. Una mañana, mientras cabalgaba bajo la fuerte lluvia para ir a atender a la esposa de un granjero que agonizaba, en su cabaña su esposa iniciaba las contracciones. Makwa colocó el palo que servía de mordaza entre las mandíbulas de Sarah, ató una cuerda a la puerta y le dio un extremo anudado para que tirara de ella.

Esto ocurría horas antes de que Rob J. perdiera su batalla con la erisipela gangrenosa —como le informaría en una carta a Oliver Wendell Holmes, la fatal enfermedad era consecuencia de un corte mal cuidado que la mujer se había hecho en un dedo mientras troceaba patatas para la siembra—, pero cuando llegó a casa, su hijo aún no había nacido. Su esposa tenía la mirada extraviada.

—Me estoy muriendo de dolor. ¡Haz que se acabe, hijo de puta! —gritó cuando Rob J. hizo su aparición por la puerta.

Tal como le había enseñado Holmes, antes de acercarse a ella se lavó las manos restregándolas hasta que casi le quedaron en carne viva. Cuando terminó de examinarla y se apartó de la cama, Makwa lo siguió.

—El bebé viene despacio —comentó ella.

—Viene de pie.

Los ojos de la mujer se empañaron, pero regresó junto a Sarah.

Los dolores del parto continuaron. En medio de la noche, Rob J. se obligó a coger las manos de Sarah, temeroso del mensaje que podían transmitirle.

—¿Qué? —preguntó ella con voz ronca.

Él percibió la fuerza vital de su esposa, mermada pero tranquilizadora. Le susurró palabras de amor, pero ella tenía demasiados dolores para reparar en palabras o besos.

La situación se prolongó, y con ella los gruñidos y gritos. Él no pudo dejar de rezar de forma poco satisfactoria, asustado por no ser capaz de negociar, sintiéndose al mismo tiempo arrogante e hipócrita. «Si estoy equivocado y realmente existes, por favor castígame de otro modo que no sea haciendo daño a esta mujer. O a este niño que lucha por salir», añadió enseguida. Al amanecer aparecieron unas pequeñas extremidades rojas, pies grandes para ser de un bebé, con el número correcto de dedos. Rob susurró palabras de aliento, le dijo al reacio bebé que toda la vida es una lucha. Las piernas salieron poco a poco, y él se estremeció al verlas patear.

El pequeño pene de un varón. Las manos con todos los dedos. Un bebé perfectamente desarrollado. Los hombros se atascaron, y Rob tuvo que hacer un corte a Sarah, produciéndole más dolor. La carita del pequeño quedó aprisionada en la pared de la vagina. Preocupado ante la posibilidad de que la criatura quedara asfixiada en el cuerpo materno, introdujo los dedos y mantuvo abierto el canal hasta que el rostro indignado del bebé se deslizó en un mundo del revés, y al instante emitió un débil grito.

Con mano temblorosa, Rob ató y cortó el cordón y dio unos puntos de sutura a su gimiente esposa. En el momento en que le frotó el vientre para contraer el útero, Makwa ya había limpiado y envuelto al bebé, y lo puso sobre el pecho de su madre. Habían sido veintitrés horas de parto difícil; ella durmió profundamente durante varias horas. Cuando abrió los ojos, él le sujetaba firmemente la mano.

—Buen trabajo.

—Es grande como un búfalo. Más o menos como era Alex —comentó ella en tono ronco.

Cuando Rob J. lo pesó, la balanza indicó tres kilos novecientos gramos.

—¿Es un buen retoño? —preguntó Sarah estudiando la expresión de Rob, e hizo una mueca cuando él dijo que era un retoño de mil demonios—. No digas eso.

Rob J. le acercó los labios al oído.

—¿Recuerdas cómo me llamaste ayer? —le susurró.

—¿Cómo?

—Hijo de puta.

—¡Jamás he dicho semejante cosa! —exclamó ella, escandalizada y furiosa, y no le dirigió la palabra durante casi una hora.

Le llamaron Robert Jefferson Cole. En la familia Cole, el primer hijo varón siempre se llamaba Robert, con un segundo nombre que comenzaba por J. Rob consideraba que el tercer presidente norteamericano había sido un genio, y Sarah consideraba que el nombre Jefferson tenía relación con Virginia. Se había sentido preocupada de que Alex estuviera celoso, pero sólo mostró fascinación. Nunca se alejaba más de uno o dos pasos de su hermano; lo vigilaba constantemente. Desde el principio quedó claro que ellos podían atender al bebé, alimentarlo, cambiarle los pañales, jugar con él, ofrecerle besos y homenajes. Pero de cuidar al pequeño se encargaba él.

En muchos sentidos, 1842 fue un buen año para la pequeña familia. Alden contrató a Otto Pfersick, el molinero, y a Mort London, un granjero del Estado de Nueva York, para que ayudaran a construir la casa. London era un excelente y experto carpintero. Pfersick sólo era adecuado para trabajar la madera aunque sabía mucho de albañilería, y los tres hombres pasaban los días seleccionando las mejores piedras del río y trasladándolas con los bueyes hasta el lugar en el que iban a levantar la casa. Los cimientos, la chimenea y los hogares de la casa resultaron perfectos. Los tres hombres trabajaban lentamente, conscientes de que construían una vivienda definitiva en una tierra de cabañas, y cuando llegó el otoño y Pfersick tuvo que hacer harina sin parar y los otros dos hombres tuvieron que cultivar la tierra, la casa ya estaba levantada y cerrada.

Pero aún faltaba mucho para que quedara terminada, de ahí que Sarah estuviera sentada delante de la cabaña cortando las puntas de las judías verdes que tenía dentro de una olla cuando un carro cubierto, tirado por dos caballos de aspecto cansado, se acercó pesadamente por el sendero. Ella observó al hombre corpulento que iba en el asiento del conductor y vio sus rasgos sencillos y el pelo y la barba oscuros cubiertos por el polvo del camino.

—Señora, ¿ésta puede ser la casa del doctor Cole?

—Puede serlo y lo es, pero él ha salido a hacer una visita. ¿El paciente está herido o enfermo?

—No se trata de ningún paciente, gracias a Dios. Somos buenos amigos del doctor, y nos mudamos a esta población.

Desde la parte de atrás del carro se asomó una mujer. Sarah vio un rostro blanco y ansioso enmarcado por una cofia ladeada.

—Vosotros no... ¿Puede ser que seáis los Geiger?

—Puede ser, y lo somos. —Los ojos del hombre eran grandes, y su generosa sonrisa pareció volverlo un palmo más alto.

—¡Oh, bienvenidos vecinos! Bajad enseguida del carro. —Se levantó del banco tan agitada que desparramó las judías.

En la parte posterior del carro había tres niños. El bebé Geiger, llamado Herman, estaba dormido; pero Rachel, que tenía casi cuatro años, y el pequeño David, de dos, se echaron a llorar cuando los bajaron del carro, y el bebé de Sarah decidió sumar sus chillidos al coro.

Sarah notó que la señora Geiger era diez centímetros más alta que su esposo, y ni siquiera la fatiga de un viaje largo y difícil podía ocultar la delicadeza de sus rasgos. Una chica de Virginia sabía reconocer la calidad. Pertenecía a una exótica raza que Sarah jamás había visto; ésta enseguida empezó a pensar ansiosamente en preparar y servir una comida que no la deshonrara. Entonces vio que Lillian se había echado a llorar, y las interminables horas que ella misma había pasado en un carro como aquél acudieron de pronto a su mente, y puso los brazos sobre los hombros de la mujer y descubrió sorprendida que también ella estaba llorando, mientras Geiger permanecía consternado entre las mujeres y los niños gimoteantes. Finalmente Lillian se apartó de Sarah y musitó avergonzada que toda la familia necesitaba desesperadamente un riachuelo escondido en el que lavarse.

—Bueno, eso es algo que podemos resolver al instante —dijo Sarah llena de convencimiento.

Cuando Rob J. llegó a casa los encontró con el pelo aún mojado por el baño que se habían dado en el río. Después de los apretones de manos y las palmadas en la espalda, tuvo ocasión de ver su granja otra vez con los ojos de los recién llegados. Jay y Lillian se sintieron atemorizados por los indios e impresionados por las habilidades de Alden. Jay aceptó ansiosamente cuando Rob sugirió que ensillaran a Vicky y a Bess y que fueran a ver la propiedad de los Geiger. Cuando regresaron, a tiempo para una fantástica comida, a Geiger le brillaban los ojos de felicidad e intentó describir a su esposa las cualidades de la tierra que Rob J. había conseguido para ellos.

—¡Espera y verás! —le dijo.

Después de la comida fue hasta su carro y regresó con su violín. Comentó que no habían podido llevar el piano Babcock de su esposa, pero que habían pagado para tenerlo guardado en un sitio seguro y seco, y que tenían la esperanza de enviar a buscarlo algún día.

—¿Has aprendido la pieza de Chopin? —le preguntó a Rob, y a modo de respuesta éste agarró la viola de gamba entre sus rodillas y arrancó las primeras notas magníficas de la mazurca. La música que él y Jay habían tocado en Ohio era más espléndida porque había participado el piano de Lillian, pero el violín y la viola formaban una combinación extática. Cuando Sarah concluyó sus quehaceres se unió a ellos y escuchó. Observó que mientras los dos hombres interpretaban, los dedos de la señora Geiger se movían de vez en cuando, como si estuviera tocando las teclas. Sintió deseos de coger la mano de Lillian y animarla con buenas palabras y promesas, pero en lugar de eso se sentó a su lado en el suelo mientras la música ascendía y descendía, ofreciéndoles a todos esperanza y bienestar.

Los Geiger acamparon junto a una fuente que había en sus tierras mientras Jason talaba árboles para construir una cabaña. Estaban tan decididos a no abusar de los Cole como Sarah y Rob a mostrarles su hospitalidad. Las familias se visitaban mutuamente. Una noche muy fría, mientras estaban sentados alrededor de la fogata del campamento de los Geiger, los lobos empezaron a aullar en la pradera y Jay tocó en su violín un aullido prolongado y trémulo. El aullido fue contestado, y durante un rato los animales ocultos y el hombre se hablaron y se respondieron en la oscuridad, hasta que Jason notó que su esposa temblaba de algo más que de frío, y añadió otro tronco al fuego y dejó a un lado su violín.

Geiger no era un carpintero experto. La terminación de la casa de los Cole fue nuevamente postergada, porque en cuanto Alden logró robarle tiempo a la granja empezó a levantar la cabaña de los Geiger. Al cabo de unos días se le unieron Otto Pfersick y Mort London. Entre los tres construyeron rápidamente una cabaña confortable y añadieron un cobertizo, una farmacia para guardar las cajas de hierbas y medicamentos que habían ocupado la mayor parte del carro de Jay. Éste clavó en la puerta un pequeño tubo de estaño que contenía un pergamino que llevaba escrito un fragmento del Deuteronomio, una costumbre de los judíos, explicó, y la familia se mudó el 18 de noviembre, pocos días antes de que el frío glacial descendiera desde Canadá.

Jason y Rob J. abrieron un sendero a través del bosque, entre el emplazamiento de la casa de los Cole y la cabaña de los Geiger. Pronto le llamaron Camino Largo, para diferenciarlo del que Rob J. ya había abierto entre la casa y el río, que se convirtió en el Camino Corto.

Los constructores trasladaron sus esfuerzos a la casa de los Cole. Dado que tardarían todo el invierno en acabar el interior, quemaron restos de madera en la chimenea para mantener la casa caliente y trabajaron con alegría, haciendo molduras y revestimientos de roble, y dedicando mucho tiempo a hacer pruebas de pintura hasta lograr el tono que agradara a Sarah. El enorme lodazal que había cerca del emplazamiento de la casa se había helado, y a veces Alden dejaba de trabajar un momento la madera para atar unos patines a las botas y mostrarles las habilidades que recordaba de su infancia en Vermont. Cuando vivía en Escocia, Rob J. había patinado todos los años, y ahora le habría pedido prestados los patines a Alden pero eran demasiado pequeños para sus grandes pies.

La primera nieve fina cayó tres semanas antes de Navidad. El viento arrastró algo parecido al humo, y las diminutas partículas se fundieron en contacto con la piel humana. Luego cayeron los copos verdaderos, más pesados, que cubrieron todo de blanco, y así lo dejaron. Con creciente entusiasmo, Sarah planificó la comida de Navidad, comentando con Lillian las recetas que nunca fallaban. Entonces descubrió diferencias entre su familia y los Geiger, porque Lillian no compartía su entusiasmo por la fiesta que se acercaba. De hecho, Sarah quedó azorada al descubrir que sus nuevos vecinos no celebraban el nacimiento de Cristo y que en cambio conmemoraban una antigua y lejana batalla en la Tierra Santa encendiendo velas y preparando tortitas de patata. Sin embargo regalaron a los Cole confitura de ciruela que habían transportado desde Ohio, y calcetines gruesos que Lillian había tejido para todos. El regalo de los Cole a los Geiger fue una trébedes de hierro pintada de negro, una sartén montada sobre tres pies que Rob había comprado en el almacén de Rock Island.

Rogaron a los Geiger que compartieran con ellos la cena de Navidad. Al final aceptaron, aunque Lillian Geiger no comía carne fuera de su casa. Sarah sirvió crema de cebolla, bagre con salsa de champiñones, ganso asado con salsa de menudillos, buñuelos de patata, budín de ciruelas hecho con la confitura de Lillian, galletas, queso y café. Sarah regaló a su esposo y a sus hijos jerséis de lana. Rob a ella una manta de viaje de piel de zorro que la dejó sin respiración, y que fue elogiada por todos. A Alden le regaló una pipa nueva y una caja de tabaco, y él lo sorprendió con unos patines de cuchilla hechos en la herrería de la granja... y suficientemente grandes para sus pies.

—Ahora la nieve empieza a cubrir el hielo, pero el año que viene disfrutará con ellos —le dijo Alden con una sonrisa.

Después de que los invitados se marcharan, Makwa-ikwa llamó a la puerta y les dejó unas manoplas de piel de conejo para Sarah, para Rob y para Alex. Se marchó antes de que tuvieran tiempo de invitarla a entrar.

—Es una persona extraña —comentó pensativa Sarah—. Nosotros también deberíamos haberle regalado algo.

—Yo me ocupé de eso —respondió Rob, y le informó a su esposa que le había regalado a Makwa una trébedes como la que le habían dado a los Geiger.

—¿No me estarás diciendo que le compraste a esa india un regalo caro en una tienda? —Como Rob no respondió, ella añadió en tono tenso—: Esa mujer debe de significar mucho para ti.

Rob la miró con fijeza.

—Así es —respondió débilmente.

La temperatura subió por la noche, y en lugar de nevar llovió. Al despuntar el día, un jovencito de quince años, Freddy Grueber, empapado y sollozante, llamó a la puerta. El buey de Hans Grueber, la posesión más preciada del granjero, había coceado una lámpara de aceite y el establo había quedado envuelto en llamas a pesar de la lluvia.

—Jamás había visto nada igual; era imposible apagarlo. Logramos salvar todos los animales menos la mula. Pero mi padre se ha quemado mucho, el brazo, el cuello y las dos piernas. ¡Tiene que venir, doctor!

El chico había recorrido algo más de veinte kilómetros bajo la lluvia, y Sarah le ofreció algo de comer y de beber, pero él sacudió la cabeza y regresó enseguida a su casa.

Ella preparó una cesta con lo que había quedado de la cena, mientras Rob J. recogía las vendas limpias y el ungüento que necesitaría y luego iba a la casa comunal a buscar a Makwa-ikwa. En unos minutos los vio desaparecer en la lluviosa oscuridad: Rob montando a Vicky, con la capucha en la cabeza y el cuerpo voluminoso inclinado contra el viento, y la india envuelta en una manta, montando a Bess. «Se marcha con mi esposo y montada en mi yegua», se dijo Sarah, y decidió amasar pan porque le habría resultado imposible volver a dormir.

Esperó su regreso durante todo el día. Al caer la noche se sentó junto al fuego, escuchó el ruido de la lluvia y se dio cuenta de que la cena que le había guardado caliente se convertía en algo que él no querría comer. Cuando se fue a la cama no pudo dormir y se dijo que si estaban escondidos en un tipi o en una cueva, o en cualquier sitio abrigado, la culpa era de ella por haberlo apartado con sus celos.

Por la mañana estaba sentada a la mesa, torturándose con su imaginación, cuando Lillian Geiger —impulsada por la añoranza de la vida en la ciudad y por un sentimiento de soledad— salió a visitarla pese a la lluvia. Sarah tenía unas oscuras ojeras y un aspecto horroroso, pero recibió con alegría a Lillian y charló animadamente con ella antes de deshacerse en lágrimas en medio de una conversación sobre semillas de flores. Un instante después, mientras Lillian la rodeaba con sus brazos, expresó con consternación sus peores temores.

—Hasta que él apareció, mi vida fue terrible. Ahora todo es fantástico. Si lo perdiera...

—Sarah —le dijo Lillian suavemente—, nadie puede saber lo que ocurre en el matrimonio de otro, por supuesto, pero... Tú misma dices que tal vez tus temores son infundados. Y yo estoy segura de que es así. Rob J. no parece el tipo de hombre que engaña a su mujer.

Dejó que la mujer la consolara y la convenciera de que estaba equivocada. Cuando Lillian regresó a su casa, la tormenta emocional había pasado. Rob J. llegó a casa al mediodía.

—¿Cómo se encuentra Hans Grueber? —le preguntó.

—Tiene unas quemaduras terribles —dijo en tono cansado—. Y muchos dolores. Supongo que se pondrá bien. Dejé a Makwa para que lo cuidara.

—Muy bien hecho —comentó Sarah.

Durante la tarde, mientras él dormía, cesó la lluvia y descendió la temperatura. Se despertó a altas horas de la noche, se vistió para salir de la casa y llegó al retrete resbalando porque la nieve mojada por la lluvia se había helado y tenía la consistencia del mármol. Después de aliviar la vejiga regresó a la cama pero no pudo dormir. Había pensado volver a casa de los Grueber por la mañana, pero ahora sospechaba que los cascos de su caballo no podrían agarrarse a la superficie cubierta de hielo. Se vistió otra vez en la oscuridad, salió de la casa y descubrió que sus temores eran fundados. Cuando dio una patada al suelo con todas sus fuerzas, su bota no logró romper la dura superficie blanca.

En el establo encontró los patines que Alden le había hecho y se los ató. El sendero que conducía a la casa se había helado de forma desigual debido a las pisadas y resultaba difícil deslizarse, pero al final del sendero se extendía la pradera, y la superficie cubierta de nieve azotada por el viento era tan lisa como el hielo. Al principio se deslizó con movimientos vacilantes sobre la superficie bañada por la luna, pero a medida que recuperaba la confianza, avanzó con pasos más largos y sueltos, aventurándose en el terreno liso como un vasto mar ártico, oyendo sólo el siseo de las cuchillas y el sonido de su esforzada respiración.

Por fin se detuvo jadeante y contempló el extraño mundo de la helada pradera en medio de la noche. Bastante cerca, un lobo lanzó un grito trémulo y tremendamente agudo que parecía llamar a la muerte, y a Rob se le erizaron los pelos. Sabía que si se caía y se rompía una pierna, los animales de rapiña que pasaban hambre durante el invierno se acercarían a los pocos minutos. El lobo volvió a aullar, o tal vez era otro; en ese grito estaba todo lo que Rob no quería: soledad, hambre y falta de humanidad; empezó a avanzar en dirección a su casa, patinando con más cuidado y vacilación que antes, pero huyendo como si lo persiguieran.

Al llegar a su cabaña fue a comprobar si Alex o el bebé se habían destapado. Ambos dormían profundamente. Cuando se metió en la cama, su esposa se volvió y le calentó la cara helada con sus pechos. Lanzó un débil ronroneo y un gemido, un sonido de amor y arrepentimiento, envolviéndolo en un acogedor enredo de brazos y piernas. El médico estaba bloqueado por el mal tiempo; Grueber se las arreglaría bien sin él mientras Makwa estuviera a su lado, pensó, y se entregó al calor de la boca, el cuerpo y el alma, a un juego conocido y más misterioso que la luz de la luna, más placentero incluso que volar sobre el hielo sin lobos.

23

Transformaciones

Si Robert Jefferson Cole hubiera nacido en el norte de Gran Bretaña, en el momento de su nacimiento se le habría llamado Rob J., y Robert Judson Cole se habría convertido en Big Rob, o en Rob a secas, sin la inicial. Para los Cole de Escocia, la J. era conservada por el primer hijo sólo hasta que él mismo se convertía en padre del primer hijo varón, momento en que era cedida graciosamente y sin discusión. No era intención de Rob J. alterar una práctica familiar de varios siglos, pero éste era un país nuevo para los Cole, y aquellos a quienes él amaba no daban importancia a cientos de años de tradición familiar. Por mucho que intentó explicarlo, nunca llamaron Rob J. al pequeño. Para Alex, al principio su hermano pequeño era Baby. Para Alden era el Chico. Makwa-ikwa fue quien le dio el nombre que se convertiría en parte de él. Una mañana el niño, que entonces sólo gateaba y apenas empezaba a articular palabras, estaba sentado en el suelo de tierra del *hedonoso-te* con dos de los tres hijos de Luna y Viene Cantando. Los niños eran Anemoha, Perro Pequeño, que tenía tres años, y Cisaw-ikwa, Mujer Pájaro, que tenía uno menos. Estaban jugando con muñecos hechos con mazorcas, y el pequeño blanco se apartó de ellos. Bajo la débil luz que se filtraba por los agujeros del humo vio el tambor de agua de la hechicera, y al dejar caer la mano sobre él produjo un sonido que hizo levantar la cabeza a todos los que se encontraban en la casa comunal.

El niño se alejó gateando pero no volvió junto a los otros niños sino que, como un hombre que hace un recorrido de inspección, se acercó al sitio donde Makwa guardaba sus hierbas y se detuvo con aire circunspecto delante de cada pila, examinándolas con profundo interés.

Makwa-ikwa sonrió.

—Eres un *ubenu migegee-ieh*, un pequeño chamán.

A partir de entonces, ella le llamó Chamán, y los demás enseguida adoptaron el nombre porque en cierto modo parecía adecuado, y porque el niño respondía inmediatamente a él. Había excepciones. A Alex le gustaba llamarlo Brother, y para él Alex era Bigger, porque desde el principio su madre se refería a cada uno como Baby Brother y Bigger Brother. Lillian Geiger era la única que intentaba llamar Rob J. al pequeño, porque Lillian era una ferviente partidaria de la familia y las tradiciones. Pero a veces incluso ella lo olvidaba y le llamaba Chamán, y Rob J. Cole (el padre) enseguida renunció a la lucha y conservó la inicial. Con inicial o sin ella, sabía que cuando él no los oía, algunos de sus pacientes le llamaban Injun Cole y otros le llamaban «ese jodido matasanos amante de los sauk». Pero comprensivos o fanáticos, todos lo consideraban un buen médico. Cuando lo llamaban, él aceptaba ir a visitarlos, lo apreciaran o no.

Holden's Crossing, que en otros tiempos sólo había sido una mera descripción en los prospectos impresos de Nik Holden, ahora contaba con una calle principal de tiendas y casas, conocida por todos como el Pueblo. Se vanagloriaba de tener las oficinas de la ciudad; la tienda de Haskins: artículos de mercería, alimentación, aperos de labranza, telas; el establecimiento de forrajes y semillas de N. B. Reimer; la Compañía de Ahorro e Hipotecas de Holden's Crossing; una casa de huéspedes administrada por la señorita Anna Wiley, que también servía comidas al público; la tienda de Jason Geiger, boticario; la taberna de Nelson (en los planes iniciales de Nick para la ciudad tenía que ser una posada, pero debido a la existencia de la casa de huéspedes de la señorita Wiley nunca fue otra cosa que un local de techo bajo con una larga barra); y las cuadras y la herrería de Paul Williams, herrador y veterinario. En la casa de madera que tenía en el Pueblo, Roberta Williams, la esposa del herrero, cosía por encargo. Durante varios años, Harold Ames, un agente de seguros de Rock Island, pasó todos los miércoles por la tarde por la tienda de Holden's Crossing para hacer negocios. Pero cuando las parcelas del gobierno empezaron a quedar ocupadas y algunos de los supuestos granjeros fracasaron y empezaron a vender sus propiedades a los recién llegados, se hizo evidente la necesidad de una oficina de bienes raíces, y Carroll Wilkenson se instaló como agente inmobiliario y de seguros. Charlie Andreson —que pocos años más tarde se convirtió también en presidente del banco— fue elegido alcalde del pueblo en las primeras elecciones, y a partir de entonces salió reelegido durante varios años. Todo el mundo lo apreciaba, aunque no había nadie que no se diera cuenta de que era el alcalde elegido por Nick Holden y que en todo momento estaba en manos de él. Lo mismo podía decirse del sheriff. A Mort London no le había llevado más de un año darse cuenta de que no era granjero. En los alrededores no había suficiente trabajo de ebanistería para que pudiera llevar una vida estable, porque los granjeros se hacían sus propios trabajos de carpintería siempre que les resultaba posible. Así que cuando Nick le ofreció apoyarlo si se presentaba como candidato a sheriff, Mort aceptó ansiosamente. Era un hombre tranquilo que sólo se ocupaba de sus asuntos, que por lo general consistían en mantener a raya los borrachos de la taberna de Nelson. A Rob J. no le tenía sin cuidado quién era el sheriff. Todos los médicos del distrito eran delegados del oficial de justicia en casos de muerte súbita, y el sheriff decidía quién dirigía la autopsia cuando la muerte era resultado de un crimen o de un accidente. Una autopsia era a menudo la única forma en que un médico rural podía realizar la disección que hacía posible mantener afilada la técnica quirúrgica. Cuando practicaba una autopsia,

Rob J. siempre se mostraba partidario de aplicar normas científicas tan rigurosas como las de Edimburgo, y pesaba todos los órganos vitales y llevaba sus propios registros. Afortunadamente siempre se había llevado bien con Mort London, y realizaba muchas autopsias.

Nick Holden había ocupado un escaño en la asamblea legislativa del Estado durante tres mandatos seguidos. Al principio algunos habitantes del pueblo se molestaban por su aire de propietario, y pensaban que podía poseer la mayor parte del banco, parte del molino, del almacén y de la taberna, y un montón de acres de tierra..., pero desde luego no los poseía a ellos ni poseía la tierra de ellos. No obstante, en general observaban con orgullo y asombro cómo se movía en Springfield, como un verdadero político, bebiendo bourbon con el gobernador nacido en Tennessee, formando parte de comités legislativos y moviendo los hilos a tal velocidad y con tanta habilidad que lo único que ellos podían hacer era escupir, sonreír y sacudir la cabeza.

Nick tenía dos ambiciones, y lo reconocía abiertamente.

—Quiero traer el ferrocarril a Holden's Crossing, así tal vez algún día este pueblo se convierta en una ciudad —le dijo una mañana a Rob J. mientras saboreaba un puro majestuoso sentado en el banco del porche de la tienda de Haskins—. Y deseo fervientemente ser elegido para el congreso de Estados Unidos. No voy a conseguir el ferrocarril quedándome en Springfield.

No habían fingido tenerse afecto desde que Nick intentó disuadirlo de que se casara con Sarah, pero ambos se mostraban amables cuando se encontraban. Ahora Rob J. lo miró nada convencido.

—Llegar a la Cámara de Diputados de Estados Unidos será difícil, Nick. Necesitarás los votos del distrito del Congreso, que es mucho más grande, no sólo los de aquí. Y además está el viejo Singleton. —El miembro titular del Congreso, Samuel Turner Singleton, conocido en todo el distrito de Rock Island como «nuestro Sammil», estaba firmemente atrincherado.

—Sammil Singleton es viejo. Y pronto morirá, o se retirará. Y cuando llegue ese momento, yo me ocuparé de que toda la gente del distrito se dé cuenta de que votarme a mí es votar la prosperidad.—Nick lo miró con una amplia sonrisa—. En ese sentido me he portado bien contigo, ¿no, doctor?

Tenía que reconocer que era verdad. Era accionista del molino y también del banco. Nick también había controlado la financiación del almacén y de la taberna, pero no había invitado a Rob a participar en esos negocios. Rob lo comprendía; ahora sus raíces estaban profundamente hundidas en Holden's Crossing, y Nick nunca derrochaba lisonjas cuando no era necesario.

La presencia de la botica de Jay Geiger y la continua afluencia de colonos a la zona pronto atrajo a otro médico a Holden's Crossing. El doctor Thomas Beckermann era un hombre de mediana edad, de piel cetrina, mal aliento y ojos enrojecidos. Recién llegado de Albany, estado de Nueva York, se instaló en una pequeña casa de madera del pueblo, muy cerca de la botica. No se había graduado en la facultad de medicina, y se mostraba poco preciso cuando hablaba de los detalles de su aprendizaje, que, según decía, había tenido lugar con un tal doctor Cantwell de Concord, New Hampshire. Al principio Rob J. consideró su llegada con alivio. Había pacientes suficientes para dos médicos que no fueran codiciosos, y la presencia de otro médico podría haber significado un reparto de las largas y difíciles visitas a domicilio que a menudo le obligaban a recorrer varios kilómetros por la pradera. Pero Beckermann era un mal médico y un gran bebedor, y los habitantes del pueblo se dieron cuenta rápidamente de ambas cosas. Así que Rob J. siguió viajando demasiado y atendiendo a muchos pacientes.

Esta situación se volvió incontrolable en la primavera, cuando se produjeron las epidemias anuales: la fiebre se extendió a lo largo de los ríos, la sarna de Illinois azotó las granjas de la pradera, y las enfermedades contagiosas aparecieron por todas partes. Sarah había alimentado una imagen en la que se veía a sí misma al lado de su esposo, atendiendo a los enfermos, y en la primavera, después del cumpleaños de su hijo menor, emprendió una enérgica campaña para poder salir con Rob J. y ayudarlo. Sus cálculos fueron erróneos. Ese año las enfermedades que los afectaron fueron la fiebre láctea y el sarampión, y cuando ella empezó a acosarlo, él ya tenía pacientes muy enfermos, algunos de ellos agonizantes, y no pudo prestarle a ella la atención suficiente. Así que Makwa-ikwa volvía a salir con él durante toda la primavera, y el suplicio de Sarah se reprodujo.

A mediados del verano cedieron las epidemias, y Rob J. recuperó el ritmo más rutinario de siempre. Una noche, después de que él y Jay Geiger se regalaran con el *Dúo en sol para violín y viola* de Mozart, Jay planteó el delicado tema de la infelicidad de Sarah. Aunque ya eran grandes amigos, a Rob le sorprendió que Geiger se atreviera a entrar en un mundo que él había considerado íntimo e inviolable.

—¿Cómo es que conoces los sentimientos de Sarah?

—Ella habla con Lillian. Y Lillian habla conmigo —exclamó Jay, y se enfrentó a un instante de desconcertado silencio—. Espero que lo comprendas. Si te hablo de esto es... por verdadero afecto hacia vosotros dos.

—Comprendo. Y además de tu afectuosa preocupación, ¿tienes algún... consejo?

—Por el bien de tu esposa, debes deshacerte de esa india.

—Entre nosotros no hay nada más que amistad —protestó Rob J. sin poder ocultar su resentimiento.

—No importa. Su presencia es la fuente de la infelicidad de Sarah.

—¡No tiene a dónde ir! Ninguno de ellos tiene a dónde ir. Los blancos dicen que son salvajes y no los dejan vivir como vivían. Viene Cantando y Luna son los mejores granjeros que te puedas imaginar, pero por aquí no hay nadie dispuesto a dar trabajo a un sauk. Makwa, Luna y Viene Cantando mantienen a todos los demás con el poco dinero que ganan trabajando para mí. Ella es trabajadora y leal, y no puedo echarla para que se muera de hambre, o algo peor.

Jay asintió, y no volvió a mencionar el tema.

La entrega de una carta era una rareza, casi un acontecimiento. Y llegó una para Rob J. expedida por el administrador de correos de Rock Island, que la había retenido durante cinco días hasta que Harold Ames, el agente de seguros, hizo un viaje de negocios a Holden's Crossing.

Rob abrió el sobre con impaciencia. Se trataba de una extensa carta de Harry Loomis, su amigo de Boston. Cuando terminó de leerla, volvió a empezar, esta vez más lentamente. Y al acabar, empezó de nuevo.

Había sido escrita el 20 de noviembre de 1846, y había tardado todo el invierno en llegar a destino. Evidentemente, Harry estaba desarrollando una fantástica carrera en Boston. Le informaba a Rob que últimamente había sido designado profesor adjunto de anatomía en Harvard, e insinuaba que estaba a punto de casarse con una dama llamada Julia Salmon. Pero la carta era más un informe sobre medicina que sobre su vida personal. Con perceptible entusiasmo escribía que un reciente descubrimiento había convertido la cirugía indolora en una realidad. Se trataba del gas conocido como éter, que había sido utilizado durante años como disolvente en la fabricación de ceras y perfumes. Harry le recordaba a Rob J. los experimentos que se habían llevado a cabo en hospitales de Boston para evaluar la eficacia que tenía como calmante el óxido nitroso, conocido como «gas hilarante». Añadía en tono travieso que Rob debía de recordar los entretenimientos con óxido nitroso que tenían lugar fuera de los hospitales. Rob recordó, con una mezcla de culpabilidad y placer, que había compartido con Meg Holland un frasco de gas hilarante que Harry le había dado para que hiciera una pequeña fiesta. Tal vez el tiempo y la distancia hacían que el recuerdo fuera mejor y más divertido de lo que había sido en realidad.

«El 5 de octubre pasado —proseguía Loomis— se programó otro experimento, esta vez con éter, que tendría lugar en la sala de operaciones del Hospital General de Massachusetts. Los anteriores intentos de eliminar el dolor con óxido nitroso habían sido un fracaso absoluto; los estudiantes y médicos que llenaban las galerías gritaban "¡Farsante! ¡Farsante!". Los intentos suscitaban la hilaridad, y la operación programada en el General de Massachusetts prometía ser algo similar. El cirujano era el doctor John Collins Warren. Estoy seguro de que recuerdas que el doctor Warren es un cirujano malhumorado e insensible, más conocido por su rapidez con el escalpelo que por su paciencia con los imbéciles. Así que muchos de nosotros nos reunimos aquel día en la cúpula del quirófano como si asistiéramos a un espectáculo.

»Imagínate, Rob: el hombre que debía aplicar el éter, un dentista llamado Morton, se retrasa. Warren, muy molesto, aprovecha la demora para explicar cómo va a extirpar un enorme tumor canceroso de la lengua de un joven llamado Abbot, que ya está sentado en el sillón de operaciones, medio muerto de miedo. Al cabo de quince minutos, Warren ya no sabe qué decir, y con gesto ceñudo se quita el reloj. En la galería, el público ya ha empezado a reír disimuladamente, y en ese momento llega el dentista errante. El doctor Morton administra el gas y anuncia que el paciente está preparado. El doctor Warren asiente, todavía furioso; se arremanga y elige el escalpelo. Los ayudantes abren la mandíbula de Abbott y cogen la lengua. Otras manos lo sujetan a la silla para que no se mueva. Warren se inclina sobre él y realiza el primer corte rápido y profundo, un movimiento relámpago que hace que la sangre chorree por un costado de la boca del joven Abbott.

»No se mueve.

»En la galería reina un silencio absoluto. Se puede oír hasta el suspiro o el gruñido más débil. Warren vuelve a su tarea. Realiza una segunda incisión, y una tercera. Cuidadosa y rápidamente extrae el tumor, lo raspa, da unos puntos de sutura y aplica una esponja para controlar la hemorragia.

»El paciente duerme. El paciente DUERME. Warren se endereza. ¡Aunque no lo creas, Rob, el cáustico autócrata tiene los ojos húmedos!

»"Caballeros —dice—, esto no es ninguna farsa."»

El descubrimiento del éter como analgésico aplicado a la cirugía había sido anunciado en la prensa médica de Boston, le informaba Harry. «Nuestro amigo Holmes, siempre tan rápido, ya ha sugerido que se le llame anestesia, por la palabra griega que significa insensibilidad.»

En la botica de Geiger no había éter.

—Pero yo soy un buen químico —dijo Jay pensativamente—. Podría prepararlo. Tendría que destilar alcohol de grano con ácido sulfúrico. No podría utilizar mi alambique de metal, por que el ácido lo fundiría. Pero tengo un serpentín de cristal y una botella grande.

Cuando registraron sus estanterías, encontraron gran cantidad de alcohol, pero no ácido sulfúrico.

—¿Puedes preparar ácido sulfúrico? —le preguntó Rob.

Geiger se rascó la barbilla, evidentemente divertido.

—Para eso tendré que mezclar azufre con oxígeno. Tengo montones de azufre, pero la química es un poco complicada. Si se oxida azufre una vez, se obtiene bióxido de sulfuro. Tendré que oxidar otra vez el bióxido de sulfuro para obtener ácido sulfúrico. Pero..., claro, ¿por qué no?

Al cabo de unos días, Rob J. tuvo una provisión de éter. Harry Loomis le había explicado cómo montar un cucurucho de éter con alambre y trapos. Rob probó el gas en un gato que permaneció insensible durante veintidós minutos. Luego dejó sin sentido a un perro durante más de una hora, un lapso tan prolongado que resultó obvio que el éter era peligroso y debía utilizarse con cuidado. Administró el gas a un cordero antes de practicarle la castración, y las gónadas salieron sin que se oyera un solo balido.

Finalmente instruyó a Geiger y a Sarah en el uso del éter, y se lo administraron a él. Estuvo inconsciente sólo durante unos pocos minutos, porque los nervios hicieron que utilizaran una dosis más pequeña de la prevista, pero resultó una experiencia singular.

Varios días después, Gus Schroeder, que ya tenía sólo ocho dedos y medio, se enganchó el dedo índice de la mano sana, la derecha, debajo de la piedra del bote, y se lo hizo polvo. Rob le administró el éter, y cuando Gus se despertó —con siete dedos y medio— preguntó cuándo empezaría la operación.

Rob estaba asombrado por las posibilidades. Tenía la impresión de haber vislumbrado la ilimitada extensión que se abría más allá de las estrellas, consciente de que el éter era más poderoso que el Don. El Don era algo que compartían muy pocos miembros de su familia, pero ahora todos los médicos del mundo serían capaces de operar sin provocar el torturante dolor. Por la noche, Sarah bajó a la cocina y encontró a su esposo sentado a solas.

—¿Te encuentras bien?

Rob J. estudiaba el líquido incoloro de un frasco de cristal con tanta atención como si quisiera memorizarlo.

—Si cuando te operé hubiera tenido esto, no te habría hecho daño.

—Lo hiciste muy bien sin esto. Me salvaste la vida.

—Mira. —Levantó el frasco. Para ella no se diferenciaba en nada del agua—. Esto salvará montones de vidas. Es una espada para luchar contra la muerte.

Sarah detestaba que él hablara de la muerte como si fuera una persona que podía abrir la puerta y entrar en la casa en cualquier momento. Se abrazó los pechos con sus brazos blancos y el aire de la noche la hizo estremecerse.

—Ven a la cama, Rob J. —le dijo.

Al día siguiente, Rob empezó a ponerse en contacto con los médicos de la región, invitándolos a una reunión. Ésta se celebró algunas semanas más tarde en una habitación que había arriba de la tienda de forrajes de Rock Island.

Para entonces, Rob J. ya había utilizado el éter en otras tres ocasiones. Siete médicos y Jason Geiger asistieron a la reunión y escucharon lo que Loomis había escrito, y el informe de Rob sobre sus propios casos.

Las reacciones oscilaron desde el enorme interés hasta el abierto escepticismo. Dos de los asistentes encargaron éter y cucuruchos de éter a Jay.

—Es una moda pasajera —afirmó Thomas Beckermann—, como todas esas tonterías de lavarse las manos. —Algunos sonrieron porque conocían el excéntrico uso que hacía Rob Cole del agua y el jabón—. Tal vez los hospitales de las grandes ciudades puedan perder el tiempo en ese tipo de cosas. Pero un puñado de médicos de Boston no va a decirnos cómo debemos practicar la medicina en el Oeste.

Los otros médicos se mostraron más discretos que Beckermann. Tobias Barr comentó que le gustaba la experiencia de reunirse con otros médicos para compartir ideas, y sugirió que formaran la Asociación de Médicos del Distrito de Rock Island, cosa que hicieron de inmediato. El doctor Barr fue elegido presidente. Rob J. fue elegido secretario correspondiente, honor que no pudo rechazar porque a cada uno de los presentes se le encomendó la dirección de una oficina, o la presidencia de un comité que Tobias Barr describió como algo de auténtica trascendencia.

Fue un mal año. Una tarde de calor y bochorno de finales del verano, cuando los cultivos alcanzaban la madurez, el cielo quedó rápidamente encapotado y oscuro. Retumbaron los truenos, y los relámpagos surcaron las densas nubes. Mientras quitaba las malas hierbas del huerto, Sarah vio que a lo lejos, en la pradera, un delgado embudo se extendía hacia la tierra, desde las nubes. Se retorcía como una serpiente gigantesca y emitió un siseo que se convirtió en un poderoso rugido mientras la boca del embudo alcanzaba la pradera y comenzaba a chupar tierra y escombros.

Se alejaba de donde ella se encontraba, pero no obstante Sarah corrió a buscar a los niños y los llevó al sótano.

A doce kilómetros de distancia, Rob J. también había visto el tornado de lejos. En unos minutos había desaparecido, pero cuando llegó a la granja de Hans Buckman vio que había arrasado cuarenta acres de maíz.

—Como si Satán blandiera una gigantesca guadaña —comentó Buckman en tono amargo.

Algunos granjeros habían perdido el maíz y el trigo. La vieja yegua blanca de los Mueller fue tragada por el vórtice y escupida sin vida en unos pastos cercanos, a unos cien metros de distancia. Pero el tornado no se había cobrado vidas humanas, y todos pensaron que Holden's Crossing había tenido suerte.

A la llegada del otoño, cuando la gente aún se felicitaba por su buena suerte, estalló una epidemia. Era la estación en la que se suponía que el aire frío garantizaba el vigor y la buena salud. En la primera semana de octubre, ocho familias cayeron enfermas de una afección que Rob J. no supo cómo denominar. Se trataba de una fiebre acompañada de algunos de los síntomas biliares de la fiebre tifoidea, aunque él sospechaba que no era ésta. Cuando se dio cuenta de que cada día se producía al menos un nuevo caso, pensó que tendrían graves problemas.

Había empezado a dirigirse hacia la casa comunal para decirle a Makwa-ikwa que se preparara para salir con él, pero cambió de idea y se encaminó hacia la cocina de su casa.

—La gente empieza a coger una fiebre peligrosa que sin duda se extenderá. Tal vez esté fuera varias semanas.

Sarah asintió gravemente para mostrar su comprensión. Cuando él le preguntó si quería acompañarlo, su rostro se iluminó de tal manera que a Rob no le quedó duda alguna.

—Vas a estar lejos de los chicos —le advirtió.

—Makwa los cuidará mientras estemos fuera. Makwa es realmente fantástica con ellos —afirmó.

Se marcharon esa tarde. Al comienzo de una epidemia, Rob acostumbraba detenerse en todas las casas en las que sabía que había personas afectadas, en un intento de apagar el fuego antes de que se produjera una conflagración. Vio que todos los casos comenzaban de la misma forma, con temperatura repentinamente elevada, o con una inflamación de garganta seguida de fiebre. Habitualmente, enseguida se producía una diarrea con gran cantidad de bilis amarillo verdosa. En todos los pacientes la boca se llenaba de pequeñas papilas, al margen de que la lengua estuviera seca o húmeda, negruzca o blanquecina.

Al cabo de una semana, Rob J. supo que si el paciente no presentaba otros síntomas, moriría. Si los primeros síntomas eran seguidos por escalofríos y dolor en las extremidades, a menudo agudo, probablemente el paciente se recuperaría. Los furúnculos y otros abscesos que aparecían al final de la fiebre eran signos favorables. No tenía idea de cómo tratar la enfermedad. Dado que la diarrea inicial a menudo interrumpía la fiebre elevada, a veces intentaba estimular su inicio administrando medicamentos. Cuando se estremecían a causa de los escalofríos, les daba el tónico verde de Makwa-ikwa mezclado con un poco de alcohol para provocar la traspiración, y les aplicaba cataplasmas de mostaza. Poco después de que comenzara la epidemia, él y Sarah se encontraron con Tom Beckermann, que iba a visitar a algunos enfermos de fiebre.

—Fiebre tifoidea, seguro —opinó Beckermann.

Rob no opinaba lo mismo. No aparecían manchas rojas en el abdomen, y tampoco hemorragia anal. Pero no discutió. Fuera cual fuese la enfermedad que fulminaba a la gente, darle un nombre u otro no la haría menos espantosa. Beckermann les contó que el día anterior habían muerto dos pacientes suyos después de una abundante sangría y de aplicarle ventosas. Rob hizo todo lo posible por mostrarle la inconveniencia de hacer una sangría a un paciente para combatir la fiebre, pero Beckermann era el tipo de médico que no estaba dispuesto a seguir ningún tratamiento recomendado por el otro médico del pueblo. A los pocos minutos se despidieron del doctor Beckermann. Nada molestaba tanto a Rob J. como un mal médico.

Al principio le parecía raro tener a su lado a Sarah y no a Makwa-ikwa. Sarah se apresuraba a hacer todo lo que él le pedía, y no podría haberse esforzado más. La diferencia estaba en que él tenía que pedirle y enseñarle, en tanto Makwa había llegado a saber todo lo necesario sin que él se lo dijera. Delante de los pacientes, o cabalgando de una casa a otra, él y Makwa habían mantenido prolongados y cómodos silencios; al principio Sarah hablaba sin parar, feliz de tener la posibilidad de estar con él, pero a medida que atendían más pacientes y el cansancio se fue convirtiendo en algo habitual, se volvió más callada.

La enfermedad se extendió rápidamente. Por lo general, si en una casa alguien caía enfermo, los demás miembros de la familia también enfermaban. Sin embargo, Rob J. y Sarah iban de casa en casa y no se contagiaban, como si tuvieran una armadura invisible. Cada tres o cuatro días intentaban regresar a casa para darse un baño, cambiarse de ropa y dormir unas pocas horas. La casa estaba caliente y limpia, impregnada de los aromas de la comida caliente que Makwa les preparaba. Estaban un rato con los niños, luego guardaban el tónico verde que Makwa había preparado mientras ellos estaban de viaje y que había mezclado con un poco de vino siguiendo las instrucciones de Rob, y volvían a marcharse. Entre una y otra visita al hogar, dormían acurrucados uno contra el otro allí donde podían, por lo general en algún pajar o delante de la chimenea de alguna casa.

Una mañana, un granjero llamado Benjamin Haskell entró en el granero y quedó boquiabierto al ver que el médico tenía el brazo debajo de la falda de su mujer. Eso era lo más cerca que habían estado de hacer el amor durante las seis semanas que duró la epidemia. Las hojas empezaban a cambiar de color cuando comenzó y, al concluir, el suelo estaba cubierto por una capa de nieve.

El día que regresaron a casa y se dieron cuenta de que no era necesario que volvieran a salir, Sarah envió a los niños en el carro con Makwa hasta la granja de Mueller a buscar cestos de manzanas para preparar compota. Se dio un largo baño delante de la chimenea y luego hirvió más agua y preparó el baño para Rob, y cuando él estuvo en la bañera ella regresó y lo lavó lenta y suavemente, como habían lavado a los pacientes, aunque de forma muy distinta, usando la mano en lugar de una toalla. Empapado y tembloroso, él la siguió por la casa fría, escaleras arriba, y se metieron debajo de las abrigadas mantas, donde se quedaron varias horas hasta que Makwa regresó con los niños.

Pocos meses después Sarah quedó embarazada pero abortó enseguida, asustando a Rob por la gran cantidad de sangre que perdía, hasta que por fin cesó la hemorragia. Él se dio cuenta de que sería peligroso que Sarah volviera a concebir, y a partir de ese momento tomó sus precauciones. La observaba ansiosamente buscando en sus actitudes señales de oscuros fantasmas, cosa que solía suceder a las mujeres después de abortar un feto; pero aparte de un pálido aire meditabundo que se manifestaba en largos períodos de concentración con sus ojos violeta cerrados, ella pareció recuperarse tan pronto como cabía esperar.

24

Música de primavera

Los niños Cole se quedaban, por tanto, con frecuencia y durante largos períodos, al cuidado de la mujer sauk. Chamán se acostumbró tanto al olor a bayas machacadas de Makwa-ikwa como lo estaba al olor blanco de su madre natural, al tono oscuro de su piel como a la palidez rubia de Sarah. Y luego se acostumbró aún más. Si Sarah se apartó de la maternidad, Makwa aceptó la oportunidad ansiosamente, acercando al pequeño, el hijo de *Cawso wabeskiou* al calor de su pecho, encontrando una satisfacción que no experimentaba desde que había tenido en brazos a su pequeño hermano, El-que-posee-Tierra. Ella lanzó un hechizo de amor sobre el niño blanco. A veces le cantaba:

> *Ni-na ne-gi-se ke-wi-to-se-me-ne ni-na,*
> *ni-na ne-gi-se ke-wi-to-se-me-ne ni-na,*
> *wi-a-ya-ni,*
> *ni-na ne-gi-se ke-wi-to-se-me-ne ni-na.*

> *(Camino a tu lado, hijo mío,*
> *camino a tu lado, hijo mío,*
> *vayas donde vayas,*
> *camino a tu lado, hijo mío.)*

A veces cantaba para protegerlo:

Tti-la-ye ke-wi-ta-mo-ne i-no-ki,
tti-la-ye ke-wi-ta-mo-ne i-no-ki-i-i.
Me-ma-ko-te-si-ta
ki-ma-ma-to-me-ga.
Ke-te-ma-ga-yo-se.

(Espíritu, hoy te convoco,
espíritu, ahora te hablo.
El que está muy necesitado
te venerará.
Envíame tus bendiciones.)

Muy pronto fueron éstas las canciones que Chamán canturreaba mientras seguía los pasos de Makwa. Y Alex iba tras él con expresión triste, vigilando mientras otro adulto reclamaba una parte de su hermano.

Alex obedecía a Makwa, pero ella se daba cuenta de que la suspicacia y la aversión que a veces veía en sus jóvenes ojos eran un reflejo de los sentimientos de Sarah Cole hacia ella. No le importaba demasiado. Alex era un niño, y ella se esforzaría por ganarse su confianza. En cuando a Sarah... Makwa no olvidaba que los sauk siempre habían tenido enemigos.

Jay Geiger, ocupado con su botica, había contratado a Mort London para que arara el primer trozo de su granja, una tarea lenta y brutal. Mort había tardado desde abril hasta finales de julio en roturar en profundidad, proceso que resultó más costoso porque había que dejar que las raíces se pudrieran totalmente durante dos o tres años antes de arar de nuevo el campo y sembrarlo, y porque Mort había cogido la sarna de Illinois, que afectaba a la mayoría de los hombres que roturaban la tierra de la pradera. Algunos pensaban que la hierba en descomposición emanaba un miasma que transmitía la enfermedad a los agricultores, mientras otros decían que la enfermedad surgía por la mordedura de los diminutos insectos que ponía en movimiento la reja del arado. La indisposición era desagradable, y la piel se abría en pequeñas llagas que picaban. Tratada con azufre podía quedar reducida a una molestia, pero si se la descuidaba podía desembocar en una fiebre fatal, como la que había matado a Alexander Bledsoe, el primer marido de Sarah.

Jay insistió en que incluso los ángulos de su campo debían ser cuidadosamente arados y sembrados. De acuerdo con la antigua ley judía, en la época de la cosecha dejaba esos ángulos sin cosechar para que los pobres recogieran los frutos. Cuando el primer trozo empezó a dar una buena cantidad de maíz, estaba en condiciones de preparar el segundo trozo para plantar trigo. Para entonces Mort London era sheriff, y ninguno de los otros granjeros estaba dispuesto a trabajar por un jornal. Era una época en la que los culis chinos no se atrevían a abandonar las cuadrillas de trabajadores del ferrocarril porque podían caer en una trampa si lograban llegar al pueblo más cercano. De vez en cuando algunos irlandeses o italianos escapaban de la semiesclavitud que suponía cavar el Canal de Illinois y Michigan y llegaban a Holden's Crossing, pero los papistas causaban alarma en la mayoría de la gente, y eran rápidamente obligados a continuar su camino.

Jay había mantenido una relación pasajera con algunos sauk, porque eran los pobres a los que había invitado a recoger su maíz. Finalmente compró cuatro bueyes y un arado de acero y contrató a dos de los guerreros indios, Pequeño Cuerno y Perro de Piedra, para que labraran sus tierras.

Los indios conocían secretos para roturar las planicies y darles la vuelta para dejar al descubierto su sangre y su carne, la tierra negra. Mientras trabajaban pedían perdón a la tierra por cortarla, y entonaban canciones para imprecar a los espíritus que correspondía. Sabían que los blancos araban demasiado profundamente. Cuando ellos introducían la reja del arado para el cultivo superficial, la masa de raíces que se encontraba debajo de la tierra arada quedaba arrancada más rápidamente, y en lugar de un solo acre cultivaban dos acres y cuarto al día. Y ni Pequeño Cuerno ni Perro de Piedra cogieron la sarna.

Maravillado, Jay intentó compartir el método con todos sus vecinos, pero no encontró a nadie dispuesto a escucharlo.

—Es porque esos ignorantes imbéciles me consideran un extranjero, aunque yo nací en Carolina del Sur y algunos de ellos nacieron en Europa —se quejó vehementemente a Rob J.—. No confían en mí. Odian a los irlandeses, a los chinos, a los italianos y a Dios sabe quién más por haber llegado demasiado tarde a Norteamérica. Odian a los franceses y a los mormones por una cuestión de principios. Y odian a los indios por haber llegado a Norteamérica demasiado pronto. ¿A quién demonios quieren?

Rob esbozó una sonrisa.

—Bueno, Jay..., se quieren a sí mismos. Creen que ellos son perfectos, que han tenido la sensatez de llegar exactamente en el momento adecuado —dijo.

En Holden's Crossing, ser querido era una cosa y ser aceptado era otra.

Rob J. Cole y Jay Geiger habían sido aceptados, aunque remisamente, porque la profesión de ambos era necesaria. Mientras se convertían en fibras importantes del tejido social, las dos familias seguían unidas, dándose mutuo apoyo y estímulo. Los niños se acostumbraron a las obras de los grandes compositores y muchas noches se iban a la cama escuchando la música que se elevaba y descendía con la belleza de los instrumentos de cuerda interpretados con amor y pasión por sus padres.

El año del quinto cumpleaños de Chamán, la enfermedad más importante de la primavera fue el sarampión. Desapareció la armadura invisible que protegía a Sarah y a Rob, lo mismo que la suerte que los había mantenido inmunes.

Sarah llevó la enfermedad a casa y la padeció en un grado leve, lo mismo que Chamán. Rob J. pensaba que era una suerte coger un sarampión suave, porque según su experiencia la enfermedad no se contraía dos veces en la vida; pero Alex la contrajo en su nivel más terrible. Mientras su madre y su hermano habían estado sólo afiebrados, él ardía. Mientras ellos habían sentido picazón, a Alex le sangraba el cuerpo por la forma frenética en que se rascaba, y Rob J. lo envolvía en hojas marchitas de col y le ataba las manos para que no pudiera hacerse daño.

La primavera siguiente, la enfermedad predominante fue la escarlatina. El grupo de sauk la contrajo y contagió a Makwa-ikwa, de modo que Sarah tuvo que quedarse en casa, llena de resentimiento, y atender a la india en lugar de acompañar a su esposo. Luego enfermaron los dos chicos. Esta vez Alex tuvo la versión más suave de la enfermedad, mientras Chamán ardía de fiebre, vomitaba, lloraba por el dolor de oídos y tenía una erupción cutánea tan espantosa que en algunas partes del cuerpo la piel se le caía como si fuera la de una serpiente.

Cuando la enfermedad cumplió su ciclo, Sarah abrió la casa para que entrara el cálido aire de mayo y anunció que la familia necesitaba una fiesta.

Asó un ganso e hizo saber a los Geiger que le encantaría contar con su presencia, y esa noche la música volvió a reinar en la casa después de varias semanas.

Los niños de los Geiger se acostaron en jergones, junto a las literas de los niños de los Cole. Lillian Geiger entró silenciosamente en la habitación y dio a cada niño un beso y un abrazo. Se detuvo en la puerta y les dio las buenas noches. Alex le respondió, lo mismo que sus hijos, Rachel, Davey, Herm y Cubby, que era demasiado pequeño para cargar con Lionel, su verdadero nombre. Lillian observó que un niño no había respondido.

—Buenas noches, Rob J. —le dijo. No obtuvo respuesta y vio que el niño miraba fijamente hacia delante, como perdido en sus pensamientos—. Chamán, cariño...

Al ver que no había respuesta, batió las palmas bruscamente. Cinco rostros se volvieron para mirarla, pero uno no se movió.

En la otra habitación, los músicos tocaban el dúo de Mozart, la pieza que mejor interpretaban juntos, la que los hacía resplandecer. Rob J. quedó sorprendido cuando Lillian se detuvo delante de él y extendió la mano deteniendo el arco de la viola en una frase que a él le gustaba especialmente.

—Tu hijo —anunció—. El pequeño. No oye.

25

El niño callado

Rob J., que se había pasado la vida salvando a la gente de las aflicciones que provocaban los problemas físicos y mentales, siempre se sorprendía de lo mucho que podía dolerle que el paciente fuera uno de sus seres queridos. Sentía afecto por todas las personas a las que atendía, incluso aquellos a los que la enfermedad volvía desagradables o los que lo habían sido antes de enfermar porque al buscar su ayuda, en cierto modo pasaban a ser suyos. Cuando era un médico joven y vivía en Escocia había visto a su madre debilitarse y quedar al borde de la muerte, y ésa había sido una lección especial y amarga en su impotencia última como médico. Y ahora sentía un vivo dolor por lo que le había sucedido al fuerte y fornido niño, grande para su edad, que tenía su misma sangre.

Chamán parecía bastante desconcertado mientras su padre batía palmas, dejaba caer pesados libros al suelo y se quedaba delante de él gritando:

—¡Hijo! ¿Puedes oír algo? —Señalaba sus propias orejas, pero el pequeño se limitaba a mirarlo con perplejidad. Chamán era totalmente sordo.

—¿Se le pasará? —le preguntó Sarah a su esposo.

—Tal vez —respondió Rob, pero estaba más asustado que Sarah porque sabía más, había conocido tragedias cuyas posibilidades ella apenas imaginaba.

—Tú harás que se le pase. —Tenía una fe ciega en él. En una ocasión la había salvado a ella, y ahora salvaría al hijo.

Rob J. no sabía cómo hacerlo, pero lo intentó. Vertió aceite tibio en los oídos de Chamán. Sumergió al niño en baños calientes, le aplicó compresas. Sarah le rezó a Jesús. Los Geiger rezaron a Jehová. Makwa-ikwa golpeó su tambor de agua y le cantó al manitú y a los espíritus. Pero ni dioses ni espíritus prestaron atención.

Al principio, Chamán estaba demasiado desconcertado para sentir miedo. Pero al cabo de unas horas empezó a lloriquear y a gritar. Sacudió la cabeza y se agarró las orejas. Sarah pensó que volvía a tener el terrible dolor de oídos, pero Rob enseguida se dio cuenta de que no se trataba de eso, porque ya había visto casos como éste.

—Oye ruidos que nosotros no oímos. Ruidos que suenan dentro de su cabeza.

Sarah se puso pálida.

—¿Tiene algo en la cabeza?

—No, no. —Podía decirle que el fenómeno se conocía como «zumbido», pero no sabía qué era lo que provocaba aquellos sonidos tan privados para el niño.

Chamán no paraba de llorar. Su padre, su madre y Makwa se turnaban para tenderse a su lado en la cama y abrazarlo. Tiempo después, Rob sabría que su hijo oía una variedad de sonidos estrepitosos, crujidos, zumbidos, estruendos formidables y silbidos. Todos eran muy fuertes, y Chamán estaba constantemente asustado.

El bombardeo interno desapareció al cabo de tres días. El alivio de Chamán fue absoluto y el silencio recuperado supuso un alivio, pero los adultos que lo querían se atormentaban al ver la desesperación en su pequeño rostro blanco.

Esa noche Rob le escribió a Oliver Wendell Holmes, que estaba en Boston, pidiéndole consejo sobre cómo tratar la sordera. También le pidió que, en caso de que no se pudiera hacer nada al respecto, le enviara información que pudiera indicarle cómo educar a un hijo sordo.

Ninguno de ellos sabía tratar a Chamán. Mientras Rob J. buscaba una solución médica, Alex fue quien asumió la responsabilidad. Aunque perplejo y asustado por lo que le había ocurrido a su hermano, Alex se adaptó rápidamente. Cogía a Chamán de la mano y no lo soltaba. Si el hermano mayor caminaba, el pequeño lo seguía. Cuando los dedos se le agarrotaban, Alex se colocaba al otro lado de su hermano y cambiaban de mano. Chamán se acostumbró enseguida a la seguridad del apretón sudoroso y con frecuencia sucio de Bigger.

Alex lo vigilaba de cerca.

—Quiere más —anunciaba en la mesa durante las comidas, cogiendo el bol vacío de Chamán y extendiéndoselo a su madre para que volviera a servirle.

Sarah observaba a sus dos hijos y veía cómo sufrían. Chamán dejó de hablar, y Alex decidió sumarse a su mutismo: apenas hablaba; se comunicaba con Chamán mediante una serie de gestos exagerados, y los dos hermanos entrelazaban profundamente sus miradas.

Ella se torturaba imaginando situaciones en las que Chamán se enfrentaría a una serie de hechos peligrosos porque no podría oír sus atormentados gritos de advertencia. Obligó a los niños a quedarse cerca de la casa. Ellos se aburrían y se sentaban en el suelo a hacer juegos estúpidos con nueces y guijarros, y a dibujar en la tierra con palos. Aunque parecía increíble, a veces los oía reír. Como no podía oír su propia voz, Chamán solía hablar en voz muy baja, de modo que los demás tenían que pedirle que repitiera lo que había dicho, y él no los entendía. Se acostumbró a gruñir en lugar de hablar. Cuando Alex se exasperaba, se olvidaba de cuál era la realidad.

—¿Qué? —gritaba—. ¿Qué dices, Chamán? —Entonces recordaba la sordera y recurría otra vez a los gestos. Adquirió la mala costumbre de gruñir como Chamán para acentuar algo que intentaba explicar con las manos. Sarah no soportaba la mezcla de gruñidos y bufidos que hacía que sus hijos parecieran animales.

Ella también adquirió una mala costumbre: a menudo aparecía detrás de los chicos y, para comprobar la sordera, batía las palmas, chasqueaba los dedos o pronunciaba sus nombres. Dentro de la casa, si daba un golpe en el suelo con el pie, las vibraciones hacían que Chamán se volviera. En todo momento, sólo el ceño fruncido de Alex daba cuenta de su interrupción.

Ella había sido una madre muy irregular que en lugar de estar con sus hijos se marchaba con Rob J. siempre que tenía la oportunidad. Íntimamente reconocía que su esposo era lo más importante de su vida, lo mismo que reconocía que la medicina era el motor principal en la vida de él, más importante incluso que su amor por ella. Así eran las cosas. Ella nunca había sentido por Alexander Bledsoe ni por ningún hombre lo que sentía por Rob J. Cole. Ahora que uno de sus hijos estaba amenazado, volvió a volcar en ellos todo su amor, pero ya era demasiado tarde. Alex no renunciaría a una parte de su hermano, y Chamán se había acostumbrado a depender de Makwa-ikwa.

Makwa no se oponía a esta dependencia; se llevaba a Chamán al *hedonoso-te* durante varias horas y observaba todos sus movimientos. En una ocasión, Sarah la vio acercarse a toda prisa a un árbol contra el que el niño había orinado y recoger parte de la tierra mojada en un recipiente pequeño, como si se tratara de la reliquia de un santo. Sarah pensaba que la mujer era una bruja que intentaba atraer aquella parte de su esposo que él más valoraba, y que ahora atraía a su hijo. Sabía que Makwa lanzaba hechizos, cantaba, realizaba rituales salvajes que a ella le ponían la carne de gallina, pero no se atrevía a protestar. Estaba tan desesperada porque alguien —cualquiera, cualquier cosa— socorriera a su hijo, que no podía resistir un sentimiento de farisaica justificación, una afirmación de la única fe verdadera, cuando pasaba un día tras otro y esas tonterías paganas no producían ninguna mejoría en el estado de su hijo.

Por las noches Sarah se quedaba despierta y se atormentaba pensando en los sordomudos que había conocido, recordando sobre todo a una mujer desaseada y débil mental a la que ella y sus amigos seguían por las calles de su pueblo de Virginia, burlándose de ella por su obesidad y su sordera. Se llamaba Bessie, Bessie Turner. Le arrojaban palos y piedras, riendo al ver que ella respondía a las agresiones físicas después de pasar por alto las cosas horrendas que le gritaban. Se preguntaba si a Chamán también lo perseguirían por la calle los niños crueles.

Poco a poco se fue dando cuenta de que tampoco Rob —¡ni siquiera Rob!— sabía cómo ayudar a Chamán. Se iba todas las mañanas a hacer sus visitas y se concentraba en las enfermedades de sus pacientes. No se trataba de que estuviera abandonando a su familia; sólo que a ella a veces le parecía que sí porque estaba con sus hijos día tras día y era testigo de sus esfuerzos.

Los Geiger, que querían mostrarse solidarios, los invitaron varias veces a compartir las veladas que habían celebrado con tanta frecuencia, pero Rob J. siempre se negaba. Ya no tocaba la viola de gamba; Sarah creía que no soportaba tocar música y que Chamán no pudiera oírla.

Ella se concentró en el trabajo de la granja. Alden Kimball roturó un nuevo cuadro y ella se ocupó de cultivar un ambicioso huerto. Hurgó la orilla del río a lo largo de varios kilómetros buscando lirios de color limón y los pasó a un arriate delante de la casa. Ayudó a Alden y a Luna a llevar pequeños grupos de ovejas que balaban en una balsa y a soltarlas en medio del río para que tuvieran que nadar hasta la orilla y limpiarse así la lana antes del esquileo. Después de castrar a los corderos, Alden la miró de reojo cuando ella pidió el cubo de las criadillas, que eran el plato preferido de él. Sarah les quitó la envoltura fibrosa y se preguntó si debajo de la piel arrugada serían así las glándulas sexuales de un hombre. Luego cortó las tiernas bolas por la mitad y las frió en grasa de tocino con cebollas silvestres y una rodaja de seta pedo de lobo. Alden se comió su ración ansiosamente, comentó que eran fantásticas y dejó de lamentarse.

Sarah podría haberse sentido casi satisfecha. Pero...

Un día Rob J. regresó a casa y le dijo que había estado hablando de Chamán con Tobias Barr.

—Hace poco se ha instalado una escuela para sordos en Jacksonville, pero Barr no sabe mucho sobre ella. Yo podría viajar hasta allí y ver de qué se trata. Aunque Chamán es tan pequeño...

—Jacksonville está a casi doscientos cincuenta kilómetros de distancia. Apenas veríamos al niño.

Él le dijo que el médico de Rock Island le había confesado que no sabía cómo tratar la sordera en los niños. De hecho, algunos años antes había renunciado a una niña de ocho años y a su hermano de seis. Últimamente los niños habían sido enviados como pupilos del Estado al Asilo de Illinois en Springfield.

—Rob J. —dijo Sarah. A través de la ventana abierta le llegaba el gruñido gutural de sus hijos, un sonido delirante, y de pronto recordó la mirada vacía de Bessie Turner—. Encerrar a un niño sordo con personas locas... es una maldad.

—Como siempre, pensar en la maldad le produjo escalofríos—. ¿Tú crees —susurró— que Chamán ha sido castigado por mis pecados?

Él la cogió entre sus brazos y ella se entregó a él como siempre hacía.

—No —respondió Rob J., y la siguió abrazando—. Oh, mi Sarah. Nunca debes pensar semejante cosa.

Pero no le dijo qué podían hacer.

Una mañana, mientras los dos niños estaban sentados frente al *hedonoso-te* con Perro Pequeño y Mujer Pájaro, quitando la corteza a una ramita de sauce que Makwa herviría para preparar sus medicinas, un indio desconocido salió del bosque de la orilla del río montado en un caballo esquelético. Ya no era joven y parecía el fantasma de un siux, delgado y de aspecto tan lastimoso como su caballo. Iba descalzo y tenía los pies sucios. Llevaba polainas, un taparrabo de gamuza, y un trozo harapiento de piel de búfalo alrededor de la parte superior del cuerpo, como si fuera un chal, sujeto por un cinturón hecho con un trapo anudado. Su largo pelo canoso había sido arreglado sin cuidado con una trenza corta en la nuca y dos más largas a los lados, atadas con tiras de piel de nutria.

Unos años antes un sauk habría saludado a un siux con un arma, pero ahora unos y otros sabían que estaban rodeados por un enemigo común, y cuando el jinete la saludó con el lenguaje de los signos utilizado por las tribus de la llanura cuyas lenguas nativas eran diferentes, ella respondió al saludo moviendo los dedos.

Makwa supuso que él había atravesado el Wisconsin siguiendo el borde del bosque a lo largo del *Masesibowi*. El siux le dijo mediante señas que iba en son de paz y que seguía el sol poniente en dirección a las Siete Naciones. Le pidió comida.

Los cuatro chicos estaban fascinados. Lanzaron risitas e imitaron el signo de «comer» con sus manitas.

Era un siux, de modo que ella no podía darle algo a cambio de nada. Él le cambió una cuerda trenzada por un plato de ardilla guisada, un buen trozo de pan de maíz y una bolsa pequeña de judías secas para el camino. El guiso estaba frío, pero él desmontó y se puso a comer con auténtica avidez.

Al ver el tambor de agua le preguntó si era guardiana de espíritus, y pareció incómodo cuando ella respondió que sí. No se dieron la posibilidad de conocer sus nombres. Cuando él terminó de comer, Makwa le advirtió que no cazara ovejas porque los blancos lo matarían, y él volvió a montar en su flaco caballo y se alejó.

Los niños aún jugaban con los dedos, haciendo señas que no significaban nada, salvo Alex, que hacía el signo de «comer». Ella cortó un trozo de pan de maíz y se lo dio, y luego les enseñó a los otros a hacer el signo, recompensándolos con trozos de pan cuando lo hacían bien. El lenguaje intertribal era algo que los niños sauk debían aprender, así que les enseñó el signo correspondiente a «sauce», incluyendo por cortesía a los niños blancos; pero notó que Chamán captaba los signos con facilidad, y se le ocurrió una idea fantástica que la llevó a concentrarse en él más que en los demás.

Además de los signos correspondientes a «comer» y «sauce», les enseñó los que significaban «chica», «chico», «lavar» y «vestir». Pensó que eso era suficiente para el primer día, pero les hizo practicar una y otra vez, como si fuera un juego nuevo, hasta que los chicos conocieron los signos a la perfección. Esa tarde, cuando Rob J. llegó a casa, ella le llevó los niños y le mostró lo que habían aprendido.

Rob J. contempló a su hijo pensativamente. Vio que a Makwa le brillaban los ojos de satisfacción y le dio las gracias y elogió a los chicos; ella prometió seguir enseñándoles los signos

—¿Para qué sirve? —preguntó Sarah en tono amargo cuando quedaron a solas—. ¿De qué serviría que nuestro hijo aprendiera a hablar por señas y que sólo lo comprendiera un puñado de indios?

—Existe un lenguaje como ése para los sordos —comentó Rob J. en tono pensativo—. Creo que fue inventado por los franceses. Cuando estaba en la facultad de medicina, vi a dos sordos conversar perfectamente, utilizando las manos en lugar de la voz. Si encargo un libro con esos signos, y nosotros los aprendemos con él, podremos charlar con Chamán y él podrá hablar con nosotros.

Aunque de mala gana, ella estuvo de acuerdo en que valía la pena intentarlo. Rob J. pensó que entretanto al niño no le haría ningún daño aprender los signos indios.

Llegó una extensa carta de Oliver Wendell Holmes que, con su minuciosidad característica, había investigado la literatura de la biblioteca de la facultad de medicina de Harvard y había entrevistado a una serie de autoridades, proporcionándoles los detalles que Rob J. le había comunicado sobre el caso de Chamán.

Le daba muy pocas esperanzas de que la situación de Chamán pudiera cambiar.

«A veces —escribía— un paciente que sufre sordera total debido a una enfermedad como el sarampión, la fiebre escarlatina o la meningitis, puede recuperar la audición. Pero con frecuencia la infección total durante la enfermedad daña el tejido, destruyendo un proceso sensible y delicado que no puede recuperarse mediante la cicatrización.

»Dices en tu carta que inspeccionaste visualmente los dos canales auditivos externos utilizando un espéculo, y celebro tu ingeniosidad al enfocar la luz de una vela en el interior del oído mediante un espejo. Es casi seguro que el daño se haya producido más adentro de lo que tú pudiste examinar. Tú y yo, que hemos hecho disecciones, somos conscientes de la delicadeza y complejidad del oído medio y del interno. Sin duda alguna nunca sabremos si el problema del pequeño Robert reside en el tímpano, en los huesecillos auditivos, en el martillo, el yunque, el estribo o tal vez en el caracol óseo. Lo que sí sabemos, mi querido amigo, es que si tu hijo aún está sordo cuando leas esto, con toda probabilidad será sordo durante el resto de su vida.

»Así pues, lo que debemos considerar es cuál es el mejor modo de educarlo.»

Holmes había consultado con el doctor Samuel G. Howe, de Boston, que había trabajado con dos alumnos sordos, mudos y ciegos, enseñándoles a comunicarse con los demás deletreando el alfabeto con los dedos.

Tres años antes, el doctor Howe había hecho una gira por Europa y había conocido casos de niños sordos a los que se les enseñaba a hablar con toda claridad y eficacia.

«Pero ninguna escuela para sordos de Estados Unidos enseña a los niños a hablar —escribía Holmes—, y en cambio enseña a los alumnos el lenguaje de los signos. Si a tu hijo se le enseña a hablar por señas sólo será capaz de comunicarse con otros sordos. Si puede aprender a hablar y, mirando los labios de los demás, a leer lo que dicen, no hay ninguna razón por la que no pueda vivir entre las personas de la sociedad en general.

»Así pues, el doctor Howe recomienda que tu hijo se quede en casa y sea educado por ti, y yo estoy de acuerdo.»

Los especialistas habían informado que, a menos que se hiciera hablar a Chamán, el niño se quedaría mudo poco a poco debido a una falta del uso de los órganos del habla. Pero el doctor Holmes advertía que si se quería lograr que el pequeño Robert hablara, la familia Cole nunca debía utilizar con él signos formales, ni aceptar de él un solo signo.

26

Las ataduras

Al principio, Makwa-ikwa no comprendía que *Cawso wabeskiou* le dijera que no siguiera enseñando a los niños los signos de las naciones. Pero Rob J. le explicó por qué los signos eran una medicina perjudicial para Chamán. El niño ya había aprendido diecinueve signos. Conocía el gesto con el que señalar que tenía hambre, podía pedir agua, podía indicar la idea de frío, calor, enfermedad, salud, podía expresar agrado o desagrado, podía saludar y decir adiós, describir un tamaño, comentar la sensatez o la estupidez. En lo que respecta a los otros niños, los signos indios eran un juego nuevo. Para Chamán, despojado de comunicación de la forma más desconcertante, significaba recuperar el contacto con el mundo.

Sus dedos seguían hablando.

Rob J. prohibió a los otros chicos que participaran; pero no eran más que niños y a veces, cuando Chamán mostraba un signo, el impulso de responder era irresistible.

Después de presenciar varias veces que utilizaba el lenguaje de señas, Rob J. desenrolló un trapo suave que Sarah había reservado para utilizar como venda. Le ató las manos a Chamán y luego las sujetó al cinturón.

Chamán empezó a lanzar gritos y a llorar.

—Tratas a nuestro hijo como si fuera un animal —le susurró Sarah.

—Tal vez ya sea demasiado tarde para él. Ésta podría ser su única oportunidad. —Rob cogió las manos de su esposa entre las suyas e intentó consolarla. Pero las súplicas no le hicieron cambiar de idea, y las manos de su hijo siguieron atadas, como si el niño fuera un prisionero.

Alex recordaba cómo se había sentido cuando el sarampión le producía un picor terrible y Rob J. le había atado las manos para que no pudiera rascarse. Olvidó que su cuerpo había sangrado, y recordó únicamente el picor que no quedaba aliviado y el terror de estar atado. En la primera oportunidad que tuvo, cogió la hoz del granero y cortó las ataduras de su hermano.

Cuando Rob J. le prohibió salir de casa, Alex le desobedeció. Cogió un cuchillo de cocina, salió y volvió a liberar a Chamán; luego cogió a su hermano de la mano y se marchó con él.

Era mediodía cuando notaron su ausencia, y en la granja todos dejaron de trabajar y se sumaron a la búsqueda, dispersándose por el bosque, la pradera y la orilla del río, gritando sus nombres, que sólo uno de los niños podría oír. Nadie mencionó el río, pero aquella primavera dos franceses de Nauvoo habían estado en una canoa que zozobró cuando creció el río. Los dos hombres se habían ahogado, y ahora todos pensaron en la amenaza del río.

No hubo señales de los chicos hasta que, cuando la luz empezaba a desvanecerse hacia el final del día, Jay Geiger apareció en casa de los Cole con Chamán montado delante de él y Alex en la grupa. Informó a Rob J. que los había encontrado en medio de su campo de maíz, sentados entre las hileras, aún cogidos de la mano y llorando.

—Si no hubiera pasado a quitar la mala hierba, aún estarían allí sentados —comentó Jay.

Rob J. esperó hasta que los niños tuvieron la cara limpia y hubieron comido. Luego se llevó a Alex a la orilla del río. La corriente se ondulaba y canturreaba al chocar con las piedras de la orilla; el agua, más oscura que la atmósfera, reflejaba la llegada de la noche. Las golondrinas se elevaban y descendían, rozando a veces la superficie. En lo alto, una grulla avanzaba con la misma decisión de un paquebote.

—¿Sabes por qué te he traído hasta aquí?

—Porque me vas a dar una paliza.

—Hasta ahora nunca te he pegado, ¿verdad? Y no voy a empezar ahora. No, lo que quiero es consultarte.

El niño lo miró alarmado, sin saber si ser consultado podía ser mejor que ser azotado.

—¿Qué es eso?

—¿Sabes lo que es intercambiar?

Alex asintió.

—Claro, claro. He intercambiado cosas montones de veces.

—Bien. Quiero intercambiar ideas contigo sobre tu hermano. Chamán es afortunado al tener un hermano mayor como tú, alguien que se ocupa de él. Tu madre y yo..., los dos estamos orgullosos de ti. Y te lo agradecemos.

—Tú lo trataste mal, atándole las manos.

—Alex, si sigues hablándole por señas no tendrá necesidad de hablar. Muy pronto se habrá olvidado de hablar, y nunca podrás oír su voz. Nunca más. ¿Me crees?

El niño tenía los ojos muy abiertos y en ellos se veía un aire de responsabilidad. Asintió.

—Quiero que le dejes las manos atadas. Lo que te estoy pidiendo es que nunca más utilices signos con él. Cuando hables con tu hermano, primero señálate la boca para que él te la mire. Luego habla lentamente y con claridad. Repite lo que le dices, para que empiece a leer el movimiento de tus labios. —Rob J. lo miró—. ¿Comprendes, hijo? ¿Entonces nos ayudarás a enseñarle a hablar?

Alex asintió. Rob J. lo atrajo hacia su pecho y lo abrazó.

El pequeño olía como un niño de diez años que se ha pasado el día sentado en un maizal abonado, sudando y llorando. En cuanto llegaran a casa, Rob J. le ayudaría a acarrear agua para el baño.

—Te quiero, Alex.

—Y yo a ti, papá —susurró el niño.

Todos recibieron el mismo mensaje.

Llama la atención de Chamán. Señálate los labios. Háblale lentamente y con claridad. Habla para sus ojos en lugar de hacerlo para sus oídos.

Por la mañana, en cuanto se levantaba, Rob J. le ataba las manos a su hijo. A la hora de las comidas, Alex se las desataba para que pudiera comer. Luego volvía a atárselas.

Él se ocupó de que ninguno de los otros chicos le hiciera señas.

Pero los ojos de Chamán se veían cada vez más acosados, en un rostro atenazado y aislado de todos los demás. No lograba entender. Y no decía absolutamente nada.

Si Rob J. se hubiera enterado de que alguien le ataba las manos a su hijo, habría hecho todo lo posible por rescatar al niño. La crueldad no estaba hecha para él, y veía los efectos que el sufrimiento de Chamán tenía en las demás personas de la casa. Para él era un alivio coger su maletín y marcharse a atender a sus pacientes.

Más allá de los límites de la granja, el mundo seguía su curso, indiferente a los problemas de la familia Cole. Ese verano había en Holden's Crossing otras tres familias que construían su nueva casa de madera para reemplazar la anterior de tepe. Existía un enorme interés por abrir una escuela y contratar a un maestro, y tanto Rob J. como Jason Geiger apoyaron la idea con entusiasmo. Cada uno enseñaba a sus hijos en su casa, a veces reemplazándose mutuamente en caso de emergencia, pero los dos estaban de acuerdo en que para los niños sería mejor asistir a una escuela.

Cuando Rob J. se detuvo en la botica, Jay estaba emocionado por una noticia. Finalmente logró comunicarle que el piano Babcock de Lillian había sido despachado. Desde Columbus había recorrido más de mil quinientos kilómetros en balsa y en barco.

—¡Bajando por el río Scioto hasta el Ohio, Ohio abajo hasta el Mississippi y subiendo por el dorado Mississippi hasta el muelle de la Empresa de Transportes Great Southern de Rock Island, donde ahora espera mi carro y mis bueyes!

Alden Kimball había pedido a Rob que atendiera a uno de sus amigos que estaba enfermo en la abandonada ciudad mormónica de Nauvoo.

Alden lo acompañó para servirle de guía. Compraron billetes para ellos y sus caballos en una chalana, trasladándose río abajo de la forma más fácil. Nauvoo era una ciudad fantasmal y abandonada, una red de calles anchas que se extendían sobre un recodo del río, con casas elegantes y sólidas, y en el medio las ruinas de un grandioso templo de piedra que parecía construido por el rey Salomón. Alden le contó que allí sólo vivía un puñado de mormones viejos y rebeldes que habían roto con los líderes cuando los santos del último día se habían trasladado a Utah. Era un lugar que atraía a los pensadores independientes; una esquina de la ciudad había sido alquilada a una pequeña colonia de franceses que se hacían llamar icarios y que vivían según un sistema corporativo. Con una actitud de desdén, Alden condujo a Rob J. al otro lado del barrio francés y finalmente hasta una casa de ladrillos rojos deteriorados que había a un lado de una bonita callejuela.

Una circunspecta mujer de edad mediana respondió cuando llamaron a la puerta, y asintió con la cabeza a modo de saludo. Alden presentó la mujer a Rob J. como la señora Bidamon. En la sala había unas cuantas personas reunidas, pero la señora Bidamon condujo a Rob hasta la planta alta, donde un hosco muchachito de unos dieciséis años se encontraba en la cama, aquejado de sarampión. No se trataba de un caso grave. Rob le dio a la madre semillas de mostaza molidas y las instrucciones para mezclarlas en el agua del baño del chico, y un paquete de flores secas de saúco para utilizarlas en infusión.

—No creo que me necesite de nuevo —le informó—.

Pero quiero que me envíe a buscar de inmediato si se produce una infección de oídos.

La mujer bajó la escalera antes que él y debió de decir unas palabras tranquilizadoras a los que estaban en la sala porque cuando Rob J. se acercó a la puerta todos lo esperaban con regalos: un frasco de miel, tres frascos de confitura, una botella de vino. Y un montón de palabras de agradecimiento. Una vez fuera de la casa, Rob se quedó mirando desconcertadamente a Alden, con las manos llenas de cosas.

—Le están agradecidos por haber atendido al muchacho —le explicó Alden—. La señora Bidamon es la viuda de Joseph Smith, el profeta de los santos del último día, el hombre que fundó la religión. El chico es hijo de él y también se llama Joseph Smith. Ellos creen que el chico también es profeta.

Mientras se alejaban, Alden contempló la ciudad de Nauvoo y lanzó un suspiro.

—Éste era un sitio fantástico para vivir, pero todo se echó a perder porque Joseph Smith no podía dominar su polla. Él y su poligamia. Las llamaba esposas espirituales. No había nada espiritual en ello; simplemente le gustaba follar.

Rob J. sabía que los santos habían sido obligados a marcharse de Ohio, de Missouri y finalmente de Illinois porque los rumores de sus matrimonios múltiples habían indignado a las gentes del lugar. Nunca le había hecho preguntas a Alden sobre su vida anterior, pero esta vez no pudo resistir la tentación.

—¿Tú también tenías más de una esposa?

—Tres. Cuando rompí con la iglesia, ellas fueron repartidas entre otros santos, junto con sus niños.

Rob no se atrevió a preguntar cuántos niños. Pero el demonio lo empujó a hacer una pregunta más:

—¿Eso te molestó?

Alden reflexionó y lanzó un escupitajo.

—La variedad era muy interesante, sin duda, no voy a negarlo. Pero sin ellas la paz es maravillosa —concluyó.

Esa semana Rob pasó de visitar a un joven profeta a atender a un anciano miembro del Congreso. Fue citado a Rock Island para atender al diputado de Estados Unidos Samuel T. Singleton, que había sufrido un ataque mientras regresaba de Washington a Illinois.

Cuando Rob entraba en casa de Singleton, Thomas Beckermann se marchaba; Beckermann le contó que Tobias Barr también había examinado al diputado Singleton.

—Pide demasiadas opiniones médicas, ¿no le parece? —comentó Beckermann con acritud.

Eso indicaba el alcance de los temores de Sammil Singleton, y cuando Rob J. examinó al diputado se dio cuenta de que sus temores estaban bien fundados. Singleton era un hombre de setenta y nueve años, bajo, casi totalmente calvo, de constitución débil y estómago gigantesco. Rob J. oyó que su corazón jadeaba y gorjeaba en un esfuerzo por latir.

Cogió las manos del anciano entre las suyas y miró la muerte a los ojos.

Stephen Hume, el ayudante de Singleton, y Billy Rogers, su secretario, estaban sentados al pie de la cama.

—Hemos estado en Washington todo el año. Tiene que pronunciar discursos. Y arreglar asuntos pendientes. Tiene que hacer montones de cosas, doctor —dijo Hume en tono acusador, como si la indisposición de Singleton fuera culpa de Rob J. Hume era un apellido escocés, pero a Rob J. no le caía nada bien.

—Debe quedarse en la cama —le dijo a Singleton francamente—. Olvídese de los discursos y de los asuntos pendientes. Siga una dieta ligera. Beba alcohol en pequeñas cantidades.

Rogers lo miró con expresión airada.

—Eso no es lo que nos dijeron los otros dos médicos. El doctor Barr dijo que cualquiera quedaría agotado después de hacer un viaje desde Washington. Ese otro colega de su pueblo, el doctor Beckermann, coincidió con Barr, y dijo que todo lo que el diputado necesita es comida casera y aire de la pradera.

—Pensamos que sería una buena idea llamar a varios colegas por si había una diferencia de opinión —comentó Hume—. Y eso es lo que tenemos. Los otros médicos no están de acuerdo con usted, son dos contra uno.

—Muy democrático. Pero no se trata de unas elecciones. —Rob J. se volvió hacia Singleton—. Por su propia supervivencia, espero que haga lo que le sugiero.

Los ojos fríos del anciano mostraron una expresión divertida.

—Usted es amigo de Holden, el senador del Estado. Y su socio en varias aventuras comerciales, según tengo entendido.

Hume se echó a reír entre dientes.

—Nick espera con impaciencia que el diputado se retire.

—Soy médico. Y me importa un bledo la política. Usted me mandó llamar a mí, diputado.

Singleton asintió y lanzó una mirada significativa a los dos hombres. Billy Rogers condujo a Rob fuera de la habitación. Cuando intentó subrayar la gravedad del estado de Singleton, recibió una inclinación de cabeza del secretario, una zalamera frase de agradecimiento típica de un político. Rogers le pagó sus honorarios como si estuviera dando una propina a un mozo de cuadra, y lo hizo marcharse rápidamente por la puerta principal.

Un par de horas más tarde, mientras conducía a Vicky por la calle Main de Holden's Crossing, vio que la red de información de Nick Holden ya estaba en marcha. Nick esperaba en el porche de la tienda de Haskins, con la silla inclinada hacia atrás contra la pared y una bota sobre la barandilla. Cuando divisó a Rob J. le hizo una señal para que se acercara al palo de atar los caballos.

Nick lo llevó enseguida a la habitación posterior de la tienda y no hizo el menor intento por ocultar su excitación.

—¿Y bien?

—¿Y bien, qué?

—Sé que vienes de ver a Sammil Singleton.

—Sólo hablo de mis pacientes con mis pacientes. Y a veces con sus seres queridos. ¿Tú eres uno de los seres queridos de Singleton?

Holden sonrió.

—Lo aprecio muchísimo.

—Que lo aprecies no sirve, Nick.

—Bueno, Rob J. Sólo quiero saber una cosa. ¿Tendrá que retirarse?

—Si quieres saberlo, pregúntaselo a él.

Holden protestó en tono amargo.

Al salir de la tienda, Rob J. rodeó cuidadosamente una trampa para ratones. La ira de Nick lo siguió junto con el olor a arreos de cuero y a simiente de patata podrida.

—¡Tu problema, Cole, es que eres demasiado estúpido para saber quiénes son tus amigos de verdad!

Probablemente Haskins tenía que ocuparse todas las noches de guardar el queso, de tapar la caja de las galletas y ese tipo de cosas. Los ratones podían hacer estragos con los alimentos por la noche, pensó Rob mientras atravesaba la parte delantera de la tienda; y viviendo tan cerca de la pradera, no había forma de evitar la presencia de los ratones.

Cuatro días más tarde, Samuel T. Singleton estaba sentado a una mesa con dos concejales de Rock Island y tres de Davenport, Iowa, explicando la situación fiscal del Ferrocarril de Chicago y Rock Island, que proponía construir un puente ferroviario sobre el Mississippi para unir ambas ciudades. Estaba hablando de la servidumbre de paso cuando lanzó un débil suspiro, como si estuviera exasperado, y se desplomó en su asiento. Mientras iban a buscar al doctor Tobias y éste llegaba a la taberna, todos los vecinos se enteraron de que Sammil Singleton había muerto.

Al gobernador le llevó una semana designar al sucesor. Inmediatamente después del funeral, Nick Holden partió rumbo a Springfield para intentar algún apaño en la designación. Rob imaginó el tira y afloja en el que se habría metido, y sin duda hubo un esfuerzo por parte del otrora compañero de copas de Nick, el vicegobernador nacido en Kentucky. Pero evidentemente la organización de Singleton tenía a sus propios compañeros de copas, y el gobernador designó al ayudante de Singleton, Stephen Hume, para que cumpliera el mandato de año y medio que aún no había concluido.

—A Nick le han fastidiado —comentó Jay Geiger—. Entre este momento y el final del mandato, Hume se hará fuerte. La próxima vez se presentará como el titular, y a Nick le resultará casi imposible vencerlo.

A Rob J. le tenía sin cuidado. Estaba absorto en lo que ocurría dentro de las paredes de su hogar.

Al cabo de dos semanas dejó de atarle las manos a su hijo. Chamán ya no intentaba hacer señas, pero tampoco hablaba. Había algo muerto y triste en los ojos del pequeño. Le daban mucho cariño, pero él sólo quedaba momentáneamente aliviado. Cada vez que Rob miraba a su hijo se sentía inseguro e impotente.

Entretanto, todos los que lo rodeaban seguían sus instrucciones como si él fuera infalible en el tratamiento de la sordera. Cuando le hablaban a Chamán lo hacían lentamente y pronunciando con claridad, señalándose la boca después de haber captado la atención del niño y animándolo a que leyera el movimiento de los labios. Fue Makwa-ikwa quien pensó en un nuevo enfoque del problema. Le contó a Rob cómo ella y las otras chicas sauk habían aprendido a hablar inglés rápida y eficazmente en la escuela evangélica para niñas indias: durante las comidas no les daban nada salvo que lo pidieran en inglés.

Sarah se puso furiosa cuando Rob le planteó la cuestión.

—Por lo visto no te ha bastado con atarlo como si fuera un esclavo, y ahora quieres matarlo de hambre.

Pero a Rob J. no le quedaban muchas alternativas, y empezaba a desesperarse. Tuvo una conversación prolongada y sincera con Alex, que estuvo de acuerdo en cooperar, y le pidió a su esposa que hiciera una comida especial. Chamán sentía verdadera pasión por los sabores agridulces, y Sarah preparó pollo guisado con budín relleno de carne y frutas, y pastel caliente de ruibarbo como postre.

Esa noche, cuando la familia se sentó alrededor de la mesa y Sarah llevó el primer plato, ocurrió lo mismo que había sucedido durante varias semanas. Rob levantó la tapa de una humeante fuente y dejó que el olor del pollo, el budín y las verduras se extendiera por la mesa.

Sirvió primero a Sarah y luego a Alex. Agitó la mano hasta captar la atención de Chamán, y luego se señaló los labios.

—Pollo —dijo al mismo tiempo que levantaba la fuente—. Budín.

Chamán lo miró en silencio.

Rob J. se sirvió un trozo de pollo y se sentó.

Chamán observó a sus padres y a su hermano, que comían afanosamente. Levantó su plato vacío y lanzó un gruñido de irritación.

Rob se señaló los labios y levantó la fuente.

—Pollo.

Chamán acercó el plato.

—Pollo —repitió Rob J. Como su hijo seguía guardando silencio, dejó la fuente en la mesa y siguió comiendo.

Chamán empezó a lloriquear. Miró a su madre, que había hecho un esfuerzo por terminar su ración. Ella se señaló los labios y le extendió su plato a Rob.

—Pollo, por favor —dijo, y él le sirvió.

Alex también pidió una segunda ración y se la dieron. Chamán se quedó sentado y movió irritado la cabeza; tenía el rostro contorsionado ante este nuevo ultraje, este nuevo terror, esta privación de comida.

Cuando terminaron el pollo y el budín retiraron los platos, y entonces Sarah llevó a la mesa el postre recién salido del horno y una jarra de leche. Sarah se enorgullecía de su pastel de ruibarbo, preparado según una antigua receta de Virginia, con mucho de jarabe de arce que burbujeaba con los jugos ácidos del riubarbo hasta convertirse en caramelo en la parte superior como una insinuación del placer contenido debajo de la masa.

—Pastel —dijo Rob, y la palabra fue repetida por Sarah y por Alex.

—Pastel —le dijo a Chamán.

No había funcionado. Tenía el corazón destrozado. Pensó que, después de todo, no podía permitir que su hijo muriera de hambre; es mejor un niño mudo que un niño muerto.

Se cortó un trozo de pastel, con aire taciturno.

—¡Pastel!

Fue un aullido de ira, un estallido ante todas las injusticias del mundo. Era una voz conocida y amada, una voz que llevaba tiempo sin oír. Sin embargo, Rob J. se quedó sentado un momento con expresión estúpida, intentando asegurarse de que no había sido Alex el que había gritado.

—¡Pastel! ¡Pastel! —gritó Chamán—. ¡Pastel!

Su cuerpecito se sacudió de rabia y frustración. Tenía la cara empapada de lágrimas. Rechazó el intento de su madre de limpiarle la nariz.

La delicadeza no importa en este momento, pensó Rob J.; el por favor y el gracias también vendrán después. Se señaló los labios.

—Sí —le dijo a su hijo al tiempo que asentía y cortaba un trozo enorme de pastel—. ¡Sí, Chamán! Pastel.

27

Política

El trozo de tierra plano y lleno de hierbas que se encontraba al sur de la granja de Jay Geiger había sido comprado al gobierno por un inmigrante sueco llamado August Lund. Lund se pasó tres años rompiendo el grueso tepe, pero en la primavera del cuarto año su joven esposa enfermó y murió repentinamente de cólera, y su pérdida envenenó el lugar para Lund, y ensombreció su ánimo. Jay le compró la vaca y Rob J. los arreos y algunas herramientas, y ambos le pagaron más de lo que correspondía porque sabían lo desesperado que estaba Lund por marcharse de allí. El hombre regresó a Suecia y durante dos temporadas sus campos recién labrados quedaron desolados como una mujer abandonada, luchando por volver a ser lo que alguna vez habían sido. Luego la propiedad fue vendida por un agente de fincas de Springfield, y varios meses más tarde llegó una caravana de dos carros con un hombre y cinco mujeres que vivirían en esas tierras.

Un rufián acompañado por sus putas habría causado menos revuelo en Holden's Crossing que el que produjo el sacerdote y las cinco monjas en la orden católica romana de San Francisco de Asís. En todo el distrito de Rock Island se había corrido la voz de que habían venido a abrir una escuela parroquial y a atraer a los niños al papismo. Holden's Crossing necesitaba una escuela y también una iglesia. Lo más probable era que ambos proyectos hubieran quedado en agua de cerrajas durante años, pero la llegada de los franciscanos provocó revuelo. Después de una serie de «veladas sociales» en algunas granjas, se nombró un comité con el fin de recaudar fondos para la construcción de una iglesia, pero Sarah estaba molesta.

—No se ponen de acuerdo. Son como niños que no hacen más que discutir. Algunos sólo quieren una cabaña de troncos, para que resulte económico. Otros quieren una construcción de madera, de ladrillo o de piedra.

Ella prefería un edificio de piedra, con campanario, aguja y vidrieras: una iglesia de verdad. Las discusiones se prolongaron a lo largo del verano, el otoño y el invierno, pero en marzo, enfrentados al hecho de que los habitantes del lugar también tenían que pagar el edificio de la escuela, el comité de construcción se decidió por una sencilla iglesia de madera con paredes de tablones en lugar de tablillas, y pintada de blanco. La polémica con respecto a la arquitectura fue disminuyendo hasta convertirse en un debate sobre la relación con una u otra confesión, pero en Holden's Crossing había más baptistas que miembros de otras sectas, y venció la mayoría. El comité se puso en contacto con la congregación de la Primera Iglesia Baptista de Rock Island, que colaboró con consejos y con algo de dinero para conseguir que la nueva iglesia gemela se pusiera en marcha.

Se aportaron fondos, y Nick Holden deslumbró a todos con la donación más elevada: quinientos dólares.

—Hará falta algo más que filantropía para que lo elijan para el Congreso —dijo Rob J. a Jay—. Hume ha trabajado mucho y ya ha conseguido la nominación del Partido Demócrata.

Evidentemente Holden pensaba lo mismo, porque muy pronto todo el mundo supo que había roto con los demócratas. Algunos suponían que buscaría el apoyo de los liberales, pero en cambio él se declaró miembro del Partido Americano.

—Partido Americano. Para mí es desconocido —comentó Jay.

Rob, que recordaba los sermones y artículos antiirlandeses que había visto por todas partes en Boston, le informó de quiénes se trataba.

—Es un partido que ensalza a los norteamericanos blancos nativos y aboga por la eliminación de los católicos y los extranjeros.

—Nick juega con todas las pasiones y miedos que logra encontrar —reflexionó Jay—. La otra tarde, en el porche del almacén, estaba advirtiendo a la gente contra el pequeño grupo sauk de Makwa como si fuera la banda de Halcón Negro. Logró poner nerviosos a algunos hombres. Dijo que si no vigilamos habrá derramamiento de sangre y granjeros degollados. —Hizo una mueca—. Nuestro Nick. El estadista de siempre.

Un día llegó una carta para Rob J. de su hermano Herbert, que vivía en Escocia. Era la respuesta a la que Rob le había enviado ocho meses antes hablándole de su familia, su profesión y la granja. Su carta había pintado un cuadro realista de la vida que llevaba en Holden's Crossing, y a cambio le había pedido a Herbert que le enviara noticias de sus seres queridos en la madre patria. La carta de su hermano le transmitía noticias espantosas que no eran imprevisibles, porque cuando Rob huyó de Escocia sabía que la vida de su madre se estaba apagando. Ella había muerto tres meses después de la partida de Rob, y estaba enterrada junto al padre de ellos en el «nuevo patio» musgoso de la iglesia presbiteriana de Kilmarnock. Ranald, el hermano de su padre, había muerto al año siguiente.

Herbert le contaba que había aumentado el rebaño y construido un nuevo establo con piedras cogidas de la base del acantilado. Mencionaba estas cosas en tono cauteloso, evidentemente contento de hacerle saber a Rob que le iba bien trabajando la tierra, pero evitando con todo cuidado hablar de prosperidad. Rob se dio cuenta de que en ocasiones Herbert temía que él regresara a Escocia. La tierra había sido patrimonio de Rob J. por ser el hijo mayor; la noche anterior a su partida había dejado perplejo a Herbert —que amaba con pasión la cría de ovejas— firmando una cesión a su nombre.

Herbert le informaba que se había casado con Alice Broome, hija de John Broome —que arbitraba en la feria de corderos de Kilmarnock— y de su esposa Elsa, que había sido una McLarkin. Rob recordaba vagamente a Alice Broome como una chica delgada, de pelo color ratón, que siempre se tapaba la incierta sonrisa con una mano porque tenía los dientes largos. Ella y Herbert tenían tres niñas, pero Alice estaba embarazada y Herbert esperaba que esta vez fuera un varón, porque la granja estaba creciendo y él necesitaba ayuda.

«Teniendo en cuenta que la situación política se ha calmado, ¿has pensado en regresar a casa?»

Rob percibió la tensión de la pregunta en la escritura apretada de Herbert, la vergüenza por la ansiedad y la aprensión. Se sentó en ese mismo momento y redactó una carta para borrar los temores de su hermano. No regresaría a Escocia, escribió, salvo que algún día disfrutara de un saludable y próspero retiro y pudiera ir de visita. Enviaba recuerdos a su cuñada y a sus sobrinas, y elogiaba a Herbert por los logros que estaba alcanzando; era evidente, añadió, que la granja de los Cole estaba en manos de quien correspondía.

Cuando concluyó la carta, fue a dar un paseo a la orilla del río, hasta la pila de piedras que marcaba el final de sus tierras y el comienzo de las de Jay. No se marcharía de allí. Illinois lo había atrapado a pesar de sus ventiscas, sus destructivos tornados y sus temperaturas extremas. O tal vez a causa de todo eso y de muchas cosas más.

La tierra de esa granja era mejor que la de los Cole en Kilmarnock: mantillo más profundo, más agua, hierba más fértil. Ya se sentía responsable de ella. Había memorizado sus olores y sus sonidos, le gustaba cómo era en las mañanas calurosas impregnadas de aroma a limón, cuando el viento hacía susurrar la hierba crecida, o cuando dejaba sentir el abrazo frío y brutal en lo más crudo del invierno. Era su tierra, sin duda.

Un par de días más tarde, mientras se encontraba en Rock Island para asistir a una reunión de la Asociación de Médicos, pasó por el palacio de justicia y rellenó un formulario en el que expresaba su deseo de obtener la ciudadanía.

Roger Murray, el secretario del tribunal, leyó la solicitud y comentó puntilloso:

—Sabrá, doctor, que hay una demora de tres años antes de que pueda adquirir la condición de ciudadano.

Rob J. asintió.

—Puedo esperar. No tengo que ir a ningún sitio —dijo.

Cuanto más bebía Tom Beckermann, más desequilibrada se volvía la práctica de la medicina en Holden's Crossing. Todo el peso caía sobre Rob J., que maldecía el alcoholismo de Beckermann y deseaba que un tercer médico se instalara en la población. Steve Hume y Billy Rogers acentuaron el problema haciendo correr la voz de que el doctor Cole había sido el único médico que había advertido a Sammil Singleton de lo grave que estaba. Si Sammil hubiera hecho caso a Cole, decían, tal vez ahora estaría aquí. Se extendió la leyenda de Rob J., y cada vez acudían a él más pacientes.

Se esforzó por tener tiempo libre para estar con Sarah y los niños. Chamán lo asombraba; era como si una planta hubiera estado en peligro e interrumpido su crecimiento, pero luego hubiera reaccionado con un estallido de brotes verdes por todas partes. Podían verlo crecer. Sarah, Alex, los sauk, Alden, todos los que vivían en casa de los Cole practicaban con él la observación del movimiento de los labios durante horas y de forma constante —en realidad, casi histéricamente, tan grande fue el alivio que sintieron cuando el niño puso fin a su silencio—, y una vez que Chamán empezó a hablar, ya no se detuvo. Había aprendido a leer un año antes del comienzo de su sordera, y ahora todos se desvivían por conseguirle libros.

Sarah enseñaba a sus hijos lo que podía, pero sólo había

asistido seis años a la escuela rural y era consciente de sus limitaciones. Rob J. les enseñaba latín y aritmética. Alex progresaba; era brillante y trabajaba mucho. Pero Chamán lo sorprendía por su rapidez. Cuando observaba la inteligencia natural de su hijo, a Rob se le partía el corazón.

—Habría sido todo un médico, lo sé —le dijo a Jay con pesar una calurosa tarde en que se sentaron a la sombra de la casa de Geiger a beber agua de jengibre. Le confió a Jay que era propio de un Cole abrigar la esperanza de que su hijo varón llegara a ser médico.

Jay asintió comprensivo.

—Bueno, está Alex. Es un niño prometedor.

Rob sacudió la cabeza.

—Eso es lo más terrible; Chamán, que nunca será médico porque no oye, es el único de los dos que está dispuesto a acompañarme a visitar a mis pacientes. Alex, que puede ser lo que quiera cuando crezca, prefiere seguir a Alden Kimball por toda la granja como si fuera su sombra. Le gusta más ver cómo un jornalero instala una valla de estacas o le rebana los testículos a un cordero que presenciar cualquiera de las cosas que yo hago.

Jay sonrió.

—¿Y no lo habrías hecho tú a su edad? Bueno, tal vez los dos hermanos trabajen juntos en la granja. Son dos chicos estupendos.

Dentro de la casa, Lillian practicaba el *Concierto* número veintitrés de Mozart. Era muy seria en los ejercicios de los dedos y resultaba insoportable oírla tocar la misma frase hasta que ésta adquiría el color y la expresión correctos; pero cuando quedaba satisfecha y dejaba correr las notas, lo que se oía era música. El piano Babcock había llegado en perfectas condiciones de funcionamiento, pero un largo y superficial arañazo, cuyo origen desconocían, deslucía la perfección de una de sus impecables patas de nogal. Lillian se había echado a llorar al verla, pero su esposo le dijo que el arañazo nunca sería reparado, «y así le recordará a nuestros nietos lo mucho que viajamos para llegar aquí».

La Primera Iglesia de Holden's Crossing fue inaugurada a finales de junio, de modo que la celebración se prolongó hasta el 4 de julio. Durante la inauguración tomaron la palabra tanto Stephen Hume, miembro del Congreso, como Nick Holden, candidato para la oficina de Hume. Rob J. pensó que Hume parecía relajado y cómodo, mientras Nick hablaba como un hombre desesperado que sabe que se está quedando atrás.

El primero de una serie de pastores celebró el servicio el domingo posterior a la fiesta de inauguración. Sarah le confió a Rob J. que estaba nerviosa, y él se dio cuenta de que ella recordaba al pastor baptista del Gran Despertar que había condenado al infierno a las mujeres que tenían hijos fuera del matrimonio. Ella habría preferido a un pastor más amable, como el señor Arthur Johnson, el ministro metodista que había celebrado su boda con Rob J., pero la elección del pastor la haría la totalidad de la congregación. Así que durante todo el verano pasaron por Holden's Crossing pastores de todo tipo. Rob asistió a varios servicios para dar apoyo a su esposa, pero en general se mantuvo al margen.

En agosto, un prospecto impreso clavado en la entrada del almacén anunciaba la inminente visita de un tal Ellwood R. Patterson, que pronunciaría una conferencia titulada «La corriente que amenaza a la cristiandad», el sábado 2 de septiembre a las siete de la tarde, y dirigiría el servicio y pronunciaría el sermón del domingo por la mañana.

Ese sábado por la mañana apareció un hombre en el dispensario de Rob J. Se sentó pacientemente en el pequeño vestíbulo que hacía las veces de sala de espera mientras Rob se ocupaba del dedo medio de la mano derecha de Charley Haskins, que había quedado atrapado entre dos troncos. Charley, el hijo del dueño del almacén, era un joven de veinte años, cuyo oficio era el de leñador. Se sentía dolorido y molesto por la imprudencia que había provocado el accidente, pero tenía una lengua descarada y sin inhibiciones, y un incontenible buen humor.

—Oiga, doctor. ¿Esto me impedirá casarme?

—Con el tiempo volverás a usar el dedo tan bien como siempre—respondió Rob en tono pícaro—. Perderás la uña, pero volverá a crecer. Ahora lárgate. Y vuelve dentro de tres días para que te cambie el vendaje.

Seguía sonriendo cuando hizo pasar al hombre que estaba en la sala de espera y que se presentó como Ellwood Patterson. Rob recordó el nombre del prospecto y se dio cuenta de que era el pastor visitante. Vio que era un hombre de unos cuarenta años, gordo pero con porte, de rostro grande y arrogante, pelo negro largo, tez enrojecida y venas azules pequeñas pero visibles en la nariz y las mejillas.

El señor Patterson dijo que tenía furúnculos. Cuando se quitó la ropa de la parte superior del cuerpo, Rob J. vio en su piel marcas pigmentadas de zonas cicatrizadas, entremezcladas con unas cuantas llagas abiertas, erupciones pustulosas, vesículas costrosas y granuladas, y tumores blandos y viscosos.

Miró al hombre con expresión comprensiva.

—¿Sabe que tiene una enfermedad?

—Me han dicho que es sífilis. En la taberna alguien comentó que usted es un médico especial. Y pensé en venir a verlo, por si puede hacer algo.

Tres años atrás, una prostituta de Springfield se lo había hecho a la francesa, y posteriormente a él le había aparecido un chancro y un bulto detrás de los testículos, explicó.

—Volví a verla. Para que no contagiara a nadie más.

Un par de meses más tarde había sido atacado por la fiebre, le habían aparecido llagas del color del cobre y tenía dolores terribles de cabeza y en las articulaciones. Luego todos los síntomas habían desaparecido solos y pensó que ya estaba bien, pero entonces le salieron las llagas y los bultos que ahora tenía.

Rob escribió el nombre del pastor en un registro, y junto a éste «sífilis terciaria».

—¿De dónde es usted, señor?

—De Chicago. —Pero había vacilado al contestar y Rob J. sospechaba que estaba mintiendo. No importaba.

—Su problema no tiene cura, señor Patterson.

—Sí... ¿Y qué me ocurrirá ahora?

No habría servido de nada ocultárselo.

—Si le afecta el corazón, morirá. Si le llega al cerebro, se volverá loco. Si le penetra en los huesos o las articulaciones, quedará tullido. Pero estas cosas tan espantosas casi nunca ocurren. A veces, desaparecen los síntomas, sencillamente, y no vuelven a presentarse. Lo que tiene que hacer es esperar y pensar que usted es uno de los que tienen suerte.

Patterson hizo una mueca.

—Por ahora, mientras estoy vestido, no se me ven las llagas. ¿Puede darme algo para que no me salgan en la cara y en el cuello? Llevo una vida pública.

—Puedo venderle un ungüento. No sé si le servirá para este tipo de llaga —repuso Rob amablemente, y el señor Patterson asintió y cogió su camisa.

A la mañana siguiente, poco después del amanecer, llegó un niño descalzo y con los pantalones raídos montado en una mula, y dijo que lo disculpara pero que su madre no se encontraba nada bien, y que si podría ir a verla. Era Malcolm Howard, el hijo mayor de una familia que había llegado de Louisiana hacía sólo unos meses y se había instalado en una planicie que se encontraba a unos diez kilómetros río abajo. Rob ensilló a Vicky y siguió a la mula por caminos accidentados hasta que llegaron a una cabaña que sólo era un cobertizo ligeramente mejor que el gallinero que había a su lado. En el interior encontró a Mollie Howard con su esposo Julian y los hijos de ambos reunidos alrededor de su cama. La mujer sufría los dolores de la malaria, pero se dio cuenta de que no estaba tan grave, y unas cuantas palabras de aliento y una buena dosis de quinina aliviaron la preocupación de la paciente y de la familia.

Julian Howard no hizo amago de pagar, y Rob J. tampoco le pidió que lo hiciera porque veía lo pobre que era la familia. Howard lo siguió hasta fuera y se puso a conversar con él sobre la última acción del senador de ese Estado, Stephen A. Douglas, que acababa de hacer aceptar en el Congreso el Acta de Kansas-Nebraska, que establecía dos nuevos territorios en el Oeste. El proyecto de ley de Douglas pedía que se permitiera a las legislaturas territoriales decidir si en esas áreas debía haber esclavitud, y por esa razón la opinión pública del Norte estaba en contra del proyecto de ley.

—Esos malditos norteños, ¿qué saben ellos sobre los negros? Algunos granjeros estamos formando una pequeña organización para ocuparnos de que en Illinois se permita la posesión de esclavos. Tal vez usted quiera unirse a nosotros. Esa gente de piel oscura está hecha para trabajar los campos de los blancos. Por lo que sé, usted tiene un par de negros trabajando en su casa.

—Son sauk, no son esclavos. Trabajan a cambio de un salario. Yo no soy partidario de la esclavitud.

Se miraron fijamente. Howard se ruborizó. Guardó silencio, sin atreverse a discutir con aquel médico engreído por no haberle cobrado sus servicios. Por su parte, Rob se alegró de poder marcharse.

Dejó un poco más de quinina y regresó a su casa sin más demora, pero al llegar se encontró a Gus Schroeder que lo esperaba ansiosamente porque al limpiar el establo, Alma había quedado estúpidamente atrapada entre la pared y el enorme toro moteado del que estaban tan orgullosos. El animal la había empujado y derribado en el preciso instante en que Gus entraba en el establo.

—¡El maldito animal no se movía! Se quedó delante de ella golpeándola con los cuernos hasta que tuve que coger el bieldo y pincharlo para que se apartara. Ella dice que no está muy lastimada, pero ya conoces a Alma.

De modo que aún sin desayunar se fue a casa de los Schroeder. Alma estaba bien, aunque pálida y conmocionada. Se encogió cuando él hizo presión sobre la quinta y la sexta vértebras del costado izquierdo, y Rob no se atrevió a correr el riesgo de no vendarla. Sabía que a ella la mortificaba desvestirse delante de él, y le pidió a Gus que fuera a ocuparse de su caballo para que no presenciara la humillación de su esposa. Le indicó a ella que se levantara los enormes y colgantes pechos llenos de venas azules y le tocó el cuerpo blanco y gordo lo menos posible mientras la vendaba y entablaba una conversación acerca de las ovejas, el trigo, su esposo y sus hijos. Cuando concluyó, ella logró sonreírle y fue a la cocina a preparar la cafetera, y luego los tres se sentaron a tomar café.

Gus le contó que la «conferencia» del sábado de Ellwood Patterson había sido un discurso mal disimulado a favor de Nick Holden y del Partido Americano.

—La gente dice que fue Nick quien se ocupó de que él viniera.

La «corriente que amenaza a la cristiandad», según Patterson, era la inmigración de católicos a Estados Unidos. Los Schroeder habían faltado a la iglesia esa mañana por primera vez; tanto Alma como Gus habían recibido una educación luterana, pero habían quedado hartos de la conferencia de Patterson; éste había dicho que los extranjeros—y eso era lo mismo que decir los Schroeder— le estaban robando el pan a los trabajadores norteamericanos. Había pedido que el período de espera para obtener la ciudadanía pasara de tres a veintiún años.

Rob J. hizo una mueca.

—Bueno, no me gustaría esperar tanto tiempo —comentó.

Pero ese domingo los tres tenían cosas que hacer, así que le dio las gracias a Alma por el café y siguió su camino. Tenía que cabalgar ocho kilómetros río arriba hasta la granja de John Ashe Gilbert, cuyo anciano suegro, Fletcher White, estaba en cama con una fuerte gripe. White tenía ochenta y tres años y era un individuo fuerte; había sufrido problemas bronquiales con anterioridad, y Rob J. estaba seguro de que volvería a tenerlos. Le había dicho a la hija de Fletcher, Suzy, que hiciera tragar al viejo bebidas calientes y que hirviera ollas y ollas de agua para que respirara el vapor. Rob J. lo visitaba con mayor frecuencia de la necesaria, tal vez, pero valoraba especialmente a sus pacientes ancianos, porque eran muy pocos. Los pioneros probablemente eran hombres jóvenes y fuertes que dejaban a los viejos atrás cuando se trasladaban al Oeste, y eran contados los ancianos que hacían el viaje.

Encontró a Fletcher mucho mejor. Suzy Gilbert le dio de comer codornices fritas y tortitas de patata y le pidió que pasara por la casa de sus vecinos, los Baker, porque uno de los hijos tenía un dedo del pie infectado y había que abrírselo. Encontró a Donny Baker, de diecinueve años, bastante mal, con fiebre y muchos dolores a causa de una infección terrible. El muchacho tenía la mitad de la planta del pie derecho ennegrecida. Rob le amputó dos dedos, abrió el pie e insertó una mecha, pero tenía auténticas dudas de que el pie pudiera salvarse, y había conocido muchos casos en los que ese tipo de infección no podía detenerse sólo con la amputación del pie.

A última hora de la tarde emprendió el regreso a su casa. Cuando se encontraba a mitad de camino oyó un grito y detuvo a Vicky para que Mort London pudiera alcanzarlo en su enorme alazán castrado.

—Sheriff.

—Doctor, yo... —Mort se quitó el sombrero y lo agitó con un ademán irritado para ahuyentar una mosca. Suspiró—. Maldita sea. Me temo que necesitaremos un forense.

Rob J. también se sentía molesto. Aún no había digerido las tortitas de patata de Suzy Gilbert. Si Calvin Baker lo hubiera llamado una semana antes, podría haberse ocupado del dedo de Donny Baker sin problemas. Ahora se produciría una situación grave, y tal vez una tragedia. Se preguntó cuántos de sus pacientes tendrían problemas y no se los comunicaban, y decidió comprobarlo al menos con tres de ellos antes del anochecer.

—Será mejor que busque a Beckermann —respondió—. Hoy tengo mucho que hacer.

El sheriff retorció el ala de su sombrero.

—Bueno... tal vez quiera hacerla usted mismo, doctor Cole.

—¿Es alguno de mis pacientes? —Empezó a hacer mentalmente la lista de posibilidades.

—Es esa mujer sauk.

Rob J. lo miró a los ojos.

—Esa mujer india que trabaja para usted —le añadió London.

28

El arresto

Rob J. pensó que se trataría de Luna. No porque Luna fuera prescindible ni porque él no la apreciara y valorara, pero sólo dos mujeres trabajaban para él, y si no era Luna, la alternativa era inconcebible.

Pero Mort London aclaró:

—La que lo ayuda a atender a los pacientes. Apuñalada —le informó—. Montones de veces. Fuera quien fuese, antes le dio una paliza. Tiene la ropa desgarrada. Yo creo que fue violada.

Durante unos minutos viajaron en silencio.

—Debieron de ser varios individuos los que lo hicieron. En el claro en el que la encontraron había montones de huellas de cascos de caballo —agregó el sheriff. Luego guardó silencio y siguieron avanzando.

Cuando llegaron a la granja, Makwa ya había sido trasladada al cobertizo. Fuera, entre el dispensario y el granero, se había reunido un pequeño grupo: Sarah, Alex, Chamán, Jay Geiger, Luna y Viene Cantando y sus hijos. A los indios no se les oía lamentarse, pero en sus ojos se reflejaba el pesar, la impotencia y su convicción de que la vida era horrible. Sarah sollozaba en silencio y Rob J. se acercó a ella y la besó.

Jay Geiger lo llevó a un aparte.

—Yo la encontré. —Sacudió la cabeza como si quisiera

apartar un insecto—. Lillian me había enviado a tu casa para llevarle a Sarah confitura de melocotón. Lo primero que vi fue a Chamán durmiendo debajo de un árbol.

Eso preocupó a Rob J.

—¿Chamán estaba allí? ¿Vio a Makwa?

—No, no la vio. Sarah dice que Makwa se lo llevó esta mañana a buscar hierbas al bosque, junto al río, como hacía a veces. Cuando el pequeño se cansó, ella lo dejó dormir una siesta a la sombra. Y ya sabes que ningún ruido, ningún grito ni nada podría perturbar el sueño de Chamán. Me imaginé que no estaba solo, así que lo dejé dormir y seguí un poco más hasta llegar al claro. Y la vi...

»Se encuentra en un estado espantoso, Rob. Me llevó cinco minutos recuperarme. Regresé y desperté al chico. Pero él no vio nada. Lo traje hasta aquí y luego fui a buscar a London.

—Parece que siempre tienes que traer a mis hijos a casa.

Jay lo observó.

—¿Te verás con ánimos?

Rob asintió.

Jay estaba pálido y con aspecto lamentable. Hizo una mueca.

—Supongo que tienes trabajo. Los sauk querrán limpiar a Makwa y enterrarla.

—Mantén a todos apartados durante un rato —le pidió Rob J., y entró solo en el cobertizo y cerró la puerta.

Estaba cubierta con una sábana. No era Jay ni ninguno de los sauk quien la había trasladado hasta allí. Probablemente lo habían hecho un par de ayudantes de London, porque la habían dejado caer sin ningún cuidado sobre la mesa de disección, de costado, como si se tratara de un objeto inanimado sin valor, un tronco o una india muerta. Lo primero que vio al retirar la sábana fue la parte posterior de la cabeza, la espalda desnuda, las nalgas y las piernas.

La lividez mostraba que en el momento de morir se encontraba boca arriba; la espalda y las nalgas estaban amoratadas por la sangre acumulada en los capilares. Pero en el ano violado vio una costra de color rojo y una sustancia blanca seca que había quedado teñida de rojo al entrar en contacto con la sangre.

Volvió a ponerla suavemente de espaldas.

En las mejillas tenía arañazos producidos por las ramitas cuando su rostro había quedado apretado contra el suelo del bosque.

Rob J. sentía una gran inclinación por el trasero de una mujer. Sarah lo había descubierto muy pronto. Le gustaba ofrecerse a él con los ojos apretados contra la almohada, los pechos aplastados sobre la sábana, sus pies delgados, de elegante arco, extendidos, las nalgas en forma de pera, separadas, blancas y rosadas cabalgando sobre el vellón dorado. Una posición incómoda, aunque a veces la adoptaba porque la excitación sexual de él encendía su pasión. Rob J. consideraba el coito como una forma de amor y no simplemente como vehículo de la procreación, y por consiguiente no creía que debiera consagrarse un solo orificio como recipiente sexual. Pero como médico había observado la posibilidad de que el esfínter anal perdiera elasticidad si se cometían abusos, y era fácil, cuando hacía el amor con Sarah, elegir posiciones que no hicieran daño.

Alguien había mostrado menos consideración con Makwa.

Ella tenía el cuerpo estilizado de una mujer doce años más joven de lo que era en realidad. Varios años antes, él y Makwa habían aceptado la atracción física que sentían mutuamente y que siempre habían mantenido a raya. Pero habían existido ocasiones en las que él había pensado en el cuerpo de ella, imaginado cómo sería hacerle el amor. Ahora la muerte había comenzado su tarea de destrucción. Makwa tenía el abdomen hinchado y los pechos caídos por la flaccidez del tejido. Ya tenía cierta rigidez muscular, y Rob J. le enderezó las piernas a la altura de las rodillas antes de que fuera demasiado tarde. Su pubis parecía un estropajo de alambre negro, completamente ensangrentado. Tal vez fuera una suerte que no hubiera sobrevivido porque habría perdido sus dotes para la medicina.

—¡Hijos de puta!

Se secó los ojos y de repente se dio cuenta de que los que estaban fuera debían de haber oído su exclamación y sabían que estaba a solas con Makwa-ikwa. La parte superior del torso de la india estaba llena de magullones y heridas, y tenía el labio inferior partido, probablemente por un puño enorme.

En el suelo, junto a la mesa de disección, estaban las pruebas que había reunido el sheriff: el vestido desgarrado y manchado de sangre (un viejo vestido de guinga que le había regalado Sarah); el cesto a medio llenar con menta, berros y unas hojas que a él le parecieron de cerezo; y un zapato de gamuza. ¿Un zapato? Buscó el otro y no logró encontrarlo. Sus pies cuadrados y morenos estaban descalzos; eran pies duros, castigados, con el segundo dedo del pie izquierdo deformado a causa de una antigua fractura. Rob había visto a menudo sus pies descalzos y había sentido curiosidad por saber cómo se había roto el dedo, pero nunca se lo había preguntado.

Levantó la vista y vio el rostro de su buena amiga. Makwa tenía los ojos abiertos, pero el humor vítreo había perdido presión y se había secado, lo que hacía que parecieran más muertos que el resto de su cuerpo. Se los cerró rápidamente e hizo peso colocando una moneda sobre cada párpado, pero tenía la impresión de que ella seguía mirándolo. Ahora que estaba muerta, su nariz se veía más pronunciada, más fea. No habría sido una mujer bonita cuando hubiera envejecido, pero su rostro ya mostraba una gran dignidad. Rob se estremeció y juntó las manos como un niño en actitud de rezar.

—Lo siento muchísimo, Makwa-ikwa.

No se hacía ilusiones de que ella lo oyera, pero hablarle le produjo cierto alivio. Cogió pluma, tinta y papel y copió los signos de sus pechos porque tenía la impresión de que eran importantes. No sabía si alguien los entendería, porque ella no había preparado a nadie para que la sucediera como guardiana de los espíritus de los sauk ya que creía que aún le quedaban muchos años. Rob J. suponía que ella había pensado que uno de los hijos de Luna y Viene Cantando llegaría a ser un buen aprendiz.

Hizo un rápido bosquejo de su rostro, tal como había sido.

Algo terrible le había ocurrido a él, como a ella. Soñaría con esta muerte como soñaba siempre con el estudiante-de-medicina-y-verdugo que sostenía en alto la cabeza cortada de su amigo Andrew Gerould de Lanark. No comprendía qué era lo que conducía a la amistad más que al amor, pero en cierta manera esta india y él se habían convertido en auténticos amigos, y la muerte de ella significaba una pérdida para él. Por un instante olvidó su voto de no violencia: si hubiera tenido a su alcance a los que habían hecho esto posiblemente los habría aplastado como a insectos.

El momento quedó superado. Se ató un pañuelo para taparse la nariz y la boca y así protegerse del olor. Cogió el escalpelo e hizo unos cortes rápidos, abriendo el cuerpo de Makwa en forma de una gran U, de un hombro a otro, y luego un corte entre los pechos, en una línea recta que descendía hasta el ombligo, formando así una Y exangüe. Sus dedos carecían de sensibilidad y obedecían a su mente con torpeza; era una suerte que no se tratara de un paciente vivo. Hasta el momento de retirar las tres alas que habían quedado formadas, el cuerpo espeluznante era Makwa. Pero cuando cogió el escoplo para liberar el esternón, se obligó a entrar en un nivel de conciencia diferente que apartó de su mente todo salvo las tareas específicas, y se sumergió en la rutina que le era familiar y empezó a hacer lo que había que hacer.

INFORME DE MUERTE VIOLENTA

Sujeto: Makwa-ikwa.

Domicilio: Granja Cole, Holden's Crossing, Illinois.

Ocupación: Ayudante en el dispensario del Dr. Robert J. Cole.

Edad: 29 años, aproximadamente.

Estatura: 1,75 m.

Peso: 63 kg., aproximadamente.

Circunstancias: El cuerpo de la víctima, una mujer de la tribu sauk, fue descubierto en una zona arbolada de la granja de ovejas Cole por alguien que pasaba, a media tarde del 3 de septiembre de 1851. Presenta once puñaladas que se extienden en una línea irregular desde el corte de la yugular bajando por el esternón hasta un punto aproximadamente dos centímetros por debajo del xifoides. Las heridas tienen de 0,947 a 0,952 cm. de ancho. Fueron hechas con un instrumento puntiagudo, tal vez una hoja metálica, de forma triangular, cuyos tres bordes estaban perfectamente afilados.

La víctima, que era virgen, fue violada. Los restos de himen indican que se encontraba *imperforatus*, que la membrana era gruesa y se había vuelto inflexible. Probablemente el violador (o violadores) no pudo llevar a cabo la penetración con el pene; la desfloración se completó mediante un instrumento despuntado, con pequeñas protuberancias ásperas o melladas que produjeron un daño absoluto a la vulva, incluyendo rasguños profundos en el perineo y en los labios mayores y desgarrando y arrancando los labios menores y el vestíbulo de la vagina. Antes o después de esta sangrienta desfloración, la víctima fue colocada boca abajo.

Las magulladuras de sus muslos sugieren que la sujetaron en esa posición mientras era sodomizada, indicando que los agresores eran al menos dos individuos, y probablemente más. El daño causado por la sodomía incluye el estiramiento y desgarramiento del conducto anal. En el recto se encontró esperma, y en el colon descendente se apreció una hemorragia pronunciada. Otras contusiones en otras partes del cuerpo y en la cara sugieren que la víctima fue golpeada extensamente, con toda probabilidad por los puños de unos hombres.

Existen pruebas de que la víctima se resistió al ataque. Debajo de las uñas del segundo, tercer y cuarto dedos de la mano derecha hay fragmentos de piel y dos pelos negros, tal vez de barba.

Las puñaladas fueron dadas con fuerza suficiente para astillar la tercera costilla y penetrar en el esternón varias veces. El pulmón izquierdo fue penetrado dos veces y el derecho tres, desgarrando la pleura y lesionando el tejido interno del pulmón; ambos pulmones debieron de quedar destruidos inmediatamente. Tres de las puñaladas alcanzaron el corazón, y dos de ellas dejaron heridas en la región de la aurícula derecha; estas heridas tienen 0,887 y 0,799 cm. de ancho, respectivamente. La tercera herida, la del ventrículo derecho, tiene 0,803 cm. de ancho. La sangre del corazón lesionado se acumuló completamente en la cavidad abdominal.

Los órganos no presentan nada extraordinario salvo los golpes. Una vez pesados se obtienen los siguientes datos: corazón, 263 gr.; cerebro, 1,43 kg.; hígado, 1,62 kg.; bazo, 199 gr.

Conclusiones: Violación seguida de homicidio por parte de un individuo o individuos desconocidos.

(Firmado) Robert Judson Cole,
doctor en medicina
Médico forense
Distrito de Rock Island
Estado de Illinois

Esa noche Rob J. se quedó levantado hasta tarde, copiando el informe para presentarlo al funcionario del distrito y haciendo otra copia para entregársela a Mort London.

Por la mañana, los sauk fueron a la granja y enterraron a Makwa-ikwa en el acantilado cercano al *hedonoso-te*, que daba al río.

Rob les había ofrecido el lugar para el entierro sin consultar a Sarah.

Cuando ella se enteró, se puso furiosa.

—¿En nuestra tierra? ¿En qué estabas pensando? Una tumba es para siempre, estará allí eternamente. ¡Jamás nos libraremos de ella! —dijo en tono frenético.

—¡Cállate! —dijo Rob J. serenamente, y ella dio media vuelta y se alejó.

Luna lavó a Makwa y la vistió con su vestido de gamuza de chamán de la tribu. Alden ofreció hacerle un ataúd de madera de pino, pero Luna dijo que la costumbre de ellos era enterrar a sus muertos simplemente envueltos en su mejor manta. Así que Alden ayudó a Viene Cantando a cavar la fosa. Luna les hizo cavar a primera hora de la mañana. Así era como se hacía, dijo: se cavaba la fosa a primera hora de la mañana y se hacía el entierro a primera hora de la tarde. Luna dijo que los pies de Makwa tenían que apuntar hacia el oeste, y envió a buscar al campamento sauk el rabo de una hembra de búfalo para colocarlo en la tumba. Eso ayudaría a Makwa-ikwa a llegar segura al otro lado del río de espuma que separaba la tierra de los vivos de la Tierra del Oeste, le explicó a Rob J.

El funeral fue un rito pobre. Los indios, los Cole y Jay Geiger se reunieron alrededor de la tumba y Rob J. esperó a que alguien dijera algo, pero nadie lo hizo. Ya no tenían a su chamán. Para su desesperación, vio que los sauk lo miraban a él. Si Makwa hubiera sido cristiana, él podría haber sido lo suficientemente débil para decir cosas que no creía. Dadas las circunstancias, se sentía totalmente incapaz. Desde algún sitio llegaron a su mente las palabras.

La barcaza en la que ella se sentó, como un trono bruñido,
ardía sobre el agua; la popa de oro batido,

moradas las velas y tan perfumadas que los vientos
languidecían de amor por ellas; los remos de plata,
que llevaban el compás al sonar de las flautas, y
     hacían
que el agua que golpeaban los siguiera con
     presteza.
Tan enamorada estaba de sus paladas. En cuanto a
     su persona,
superaba toda descripción.

Jay Geiger lo miró como si estuviera loco. ¿Cleopatra? Pero se dio cuenta de que para él, ella había poseído una especie de oscura majestad, un brillo regio y sagrado, un tipo especial de belleza.

Ella era mejor que Cleopatra; Cleopatra no había sabido lo que era el sacrificio personal, la lealtad, ni las hierbas. Nunca encontraría a ninguna igual a ella, y John Donne le prestó otras palabras para lanzarlas a la muerte.

Muerte no seas orgullosa, aunque alguien te haya
     llamado
poderosa y espantosa, porque no lo eres,
porque aquellos en los que piensas queden derrotados,
no mueres, pobre Muerte, y sin embargo no
     puedes matarme.

Cuando fue evidente que eso era todo lo que iba a decir, Jay se aclaró la garganta y pronunció unas pocas frases en lo que Rob J. supuso que era hebreo. Durante un instante temió que Sarah mencionara a Jesús, pero ella era demasiado tímida. Makwa había enseñado a los sauk algunos cánticos, y entonaron uno de ellos de manera discordante, pero todos juntos.

Tti-la-ye ke-wi-ta-mo-ne i-no-ki,
tti-la-ye ke-wi-ta-mo-ne i-no-ki-i-i.
Me-ma-ko-te-si-ta
ke-te-ma-ga-yo-se.

Era una canción que Makwa le había cantado muchas veces a Chamán, y Rob J. vio que aunque el niño no cantaba, sus labios se movían articulando las palabras. Al terminar la canción, concluyó también el funeral; y eso fue todo.

Más tarde, Rob J. fue al claro del bosque en el que se habían producido los hechos. Había gran cantidad de huellas de cascos de caballo. Le preguntó a Luna si alguno de los sauk era rastreador, pero ella dijo que los buenos rastreadores estaban muertos. De todas formas, para entonces ya habían pasado por allí varios hombres de London, y el suelo estaba pisoteado por caballos y hombres. Rob J. sabía qué estaba buscando. Encontró el palo entre la maleza, donde había sido arrojado. Parecía un palo cualquiera, salvo por el color herrumbroso de un extremo. El otro zapato de Makwa había sido lanzado al bosque, al otro extremo del claro, por alguien que tenía un brazo fuerte. No vio nada más, y envolvió los dos objetos en un trozo de tela y se dirigió a la oficina del sheriff.

Mort London aceptó el papel y las pruebas sin hacer comentarios. Se mostró frío y un poco brusco, tal vez porque sus hombres habían pasado por alto el palo y el zapato al inspeccionar el lugar. Rob J. no se entretuvo.

Julian Howard lo saludó desde la puerta contigua a la oficina del sheriff, en el porche de la tienda del almacén.

—Tengo algo para usted —anunció Howard. Buscó en su bolsillo, y Rob J. oyó el pesado tintineo de monedas grandes. Howard le extendió un dólar de plata.

—No hay prisa, señor Howard.

Pero Howard hizo un ademán en dirección a él con la moneda.

—Yo pago mis deudas —afirmó en tono siniestro, y Rob cogió la moneda sin mencionar que le pagaba cincuenta centavos de menos, contando la medicina que le había dejado.

Howard ya había dado media vuelta con un movimiento brusco.

—¿Cómo está su esposa? —le preguntó Rob.

—Mucho mejor. Ya no lo necesita.

Ésa era una buena noticia y le ahorraba a Rob un viaje largo y difícil. De modo que fue a la granja de los Schroeder, donde Alma empezaba prematuramente la limpieza general del otoño; era evidente que no tenía ninguna costilla rota. Después fue a visitar a Donny Baker; éste seguía con fiebre y su pie inflamado podía experimentar cualquier reacción. A Rob no le fue posible hacer nada más que cambiar el vendaje y darle un poco de láudano para el dolor.

El resto del día resultó siniestro y desdichado. La última visita que hizo fue a la granja de Gilbert, donde encontró a Fletcher White en un estado preocupante, medio ciego, con su delgado cuerpo convulsionado por la tos y respirando dolorosa y laboriosamente.

—Estaba mejor —musitó Suzy Gilbert.

Rob J. sabía que Suzy tenía unos niños que atender e infinidad de cosas que hacer; había dejado de hervir agua y de darle a beber cosas calientes demasiado pronto, y Rob sintió deseos de gritarle y sacudirla. Pero cuando cogió las manos de Fletcher supo que al anciano le quedaba poco tiempo de vida, y lo que él menos quería era sugerir a Suzy la idea de que su descuido había matado a su padre. Le dejó un poco del fuerte tónico de Makwa para aliviar a Fletcher. Se dio cuenta de que le quedaba poca cantidad. La había visto prepararlo infinidad de veces y creía conocer sus sencillos ingredientes. Tendría que empezar a prepararlo él mismo.

Había pensado pasar las horas de la tarde en el dispensario, pero cuando regresó a la granja se encontró con una situación caótica. Sarah estaba pálida. Luna, que no había llorado por la muerte de Makwa, sollozaba amargamente, y todos los chicos estaban aterrorizados. Mientras Rob J. estaba ausente, habían llegado Mort London y Fritz Graham, su ayudante regular, y Otto Pfersick, ayudante sólo para esa ocasión. Habían apuntado a Viene Cantando con sus rifles. Mort lo había arrestado. Luego le habían atado las manos a la espalda, le habían rodeado el cuerpo con una cuerda y se lo habían llevado arrastrado por los caballos, como si fuera un buey.

29

Los últimos indios en Illinois

—Ha cometido un error, Mort —afirmó Rob J.

Mort London pareció incómodo, pero sacudió la cabeza.

—No. Pensamos que lo más probable es que la haya matado este hijo de puta.

Sólo unas horas antes, cuando Rob J. había estado en la oficina, London no le había mencionado que pensara ir a su granja y arrestar a uno de sus trabajadores. Algo no encajaba; el problema de Viene Cantando era como una enfermedad sin etiología manifiesta. Rob tomó nota del «pensamos» que había pronunciado London. Sabía quiénes eran los que pensaban, y suponía que en cierto modo Nick Holden pretendía capitalizar políticamente la muerte de Makwa. Pero Rob controló su ira con cautela.

—Un terrible error, Mort.

—Hay un testigo que vio a ese enorme indio en el mismo claro en que la encontraron a ella, poco antes de que ocurriera el asesinato.

Lo cual no era sorprendente, pensó Rob J., teniendo en cuenta que Viene Cantando era uno de sus jornaleros y que el bosque del río era parte de su granja.

—Quiero pagar la fianza.

—No lo puedo poner en libertad bajo fianza. Tenemos que esperar a que el juez de distrito salga de Rock Island.

—¿Cuánto tiempo llevará eso?

London se encogió de hombros.

—Una de las cosas buenas de los ingleses es el debido proceso legal. Se supone que aquí también lo tenemos.

—No se puede pedir a un juez de distrito que se dé prisa por un indio. Cinco, seis días. Puede que una semana.

—Quiero ver a Viene Cantando.

London se levantó y lo condujo hasta el calabozo de dos celdas que se encontraba junto a la oficina del sheriff. Los ayudantes estaban en el oscuro pasillo que había entre ambas celdas, con los rifles sobre las rodillas. Fritz Graham parecía pasárselo bien. Otto Pfersick daba la impresión de que deseaba regresar a su molino para seguir trabajando. Una de las celdas estaba vacía. La otra estaba llena de la humanidad de Viene Cantando.

—Desátelo —dijo Rob J. débilmente.

London vaciló. Rob J. se dio cuenta de que tenían miedo de acercarse al prisionero. Viene Cantando tenía una contusión en el ojo derecho (¿el golpe del cañón de un arma?). La corpulencia del indio era imponente.

—Déjeme entrar. Yo mismo lo desataré.

London abrió la celda y Rob J. entró solo.

—Pyawanegawa —dijo, colocando su mano sobre el hombro de Viene Cantando y llamándolo por su nombre indio.

Se colocó detrás de Viene Cantando y empezó a tirar de la cuerda que lo ataba; pero el nudo estaba muy apretado.

—Es necesario cortarlo —le dijo a London—. Páseme un cuchillo.

—Ni hablar.

—En mi maletín hay una tijera.

—Eso también puede ser un arma —gruñó London, pero permitió a Graham coger la tijera. Rob J. logró cortar la cuerda. Frotó las muñecas de Viene Cantando con ambas manos; lo miró a los ojos y le habló como a su hijo sordo.

—*Cawso wobeskiou* ayudará a Pyawanegawa. Somos hermanos de la misma Mitad, los Pelos Largos, los *Keeso-qui.*

Pasó por alto la expresión de sorpresa y desdén de los blancos que escuchaban al otro lado de las rejas. No sabía hasta qué punto Viene Cantando había comprendido sus palabras. Los ojos del sauk eran oscuros y tristes, pero cuando Rob J. los miró atentamente vio en ellos un cambio, algo de lo que no podía estar seguro, algo que podría haber sido furia o simplemente el débil renacer de la esperanza.

Esa tarde Rob J. llevó a Luna a ver a su esposo. Ella hizo las veces de intérprete mientras London lo interrogaba.

Viene Cantando parecía desconcertado por las preguntas.

Admitió enseguida que aquella mañana había estado en el claro del bosque. El tiempo necesario para recoger leña para el invierno, dijo mirando al hombre que le pagaba para que lo hiciera. Y estaba buscando arces azucareros, grabándolos en su memoria para sangrarlos cuando llegara la primavera.

—¿Vivía en la misma casa comunal que la víctima? —preguntó London.

—Sí.

—¿Alguna vez mantuvo relaciones sexuales con ella?

Luna vaciló antes de traducir la pregunta. Rob J. lanzó una fiera mirada a London, pero le tocó el brazo a Luna y asintió, y ella le transmitió la pregunta a su esposo. Viene Cantando respondió de inmediato y sin molestarse.

—No, nunca.

En cuanto concluyó el interrogatorio, Rob J. siguió a London a su despacho.

—¿Puede usted decirme por qué ha arrestado a este hombre?

—Ya se lo dije. Un testigo lo vio en el claro del bosque antes de que la mujer fuera asesinada.

—¿Quién es su testigo?

—Julian Howard.

Rob se preguntó qué había estado haciendo Julian Howard en sus tierras. Recordó el tintineo de las monedas de dólar cuando Howard había saldado cuentas con él.

—Le pagó para que diera su testimonio —dijo, como si lo supiera con certeza.

—No. Yo no —repuso London ruborizado, pero era un malvado aficionado, torpe para expresar la ira falsamente justificada.

Lo más probable era que fuera Nick quien hubiera entregado la recompensa, junto con una generosa dosis de lisonjas y argumentos para que Julian pensara que él era un santo que simplemente cumplía con su deber.

—Viene Cantando estaba donde debía estar, trabajando en mi propiedad. Usted podría arrestarme a mí también por ser el propietario de la tierra donde Makwa fue asesinada, o a Jay Geiger por encontrarla.

—Si el indio no lo hizo, quedará demostrado en un juicio justo. Él vivía con la mujer...

—Ella era su chamán. Es lo mismo que ser su sacerdote. El hecho de que vivieran en la misma casa comunal hacía que el sexo estuviera prohibido entre ellos, como si fueran hermano y hermana.

—Hay personas que han matado a sus propios sacerdotes. O se han follado a su propia hermana, si es por eso.

Rob J. empezó a marcharse, muy disgustado, pero regresó.

—Aún está a tiempo de arreglar esto, Mort. Ser sheriff no es más que un maldito trabajo, y si lo pierde sobrevivirá. Creo que usted es un buen hombre. Pero si hace algo así una vez, le resultará fácil volver a hacerlo.

Fue un error. Mort podía vivir con la certeza de que todo el pueblo sabía que estaba en manos de Nick Holden, siempre y cuando nadie se lo echara en cara.

—Leí esa basura que usted llama informe de la autopsia, doctor Cole. Le resultaría muy difícil lograr que un juez y seis hombres blancos competentes crean que esa mujer era virgen. Era una india guapa para la edad que tenía, y en el distrito todo el mundo sabe que era su mujer. Y tiene el desparpajo de venir a dar sermones. Lárguese de aquí ahora mismo. Y no se le ocurra volver a molestarme a menos que se trate de algo oficial.

Luna dijo que Viene Cantando tenía miedo.

—No creo que le hagan ningún daño —la tranquilizó Rob J.

Luna dijo que él no tenía miedo de que le hicieran daño.

—Sabe que a veces los hombres blancos cuelgan a la gente. Si un sauk muere estrangulado, no puede atravesar el río de espuma, y nunca más puede entrar en la Tierra del Oeste.

—Nadie va a colgar a Viene Cantando —dijo Rob J. en tono irritado—. No tienen pruebas de que haya hecho nada. Es todo una cuestión política, y dentro de unos días van a tener que dejarlo en libertad.

Pero el temor de Luna era contagioso. El único abogado que había en Holden's Crossing era Nick Holden. Había varios abogados en Rock Island, pero Rob J. no los conocía personalmente. A la mañana siguiente se ocupó de los pacientes que necesitaban una atención inmediata y luego cabalgó hasta la capital del distrito. Había más gente en la sala de espera del miembro del Congreso Stephen Hume que la que estaba acostumbrado a ver en la suya, y tuvo que esperar casi una hora y media a que le llegara el turno.

Hume lo escuchó atentamente.

—¿Por qué ha recurrido a mí? —le preguntó finalmente.

—Porque usted se presenta para la reelección y Nick Holden es su rival. Por alguna razón que no logro imaginar, Nick está causando todos los problemas que puede a los sauk en general y a Viene Cantando en particular.

Hume lanzó un suspiro.

—Nick está en buenas relaciones con un grupo de gente muy dura, y no puedo tomarme su candidatura a la ligera. El Partido Americano está inculcando a los trabajadores nativos el odio y el miedo hacia los inmigrantes y los católicos. Tienen un local secreto en cada población, con una mirilla en la puerta para impedir la entrada a los que no son miembros. Les llaman el Partido del Ignorante, porque han enseñado a sus miembros a decir que no saben nada si se les pregunta por sus actividades. Promueven y utilizan la violencia contra los extranjeros, y me avergüenza decir que están arrasando el país políticamente. Están llegando montones de inmigrantes, pero en este momento el setenta por ciento de la población de Illinois son nativos, y la mayor parte del otro treinta por ciento no son ciudadanos y no votan. El año pasado, los Ignorantes casi eligieron un gobernador en Nueva York y de hecho eligieron cuarenta y nueve legisladores. Una alianza de los liberales con los Ignorantes ganó fácilmente las elecciones en Pensilvania y en Delaware, y en Cincinnati ganaron los Ignorantes después de una dura lucha.

—¿Pero por qué Nick persigue a los sauk? ¡No son extranjeros!

Hume hizo una mueca.

—Su instinto político tal vez sea muy acertado. Hace sólo diecinueve años los indios asesinaron a montones de blancos, y éstos a montones de indios. Murió mucha gente durante la guerra de Halcón Negro. Diecinueve años es muy poco tiempo. Los muchachos que sobrevivieron a los ataques de los indios y al pánico que sembraron, ahora son votantes y aún odian y temen a los indios. Así que mi digno rival está echando leña al fuego. La otra noche, en Rock Island, repartió un montón de whisky y luego volvió a hablar de la guerra de los indios, sin olvidar una sola cabellera arrancada por los indios, ni ninguna supuesta depravación. Luego habló sobre los últimos indios sanguinarios de Illinois que viven en su pueblo, y prometió que cuando sea elegido diputado de Estados Unidos se ocupará de que vuelvan a su reserva de Kansas, que es donde deben estar.

—¿Usted puede tomar alguna medida para ayudar a los sauk?

—¿Tomar medidas? —Hume suspiró—. Doctor Cole, soy un político. Los indios no votan, y no voy a tomar una postura pública para apoyarlos individual o colectivamente.

Pero como cuestión política, me ayudaría que pudiéramos aliviar esta tensión, porque mi rival está intentando utilizarla para obtener mi escaño.

»Los dos jueces del tribunal de distrito son el honorable Daniel P. Allan y el honorable Edwin Jordan. El juez Jordan tiene un fondo ruin y es un liberal. Dan Allan es un juez excelente y mejor demócrata aún. Lo traté y trabajé con él durante mucho tiempo, y si se ocupa de este caso no permitirá que la gente de Nick lo convierta en un carnaval para condenar a su amigo sauk basándose en pruebas endebles y para ayudar a Nick a ganar las elecciones. No hay forma de saber si el caso lo llevará él o Jordan. Si lo lleva Allan será justo.

»Ninguno de los abogados de esta ciudad querrá defender a un indio, ésa es la verdad. El mejor que hay aquí es un joven llamado John Kurland. Déjeme hablar con él y ver si podemos convencerlo.

—Se lo agradezco, diputado.

—Bueno, puede demostrarlo a la hora de votar.

—Yo pertenezco al treinta por ciento. He solicitado la ciudadanía, pero hay un período de espera de tres años...

—Eso le permitirá votar la próxima vez que me presente para la reelección —dijo Hume con espíritu práctico. Sonrió mientras se daban la mano—. Mientras tanto, hable con sus amigos.

El pueblo no se mostró interesado durante mucho tiempo en una india muerta. Resultaba más interesante la apertura de la escuela de Holden's Crossing. Todos se habían mostrado dispuestos a ceder un poco de terreno para construirla, asegurando así el acceso de sus hijos, pero se acordó que la institución debía estar en un sitio céntrico, y finalmente la asamblea del pueblo aceptó tres acres cedidos por Nick Holden, que se mostró satisfecho con la decisión porque el terreno aparecía destinado a la escuela en los primeros mapas que él había soñado para Holden's Crossing.

Se construyó cooperativamente una escuela de madera de

una sola aula. En cuanto comenzaron las obras, creció el proyecto. En lugar de un suelo apuntalado, los hombres acarrearon troncos desde una distancia de diez kilómetros para serrarlos y construir un suelo de tablas. Se colocó una repisa larga en una de las paredes para que sirviera de pupitre colectivo, y delante de la repisa se instaló un banco largo para que los alumnos pudieran mirar a la pared mientras escribían, y dar media vuelta para ver al maestro mientras hablaba. En medio del aula se colocó una estufa de hierro que funcionaba con leña. Se decidió que las clases comenzarían todos los años después de la cosecha y que durarían tres trimestres de doce semanas cada uno; al maestro se le pagarían diecinueve dólares por trimestre, además de alojamiento y comida. La Ley del Estado decía que un maestro debía estar capacitado para enseñar a leer, a escribir y aritmética, y tener conocimientos de geografía, o gramática o historia. No había muchos candidatos para el puesto porque el salario era bajo y los inconvenientes eran numerosos, pero finalmente se contrató a Marshall Byers, primo hermano de Paul Williams, el herrador.

El señor Byers era un joven de veintiún años, delgado y de ojos saltones, que antes de llegar a Illinois había enseñado en Indiana y por consiguiente sabía qué podía esperar del sistema de «alojamiento y comida», que consistía en vivir una semana con la familia de cada alumno. Le comentó a Sarah que estaba contento de alojarse en una granja de ovejas, porque le gustaba más la carne de oveja y las zanahorias que el cerdo y las patatas.

—En las otras casas, cuando sirven carne, siempre es cerdo y patatas, cerdo y patatas —dijo.

Rob J. sonrió.

—Le encantará estar con los Geiger —comentó.

Rob J. no estaba contento con el maestro. Había algo desagradable en la forma en que el señor Byers lanzaba miradas furtivas a Luna y a Sarah, y miraba fijamente a Chamán como si el niño fuera un monstruo.

—Espero tener a Alexander en mi escuela —dijo el señor Byers.

—Chamán también espera ir a la escuela —repuso Rob J. en tono sereno.

—Eso es imposible. El chico no habla normalmente. ¿Y cómo un chico que no oye nada va a aprender algo en la escuela?

—Lee el movimiento de los labios. Y aprende con facilidad, señor Byers.

El señor Byers frunció el ceño. Pareció que estaba a punto de añadir otra objeción, pero al observar la expresión de Rob J. cambió de idea.

—Por supuesto, doctor Cole —respondió con gesto rígido—. Por supuesto.

A la mañana siguiente, antes del desayuno, Alden Kimball llamó a la puerta de atrás. Había ido muy temprano a la tienda de comida y había vuelto cargado de noticias.

—¡Esos malditos indios! ¡Ahora sí que la han hecho buena! —exclamó—. Anoche se emborracharon y prendieron fuego al granero de esas monjas papistas.

Cuando Rob habló con Luna, ella lo negó de inmediato.

—Anoche estuve en el campamento sauk con mis amigos, hablando de Viene Cantando. Lo que le han contado a Alden es mentira.

—Tal vez empezaron a beber después de que tú te fuiste.

—No. Es mentira. —Parecía serena, pero empezó a quitarse el delantal con mano temblorosa—. Iré a ver al Pueblo.

Rob lanzó un suspiro. Decidió que lo mejor sería visitar a los católicos.

Había oído que a las monjas las llamaban «esos malditos escarabajos marrones». Al verlas comprendió por qué: llevaban hábitos marrones de lana que con el calor de finales del verano debían de representar una tortura. Cuatro de ellas estaban trabajando en las ruinas del pequeño granero sueco que August Lund y su esposa habían construido con tantas esperanzas. Parecía que estaban buscando entre los restos carbonizados, aún humeantes, por si podían rescatar algo.

—Buenos días —dijo Rob.

No lo habían oído acercarse. Se habían metido el ruedo de sus largos hábitos en el cinturón para tener libertad de movimientos y estar más cómodas mientras trabajaban, y se apresuraron a ocultar sus piernas robustas y cubiertas por medias blancas, soltando el borde de la falda.

—Soy el doctor Cole —dijo Rob mientras desmontaba—. Vuestro vecino. —Lo miraron sin responder, y pensó que tal vez no comprendían el idioma—. ¿Puedo hablar con la persona que está a cargo?

—Tendrá que ser con la madre superiora —dijo una de ellas, con voz apenas más alta que un susurro.

Le hizo una pequeña señal a Rob y empezó a caminar en dirección a la casa; Rob la siguió. Cerca de un nuevo cobertizo con techo de una sola vertiente que había a un lado de la casa, un anciano vestido de negro limpiaba el huerto. El anciano no mostró el menor interés por Rob. La monja llamó dos veces a la puerta con unos golpecitos delicados, acordes con su voz.

—Adelante.

El hábito marrón precedió a Rob e hizo una reverencia.

—Este caballero desea verla, Su Reverencia. Es médico y vecino nuestro —anunció la monja en un susurro, y volvió a hacer una reverencia antes de marcharse.

La madre superiora estaba sentada en una silla de madera, detrás de una mesa pequeña. El rostro enmarcado por el velo era grande, la nariz ancha y generosa, los ojos burlones y de un azul penetrante, más claros que los de Sarah, y desafiantes en lugar de encantadores.

Rob J. se presentó y dijo que lamentaba lo del incendio.

—¿Podemos hacer algo para ayudarlas?

—Confío en que el Señor nos ayudará. —Hablaba un inglés culto; Rob J. pensó que el acento era alemán, aunque sonaba distinto al de los Schroeder. Tal vez fueran de diferentes regiones de Alemania.

—Tome asiento, por favor —sugirió ella, indicando la única silla cómoda de la habitación, grande como un trono y tapizada en cuero.

—¿Trasladaron esta silla en el carro?

—Sí. Para que el obispo tenga un sitio decente donde sentarse cuando venga a visitarnos —explicó, con expresión seria. Dijo que los hombres habían llegado durante el cántico nocturno. Todas estaban concentradas en el culto, y no oyeron los ruidos ni el chisporroteo, pero enseguida percibieron el olor del humo.

—Tengo entendido que fueron unos indios.

—El tipo de indios que asistió a esa tertulia de Boston —especificó en tono seco.

—¿Está segura?

Ella sonrió sin dar muestras de humor.

—Eran blancos borrachos, blancos borrachos que vomitaban porquerías.

—Aquí hay una sede del Partido Americano.

Ella asintió.

—Los Ignorantes. Hace diez años yo me encontraba en la comunidad franciscana de Filadelfia, recién llegada de mi Württemberg natal. Los Ignorantes me ofrecieron una semana de disturbios en los que fueron atacadas dos iglesias, doce católicos fueron muertos a golpes y montones de casas de católicos fueron incendiadas. Me llevó algún tiempo darme cuenta de que no es lo único que hay en Norteamérica.

Rob asintió. Notó que habían adaptado una de las dos habitaciones de la casa de August Lund, convirtiéndola en un dormitorio espartano. En un principio, la habitación había sido el granero de Lund. Ahora, en un rincón, se veían amontonados algunos jergones. Además del escritorio, la silla de la madre superiora y del obispo, los únicos muebles eran una larga y elegante mesa de refectorio y bancos de madera nueva. Rob elogió el trabajo de ebanistería.

—¿Los hizo su sacerdote?

Ella sonrió y se puso de pie.

—El padre Russell es nuestro capellán. La hermana

Mary Peter Celestine es nuestro carpintero. ¿Le gustaría ver nuestra capilla?

La siguió a la habitación en la que los Lund habían comido, dormido y hecho el amor, la misma en la que había muerto Greta Lund. La habían pintado a la cal. Contra una de las paredes había un altar de madera, y frente a éste un reclinatorio. Delante del crucifijo del altar se veía un enorme tabernáculo con un cirio flanqueado por velas más pequeñas. Había cuatro estatuas de yeso que parecían separadas según el sexo. Rob reconoció a la Virgen a la derecha. La madre superiora le dijo que junto a la virgen María estaba santa Clara, que había fundado su orden religiosa, y en el otro lado del altar se encontraban san Francisco y san José.

—Me han dicho que piensan abrir una escuela.

—Le han informado mal.

Rob sonrió.

—Y que intentan atraer a los niños al papismo.

—Bueno, en eso no está tan equivocado —repuso ella con seriedad—. Siempre tenemos la esperanza de salvar un alma gracias a Cristo, ya sea niño, hombre o mujer. Siempre procuramos ganar amigos y convertir al catolicismo a personas de la comunidad. Pero la nuestra es una orden de enfermeras.

—¡Una orden de enfermeras! ¿Y dónde atenderán a los enfermos? ¿Construirán aquí un hospital?

—Oh —dijo ella en tono pesaroso—. No hay dinero. La Santa Madre Iglesia ha comprado esta propiedad y nos ha enviado a nosotras. Ahora debemos abrirnos camino solas. Pero estamos seguras de que Dios proveerá.

Rob J. no estaba tan seguro.

—¿Puedo llamar a sus enfermeras si los enfermos las necesitan?

—¿Para que vayan a sus casas? No, eso sería imposible —repuso en tono severo.

Rob se sentía incómodo en la capilla y empezó a salir.

—Creo que usted no es católico, doctor Cole.

Él sacudió la cabeza. De pronto se le ocurrió una idea.

—Si es necesario ayudar a los sauk, ¿declararía usted que los hombres que incendiaron su granero eran blancos?

—Por supuesto —afirmó la madre superiora con frialdad—. Es la pura verdad, ¿no?

Rob se dio cuenta de que las novicias debían de sentirse aterrorizadas por ella.

—Gracias. —Rob vaciló, incapaz de inclinarse ante esta arrogante mujer y llamarla Su Reverencia—. ¿Cuál es su nombre, madre?

—Soy la madre Miriam Ferocia.

En sus tiempos de estudiante Rob había sido todo un latinista, se había esforzado en traducir a Cicerón, había seguido los pasos de César en las Galias, y había aprendido lo suficiente para saber que el nombre significaba María la Valerosa. Pero a partir de aquel día, cada vez que pensaba en esta mujer se refería a ella —sólo mentalmente— como la Feroz Miriam.

Hizo el largo viaje a Rock Island para ver a Stephen Hume y se sintió inmediatamente recompensado porque el miembro del Congreso tenía buenas noticias. Daniel P. Allan presidiría el juicio. Debido a la falta de pruebas, el juez Allan no veía ningún inconveniente en poner a Viene Cantando en libertad bajo fianza.

—De todos modos, como se trata de un delito de sangre, no podía fijar la fianza en menos de doscientos dólares. Para encontrar un fiador tendrá que ir a Rockford o a Springfield.

—Yo mismo pondré el dinero. Viene Cantando no va a irse de mi casa —le comunicó Rob J.

—Fantástico. El joven Kurland ha aceptado representarlo. Dadas las circunstancias, será mejor que usted no se acerque a la cárcel. El abogado Kurland se reunirá con usted dentro de dos horas en su banco. ¿Es el que hay en Holden's Crossing?

—Sí.

—Extienda una letra bancaria a nombre del Distrito de

Rock Island, fírmela y entréguesela a Kurland. Él se ocupará de todo lo demás. —Hume sonrió—. El caso se verá dentro de algunas semanas. Entre Dan Allan y John Kurland se ocuparán de ver si Nick intenta sacar provecho de todo esto, y en ese caso hacerlo quedar como un estúpido.

Le dio la enhorabuena con un fuerte apretón de manos.

Rob J. regresó a casa y enganchó el carro, porque consideraba que Luna tenía que ocupar un lugar importante en el comité de recepción. Ella se sentó erguida en el carro, vestida con la ropa de todos los días y una cofia que había pertenecido a Makwa. Permanecía muy callada, más que de costumbre. Rob J. se dio cuenta de que estaba muy nerviosa. Ató el caballo delante del banco y ella esperó en el carro mientras él se ocupaba de conseguir la letra bancaria y entregársela a John Kurland, un joven serio que cuando él le presentó a Luna, saludó con cortesía pero sin cordialidad.

Cuando se marchó el abogado, Rob J. volvió a sentarse en el carro, junto a Luna. Dejó al caballo enganchado donde estaba y se quedaron sentados bajo el sol ardiente, mirando la puerta de la oficina de Mort London. El calor era abrasador para septiembre.

Esperaron sentados durante un rato excesivamente largo. Luego Luna le tocó el brazo a Rob, porque la puerta se abrió y apareció Viene Cantando, que se inclinó para poder salir. Detrás de él salió Kurland.

Vieron a Luna y a Rob J. enseguida y echaron a andar en dirección a ellos. Viene Cantando reaccionó instintivamente al verse libre y no pudo evitar el echar a correr, o algo instintivo le hizo querer huir de allí, pero sólo había dado un par de zancadas cuando algo estalló desde arriba y a la derecha, y desde un segundo tejado, al otro lado de la calle, se produjeron otras dos detonaciones.

Pyawanegawa, el cazador, el jefe, el héroe de la pelota-y-palo, tendría que haber caído con aire majestuoso, como un árbol gigante, pero lo hizo tan torpemente como cualquier otro hombre, con la cara contra el suelo.

Rob J. bajó del carro y corrió hacia él enseguida, pero

Luna fue incapaz de moverse. Cuando Rob llegó junto a Viene Cantado y lo hizo girar, vio lo que Luna ya sabía. Una de las balas lo había alcanzado exactamente en la nuca. Las otras dos habían dejado heridas en el pecho a una distancia de un par de centímetros, y lo más probable era que ambas hubieran ocasionado la muerte al llegar al corazón.

Kurland llegó junto a ellos y permaneció de pie, horrorizado. Pasó otro minuto hasta que London y Holden salieron de la oficina del sheriff. Mort escuchó la explicación que Kurland le dio sobre lo ocurrido y empezó a dar órdenes a gritos, haciendo registrar los tejados de un lado de la calle y luego los del otro. Nadie pareció muy sorprendido al descubrir que los tejados estaban desiertos.

Rob J. se había quedado arrodillado junto a Viene Cantando, pero ahora se puso de pie y se enfrentó a Nick. Holden estaba pálido pero relajado, preparado para cualquier cosa. De forma incongruente, Rob quedó impresionado una vez más por la belleza del hombre.

Notó que llevaba un arma en pistolera y se dio cuenta de que lo que le dijera a Nick podía ponerlo en peligro, que debía elegir las palabras con sumo cuidado, aunque era necesario que las pronunciara.

—No quiero tener nada que ver contigo nunca más. Nunca más en la vida —le espetó.

Viene Cantando fue trasladado al cobertizo de la granja, y Rob J. lo dejó allí con su familia. Al anochecer salió para llevar a Luna y a sus hijos a la casa y darles de comer, y descubrió que habían desaparecido, lo mismo que el cuerpo de Viene Cantando. A última hora del atardecer, Jay Geiger encontró el carro y el caballo de los Cole atados a un poste delante de su granero, y los llevó a la granja de Rob. Dijo que Pequeño Cuerno y Perro de Piedra se habían marchado de su granja. Luna y sus hijos no regresaron. Esa noche Rob J. no pudo dormir pensando en que Viene Cantando probablemente estaría en una tumba sin identificar, en algún lugar del bosque, junto al río. En la tierra de otros, que alguna vez había pertenecido a los sauk.

Rob J. no se enteró de la noticia hasta el día siguiente a media mañana, cuando Jay volvió a pasar por su casa y le contó que el enorme granero de Nick Holden había sido destruido por las llamas durante la noche.

—No cabe duda de que esta vez fueron los sauk. Han escapado todos. Nick pasó la mayor parte de la noche procurando que las llamas no se acercaran a su casa, y aseguró que llamaría a la milicia y al ejército de Estados Unidos. Ya ha salido a perseguirlos con casi cuarenta hombres, los más lastimosos luchadores que cualquiera pueda imaginar: Mort London, el doctor Beckermann, Julian Howard, Fritz Graham, la mayoría clientes habituales del bar de Nelson, la mitad de los borrachos de esta zona del distrito, todos ellos convencidos de que van a perseguir a Halcón Negro. Tendrán suerte si logran no dispararse entre ellos.

Esa tarde Rob J. cabalgó hasta el campamento sauk. Por el estado del lugar se dio cuenta de que se habían marchado para siempre. Las pieles de búfalo habían sido retiradas de la entrada de los *hedonosotes*, abiertos como bocas desdentadas.

El suelo estaba lleno de desperdicios. Rob recogió una lata y el borde mellado de la tapa le indicó que había sido abierta con un cuchillo o una bayoneta. La etiqueta indicaba que había contenido melocotón de Georgia. Nunca había podido conseguir que los sauk dieran valor alguno a las letrinas cavadas en el suelo, y ahora el ligero olor de excrementos humanos que el viento arrastraba desde las afueras del campamento le impidió ponerse sentimental por su partida, y fue la clave final de que algo valioso había desaparecido del lugar y no sería devuelto por los hechizos ni por la política.

Nick Holden y sus hombres persiguieron a los sauk durante cuatro días. Nunca estuvieron cerca de ellos. Los indios no se alejaron de los bosques que se extendían junto al Mississippi, dirigiéndose siempre hacia el norte. No eran tan hábiles en las zonas inexploradas como muchos miembros del Pueblo que ya habían muerto, pero incluso los más torpes eran mejores en el bosque que los blancos, y daban rodeos dejando pistas falsas que los blancos seguían obedientemente.

Los hombres de Nick continuaron la persecución hasta que se internaron en Wisconsin. Habría sido mejor que regresaran con algún trofeo, algunas cabelleras y orejas, pero se convencieron mutuamente de que habían logrado una gran victoria. Hicieron un alto en Prairie du Chien y bebieron cantidades ingentes de whisky, y Fritzie Graham se enzarzó en una trifulca con un soldado de caballería y acabó entre rejas, pero Nick lo sacó de allí convenciendo al sheriff de que había que tener un poco de cortesía profesional con un ayudante de la justicia que se encontraba de visita. Al regreso salieron a recibirlos treinta y ocho discípulos que difundieron el evangelio de que Nick había salvado al Estado de la amenaza de los pieles rojas, y que además era un tipo fantástico.

El otoño de aquel año fue benigno, mejor que el verano, porque todos los insectos fueron eliminados por las heladas prematuras. Fue una estación dorada , con las hojas de los árboles que crecían junto al río coloreadas por las noches frías, pero los días eran templados y agradables. En octubre, la iglesia hizo subir al púlpito al reverendo Joseph Hills Perkins. Éste había solicitado una rectoría, además de un salario, de modo que una vez recogida la cosecha se construyó una pequeña casa de troncos, y el pastor se mudó con su esposa, Elizabeth. No tenían hijos. Sarah estuvo ocupada, pues era miembro del comité de recepción.

Rob J. encontró azucenas junto al río y las plantó al pie de la tumba de Makwa. No era costumbre de los sauk marcar las tumbas con piedras, pero le pidió a Alden que cepillaran una tabla de acacia, que no se pudriría. No parecía adecuado recordarla con palabras inglesas, así que le pidió a Alden que tallara en la madera los símbolos rúnicos que Makwa había llevado en el cuerpo, para indicar que ese lugar era de ella. Mantuvo una conversación inútil con Mort

London en un intento por lograr que el sheriff investigara la muerte de ella y la de Viene Cantando, pero London le dijo que se alegraba de que el asesino de la india hubiera muerto a tiros, probablemente por otros indios.

En noviembre, en todo el territorio de Estados Unidos, los ciudadanos varones de más de veintiún años acudieron a las urnas. A lo largo y ancho del país, los trabajadores reaccionaron contra la competencia que los inmigrantes representaban en el aspecto laboral. Rhode Island, Connecticut, New Hampshire, Massachusetts y Kentucky eligieron gobernadores pertenecientes a las filas de los Ignorantes. En ocho Estados resultaron elegidas las candidaturas de los Ignorantes. En Wisconsin, los Ignorantes ayudaron a elegir abogados republicanos que procedieron a abolir las agencias estatales de inmigración. Los Ignorantes ganaron en Texas, Tennessee, California y Maryland, y quedaron en buena situación en la mayoría de los Estados del Sur.

En Illinois obtuvieron la mayoría de los votos de Chicago y de la zona sur del Estado. En el distrito de Rock Island, el miembro del Congreso de Estados Unidos, Stephen Hume, perdió su escaño por ciento ochenta y tres votos ante Nicholas Holden, el exterminador de indios, que casi inmediatamente después de las elecciones se marchó para representar a su distrito en Washington, D.C.

CUARTA PARTE

EL CHICO SORDO
12 DE OCTUBRE DE 1851

30

Lecciones

El ferrocarril empezó en Chicago. Los recién llegados de Alemania, Irlanda y la península Escandinava encontraban trabajo tendiendo las vías relucientes sobre un terreno principalmente llano, hasta llegar a la orilla este del Mississippi en Rock Island. Al mismo tiempo, al otro lado del río, la Compañía Ferroviaria de Mississippi y Missouri estaba construyendo un ferrocarril que atravesaba Iowa desde Davenport hasta Council Bluffs, y se había fundado la Compañía del Puente del Río Mississippi para unir los dos ferrocarriles mediante un puente que debía cruzar el enorme río.

En las profundidades misteriosas de las aguas, millones de serpenteantes larvas acuáticas se transformaron en cachipollas. Cada uno de los insectos parecidos a libélulas salió del río agitando sus cuatro alas plateadas, apiñados y chocando unos contra otros; se precipitaban sobre Davenport en una ventisca de trémulos copos que cubrían las ventanas, se metían en los ojos, las orejas y la boca de la gente y de los animales, y se convertían en una molestia terrible para cualquiera que se aventurara al exterior.

Las cachipollas vivían una sola noche. Su breve ataque era un fenómeno que se producía una o dos veces al año, y los que vivían a orillas del Mississippi se lo tomaban con calma. Al amanecer había terminado la invasión, y las cachipollas estaban muertas. A las ocho de la mañana, cuatro hombres se sentaron en unos bancos delante del río, bajo la pálida luz del sol otoñal, a mirar los equipos de trabajadores que arrastraban los insectos formando montones que eran cargados con palas en carros desde los que volvían a descargarlos en el río. Enseguida llegó otro individuo que llevaba cuatro caballos, y los hombres se levantaron de los bancos y montaron.

Era un jueves por la mañana. Día de pago. En la calle Second, en la oficina del Ferrocarril de Chicago y Rock Island, el encargado de la nómina y dos empleados pagaban los salarios del equipo que construía el nuevo puente.

A las 8.19, los cinco hombres cabalgaron hasta la oficina. Cuatro de ellos desmontaron y entraron, dejando al quinto con los caballos. No llevaban el rostro tapado, y parecían granjeros corrientes salvo que iban armados. Cuando declararon su propósito serena y cortésmente, uno de los empleados fue lo bastante tonto como para intentar coger una pistola de un estante, y de un solo disparo en la cabeza quedó tan muerto como las cachipollas.

Nadie más se resistió, y los cuatro atracadores guardaron tranquilamente la nómina de 1.106,37 dólares en un sucio saco de lino y se marcharon. Más tarde, el pagador dijo a las autoridades que estaba seguro de que el bandido que daba las órdenes era un tal Frank Mosby, que durante varios años había trabajado como agricultor al otro lado del río, hacia el sur, más allá de Holden's Crossing.

El cálculo de Sarah fue equivocado. Ese domingo por la mañana esperó en la iglesia hasta que el reverendo Perkins pidió a los fieles que hicieran su confesión. Entonces, reuniendo todo su coraje, se puso de pie y avanzó. En voz baja le contó al pastor y a los fieles que después de quedar viuda, cuando aún era joven, había mantenido relaciones extramatrimoniales, y como resultado de ellos había dado a luz a un niño. Ahora, les dijo, mediante la confesión pública esperaba librarse del pecado gracias a la bendición purificadora de Jesucristo.

Al concluir, alzó su pálido rostro y contempló los ojos brillantes del reverendo Perkins.

—Alabado sea el Señor —susurró él. Le cogió la cabeza con sus dedos largos y delgados, obligándola a arrodillarse—. ¡Dios! —ordenó en tono severo—. Absuelve a esta buena mujer de su transgresión, porque ella ha abierto su corazón hoy en tu casa, ha lavado el color rojo de su alma dejándola blanca como una rosa, pura como la primera nieve.

Los murmullos de los fieles se elevaron hasta convertirse en gritos y exclamaciones.

—¡Alabado sea Dios!

—¡Amén!

—¡Aleluya!

—¡Amén, amén!

Sarah sintió realmente que su alma se iluminaba. Creyó que en ese mismo instante podía flotar hasta llegar al paraíso, mientras la fuerza del Señor entraba en su cuerpo a través de los cinco dedos penetrantes del señor Perkins.

Los feligreses rebosaban de entusiasmo. Todos estaban enterados del atraco a la oficina del ferrocarril, y de que el cabecilla de la banda había sido identificado como Frank Mosby, cuyo difunto hermano Will, según se rumoreaba, había engendrado al primer hijo de Sarah Cole. De modo que los que se encontraban en la iglesia quedaron cautivados por el drama de la confesión y estudiaron el rostro y el cuerpo de Sarah Cole al tiempo que imaginaban una serie de escenas lascivas que transmitirían en murmullos conmocionados a sus amigos y vecinos como una historia verosímil.

Cuando por fin el señor Perkins le permitió a Sarah regresar a su banco, las manos ansiosas de los fieles se estiraban para coger las suyas, y las voces murmuraban palabras de júbilo y felicitación. Fue la entusiasta realización de un sueño que la había atormentado durante años. Era la prueba de que Dios era bueno, de que el perdón cristiano hacía que la esperanza fuera posible, y de que ella había sido aceptada en un mundo en el que imperaban la caridad y el amor. Fue el momento más feliz de su vida.

A la mañana siguiente se inauguró la escuela, y fue el primer día de clase. Chamán disfrutó con la compañía de dieciocho niños de edades diferentes, del penetrante olor a madera nueva del edificio y los muebles, de su pizarra y su pizarrín, de su ejemplar del *Cuarto libro de lectura de McGuffey*, estropeado y usado porque la escuela de Rock Island había adquirido el nuevo *Quinto libro de lectura de McGuffey* para sus alumnos y la escuela de Holden's Crossing le había comprado a aquélla los libros viejos. Pero Chamán se vio casi inmediatamente acosado por los problemas.

El señor Byers sentó a sus alumnos por orden alfabético, en cuatro grupos según la edad, de modo que Chamán ocupó un asiento en un extremo del largo escritorio-estante, y Alex se sentó demasiado lejos para poder ayudarlo. El maestro hablaba a toda velocidad y Chamán tenía dificultad para leer el movimiento de sus labios. El maestro indicó a los niños que hicieran un dibujo de su casa en sus pizarras, y que luego escribieran su nombre, su edad, y el nombre y la ocupación de su padre. Con el entusiasmo del primer día de clase, todos se volvieron hacia el estante y se concentraron en la tarea.

La primera indicación que tuvo Chamán de que algo iba mal fue los golpecitos del puntero de madera sobre su hombro.

El señor Byers había ordenado a los chicos que dejaran el dibujo y se volvieran hacia él. Todos habían obedecido excepto el niño sordo, que no lo había oído. Cuando Chamán se volvió, asustado, vio que los otros niños se reían de él.

—Ahora, cuando os llame, leeréis en voz alta las palabras que habéis escrito en la pizarra, y enseñaréis el dibujo al resto de la clase. Empezaremos contigo —dijo a Chamán, y volvió a sentir los golpecitos del puntero.

Chamán leyó, vacilando con algunas palabras. Cuando hubo terminado después de enseñar su dibujo, el señor Byers llamó a Rachel Geiger, que estaba en el otro extremo del aula. Aunque Chamán se inclinó en su asiento todo lo que pudo, no logró ver la cara de la niña ni leer el movimiento de sus labios. Levantó la mano.

—¿Qué?

—Por favor. —Se dirigió al maestro tal como su madre le había enseñado—. Desde aquí no logro verles la cara. ¿Podría quedarme de pie delante de ellos?

En su último trabajo, Marshall Byers se había enfrentado a problemas disciplinarios, en ocasiones tan graves que había sentido temor de entrar en la clase. Esta escuela era una nueva oportunidad, y estaba decidido a mantener a raya a los jóvenes salvajes. Había pensado que una de las formas de hacerlo era controlando la distribución en los asientos. Por orden alfabético. En cuatro grupos pequeños, según la edad. Cada uno en su sitio.

Sabía que no serviría de nada dejar que este chico estuviera delante de los demás alumnos para mirar sus labios mientras leían en voz alta. Tal vez hiciera muecas a sus espaldas, incitando a los demás a reír y a hacer travesuras.

—No, no puedes.

Durante gran parte de la mañana se limitó a permanecer sentado, incapaz de comprender lo que ocurría a su alrededor. A la hora de comer, los niños salieron y jugaron al tócame tú. Él disfrutó del juego hasta que el chico más grande de la escuela, Lucas Stebbins, derribó a Alex de un golpe. Cuando éste logró ponerse de pie, con los puños apretados, Stebbins se le acercó.

—¿Quieres pelear, hijo de puta? No te vamos a dejar que juegues con nosotros. Eres un bastardo. Lo ha dicho mi padre.

—¿Qué es un bastardo? —preguntó Davey Geiger.

—¿No lo sabes? —se asombró Luke Stebbins—. Pues eso quiere decir que alguien además de su papá, un asqueroso ladrón llamado Will Mosby, metió su pirulí en el agujero de la señora Cole.

Cuando Alex se abalanzó sobre el chico más grande, recibió un terrible golpe en la nariz, que empezó a sangrarle, y cayó al suelo. Chamán arremetió contra el agresor de su hermano y recibió un manotazo tan fuerte en las orejas que algunos de los demás chicos, que le tenían miedo a Luke, se apartaron.

—¡Basta! ¡Vas a hacerle daño! —gritó Rachel Geiger, furiosa.

Por lo general Luke la escuchaba, deslumbrado ante el hecho de que a los doce años ella ya tenía pechos, pero esta vez se limitó a sonreír burlonamente.

—Ya está sordo; eso no le hará daño al oído. El muy tonto habla de una forma muy divertida —dijo con regocijo, dándole a Chamán un último golpe antes de marcharse. Si Chamán se lo hubiera permitido, Rachel lo habría estrechado entre sus brazos y lo habría consolado. Horrorizados, él y Alex se sentaron en el suelo y lloraron juntos mientras sus compañeros los miraban.

Después del almuerzo tuvieron clase de música. Ésta consistía en que los alumnos aprendieran la música y la letra de diversos himnos, una clase muy popular porque significaba descansar de los libros. Durante la lección de música, el señor Byers encomendó al niño sordo la tarea de vaciar de cenizas el cubo que había junto a la estufa de leña, y llenar el depósito con pesados tarugos. Chamán detestó la escuela.

Alma Schroeder le hizo elogiosos comentarios a Rob J. sobre la confesión en la iglesia, convencida de que él lo sabía. Cuando se enteró de todos los detalles, él y Sarah discutieron. Rob J. se había dado cuenta del tormento de su esposa y ahora percibía su alivio, pero se sintió desconcertado y lleno de preocupación al enterarse de que ella había revelado a desconocidos los detalles íntimos de su vida, dolorosos o no.

—No eran desconocidos —lo corrigió ella—. Hermanos y hermanas en la gracia de Dios, que compartieron mi confesión.

Le explicó que el señor Perkins les había dicho que cualquiera que deseara ser bautizado durante la primavera siguiente debía confesarse. A Sarah le sorprendía que Rob J. no lograra entenderlo; para ella estaba clarísimo.

Cuando los niños llegaron de la escuela con señales de haber peleado, Rob J. supuso que al menos algunos de los hermanos y hermanas de Sarah en la gracia de Dios no se privaban de compartir con otros las confesiones que escuchaban en la iglesia. Sus hijos no comentaron nada sobre las magulladuras. Él era incapaz de hablarles de su madre de otro modo que no fuera con admiración y amor cada vez que le resultaba posible. Pero les habló de las peleas.

—No vale la pena golpear a alguien cuando uno está furioso. Las cosas se pueden ir de las manos, e incluso conducir a la muerte. Y nada justifica un asesinato.

Los chicos estaban desconcertados. Ellos hablaban de peleas a puñetazos en el patio de la escuela, no de asesinato.

—Papá, ¿cómo no vas a golpear a alguien que te ha golpeado primero? —preguntó Chamán.

Rob J. asintió en actitud comprensiva.

—Ya sé que es un problema. Tienes que usar el cerebro en lugar de los puños.

Alden Kimball había oído la conversación por casualidad. Poco después se quedó mirando a los dos hermanos y escupió, horrorizado.

—¡Vaya, vaya! Vuestro padre seguramente es uno de los hombres más inteligentes del mundo, pero me parece que se equivoca. Yo creo que si alguien os golpea, debéis sujetar al hijo de puta, porque de lo contrario seguirá golpeándoos.

—Luke es muy grande, Alden —protestó Chamán. Eso mismo estaba pensando su hermano mayor.

—¿Luke? ¿Ese chico de los Stebbins que parece un buey? ¿Luke Stebbins? —preguntó Alden, y volvió a escupir cuando ellos asintieron con expresión de impotencia—. En mi juventud trabajaba de púgil en las ferias. ¿Sabéis lo que es un púgil?

—¿Un luchador ágil? —arriesgó Alex.

—¡Ágil! Era mucho más que ágil. Solía boxear en las ferias, en las verbenas y en ese tipo de cosas. Luchaba durante tres minutos con cualquiera que pagara cincuenta centavos. Si me daban una paliza, se llevaban tres dólares. Y os aseguro que hubo montones de tipos fuertes que intentaron ganarse esos tres dólares.

—¿Hiciste dinero, Alden? —quiso saber Alex.

El rostro de Alden se ensombreció.

—¡Qué va! Había un empresario; ése sí que hizo un montón de dinero. Trabajé en eso durante dos años, en el verano y el otoño. Entonces me dieron una paliza. El empresario le pagó los tres dólares al tío que me dio la paliza y lo contrató para que ocupara mi lugar. —Miró a los chicos—. Bueno, la cuestión es que yo puedo enseñaros a pelear si queréis.

Los dos niños levantaron la vista, lo miraron y asintieron con la cabeza.

—¿Es que no podéis decir que sí, simplemente? —protestó Alden—. Parecéis un par de ovejas.

—Un poco de miedo es bueno —les dijo—. Hace circular la sangre. Pero si uno está demasiado asustado lleva todas las de perder. Y tampoco hay que estar demasiado furioso. Un luchador enfurecido ataca frenéticamente y se expone a que lo golpeen.

Chamán y Alex sonrieron tímidamente, pero Alden se mostró serio cuando les enseñó cómo debían colocar las manos, la izquierda al nivel de los ojos para proteger la cabeza, la derecha más abajo para proteger el tronco. Fue muy puntilloso sobre la forma de colocar el puño, e insistió en que doblaran y apretaran mucho los dedos, endureciendo los nudillos para que al golpear a su rival lo hicieran como si tuvieran una piedra en cada mano.

—Luchar consiste sólo en cuatro golpes —prosiguió Alden—: golpe seco de izquierda, gancho de izquierda, golpe cruzado de derecha, directo de derecha. El golpe seco muerde como una serpiente. Escuece un poco pero no lastima demasiado al rival, simplemente le hace perder el equilibrio y lo deja expuesto a algo más serio. El gancho de izquierda no llega muy lejos, pero cumple su cometido: giras a la izquierda, apoyas el peso de tu cuerpo en la pierna derecha y golpeas fuerte su cabeza. En el golpe cruzado de derecha apoyas el peso sobre la otra pierna y consigues la potencia con un rápido giro de la cintura, así. Mi preferido es el directo de derecha al cuerpo, yo le llamo «palo». Giras lentamente a la izquierda apoyas el peso sobre la pierna izquierda y lanzas el puño derecho directamente a su estómago, como si todo tu brazo fuera una lanza.

Volvió a lanzar los puñetazos, de uno en uno para no confundirlos. El primer día les hizo lanzar golpes secos al aire durante dos horas para que no les resultara extraño dar un puñetazo y se familiarizaran con el ritmo muscular. La tarde siguiente volvieron al pequeño claro que había detrás de la cabaña de Alden, donde no era probable que los molestaran, e hicieron lo mismo todas las tardes. Practicaron cada puñetazo una y otra vez antes de que Alden les permitiera boxear. Alex tenía tres años y medio más, pero como Chamán era tan grande parecía que sólo se llevaran un año. Lucharon con cautela. Por fin Alden hizo que se turnaran para enfrentarse con él e insistió en que golpearan con tanta fuerza como lo harían en una pelea de verdad. Para sorpresa de ambos, él giró y se deslizó lateralmente, o bloqueó los golpes con el antebrazo, o los paró con el puño.

—Bueno, lo que os estoy enseñando no es ningún secreto. Algunos aprenden a dar puñetazos. Vosotros aprendéis a defenderos. —Insistió en que debían bajar la barbilla hasta que quedara bien protegida contra el esternón. Les enseñó a inmovilizar a un rival en un cuerpo a cuerpo, pero le advirtió a Alex que evitara a toda costa el cuerpo a cuerpo con Luke—. Ese tío es mucho más grande que tú, manténte apartado de él y no permitas que te tire al suelo.

En el fondo pensaba que Alex no podría dar una paliza a un chico tan grande, pero que tal vez lograra pegarle a Luke lo suficiente para que lo dejara tranquilo. No pretendía convertir a los hermanos Cole en luchadores de feria. Sólo quería que fueran capaces de defenderse, y les enseñó sólo lo elemental porque sabía justo lo suficiente para enseñar a los chicos a pelear a puñetazos. No intentó decirles qué hacer con los pies. Años más tarde le contaría a Chamán que si hubiera tenido una idea de lo que se debía hacer con los pies, probablemente nunca habría sido vencido por aquel luchador de tres dólares.

Alex pensó media docena de veces que estaba preparado para responder a Luke, pero Alden insistía en que ya le diría cuándo había llegado el momento, y aún no había llegado. Así que todos los días Chamán y Alex iban a la escuela sabiendo que el tiempo de espera sería muy duro. Luke se había acostumbrado a burlarse de los hermanos Cole. Les pegaba e insultaba cada vez que le daba la gana, y siempre los llamaba Mudito y Bastardo. Cuando jugaban al tócame tú los golpeaba con auténtica saña, y después de derribarlos les aplastaba la cara contra el suelo.

Luke no era el único problema que Chamán tenía en la escuela. Se enteraba sólo de una pequeña parte de lo que se decía durante las clases, y desde el principio estuvo irremediablemente atrasado. A Marshall Byers no le desagradaba que esto ocurriera; había intentado decirle al padre del chico que una escuela corriente no era el sitio adecuado para un sordo. Pero el maestro actuaba cautelosamente porque sabía que cuando volviera a surgir el tema más le valía tener preparadas las pruebas. Llevaba una minuciosa lista de los fracasos de Robert J. Cole, y por lo general hacía que el niño se quedara después de clase para recibir lecciones extra, que no lograban mejorar sus calificaciones.

A veces el señor Byers también hacía quedar a Rachel Geiger después de clase, cosa que sorprendía a Chamán porque Rachel estaba considerada la mejor alumna de la escuela. Cuando la niña se quedaba, regresaban juntos a casa. Una de esas tardes, cuando empezaban a caer las primeras nevadas del año, Chamán se asustó porque en el camino de regreso ella se echó a llorar.

Lo único que pudo hacer fue observarla consternado.

Ella se detuvo y lo miró, para que él pudiera leer el movimiento de sus labios.

—¡Es ese señor Byers! Siempre que puede se queda de pie... demasiado cerca. Y siempre está tocándome.

—¿Tocándote?

—Aquí —aclaró ella poniendo la mano en la parte superior de su abrigo azul.

Chamán no conocía la reacción adecuada ante esta revelación, porque era algo que estaba más allá de su experiencia.

—¿Qué podemos hacer? —preguntó, más a sí mismo que a ella.

—No sé. No sé. —Para horror de Chamán, Rachel empezó a llorar de nuevo.

—Tendré que matarlo —decidió serenamente.

Eso captó toda la atención de la niña, que dejó de llorar.

—¡Qué tontería!

—No. Lo haré.

Empezaba a nevar más intensamente. La nieve se amontonaba sobre el sombrero y el pelo de Rachel. Sus ojos pardos, enmarcados en gruesas pestañas negras que seguían agitándose para reprimir las lágrimas, lo miraban con curiosidad. Un enorme copo blanco se fundió en la suave mejilla, más oscura que la de él, entre la blancura de la de Sarah y el color moreno de la de Makwa.

—¿Harías eso por mí?

Chamán intentó pensar con claridad. Sería fantástico librarse del señor Byers y de los problemas que le causaba; pero además los problemas de Rachel con el maestro colmaban el vaso, y asintió con convicción. Chamán descubrió que la sonrisa de ella le hacía sentirse muy bien, le hacía sentir algo que nunca había experimentado.

Ella le tocó el pecho con ademán solemne, en la misma zona de su pecho que había declarado prohibida para el señor Byers.

—Eres mi amigo más fiel, y yo la tuya —afirmó, y él se dio cuenta de que era verdad.

Siguieron caminando y Chamán se asombró cuando la mano enguantada de la niña quedó dentro de la suya. Al igual que la manopla azul de Rachel, la manopla roja de él estaba tejida por Lillian, que siempre les regalaba manoplas a los Cole para sus cumpleaños. A través de la lana, la mano de Rachel le enviaba un calor sorprendente que le llegaba hasta la mitad del brazo. Pero en ese momento volvió a detenerse y a mirarlo.

—¿Cuándo vas a... cuándo vas a hacerlo?

Él esperó antes de pronunciar una frase que había visto muchas veces en labios de su padre:

—Habrá que pensarlo detenidamente.

31

Los días en la escuela

Rob J. disfrutaba en las reuniones de la Asociación de Médicos. A veces resultaban formativas. Por lo general le proporcionaban una velada en compañía de otros hombres que habían vivido experiencias similares y con los que tenía un lenguaje en común. En la reunión de noviembre, Julius Barton, un joven médico del norte del distrito, habló de las mordeduras de serpiente y recordó algunas mordeduras de animal que había tratado, incluyendo el caso de una mujer que había sido mordida en la nalga hasta sangrar.

—Su esposo dijo que había sido el perro, lo que suponía un caso especialmente raro porque el tipo de mordedura indicaba que el perro debía de tener dentadura humana.

Para no ser menos, Tom Beckermann mencionó el caso de un hombre que adoraba los gatos y que tenía un arañazo en los testículos que podría haber sido producido por un gato... o tal vez no. Tobias Barr dijo que ese tipo de cosas no eran infrecuentes y que hacía tan sólo un par de meses había atendido a un hombre que tenía la cara destrozada.

—También dijo que lo había arañado un gato, pero en ese caso el gato sólo tenía tres uñas y eran tan grandes como las de una mujer—comentó Barr, provocando nuevas carcajadas.

Enseguida empezó a contar otra anécdota y se sintió molesto cuando Rob Cole lo interrumpió para preguntarle si recordaba exactamente cuándo había atendido al paciente de la cara arañada.

—No —respondió, y reanudó el relato.

Inmediatamente después de la reunión, Rob J. abordó al doctor Barr.

—Tobias, ¿puede ser que a ese paciente de la cara arañada lo hubieras atendido el 3 de septiembre?

—No lo sé con exactitud. No lo registré. —El doctor Barr siempre se mostraba a la defensiva por no llevar un registro, consciente de que el doctor Cole practicaba un tipo de medicina más científica—. ¡Por Dios, no hay necesidad de apuntar hasta el último detalle! Y menos con un paciente como ése, un predicador ambulante que no pertenece a este distrito y que sólo estaba de paso. Probablemente no volveré a verlo ni a tratarlo en mi vida.

—¿Un predicador? ¿Recuerdas su nombre?

El doctor Barr arrugó la frente y sacudió la cabeza.

—¿Patterson, tal vez? —aventuró Rob J—. ¿Ellwood R. Patterson?

El doctor Barr lo miró fijamente.

No recordaba que el paciente le hubiera dejado un domicilio exacto.

—Creo que dijo que era de Springfield.

—A mí me dijo de Chicago.

—¿Fue a verte por la sífilis?

—De tercer grado.

—Sí, sífilis de tercer grado —confirmó el doctor Barr—. Me consultó sobre eso después de curarle la cara. El tipo de persona que quiere obtener el máximo provecho de su dinero. Si hubiera tenido un callo en el dedo del pie, me habría pedido que se lo quitara, ya que estaba en el consultorio. Le vendí un poco de ungüento para la sífilis.

—Yo también —coincidió Rob J., y ambos sonrieron a la vez.

El doctor Barr pareció desconcertado.

—Se largó sin pagarte, ¿no? ¿Por eso lo buscas?

—No. Hice la autopsia de una mujer que fue asesinada

el mismo día que tú lo atendiste a él. Había sido violada por varios individuos. Tenía restos de piel debajo de tres de sus uñas, probablemente por haber arañado a uno de ellos.

El doctor Barr gruñó.

—Recuerdo que fuera de mi consultorio lo esperaban dos hombres. Bajaron de sus caballos y se sentaron en los escalones de la entrada. Uno de ellos era grande, corpulento como un oso antes de la hibernación, y con una gruesa capa de grasa. El otro era más bien delgaducho, y más joven. En la mejilla, debajo del ojo, tenía una mancha de color oporto. Creo que era el ojo derecho. No los oí llamarse por el nombre, y no recuerdo mucho más sobre ellos.

El presidente de la Asociación de Médicos tenía tendencia a los celos profesionales y en ocasiones podía ser pomposo, pero a Rob J. siempre le había caído bien. Le dio las gracias a Tobias Barr y se marchó.

Mort London se había serenado desde su último encuentro, tal vez porque se sentía inseguro ahora que Nick Holden se encontraba en Washington, o quizá porque se había dado cuenta de que a un funcionario elegido democráticamente le convenía refrenar la lengua. El sheriff escuchó a Rob J., tomó notas sobre la descripción física de Ellwood R. Patterson y los otros dos hombres, y prometió con voz suave hacer averiguaciones. Rob tuvo la clara impresión de que las notas irían a parar a la papelera en cuanto saliera del despacho de London. Si le daban la posibilidad de elegir entre un Mort furioso o serenamente diplomático, Rob prefería verlo furioso.

De modo que hizo sus propias averiguaciones. Carroll Wilkenson, el agente inmobiliario y de seguros, era presidente del comité pastoral de la iglesia, y se había ocupado de llevar a todos los predicadores invitados, antes de que la iglesia hubiera designado al señor Perkins. Como buen hombre de negocios, Wilkenson guardaba registro de todo.

—Aquí tiene —dijo, sacando un prospecto algo doblado—. Lo recogí en una reunión de seguros de Galesburg.

El prospecto ofrecía a las iglesias cristianas la visita de un predicador que pronunciaría una charla sobre los planes de Dios para el valle del río Mississippi. La oferta se hacía sin coste alguno para la iglesia que la aceptara, y todos los gastos del predicador serían cubiertos por el Instituto Religioso Estrellas y Barras, de avenida Palmer 282, en Chicago.

—Escribí una carta y les di a elegir entre tres domingos distintos —continuó—. Ellos respondieron que Ellwood Patterson vendría a pronunciar el sermón el 3 de septiembre. Se ocuparon de todo. —Reconoció que el sermón de Patterson no había tenido una buena acogida—. Sobre todo prevenía contra los católicos. —Sonrió—. Si quiere que le diga la verdad, a nadie le importó demasiado. Pero luego se metió con la gente que llegó al valle del Mississippi desde otros países. Dijo que le estaban robando el trabajo a los nativos. Y que la gente que no había nacido aquí era más mala que la peste. —No tenía ninguna dirección para ponerse en contacto con Patterson—. A nadie se le ocurrió pedir que volviera a venir. Lo que menos le conviene a una iglesia nueva como la nuestra es un predicador empeñado en que los fieles estén divididos.

Ike Nelson, el dueño de la taberna, recordaba a Ellwood Patterson.

—Estuvieron aquí el sábado por la noche hasta muy tarde. Ese Patterson bebe como una esponja, lo mismo que los dos individuos que iban con él. No tuve dificultades a la hora de cobrar, pero ocasionaron más problemas de los habituales. El grande, Hank, no dejaba de gritarme que fuera a buscar unas fulanas; pero enseguida se emborrachó y se olvidó de las mujeres.

—¿Cuál era el apellido de ese tal Hank?

—Era un apellido curioso. Coz... No, no era Coz... ¡Cough! Hank Cough. Al otro tipo, el delgado y más joven, le llamaban Len. Y a veces Lenny. No recuerdo haber oído su apellido. Tenía una marca morada en la cara. Cojeaba, como si tuviera una pierna más corta que la otra.

Toby Barr no había dicho nada de un cojo; Rob pensó que tal vez no había visto caminar al hombre.

—¿De qué pierna cojeaba? —preguntó, pero sólo logró que el tabernero lo mirara con desconcierto—. ¿Caminaba así? —sugirió Rob, apoyando más la pierna derecha—. ¿O así? —añadió, haciendo lo mismo con la izquierda.

—No era exactamente cojo, apenas se le notaba. No sé de qué lado. Lo único que sé es que ninguno de los tres se tenía en pie. Patterson sacó de repente un enorme fajo de billetes, lo puso sobre la barra y me dijo que me ocupara de servirles y que yo mismo cogiera lo que correspondía. A la hora de cerrar tuve que enviar a buscar a Mort London y a Fritzie Graham. Les di unos billetes del fajo para que llevaran a los tres a la pensión de Anna Wiley y los tiraran sobre una cama. Pero me contaron que al día siguiente, en la iglesia, Patterson estaba más frío y sereno de lo que cualquiera pudiera imaginar. —El rostro de Ike se iluminó con una sonrisa—. ¡Ésos son los predicadores que me gustan!

Ocho días antes de Navidad, Alex Cole fue a la escuela con la autorización de Alden para pelear.

En el recreo, Chamán vio que su hermano cruzaba el patio. Observó horrorizado que a Bigger le temblaban las piernas.

Alex caminó directamente hasta donde Luke Stebbins se había reunido con un grupo de chicos que practicaban saltos de longitud sobre la nieve blanda del trozo de patio que no había sido limpiado. La suerte estaba de su lado, porque Luke ya había hecho dos carreras que habían terminado con saltos bastante deplorables, y para obtener ventaja se había quitado la gruesa chaqueta de cuero de vaca. Si se la hubiera dejado puesta, darle un puñetazo habría sido lo mismo que golpear un trozo de madera.

Luke creyó que Alex quería participar en los saltos y se preparó para una de sus intimidaciones. Pero Alex se le acercó y le lanzó un derechazo a la boca.

Fue un error, el comienzo de una torpe contienda. Alden le había dado instrucciones precisas. El primer golpe por sorpresa tenía que darlo en el estómago, para dejar a Luke sin respiración, pero el terror había impedido a Alex razonar. El puñetazo destrozó el labio inferior de Luke, que se abalanzó sobre Alex hecho una fiera. La embestida de Luke era un espectáculo que dos meses antes habría paralizado a Alex, pero se había acostumbrado a que Alden se lanzara sobre él, y se hizo a un lado. Mientras Luke pasaba de largo, le lanzó un golpe seco de izquierda al labio ya lastimado. Entonces, mientras el chico más grande detenía su impulso, y antes de que pudiera recuperarse, Alex le propinó otros dos golpes secos en el mismo sitio.

Chamán había empezado a lanzar vítores desde el primer golpe, y los demás alumnos salieron corriendo desde todos los rincones del patio hasta donde estaban los dos contendientes.

El segundo error grave de Alex fue echar un vistazo hacia donde estaba Chamán. El enorme puño de Luke lo alcanzó exactamente debajo del ojo derecho y lo derribó. Pero Alden había hecho bien su trabajo: incluso mientras caía, Alex empezó a reaccionar, se puso de pie rápidamente y se enfrentó a Luke, que volvía a precipitarse sobre él.

Alex sentía la cara entumecida; el ojo derecho enseguida empezó a hinchársele y se le cerró, pero sorprendentemente las piernas ya no le temblaban. Se concentró y pasó a lo que se había convertido en una rutina durante su entrenamiento diario. Su ojo izquierdo estaba en perfectas condiciones y lo mantuvo atento a lo que Alden le había indicado, es decir, al pecho de Luke, para ver hacia qué lado giraba el cuerpo y qué mano iba a utilizar. Sólo intentó parar un puñetazo, pero le quedó todo el brazo entumecido; Luke era demasiado fuerte. Alex empezaba a cansarse, pero seguía balanceándose y zigzagueando, haciendo caso omiso del daño que Luke podía hacerle si volvía a darle un puñetazo. Hizo un rápido movimiento con la mano izquierda, golpeando a Luke en la cara y la boca. El fuerte puñetazo que había dado comienzo a la lucha había aflojado uno de los incisivos de Luke, y el constante repiqueteo de golpes secos remató la faena. Para asombro de Chamán, Luke sacudió la cabeza con furia y escupió el diente en la nieve.

Alex lo celebró dándole otro golpe seco con la izquierda y lanzándole un torpe golpe cruzado de derecha que aterrizó en la nariz de Luke, haciéndole sangrar un poco más. Luke se llevó las manos a la cara, anonadado.

—¡El palo, Bigger! —gritó Chamán—. ¡El palo!

Alex oyó a su hermano y hundió el puño derecho en el estómago de Luke con todas sus fuerzas, obligándolo a doblarse y dejándolo sin aliento. Fue el final de la pelea porque los chicos que habían estado mirando empezaron a dispersarse al ver al maestro furioso.

Unos dedos de acero retorcieron la oreja de Alex, y el señor Byers miró a los contendientes enfurecido y declaró que el recreo había terminado. Dentro de la escuela, Luke y Alex fueron exhibidos ante los demás alumnos como malos ejemplos, debajo de un enorme letrero en el que se leía: «PAZ EN LA TIERRA.»

—No toleraré peleas en mi escuela —dijo el señor Byers en tono glacial.

El maestro cogió la vara que utilizaba como puntero y castigó a los dos luchadores con cinco entusiastas palmetazos en la mano abierta. Luke gimoteó. A Alex le tembló el labio inferior cuando recibió su castigo. Su ojo hinchado ya tenía el color de una berenjena madura, y su mano derecha estaba lastimada por ambos lados: los nudillos despellejados por la pelea, y la palma roja e inflamada por la vara del señor Byers. Pero cuando echó un vistazo a Chamán, ambos sonrieron con íntima satisfacción.

Al salir de la escuela, un grupo de niños se reunió alrededor de Alex.

Todos reían y le hablaban con admiración. Luke Stebbins caminaba sólo, taciturno y azorado. Cuando Chamán Cole corrió hacia él, Luke pensó desesperado que ahora le tocaba el turno al hermano menor, y levantó las manos, la izquierda con el puño cerrado y la derecha abierta, casi en actitud suplicante.

Chamán le habló en tono amable pero firme.

—A mi hermano le llamarás Alexander. Y a mí me llamarás Robert —le dijo.

Rob J. escribió al Instituto Religioso Estrellas y Barras diciendo que le gustaría ponerse en contacto con el reverendo Ellwood Patterson a propósito de un asunto eclesiástico, y solicitando al instituto el domicilio del señor Patterson. Pasarían algunas semanas hasta que llegara una respuesta, en el caso de que contestaran. Entretanto, no comunicó a nadie lo que sabía ni sus sospechas, hasta una noche en que él y los Geiger habían terminado de interpretar *Eine kleine Nachtmusik*. Sarah y Lillian conversaban en la cocina mientras preparaban el té y cortaban una tarta, y Rob J. le confió sus pensamientos a Jay.

—¿Qué tendría que hacer si encontrara a ese predicador de la cara arañada? Sé que Mort London no se tomará la molestia de llevarlo ante la justicia.

—Entonces tendrías que hacer el suficiente ruido para que lo oyeran desde Springfield —sugirió Jay—. Si las autoridades del Estado no te ayudan, tendrás que recurrir a Washington.

—Ninguno de los que están en el poder se han mostrado dispuestos a hacer nada por una india muerta.

—En ese caso —observó Jay—, si existen pruebas de culpabilidad tendremos que reunir a nuestro alrededor algunos hombres honrados que sepan manejar un arma.

—¿Tú harías eso?

Jay lo observó sorprendido.

—Por supuesto. ¿Tú no?

Rob le habló a Jay de su voto de no violencia.

—Yo no tengo esos escrúpulos, amigo mío. Si una persona despreciable me amenaza, soy libre de responder.

—Tu biblia dice: «No matarás.»

—¡Ja! También dice «Ojo por ojo y diente por diente». Y «El que golpea a un hombre causándole la muerte, sin duda debe morir».

—«Si alguien te golpea la mejilla derecha, ofrécele la izquierda.»

—Eso no pertenece a mi biblia —aclaró Geiger.

—Ése es el problema, Jay; hay demasiadas biblias y cada una pretende tener la clave.

Geiger sonrió comprensivamente.

—Rob J., jamás intentaría disuadirte de que seas un librepensador. Pero aquí te dejo esto para que lo pienses: «El temor a Dios es el principio de la sabiduría.» —Cuando las mujeres entraron con el té, la conversación siguió por otros derroteros.

A partir de aquel día, Rob J. pensó a menudo en su amigo, a veces con cierto resentimiento. Para Jay era fácil. Varias veces al día se envolvía en su taled, que le proporcionaba seguridad y tranquilidad sobre el ayer y el mañana. Todo estaba prescrito: estas cosas están permitidas, estas cosas están prohibidas; las instrucciones eran claras. Jay creía en la ley de Jehová y del hombre, y sólo tenía que regirse por los antiguos edictos y por los estatutos de la Asamblea General de Illinois. Para Rob J. la revelación era la ciencia, una fe menos cómoda y que proporcionaba menos alivio. La verdad era su deidad, la prueba su estado de gracia, la duda su liturgia. Poseía tantos misterios como otras religiones, y estaba lleno de caminos sombríos que conducían a profundos peligros, a precipicios espantosos y a los abismos más hondos. Ningún poder superior enviaba una luz que iluminara el camino oscuro y lóbrego, y él sólo contaba con su juicio frágil, con el que debía elegir el camino hacia la seguridad.

El gélido cuarto día del nuevo año de 1852, la violencia volvió a hacer acto de presencia en la escuela.

Esa mañana de frío glacial, Rachel fue tarde a la escuela. Al llegar, se deslizó en silencio en su asiento sin sonreír a Chamán ni pronunciar un saludo, contrariamente a su costumbre. Él vio con sorpresa que el padre de Rachel había entrado con ella en la escuela. Jason Geiger se acercó al escritorio y miró al señor Byers.

—Hola, señor Geiger. Es un placer, señor. ¿En qué puedo servirle?

El puntero del señor Byers estaba en el escritorio; Jay Geiger lo cogió y golpeó al maestro en la cara.

El señor Byers se puso de pie de un salto y derribó la silla. Le sacaba una cabeza a Jay, pero su contextura era corriente. A partir de entonces la situación sería recordada como algo cómico: el hombre bajo y gordo que perseguía al más joven y alto con su propia vara, levantando y bajando el brazo, y la expresión de incredulidad del señor Byers. Pero esa mañana nadie rió al ver a Jay Geiger.

Los alumnos se quedaron erguidos, casi sin respirar. No podían creer lo que veían, como le ocurría al señor Byers; esto era aún más increíble que la pelea de Alex con Luke. Chamán miraba sobre todo a Rachel y notó que al principio estaba roja de vergüenza, pero que después se había puesto pálida. Tuvo la sensación de que ella intentaba quedarse tan sorda como él, y ciega también, para no enterarse de lo que sucedía a su alrededor.

—¿Qué demonios está haciendo? —El señor Byers levantó los brazos para protegerse la cara y chilló de dolor cuando el puntero le dio en las costillas. Avanzó un paso en dirección a Jay, en actitud amenazadora—. ¡Maldito idiota! ¡Judío chiflado!

Jay siguió golpeando al maestro y obligándolo a retroceder hacia la puerta hasta que el señor Byers salió dando un portazo.

Cogió el abrigo de éste y lo tiró desde la puerta encima de la nieve; luego regresó respirando con cierta dificultad y se sentó en la silla del maestro.

—La clase ha terminado por hoy —dijo finalmente; luego cogió a Rachel y se la llevó a casa en su caballo.

Fuera hacía un frío espantoso. Chamán llevaba dos bufandas, una alrededor de la cabeza y por debajo de la barbilla, y otra que le tapaba la boca y la nariz, pero aún así las fosas nasales se le congelaban al respirar.

Cuando llegaron a casa, Alex corrió a contarle a su madre lo que había sucedido en la escuela, pero Chamán pasó de largo junto a la casa y bajó hasta el río, donde vio que el hielo se había partido a causa del frío, lo cual debía de producir un sonido fantástico.

El frío también había resquebrajado un álamo de Virginia que se encontraba a cierta distancia del *hedonoso-te* de Makwa cubierto de nieve; daba la impresión de que un rayo lo había hecho estallar.

Estaba contento de que Rachel le hubiera contado todo a Jay. Se sentía aliviado por no tener que asesinar al señor Byers; así no tendrían que colgarlo.

Pero había algo que lo acosaba como un sarpullido que no acaba de curarse: si Alden pensaba que estaba bien pelear cuando había que hacerlo, y Jay pensaba que estaba bien pelear para proteger a su hija, ¿qué le pasaba a su padre?

32

Una consulta nocturna

Unas horas después de que Marshall Byers huyera de Holden's Crossing, se designó un comité de contratación para encontrar un nuevo maestro. Paul Williams fue nombrado miembro del comité para demostrar que nadie culpaba al herrero de que su primo, el señor Byers, hubiera resultado un mal tipo. Jason Geiger también fue nombrado para demostrar que la gente creía que había actuado correctamente al echar al señor Byers. Se nombró también a Carroll Wilkenson, lo cual fue una suerte porque el agente de seguros acababa de pagar un pequeño seguro de vida que John Meredith —un tendero de Rock Island— tenía de su padre. Meredith había comentado a Carroll lo agradecido que estaba con su sobrina, Dorothy Burnham, por haber dejado su trabajo de maestra para atender a su padre durante los últimos días de su vida. Cuando el comité de contratación entrevistó a Dorothy Burnham, a Wilkenson le gustó por su rostro más bien feo, y porque era una solterona cercana a la treintena y por lo tanto resultaba poco probable que el matrimonio la apartara de la escuela. Paul Williams la aceptó porque cuanto más pronto contrataran a alguien, más pronto la gente olvidaría a su maldito primo Marshall. Jay se sintió atraído por ella al oírla hablar de la docencia con confianza y serenidad, y con un entusiasmo que demostraba que tenía vocación. La contrataron por 17,50 dólares por trimestre, un dólar y medio menos que al señor Byers porque era mujer.

Ocho días después de que el señor Byers huyera de la escuela, la señorita Burnham se convirtió en la nueva maestra. Respetó la forma en que el señor Byers había distribuido a los chicos en los bancos porque ellos ya estaban acostumbrados. Con anterioridad había trabajado en otras dos escuelas, una más pequeña en la población de Bloom, y otra más grande en Chicago. La única anormalidad que había visto en un niño era la cojera, y se mostró profundamente interesada al saber que tendría un niño sordo a su cargo.

Durante su primera conversación con el joven Robert Cole quedó fascinada al comprobar que podía leer el movimiento de sus labios. Se sintió molesta consigo misma porque tardó casi medio día en darse cuenta de que, desde donde estaba sentado, él no podía ver lo que decía la mayoría de los chicos. En la escuela había una silla para los adultos que iban de visita, y la señorita Burnham la convirtió en la silla de Chamán: la colocó frente al banco y a un lado, de modo que él podía verle los labios igual que a sus compañeros.

El otro gran cambio para Chamán se produjo cuando llegó la hora de la clase de música. Como de costumbre, empezó a quitar las cenizas de la estufa y a colocar la leña, pero la señorita Burnham le indicó que volviera a sentarse.

Dorothy Burnham dio a sus alumnos el tono soplando una pequeña flauta, y luego les enseñó a poner letra a la escala ascendente: «Nues-tra es-cue-la es co-lo-sal», y a la descendente: «Y ve-ni-mos a a-pren-der.» En mitad de la primera canción fue evidente que no le había hecho un favor al chico sordo incluyéndolo, porque el joven Cole simplemente miraba, y muy pronto sus ojos quedaron apagados con una paciencia que ella consideró insoportable. Decidió que había que darle al chico un instrumento para que, mediante sus vibraciones, pudiera «oír» el ritmo de la música. ¿Un tambor, tal vez? Pero el ruido de un tambor destruiría la música que hacían los demás niños.

Analizó el problema y más tarde fue al almacén de Haskins y le pidió una caja de puros; dentro colocó seis canicas rojas como las que usaban los chicos para jugar en primavera. Las canicas hacían mucho ruido cuando se sacudía la caja, pero ella pegó un trozo de tela azul suave de una camisa vieja en el interior de la caja, y el resultado fue satisfactorio.

A la mañana siguiente, durante la clase de música, mientras Chamán sujetaba la caja, ella la cogió para marcar el ritmo de cada nota mientras los niños cantaban *América*. Él captó la idea, y leyendo los labios de la maestra calculó el ritmo con que debía sacudir la caja. No podía cantar, pero se familiarizó con el ritmo y la coordinación, y pronunciaba la letra de cada canción mientras sus compañeros la cantaban, y éstos se acostumbraron al ruido seco de la «caja de Robert». A Chamán le encantaba la caja de puros. La etiqueta tenía un dibujo de una reina de pelo oscuro, pecho generoso cubierto de gasa, y las palabras «Panetelas de los Jardines de la Reina», y la marca de la Compañía Importadora de Tabaco Gottlieb, de Nueva York. Cuando se llevaba la caja a la nariz, sentía la fragancia del cedro y el suave olor de las hojas de tabaco cubano.

La señorita Burnham hizo que todos los chicos se turnaran en llegar a la escuela más temprano para quitar las cenizas y cargar el depósito de leña. Aunque Chamán nunca lo pensó en esos términos, su vida había experimentado un cambio radical porque Marshall Byers no había podido resistir la tentación de acariciar unos pechos adolescentes.

En los primeros y gélidos días de marzo, cuando el suelo de la pradera aún estaba helado y duro como una piedra, los pacientes se apiñaban todas las mañanas en la sala de espera de Rob J. Al llegar la hora de cerrar la consulta, él se obligaba a hacer todas las visitas que podía, porque unas semanas más tarde el barro convertiría los viajes en una tortura. Cuando Chamán no estaba en la escuela, su padre le permitía acompañarlo a hacer las visitas, porque el niño se ocupaba del caballo y él podía entrar rápidamente a atender al paciente.

Un día gris, a últimas horas de la tarde, se encontraban en el camino del río; acababan de visitar a Freddy Wall, que tenía pleuresía. Rob J. estaba tratando de decidir si iba a visitar a Anne Frazier, que había estado enferma todo el invierno, o si dejaba la visita para el día siguiente, cuando de la arboleda salieron tres hombres a caballo. Iban envueltos en pesados abrigos para protegerse del frío, igual que los Cole, pero a Rob J. no le pasó por alto que cada uno de ellos tenía un arma colgada a un costado, dos pistolas en el cinturón que llevaban fuera del abultado abrigo, y la tercera en una pistolera sujeta a la parte delantera de la montura.

—Usted es el médico, ¿no?

Rob J. asintió.

—¿Quiénes son ustedes?

—Tenemos un amigo que necesita un médico urgentemente. Ha sufrido un pequeño accidente.

—¿Qué clase de accidente? ¿Se ha roto acaso algún hueso?

—No. Bueno, no estamos seguros. Tal vez. Un disparo. Aquí—aclaró tocándose el brazo izquierdo, a la altura del hombro.

—¿Ha perdido mucha sangre?

—No.

—Bueno, lo atenderé, pero antes debo llevar al niño a casa.

—No —repitió el hombre, y Rob J. se lo quedó mirando—. Sabemos dónde vive; su casa está al otro lado del pueblo. Tenemos que hacer un largo viaje para llegar a donde está nuestro amigo.

—¿Muy largo?

—Casi una hora.

Rob J. suspiró.

—Llévenos —dijo.

El hombre que había hablado abrió la marcha.

Rob J. se dio cuenta de que los otros dos hombres esperaron a que él lo siguiera y avanzaron detrás, escoltándolo.

Rob J. estaba seguro de que al principio cabalgaron hacia el norte.

Notó que volvían sobre sus pasos y que de vez en cuando daban un rodeo, como suele hacer un zorro acosado. La estratagema funcionó, porque enseguida quedó desorientado y perdido. Aproximadamente al cabo de media hora llegaron a unas colinas arboladas que se alzaban entre el río y la pradera. Entre las colinas había lodazales; ahora el hielo los hacía transitables, pero en cuanto la nieve empezara a fundirse se convertirían en fosos llenos de barro.

El que encabezaba la marcha se detuvo.

—Tengo que vendarles los ojos.

Rob J. sabía que era mejor no protestar.

—Un momento —dijo, y se volvió para mirar a Chamán—. Te van a vendar los ojos, pero no te asustes —le explicó a su hijo, y se sintió más tranquilo cuando Chamán asintió. El pañuelo que tapaba los ojos de Rob J. no estaba muy limpio, y confió en que Chamán hubiera tenido más suerte; le repugnó la idea de que el sudor y los mocos secos de un desconocido estuvieran en contacto con la piel de su hijo.

Ataron con una correa el caballo de Rob J. A éste le pareció que cabalgaban durante mucho rato entre las colinas, pero tal vez el tiempo le pasaba más lentamente porque llevaba los ojos vendados. Finalmente notó que su caballo empezaba a subir por una ladera, y enseguida se detuvo. Cuando le quitaron el pañuelo de los ojos vio que estaban delante de una pequeña construcción, más parecida a una choza que a una cabaña, debajo de unos árboles altos. El día empezaba a apagarse, y sus ojos se adaptaron rápidamente a la luz. Vio que su hijo parpadeaba.

—¿Estás bien, Chamán?

—Muy bien, papá.

Conocía ese rostro. Al estudiarlo con detenimiento vio que Chamán era lo suficientemente sensato para estar asustado. Pero cuando golpearon el suelo con los pies para que la sangre volviera a circular normalmente y entraron en la choza, a Rob J. le resultó en cierto modo divertido comprobar que a su hijo le brillaban los ojos no sólo de temor sino de interés, y se enfureció consigo mismo por no haber encontrado la forma de dejar a su hijo fuera de peligro.

En la chimenea había algunas brasas encendidas y la atmósfera era cálida pero pesada. No había muebles. Un hombre gordo estaba tendido en el suelo, apoyado contra una montura, y a la luz de la lumbre Chamán vio que era calvo pero que en la cara tenía tantos pelos negros y gruesos como la mayoría de los hombres tienen en la cabeza.

Las mantas arrugadas que había en el suelo indicaban dónde habían dormido los otros hombres.

—Habéis tardado mucho —dijo el gordo. En la mano tenía una jarra negra; dio un trago y empezó a toser.

—No nos hemos entretenido —dijo en tono hosco el hombre que había guiado el caballo de Rob. Cuando se quitó la bufanda que le tapaba la cara, Chamán vio que tenía una pequeña barba blanca y que parecía mayor que los otros. El hombre apoyó una mano en el hombro de Chamán y se lo apretó—. Sentado —le dijo como si estuviera hablando a un perro. Chamán se agachó cerca del fuego. Estaba contento de estar allí porque veía muy bien la boca del herido y la de su padre.

El más viejo sacó el arma de la pistolera y apuntó con ella a Chamán.

—Más le vale curar a nuestro amigo, doctor.

El niño sintió pánico. El agujero del cañón del arma parecía un ojo redondo que lo mirara fijamente.

—No haré nada mientras alguien sostenga un arma —le dijo Rob J. al hombre que estaba en el suelo.

El gordo pareció reflexionar.

—Largaos —les dijo a sus hombres.

—Antes de salir —intervino Rob J.—, añadan más leña al fuego y pongan agua a hervir. ¿Tienen otra lámpara?

—Un farol —dijo el hombre mayor.

—Tráigalo. —Rob J. puso la mano sobre la frente del gordo. Le desabotonó la camisa y se la abrió—. ¿Cuándo ocurrió?

—Ayer por la mañana. —El hombre miró a Chamán con expresión torva—. Éste es su chico.

—Mi hijo pequeño.

—El sordo.

—Al parecer sabe algunas cosas sobre mi familia.

El hombre asintió.

—El mayor es el que algunos dicen que es hijo de mi hermano Will. Se parece un poco a mi Willy, ya está hecho un demonio. ¿Sabe quién soy?

—Me lo imagino. —En ese momento Chamán vio que su padre se inclinaba un par de centímetros hacia delante y que clavaba la mirada en el hombre—. Los dos son mis hijos. Si se refiere al mayor... es mi hijo mayor. Y usted va a mantenerse apartado de él en el futuro, como lo estuvo en el pasado.

El hombre sonrió.

—Bueno, ¿y por qué no iba a reclamarlo?

—La razón más importante es que él es un chico fantástico y honesto y tiene la posibilidad de hacer una vida decente. Y si fuera hijo de su hermano, usted no querría verlo donde está usted ahora, tumbado, como un animal herido y acosado, en la mugre de la apestosa pocilga que le sirve de escondite.

Se miraron fijamente durante un instante. Luego el hombre se movió e hizo una mueca, y Rob J. empezó a atenderlo. Apartó la jarra y le quitó la camisa.

—Es una herida sin salida.

—La maldita bala está allí, se lo aseguro. Supongo que cuando empiece a hurgar me hará un daño terrible. ¿Puedo dar un par de tragos más?

—No. Le daré algo que lo hará dormir.

El hombre lo miró furioso.

—No voy a dormirme para que haga lo que le dé la gana sin que yo pueda defenderme.

—Usted decide —respondió Rob. Le devolvió al hombre la jarra y lo dejó beber mientras esperaba que el agua terminara de calentarse. Luego, con jabón tosco y un trapo limpio que cogió de su maletín, lavó la zona de alrededor de la herida, que Chamán no podía ver claramente. El doctor Cole cogió una delgada sonda de acero y la deslizó en el agujero abierto por la bala. El gordo quedó paralizado, abrió la boca y sacó completamente su lengua roja y larga.

—Está metida casi hasta el hueso, pero no hay fractura. La bala debía de estar casi muerta cuando lo alcanzó.

—Soy un tipo con suerte —comentó el hombre—. El hijo de puta estaba a bastante distancia. —Tenía la barba empapada de sudor, y la piel había adquirido un tono gris.

El padre de Chamán cogió un fórceps del maletín.

—Esto es lo que voy a utilizar para quitarla. Es mucho más grueso que la sonda. Va a sentir mucho más dolor. Será mejor que confíe en mí —dijo sencillamente.

El paciente giró la cabeza y Chamán no pudo ver lo que decía, pero debió de pedir algo más fuerte que el whisky. Su padre cogió un cono de éter del maletín y le hizo una señal a Chamán, que le había visto administrar éter en varias ocasiones pero nunca lo había ayudado. Sujetó el cono cuidadosamente sobre la boca y la nariz del gordo mientras su padre dejaba caer el éter gota a gota. El agujero dejado por la bala era más grande de lo que Chamán había imaginado, y tenía un borde de color morado. Cuando el éter surtió efecto, su padre introdujo el fórceps con mucho cuidado y poco a poco. En el borde del agujero apareció una gota roja y brillante que se deslizó por el brazo del hombre. Pero el fórceps llevaba atrapada una bala de plomo cuando su padre lo retiró. Rob J. la lavó y la colocó sobre la manta para que el hombre la viera cuando volviera en sí.

Cuando hizo entrar a los hombres, éstos llevaban un cazo de judías blancas que conservaban congelado en el tejado. Después de ponerlo sobre el fuego, le dieron un poco a Chamán y a su padre. Tenía trozos de algo que podía ser conejo, y Chamán pensó que debían de haberle agregado melaza, pero se lo comió ávidamente.

Después de cenar, Rob J. calentó más agua y se dedicó a lavar todo el cuerpo del paciente, cosa que al principio los otros hombres miraron con suspicacia y luego con aburrimiento. Se acostaron y fueron quedándose dormidos, pero Chamán permaneció despierto. Enseguida vio las horribles náuseas que atacaban al paciente.

—El whisky y el éter no son una buena combinación —le explicó su padre—. Vete a dormir. Yo me ocuparé.

Chamán hizo lo que su padre le decía. Una luz gris se filtraba por las grietas de las paredes cuando su padre lo despertó y le dijo que se abrigara para salir. El gordo seguía acostado y los miraba.

—Le dolerá mucho durante dos o tres semanas —advirtió Rob J.—. Voy a dejarle un poco de morfina; no es mucho pero es todo lo que llevo. Lo más importante es mantener la herida limpia. Si empieza a gangrenarse, llámeme y vendré inmediatamente.

El hombre resopló.

—Estaremos muy lejos de aquí.

—Bueno, si tiene problemas envíe a buscarme. Iré a verlo esté donde esté.

El hombre asintió.

—Págale bien —le dijo al hombre de la barba blanca; éste cogió un fajo de billetes y se lo entregó. El padre de Chamán retiró sólo dos y dejó caer el resto sobre la manta.

—Un dólar y medio por la visita nocturna y cincuenta centavos por el éter. —Empezó a salir pero se volvió—. ¿Saben algo de un tal Ellwood Patterson? A veces viaja con un sujeto llamado Hank Cough y con otro más joven llamado Lenny.

Los hombres lo miraron inexpresivos. El que estaba en el suelo sacudió la cabeza. El padre de Chamán asintió, y ambos salieron; el aire sólo olía a árboles.

Esta vez sólo los acompañó el hombre que había encabezado la marcha el día anterior. Esperó a que estuvieran montados y volvió a taparles los ojos con los pañuelos.

Rob J. oyó la respiración cada vez más rápida de su hijo y sintió deseos de haberle hablado mientras podía verle los labios.

Aguzó el oído. Oyó los cascos de un caballo que iba delante y pensó que llevaba al suyo atado. Detrás no sonaba ningún casco. Pero, era muy posible que esos hombres tuvieran a alguien esperando en el camino.

Lo único que tendría que hacer sería dejarlos pasar, inclinarse hacia delante, colocar el arma a unos centímetros de una cabeza con los ojos vendados, y apretar el gatillo.

Fue un largo camino. Cuando por fin se detuvieron, Rob J. pensó que si tenían que dispararle lo harían ahora. Pero les quitaron el vendaje de los ojos.

—Siga cabalgando en esa dirección, ¿entendido? Enseguida encontrará las marcas que ya conoce.

Rob J. asintió, pero no le dijo al hombre que ya había reconocido el sitio. Se alejaron en una dirección, y el pistolero en otra.

Rob J. se detuvo finalmente en un bosquecillo para que pudieran hacer sus necesidades y estirar las piernas.

—Chamán —dijo—, ¿viste mi conversación con el individuo que estaba herido?

El chico asintió.

—¿Entendiste de qué hablábamos?

Chamán volvió a asentir.

Rob J. le creyó.

—¿Cómo es posible que entendieras una conversación como ésa? ¿Alguien te ha estado diciendo cosas sobre... sobre tu hermano? —No quiso mencionar a su madre.

—Algunos chicos, en la escuela...

Rob J. vio los ojos de un anciano en el joven rostro.

—Bueno, Chamán, ésa es la cuestión. Creo que lo que ocurrió, el haber estado con esa gente, haber atendido a ese hombre herido, y sobre todo la conversación que él y yo mantuvimos..., creo que todo eso debería ser un secreto. Entre tú y yo. Porque contárselo a tu hermano y a tu madre podría causarles daño. Producirles angustia.

—Sí, papá.

Volvieron a montar. Había empezado a soplar una suave brisa. El chico estaba bien, pensó; por fin había llegado el deshielo de la primavera. En uno o dos días empezarían a formarse las corrientes. Un instante después quedó sorprendido por la voz inexpresiva de su hijo.

—Quiero ser como tú, papá. Quiero ser un buen médico.

A Rob J. se le llenaron los ojos de lágrimas. No era el momento adecuado —ahora que estaba de espaldas a Chamán y que el niño tenía frío, hambre y cansancio— para intentar explicar que algunos sueños son imposibles de realizar para un sordo. Tuvo que conformarse con estirar sus largos brazos hacia atrás y apretar a su hijo contra su cuerpo. Notó la frente de Chamán contra su espalda y dejó de atormentarse. Por un instante, mientras el caballo avanzaba con dificultad de regreso hacia el hogar, se dejó tentar por el sueño como un hombre muerto de hambre que tiene miedo de tragarse un plato de dulces.

33

Preguntas y respuestas

Instituto Religioso Estrellas y Barras
Avenida Palmer, 282. Chicago, Illinois
18 de mayo de 1852

Doctor Robert J. Cole
Holden's Crossing, Illinois

Estimado doctor Cole:

Hemos recibido su carta en la que nos pregunta sobre el paradero y la dirección del reverendo Ellwood Patterson. Lo lamentamos, pero no podemos ayudarlo en esta cuestión.

Como usted seguramente sabe, nuestro Instituto está al servicio de las iglesias y de los trabajadores norteamericanos de Illinois, y lleva el mensaje de Dios a los honestos nativos de este Estado. El año pasado el señor Patterson se puso en contacto con nosotros y se ofreció como voluntario para ayudar a nuestros sacerdotes, lo que dio como resultado la visita a su población y a su iglesia. Pero posteriormente se mudó de Chicago y no tuvimos más noticias sobre su paradero.

Tenga la seguridad de que si esta información llega a nuestras manos, se la enviaremos. Entretanto, si existiera algún asunto en el que pudiera ayudarlo cualquiera de los fantásticos ministros de Dios que están asociados con nosotros, o algún problema teológico en el que pudiera ayudarlo personalmente, no dude en ponerse en contacto conmigo.

Suyo en Cristo,

Oliver G. Prescott,
doctor en teología.
Director del Instituto Religioso
Estrellas y Barras

La respuesta era más o menos la que Rob J. esperaba. Inmediatamente se puso a escribir, en forma de carta, un informe objetivo del asesinato de Makwa-ikwa. En la carta informaba de la presencia de tres forasteros en Holden's Crossing. Agregó que al practicar la autopsia había encontrado muestras de piel humana debajo de tres uñas de Makwa, y habló de la circunstancia de que el doctor Barr había atendido al reverendo Ellwood R. Patterson la misma tarde del asesinato por tres graves arañazos en la cara. Envió cartas idénticas al gobernador de Illinois en Springfield, y a los senadores de su Estado en Washington. Luego se obligó a enviar una tercera copia al diputado de su Estado y la dirigió formalmente a Nick Holden.

Solicitaba a las autoridades que utilizaran sus recursos para localizar a Patterson y a sus dos acompañantes, y que investigaran cualquier relación entre ellos y la muerte de Mujer Oso.

En la reunión de junio de la Asociación de Médicos había un invitado, un médico llamado Naismith procedente de Hannibal, Missouri. Mientras conversaban en tono informal, antes de la reunión en la que hablarían de temas profesionales, mencionó un pleito presentado en Missouri por un esclavo que solicitaba convertirse en hombre libre.

—Antes de la guerra de Halcón Negro, el doctor John Emerson fue destinado como cirujano a Illinois, al fuerte Armstrong. Tenía un negro llamado Dred Scott, y cuando el gobierno abrió para el asentamiento de poblaciones las tierras que habían sido de los indios, él reclamó una parcela en lo que entonces se llamaba Stephenson y ahora es Rock Island. El esclavo construyó una choza en esas tierras y vivió allí varios años para que su amo pudiera ser reconocido como colono.

»Cuando el cirujano fue trasladado a Wisconsin, Dred Scott se fue con él y luego regresaron juntos a Missouri, donde el médico murió. El negro intentó comprar su libertad y la de su esposa y sus dos hijas a la viuda. Por los motivos que fuera, la señora Emerson se negó a vendérsela. Así que el negro bribón y descarado solicitó su libertad ante los tribunales, afirmando que durante años había vivido como un hombre libre en Illinois y en Wisconsin.

Tom Beckermann lanzó una risotada.

—¡Un negro presentando una demanda!

—Bueno —intervino Julius Barton—, me parece que su demanda es legítima. La esclavitud es ilegal tanto en Illinois como en Wisconsin.

El doctor Naismith siguió sonriendo.

—Ah, pero por supuesto él había sido vendido y comprado en Missouri, un Estado esclavista, y había regresado allí.

Tobias Barr pareció reflexionar.

—¿Cuál es su opinión sobre el tema de la esclavitud, doctor Cole?

—Yo opino —dijo Rob J. en tono cauteloso— que está muy bien que un hombre posea una bestia si la cuida y le proporciona suficiente alimento y agua. Pero no creo que sea correcto que un ser humano posea otro ser humano.

El doctor Naismith hizo todo lo posible por mostrarse amable.

—Señores, me alegro de que sean mis colegas, y no abogados o jueces de los tribunales.

El doctor Barr asintió al ver la evidente reticencia del hombre a entablar una discusión desagradable.

—¿En Missouri han tenido muchos casos de cólera este año, doctor Naismith?

—De cólera no, pero hemos tenido muchos de lo que alguien ha llamado la peste del frío —respondió el doctor Naismith. Empezó a describir la aparente etiología de la enfermedad, y el resto de la reunión estuvo dedicado a hablar de cuestiones médicas.

Varias tardes después, Rob J. pasaba delante del convento de las hermanas de San Francisco de Asís y, sin haberlo decidido de antemano, hizo girar el caballo en el camino de entrada.

Esta vez su aparición fue divisada con tiempo, y una monja joven salió corriendo del jardín y se escabulló en el interior.

La madre Miriam Ferocia le ofreció la silla del obispo con una sonrisa serena.

—Tenemos café —anunció como indicándole que no siempre era así—. ¿Le apetece una taza?

Él no tenía intención de consumir las provisiones del convento, pero algo en el rostro de ella le hizo aceptar agradecido la invitación. Llegó el café, negro y caliente. A él le pareció fuerte y con sabor a viejo, como la religión.

—No tenemos leche —dijo la madre Miriam Ferocia alegremente—. Dios aún no nos ha enviado una vaca.

Cuando Rob J. le preguntó cómo iban las cosas en el convento, ella respondió con cierta rigidez que sobrevivían muy bien.

—Hay una forma de que puedan ingresar dinero en el convento.

—Siempre es sensato escuchar cuando alguien habla de dinero —comentó ella serenamente.

—Ustedes son una orden de enfermeras que no tienen dónde atender a los enfermos. Yo tengo pacientes que necesitan cuidados de enfermeras. Algunos de ellos pueden pagar.

Pero no obtuvo mejor respuesta que la primera vez que planteó el tema. La madre superiora hizo una mueca.

—Somos hermanas de la caridad.

—Algunos pacientes no pueden pagar nada. Si los atienden harán caridad. Y con lo que saquen de los que pueden pagar, mantendrán el convento.

—Cuando el Señor nos proporcione un hospital en el que podamos atender a los enfermos, los atenderemos.

Rob J. se sintió frustrado.

—¿Puede explicarme por qué no permite que sus monjas atiendan pacientes en sus domicilios?

—No. Usted no lo entendería.

—Haga la prueba.

Pero la Feroz Miriam se limitó a esbozar una sonrisa glacial.

Rob J. suspiró y se tragó el amargo brebaje.

—Hay otra cuestión.

Le habló de los pocos datos que había reunido hasta ese momento, y de sus esfuerzos por enterarse del paradero de Ellwood Patterson.

—No sé si ha oído hablar de ese hombre.

—Del señor Patterson, no. Pero he oído hablar del Instituto Religioso Estrellas y Barras. Una organización anticatólica respaldada por una sociedad secreta que sustenta el Partido Americano. Se llama Orden Suprema de la Bandera Estrellada.

—¿Cómo se enteró de la existencia de esa Orden...?

—... Suprema de la Bandera Estrellada. La llaman OSBE. —Lo miró fijamente—. La Madre Iglesia es una vasta organización. Tiene sus formas de conseguir información. Nosotros ponemos la otra mejilla, pero sería una tontería no averiguar de qué lado vendrá el próximo golpe.

—Tal vez la Iglesia pueda ayudarme a encontrar a este Patterson.

—Tengo la impresión de que para usted es importante.

—Creo que mató a una amiga mía. No se le debe permitir que mate a otras.

—¿No puede dejar eso en manos de Dios? —preguntó la madre superiora serenamente.

—No.

Ella suspiró.

—No es probable que lo encuentre gracias a mí. A veces una averiguación sólo supera uno o dos eslabones de la infinita cadena de la Iglesia. A menudo uno pregunta, y nunca más oye hablar del tema. Pero lo intentaré.

Cuando salió del convento, Rob J. fue hasta la granja de Daniel Rayner, donde se ocupó sin éxito de la espalda torcida de Lydia-Belle Rayner, y luego continuó hasta la granja de cabras de Lester Shedd. Éste había estado al borde de la muerte por una inflamación en el pecho, y era un excelente ejemplo de por qué las atenciones de las monjas podrían ser inestimables. Pero Rob J. había ido a visitar a Lester con la mayor frecuencia posible durante parte del invierno y toda la primavera, y con el enorme esfuerzo de la señora Shedd había logrado devolverle la salud.

Cuando Rob J. anunció que ya no eran necesarias sus visitas, Shedd se sintió aliviado, pero le resultó incómodo plantear el tema de los honorarios del médico.

—¿No tiene por casualidad una buena cabra que dé leche? —se oyó decir casi azorado.

—Ahora no da leche, porque es muy joven, pero es una pequeña maravilla. Dentro de un par de meses la haré montar por uno de mis machos. ¡Y cinco meses después dará litros de leche!

Rob J. se llevó al remiso animal atado a su caballo y fue con él hasta el convento.

La madre Miriam le dio las gracias varias veces, aunque observó en tono cáustico que cuando él volviera, siete meses después, tendría nata para el café, como acusándolo de haber hecho el regalo para satisfacer sus propios deseos egoístas.

Pero Rob vio que a la mujer le brillaban los ojos. Cuando sonrió, su rostro duro y severo adquirió dulzura y suavidad. Rob J. regresó a casa convencido de que había empleado bien el día.

Dorothy Burnham siempre había considerado al joven Robert Cole como un alumno inteligente y ávido de aprender. Al principio quedó desconcertada por las bajas calificaciones que vio junto a su nombre en la libreta del señor Byers, y luego se enfureció porque el chico poseía una inteligencia excepcional y era evidente que había sido tratado de manera injusta.

No tenía absolutamente ninguna experiencia con niños sordos, pero era una maestra que se enorgullecía de tener una oportunidad.

Cuando le llegó el momento de alojarse en casa de los Cole durante dos semanas, esperó la ocasión adecuada para hablar con el doctor Cole a solas.

—Se trata de la forma de hablar de Robert —explicó, y al verlo asentir se dio cuenta de que contaba con su más viva atención—. Tenemos la suerte de que habla con claridad. Pero como usted sabe, hay otros problemas.

Rob J. volvió a asentir.

—Su pronunciación es inexpresiva y apagada. Le he sugerido que varíe los tonos, pero... —Sacudió la cabeza—. Creo que habla de una forma monótona porque ha olvidado cómo suena la voz humana, cómo se eleva y desciende. Y creo que tal vez podamos recordárselo —concluyó ella.

Dos días más tarde, con la autorización de Lillian, la maestra llevó a Chamán a casa de los Geiger después de salir de la escuela. Le hizo quedarse de pie junto al piano, con la palma de la mano apoyada en la caja de madera. Mientras aporreaba la primera tecla de los bajos con todas sus fuerzas y seguía haciéndolo para que vibrara en toda la caja de resonancia y en la mano del chico, lo miró y entonó:

—¡Nues...! —La mano derecha de ella permanecía con la palma hacia arriba en la parte superior del piano.

Tocó la siguiente tecla.

—¡Tra es...!

Levantó ligeramente la mano derecha.

Y la siguiente:

—¡... cue! —Y levantó la mano un poco más.

Nota a nota recorrió la escala ascendente, pronunciando con cada nota una parte de la letra que había enseñado en la clase: «¡Nues-tra es-cue-la es co-lo-sal!», y lo mismo hizo con la escala descendente: «¡Y ve-ni-mos a a-pren-der!»

Tocó las escalas una y otra vez, permitiéndole al niño que se acostumbrara a las diferencias de las vibraciones que llegaban a su mano, y asegurándose de que veía el gradual ascenso y descenso de su mano con cada nota.

Entonces le dijo que cantara la letra que ella le había puesto a las escalas, no sólo articulándolas en silencio como solía hacer en la escuela sino en voz alta.

El resultado estuvo lejos de ser musical, pero la señorita Burnham no pretendía obtener música. Quería que Chamán adquiriera cierto dominio del tono de su voz, y después de una serie de intentos, en respuesta a la mano de ella que se movía frenéticamente en el aire, elevó la voz; pero la elevó algo más que una nota, mientras miraba paralizado el pulgar y el índice de la maestra que se encontraban a escasa distancia de sus ojos.

Así lo apremiaba y tiranizaba a Chamán, lo cual al niño le resultaba desagradable. La mano izquierda de la señorita Burnham avanzaba por el piano aporreando las teclas, subiendo y bajando obstinadamente las escalas. Su mano derecha se elevaba un poco con cada nota y descendía de la misma forma. Chamán graznaba elogios a su escuela, una y otra vez. A veces tenía el rostro ceñudo y en dos ocasiones se le llenaron los ojos de lágrimas, pero la señorita Burnham pareció no reparar en ello.

Finalmente la maestra dejó de tocar y estrechó al joven Robert Cole entre sus brazos, sujetándolo durante un buen rato y acariciando dos veces el grueso pelo de su nuca antes de soltarlo.

—Vete a casa —le dijo, pero lo detuvo cuando él se volvió para marcharse—. Mañana, después de clase, volveremos a practicar.

Él puso cara larga.

—Sí, señorita Burnham —respondió. Su voz sonó sin inflexión, pero ella no se desalentó.

Cuando el niño se fue, la maestra se acomodó frente al teclado y tocó las escalas una vez más.

—Sí —afirmó.

Aquel año la primavera fue fugaz; hubo un brevísimo período de calor agradable y luego cayó sobre la planicie un manto de opresivo bochorno. Un tórrido viernes por la mañana, a mediados de junio, Rob J. fue abordado en la calle Main, de Rock Island por George Cliburne, un granjero cuáquero que se había convertido en agente comercial de granos.

—¿Podrías concederme un momento, doctor? —preguntó Cliburne en tono cortés, y como si fuera algo sobreentendido, ambos se apartaron del sol y se protegieron en la frescura casi sensual de la sombra de un nogal.

—Me he enterado de que sientes compasión por los hombres sometidos a la esclavitud.

Rob J. quedó perplejo ante el comentario. Conocía sólo de vista al agente comercial. George Cliburne tenía fama de hombre de negocios eficaz; se decía que era astuto pero honrado.

—Mis puntos de vista personales no interesan a nadie. ¿Quién ha podido contarle eso?

—El doctor Barr.

Recordó la conversación con el doctor Naismith en la Asociación de Médicos. Vio que Cliburne miraba a su alrededor para asegurarse de que nadie los oía.

—Aunque nuestro Estado ha prohibido la esclavitud, los asesores jurídicos de Illinois reconocen el derecho de quienes viven en otros Estados a poseer esclavos. Así que los esclavos que han huido de los Estados del Sur, al llegar aquí son hechos prisioneros y devueltos a sus amos. Se los trata con crueldad. He visto con mis propios ojos una enorme casa de Springfield en la que se han dispuesto celdas diminutas provistas de gruesas manillas y grilletes sujetos a la pared.

»Algunos de nosotros —personas que pensamos de la misma forma, que coincidimos en que la esclavitud es algo nefasto—, estamos trabajando para ayudar a los que han huido en busca de la libertad. Te invitamos a que te unas a nosotros en la obra de Dios.

Rob J. se quedó esperando a que Cliburne dijera algo más, pero finalmente se dio cuenta de que ya le había hecho una especie de proposición.

—¿Ayudarlos... cómo?

—Nosotros no sabemos de dónde vienen. No sabemos a dónde van desde aquí. Nos los traen y se los llevan sólo en las noches sin luna. Tú sólo tienes que preparar un escondite seguro, suficientemente grande para un hombre. Un sótano, una grieta o un agujero en el suelo. Y alimento suficiente para tres o cuatro días.

Rob J. no se molestó en pensarlo. Sacudió la cabeza.

—Lo siento.

La expresión de Cliburne no revelaba sorpresa ni resentimiento, aunque en cierto modo le resultó conocida.

—¿Mantendrás el secreto de nuestra charla?

—Sí. Sí, por supuesto.

Cliburne suspiró.

—Que Dios te acompañe —lo saludó; después de reunir fuerzas para enfrentarse al calor, ambos se alejaron de la sombra.

Dos días más tarde, un domingo, los Geiger fueron a comer a casa de los Cole. A los hijos de los Cole les encantaba que fueran, porque en tales ocasiones la comida era extraordinaria.

Al principio Sarah se había sentido molesta al ver que cada vez que comían con ellos, los Geiger rechazaban sus asados, protegiendo su *kashruth*. Pero había llegado a comprender y a compensarlos. Cuando iban a comer, siempre les servía platos especiales, sopa sin carne, budines y verduras suplementarios, y diversos postres.

Jay había llevado un ejemplar del *Weekly Guardian* de Rock Island que contenía un artículo sobre el caso de Dred Scott, y comentó que el pleito entablado por el esclavo apenas tenía posibilidades de éxito.

—Malcolm Howard dice que en Louisiana todo el mundo tiene esclavos —comentó Alex, y su madre sonrió.

—No todo el mundo —le corrigió con tono suave—. Dudo de que el padre de Malcolm Howard haya poseído jamás esclavos, o alguna otra cosa.

—¿Tu papá tiene esclavos en Virginia? —le preguntó Chamán.

—Mi papá sólo tenía un pequeño aserradero —repuso Sarah—. Tenía tres esclavos, pero vinieron tiempos difíciles y tuvo que vender los esclavos y el aserradero e ir a trabajar para su padre, que tenía una granja enorme en la que trabajaban más de cuarenta esclavos.

—¿Y la familia de mi papá en Virginia? —preguntó Alex.

—Los familiares de mi primer esposo eran tenderos —dijo Sarah—. No poseían esclavos.

—De todos modos, ¿por qué alguien querría ser esclavo? —preguntó Chamán.

—No quieren serlo —le explicó Rob J. a su hijo—. Simplemente son personas pobres y desdichadas atrapadas en una mala situación.

Jay bebió un poco de agua y apretó los labios.

—Verás, Chamán, así son las cosas, así han sido en el Sur durante doscientos años. Existen radicales que escriben que habría que dar la libertad a los negros. Pero si en un Estado como Carolina del Sur los dejaran a todos libres, ¿cómo iban a vivir? Mira, ahora trabajan para los blancos, y los blancos cuidan de ellos. Hace unos años, Judah Benjamin, el primo de Lillian, tenía ciento cuarenta esclavos en su plantación de azúcar de Louisiana. Y los cuidaba muy bien. Mi padre, que vive en Charleston, tiene dos negras que trabajan en la casa. Las tiene desde que yo era niño. Las trata tan bien que sé que ellas jamás lo abandonarían, aunque las echaran.

—Es cierto —coincidió Sarah.

Rob J. abrió la boca; volvió a cerrarla y le pasó los guisantes y las zanahorias a Rachel. Sarah fue a la cocina y regresó con un budín de patatas gigantesco cocinado según una receta de Lillian Geiger, y Jay se quejó de que estaba lleno, pero igualmente preparó el plato.

Cuando los Geiger llevaron a los chicos a casa, Jay le insistió a Rob J. para que los acompañara, y así Lillian podría tocar con ellos un trío. Pero Rob le dijo a Jay que estaba cansado.

La verdad era que estaba rabioso. Para quitarse el malhumor, bajó hasta el río a respirar la brisa. En la tumba de Makwa vio algunos hierbajos y los quitó rápidamente, arrancándolos con rabia hasta que no quedó ninguno.

Comprendió por qué la expresión de George Cliburne le había resultado conocida. Era idéntica a la expresión que había visto en el rostro de Andrew Gerould la primera vez que le había pedido a Rob que escribiera la octavilla contra la administración inglesa, y él se había negado.

Los rasgos de ambos hombres habían quedado transformados por una mezcla de sentimientos, de fatalismo, de fuerza obstinada, y por la incomodidad de saber que se habían vuelto vulnerables al carácter de él y a su prolongado silencio.

34

El regreso

Una mañana en que la niebla colgaba como un espeso manto de vapor sobre el río y se aferraba a la franja del bosque, Chamán salió de su casa con paso lento y pasó de largo junto al retrete para ir a mear lánguidamente sobre la corriente caudalosa. A través de las capas más altas de la niebla brillaba un disco de color naranja que iluminaba las capas más bajas con un pálido resplandor. El mundo era nuevo y fresco y olía bien, y lo que podía ver del río y del bosque armonizaba con la paz permanente de sus oídos. Se dijo que si iba a dedicar el día a pescar, tendría que empezar temprano.

Se alejó del río. Entre él y su casa se alzaba la tumba, y cuando vio la figura entre los jirones de niebla no sintió miedo, sólo una rápida batalla entre la incredulidad y un abrumador arrebato de la felicidad y gratitud más dulces que conocía. *Espíritu, yo te convoco. Espíritu, contigo hablo.*

—¡Makwa! —gritó lleno de alegría, y avanzó.

—¿Chamán?

Cuando llegó hasta ella, lo primero que sacudió su mente fue darse cuenta de que no era Makwa.

—¿Luna? —preguntó vacilante; la mujer tenía muy mal aspecto.

Detrás de Luna vio otras dos figuras, dos hombres. Uno era un indio que él no conocía, y el otro era Perro de Piedra, que había trabajado para Jay Geiger. Perro de Piedra llevaba el torso desnudo y pantalones de gamuza. El desconocido usaba pantalones de tela tejida en casa y una camisa raída. Los dos iban calzados con mocasines. Luna llevaba unas botas de trabajo como las de los blancos, y un vestido azul, viejo y sucio, roto en el hombro derecho. Los hombres llevaban cosas que Chamán reconoció: una estopilla, un jamón ahumado, una pierna de cordero cruda; se dio cuenta de que habían forzado la puerta de la despensa.

—¿Tienes whisky? —preguntó Perro de Piedra, y Luna le dijo algo en sauk en tono áspero, y luego se derrumbó en el suelo.

—Luna, ¿te encuentras bien? —le preguntó Chamán.

—Chamán. ¡Qué grande estás! —Lo miró asombrada.

Se arrodilló junto a ella.

—¿Dónde has estado? ¿Los demás también están aquí?

—No..., los demás en Kansas. En la reserva. Dejo hijos allí, pero... —Cerró los ojos.

—Voy a buscar a mi padre —le dijo Chamán, con los ojos muy abiertos.

—Nos hicieron mucho daño, Chamán —musitó. Tanteó buscando las manos de él, y las sujetó con fuerza.

Chamán sintió que algo pasaba del cuerpo de ella a la mente de él. Como si pudiera oír otra vez y hubiera estallado un trueno; y supo —de alguna manera, supo— lo que le iba a ocurrir a Luna. Sintió un hormigueo en las manos. Abrió la boca pero no pudo gritar, no pudo avisarle. Estaba paralizado por un miedo totalmente nuevo para él, más cruel que el terror de la sordera recién conocida, mucho peor que cualquier cosa que hubiera experimentado en toda su vida.

Finalmente logró apartar las manos de ella.

Huyó en dirección a la casa, como si fuera su última oportunidad.

—¡Papá! —chilló.

Rob J. estaba acostumbrado a que le despertaran para atender alguna urgencia, pero no por la histeria de su hijo. Chamán no dejaba de farfullar que Luna había regresado y que se estaba muriendo. Sus padres necesitaron varios minutos para comprender lo que decía y para convencerlo de que centrara la mirada en los labios de ellos, que querían hacerle preguntas. Cuando comprendieron que Luna realmente había regresado y que estaba muy enferma, tendida en el suelo junto al río, salieron de la casa corriendo.

La niebla se desvanecía por momentos. Había más visibilidad, y pudieron ver claramente que allí no había nadie. Interrogaron a Chamán varias veces más, con detenimiento. El niño insistió en que Luna, Perro de Piedra y otro sauk habían estado allí. Volvió a describir la forma en que iban vestidos, lo que habían dicho, y el aspecto que tenían.

Sarah salió corriendo cuando oyó decir a Chamán lo que llevaban los indios, y regresó furiosa porque la despensa había sido forzada y faltaban algunos alimentos conseguidos a costa de un gran esfuerzo.

—Robert Cole —dijo de mal humor—, ¿no cogerías tú esas cosas para hacer una travesura y luego te inventaste esa historia de que los sauk han regresado?

Rob J. fue hasta el río y caminó junto a la orilla llamando a gritos a Luna, pero nadie respondió.

Chamán sollozaba inconsolablemente.

—Se está muriendo, papá.

—Bueno, ¿y tú cómo lo sabes?

—Ella me cogió las manos, y ella... —El chico se estremeció.

Rob J. miró fijamente a su hijo y suspiró. Rodeó a Chamán con sus brazos y lo estrechó con fuerza contra su pecho.

—No tengas miedo. Lo que le ocurrió a Luna no es culpa tuya. Hablaré contigo sobre esto e intentaré explicártelo. Pero creo que sería mejor que antes intentáramos encontrarla —sugirió.

Montó a caballo y emprendió la búsqueda. Durante toda la mañana se concentró en la gruesa franja del bosque que se extendía a la orilla del río, porque si él estuviera huyendo y quisiera esconderse habría ido al bosque. Cabalgó primero rumbo al norte, hacia Wisconsin, y luego regresó y fue hacia el sur. De vez en cuando la llamaba a gritos, pero en ningún momento obtuvo respuesta.

Era posible que se hubiera acercado a ellos mientras los buscaba. Los tres sauk podrían haber esperado entre la maleza, dejando que Rob J. pasara de largo; tal vez lo habían hecho varias veces. A primeras horas de la tarde tuvo que reconocer que no sabía cómo pensaban los sauk fugitivos, porque él no era un sauk fugitivo. Tal vez habían abandonado inmediatamente el río. La pradera estaba cubierta por la vegetación típica de finales del verano, hierbas altas que podían ocultar el avance de tres personas; y los campos de maíz cuyos cultivos eran algo más altos que cualquier persona, proporcionaban una protección perfecta.

Cuando por fin se dio por vencido regresó a casa, donde le esperaba Chamán. El chico quedó claramente decepcionado al enterarse de que la búsqueda de su padre había resultado infructuosa.

Se sentó a solas con su hijo bajo un árbol, a la orilla del río, y le habló del Don, de cómo le había sido dado a algunos miembros de la familia desde tiempos inmemoriales.

—No a todos. A veces se salta una generación. Mi padre lo tenía, pero mi hermano no, y tampoco mi tío. Le sucede a algunos Cole cuando son muy jóvenes.

—¿Tú lo tienes, papá?

—Sí.

—¿Cuántos años tenías cuando...?

—A mí no me fue dado hasta que tenía casi cinco años más que tú.

—¿Qué es? —preguntó el niño con voz débil.

—Verás, Chamán... No lo sé en realidad. Sé que no tiene nada de mágico. Creo que es una clase de sentido, como la vista, el oído o el olfato. Algunos somos capaces de coger las manos de una persona y saber si se está muriendo. Creo que simplemente se trata de una sensibilidad adicional, como sentir el pulso cuando tocas diferentes partes del cuerpo. A veces... —Encogió los hombros—. A veces es un don que viene muy bien cuando se es médico.

Chamán asintió, con movimientos temblorosos.

—Supongo que me vendrá bien cuando yo me convierta en médico.

Rob J. se enfrentó al hecho de que si su hijo era suficientemente adulto para recibir el Don, también era bastante maduro para enfrentarse a otras cosas.

—Tú no vas a ser médico, Chamán —dijo suavemente—. Un médico tiene que oír. Yo utilizo el oído todos los días cuando atiendo a mis pacientes. Para auscultarles el pecho, para oír su respiración, o para percibir la cualidad de su voz. Un médico tiene que ser capaz de oír que le piden ayuda. Un médico necesita sus cinco sentidos, sencillamente.

Le dolió ver la mirada de su hijo.

—¿Entonces qué haré cuando sea mayor?

—Ésta es una buena granja. Puedes trabajar en ella con Bigger—sugirió Rob J., pero el muchacho sacudió la cabeza—. Bueno, pues entonces podrías convertirte en un hombre de negocios o algo así, tal vez trabajar en una tienda. La señorita Burnham dice que eres uno de los alumnos más brillantes que ha tenido. Quizá te gustaría dar clases.

—No, no quiero dar clases.

—Chamán, aún eres un niño. Faltan varios años para que tengas que decidir. Mientras tanto, mantén bien abiertos los ojos. Observa a la gente y estudia sus ocupaciones. Hay muchas formas de ganarse la vida. Puedes elegir cualquiera de ellas.

—Menos una —protestó Chamán.

Rob J. no se habría permitido exponer a su hijo a un sufrimiento innecesario aceptando la posibilidad de un sueño que en realidad no creía realizable.

—Sí. Menos una —dijo con firmeza.

Había sido un día triste que había dejado a Rob J. furioso ante la injusticia de la vida. Detestaba tener que destruir el maravilloso sueño de su hijo. Era tan terrible como decirle a alguien que ama la vida que no tiene sentido hacer planes a largo plazo.

Se paseó de un lado a otro de la granja. Cerca del río los mosquitos compitieron con él por la sombra de los árboles y zumbaron en sus oídos.

Sabía que nunca más volvería a ver a Luna. Deseó haber tenido la posibilidad de decirle adiós. Le habría preguntado dónde había sido enterrado Viene Cantando. Le hubiera gustado enterrar a los dos como correspondía, pero tal vez en este momento Luna también habría sido abandonada en una tumba sin marcas. Como quien entierra una basura.

Al pensar en esto se sintió furioso, y también culpable porque él era parte de los problemas de ellos, lo mismo que la granja. En otros tiempos, los sauk habían poseído granjas magníficas y Pueblos de los Muertos en los que las tumbas estaban marcadas.

«Nos hicieron mucho daño», le había dicho Luna a Chamán.

En Estados Unidos había una buena Constitución, y Rob J. la había leído atentamente. Proclamaba la libertad, pero Rob tenía que reconocer que sólo se aplicaba a personas cuya piel iba del rosado al tostado. Las personas de piel más oscura bien podían llevar pieles o plumas.

Durante todo el tiempo que dedicó a pasearse por la granja estuvo buscando algo. Al principio no se dio cuenta, y luego, cuando comprendió lo que estaba haciendo, se sintió un poco mejor, aunque no demasiado. El lugar que buscaba no debía encontrarse en los campos ni en los bosques por los que Alden o alguno de los chicos —o incluso un cazador furtivo— pudiera pasar. La casa propiamente dicha era inadecuada porque necesitaría ocultársela a su familia, cosa que le fastidiaba enormemente. El dispensario a veces estaba desierto, pero en las horas de consulta quedaba atestado de pacientes. El establo también era un sitio muy frecuentado. Pero...

En la parte de atrás del establo había un cobertizo largo y estrecho, separado por una pared del lugar donde se ordeñaba. Era el cobertizo de Rob J., el lugar donde almacenaba los medicamentos, los tónicos y otros productos medicinales. Además de las hierbas que tenía colgadas y de los frascos y vasijas que llenaban las estanterías, guardaba una tabla de madera y un juego suplementario de instrumentos de drenaje, porque cuando le pedían que practicara una autopsia realizaba la disección en el cobertizo, que tenía una sólida puerta de madera y una buena cerradura.

La estrecha pared norte del cobertizo, lo mismo que toda la pared norte del propio establo, estaba construida en una elevación. En el cobertizo, una parte de la pared era un saliente rocoso, y el resto era de tierra.

Rob J. dedicó el día siguiente a atender el atestado dispensario y a hacer unas cuantas visitas domiciliarias, pero la mañana después dispuso de tiempo. Fue un día lleno de casualidades porque Chamán y Alden estaban reparando las vallas y construyendo un comedero con techo de una vertiente en la zona más alejada, y Sarah trabajaba en un proyecto de la iglesia. En la casa sólo se encontraba Kate Stryker —a quien Sarah había contratado para que la ayudara durante algunas horas en las tareas domésticas, después de que Luna se marchara—, pero Kate no lo molestaría.

En cuanto los demás se alejaron de esa zona de la granja, él llevó un pico y una pala y se puso enseguida a trabajar. No hacía mucho que había hecho un trabajo físico prolongado, y avanzó a buen ritmo. El terreno era rocoso y tan duro como la mayor parte del de la granja, pero él era un hombre fuerte y el pico abría el suelo sin dificultad. De vez en cuando tiraba tierra con la pala en una carretilla y la trasladaba a una buena distancia del establo, hasta un pequeño barranco. Había calculado que tal vez estaría varios días cavando, pero a primeras horas de la tarde llegó al saliente. La pared rocosa se extendía hacia el norte, de modo que la excavación sólo tenía un metro de profundidad en un extremo, algo más de uno y medio en el otro, y menos de un metro y medio de ancho. El espacio que quedaba era apenas suficiente para acostarse, sobre todo si había que guardar en él alimentos y otras provisiones, pero Rob J. pensó que serviría. Cubrió la abertura con unos tablones verticales de más de dos centímetros de grosor que habían estado amontonados fuera durante más de un año, de modo que parecían tan viejos como el resto del establo. Utilizó una lezna para agrandar un poco algunos agujeros de los clavos y aceitó los clavos que introdujo en los agujeros, de forma tal que algunos tablones podían ser retirados y colocados nuevamente con toda facilidad y sin hacer ruido.

Trabajó con mucho cuidado, trasladando la carretilla hasta el bosque y cargando musgo, que esparció en el barranco para ocultar la tierra añadida.

A la mañana siguiente cabalgó hasta Rock Island y mantuvo una breve pero significativa charla con George Cliburne.

35

La habitación secreta

Aquel otoño el mundo empezó a cambiar para Chamán; no fue un cambio brusco y desconcertante como el que había sufrido al perder el sentido del oído, sino una compleja alteración de su entorno que no fue menos modificadora por su carácter progresivo. Alex y Mal Howard se habían convertido en grandes amigos y su compañerismo bullicioso y risueño excluía a Chamán la mayor parte del tiempo. Rob J. y Sarah no estaban conformes con esa amistad; sabían que Mollie Howard era una mujer desaseada y quejosa, y su esposo Julian un vago, y detestaban que su hijo pasara el tiempo en la cabaña atestada y sucia de los Howard, a la que se acercaba una buena parte de los vecinos de la población para comprar el brebaje casero que Julian destilaba a partir del maíz triturado en un deshidratador oculto bajo una cubierta oxidada.

Ese malestar se vio justificado con la llegada de la Víspera de Todos los Santos, cuando Alex y Mal probaron el whisky que éste había apartado mientras embotellaba la producción de su padre. Así inspirados, se dedicaron a dejar una serie de retretes volcados a lo ancho de media población, lo que obligó a Alma Schroeder a salir arrastrándose y gritando de su retrete derribado, después de lo cual Gus Schroeder puso fin a la incontenible hilaridad de ambos apareciendo con su rifle de cazar búfalos.

El incidente dio lugar a una sucesión de desagradables conversaciones entre Alex y sus padres que Chamán hizo todo lo posible por evitar, porque después de observar los intercambios iniciales fue incapaz de leer el movimiento de sus labios. La reunión que mantuvieron los chicos, los padres y el sheriff London fue aún más desagradable.

Julian Howard afirmó que se había dado demasiada importancia a la travesura que un par de muchachos habían hecho la Víspera de Todos los Santos.

Rob J. intentó olvidar la antipatía que tenía a Howard; estaba seguro de que si en Holden's Crossing había algún miembro de la Orden Suprema de la Bandera Estrellada, ése era Howard, un hombre capaz de provocar bastantes problemas por su cuenta. Estaba de acuerdo con Howard en que los muchachos no eran asesinos ni criminales, pero dado que su trabajo consideraba la digestión humana como algo serio, no se sentía inclinado a compartir la opinión general de que todo lo relacionado con la mierda fuera divertido, incluida la destrucción de retretes. Sabía que el sheriff London se sentía respaldado por media docena de quejas sobre los chicos, y que tomaría medidas contra ellos porque no sentía simpatía por ninguno de los dos padres. Rob J. sugirió que Alex y Mal se hicieran responsables de arreglar los desperfectos. Tres de los retretes se habían astillado o derrumbado. Otros dos no podían ser levantados sobre el mismo agujero, que había quedado obstruido. Como compensación, los muchachos debían cavar agujeros y reparar los retretes. Rob J. pagaría la madera que fuera necesaria, y Alex y Mal saldarían esa deuda con él trabajando en la granja. Y si no cumplían el trato, el sheriff London podría tomar medidas.

Mort London admitió de mala gana que no le parecía mal el plan. Julian Howard se opuso hasta que supo que tanto su hijo como el de los Cole serían responsables también de sus tareas habituales; entonces estuvo de acuerdo.

A Alex y a Mal no se les dio la posibilidad de negarse, de modo que durante el mes siguiente se convirtieron en expertos en la reparación de letrinas, cavando los agujeros antes de que el invierno helara el suelo, y realizando el trabajo de carpintería con los dedos entumecidos de frío. Trabajaban bien; todos «sus» retretes durarían varios años, excepto el que construyeron detrás de la casa de los Humphrey, que quedó astillado tras el tornado que arrasó la casa y el granero en el verano del sesenta y tres, acabando también con la vida de Irving y Letty Humphrey. Alex era incontrolable. Una noche entró con la lámpara de aceite en la mano en el dormitorio que compartía con Chamán y anunció con profunda satisfacción que lo había hecho.

—¿Qué es lo que has hecho? —preguntó Chamán soñoliento, parpadeando para poder ver los labios de su hermano.

—Ya sabes. Lo he hecho. Con Pattie Drucker.

Chamán terminó de despertarse.

—Eres un asqueroso embustero, Bigger.

—No; lo he hecho con Pattie Drucker. En casa de su padre, mientras la familia se había marchado a ver a su tío.

Chamán lo miró embelesado, incapaz de creerle, aunque con unas tremendas ganas de hacerlo.

—Entonces dime cómo se hace.

Alex le sonrió con aire de suficiencia y explicó:

—Cuando metes el pirulí entre los pelos y todo lo demás, sientes algo tibio y agradable. Muy tibio y agradable. Pero entonces te excitas, de alguna manera, y te mueves hacia atrás y hacia delante porque estás muy contento. Atrás y adelante, como hace el carnero con la oveja.

—¿Y la chica también se mueve hacia atrás y hacia delante?

—No. La chica se queda tendida y muy contenta, y te deja hacer.

—¿Y entonces qué ocurre?

—Bueno, se te cruzan los ojos. Esa cosa sale disparada de tu polla como una bala.

—¿Como una bala? ¿Y le hace daño a la chica?

—No, idiota, quiero decir tan rápido como una bala, no tan fuerte como una bala. Es más blanda que un flan, como cuando te lo haces tú mismo. De todos modos, después de eso casi todo ha terminado.

Chamán quedó convencido por la gran cantidad de detalles que nunca había oído mencionar.

—¿Eso quiere decir que Patty Drucker es tu chica?

—¡No! —exclamó Alex.

—¿Estás seguro? —preguntó Chamán ansiosamente. Pattie Drucker ya era casi tan grande como su pálida madre, y su risa sonaba como un rebuzno.

—Eres demasiado pequeño para entenderlo —murmuró Alex, preocupado y contrariado, y apagó la lámpara para interrumpir la conversación.

Chamán se quedó despierto, pensando en lo que Alex le había contado, también excitado y preocupado. No le gustaba la parte en que se cruzaban los ojos. Luke Stebbins le había dicho que si se lo hacía solo podía quedarse ciego. Tenía suficiente con la sordera, no quería perder ningún otro sentido. Tal vez ya había empezado a quedarse ciego, pensó, y a la mañana siguiente anduvo de un lado a otro comprobando ansiosamente su visión de lejos y de cerca.

Cuanto menos tiempo pasaba Bigger con él, más se dedicaba Chamán a los libros. Los leía a toda prisa y los pedía prestados sin ningún tipo de reparo. Los Geiger tenían una buena biblioteca y le permitían llevarse los libros prestados. Para su cumpleaños y para Navidad todos le regalaban libros, el combustible para el fuego que él encendía contra el frío de la soledad. La señorita Burnham decía que jamás había conocido a nadie que leyera tanto.

La maestra lo hacía trabajar sin descanso para que mejorara su expresión. Durante las vacaciones de la escuela recibía alojamiento y pensión gratuitos en casa de los Cole, y Rob J. se ocupaba de que los esfuerzos que hacía por su hijo quedaran recompensados, pero ella no trabajaba con Chamán por interés personal. Había convertido la claridad de expresión de Chamán en su propio objetivo. Los ejercicios con la mano del muchacho sobre el piano continuaban sin cesar. Se sintió fascinada al comprobar que desde el principio el chico captaba la diferencia entre las distintas vibraciones, y que poco tiempo después era capaz de identificar las notas en cuanto ella las tocaba.

El vocabulario de Chamán se iba ampliando gracias a la lectura, pero tenía dificultades con la pronunciación y no podía corregirla escuchando las voces de los demás. Por ejemplo, pronunciaba «habito» en vez de «hábito» y ella se dio cuenta de que parte de su dificultad se debía a que ignoraba dónde acentuar las palabras. Utilizó una pelota de goma para mostrarle cuál era el problema, lanzándola suavemente para indicar una acentuación normal, y con más fuerza para señalar una acentuación mayor. Incluso eso le llevó tiempo, porque la actividad corriente de recoger una pelota que rebota representaba para él una gran dificultad. La señorita Burnham se dio cuenta de que ella estaba preparada para recoger la pelota gracias al sonido que ésta hacía al golpear contra el suelo. Chamán no tenía este tipo de preparación, y tuvo que aprender a cogerla memorizando la cantidad de tiempo que la pelota tardaba en llegar al suelo y rebotar hasta su mano cuando la lanzaba con una determinada fuerza.

Cuando Chamán logró identificar el rebote de la pelota como una representación de la acentuación, ella puso en marcha una serie de ejercicios con la pizarra y la tiza, escribiendo palabras y luego dibujando pequeños círculos sobre las sílabas que recibían una acentuación oral normal, y círculos más grandes sobre las sílabas que debían acentuarse más:

Ca-te-dral. Bue-nos-días. Cua-dro.
Fies-ta. U-na mon-ta-ña.

Rob J. se unió a sus esfuerzos enseñándole a Chamán a hacer malabarismos, y a menudo Alex y Mal Howard se sumaban a las lecciones. A veces Rob había hecho malabarismos para entretenerlos, y ellos se divertían y se mostraban interesados, pero la técnica era difícil. No obstante, los estimulaba a que perseveraran.

—En Kilmarnock, todos los chicos de la familia Cole aprenden a hacer malabarismos. Es una antigua costumbre familiar. Si ellos pueden aprender a hacerlos, vosotros también —les decía, y ellos descubrieron que tenía razón.

Para decepción de Rob, Mal Howard resultó ser el mejor malabarista de los tres, y pronto pudo trabajar con cuatro pelotas. Pero Chamán le seguía de cerca, y Alex tuvo que practicar tenazmente para poder mantener tres pelotas en el aire con soltura. El objetivo no era forjar un artista sino darle a Chamán la noción de la diferencia de ritmos. Y funcionó.

Una tarde, mientras la señorita Burnham estaba delante del piano de Lillian Geiger con el muchacho, le cogió la mano que tenía apoyada en la caja de resonancia y la colocó en la garganta de ella.

—Mientras yo hablo —dijo—, las cuerdas de mi laringe vibran, como las cuerdas del piano. ¿Percibes las vibraciones, el modo en que cambian con cada palabra?

Él asintió embelesado, y se miraron sonrientes.

—¡Oh, Chamán! —exclamó Dorothy Burnham, apartando la mano del chico de su garganta y estrechándola entre las suyas—. ¡Estás haciendo muchos progresos! Pero necesitas un entrenamiento constante, más del que yo puedo darte durante el curso. ¿Hay alguien que pueda ayudarte?

Chamán sabía que su padre estaba ocupado con los enfermos. Su madre se dedicaba a trabajar para la iglesia, y él captaba la poca disposición de ella a ocuparse de su sordera, cosa que lo desconcertaba pero que no era imaginada. Y Alex se iba con Mal cada vez que terminaba sus tareas.

Dorothy suspiró.

—¿A quién podríamos encontrar que pudiera trabajar contigo de una forma regular?

—A mí me encantaría ayudar —dijo de repente una voz surgida de un enorme sillón de orejas con respaldo de crin que se encontraba de espaldas al piano, y Dorothy se sorprendió al ver que Rachel Geiger se levantaba a toda prisa del sillón y se acercaba a ellos.

La maestra se preguntó cuántas veces la niña habría estado allí sentada sin que la vieran, oyendo mientras ellos hacían los ejercicios.

—De verdad que puedo hacerlo, señorita Burnham —afirmó Rachel casi sin resuello.

Chamán pareció encantado.

Dorothy le sonrió a Rachel y le apretó la mano.

—Estoy segura de que lo harás muy bien, cariño —le dijo.

Rob J. no había recibido respuesta alguna a las cartas que había enviado con relación a la muerte de Makwa.

Una noche se sentó a la mesa y desahogó su frustración redactando otra carta, en tono áspero, con la intención de armar un poco de alboroto.

«... Los delitos de violación y asesinato han sido totalmente pasados por alto por los representantes del gobierno y de la ley, hecho que lleva a plantear la pregunta de si el Estado de Illinois, o incluso Estados Unidos de América, es un reino de auténtica civilización o un sitio en el que los hombres pueden comportarse como auténticas bestias con toda impunidad.» Despachó copia de las cartas a las mismas autoridades con las que ya se había puesto en contacto; tenía la esperanza de que el tono áspero de las mismas produjera algún resultado.

Pensó malhumorado que nadie se había puesto en contacto con él. Había cavado la habitación en el cobertizo a un ritmo casi frenético, pero ahora que estaba hecha no tenía noticias de George Cliburne. Al principio, a medida que los días se convertían en semanas, pasaba horas pensando cómo harían para avisarle, y luego empezó a preguntarse por qué lo dejaban de lado. Apartó la habitación secreta de su mente y se resignó al conocido acortamiento de los días, a la enorme V que formaban los gansos mientras acuchillaban el aire azul en su vuelo hacia el sur, al estruendoso sonido del río que se volvía cristalino a medida que el agua se enfriaba. Una mañana cabalgó hasta el pueblo y Carroll Wilkenson se levantó de la silla que ocupaba en el porche del almacén y caminó hasta donde Rob J. desmontaba de una pequeña yegua pinta de cuello encorvado.

—¿Yegua nueva, doctor?

—Sólo estoy probándola. Nuestra Vicky ya está casi ciega. Es fantástica para que los chicos paseen por la pradera, pero... Ésta pertenece a Tom Beckermann. —Sacudió la cabeza. El doctor Beckermann le había dicho que la pinta tenía cinco años de edad, pero los incisivos inferiores del animal estaban tan gastados que él supo que tenía más del doble; además se sobresaltaba con los insectos y las sombras.

—¿Prefiere las yeguas?

—No necesariamente. Aunque en mi opinión son más tranquilas que los sementales.

—Creo que tiene usted razón. Toda la razón... Ayer tropecé con George Cliburne. Me pidió que le dijera que tiene algunos libros nuevos en su casa, y que tal vez le interese echarles un vistazo.

Ésa era la señal, que cogió a Rob J. por sorpresa.

—Gracias, Carroll. George tiene una gran biblioteca —dijo, con la esperanza de que su voz sonara serena.

—Sí, así es. —Wilkenson levantó la mano para despedirse—. Bueno, haré correr la voz de que quiere comprar una yegua.

—Se lo agradeceré —repuso Rob J.

Después de la cena Rob J. estudió el cielo para asegurarse de que no habría luna. Durante toda la tarde habían pasado negros nubarrones. El aire parecía el de una lavandería después de lavar durante dos días, y prometía lluvia antes de la mañana.

Se acostó temprano y logró dormir unas pocas horas, pero tenía la habilidad de los médicos para hacer una siesta corta, de modo que alrededor de la una estaba despierto y despabilado. Recuperó el tiempo perdido y se apartó del calor del cuerpo de Sarah antes de las dos. Se había acostado en ropa interior, y cogió el resto de la ropa en silencio, a oscuras, y se vistió en la planta baja. Sarah estaba acostumbrada a que él se marchara a cualquier hora para atender algún paciente, y siguió durmiendo profundamente.

Las botas de Rob estaban en el suelo, debajo de su abrigo, en el vestíbulo delantero. Una vez en el establo ensilló a Reina Victoria porque sólo iría hasta el lugar en que el sendero de entrada a la casa de los Cole se encontraba con el camino público, y Vicky conocía ese tramo tan bien que no necesitaba tener buena vista. Estaba tan nervioso que hizo todo con demasiado tiempo, y diez minutos después de llegar al camino se sentó y acarició el pescuezo de la yegua mientras empezaba a caer una débil lluvia. Aguzó el oído para captar sonidos imaginados, pero por fin oyó sonidos reales, el chirrido y el tintineo de unos arreos, el ruido de los cascos de un caballo de tiro que avanzaba pesadamente. Un instante más tarde el carro tomó forma: un carro cargado de heno.

—Entonces has venido —dijo George Cliburne tranquilamente.

Rob J. luchó contra el impulso de negar que era él y se quedó sentado mientras Cliburne buscaba entre el heno y de éste salía otra forma humana. Evidentemente, Cliburne ya le había dado instrucciones al esclavo, porque sin hacer ningún comentario el hombre se aferró a la parte de atrás de la montura de Vicky y montó detrás de Rob J.

—Que Dios te acompañe —lo saludó Cliburne alegremente, tirando de las riendas y poniendo en marcha el carro.

Con anterioridad —y tal vez varias veces— el negro había perdido el control de su vejiga. Gracias a su experta nariz, Rob supo que la orina se había secado, quizá varios días antes, pero apartó su cuerpo del penetrante olor a amoniaco que le llegaba desde atrás. Cuando pasaron frente a la casa, todo estaba a oscuras. Había pensado colocar al hombre en el refugio subterráneo a toda prisa, desensillar el caballo y volver a meterse en la cama caliente. Pero una vez dentro del cobertizo, el proceso resultó más complicado.

Cuando encendió la lámpara vio que se trataba de un hombre negro entre treinta y cuarenta años, de ojos asustados y cautelosos como los de un animal acosado, nariz grande y ganchuda y pelo enmarañado como la lana de un carnero. Llevaba zapatos resistentes, una camisa adecuada y unos pantalones tan raídos y agujereados que faltaba más tela de la que quedaba. Rob J. quería preguntarle cómo se llamaba y de dónde había huido, pero Cliburne le había advertido que hacer preguntas iba en contra de las reglas. Retiró los tablones y detalló lo que había dentro del escondite: un recipiente con tapa para las necesidades fisiológicas, papel de periódico para limpiarse, una jarra de agua para beber, una bolsa de galletas. El negro no dijo nada; se agachó y entró, y Rob volvió a colocar los tablones.

Había un recipiente de agua sobre la estufa apagada. Rob J. preparó y encendió el fuego. En el establo, colgados de un clavo, encontró sus pantalones más viejos de trabajo —que eran demasiado largos y demasiado grandes— y unos tirantes que en otros tiempos habían sido rojos y ahora estaban grises de polvo, el tipo de tirantes a los que Alden llamaba suspensorios. Los pantalones enrollados podían resultar peligrosos si quien los llevaba tenía que correr, así que cortó un trozo de veinte centímetros a cada pierna con las tijeras quirúrgicas. Cuando terminó de poner en su sitio la yegua, el agua que estaba encima de la estufa se había calentado. Volvió a retirar los tablones y pasó el agua, los trapos, el jabón y los pantalones al interior del escondite; colocó otra vez los tablones, apagó la estufa y luego la lámpara.

Vaciló antes de marcharse.

—Buenas noches —dijo mirando los tablones.

Se oyó un movimiento, como el ruido que hace un oso en su madriguera; el hombre se estaba lavando.

—Gracias, señor —llegó finalmente la respuesta como un ronco susurro, como si alguien hablara en una iglesia.

El primer huésped de la posada, pensó Rob J. El hombre se quedó allí durante setenta y tres horas. Después de dedicarle un saludo tranquilo y alegre en un tono tan cortés que resultó casi formal, George Cliburne lo recogió en medio de la noche y se lo llevó. Aunque estaba tan oscuro que Rob J. no pudo ver los detalles, tenía la seguridad de que el cuáquero llevaba el pelo prolijamente peinado sobre la coronilla, y las mejillas rosadas tan bien afeitadas como si fuera mediodía.

Aproximadamente una semana más tarde, Rob J. tuvo miedo de que él, Cliburne, el doctor Barr y Carroll Wilkenson fueran arrestados como cómplices de robo de la propiedad privada, porque oyó decir que Mort London había cogido a un esclavo fugado. Pero resultó que no se trataba de «su» negro sino de un esclavo que se había escapado de Louisiana y se había ocultado en una barcaza sin que nadie se enterara ni pudiera ayudarlo.

Fue una buena semana para Mort London. Unos días después de recibir una recompensa en metálico por devolver al esclavo, Nick Holden premió su prolongada lealtad haciendo que lo nombraran delegado del oficial de justicia de Estados Unidos en Rock Island. London renunció de inmediato al puesto de sheriff, y por recomendación suya el alcalde Andreson nombró a su único ayudante, Fritzie Graham, para que se ocupara de la oficina hasta las siguientes elecciones. Rob J. no simpatizaba con Graham, pero la primera vez que se encontraron, el nuevo sheriff en funciones se apresuró a señalar que no estaba interesado en mantener las disputas de Mort London.

—Espero que se convierta otra vez en un forense activo, doctor. Realmente activo.

—Yo también lo espero —respondió Rob J. Y era verdad, porque había echado mucho de menos las oportunidades de depurar su técnica quirúrgica realizando disecciones.

Alentado por estas palabras, no pudo resistir la tentación de pedirle a Graham que reabriera el caso del asesinato de Makwa, pero sólo obtuvo de Fritzie una mirada tan cautelosa e incrédula que enseguida supo cuál era la respuesta, aunque aquél le prometió que haría todo lo que estuviera en sus manos.

Los ojos de Reina Victoria habían quedado afectados por unas cataratas que los cubrían de una capa densa y lechosa, y la vieja y mansa yegua ya no veía nada. Si hubiera sido más joven la habría operado para extraérselas, pero la yegua ya no tenía fuerzas para trabajar, y él no veía ningún motivo para hacerla sufrir. Tampoco pensaba sacrificarla porque parecía contenta entre los pastos, donde tarde o temprano todos los que estaban en la granja se detenían a darle una manzana o una zanahoria.

La familia tenía que contar con un caballo cuando Rob estaba fuera de casa. La otra yegua, Bess, era más vieja que Vicky y también tendría que ser reemplazada muy pronto, de modo que Rob mantenía los ojos bien abiertos ante cualquier caballo que estuviera disponible. Él era un animal de costumbres y detestaba tener que depender de un caballo nuevo, pero finalmente, en noviembre, le compró a los Schroeder una pequeña yegua baya ni joven ni vieja, por un precio tan razonable que no lamentaría perder si no era lo que necesitaba. Los Schroeder la llamaban Trude, y ni él ni Sarah vieron la necesidad de cambiarle el nombre. Rob dio unos paseos cortos con ella, pensando que le iba a decepcionar, aunque en el fondo sabía que Alma y Gus nunca le habrían vendido una mala yegua.

Una fresca tarde la ensilló y se fue con ella a hacer las visitas domiciliarias, que les hicieron recorrer toda la población y sus alrededores. La yegua era más pequeña que Vicky y que Bess, y parecía más delgada debajo de la montura, pero respondía bien y no era un animal nervioso. Cuando regresaron a casa, al caer la tarde, Rob supo que la yegua se portaría bien, y dedicó un buen rato a almohazarla, y a darle agua y comida. Los Schroeder siempre le habían hablado en alemán. Rob J. le había hablado todo el día en inglés, pero ahora le palmeó la ijada y sonrió.

—*Gute Nacht, Meine Gnadige Liebchen* —dijo, derrochando imprudentemente y de una sola vez todo su vocabulario alemán.

Cogió el farol y empezó a salir del establo, pero cuando llegó a la puerta se produjo una fuerte detonación. Rob vaciló; intentó identificar el sonido, procurando convencerse de que cualquier sonido podía parecerse al del disparo de un rifle, pero inmediatamente después del estampido producido por la pólvora hubo un ruido sordo y un crujido al tiempo que el proyectil arrancaba una astilla de nogal del dintel de la puerta del establo, a menos de veinte centímetros por encima de su cabeza.

Cuando recuperó el sentido se metió en el establo a toda prisa y apagó el farol. Oyó que la puerta de atrás de la casa se abría y se cerraba de golpe, y luego oyó que alguien corría.

—¿Papá? ¿Te encuentras bien? —le preguntó Alex.

—Sí. Vuelve a casa.

—¿Qué...?

—¡Ahora mismo!

Los pasos retrocedieron, la puerta se abrió y se cerró de golpe. Mientras miraba en la penumbra se dio cuenta de que temblaba. Los tres caballos se movieron, nerviosos, y Vicky relinchó. El tiempo pareció detenerse.

—¿Doctor Cole? —La voz de Alden se acercaba—. ¿Ha sido usted el que ha disparado?

—No, alguien ha disparado al establo. Ha estado a punto de darme.

—Quédese donde está —le gritó Alden en tono decidido.

Rob J. sabía cómo operaba la mente de su jornalero. Le habría llevado demasiado tiempo coger el arma que guardaba en su cabaña para cazar gansos; de modo que cogería el rifle de caza que Rob guardaba en su casa. Oyó sus pasos y su voz al abrir la puerta:

—Soy yo. —Y la puerta se cerró.

... Y se abrió otra vez. Oyó que Alden se alejaba, y luego hubo silencio. Pasaron siete minutos que parecieron un siglo, y por fin unas pisadas regresaron al establo.

—No veo a nadie ahí fuera, doctor Cole, y he mirado muy bien. ¿Dónde dio la bala? —Cuando Rob J. señaló el dintel astillado, Alden tuvo que ponerse de puntillas para tocarlo. Ninguno de los dos encendió el farol para verlo mejor—. ¿Qué demonios...? —dijo Alden con voz vacilante; la palidez de su rostro era fácilmente visible a pesar de la oscuridad—. No tiene importancia que estuviera cazando furtivamente en su propiedad. Pero cazar tan cerca de la casa, cuando ya no hay luz... ¡Como pille a ese estúpido se va a acordar!

—No ha ocurrido nada grave. Me alegro de que estuvieras aquí —dijo Rob J. tocándole el hombro. Entraron juntos en la casa para tranquilizar a la familia y olvidar lo que podría haber sido un accidente. Rob J. sirvió una copa de coñac a Alden y bebió con él, cosa que rara vez hacía.

Sarah había preparado una cena que a él le encantaba: pimientos verdes y calabacines rellenos de carne picada y sazonada, guisados con patatas y zanahorias. Comió con apetito y elogió la cocina de su esposa, pero luego buscó la soledad del porche.

Sabía que ningún cazador sería tan descuidado como para acercarse tanto a la casa y disparar con la poca luz que había al anochecer.

Pensó en la posibilidad de una relación entre el incidente y el escondite, y llegó a la conclusión de que no había ninguna. Si alguien quería causarle problemas porque ayudaba a los esclavos a escapar, esperaría a que llegara el siguiente negro. Entonces haría arrestar al insensato doctor Cole y recibiría una gratificación por devolver al esclavo.

Pero no pudo evitar la creciente sensación de que el disparo había sido la advertencia de alguien que quería hacerle reflexionar.

La luna prestaba su brillo a la oscuridad; no era una noche para trasladar gente perseguida. Sentado y mirando hacia fuera, estudiando las sombras de los árboles mecidos por el viento, tuvo la segura intuición de que por fin había recibido respuesta a sus cartas.

36

El primer judío

Rachel temía el Día de la Expiación pero le encantaba la pascua judía porque los ocho días de *Pesach* compensaban con creces el hecho de que otros celebraran la Navidad. Durante la pascua los Geiger se quedaban en casa, que para ella era como un refugio lleno de una luz cálida. Era una fiesta de música, cantos y juegos, de espantosas historias bíblicas con final feliz, y de comidas especiales en el *Seder*, con pan ácimo que les enviaban desde Chicago; su madre horneaba tartas esponjosas, tan grandes y ligeras que cuando Rachel era niña creía a su padre cuando le decía que si se concentraba podía verlas flotar.

En cambio, todos los otoños, para Rosh Hashana y Yom Kippur, la familia hacía las maletas después de semanas de preparativos y viajaba durante casi todo el día en carro hasta Galesburg, después en tren hasta un muelle del río Illinois, y río abajo en vapor hasta Peoria, donde había una comunidad judía y una sinagoga. Aunque se trasladaban hasta Peoria sólo esas dos semanas sagradas del año, eran miembros de la congregación que pagaban sus cuotas y tenían asientos reservados a su nombre. Durante esas vacaciones, los Geiger siempre se alojaban en casa de Morris Goldwasser, un comerciante textil que era miembro destacado de la *shul*. Todo lo que tenía que ver con el señor Goldwasser era grande y amplio, incluido su cuerpo, su familia y su casa. Nunca permitía que Jason le pagara, señalando que era un *mitzvah* hacer posible que otro judío adorara a Dios, e insistía en que si los Geiger le pagaran por su hospitalidad lo privarían de una bendición. De modo que todos los años Lillian y Jason pasaban semanas pensando en un regalo adecuado para demostrar su agradecimiento.

Rachel odiaba todo el montaje que estropeaba los otoños: los preparativos, la preocupación por la selección del regalo, la dura prueba que suponía sobrevivir dos semanas al año en casa de unos desconocidos, el dolor y el mareo de las veinticuatro horas de ayuno que se hacía en Yom Kippur.

Para sus padres, cada visita a Peoria era una oportunidad para renovar su judaísmo. Estaban muy solicitados socialmente porque el primo de Lillian, Judah Benjamin, había sido elegido senador de Estados Unidos por Louisiana —era el primer judío que se convertía en miembro del Senado— y todos querían hablar de él con los Geiger. Iban a la sinagoga cada vez que se presentaba la oportunidad. Lillian intercambiaba recetas y participaba en los chismes. Jay hablaba de política con los hombres, bebía uno o dos *schnapps* para celebrar, e intercambiaba puros. Les hablaba de Holden's Crossing con verdadero entusiasmo y reconocía que estaba intentando atraer a otros judíos al lugar, para que con el tiempo hubiera una *minyan* de diez hombres, lo cual le permitiría practicar el culto en grupo. Los otros hombres lo trataban con una cálida comprensión. De todos ellos, sólo Jay y Ralph Seixas, que había nacido en Newport, Rhode Island, eran norteamericanos nativos. Los otros provenían del extranjero y sabían lo que significaba ser pionero. Coincidían en que era difícil ser el primer judío en instalarse en cualquier sitio.

Los Goldwasser tenían dos hijas rollizas: Rose, que era un año mayor que Rachel, y Clara, que le llevaba tres años. Cuando Rachel era pequeña disfrutaba jugando con las niñas Goldwasser a toda clase de juegos (a la casa, a la escuela, a mayores); pero el año en que Rachel cumplió los doce, Clara se casó con Harold Green, un sombrerero. La pareja vivía con los padres de Clara, y ese año, cuando los Geiger llegaron para la celebración, Rachel encontró algunos cambios. Clara ya no quería jugar a personas mayores porque se había convertido en una persona mayor de verdad, en una mujer casada. Hablaba con suavidad y en tono condescendiente con su hermana y con Rachel, atendía a su esposo con dulce fidelidad, y se le permitía decir las bendiciones de las velas del Sabbath, un honor reservado a la matrona de la familia. Pero una noche en que las tres muchachitas estaban solas en la enorme casa bebieron vino en la habitación de Rose, y la pequeña de quince años, Clara Goldwasser Green, se olvidó de que era una matrona. Les contó a Rachel y a su hermana todo lo que suponía estar casada. Les reveló los secretos más sagrados que compartían las mujeres adultas, extendiéndose con todo detalle en la fisiología y en los hábitos del hombre judío.

Tanto Rose como Rachel habían visto un pene, pero siempre en miniatura, a sus hermanos pequeños o a sus primos, a los bebés a la hora del baño: un blando y rosado apéndice que terminaba en un botón circuncidado de carne suave punteado con un solo agujero para dejar salir el pis.

Pero mientras apuraba la copa con los ojos cerrados, Clara describió con picardía las diferencias entre los bebés judíos y los hombres judíos. Y mientras con la lengua daba cuenta de las últimas gotas que quedaban en la copa, describió la transformación que se produce en la dulce e inofensiva carne cuando un hombre judío yace junto a su esposa, y lo que ocurre a continuación.

Ninguna de las dos gritó aterrorizada, pero Rose había cogido la almohada y la apretaba contra su cara con las manos.

—¿Y eso ocurre a menudo? —preguntó, y su voz sonó amortiguada.

Muy a menudo, afirmó Clara, y sin falta en el Sabbath y en las fiestas religiosas, porque Dios le informó al hombre judío que era una bendición.

—Salvo mientras sangras, por supuesto.

Rachel sabía lo que era sangrar. Era el único secreto que su madre le había contado; aún no le había sucedido, cosa que ocultó a las hermanas. Pero estaba preocupada por otra cosa, la cuestión del mecanismo de las medidas, del sentido común, y había estado imaginando un esquema perturbador. Inconscientemente se tapó el regazo con la mano.

—Claro —dijo débilmente—, no es posible hacerlo.

En algunas ocasiones, les informó Clara en tono arrogante, su Harold empleaba mantequilla auténticamente *kosher*.

Rose Goldwasser se quitó la almohada de la cara y miró a su hermana con una expresión iluminada por la revelación.

—¡Por eso siempre se nos acaba la mantequilla! —gritó.

Los días posteriores fueron especialmente difíciles para Rachel. Enfrentadas a la alternativa de considerar las revelaciones de Clara como algo espantoso o como algo cómico, ella y Rose optaron en defensa propia por la comedia. Durante el desayuno y la comida, en que casi siempre comían productos lácteos, sólo tenían que intercambiar una mirada para estallar en un torrente de carcajadas tan estúpidas que en varias ocasiones fueron castigadas a levantarse de la mesa. La hora de la cena, cuando los hombres de las dos familias se unían a la mesa, aún era peor, porque no podía sentarse a dos sillas de distancia de Harold Green y mirarlo y conversar, sin imaginarlo untado de mantequilla.

Al año siguiente, cuando los Geiger visitaron Peoria, Rachel quedó decepcionada al enterarse de que ni Clara ni Rose vivían ya en casa de sus padres. Clara y Harold habían sido padres de un niño y se habían mudado a una casa pequeña junto al acantilado del río; cuando fueron a casa de los Goldwasser, Clara estaba muy ocupada con su hijo y le prestó poca atención a Rachel. Rose se había casado el mes de julio anterior con un hombre llamado Samuel Bielfield, que se la había llevado a vivir a St. Louis.

Aquel Yom Kippur, mientras estaban fuera de la sinagoga, Rachel y sus padres fueron abordados por un hombre mayor llamado Benjamin Schoenberg. El señor Schoenberg llevaba una chistera de fieltro de castor, camisa de algodón blanco con chorrera, y corbata de lazo negra. Charló con Jay sobre la situación de la profesión de farmacéutico y luego empezó a interrogar afablemente a Rachel sobre sus estudios y sobre la ayuda que prestaba a su madre en las faenas domésticas.

Lillian Geiger sonrió al anciano y sacudió la cabeza misteriosamente.

—Es demasiado pronto —le dijo, y el señor Schoenberg le devolvió la sonrisa, y después de unos cuantos comentarios graciosos se marchó.

Esa noche Rachel oyó fragmentos de conversación entre su madre y la señora Goldwasser que revelaban que Benjamin Schoenberg era un *shadchen*, un agente matrimonial. En efecto, el señor Schoenberg había arreglado el matrimonio de Clara y también el de Rose. Experimentó un miedo terrible, pero se sintió aliviada al recordar lo que su madre le había dicho al casamentero. Era demasiado joven para el matrimonio, pensó, como muy bien comprendían sus padres, al margen de que Rose Goldwasser sólo era ocho meses mayor.

Durante todo el otoño, incluidas las dos semanas que pasaron en Peoria, el cuerpo de Rachel estuvo cambiando. Cuando sus pechos se desarrollaron, fueron desde un principio los pechos de una mujer y desequilibraron su delgado cuerpo, y conoció las prendas especiales, la fatiga muscular y los dolores de espalda. Aquél fue el año en que el señor Byers la tocó y le hizo la vida tan horrible hasta que su padre arregló la situación. Cuando Rachel se examinaba en el espejo de su madre, se tranquilizaba pensando que ningún hombre querría a una chica con el pelo negro y liso, hombros estrechos, cuello demasiado largo, pechos demasiado grandes, tez cetrina y mediocres ojos pardos de vaca.

Luego se le ocurrió que cualquier hombre que aceptara a una chica como ella sería también horrible, estúpido y muy pobre, y se dio cuenta de que cada día se acercaba más a un futuro en el que no deseaba pensar.

Estaba enfadada con sus hermanos y los trataba con rencor porque ellos no sabían de qué dones y privilegios disfrutaban gracias a la masculinidad: el derecho a vivir en la cálida seguridad del hogar paterno todo el tiempo que quisieran, el derecho a ir a la escuela y aprender sin límites.

La menstruación le llegó tarde. De vez en cuando su madre le hacía preguntas en tono informal, revelando su preocupación porque todavía no le hubiera venido. Pero una tarde, mientras Rachel estaba en la cocina ayudando a su madre a preparar mermelada de fresa, los calambres la hicieron doblarse. Su madre le dijo que mirara, y la sangre estaba allí. El corazón le latió a toda prisa aunque no era algo inesperado, no le había ocurrido fuera de casa, y no estaba sola. Su madre se hallaba a su lado; le habló dulcemente, y le enseñó lo que debía hacer. Todo fue perfecto hasta que la besó en la mejilla y le dijo que ya era una mujer.

Rachel se echó a llorar. Y no pudo detenerse. Lloró durante horas sin consuelo. Jay Geiger entró en el dormitorio de su hija y se recostó en la cama con ella, cosa que no hacía desde que era muy pequeña.

Le acarició el pelo y le preguntó qué le ocurría. Ella sacudía los hombros tan espasmódicamente que a él se le partía el corazón, y tuvo que hacerle la pregunta varias veces.

Finalmente, Rachel dijo con un susurro de voz:

—Papá, no quiero casarme. No quiero dejaros ni dejar esta casa.

Jay le besó la mejilla y fue a hablar con su esposa. Lillian estaba muy preocupada. Muchas niñas se casaban a los trece años, y ella pensaba que para su hija sería mejor si ellos le organizaban la vida mediante una buena unión con un judío que si cedían a su estúpido terror. Pero su esposo le recordó que cuando se habían casado, ella ya había cumplido los dieciséis años y no era una niña. Lo que era bueno para la madre sería bueno para la hija, que necesitaba tiempo para madurar y para acostumbrarse a la idea del matrimonio.

Así que Rachel tuvo un prolongado respiro. Su vida mejoró de inmediato. La señorita Burnham le informó a su padre que era una alumna dotada de una gran inteligencia, y que le iría muy bien continuar estudiando. Sus padres decidieron que siguiera asistiendo a la escuela en lugar de trabajar todo el día en la casa y en la granja, como hubiera sido lo normal, y se sintieron gratificados por la alegría de su hija y por el modo en que sus ojos recuperaron la vitalidad.

Tenía una amabilidad instintiva que formaba parte de su naturaleza, pero su desdicha la había vuelto particularmente sensible ante quienes se encontraban atrapados por las circunstancias. Siempre había estado tan unida a los Cole como si fuera de la misma sangre. Cuando Chamán daba los primeros pasos, lo habían acostado una vez en la cama de ella; se le había escapado el pipí, y había sido Rachel quien lo había consolado y aliviado su vergüenza, y lo había protegido de las burlas de los otros chicos. La enfermedad que lo había despojado del sentido del oído la había inquietado porque era el primer incidente de su vida que le indicaba que existían peligros desconocidos e insospechados. Había observado los esfuerzos de Chamán, sintiendo la frustración de quien desea mejorar las cosas pero no puede hacer nada, y presenciaba los progresos de él con tanto orgullo y alegría como si se tratara de su propio hermano. Durante la época en que ella se desarrollaba, había visto a Chamán dejar de ser un niño para convertirse en un joven grande que dejaba atrás a su hermano Alex en estatura. Como el cuerpo de él había madurado pronto, durante los primeros años del crecimiento solía mostrarse torpe y desmañado como un cachorro, y ella sentía por él una ternura especial.

En varias ocasiones se había sentado en el sillón de orejas sin que la vieran, y se había maravillado ante el coraje y la tenacidad de Chamán, escuchando con fascinación la habilidad de Dorothy Burnham como maestra. Cuando la señorita Burnham había preguntado quién podría ayudar al niño, Rachel había reaccionado instintivamente, ansiosa de aprovechar la oportunidad. El doctor Cole y su esposa se habían mostrado agradecidos ante su buena disposición a trabajar con Chamán, y la familia de ella se había sentido satisfecha por lo que consideraba un rasgo de generosidad. Pero ella comprendía que, al menos en parte, quería ayudarlo porque él era su amigo más fiel, porque una vez, con absoluta seriedad, aquel niño se había ofrecido a matar a un hombre que le estaba haciendo daño a ella.

La corrección del problema de Chamán se basaba en horas y horas de trabajo en las que había que dejar de lado el cansancio, y él enseguida puso a prueba la autoridad de Rachel como jamás lo habría intentado con la señorita Burnham.

—Basta por hoy. Estoy cansado —le dijo la segunda vez que se reunieron a solas, después de que la señorita Burnham acompañara a Rachel media docena de veces en la realización de los ejercicios.

—No, Chamán —respondió Rachel con firmeza—. Aún no hemos terminado. —Pero él ya se había escurrido.

La segunda vez que ocurrió, ella se puso tan furiosa que sólo logró hacerlo sonreír y volver a los tiempos en que eran compañeros de juegos, mientras ella lo ponía verde. Pero al día siguiente, cuando volvió a suceder, a ella se le llenaron los ojos de lágrimas y él quedó desarmado.

—Bueno, entonces probemos otra vez —le dijo él de mala gana.

Rachel se sintió agradecida, pero nunca cedió a la tentación de controlarlo de esa forma porque tenía la impresión de que a él le iría mejor un planteamiento más inflexible. Después de un tiempo, las largas horas se convirtieron en una rutina para ambos. A medida que pasaban los meses y las posibilidades de Chamán se ampliaban, Rachel fue adaptando los ejercicios de la señorita Burnham y enseguida los superaron.

Pasaron mucho tiempo practicando la forma en que el significado podía cambiar según la acentuación de una palabra u otra en una frase, que por lo demás no variaba:

El niño está enfermo.

El niño está enfermo.

El niño está enfermo.

A veces Rachel le cogía la mano y se la apretaba para mostrarle dónde recaía el acento, y él se divertía. Había llegado a aborrecer el ejercicio de piano en el que identificaba la nota gracias a la vibración que sentía en la mano, porque su madre lo consideraba una gracia, y a veces lo llamaba al salón de las visitas para que lo hiciera. Pero Rachel continuaba trabajando con él en el piano, y se sentía fascinada cuando tocaba la escala en una clave diferente y él era capaz de detectar incluso ese sutil cambio.

Poco a poco pasó de percibir las notas del piano a distinguir las otras vibraciones del mundo que lo rodeaba. Pronto pudo detectar que alguien llamaba a la puerta, aunque no podía oír el golpe. Era capaz de percibir las pisadas en la escalera, aunque ninguna de las personas presentes pudiera oírlas.

Un día, tal como había hecho Dorothy Burnham, Rachel cogió la mano de Chamán y la colocó en su garganta. Al principio le habló en voz muy alta. Luego moderó la sonoridad de su voz hasta convertirla en un susurro.

—¿Notas la diferencia?

La piel de ella era cálida y muy suave, delicada aunque firme. Chamán notó los músculos y las cuerdas. Pensó en un cisne, y luego en un pájaro más pequeño, porque los latidos de Rachel palpitaron contra su mano de una forma que no había sentido al tocar el cuello más grueso y más corto de la señorita Burnham.

Él le sonrió.

—La noto —dijo.

37

Marcas del nivel del agua

Nadie más volvió a disparar a Rob J. En el caso de que el incidente del establo hubiera sido un mensaje para que dejara de insistir en que se investigara la muerte de Makwa, quien hubiera apretado el gatillo tenía motivos para pensar que la advertencia había sido tenida en cuenta. Él no hizo nada más porque no sabía qué más podía hacer. Con el tiempo le llegaron cartas amables del miembro del Congreso Nick Holden y del gobernador de Illinois. Fueron los únicos funcionarios que le respondieron, y sus respuestas eran suaves desestimaciones. Siguió dándole vueltas, pero se dedicó a problemas más inmediatos.

Al principio sólo en contadas ocasiones le pedían que ofreciera la hospitalidad de su escondite, pero después de pasar varios años ayudando a los esclavos a huir, lo que era un hilillo de agua se convirtió en un torrente, y en ocasiones los nuevos ocupantes llegaban a la habitación secreta con frecuencia y regularidad.

Había un interés general y polémico por el problema de los negros. Dred Scott había ganado su demanda de libertad en un tribunal menor de Missouri, pero el tribunal supremo del Estado declaró que seguía siendo esclavo, y sus abogados abolicionistas apelaron al Tribunal Supremo de Estados Unidos. Entretanto, escritores y predicadores vociferaban, y periodistas y políticos estallaban a ambos lados del tema de la esclavitud. Lo primero que hizo Fritz Graham después de ser elegido sheriff para un período de cinco años fue comprar una jauría de «cazadores de negros», porque las gratificaciones se habían convertido en un negocio suplementario muy lucrativo. Las recompensas por la devolución de los fugitivos habían aumentado y los castigos por ayudar a los esclavos a huir se habían vuelto más severos. Rob J. seguía preocupándose cuando imaginaba lo que podía ocurrirle si lo descubrían, pero en general no se dedicaba a pensar en ello.

George Cliburne lo saludaba con soñolienta cortesía cada vez que se encontraban por casualidad, como si nunca se encontraran en la oscuridad de la noche bajo circunstancias muy distintas. Una consecuencia de dicha asociación entre ambos era el acceso de Rob J. a la enorme biblioteca de Cliburne; llevaba a casa algunos libros para Chamán, que a veces también él leía. La colección del agente de granos era importante en filosofía y religión pero limitada en temas científicos, que eran el motivo por el que Rob J. había conocido a su propietario.

Cuando hacía aproximadamente un año que se dedicaba a pasar negros clandestinamente, Cliburne lo invitó a asistir a una reunión cuáquera y se mostró inseguro y comprensivo cuando Rob rechazó la oferta.

—Pensé que podía resultarte provechosa. Teniendo en cuenta que haces la obra del Señor.

Rob estuvo a punto de corregirlo, de decirle que él hacía el trabajo de un hombre y no el de Dios; pero la idea era demasiado pomposa para expresarla en palabras, de modo que se limitó a sonreír y a sacudir la cabeza.

Se daba cuenta de que su escondite era sólo un eslabón de la que sin duda constituía una extensa cadena, pero no sabía nada del resto del sistema. Él y el doctor Barr nunca se referían al hecho de que la recomendación de este último lo había llevado a él a convertirse en un infractor de la ley. Sus únicos contactos clandestinos eran los que tenía con Cliburne y con Carroll Wilkenson, que le avisaba cada vez que el cuáquero tenía «un nuevo libro interesante». Rob J. estaba seguro de que cuando los fugitivos se separaban de él eran conducidos hacia el norte, a través de Wisconsin, hasta entrar en Canadá. Probablemente cruzaban el Lago Superior en barca. Ése habría sido el itinerario que habría marcado él si hubiera tenido que hacer la planificación.

De vez en cuando Cliburne traía alguna mujer, pero la mayoría de los fugitivos eran hombres. Formaban una infinita variedad y todos iban vestidos con ropas raídas de estopa. Algunos tenían la piel tan parecida al carbón, que para él era la quintaesencia de la negrura, el color brillante de las ciruelas maduras, el azabache del hueso calcinado, la densa oscuridad de las alas de un cuervo. Otros tenían el cutis suavizado por la palidez de sus opresores, que daba como resultado una serie de tonalidades que abarcaban desde el café con leche hasta el del pan tostado. La mayoría eran hombres grandes, de cuerpo musculoso, pero uno de ellos era un joven delgado, casi blanco, que llevaba gafas con montura de metal. Dijo que era hijo de una negra y del propietario de una plantación de un sitio llamado Shreve's Landing, en Louisiana. Sabía leer y se mostró agradecido cuando Rob J. le entregó velas, cerillas y números atrasados de los periódicos de Rock Island.

Rob J. se sentía frustrado como médico porque ocultaba a los fugitivos durante un plazo demasiado breve para tratar sus problemas físicos. Había notado que las lentes de las gafas del joven casi blanco eran excesivamente graduadas para él. Algunas semanas más tarde, cuando el joven ya se había marchado, Rob J. encontró unas gafas que consideró más adecuadas. Cuando volvió a Rock Island pasó por casa de Cliburne y le preguntó si podía enviarlas de alguna manera; pero Cliburne se limitó a mirarlas y a sacudir la cabeza.

—Deberías ser más sensato, doctor Cole —dijo, y se alejó sin darle los buenos días.

En otra ocasión, un hombre voluminoso de piel muy negra permaneció en la habitación secreta durante tres días, tiempo más que suficiente para que Rob notara que estaba nervioso y que sufría de molestias abdominales. A veces tenía el rostro gris y enfermizo, y su apetito era irregular. Rob estaba seguro de que tenía una tenia. Le dio un medicamento, que le dijo que no lo tomara hasta que hubiera llegado a su destino.

—De lo contrario, se sentirá demasiado débil para viajar. ¡Y moverá el vientre de tal manera que cualquier sheriff del país podrá seguirle el rastro!

Recordaría a cada uno de esos hombres mientras viviera. Sentía una inmediata comprensión por sus temores y sentimientos, no sólo porque en otros tiempos él mismo había sido un fugitivo sino porque se daba cuenta de que un ingrediente importante de su preocupación era que la difícil situación de esos hombres le resultaba conocida, pues había sido testigo de las aflicciones de los sauk.

Hacía mucho tiempo que pasaba por alto las órdenes que Cliburne le había dado de no hacer preguntas. Algunos fugitivos eran locuaces, y otros no abrían la boca. Como mínimo, él intentaba conocer sus nombres. El joven de las gafas se llamaba Nero, pero la mayoría de los nombres eran judeocristianos: Moses, Abraham, Isaac, Aaron, Peter, Paul, Joseph. Oía los mismos nombres una y otra vez, y le recordaban lo que Makwa le había contado sobre los nombres bíblicos de la escuela cristiana para niñas indias.

Pasaba tanto tiempo con los fugitivos locuaces como se lo permitían las medidas de seguridad. Un hombre de Kentucky se había escapado en una ocasión anterior y había sido atrapado. Le enseñó a Rob J. las marcas que los latigazos le habían dejado en la espalda. Otro, de Tennessee, le dijo que su amo no lo trataba mal. Rob J. le preguntó por qué entonces había huido, y el hombre apretó los labios y entrecerró los ojos, como buscando una respuesta.

—No podía esperar al jubileo —dijo.

Rob le preguntó a Jay qué era el jubileo. En la antigua Palestina, la tierra de cultivo se dejaba en barbecho cada siete años para que recuperara los nutrientes, según los dictados de la Biblia. Al cabo de siete períodos de descanso, el quincuagésimo año se declaraba año de jubileo, se daba un regalo a los esclavos y se los dejaba en libertad.

Rob J. sugirió que el jubileo era mejor que mantener a un ser humano en constante servidumbre, pero que en modo alguno era un trato considerado, ya que en la mayor parte de los casos cincuenta años de esclavitud era más de una vida.

Él y Jay trataron el tema con cautela ya que hacía mucho tiempo que conocían sus profundas diferencias.

—¿Sabes cuántos esclavos hay en los Estados del Sur? Cuatro millones. Eso representa un negro cada dos blancos. Déjalos en libertad, y las granjas y plantaciones que dan de comer a muchos abolicionistas del Norte tendrán que cerrar. Y después, ¿qué haríamos con esos cuatro millones de negros? ¿Cómo vivirían? ¿En qué se convertirían?

—Con el tiempo vivirían como todo el mundo. Si recibieran educación, podrían convertirse en cualquier cosa. En farmacéuticos, por ejemplo —respondió, incapaz de resistir la tentación.

Jay sacudió la cabeza.

—Tú no lo entiendes. La existencia del Sur depende de la esclavitud. Por ese motivo incluso los Estados no esclavistas consideran un delito grave ayudar a los fugitivos.

Jay había puesto el dedo en la llaga.

—¡No me hables de delitos! El comercio de esclavos africanos está prohibido desde 1808, pero los africanos aún son cogidos a punta de pistola, metidos en barcos y trasladados a todos los Estados del Sur y vendidos en subasta.

—Bueno, tú estás hablando de la ley nacional. Cada Estado hace sus propias leyes. Ésas son las leyes que cuentan.

Rob J. resopló, y ése fue el final de la conversación.

Él y Jay siguieron estando unidos y se apoyaban en todas las demás cuestiones, pero el tema de la esclavitud levantaba una barrera entre ellos, cosa que los dos lamentaban. Rob era un hombre que apreciaba una charla serena con una persona amiga, y empezó a hacer girar a Trude en el sendero de entrada al convento de San Francisco cada vez que se encontraba en los alrededores.

Para él era difícil determinar con precisión cuándo se había hecho amigo de la madre Miriam Ferocia. Sarah le daba una pasión física inquebrantable y tan importante para él como la carne y la bebida, pero ella pasaba más tiempo hablando con su pastor que con su esposo. En su relación con Makwa, Rob había descubierto que le resultaba posible sentirse unido a una mujer sin que interviniera el aspecto sexual. Y volvió a comprobarlo con esta hermana de la Orden de San Francisco, una mujer quince años mayor que él, de ojos severos y rostro duro enmarcado por una capucha.

La había visto en contadas ocasiones hasta la llegada de la primavera. El invierno había sido suave y extraño, con fuertes lluvias. El nivel del agua había ido creciendo de forma imperceptible hasta que resultó difícil atravesar las corrientes y los riachuelos, y en marzo todo el municipio sufría las consecuencias de encontrarse entre dos ríos porque la situación ya se había convertido en la inundación del cincuenta y siete. Rob veía que el río se acercaba a su casa. Crecía formando remolinos y se llevó el sudadero de Makwa. El *hedonoso-te* se salvó porque ella había tenido la sensatez de construirlo sobre un montículo. La casa de los Cole también se encontraba a un nivel más elevado que el que alcanzó el agua. Pero poco después de que las aguas se retiraran, Rob fue llamado para tratar el primer caso de fiebre virulenta. Luego cayó enferma otra persona. Y otra.

Recurrió a Sarah para que colaborara como enfermera, pero pronto ella, Rob y Tom Beckermann quedaron agobiados de trabajo. Una mañana llegó a la granja de Haskell y encontró a Ben Haskell—que había caído enfermo de fiebre— refrescado y aliviado por los cuidados de dos hermanas de la Orden de San Francisco. Todos los «escarabajos marrones» habían salido a atender a los enfermos. Enseguida vio con enorme gratitud que eran excelentes enfermeras. Siempre que se las encontraba iban en parejas. Incluso la priora iba con una compañera. Cuando Rob afirmó que le parecía una rareza de su formación, Miriam Ferocia respondió con fría vehemencia, dejando claro que sus objeciones eran vanas.

A Rob se le ocurrió que trabajaban en parejas para poder protegerse mutuamente de los deslices de la fe y de la carne. Algunas tardes después, mientras concluía la jornada con una taza de té en el convento, le comentó a la madre superiora que pensaba que ella tenía miedo de permitir a las hermanas que estuvieran solas en una casa protestante. Le confesó que eso le desconcertaba.

—¿Entonces la fe de ustedes es débil?

—¡Nuestra fe es fuerte! Pero nos gusta el calor y el consuelo tanto como al prójimo. La vida que hemos elegido es fría. Y bastante cruel sin necesidad de añadir la maldición de las tentaciones.

Rob comprendió. Se contentaba con aceptar a las hermanas en los términos de Miriam Ferocia, y lo único importante era su trabajo como enfermeras.

El comentario típico de la priora estaba lleno de desdén.

—Doctor Cole, ¿no tiene otro maletín además de esa lamentable cosa de cuero decorada con cañones de plumas?

—Es mi *Mee-shome*, mi manojo medicinal sauk. Las tiras son trapos *Izze*. Cuando lo llevo, las balas no pueden hacerme daño.

Ella lo miró con ojos llenos de asombro.

—¿Usted no tiene fe en nuestro Salvador, y en cambio acepta la protección de unos salvajes como los sauk?

—¡Ah, pero funciona! —Le habló del disparo que le habían hecho al salir del establo.

—Debe tener mucho cuidado —lo reprendió mientras le servía café.

La cabra que había donado al convento había tenido cría dos veces, con lo cual había proporcionado dos machos. Miriam Ferocia había vendido uno de los machos y se las había ingeniado para adquirir otras tres hembras, soñando con una industria quesera; pero cuando Rob J. iba al convento seguía sin tener leche para el café, porque al parecer todas las hembras estaban siempre preñadas o amamantando a sus crías. Él se las arreglaba sin leche, como las monjas, y aprendió a apreciar el café puro.

La charla se volvió seria. Rob se mostró decepcionado de que las averiguaciones que ella había hecho en la iglesia no hubieran arrojado luz sobre Ellwood Patterson. Le confió que había estado elaborando un plan.

—¿Y si pudiéramos colocar un hombre dentro de la Orden Suprema de la Bandera Estrellada? Podríamos enterarnos de sus malas intenciones con tiempo suficiente para impedirlas.

—¿Cómo podría hacer una cosa así?

Rob lo había pensado bien. Era necesario contar con un norteamericano nativo que fuera absolutamente digno de confianza y cercano a Rob J. Jay Geiger no serviría, porque probablemente la OSBE rechazaría a un judío.

—Está el jornalero de mi granja, Alden Kimball. Nacido en Vermont. Muy buena persona.

Ella sacudió la cabeza, preocupada.

—Que sea una buena persona empeoraría las cosas, porque con esta idea estaría sacrificándolo, y sacrificándose usted. Estos hombres son sumamente peligrosos.

Tuvo que reconocer la sensatez de sus palabras. Y el hecho de que empezaba a notarse que Alden ya no era joven. No es que estuviera decayendo, pero se notaba que ya no era joven.

Y bebía mucho.

—Debe tener paciencia —le dijo ella suavemente—. Volveré a hacer averiguaciones. Mientras tanto, debe esperar.

Retiró la taza y Rob supo que ya era hora de levantarse de la silla del obispo y marcharse, para que ella pudiera prepararse para los cánticos nocturnos. Recogió su escudo contra las balas adornado con cañones de plumas y sonrió tras la feroz mirada de rivalidad que ella lanzó contra su *Meeshome*.

—Gracias, reverenda madre —dijo.

38

Oír la música

En Holden's Crossing, la costumbre era enviar a los hijos a la escuela durante uno o dos cursos lectivos para que aprendieran a leer un poco, a hacer sumas sencillas y a escribir con letra a duras penas legible. Después concluía la escolarización y los chicos empezaban su vida como granjeros de pleno derecho. Cuando Alex cumplió los dieciséis años, dijo que ya estaba harto de la escuela. A pesar de la oferta que Rob J. le hizo de financiarle otros estudios, se dedicó a trabajar con Alden durante toda la jornada en la granja de ovejas. Chamán y Rachel pasaron a ser los alumnos más grandes de la escuela.

Chamán estaba dispuesto a seguir estudiando, y Rachel se sentía contenta de poder arrastrarse en la serena corriente de sus días, aferrándose a su inalterable existencia como si fuera un salvavidas. Dorothy Burnham era consciente de su buena suerte por contar con un alumno así en su vida como maestra. Trataba a ambos como si fueran un tesoro, les prodigaba todos sus conocimientos y se esforzaba por mantener su interés. La niña era tres años más grande que Chamán y le llevaba ventaja en los estudios, pero pronto la señorita Burnham empezó a darles la misma clase a los dos. Para ellos era normal pasar una buena parte del día estudiando juntos.

Cada vez que terminaban los deberes, Rachel se concentraba directamente en los ejercicios de pronunciación de

Chamán. Dos veces al mes los dos jóvenes se reunían con la señorita Burnham, y Chamán le hacía una demostración. En ocasiones, la señorita Burnham sugería un cambio a un ejercicio nuevo. Ella estaba encantada con sus progresos, y feliz de que Rachel Geiger hubiera podido hacerle tanto bien al muchacho.

A medida que la amistad entre Rachel y Chamán maduraba, se permitían mostrar una pequeña parte de su intimidad. Rachel le contó que le horrorizaba tener que ir a Peoria todos los años para la festividad judía. Él provocó la ternura de Rachel al revelarle, sin expresarlo con tantas palabras, la angustia que le producía que su madre lo tratara con frialdad. («Makwa era más madre que ella para mí, y ella lo sabe. Le molesta, pero es la pura verdad.») Rachel había notado que la señora Cole nunca se refería a su hijo como Chamán, como hacían todos; Sarah lo llamaba Robert, casi en un tono formal, como hacía la señorita Burnham en la escuela. Rachel se preguntaba si se debería a que a la señora Cole no le gustaban las palabras indias. Había oído que Sarah comentaba a su madre que se alegraba de que los sauk se hubieran marchado para siempre.

Chamán y Rachel realizaban los ejercicios vocales estuvieran donde estuviesen, flotando en la chalana de Alden o sentados a la orilla del río pescando, cogiendo berros, paseando por la pradera o pelando frutas o verduras para Lillian, en la galería de estilo sureño de los Geiger. Varias veces por semana se sentaban frente al piano de Lillian. Él era capaz de experimentar la tonalidad vocal de ella si le tocaba la cabeza o la espalda, pero le gustaba especialmente colocar la mano en la piel lisa y cálida del cuello de Rachel mientras ella hablaba. Sabía que su amiga notaba el temblor de sus dedos.

—Ojalá pudiera recordar el sonido de tu voz.

—¿Recuerdas la música?

—No la recuerdo, exactamente... Oí música el año pasado, el día después de Navidad.

Ella lo miró, desconcertada.

—La soñé.

—¿Y en el sueño oíste la música?

Chamán asintió.

—Lo único que veía eran las piernas y los pies de un hombre. Supongo que eran los de mi padre. ¿Recuerdas que a veces nuestros padres nos dejaban dormir en el suelo mientras ellos tocaban? No veía a tu madre ni a tu padre, pero oía el violín y el piano. No recuerdo lo que tocaban. ¡Sólo recuerdo la... música!

A Rachel le resultó difícil articular las palabras.

—A ellos les gusta Mozart. Tal vez era esto —dijo, y tocó algo en el piano.

Pero él sacudió la cabeza.

—Para mí sólo son vibraciones. La otra era música real. Desde aquel día he estado intentando soñar otra vez lo mismo, pero no puedo.

Notó que a Rachel le brillaban los ojos y quedó azorado cuando ella se inclinó hacia delante y lo besó en la boca. Él también la besó y pensó que era algo insólito, como una especie diferente de música. Por alguna razón le puso una mano en un pecho, y cuando dejaron de besarse la dejó allí. Tal vez todo habría sido perfecto si él hubiera retirado la mano enseguida. Pero como si se tratara de la vibración de una nota musical, logró sentir que se volvía firme y percibió el leve movimiento del pezón endurecido. Apretó, y ella echó la mano hacia atrás y lo golpeó en la boca.

El segundo golpe aterrizó en el ojo derecho de Chamán. Él se quedó sentado sin decir nada y no hizo ningún intento por defenderse. Rachel podría haberlo matado si hubiera querido, pero sólo lo golpeó una vez más. Había crecido trabajando en la granja y era una chica fuerte, y lo golpeó con el puño. Chamán tenía el labio superior hecho polvo y le sangraba la nariz. Vio que ella lloraba desesperada, y que se marchaba a toda prisa.

Corrió tras ella hasta el vestíbulo delantero; fue una suerte que no hubiera nadie en la casa.

—Rachel —la llamó, pero no supo si ella le respondía y no se atrevió a seguirla escaleras arriba.

Salió de la casa y caminó hacia la granja, aspirando con fuerza para no manchar el pañuelo de sangre. Mientras avanzaba en dirección a la casa, encontró a Alden, que salía del establo.

—¡Santo Cielo! ¿Qué te ha ocurrido?

—Una pelea.

—¡Qué alivio! Empezaba a pensar que Alex era el único Cole con agallas. ¿Cómo quedó el otro sinvergüenza?

—Muy mal. Mucho peor que yo.

—Eso está bien —dijo Alden alegremente, y se marchó.

A la hora de la cena Chamán tuvo que soportar interminables sermones en contra de las peleas.

Al día siguiente los niños más pequeños estudiaron sus heridas de batalla con respeto mientras la señorita Burnham pasaba por alto los comentarios intencionadamente. Él y Rachel apenas se hablaron durante todo el día, pero se quedó sorprendido porque ella lo estaba esperando a la salida de la escuela, como de costumbre, y caminaron juntos hacia la casa en silencio.

—¿Le dijiste a tu padre que te toqué? —preguntó él por fin.

—¡No! —respondió Rachel bruscamente.

—Me alegro. No querría que me golpeara con un látigo —dijo con toda franqueza. Tenía que mirarla para hablar con ella, de modo que notó que tenía las mejillas rojas, pero quedó confundido al ver que sonreía.

—¡Oh, Chamán, cómo tienes la cara! Lo siento de verdad —dijo, y le apretó la mano.

—Yo también —respondió él, aunque no estaba seguro de por qué se disculpaba.

Al llegar a casa de Rachel, su madre les dio pastel de jengibre. Cuando terminaron de comerlo se sentaron a la mesa frente a frente e hicieron los deberes. Luego volvieron al salón. Compartieron el asiento de delante del piano, pero él procuró no sentarse demasiado cerca. Lo ocurrido el día anterior había cambiado las cosas, como él sospechaba, pero se sorprendió al ver que no era un sentimiento desagradable.

Simplemente descansaba cálidamente entre ambos como algo que sólo compartían ellos dos, como quienes comparten una taza.

Un documento legal citaba a Rob J. al palacio de justicia de Rock Island, «a los veintiún días de junio, en el año de Nuestro Señor de mil ochocientos y cincuenta y siete, al efecto de su naturalización».

Era un día despejado y caluroso, pero las ventanas del palacio de justicia estaban cerradas porque al honorable Daniel P. Allan, que estaba en el estrado, no le gustaban las moscas.

El papeleo legal era escaso, y Rob J. tenía buenos motivos para creer que saldría de allí enseguida, hasta que el juez Allan empezó a tomarle juramento.

—Ahora bien. ¿Se compromete mediante este acto a renunciar a todo derecho y lealtad a cualquier otro país?

—Sí, señor —afirmó Rob J.

—¿Y se compromete a apoyar y defender la Constitución, y a empuñar las armas en defensa de Estados Unidos de América?

—No, señoría —dijo Rob J. con decisión.

Arrancado de su apatía, el juez Allan lo miró fijamente.

—No creo en el asesinato, señoría, de modo que nunca participaría en una guerra.

El juez Allan pareció molesto. En la mesa del secretario, junto al estrado, Roger Murray se aclaró la garganta.

—La ley dice que en casos como éste, juez, el candidato debe demostrar que es un objetor de conciencia cuyas convicciones le impiden empuñar las armas. Significa que debe pertenecer a algún grupo como los cuáqueros, que, como afirman públicamente, no luchan.

—Conozco la ley y sé lo que significa —replicó el juez en tono agrio, furioso de que Murray nunca lograra encontrar un sitio menos público para instruirlo. Miró a Rob por encima de las gafas—. ¿Es usted cuáquero, doctor Cole?

—No, señoría.

—Bien, ¿entonces qué demonios es?

—No estoy asociado a ninguna religión —explicó Rob J., y vio que el juez lo miraba como si hubiera sido insultado personalmente.

—Señoría, ¿puedo acercarme al estrado? —preguntó alguien desde la parte de atrás de la sala. Rob J. vio que se trataba de Stephen Hume, que había pasado a ser abogado del ferrocarril desde que Nick Holden había obtenido su escaño en el Congreso.

El juez Allan le hizo señas para que se acercara.

—Diputado...

—Juez —comenzó a decir Hume con una sonrisa—, me gustaría responder personalmente por el doctor Cole. Es uno de los caballeros más distinguidos de Illinois, y sirve al pueblo día y noche como médico. Todo el mundo sabe que su palabra es sagrada. Si él dice que no puede luchar en una guerra a causa de sus convicciones, ésa es toda la prueba que un hombre sensato debería necesitar.

El juez Allan frunció el ceño; no supo con certeza si el abogado e influyente político que se encontraba ante el estrado lo había llamado insensato o no, y decidió que lo más seguro era mirar con furia a Roger Murray.

—Proseguiremos con la naturalización —declaró, y sin más rodeos Rob J. se convirtió en ciudadano.

Mientras cabalgaba de regreso a Holden's Crossing tuvo algunos extraños y pesarosos recuerdos de la tierra escocesa a la que acababa de renunciar, pero se sentía bien siendo norteamericano. Salvo que el país tenía más problemas de los que podía resolver. El Tribunal Supremo de Estados Unidos acababa de decidir definitivamente que Dred Scott seguía siendo esclavo porque no era legal que el Congreso excluyera la esclavitud de los territorios. Al principio los sudistas se alegraron, pero pronto volvieron a enfurecerse porque los líderes del partido republicano dijeron que no aceptarían la decisión del tribunal como algo obligatorio.

Tampoco lo aceptaría Rob J., aunque su esposa y su hijo

mayor se habían vuelto apasionados simpatizantes de los sudistas. Gracias a la habitación secreta, él había enviado a docenas de esclavos huidos a Canadá, y en el proceso se había librado varias veces por los pelos de que lo descubrieran. Un día Alex le contó que la noche anterior había encontrado a George Cliburne en el camino, aproximadamente a un kilómetro y medio de la granja.

—¡Estaba sentado en un carro lleno de heno a las tres de la mañana! ¿Tú qué piensas?

—Supongo que hay que trabajar mucho para levantarse más temprano que un laborioso cuáquero. ¿Pero cómo es que tú volvías a casa a las tres de la mañana? —replicó Rob J., y Alex estaba tan interesado en dejar de lado el tema de la noche que había pasado bebiendo y de juerga con Mal Howard, que el extraño trabajo de George Cliburne no salió a relucir nunca más.

Otra noche, cuando Rob J. estaba cerrando el candado de la puerta del cobertizo entró Alden.

—No podía dormir. Se me acabó la bebida, y recordé que tenía ésta guardada en el establo.

Levantó la garrafa y se la ofreció.

Aunque a Rob J. rara vez le apetecía beber y sabía que el alcohol mermaba el Don, quiso compartir algo con Alden. Destapó la garrafa, dio un trago y se puso a toser. Alden sonrió.

A Rob le habría gustado lograr que el jornalero se alejara del cobertizo. Dentro del escondite, al otro lado de la puerta, había un negro de mediana edad que respiraba con cierta dificultad a causa del asma. Rob J. sospechaba que a veces el jadeo se volvía más pronunciado y no estaba seguro de que no se oyera desde donde se encontraban. Pero Alden no pensaba moverse; se puso en cuclillas y mostró cómo bebía whisky un campeón, con el dedo en el asa, la garrafa sobre el codo y éste levantado justo lo suficiente para enviar la cantidad adecuada de licor a la boca.

—¿Tienes problemas para dormir?

Alden se encogió de hombros.

—La mayor parte de las noches me duermo enseguida porque estoy cansado. Si no, beber un poco me ayuda.

Desde que Viene Cantando había muerto, Alden parecía mucho más cansado.

—Deberías buscar un hombre que te ayudara con el trabajo de la granja —le dijo Rob J., quizá por vigésima vez.

—Es difícil encontrar un hombre blanco adecuado para contratarlo. Y no trabajaría con un negro —dijo Alden, y Rob J. se preguntó si sus voces se oirían desde el escondite—. Además, ahora Alex trabaja conmigo, y lo hace realmente bien.

—¿Sí?

Alden se irguió, aunque un poco inestable; tenía que beber mucho whisky para perder el equilibrio.

—¡Maldita sea! —exclamó deliberadamente—. Doctor, no es justo con esos dos pobres muchachos.

Sujetó la garrafa con cuidado y echó a andar en dirección a su cabaña.

Un día, hacia finales de aquel verano, llegó a Holden's Crossing un chino de mediana edad y nombre desconocido.

Como se negaron a atenderlo en la taberna de Nelson, le pagó a una prostituta llamada Penny Davis para que le comprara una botella de whisky y lo invitara a su choza; a la mañana siguiente murió en la cama de la mujer.

El sheriff Graham dijo que no quería tener en su ciudad a ninguna furcia que compartiera su chisme con un chino y luego se lo ofreciera a los blancos, y se ocupó personalmente de que Penny Davis abandonara Holden's Crossing. Luego puso el cadáver en la parte de atrás de un carro y se lo entregó al forense más cercano.

Esa tarde, Chamán estaba esperando a su padre cuando éste fue al cobertizo.

—Nunca he visto un oriental.

—Éste está muerto. Lo sabes, ¿verdad, Chamán?

—Sí, papá.

Rob J. abrió la puerta del cobertizo.

El cadáver estaba cubierto por una sábana, y Rob la plegó y colocó sobre la vieja silla de madera. Su hijo estaba pálido pero sereno, estudiando atentamente el cuerpo que había sobre la mesa. El chino era menudo y delgado pero musculoso. Le habían cerrado los ojos. Su piel era de un color intermedio entre la palidez de los blancos y el tono cobrizo de los indios. Las uñas de los pies, córneas y amarillentas, necesitaban un corte; al verlas con los ojos de su hijo, Rob se sintió impresionado.

—Ahora tengo que hacer mi trabajo, Chamán.

—¿Puedo mirar?

—¿Estás seguro de que quieres mirar?

—Sí, papá.

Rob cogió el escalpelo y abrió el pecho. Oliver Wendell Holmes tenía un estilo rimbombante de presentar la muerte; el estilo de él consistía en ser sencillo. Le advirtió al chico que las tripas de un hombre podían oler peor que cualquier presa de caza que él hubiera disecado, y le advirtió que respirara por la boca. Luego notó que el frío tejido ya no pertenecía a una persona.

—Fuera lo que fuese lo que hacía que este hombre estuviera vivo (algunos lo llaman alma) ya ha abandonado su cuerpo.

Chamán seguía pálido pero su mirada era atenta.

—¿Ésa es la parte que va al cielo?

—No sé adónde va —respondió Rob suavemente. Mientras pesaba los órganos, le permitió a Chamán que lo ayudara apuntando el peso de cada uno—. William Fergusson, mi mentor, solía decir que el espíritu deja el cuerpo como una casa que ha sido vaciada, y por eso debemos tratar el cuerpo con cuidado y dignidad, por respeto al hombre que vivía en él.

—Éste es el corazón, y aquí está lo que mató a este hombre.—Quitó el órgano y lo colocó en las manos de Chamán para que pudiera observar detenidamente el círculo oscuro de tejido muerto que sobresalía de la pared del músculo.

—¿Por qué le ocurrió, papá?

—No lo sé, Chamán.

Volvió a colocar los órganos y cerró las incisiones; mientras se lavaban, el rostro de Chamán fue recuperando el color. Rob J. estaba impresionado por lo bien que se había portado el chico.

—He estado pensando una cosa —comentó—. ¿Te gustaría estudiar aquí conmigo, de vez en cuando?

—¡Claro, papá! —exclamó Chamán con el rostro encendido.

—Porque se me ocurre que tal vez te gustaría licenciarte en ciencias. Podrías ganarte la vida enseñando, tal vez incluso en una facultad. ¿Te gustaría dedicarte a eso, hijo?

Chamán lo miró con expresión seria, concentrándose en la pregunta. Se encogió de hombros.

—Tal vez —respondió.

39

Maestros

Aquel mes de enero, Rob J. puso algunas mantas más en
el escondite porque los que escapaban del Sur pasaban un
frío terrible. Había menos nieve que de costumbre, pero la
suficiente para cubrir los campos cultivados y darles el aspecto de la pradera en invierno.

A veces, cuando regresaba a casa a altas horas de la noche, después de visitar a un enfermo, imaginaba que levantaría la vista y vería una extensa fila de pieles rojas montados
sobre hermosos caballos, cruzando la superficie blanca y brillante de las llanuras intactas, siguiendo a su chamán y a sus
caciques; o criaturas enormes de espalda encorvada avanzando hacia él en la oscuridad, con la escarcha pegada a su vellu-
da piel de color pardo y los cuernos curvados con horribles
puntas plateadas, resplandecientes bajo la luz de la luna. Pero
nunca veía nada, porque aún creía menos en los fantasmas
que en Dios.

Cuando llegó la primavera, el deshielo fue moderado, y
los ríos y riachuelos no se desbordaron. Tal vez tuviera que
ver con el hecho de que aquella temporada había tratado
menos casos de fiebre; pero fuera cual fuese la razón muchas
de las personas que enfermaron de fiebre murieron. Una de
las pacientes que perdió fue Matilda Cowan, cuyo esposo
Simeon cultivaba media parcela de maíz en la zona norte de
la población, una tierra muy buena aunque un poco seca.

Tenían tres hijas pequeñas. Cuando una mujer joven moría dejando hijos, se suponía que el marido volvería a casarse enseguida; pero cuando Cowan le propuso matrimonio a Dorothy Burnham, la maestra, mucha gente quedó sorprendida. La propuesta fue aceptada de inmediato.

Una mañana, en la mesa del desayuno, Rob J. rió entre dientes mientras le contaba a Sarah que los miembros de la junta de la escuela estaban trastornados.

—Pensábamos que Dorothy iba a ser una solterona toda su vida. Cowan es inteligente. Ella será una buena esposa.

—Es una mujer afortunada —dijo Sarah en tono seco—. Es bastante mayor que él.

—Bueno, sólo tiene tres o cuatro años más que él —comentó Rob J. mientras untaba mantequilla en una galleta—. Eso no es una diferencia importante. —Y sonrió sorprendido al ver que su hijo Chamán asentía mostrando su acuerdo y se unía a los comentarios sobre su maestra.

El último día que la señorita Burnham fue a la escuela, Chamán se quedó hasta que los demás se marcharon, y luego se acercó a ella para despedirse.

—Supongo que la veré más de una vez por el pueblo. Me alegro de que haya decidido no ir a otro sitio a casarse.

—Yo también me alegro de quedarme a vivir en Holden's Crossing, Robert.

—Quiero darle las gracias —dijo torpemente. Sabía lo que esta mujer afectuosa y sencilla había significado en su vida.

—No tienes que agradecerme nada, cariño. —Ella le había comunicado a los padres de Chamán que ahora que tenía una granja, un esposo y tres criaturas que atender, no podría seguir trabajando en los ejercicios de pronunciación—. Estoy segura de que tú y Rachel lo haréis maravillosamente bien sin mí. Además, has alcanzado el punto en el que podrías prescindir de los ejercicios.

—¿Le parece que hablo como la demás gente?

—Verás... —Analizó la pregunta con sumo cuidado—. No exactamente. Cuando estás cansado, tu voz sigue teniendo un sonido gutural. Eres muy consciente de cómo deben sonar las palabras, por eso no las articulas tan mal como algunas personas, y hay una ligera diferencia. —Vio que esto lo inquietaba, y le apretó la mano—. Es una diferencia encantadora —añadió, y se alegró al ver que el rostro del muchacho se iluminaba.

Chamán le había comprado con su dinero un pequeño regalo en Rock Island: unos pañuelos con bordes de encaje azul celeste.

—Yo también tengo algo para ti —le dijo ella, y le entregó un volumen de los sonetos de Shakespeare—. Cuando los leas, debes pensar en mí —le ordenó—. ¡Salvo los románticos, por supuesto! —añadió en tono atrevido, y luego rió con él con la libertad de saber que la señora Cowan podría hacer y decir cosas que la pobre señorita Burnham, la maestra, jamás había imaginado.

Debido al tránsito fluvial que se producía en la primavera, se ahogaron algunas personas en varios tramos del Mississippi. Un joven cayó de una barcaza y se perdió río arriba; su cuerpo fue atrapado por la corriente, que no lo devolvió hasta llegar a la jurisdicción de Holden's Crossing. El dueño de la barcaza no sabía de dónde venía el joven ni conocía ningún dato sobre él, salvo que se llamaba Billy. El sheriff Graham se lo entregó a Rob J.

Chamán observó una autopsia por segunda vez y volvió a apuntar el peso de los órganos en la libreta de su padre, y aprendió lo que le sucedía a los pulmones de un ahogado. Esta vez le resultó más difícil observar. El chino le había parecido muy distante debido a la diferencia de edad y a su exótico origen, pero éste era un joven sólo unos años mayor que su hermano Bigger; era una muerte que le hablaba a Chamán de su propia mortalidad. Pero se las arregló para apartar todo eso de su mente y poder observar y aprender.

Cuando concluyeron la autopsia, Rob J. empezó a abrir la muñeca derecha de Billy.

—La mayoría de los cirujanos tienen horror a la mano —le confió a Chamán—. Y eso se debe a que nunca han dedicado demasiado tiempo a estudiarla. Si llegas a ser profesor de anatomía o fisiología, debes conocer la mano.

Chamán comprendió por qué tenían tanto miedo de cortar la mano, porque era todo músculos, tendones y articulaciones, y quedó perplejo y aterrorizado cuando, una vez terminada la disección de la mano derecha, su padre le dijo que disecara él solo la mano izquierda. Rob J. le sonrió, pues sin duda sabía exactamente lo que su hijo sentía.

—No te preocupes. Nada de lo que hagas le causará daño.

Así que Chamán pasó la mayor parte del día cortando, examinando y comprobando, memorizando los nombres de todos los huesecillos, aprendiendo cómo debían moverse las articulaciones de la mano de una persona viva.

Varias semanas más tarde, el sheriff le llevó a Rob J. el cadáver de una anciana que había muerto en una granja pobre del distrito. Chamán estaba ansioso por reanudar las lecciones, pero su padre le impidió entrar en el cobertizo.

—Chamán, ¿alguna vez has visto a una mujer desnuda?

—Una vez vi a Makwa. Me llevó a la tienda del sudadero y cantó canciones para intentar que yo volviera a oír.

Su padre lo miró sorprendido, y luego se sintió obligado a explicar.

—Creo que cuando uno ve el cuerpo de una mujer por primera vez no debe ser el de una mujer vieja, fea y muerta.

Él asintió, con las mejillas encendidas.

—No es la primera vez, papá. Y Makwa no era vieja ni fea.

—No, no lo era —dijo su padre. Palmeó el hombro de Chamán, entraron en el cobertizo y cerraron la puerta.

En julio, el comité de la escuela ofreció a Rachel Geiger el puesto de maestra. No era excepcional que se concediera a uno de los alumnos más grandes la oportunidad de dar clases en la escuela cuando existía una vacante, y la jovencita había sido entusiastamente recomendada por Dorothy Burnham en su carta de dimisión. Además, como apuntó Carroll Wilkenson, podían contratarla con el salario de una principiante, y ella vivía en casa de sus padres y por tanto no había que darle alojamiento.

La oferta creó una angustiosa indecisión en casa de los Geiger, y serias conversaciones en voz baja entre Lillian y Jay.

—Ya hemos postergado las cosas durante demasiado tiempo—opinó Jay.

—Pero un año como maestra le iría muy bien, le ayudaría a encontrar una pareja más adecuada. Ser maestra es tan norteamericano...

Jason lanzó un suspiro. Adoraba a sus tres hijos varones, Davey, Herm y Cubby. Eran chicos encantadores. Los tres tocaban el piano como su madre, con distintos niveles de habilidad, y Dave y Herm querían aprender a tocar instrumentos de viento, si alguna vez lograban encontrar un profesor. Rachel era su única hija y la primogénita, la criatura a la que él había enseñado a tocar el violín. Sabía que llegaría un día en que tendría que marcharse de casa, que viviría para él sobre todo en cartas poco frecuentes, que la vería sólo brevemente en las raras visitas que hiciera desde algún lugar lejano.

Decidió ser egoísta y conservarla en el seno de la familia un tiempo más.

—De acuerdo, dejémosla trabajar de maestra —le dijo a Lillian.

Habían pasado varios años desde que las inundaciones se llevaron la tienda del sudadero de Makwa. Todo lo que quedaba eran dos paredes de piedra de un metro ochenta de largo y un metro de alto, con una separación de setenta y cinco centímetros. En agosto, Chamán comenzó a construir a partir de las paredes un hemisferio con ramas tiernas dobladas. Trabajaba lenta y torpemente, entretejiendo mimbres verdes de sauce entre las ramas. Cuando su padre vio lo que hacía le preguntó si podía ayudarlo, y ambos trabajaron durante casi dos semanas en los ratos libres y lograron algo aproximado a lo que había sido el sudadero que Makwa había construido en unas pocas horas con la ayuda de Luna y Viene Cantando.

Con más ramas tiernas y mimbres construyeron un cesto del tamaño de una persona adulta y lo colocaron dentro de la tienda, sujeto a la parte superior de las paredes.

Rob J. tenía una piel de búfalo hecha jirones y otra de venado. Cuando las estiraron en el marco de la entrada, un enorme espacio de ésta quedó sin cubrir.

—¿Tal vez una manta? —sugirió Chamán.

—Será mejor que utilices dos, formando una capa doble, de lo contrario no retendrá el vapor.

Probaron la tienda el primer día de septiembre que hubo una helada. Las piedras del baño de Makwa estaban exactamente donde ella las había dejado, y prepararon un fuego con maderas y colocaron encima las piedras para que se calentaran. Chamán entró en la tienda cubierto sólo con una manta que dejó fuera; temblando, se echó sobre el cesto. Con la ayuda de unos palos ahorquillados, Rob J. llevó las piedras hasta el interior, las colocó debajo del cesto, las mojó con varios cubos de agua fría y cerró perfectamente la tienda. Chamán se quedó tendido entre el vapor que subía, sintiendo la humedad que se expandía, recordando lo asustado que se había sentido la primera vez, y cómo se había escondido entre los brazos de Makwa para protegerse del calor y la oscuridad. Recordó las extrañas marcas que ella tenía en los pechos y la sensación que le habían producido contra la mejilla. Rachel era más delgada y más alta que Makwa, y tenía pechos más grandes. Al pensar en Rachel tuvo una erección y se angustió pensando que su padre podía regresar y verlo. Se obligó a pensar otra vez en Makwa y recordó el sereno afecto que emanaba de ella, tan reconfortante como el primer calor del vapor. Resultaba extraño hallarse en la tienda en la que ella había estado tantas veces. Su recuerdo se hacía cada año más borroso, y se preguntó por qué alguien la habría querido matar, por qué había gente tan malvada. Casi sin darse cuenta empezó a entonar una de las canciones que ella le había enseñado: «*Wi-a-ya-ni, Ni-na ne-gi-seke-wi-to-seme-ne ni-na...*». Vayas donde vayas, camino a tu lado, hijo mío.

Un rato después su padre llevó más piedras calientes y las mojó con agua fría, y el vapor llenó completamente la tienda. Aguantó todo el tiempo que pudo, hasta que quedó jadeante y bañado en sudor; entonces se levantó de un salto del cesto y corrió en el aire helado hasta zambullirse en las frías aguas del río. Durante un instante pensó que tenía una muerte limpia, pero mientras chapoteaba y nadaba, la sangre recorrió todo su cuerpo y gritó como un sauk mientras salía del agua y corría hacia el establo, donde se secó frotándose vigorosamente y se vistió con ropas de abrigo.

Evidentemente había mostrado un enorme regocijo, porque cuando salió del establo, su padre lo esperaba para probar el sudadero, y le tocó a él el turno de calentar y trasladar las piedras y rociarlas con agua para formar vapor.

Finalmente regresaron a la casa, radiantes y sonrientes, y descubrieron que había pasado la hora de la cena. Sarah, muy enfadada, había dejado los platos de ellos dos en la mesa, y la comida estaba fría. Chamán y su padre se quedaron sin sopa y tuvieron que raspar la grasa fría del cordero, pero estuvieron de acuerdo en que había valido la pena. Makwa sí que sabía cómo tomar un baño.

Cuando la escuela abrió sus puertas, a Rachel no le resultó nada difícil desempeñar su trabajo de maestra. La rutina era conocida: las lecciones, el trabajo en clase, las canciones, los deberes para hacer en casa. Chamán era mejor que ella en matemáticas, y le pidió que diera las clases de aritmética.

Aunque a él no le pagaban, Rachel lo elogió ante los padres y la junta de la escuela, y él disfrutaba trabajando con ella en la planificación de las clases.

Ninguno de los dos mencionó el comentario de la señorita Burnham de que tal vez ya no fueran necesarios los ejercicios vocales. Ahora que Rachel era maestra hacían los ejercicios en la escuela, después que los niños se habían marchado, salvo los que tenían que hacer con el piano. A Chamán le gustaba sentarse junto a ella delante del piano, pero disfrutaba cuando estaban a solas en la escuela, en la intimidad.

Los alumnos siempre se reían de que la señorita Burnham al parecer nunca necesitaba hacer pis, y ahora Rachel seguía la tradición, pero en cuanto todos se marchaban tenía que ir a toda prisa al lavabo. Mientras esperaba que regresara, Chamán hacía toda clase de especulaciones sobre lo que ella llevaba debajo de la falda. Bigger le había contado que cuando lo había hecho con Pattie Drucker, había tenido que ayudarla a quitarse un viejo y agujereado calzoncillo de su padre; pero él sabía que la mayoría de las mujeres llevaban miriñaque con ballenas o camisa de crin, que producía picor pero era más abrigada. Rachel no era indiferente al frío. Cuando regresaba, colgaba la capa en la percha y corría hasta la estufa para calentarse primero delante y luego detrás.

Llevaba sólo un mes en su trabajo de maestra cuando tuvo que irse a Peoria con su familia para celebrar la festividad judía, y Chamán fue el maestro suplente durante la mitad del mes de octubre, trabajo por el que le pagaron. Los alumnos ya estaban acostumbrados a que él les enseñara aritmética. Sabían que él tenía que leerles los labios para comprenderlos, y la primera mañana Randy Williams, el hijo mayor del herrador, dijo algo gracioso mientras se encontraba de espaldas al maestro. Chamán asintió cuando los chicos rieron y le preguntó a Randy si quería que lo colgara un rato de los talones; Chamán era más grande que la mayoría de los hombres que los chicos conocían, y las sonrisas desaparecieron mientras Randy decía con voz temblorosa que no, que no quería que ocurriera algo así. Durante las dos semanas siguientes resultó fácil dar las clases.

El primer día que Rachel volvió a la escuela se sentía abatida. Esa tarde, cuando los chicos se fueron, regresó del lavabo temblando y llorando.

Chamán se acercó a ella y la rodeó con sus brazos. Ella no protestó, simplemente se quedó de pie entre él y la estufa, con los ojos cerrados.

—Detesto Peoria —dijo serenamente—. Es un sitio odioso, no haces más que conocer gente. Mi madre y mi padre no hacían más que exhibirme.

A él le pareció razonable que se sintieran orgullosos de ella. Por otra parte no tendría que volver a Peoria hasta el año siguiente. No dijo nada. Ni siquiera soñó con besarla. Era feliz con estar en contacto con su suavidad, seguro de que nada que un hombre y una mujer hicieran juntos podía ser mejor que esto. Un instante después ella retrocedió y lo miró seriamente con los ojos húmedos.

—Mi mejor amigo.

—Sí —dijo él.

Fueron dos incidentes los que revelaron la verdad a Rob J. Una cruda mañana de noviembre, Chamán se acercó a él mientras se dirigía al establo.

—Ayer fui a visitar a la señorita Burnham; mejor dicho, a la señora Cowan. Me dio recuerdos para ti y para mamá.

Rob J. sonrió.

—Oh, fantástico. Supongo que se ha acostumbrado a la vida en la granja Cowan.

—Sí. Parece que las niñas la quieren. Desde luego tienen mucho trabajo, y sólo están ellos dos. —Miró a su padre—. Papá, ¿hay muchos matrimonios como el de ellos? Me refiero a que la mujer sea mayor que el hombre.

—Bueno, suele ser al revés, aunque no siempre. Supongo que existen unos cuantos. —Esperó que la conversación se encaminara en alguna dirección, pero su hijo se limitó a asentir y se marchó a la escuela, y él entró en el establo y ensilló la yegua.

Pocos días más tarde, él y el chico estaban trabajando juntos en la casa. Sarah había visto un revestimiento para el suelo en varias casas de Rock Island, y le había implorado a Rob J. hasta que él aceptó que tuviera tres revestimientos. Se realizaban aprestando lona con resina y aplicando luego cinco capas de pintura. El resultado era un revestimiento a prueba de barro, a prueba de agua, y decorativo. Ella había hecho que Alex y Alden aplicaran la resina y las cuatro primeras capas de pintura, pero había pedido a su esposo que aplicara la última.

Rob J. había mezclado la pintura para las cinco capas utilizando suero de leche, aceite comprado en la tienda y cascarón de huevo de color pardo, molido muy fino, para obtener una buena pintura del color del trigo. Él y Chamán habían aplicado la superficie final juntos, y ahora, una soleada mañana de domingo, añadían con todo esmero un delgado ribete negro a los bordes exteriores de cada revestimiento, intentando concluir el trabajo antes de que Sarah regresara de la iglesia.

Chamán se mostró paciente. Rob J. sabía que Rachel lo esperaba en la cocina, pero vio que el chico no intentaba apresurarse mientras colocaban el ribete decorativo al último de los tres trabajos.

—Papá —dijo Chamán—, ¿hace falta mucho dinero para casarse?

—Mmmm. Bastante. —Secó el pincel con un trapo—. Bueno, varía, por supuesto. Algunas parejas viven con la familia de ella, o con la de él, hasta que pueden arreglárselas solos. —Había hecho una plantilla de madera delgada para facilitar la tarea, y Chamán la colocó junto a la superficie pintada y aplicó la pintura negra, concluyendo el trabajo.

Limpiaron los pinceles y guardaron todo en el establo. Antes de regresar a la casa, Chamán asintió.

—Claro que varía.

—¿Qué es lo que varía? —preguntó Rob J. distraído, mientras pensaba cómo iba a extraer el líquido de la rodilla inflamada de Harold Hayse.

—El dinero que hace falta para casarse. Dependería de lo que ganaras con tu trabajo, de lo que tardara en llegar un bebé, de cosas como ésas.

—Exacto —dijo Rob J. Estaba desorientado, desconcertado por la sensación de que se había perdido una parte importante de la conversación.

Pero unos minutos más tarde, Chamán y Rachel pasaron junto al establo, en dirección al camino de la casa. Chamán tenía los ojos fijos en Rachel para poder ver lo que ella decía, pero al observar el rostro de su hijo, Rob J. comprendió enseguida lo que revelaba.

Mientras cada cosa encajaba en su sitio, lanzó un gruñido.

Antes de ir a atender la rodilla de Harold Hayse, cabalgó en dirección a la granja de los Geiger. Su amigo estaba en el cobertizo donde guardaba las herramientas, afilando una guadaña, y sonrió sin interrumpir el fuerte chirrido de la piedra contra la hoja.

—Rob J.

—Jason.

Había otra piedra de amolar, y Rob J. la cogió y empezó a trabajar en la segunda guadaña.

—Tengo que hablarte de un problema —anunció.

40

Creciendo

A finales del invierno, una rebelde capa de nieve aún dominaba los campos como un cristal esmerilado cuando Rob J. puso en marcha las actividades de primavera en la granja, y Chamán quedó sorprendido pero contento al ser incluido en los planes de trabajo por primera vez. Con anterioridad sólo había trabajado de vez en cuando y se le había permitido dedicarse a sus estudios y a la terapia de la voz.

—Este año nos hace mucha falta tu ayuda —le dijo su padre—. Alden y Alex no lo querrían reconocer, pero ni siquiera tres hombres pueden hacer el trabajo que Viene Cantando hacía solo.

Además, añadió, cada año crecía el rebaño y ocupaba más pastos.

—He hablado con Dorothy Burnham y con Rachel. Las dos consideran que has aprendido todo lo que podías aprender en la escuela. Me han dicho que ya no necesitas los ejercicios vocales, y... —le sonrió— estoy de acuerdo con ellas. Creo que hablas perfectamente bien.

Rob J. puso especial cuidado en decirle a Chamán que el plan no sería permanente.

—Sé que no quieres trabajar en la granja. Pero si ahora nos ayudas, podríamos pensar lo que quieres hacer después.

Alden y Alex se ocuparon de sacrificar los corderos. A Chamán se le asignó la tarea de plantar arbustos en cuanto la tierra pudo ser trabajada. Las vallas de barrotes separados no eran adecuadas para las ovejas, porque éstas podían escaparse fácilmente entre los barrotes, y además permitían la entrada a los depredadores. Para delimitar los nuevos pastos, Chamán abría una sola franja a lo largo de todo el perímetro y luego plantaba naranjos de Osage lo suficientemente cerca unos de otros para formar una gruesa barrera. Sembraba cuidadosamente, porque la semilla costaba cinco dólares la libra. Los naranjos eran árboles fuertes y tenían mucho follaje y espinas largas y terribles que se combinaban para mantener a las ovejas dentro y a los coyotes y los lobos fuera. Eran necesarios tres años para que un naranjo de Osage formara una barrera que protegiera un campo, pero Rob J. había estado preparando la barrera desde que había iniciado la granja, de modo que cuando Chamán había terminado de plantar los árboles nuevos pasó varios días en lo alto de una escalera podando los que ya habían crecido. Cuando concluyó la poda, tuvo que quitar piedras del terreno, cortar leña, hacer postes y arrancar tocones del suelo en el borde del bosque.

Tenía las manos y los brazos arañados por las espinas, las palmas se le llenaron de callos, los músculos empezaron a dolerle y luego se le endurecieron. Su cuerpo atravesaba los cambios típicos del desarrollo, su voz se hacía más profunda. Por la noche tenía sueños sexuales. A veces no lograba recordarlos ni identificar a la mujer que aparecía en ellos, pero en varias ocasiones tuvo claros recuerdos de Rachel. Al menos una vez supo que la mujer era Makwa, cosa que lo confundió y asustó. Aunque era inútil, hacía todo lo posible por eliminar la prueba antes de que la sábana fuera añadida al resto de la ropa sucia para hervirla.

Durante años había pasado todos los días con Rachel, pero ahora rara vez la veía. Un domingo por la tarde fue hasta su casa, y su madre le abrió la puerta.

—Rachel está ocupada y ahora no puede verte. Le daré recuerdos de tu parte, Rob J. —le explicó Lillian, no sin amabilidad.

Algún sábado por la noche, cuando las dos familias se reunían a disfrutar de la música y de la amistad, él lograba sentarse junto a Rachel y hablaban de la escuela. Echaba de menos las clases de aritmética que les daba a los niños, y les preguntaba por ellos y la ayudaba a planificar las clases. Pero ella parecía extrañamente incómoda. Algo que él amaba en su forma de ser, una especie de calor y luz, se había apagado, como un fuego con demasiada leña. Cuando él sugirió que fueran a dar un paseo, fue como si los adultos que se encontraban en la habitación esperaran la respuesta de ella, y no se relajaron hasta que ella dijo que no, que no le apetecía dar un paseo en ese momento, pero que muchas gracias.

Lillian y Jay le habían explicado a Rachel la situación, le habían hablado comprensivamente del enamoramiento que podía sentir un chico, y habían afirmado de forma clara que la responsabilidad de ella consistía en evitar darle cualquier tipo de aliento. Era difícil. Chamán era su amigo y ella echaba de menos su compañía. Se preocupaba por el futuro de él pero fue colocada ante un abismo personal, y el intentar ver algo en su lóbrega profundidad le provocaba gran ansiedad y temor.

Ella debió de darse cuenta de que el enamoramiento de Chamán sería el factor que precipitaría el cambio, pero su rechazo del futuro era tan intenso que cuando Johann C. Regensberg fue a pasar el fin de semana en su casa, ella lo aceptó enseguida como un amigo de su padre. Él era un hombre afable y ligeramente regordete, cerca de los cuarenta, que se refería respetuosamente a su anfitrión como «señor Geiger», pero le había pedido que a él le llamara Joe. Era de estatura mediana y tenía unos ojos vivaces y ligeramente bizcos, de color azul, que observaban el mundo atentamente desde atrás de sus gafas con montura metálica. Su agradable rostro estaba delicadamente equilibrado entre una barba corta y una menguante cabellera castaña que asomaba en su incipiente calva. Tiempo después, cuando Lillian lo describía a sus amigos, decía que tenía «una frente ancha».

Joe Regensberg apareció en la granja un viernes, a tiempo para sumarse a la cena del *Sabbath*. Pasó esa noche y el día siguiente descansando junto a la familia Geiger. El sábado por la mañana él y Jason leyeron las sagradas escrituras y estudiaron el Levítico. Después de una comida fría fueron a ver el granero y la botica y luego, encogido bajo el día nublado, recorrió con ellos el camino para ver los campos que serían sembrados en la primavera.

Los Geiger concluyeron el *Sabbath* con una cena de *cholent*, un plato que contenía alubias, carne, cebada perlada y ciruelas, que había sido cocido lentamente en las brasas desde la tarde anterior, porque a los judíos se les prohibía encender fuego durante el *Sabbath*. Después disfrutaron de la música; Jason tocó parte de una sonata para violín de Beethoven y luego le cedió el lugar a Rachel, que disfrutó interpretando el resto mientras el visitante la observaba con evidente placer. Al final de la velada, Joe Regensberg abrió su enorme maleta tapizada y sacó de ella los regalos: para Lillian, un juego de bateas para el pan, hecho en la fábrica de objetos de hojalata que poseía en Chicago; una botella de coñac añejo para Jay; y para Rachel un libro, *Los documentos póstumos del club Pickwick*.

Ella notó que no había regalos para sus hermanos. Enseguida comprendió el significado de la visita y quedó abrumada por el terror y la confusión. Con los labios entumecidos le dio las gracias y le dijo que le gustaba el estilo del señor Dickens, aunque hasta entonces sólo había leído *Nicholas Nickleby*.

—*Los documentos póstumos del club Pickwick* es uno de mis preferidos —comentó él—. Después de que lo hayas leído tenemos que comentarlo.

Ninguna persona sincera podía describirlo como un joven apuesto, pero tenía un rostro inteligente. Un libro, pensó ella esperanzada, es un primer regalo que un hombre excepcional le haría a una mujer en estas circunstancias.

—Me pareció que era un regalo adecuado para una maestra —explicó él, como si le hubiera leído el pensamiento.

La ropa de Joe Regensberg tenía mejor caída que la de los hombres que ella conocía; tal vez la suya estaba mejor hecha. Cuando sonreía, se le formaban unas graciosas arrugas en el rabillo de los ojos.

Jason le había escrito a Benjamin Schoenberg, el *shadchen* de Peoria, y para asegurarse le había enviado otra carta a otro agente matrimonial llamado Solomon Rosen, de Chicago, ciudad en la que había una creciente población judía. Schoenberg había respondido con una misiva de estilo florido, afirmando que tenía una serie de jóvenes que podían llegar a ser novios fantásticos, y que los Geiger podían conocerlos cuando la familia viajara a Peoria para la festividad judía. Pero Solomon Rosen había actuado. Uno de sus mejores novios en potencia era Johann Regensberg. Cuando Regensberg le comentó que estaba a punto de viajar al oeste de Illinois con el fin de abrir nuevos mercados para sus objetos de hojalata, incluidas varias tiendas de Rock Island y Davenport, Solomon Rosen había organizado la presentación.

Varias semanas después de la visita había llegado otra carta del señor Rosen. Johann Regensberg había quedado favorablemente impresionado por Rachel. El señor Rosen informaba que la familia Regensberg tenía *yiches*, la verdadera distinción familiar que provenía de varias generaciones de servicios a la comunidad. En la carta también decía que entre los antepasados del señor Regensberg había maestros y eruditos bíblicos, que se remontaban al siglo XIV.

Pero a medida que Jay seguía leyendo, su rostro quedaba ensombrecido a causa del agravio. Los padres de Johann, Leon y Golda Regensberg, habían muerto. Estaban representados en este asunto por la señora Harriet Ferber, hermana del difunto Leon Regensberg. En un intento por continuar la tradición de la familia, la señora Ferber había solicitado la presentación de testigos u otras pruebas con relación a la virginidad de la futura novia.

—Esto no es Europa. No están comprando una vaca —dijo Jason débilmente.

Su fría nota de rechazo fue respondida de inmediato por una carta conciliadora del señor Rosen, que retiraba la petición y en su lugar preguntaba si la tía de Johann podía ser invitada a visitar a los Geiger. De modo que algunas semanas más tarde llegó a Holden's Crossing la señora Ferber, una mujer menuda y erguida, de brillante pelo blanco peinado hacia atrás y recogido en un moño. Acompañada por una cesta que contenía frutas escarchadas, tartas con aguardiente y una docena de botellas de vino *kosher*, también ella llegó a tiempo para celebrar el *Sabbath*. Se deleitó con la cocina de Lillian y con el talento musical de la familia, pero era a Rachel a quien observaba, con quien conversó sobre la educación y los niños, y de quien se quedó prendada desde el principio.

No era en absoluto tan odiosa como ellos habían supuesto. Por la noche, mientras Rachel limpiaba la cocina, la señora Ferber se sentó a conversar con Lillian y con Jay, y se informaron mutuamente sobre sus respectivas familias.

Los antepasados de Lillian eran judíos españoles que habían huido de la Inquisición, primero a Holanda y luego a Inglaterra. En Estados Unidos tenían un patrimonio político. Por la rama paterna estaba emparentada con Francis Salvador, que había sido elegido por sus vecinos cristianos para el Congreso Provincial de Carolina del Sur, y que, mientras servía en las filas de la milicia patriota, sólo unas semanas después de la Declaración de la Independencia, se convirtió en el primer judío que murió por Estados Unidos, luego de caer en una emboscada de los tories y de que los indios le arrancaran la cabellera. Por la rama materna era una Mendes, prima de Judah Benjamin, el senador de Estados Unidos por Louisiana.

Los antepasados de Jason, reconocidos fabricantes farmacéuticos establecidos en Alemania, habían llegado a Charleston en 1819 huyendo de los disturbios en los que las multitudes habían recorrido las calles persiguiendo judíos y gritando «¡Hep! ¡Hep! ¡Hep!», un grito que se remontaba a la época de los cruzados, formado por las iniciales de *Hieroso-lyma est perdita*, Jerusalén está perdida.

Los Regensberg habían abandonado Alemania una década antes de los disturbios Hep, informó la señora Ferber. Habían poseído viñedos en Renania. No eran dueños de grandes riquezas, pero disfrutaban de bienestar económico, y la fábrica de objetos de hojalata de Joe Regensberg era un negocio próspero. Él era miembro de la tribu de *Kohane*, y por sus venas corría la sangre de los sumos sacerdotes del templo de Salomón. Si se celebraba la boda, indicó delicadamente a Lillian y a Jay, los nietos de ambos descenderían de dos grandes rabinos de Jerusalén. Los tres se quedaron mirándose con enorme placer mientras bebían un delicioso té inglés salido de la opulenta cesta de la señora Ferber.

—La hermana de mi madre también se llamaba Harriet —comentó Lillian—. Y nosotros la llamábamos Hattie.

A ella nadie la llamaba nada, apuntó la señora Ferber con tal encanto y buen humor que les resultó fácil aceptar cuando ella los invitó a visitar Chicago.

Pocas semanas más tarde, un miércoles, los seis miembros de la familia Geiger subieron a un coche locomotora en Rock Island, desde donde harían un viaje directo de cinco horas por ferrocarril, sin cambiar de tren. Chicago era una ciudad enorme, extensa, sucia, atestada de gente, de aspecto lamentable, ruidosa y, para Rachel, muy estimulante. Su familia ocupaba las habitaciones del cuarto piso del hotel Palmer's Illinois House. El jueves y el viernes, en el transcurso de las comidas celebradas en casa de Harriet, en South Wabash Avenue, conocieron a otros familiares, y el sábado por la mañana asistieron al servicio en la sinagoga familiar de los Regensberg, la congregación *Kehilath Anshe Maarib*, donde Jason recibió el honor de ser llamado a entonar una bendición. Esa noche asistieron a una sala en la que una compañía de ópera que estaba de gira presentaba *Der Freischütz*, de Carl Maria von Weber. Rachel jamás había asistido a una ópera, y se sintió transportada por las arias elevadas y románticas. En el primer entreacto, Joe Regensberg la llevó afuera y le pidió que fuera su esposa, y ella aceptó. Todo se cumplió con pocos traumas, porque la verdadera propuesta y la aceptación habían sido realizadas por los mayores. Él sacó de su bolsillo un anillo que había pertenecido a su madre. El diamante, el primero que Rachel veía en su vida, era modesto pero estaba maravillosamente engastado. El anillo era un poco grande, y ella dejó el puño cerrado para evitar que se le resbalara del dedo y se perdiera. Cuando regresaron a sus asientos, la ópera volvía a empezar. Sentada en la oscuridad junto a Lillian, Rachel le cogió la mano y la colocó sobre el anillo, y sonrió al notar el instantáneo apretón. Mientras dejaba que la música la transportara magníficamente a los bosques alemanes, se dio cuenta de que el acontecimiento que había temido durante tanto tiempo en realidad podía ser una puerta a la libertad, y una especie de poder muy agradable.

La calurosa mañana de mayo en que Rachel fue a la granja de ovejas, Chamán había sudado abundantemente segando con una guadaña durante varias horas, y luego rastrillando, de modo que estaba cubierto de polvo y paja. Rachel llevaba un conocido y viejo vestido gris que ya empezaba a mostrar una mancha de humedad en las axilas, una cofia amplia gris que él nunca había visto y guantes blancos de algodón. Cuando le preguntó si quería acompañarla a casa, él dejó el rastrillo con alegría.

Durante un rato hablaron de la escuela, pero ella empezó a hablar enseguida de sí misma, de lo que estaba ocurriendo en su vida.

Mientras le sonreía, Rachel se quitó el guante izquierdo y le enseñó el anillo, y él comprendió que iba a casarse.

—¿Entonces te marcharás de aquí?

Ella le cogió la mano. Años más tarde, cuando pensaba una y otra vez en aquel momento, Chamán se sentía avergonzado de no haberle hablado. Le deseó una vida feliz, le dijo cuánto había significado para él, le dio las gracias.

Le dijo adiós.

Pero no pudo mirarla, así que no supo lo que ella le estaba diciendo. Se convirtió en una piedra, y las palabras de Rachel resbalaron sobre él como la lluvia.

Cuando llegaron al camino de entrada a la casa de Rachel y él dio media vuelta y empezó a alejarse, le dolía la mano porque ella se la había apretado con todas sus fuerzas.

Un día después de que los Geiger se fueran a Chicago, donde ella iba a casarse bajo el dosel en una sinagoga, Rob J. llegó a casa y fue recibido por Alex, que le dijo que él se ocuparía de la yegua.

—Será mejor que entres. A Chamán le ocurre algo.

Dentro de la casa, Rob J. se detuvo en la puerta del dormitorio de Chamán y escuchó los roncos y guturales sollozos.

Cuando tenía la misma edad de Chamán había llorado igual que él ahora, porque su perra se había vuelto feroz y mordedora, y su madre se la había entregado a un colono que vivía solo en las colinas. Pero sabía que Chamán lloraba por un ser humano, no por un animal.

Entró y se sentó en la cama.

—Hay algunas cosas que deberías saber. Hay muy pocos judíos, y están rodeados sobre todo por personas que no lo son. Por eso sienten que, a menos que se casen entre ellos, no sobrevivirán. Pero esto no se aplica a ti. Tú jamás has tenido la menor posibilidad. —Se estiró y acarició el pelo húmedo de su hijo y dejó la mano sobre su cabeza—. Porque ella es una mujer —dijo—. Y tú eres un muchacho.

En el verano, el comité de la escuela, que iba a la caza de un buen maestro al que pagarle un salario bajo basándose en su juventud, le ofreció el puesto a Chamán, pero éste dijo que no.

—¿Entonces qué quieres hacer? —le preguntó su padre.

—No lo sé.

—Hay un instituto de segunda enseñanza en Galesburg. El Knox College —le informó Rob J.—. Parece un lugar fantástico. ¿Te gustaría seguir estudiando y cambiar de ambiente?

—Creo que sí —respondió.

Así que dos meses después de cumplir los quince años, Chamán se marchó de casa.

41

Ganadores y perdedores

En septiembre de 1858, el reverendo Joseph Hills Perkins fue llamado a ocupar el púlpito de la iglesia baptista de Springfield, más numerosa. Entre sus prósperos y nuevos feligreses se contaban el gobernador y una serie de legisladores del Estado, y el señor Perkins estaba sólo algo más asombrado de su buena suerte que los miembros de su iglesia de Holden's Crossing, que veían en su éxito una prueba clara de lo inteligentes que habían sido al elegirlo a él. Durante un tiempo, Sarah estuvo ocupada con una serie de cenas y fiestas de despedida; luego, cuando los Perkins se marcharon, comenzó otra vez la búsqueda de un pastor y hubo una nueva serie de predicadores invitados a los que debieron alimentar y alojar, y nuevas discusiones y debates sobre la conveniencia o no de los distintos candidatos.

Durante un tiempo apoyaron a un hombre del norte de Illinois que era un feroz censurador del pecado, pero para alivio de muchos a los que no les gustaba su estilo —Sarah entre ellos— fue dejado de lado porque tenía seis hijos, otro en camino, y la casa rectoral era pequeña. Finalmente se decidieron por el señor Lucian Blackmer, un hombre de mejillas rojas y pecho saliente, recién llegado al Oeste. «Del Estado de Rhode Island al estado de gracia», fue lo que dijo Carroll Wilkenson al presentar el nuevo pastor a Rob J. El señor Blackmer parecía un hombre agradable, pero Rob J.

se sintió abatido al conocer a su esposa, porque Julia Blackmer era una mujer delgada y ansiosa, y tenía la palidez y la tos típicas de una enfermedad pulmonar avanzada. Mientras le daba la bienvenida notó la mirada de su esposo, como si Blackmer esperara la promesa tranquilizadora de que el doctor Cole podría ofrecerle nuevas esperanzas y la curación.

Holden's Crossing, Illinois
12 de octubre de 1858

Querido Chamán:

Me alegré al saber por tu carta que te has incorporado a la vida de Galesburg y que disfrutas de tus estudios y de buena salud. Aquí estamos todos bien. Alden y Alex han terminado la matanza de los cerdos y ahora nos deleitamos con el tocino, las costillas, las paletillas y los jamones (hervidos, ahumados y adobados), las conservas en vinagre, el queso y la manteca.

Los informes indican que el nuevo pastor es un hombre interesante cuando se encuentra en el púlpito. Para ser justo con él, te diré que es un hombre valiente, porque su primer sermón trató de ciertas cuestiones morales que plantea la esclavitud, y aunque parece haber obtenido la aprobación de la mayoría de los asistentes, una fuerte y ruidosa minoría (¡en la que se incluye tu madre!) mostró su desacuerdo con él después de salir de la iglesia.

Me entusiasmó saber que Abraham Lincoln, de Springfield, y el senador Douglas, participaron en un debate en el Knox College el 7 de octubre, y espero que hayas tenido la posibilidad de asistir. La carrera de ambos al senado concluye con mi primer voto como ciudadano, y no sé muy bien cuál de los candidatos será peor. Douglas vocifera contra el necio fanatismo de los Ignorantes, pero apacigua a los propietarios de esclavos. Lincoln alza su voz contra la esclavitud pero acepta —de hecho, busca— el apoyo de los Ignorantes. Los dos me caen muy mal. ¡Políticos!

Tu programa de estudios parece muy estimulante. Ten en cuenta que además de la botánica, la astronomía y la fisiología, también la poesía tiene secretos que hay que conocer.

Tal vez con lo que te adjunto te resulte más fácil comprar regalos de Navidad. ¡Estoy ansioso por verte durante las vacaciones!

Recibe el amor
de tu padre

Echaba de menos a Chamán. Su relación con Alex era más cautelosa que cariñosa. Sarah estaba siempre preocupada con el trabajo en la iglesia. Él disfrutaba de algunas veladas musicales con los Geiger, pero cuando dejaban la música de lado se enfrentaban a sus diferencias políticas. Cada vez con mayor frecuencia, cuando concluía las visitas a los pacientes, a últimas horas de la tarde, guiaba su yegua hasta el convento de San Francisco de Asís. Cada año que pasaba quedaba más convencido de que la madre Miriam era más valiente que feroz, más valiosa que severa.

—Tengo algo para usted —le dijo ella una tarde, y le entregó un fajo de papeles de estraza escritos con letra pequeña y apretada en tinta negra.

Los leyó mientras estaba sentado en la silla de cuero, bebiendo café, y vio que se trataba de una descripción de los trabajos internos de la Orden Suprema de la Bandera Estrellada, y que sólo podría haber sido escrita por uno de sus miembros.

El escrito comenzaba con una descripción de la estructura nacional de la sociedad secreta política. Su base estaba compuesta por los consejos regionales, cada uno de los cuales elegía sus propios dirigentes, promulgaba sus propios reglamentos e iniciaba a sus propios miembros. Por encima de éstos estaban los consejos de distrito, compuestos por un solo delegado de cada uno de los consejos regionales. Los consejos de distrito supervisaban las actividades políticas de los consejos regionales y seleccionaban a los candidatos políticos locales que merecían el apoyo de la orden.

Todas las unidades de cada Estado eran controladas por el gran consejo, compuesto por tres delegados de cada consejo regional y gobernado por un gran presidente y otros directivos elegidos. En lo más alto de la elaborada estructura había un consejo nacional que decidía todas las cuestiones políticas nacionales, incluida la selección de los candidatos de la Orden a la presidencia y la vicepresidencia de Estados Unidos. El consejo nacional decidía el castigo por negligencia en las funciones por parte de los miembros, y fijaba los rituales de la Orden.

Había dos categorías de miembros. Para pertenecer a la primera, el candidato debía ser un varón adulto nacido en Estados Unidos, de padres protestantes y que no estuviera casado con una católica.

A cada futuro miembro se le planteaba una pregunta categórica: «¿Está dispuesto a utilizar su influencia y votar sólo por ciudadanos norteamericanos nativos para todos los cargos de honor, confianza o provecho en manos del pueblo, con exclusión de todos los extranjeros y católicos romanos en particular, y sin tener en cuenta predilecciones de partido?»

Al hombre que respondía afirmativamente se le exigía renunciar a cualquier otra lealtad de partido, a apoyar la voluntad política de la Orden y a trabajar para cambiar las leyes de naturalización. Entonces se le confiaban los secretos cuidadosamente descritos en el informe: la señal de reconocimiento, el apretón de manos, los desafíos y las advertencias.

Para pertenecer a la segunda categoría, el candidato debía ser un veterano digno de confianza. Sólo los miembros de segundo grado tenían derecho a ocupar un cargo en la orden, a participar en sus actividades clandestinas y a contar con su apoyo en la obtención de un cargo en la política local y nacional. Cuando eran elegidos o designados para ocupar el poder, se les ordenaba que despidieran a todos los forasteros, extranjeros o católicos romanos que trabajaran a sus órdenes, y en ningún caso «nombrar a ninguno de ellos para ningún cargo que esté en sus manos».

Rob J. miró fijamente a Miriam Ferocia.

—¿Cuántos son?

Ella se encogió de hombros.

—No creemos que haya muchos hombres en la orden secreta. Tal vez un millar. Pero son el pilar del Partido Americano.

»Le he dado estas páginas porque usted se opone a este grupo que pretende perjudicar a la Madre Iglesia, y porque usted debe conocer la naturaleza de quienes nos hacen daño, y por cuyas almas rogamos a Dios. —Lo miró con expresión seria—. Pero debe prometerme que no utilizará esta información para abordar a un supuesto miembro de la Orden en Illinois, porque de lo contrario pondría en grave peligro al hombre que escribió este informe.

Rob J. asintió. Dobló las páginas y se las extendió, pero ella sacudió la cabeza.

—Son para usted —dijo—. Junto con mis sinceras oraciones.

—¡No tiene que rezar por mí! —Le resultaba incómodo hablar con ella teniendo en cuenta cuestiones de fe.

—No puede impedírmelo. Usted se merece mis oraciones, y a menudo le hablo de usted al Señor.

—Lo mismo que reza por nuestros enemigos —señaló él de mal humor, pero ella permaneció impertérrita.

Más tarde, en su casa, volvió a leer el informe y estudió la caligrafía de patas de araña. Quien hubiera escrito aquello —tal vez un sacerdote— era alguien que vivía en la impostura, fingiendo ser lo que no era, arriesgando su seguridad, tal vez su vida. Rob J. deseó tener la posibilidad de sentarse a hablar con ese hombre.

Nick Holden había ganado fácilmente la reelección en dos ocasiones gracias a su fama en la lucha contra los indios, pero ahora se presentaba para el cuarto período y su rival era

John Kurland, el abogado de Rock Island. Kurland estaba muy bien considerado por los demócratas y por otra gente, y tal vez el apoyo de los Ignorantes con que contaba Holden estaba decayendo. Algunas personas decían que quizás el miembro del Congreso tendría que abandonar el cargo, y Rob J. estaba esperando que Nick hiciera un gesto espectacular destinado a ganar votos. Así que apenas se sorprendió cuando una tarde, al llegar a su casa, se enteró de que el miembro del Congreso Holden y el sheriff Graham estaban reuniendo otro grupo de voluntarios.

—El sheriff dice que Frank Mosby, ese proscrito, está escondido en el norte del distrito —le informó Alden—. Nick ha aguijoneado tanto a esos hombres que, si quiere que le diga mi opinión, creo que tienen más ganas de darle una paliza que de arrestarlo. Graham está nombrando ayudantes a diestro y siniestro. Alex se quedó muy nervioso. Cogió el arma de cazar gansos, ensilló a Vicky y se fue a la ciudad. —Frunció el ceño, disculpándose—. Intenté persuadirlo, pero... —Se encogió de hombros.

Trude no había tenido la posibilidad de refrescarse, pero Rob J. volvió a ensillarla y se marchó a la ciudad.

Los hombres estaban reunidos en la calle, formando pequeños grupos. Se oían risas en el porche de la tienda, donde Nick y el sheriff ejercían su influencia, pero Rob J. no hizo caso. Alex estaba de pie con Mal Howard y otros dos jóvenes, todos armados, y le brillaban los ojos de orgullo. Al ver a Rob J. puso cara larga.

—Quiero hablar contigo, Alex —le dijo Rob mientras lo llevaba aparte—. Quiero que vengas a casa —añadió cuando nadie pudo oírlo.

—No, papá.

Alex tenía dieciocho años y era un joven voluble. Si se sentía presionado podía echarlo todo por la borda y marcharse de casa para siempre.

—No quiero que vayas. Tengo una buena razón para ello.

—He estado toda la vida oyendo esa buena razón —dijo

Alex en tono áspero—. Una vez se lo pregunté a mamá directamente, ¿Frank Mosby es mi tío? Y ella me dijo que no.

—Eres un tonto al hacerle pasar un mal rato como ése a tu madre. No importa que vayas y le dispares a Mosby tú solo, ¿entiendes? De todos modos algunas personas seguirán hablando. Lo que ellos digan no importa en absoluto.

»Podría decirte que volvieras a casa porque ésta es mi arma, y porque ésta es mi pobre yegua ciega. Pero la verdadera razón es que no puedes ir porque eres mi hijo, y no voy a permitir que hagas algo que te martirizaría el resto de tu vida.

Alex lanzó una mirada desesperada hacia el sitio desde el que Mal y los otros lo observaban con curiosidad.

—Diles que yo te he dicho que tienes mucho trabajo en la granja. Y luego ve a buscar a Vicky a donde la hayas dejado atada y vuelve a casa.

Regresó junto a Trude y cabalgó por la calle Main. Los hombres armaban jaleo delante de la iglesia, y notó que algunos ya habían estado bebiendo.

No se giró hasta que había recorrido casi un kilómetro, y cuando lo hizo vio la yegua que avanzaba con el paso cauteloso e inseguro al que la había obligado la mala vista, y la figura inclinada sobre su cuello como un hombre que cabalga contra un fuerte viento, y el arma de cazar gansos con la boca hacia arriba, tal como le había enseñado a sus hijos que debían llevarla.

Durante las semanas siguientes, Alex se mantuvo fuera del alcance de Rob J., no exactamente enfadado con él sino intentando evitar su autoridad. El grupo de hombres estuvo fuera dos días. Encontraron a su presa en una casa desvencijada. Tomaron toda clase de precauciones para abalanzarse sobre él, pero el hombre estaba dormido y lo cogieron por sorpresa. Y no era Frank Mosby. Era un tal Buren Harrison, que había atracado a un tendero de Geneseo y le había robado catorce dólares, y Nick Holden y sus hombres lo escoltaron borrachos y en actitud triunfante ante la justicia. Después se supo que Frank Mosby se había ahogado en Iowa dos años antes, mientras intentaba cruzar el río Cedar montado en su caballo, durante una inundación.

En noviembre, Rob J. votó para enviar a John Kurland al Congreso y para que Steven A. Douglas regresara al Senado. La noche siguiente se unió al grupo de hombres que esperaban noticias sobre las elecciones en la tienda de Haskins, y en una vitrina vio un par de maravillosas navajas de afeitar. Cada una tenía una hoja grande, dos hojas más pequeñas y unas tijeritas, todas de acero templado; estaban guardadas en un estuche de concha, con tapa de plata brillante en los extremos. Eran navajas para hombres que no tuvieran miedo de cortarse con un afeitado apurado, y las compró para regalárselas a sus hijos en Navidad.

Poco después del anochecer, Harold Ames llegó desde Rock Island con los resultados de las elecciones. Había sido un día favorable para los que ocupaban un cargo. Nick Holden, enemigo de los indios y defensor de la ley, había derrotado por escasa diferencia a John Kurland, y el senador Douglas también volvería a Washington.

—Eso le enseñará a Abraham Lincoln a no decirle a la gente que no puede tener esclavos —dijo Julian Howard riendo y sacudiendo el puño en un gesto triunfal—. ¡A partir de ahora no volveremos a oír hablar de ese hijo de puta!

42

El estudiante

Dado que el tren no pasaba por Holden's Crossing, Rob J. llevó a Chamán en el carro hasta Galesburg, a unos cincuenta kilómetros de distancia. La ciudad y el colegio universitario habían sido planificados un cuarto de siglo antes en el Estado de Nueva York por presbiterianos y congregacionalistas que llegaron y construyeron casas en las calles trazadas en forma de cuadrícula alrededor de una plaza pública. Cuando llegaron al colegio universitario, Charles Hammond, el decano, dijo que dado que Chamán era más joven que la mayoría de los alumnos no podría vivir en los dormitorios de éstos. El decano y su esposa tenían algunos internos en su casa de madera blanca de la calle Cherry. Chamán se alojó allí, en una habitación de la parte de atrás del segundo piso.

Fuera de su habitación, las escaleras descendían hasta una puerta que daba a la bomba del patio de atrás y al retrete. En la habitación de la derecha se hospedaban un par de pálidos congregacionalistas, estudiantes de teología, que preferían hablar entre ellos únicamente. En las dos habitaciones que había al otro lado del pasillo vivía el bajo y solemne bibliotecario del colegio y un estudiante de último año llamado Ralph Brooke, que tenía el rostro alegre y lleno de pecas y una mirada que siempre parecía un poco sorprendida.

Brooke era estudiante de latín. La primera mañana, durante el desayuno, Chamán vio que el joven llevaba un volumen de obras de Cicerón. Rob J. lo había formado muy bien en latín.

—*Iucundi acti labores* (Los trabajos ejecutados resultan placenteros) —dijo Chamán.

A Brooke se le iluminó el rostro.

—*Ita vivam, ut scio* (Mientras vivo, sé) —respondió.

Brooke se convirtió en la única persona de la casa con quien Chamán hablaba regularmente, exceptuando al decano y a su delgada y canosa esposa, que todos los días intentaba murmurar unas cuantas palabras amables.

—*Ave!* —lo saludaba Brooke todos los días—. *Quomodo te habes hodie, iuvenis?* (¿Cómo te encuentras hoy, joven?)

—*Tam bene quam fieri possit talibus in rebus, Caesar.* (Todo lo bien que cabe esperar dadas las circunstancias, oh, César) —respondía siempre Chamán. Todas las mañanas. Una broma amistosa.

Durante el desayuno, Brooke robaba galletas y no paraba de bostezar. Chamán era el único que sabía por qué. Brooke tenía una mujer en la ciudad y a menudo no regresaba hasta muy tarde. Dos días después de la llegada de Chamán, el latinista lo convenció para que cuando todos se hubieran ido a dormir bajara la escalera sigilosamente y dejara la puerta de atrás cerrada sin llave, para que él pudiera entrar sin que nadie lo advirtiera. Era un favor que Brooke le pedía con frecuencia.

Las clases empezaban todos los días a las ocho. Chamán escogió fisiología, composición y literatura inglesas, y astronomía. Para sorpresa de Brooke, aprobó un examen de latín. Obligado a estudiar una lengua suplementaria, prefirió el hebreo al griego, por razones que no quiso considerar. El primer domingo que pasó en Galesburg, el decano y la señora Hammond lo llevaron a la iglesia presbiteriana, pero después les dijo a los Hammond que era congregacionalista, y a los estudiantes de teología que era presbiteriano, y así todos los domingos por la mañana podía pasearse libremente por la ciudad.

El ferrocarril había llegado a Galesburg seis años antes que Chamán, y había llevado consigo la prosperidad y una mezcla de gente típica de los tiempos de bonanza. Por otro lado, cerca de Mission Hill había fracasado una colonia cooperativa formada por suecos, y muchos de sus miembros habían ido a vivir a Galesburg. A Chamán le encantaba mirar las chicas y las mujeres suecas, con su pelo rubio tan claro y su piel tersa. Cuando tomó las medidas necesarias para asegurarse de que por la noche no mancharía las sábanas de la señora Hammond, sus fantasías incluían mujeres suecas. En una ocasión, en la calle South, se detuvo bruscamente al ver una cabeza más oscura de mujer; tuvo la certeza de que la conocía, y se quedó sin respiración. Pero la joven resultó ser una desconocida. Cuando vio que él la miraba, le sonrió enseguida, pero él bajó la cabeza y se marchó a toda prisa. Ella parecía tener unos veinte años, y Chamán no quería conocer a ninguna otra mujer mayor que él.

Se sentía nostálgico y enfermo de amor, pero ambos males pronto disminuyeron y se convirtieron en molestias soportables, como un dolor de muelas llevadero. No hizo nuevas amistades, tal vez debido a su juventud y a su sordera, lo cual le permitió obtener buenos resultados en los estudios, a los que dedicaba la mayor parte del tiempo. Sus materias preferidas eran astronomía y fisiología, aunque ésta resultó decepcionante porque no era más que una lista de las partes del cuerpo. Lo más parecido que hizo el profesor Rowells a una clase sobre los procesos fisiológicos fue hablar de la digestión y de la importancia de la regularidad. Pero en el aula de la clase de fisiología había un esqueleto unido con alambres y suspendido de un tornillo colocado en la parte superior del cráneo, y Chamán pasaba horas a solas con él, memorizando el nombre, la forma y la función de cada uno de los viejos huesos descoloridos.

Galesburg era una ciudad bonita y sus calles estaban bordeadas de olmos, arces y nogales que habían sido plantados por los primeros pobladores. Sus habitantes estaban orgullosos de tres cosas: Harvey Henry May había inventado allí un arado automático de acero; un nativo de Galesburg llamado Olmsted Ferris había desarrollado un tipo de maíz ideal para hacer palomitas (había ido a Inglaterra y lo había inflado delante de la reina Victoria); y el senador Douglas y su rival, Lincoln, mantendrían un debate en el colegio universitario el 7 de octubre de 1858.

Chamán asistió al debate esa noche, pero cuando llegó al salón principal encontró a una multitud y se dio cuenta de que desde los mejores asientos disponibles no podría leer el movimiento de los labios de los candidatos. Abandonó el salón y subió la escalera hasta llegar a la puerta que daba al tejado, donde el profesor Gardner, que daba las clases de astronomía, tenía un pequeño observatorio en el que todos los alumnos de su clase estaban obligados a estudiar el cielo durante varias horas al mes. Esa noche Chamán estaba solo y miró por el ocular del telescopio del profesor Gardner, un telescopio refractor Alvan Clark de cinco pulgadas, el orgullo del profesor. Ajustó el botón acortando la distancia entre el ocular y la lente convexa delantera, y las estrellas aparecieron directamente ante sus ojos, doscientas veces más grandes que un momento antes. Era una noche fría, lo suficientemente clara para dejar a la vista dos de los anillos de Saturno. Estudió la nebulosa de Orión y la de Andrómeda y luego empezó a mover el telescopio sobre el trípode, recorriendo el cielo. El profesor Gardner decía que eso era «barrer el cielo», y que una mujer llamada Maria Mitchell había estado barriendo el cielo y se había hecho famosa por descubrir un cometa.

Chamán no descubrió ningún cometa. Estuvo observando hasta que las estrellas parecieron empezar a girar, enormes y titilantes. ¿Qué era lo que las había formado y las había colocado allí arriba? ¿Y las estrellas que había más lejos? ¿Y más allá?

Sintió que cada estrella y cada planeta era parte de un complicado sistema, como un hueso de un esqueleto o una gota de sangre del cuerpo. Gran parte de la naturaleza parecía organizada, pensada con detenimiento, tan ordenada y sin embargo tan complicada. ¿Qué era lo que la había hecho así? El señor Gardner le había dicho a Chamán que lo único que se necesitaba para ser astrónomo era tener buena vista y facilidad para las matemáticas. Durante unos días pensó en hacer de la astronomía el trabajo de su vida, pero cambió de idea. Las estrellas eran mágicas, pero lo único que se podía hacer era mirarlas. Si un cuerpo celeste se estropeaba, no existía la posibilidad de arreglarlo.

Cuando volvió a casa por Navidad, le pareció que Holden's Crossing era diferente, más solitario que su habitación en la casa del decano, y cuando concluyeron las vacaciones regresó al colegio casi con alegría. Estaba encantado con la navaja que su padre le había regalado, y compró una pequeña piedra de amolar y un frasco pequeño de aceite y afiló cada hoja hasta que pudo cortar un solo pelo.

En el segundo semestre escogió química en lugar de astronomía. La composición le resultaba difícil. «Me han dicho —garabateó su profesor de literatura— que Beethoven escribió gran parte de su obra siendo sordo.» El profesor Gardner lo estimulaba a que utilizara el telescopio cuando quisiera, pero la noche anterior al examen de física de febrero se sentó en el tejado y barrió el cielo en lugar de estudiar la tabla de Berzelius, y obtuvo una baja calificación. Después de aquello se entretuvo menos en mirar las estrellas pero progresó en química. Cuando volvió a Holden's Crossing para pasar las vacaciones de Semana Santa, los Geiger invitaron a los Cole a cenar, y el interés de Jason por la química hizo que la ocasión resultara menos dolorosa para Chamán, porque no paró de hacerle preguntas sobre la materia.

Sus respuestas debieron de resultar satisfactorias.

—¿Qué piensas hacer en el futuro, querido Chamán? —le preguntó Jay.

—Aún no lo sé. He pensado... Quizá podría trabajar en alguna de las ciencias.

—Si te gustara la farmacia, me sentiría muy honrado de contratarte como aprendiz.

La expresión de sus padres revelaba que la oferta les agradaba. Le dio las gracias a Jay torpemente y dijo que sin duda pensaría en ello; pero sabía que no quería ser farmacéutico. Clavó la vista en el plato durante unos minutos y se perdió parte de la conversación, y cuando volvió a mirar encontró el rostro de Lillian embargado por la tristeza. Le estaba contando a Sarah que el bebé de Rachel habría nacido al cabo de cinco meses, y durante un rato hablaron de bebés perdidos.

Aquel verano trabajó con las ovejas y leyó libros de filosofía que le prestaba George Cliburne. Cuando regresó al instituto, el decano Hammond le permitió librarse del estudio del hebreo y él eligió las obras de Shakespeare, matemáticas superiores, botánica y zoología. Sólo uno de los estudiantes de teología había vuelto a Knox para pasar otro año, y también había regresado Brooke, con quien Chamán seguía conversando como un romano, manteniendo fresco el latín. Su maestro preferido, el profesor Gardner, dictaba el curso de zoología pero era mejor astrónomo que biólogo. Sólo disecaban ranas y ratones y algún pescado pequeño, y hacían montones de diagramas. Chamán no tenía el talento artístico de su padre, pero el haber estado junto a Makwa cuando era niño había representado un buen comienzo en la botánica; escribió su primer estudio sobre la anatomía de las flores.

Aquel año el debate sobre la esclavitud caldeó el ambiente del instituto. Junto con otros estudiantes y personal docente, Chamán se unió a la Sociedad para la Abolición de la Esclavitud, pero tanto en el instituto como en Galesburg eran muchos los que se identificaban con los Estados sureños, y a veces el debate se volvía desagradable.

En general la gente lo dejaba solo. La gente de la ciudad y los estudiantes se habían acostumbrado a él, pero para los ignorantes y los supersticiosos se había convertido en un misterio, en una leyenda local. No entendían nada sobre la sordera ni sobre cómo los sordos podían desarrollar habilidades compensatorias. Habían comprobado rápidamente que era sordo, pero algunos pensaban que tenían poderes ocultos, porque si estaba solo, estudiando, y alguien entraba por detrás de él sin hacer ruido, siempre detectaba la presencia. Decían que tenía «ojos en la espalda». No comprendían que le llegaran las vibraciones de las pisadas, que pudiera notar el frío que entraba por la puerta abierta, o ver que la hoja de papel que tenía en la mano se movía con el aire. Se alegró de que ninguno de ellos comprobara jamás su habilidad para identificar las notas tocadas en un piano. Sabía que a veces se referían a él como «ese chico sordo tan raro».

Una agradable tarde de principios de mayo en que estaba paseando por la ciudad, observando las flores que crecían en los patios, un carro tirado por cuatro caballos giró a demasiada velocidad en la confluencia de las calles South y Cedar. Aunque él no oyó el retumbar de los cascos ni los ladridos, vio la pequeña forma peluda que se salvaba por poco de un choque frontal, sólo para ser alcanzada por la rueda derecha trasera; el perro fue arrollado y dio una vuelta completa antes de ser lanzado a un lado. El carro se alejó pesadamente mientras el animal se retorcía en el suelo; Chamán se acercó a toda prisa.

El animal era una hembra de raza indefinible, de pelo amarillento, patas gordas y rabo blanco en la punta. Chamán pensó que tenía algo de terrier. Se retorcía sobre el lomo, y de la boca le salía un delgado hilo rojo.

Una pareja que pasaba por allí se acercó a mirar.

—¡Qué barbaridad! —protestó el hombre—. Conducen como locos. Le podría haber sucedido a cualquiera de nosotros. —Estiró la mano a modo de advertencia cuando vio que Chamán estaba a punto de agacharse—. Yo no lo haría. Si tiene muchos dolores, seguro que te muerde.

—¿Sabe de quién es? —preguntó Chamán.

—No —respondió la mujer.

—Es un perro callejero —sentenció el hombre, y él y la mujer se marcharon.

Chamán se arrodilló y acarició al animal con cautela, y éste le lamió la mano.

—¡Pobre perra! —dijo.

Le revisó las cuatro patas y vio que no estaban rotas, pero sabía que la hemorragia era mala señal. Sin embargo, un instante después se quitó la chaqueta y envolvió con ella a la perra. La sostuvo entre sus brazos como si fuera un niño o un bulto de ropa sucia y la llevó hasta la casa del decano. No había nadie en las ventanas y no lo vieron entrar por el patio trasero. No se cruzó con nadie en la escalera. Al llegar a su habitación, dejó a la perra en el suelo y sacó la ropa interior y los calcetines del último cajón de su cómoda. Del armario del vestíbulo cogió algunos trapos que la señora Hammond guardaba para la limpieza de la casa. Los utilizó para hacer una especie de nido en el cajón y luego puso dentro a la perra. Cuando revisó la chaqueta, vio que sólo había un poco de sangre; además, estaba del lado de adentro.

La perra se echó en el cajón, jadeante, y lo miró.

Cuando llegó la hora de la cena, Chamán salió de la habitación. En el pasillo, Brooke se sorprendió al ver que cerraba la puerta con llave, cosa que nadie hacía si iba a estar en otro lugar de la casa.

—*Quid vis?* —preguntó Brooke.

—*Condo parvam catulam in meo cubiculo.*

Brooke enarcó las cejas, perplejo.

—¿Qué tienes escondida una hembra en tu habitación?

—*Sic est.*

—¡Vaya! —exclamó Brooke en tono incrédulo, y palmeó a Chamán en la espalda.

Como era lunes, en el comedor encontró restos del asado del domingo. Cogió varios trozos de su plato y se los guardó en el bolsillo. Brooke lo observó con interés. Cuando la señora Hammond fue a buscar el postre, puso leche en una taza y se levantó de la mesa mientras el decano estaba concentrado en una conversación con el bibliotecario sobre el presupuesto para libros.

La perra no mostró el más mínimo interés por la carne,

y tampoco quiso probar la leche. Chamán mojó los dedos en la leche y se los puso al animal en la lengua, como si estuviera alimentando a un cordero sin madre, y de esa forma le hizo tomar algo nutritivo.

Pasó varias horas estudiando. Al anochecer acarició al decaído animal y notó que tenía el morro caliente y seco.

—Vamos a dormir, que hay una chica —dijo, y apagó la lámpara. Resultaba raro tener a otra criatura viviente en la habitación, pero le gustó.

Lo primero que hizo por la mañana fue mirar a la perra y descubrió que tenía el hocico frío. En realidad, todo su cuerpo estaba frío y rígido.

—Maldita sea —dijo en tono triste.

Ahora tendría que pensar en la forma de librarse del animal. Se lavó, se vistió y bajó a desayunar después de cerrar la puerta con llave. Brooke lo esperaba en el pasillo.

—Pensé que bromeabas —dijo en tono áspero—. Pero la he oído llorar y gemir toda la noche.

—Lo siento —se disculpó Chamán—. No volverá a molestarte.

Después de desayunar subió a su habitación y se sentó en la cama a mirar al animal. Había una pulga en el borde del cajón e intentó aplastarla, pero no acertó. Tendría que esperar a que todos se fueran de la casa y entonces llevar a la perra afuera. En el sótano debía de haber una pala. Eso significaba que se perdería la primera clase.

Entonces se dio cuenta de que era una buena oportunidad para hacer una autopsia.

La posibilidad lo atraía, aunque presentaba algunos problemas. Uno de ellos era la sangre. Como había ayudado a su padre en alguna autopsia sabía que la sangre se coagulaba cuando se producía la muerte, pero de todos modos podría haber un poco de hemorragia.

Esperó hasta que casi todos habían salido de la casa, y luego fue hasta el pasillo de atrás, donde había una enorme bañera de metal colgada de un clavo de la pared. La llevó hasta su habitación y la colocó junto a la ventana, donde había más luz. Cuando colocó la perra dentro, de espaldas y con las patas arriba, parecía que esperaba que alguien le acariciara la panza. Tenía las uñas largas, como las de una persona desaliñada, y una de ellas estaba rota. Tenía cuatro uñas en las patas traseras y una quinta, más pequeña, en la parte superior de las patas delanteras, como pulgares que se habían deslizado hacia arriba. Chamán quería ver cómo eran las articulaciones de las patas comparadas con las de un ser humano. Sacó la hoja pequeña de la navaja que le había regalado su padre. La perra tenía pelos largos y sueltos, y pelos cortos y más gruesos, pero la piel de la parte de abajo no estorbaba en lo más mínimo, y la carne se separó fácilmente mientras la navaja la abría.

No fue a clase ni se tomó un descanso para comer. Pasó todo el día dedicado a la disección e hizo anotaciones y diagramas. A últimas horas de la tarde había terminado de estudiar los órganos internos y varias articulaciones. Quería proseguir con el examen y retirar la espina dorsal, pero volvió a poner a la perra en el cajón y lo guardó en la cómoda. Puso agua en la palangana y se lavó detenidamente, utilizando gran cantidad de jabón sin refinar; luego vació la palangana en la bañera. Antes de bajar a cenar se cambió la ropa.

Apenas habían empezado a tomar la sopa cuando el decano Hammond arrugó su gorda nariz.

—¿Qué? —le preguntó su esposa.

—Algo... —vaciló el decano—. ¿Col?

—No —repuso ella.

Chamán se alegró de marcharse cuando terminaron de cenar. Se sentó en su habitación, empapado en sudor; temía que alguien decidiera darse un baño.

Pero nadie lo hizo. Demasiado nervioso para dormir, esperó durante mucho rato hasta que se hizo tan tarde que todos estuvieron acostados. Entonces sacó la bañera de su habitación, bajó las escaleras y salió al aire templado del patio trasero; tiró el agua sucia de la bañera en el césped. La bomba de agua hizo más ruido que nunca cuando él accionó la palanca, y además existía el riesgo de que alguien saliera para utilizar el retrete; pero no salió nadie. Frotó la bañera varias veces con jabón y la enjuagó bien, la llevó dentro y la colgó de la pared.

Por la mañana se dio cuenta de que no habría podido extraer la espina dorsal porque la habitación estaba caliente y el olor era muy fuerte. Dejó el cajón cerrado y colocó delante la almohada y las mantas, con la esperanza de que el olor quedara tapado. Pero cuando bajó a desayunar, vio que todos tenían mala cara.

—Supongo que un ratón muerto entre las paredes —decía el bibliotecario—. O tal vez una rata.

—No —aclaró la señora Hammond—. Encontramos el origen del mal olor esta mañana. Parece que sale del suelo, alrededor de la bomba de agua.

El decano suspiró.

—Espero que no haya que cavar un pozo nuevo.

Brooke tenía cara de no haber dormido. Y apartaba la mirada, nervioso. Chamán se marchó a toda prisa a la clase de química para darles tiempo a todos a salir de la casa. Cuando terminó la clase de química, en lugar de dedicarse a Shakespeare regresó corriendo a su habitación, ansioso por poner todo en orden. Pero al subir la escalera de atrás encontró a Brooke, a la señora Hammond y a uno de los dos policías de la ciudad en la puerta de su dormitorio. Ella le estaba entregando la llave.

Todos miraron a Chamán.

—¿Hay algo muerto ahí dentro? —preguntó el policía.

Chamán no logró articular palabra.

—Me dijo que tenía una mujer escondida ahí dentro —declaró Brooke.

Chamán recuperó por fin el habla.

—No —dijo, pero el policía había cogido la llave de la señora Hammond y abría la puerta.

Una vez dentro, Brooke empezó a mirar debajo de la cama, pero el policía vio la almohada y las mantas y fue directamente a abrir el cajón.

—Un perro —dijo—. Parece... que está hecho pedazos.

—¿No es una mujer? —preguntó Brooke. Miró a Chamán—. Dijiste que era una hembra.

—Fuiste tú el que usaste la palabra hembra. Yo dije *catulam* —lo corrigió Chamán—. El femenino de perra.

—Señor —dijo el policía—, supongo que no habrá nada más escondido ni muerto por aquí, ¿verdad? Déme su palabra de honor.

—No —le aseguró Chamán.

La señora Hammond lo miró pero no dijo una palabra. Salió de la habitación y bajó las escaleras a toda prisa, y enseguida se oyó que la puerta principal se abría y se cerraba de golpe.

El policía suspiró.

—Debe de haber ido al despacho de su esposo. Creo que nosotros también deberíamos ir.

Chamán asintió, y mientras salía detrás del policía pasó junto a Brooke; éste tenía la boca y la nariz tapadas con un pañuelo, pero en sus ojos se veía una expresión de pesar.

—Adiós —dijo Chamán.

Fue expulsado. Quedaban menos de tres semanas para que terminara el semestre, y el profesor Gardner le permitió dormir en un catre, en el cobertizo de su huerto. Chamán removió la tierra del huerto y plantó unos diez metros de patatas para mostrar su agradecimiento. Una serpiente que vivía debajo de unos tiestos le dio un susto, pero cuando tuvo la certeza de que sólo se trataba de una culebra, se llevaron bien.

Obtuvo excelentes calificaciones, pero le dieron una carta cerrada para que se la entregara a su padre. Cuando llegó a su casa se sentó en el estudio y esperó mientras su padre la leía. Él ya sabía lo que decía. El decano Hammond le había dicho que gracias a las calificaciones había ganado dos años de estudios, pero que quedaba suspendido por un año para que pudiera madurar lo suficiente para poder vivir en un centro académico. Cuando regresara tendría que buscar otro sitio en el que alojarse.

Su padre terminó de leer la carta y lo observó.

—¿Has aprendido algo de esta pequeña aventura?

—Sí, papá —respondió—. Que por dentro un perro es sorprendentemente parecido a un ser humano. El corazón era mucho más pequeño, por supuesto, medía menos de la mitad, pero se parecía mucho a los corazones que te he visto extraer y pesar. El mismo color caoba.

—No es exactamente caoba...

—Bueno... rojizo.

—Sí, rojizo.

—Los pulmones y el tracto intestinal también son parecidos. Pero el bazo no. En lugar de ser redondo y compacto, era como una lengua enorme, de unos treinta centímetros de largo, cinco de ancho y dos de espesor.

»La aorta estaba rota. Eso es lo que le produjo la muerte. Supongo que perdió la mayor parte de la sangre. Y una gran cantidad quedó acumulada en la cavidad —añadió.

Su padre lo miró.

—He tomado notas. Quizá te interese leerlas.

—Me interesan mucho —dijo su padre con expresión pensativa.

43

El aspirante

Por la noche Chamán se tendió en la cama, que tenía los muelles flojos, y se dedicó a mirar las paredes, tan conocidas que por la variación de la luz del sol sobre ellas podía reconocer la época del año. Su padre le había sugerido que pasara en casa el tiempo de la suspensión.

—Ahora que has aprendido algo de fisiología, puedes resultarme más útil cuando haga un autopsia. Y puedes ayudarme en las visitas a los pacientes. Mientras tanto —añadió Rob J.— puedes ayudar en la granja.

Pronto fue como si Chamán jamás se hubiera marchado. Pero por primera vez en su vida el silencio que le envolvía lo hizo sentirse terriblemente solo.

Aquel año, gracias a los cadáveres producidos por suicidios, abandonos e indigencia, y a los libros de texto, aprendió el arte de la disección. En casa de los enfermos o heridos preparaba instrumental y vendajes, y observaba la forma en que su padre reaccionaba ante cada nueva situación. Sabía que su padre también lo observaba a él, y se esforzó por mantenerse alerta, aprendiendo los nombres de los instrumentos, de las tablillas y los vendajes para poder tenerlos preparados incluso antes de que Rob J. se los pidiera.

Una mañana, cuando detuvieron la calesa en el bosque para hacer sus necesidades, le dijo a su padre que quería estudiar medicina en lugar de volver al Knox College cuando concluyera el año de suspensión.

—¡Maldita sea! —protestó Rob J., y Chamán sintió una amarga decepción, porque en el rostro de su padre vio que nada le había hecho cambiar de idea—. ¿No te das cuenta? Intento evitar que sufras. Es evidente que tienes verdadero talento para la ciencia. Termina tus estudios en el instituto y yo te pagaré la mejor escuela de graduados que puedas encontrar, en cualquier lugar del mundo. Puedes enseñar, puedes investigar. Creo que puedes hacer grandes cosas.

Chamán sacudió la cabeza.

—No me importa sufrir. Una vez me ataste las manos y no me diste de comer hasta que hablé. Estabas intentando sacar lo mejor de mí, no protegiéndome del sufrimiento.

Rob J. suspiró.

—Muy bien. Si lo que has decidido es estudiar medicina, puedes hacer tu aprendizaje conmigo.

Pero Chamán sacudió la cabeza.

—Estarías haciendo un acto de caridad con tu hijo sordo. Estarías intentando hacer algo valioso con una mercancía de calidad inferior, en contra de tu voluntad.

—Chamán —dijo Rob en tono severo.

—Lo que quiero es estudiar como estudiaste tú, en una facultad de medicina.

—Eso es una mala idea. No creo que una buena facultad quiera admitirte. Por todas partes están surgiendo facultades de medicina de pacotilla, y en ésas te aceptarían. Aceptan a cualquiera que pague. Pero sería un gran error intentar estudiar medicina en uno de esos sitios.

—No es eso lo que pretendo. —Chamán le pidió a su padre que le hiciera una lista de las mejores facultades de medicina que se encontraran a una distancia prudencial del valle del Mississippi.

En cuanto llegaron a casa, Rob J. fue a su estudio, preparó la lista y se la entregó a Chamán antes de la cena, como si quisiera borrar ese tema de su mente. Chamán puso aceite en la lámpara y se sentó ante la mesa de su habitación, donde estuvo escribiendo cartas hasta después de la medianoche. Se esforzó por dejar claro que el aspirante era un joven sordo, porque no quería ninguna sorpresa desagradable.

La yegua que se llamaba Bess, la ex Monica Greville, se quedó flaca y coja después de trasladar a Rob J. a través de medio continente, pero ahora, que había llegado a la vejez y no trabajaba, estaba gorda y tenía buen aspecto. Pero la pobre Vicky, la yegua que Rob había comprado para reemplazar a Bess, ya estaba ciega y para ella el mundo se había convertido en algo horrible. Una tarde de finales del otoño, Rob J. llegó a su casa y vio que Vicky temblaba. Tenía la cabeza gacha y las delgadas patas ligeramente torcidas, y era tan inconsciente de lo que sucedía a su alrededor como cualquier ser humano que ha llegado a la vejez embotado, débil y enfermo.

A la mañana siguiente, Rob fue a casa de los Geiger y preguntó a Jay si podía darle morfina.

—¿Cuánta necesitas?

—Lo suficiente para matar un caballo —respondió Rob J.

Llevó a Vicky al medio de la pradera y le dio dos zanahorias y una manzana. Le inyectó la droga en la vena yugular derecha, le habló suavemente y le acarició el cuello mientras ella masticaba su última comida. Casi al instante se le doblaron las rodillas y se desplomó. Rob J. se quedó a su lado hasta que murió; luego les dijo a sus hijos que se ocuparan de ella, y se fue a visitar a sus pacientes.

Chamán y Alex empezaron a cavar exactamente junto al lomo del animal. Tardaron un buen rato, porque el agujero tenía que ser profundo y ancho. Cuando estuvo terminado se quedaron de pie, mirando a Vicky.

—De qué forma tan extraña le salen los incisivos hacia fuera—observó Chamán.

—En eso se conoce la edad de los caballos, en la dentadura —comentó Alex.

—Aún recuerdo cuando tenía los dientes tan sanos como tú o como yo... Era una buena chica.

—Se tiraba muchos pedos —dijo Alex, y ambos sonrieron. Pero después de colocarla en el agujero la cubrieron rápidamente con la tierra, incapaces de mirarla. A pesar de que era un día fresco, estaban sudando. Alex llevó a Chamán al establo y le mostró el lugar en el que Alden había escondido una garrafa de whisky debajo de unas arpilleras; dio un largo trago de la botella y Chamán probó un poco.

—Tengo que irme de aquí —dijo Alex.

—Pensé que te gustaba trabajar en la granja.

—No consigo llevarme bien con papá.

Chamán vaciló.

—Él se preocupa por nosotros, Alex.

—Claro que sí. Ha sido fantástico conmigo. Pero... me planteo preguntas sobre mi verdadero padre. Como nadie las responde, salgo y armo un poco de jaleo, porque me siento como si fuera un verdadero bastardo.

Sus palabras hirieron a Chamán.

—Tienes una madre y un padre. Y un hermano —dijo bruscamente—. Eso debería ser suficiente para cualquiera que no sea un idiota.

—Querido Chamán, tú siempre sales con tu sentido común. —Esbozó una sonrisa—. Te hago una propuesta: larguémonos, tú y yo solos. A California. Allí debe de quedar algo de oro. Podemos pasarlo en grande, hacernos ricos, regresar y comprarle este maldito pueblo a Nick Holden.

Irse con Alex y vivir libremente... era una perspectiva interesante, y la proposición era bastante seria.

—Tengo otros planes, Bigger. Y tú tampoco debes largarte, porque si te vas, ¿quién va a ocuparse de limpiar la mierda de las ovejas?

Alex se abalanzó sobre él y lo tiró al suelo. Entre gritos y gruñidos, cada uno de ellos luchó por dominar la situación. La garrafa de Alden salió volando y empezó a vaciarse mientras rodaba por el suelo cubierto de heno del establo. Alex estaba endurecido por el trabajo en la granja, y era fuerte, pero Chamán era más grande y tenía más fuerza, y pronto logró inmovilizar a su hermano cogiéndole la cabeza. Enseguida le pareció que Alex intentaba decirle algo y colocó el brazo izquierdo alrededor del cuello de su hermano mientras con la mano derecha le echaba la cabeza hacia atrás para verle la cara.

—Ríndete y te soltaré —logró decir Alex, y Chamán volvió a caer sobre el heno, riendo.

Alex se arrastró hasta la garrafa y la miró con pesar.

—Alden pondrá el grito en el cielo.

—Dile que me lo bebí yo.

—No. ¿Quién iba a creer una cosa así? —dijo Alex al tiempo que se llevaba la garrafa a los labios para salvar las últimas gotas.

Aquel otoño las lluvias fueron abundantes y se prolongaron hasta bien entrada la estación, cuando por lo general empezaba a nevar. Caían formando una gruesa cortina plateada pero de forma intermitente, con varios días de bonanza entre una tormenta y otra, de tal modo que los ríos se convirtieron en gigantes que rugían y corrían a toda velocidad, pero no se desbordaban. En la pradera se asentó la tierra acumulada sobre la tumba de Vicky hasta formar un montículo, y pronto resultó imposible localizarla.

Rob J. compró para Sarah un caballo tordo, flaco y castrado. Le llamaron Boss, aunque cuando Sarah lo montaba era ella quien daba las órdenes.

Rob J. dijo que seguiría atento hasta encontrar un caballo adecuado para Alex. Éste se sintió agradecido porque su economía no era floreciente y todo el dinero que podía ahorrar lo tenía destinado a la compra de un rifle de caza de retrocarga.

—Parece que me paso la vida buscando un caballo —le comentó Rob J., pero no sugirió que buscaría uno para Chamán.

La saca de la correspondencia llegaba a Holden's Crossing desde Rock Island todos los martes y viernes por la mañana. Hacia Navidad, Chamán empezó a prestar atención a cada entrega del correo, pero las primeras cartas no le llegaron hasta la tercera semana de febrero. Aquel martes recibió dos cartas de rechazo, breves y casi bruscas, una de la facultad de medicina de Louisiana. El viernes, otra carta le informaba que su formación y sus antecedentes parecían excelentes, pero que «la facultad de medicina Rush de Chicago no cuenta con instalaciones adecuadas para personas sordas».

¿Instalaciones? ¿Tal vez pensaban que debían colocarlo en una jaula?

Rob J. sabía que habían llegado las cartas, y por el comportamiento controlado de Chamán supo que las respuestas habían sido negativas. A Chamán no le habría gustado que su padre lo hubiera tratado con cautela o compasión, pero nada de eso ocurrió. Los rechazos le dolieron; durante las siete semanas siguientes no llegaron más cartas, pero le pareció lógico.

Rob J. había leído las notas que Chamán había tomado al disecar el perro, y le parecieron prometedoras aunque sencillas. Le sugirió a Chamán que en sus archivos podría aprender mucho sobre datos de anatomía, y Chamán se dedicó a leerlos en los ratos libres. Y fue así, por casualidad, como tropezó con el informe de la autopsia de Makwa-ikwa. Se sintió extraño al leerlo y enterarse de que mientras ocurrían los terribles hechos descritos en el informe, él, un niño pequeño, estaba dormido en el bosque, a pocos pasos de distancia.

—¡Fue violada! Sabía que fue asesinada, pero...

—Violada y sodomizada. No es el tipo de cosas que se le cuenta a un niño —explicó su padre.

Sin duda, tenía razón.

Leyó el informe una y otra vez, hipnotizado.

Once puñaladas que se extienden en una línea irregular desde el corte de la yugular bajando por el esternón hasta un punto a dos centímetros aproximadamente por debajo del xifoides.

Heridas triangulares, de 0,947 a 0,952 cm de ancho. Tres de las puñaladas alcanzaron el corazón y tienen 0,887, 0,799 y 0,803 cm.

—¿Por qué las heridas tienen diferentes anchos?

—Eso quiere decir que el arma era puntiaguda y que la hoja se ensanchaba a medida que se acercaba a la empuñadura. Cuanta más fuerza se aplicaba, más ancha era la herida.

—¿Crees que alguna vez cogerán al que lo hizo?

—No, no creo —reconoció Rob J.—. Lo más probable es que fueran tres individuos. Durante mucho tiempo tuve a alguna gente buscando por todas partes a un tal Ellwood R. Patterson. Pero no quedó ni rastro de él. Es probable que el nombre fuera falso. Con él iba un sujeto llamado Cough. Jamás me crucé con nadie que tuviera ese nombre, ni lo oí mencionar. También había un joven con una mancha de color oporto en la cara, y cojo. Me ponía tenso cada vez que veía a alguien con una mancha en la cara, o una pierna defectuosa. Pero en todos los casos tenían la mancha o la cojera. Nunca ambas cosas.

»Las autoridades nunca se ocuparon de buscarlos, y ahora... —Se encogió de hombros—. Ha pasado demasiado tiempo, demasiados años. —Chamán percibió la tristeza en la expresión de su padre, pero vio que gran parte de la ira y la pasión se habían desvanecido hacía mucho tiempo.

Un día de abril, mientras él y su padre pasaban junto al convento católico, Rob J. hizo entrar a Trude en el sendero y Chamán lo siguió.

Dentro del convento, Chamán observó que varias monjas saludaban a su padre por su nombre y no parecían sorprendidas al verlo. Él le presentó a la madre Miriam Ferocia, que al parecer era la superiora. Ella los invitó a sentarse, a su padre en un enorme trono de cuero y a Chamán en una silla recta de madera, debajo de un crucifijo de pared en el que se veía un Cristo de madera, de ojos tristes; entretanto, una de las monjas les sirvió un café magnífico y pan caliente.

—Tendré que volver a traer al chico —le dijo Rob J. a la madre superiora—. Por lo general no me dan pan con el café.

Chamán se dio cuenta de que su padre era un hombre lleno de sorpresas, y que probablemente nunca llegaría a conocerlo.

Había visto alguna vez a las monjas atendiendo a los pacientes de su padre, siempre en parejas. Rob J. y la monja hablaron durante unos minutos de algunos casos, pero enseguida pasaron al tema de la política, y resultó evidente que la visita era de carácter social. Rob J. echó una mirada al crucifijo.

—Según el *Chicago Tribune,* Ralph Waldo Emerson dice que John Brown hizo de la horca algo tan glorioso como una cruz —comentó.

Miriam Ferocia opinó que Brown, un fanático abolicionista que había sido colgado por tomar un arsenal de Estados Unidos instalado en Virginia del Oeste, se había convertido rápidamente en un mártir para todos aquellos que se oponían a la esclavitud.

—Sin embargo, la esclavitud no es la verdadera causa del problema existente entre las regiones. La causa es la economía. El Sur vende su algodón y su azúcar a Inglaterra y Europa, y compra productos manufacturados allí en lugar de adquirirlos al Norte, que es una zona industrial. El Sur ha decidido que no necesita al resto de Estados Unidos de América. A pesar de los discursos del señor Lincoln en contra de la esclavitud, ésa es la herida que supura.

—No sé nada de economía —comentó Chamán en tono pensativo—. La hubiera estudiado este año, si hubiera regresado al instituto.

Cuando la monja preguntó por qué no había regresado, Rob J. le reveló que estaba suspendido por haber disecado un perro.

—¡Oh, Dios mío! ¿Y ya estaba muerto? —preguntó la madre superiora.

Cuando le aseguraron que sí, asintió.

—Bueno, entonces es correcto. Yo tampoco he estudiado nunca economía, pero la llevo en la sangre. Mi padre se inició como carpintero y reparaba carros de heno. Ahora posee una fábrica de carros en Frankfurt y una fábrica de carruajes en Munich. —Sonrió—. El apellido de mi padre es Brotknecht, que significa fabricante de pan, porque en la Edad Media nuestros antepasados eran panaderos. Sin embargo, en Baden, cuando yo era novicia, había un panadero que se llamaba Wagenknecht.

—¿Cómo se llamaba antes de convertirse en monja? —preguntó Chamán. Vio que ella vacilaba y que su padre fruncía el ceño, y se dio cuenta de que la pregunta había sido poco afortunada.

Pero Miriam Ferocia le respondió.

—Cuando pertenecía al mundo, me llamaba Andrea. —Se levantó de su silla y se acercó a una estantería, de donde cogió un libro—. Quizá te interese llevarte este libro prestado —comentó—. Es de David Ricardo, un economista inglés.

Esa noche Chamán se quedó despierto hasta tarde, leyendo el libro. Algunas cosas eran difíciles de comprender, pero se dio cuenta de que Ricardo abogaba por el libre comercio entre las naciones, que era lo que quería conseguir el Sur.

Cuando por fin se quedó dormido, vio a Cristo en la cruz. En sus sueños vio que la nariz aguileña y larga se acortaba y se ensanchaba. La piel se oscurecía y enrojecía, el pelo se volvía negro. Aparecían los pechos de una mujer, de pezones oscuros, marcados por los signos rúnicos. Entonces vio los estigmas. Dormido, sin necesidad de contar, Chamán supo que había once heridas, y al mirar notó que la sangre brotaba y resbalaba por el cuerpo hasta caer gota a gota desde los pies de Makwa.

44

Cartas y notas

En la primavera de 1860, las ovejas de los Cole parieron cuarenta y nueve corderos, y toda la familia ayudó a resolver los problemas del parto y la castración.

—El rebaño crece cada primavera —le dijo Alden a Rob J. con orgullo y preocupación—. Tendrá que decirme qué quiere hacer con todos éstos.

Las posibilidades eran limitadas. Podían matar sólo unos pocos. Entre los vecinos, que criaban sus propios animales, existía poca demanda de carne, y sin duda se estropearía antes de que llegaran con ella a la ciudad para venderla. Los animales vivos podían ser transportados y vendidos, pero eso resultaba complicado y exigía tiempo, esfuerzo y dinero.

—La lana es muy valiosa en proporción con su volumen —reflexionó Rob J.—. La mejor solución es seguir criando el rebaño y ganar dinero con la venta de la lana. Eso es lo que siempre hizo mi familia en Escocia.

—Bueno, entonces tendremos más trabajo que nunca. Eso nos obligará a contratar a alguien más —dijo Alden incómodo, y Chamán se preguntó si Alex le habría dicho algo de su deseo de marcharse—. Doug Penfield está dispuesto a trabajar para nosotros media jornada. Eso me dijo.

—¿Crees que es un buen trabajador?

—Seguro que sí; es de New Hampshire. No es lo mismo que ser de Vermont, pero está cerca.

Rob J. estuvo de acuerdo con Alden, y contrató a Doug Penfield.

En esa primavera, Chamán trabó relación con Lucille Williams, hija de Paul Williams, el herrador. Lucille había asistido durante varios años a la escuela, donde Chamán le había enseñado matemáticas. Ahora se había convertido en una mujer. Aunque su pelo rubio, siempre recogido en un gran moño, era más claro que el de las suecas con las que Chamán soñaba, tenía una sonrisa fácil y un rostro encantador. Siempre que se cruzaba con ella en el pueblo se detenía a charlar un rato y a preguntarle por su trabajo, que estaba repartido entre las cuadras de su padre y Ropa para Señoras Roberta, la tienda que su madre tenía en la calle Main. Esta combinación le permitía cierta libertad, porque sus padres aceptaban su ausencia sin hacer preguntas, y cada uno suponía que ella había salido a hacer algún recado para el otro. Por eso, cuando Lucille le preguntó a Chamán si podía llevarle un poco de mantequilla de su granja y entregársela en su casa a las dos de la tarde del día siguiente, él se sintió nervioso y excitado.

Ella tuvo el buen cuidado de explicarle que debía atar el caballo en la calle Main, delante de las tiendas, luego rodear la manzana hasta Illinois Avenue, acortar camino por la propiedad de los Reimer, detrás de la hilera de arbustos de lilas, fuera de la vista de la casa, y finalmente saltar la valla de estacas del patio de atrás de su casa y llamar a la puerta trasera.

—Así no se verá..., ya sabes, despistaremos a los vecinos —comentó Lucille bajando la vista.

Chamán no se sorprendió, porque Alex le había llevado mantequilla durante todo el año anterior; pero sintió miedo: él no era Alex.

Al día siguiente, las lilas de los Reimer estaban totalmente florecidas. Fue fácil saltar la valla, y la puerta de atrás se abrió en cuanto llamó. Lucille hizo comentarios efusivos acerca de lo bien envuelta que estaba la mantequilla con las toallas, y las dobló y colocó sobre la mesa de la cocina, junto al plato, después de llevar la mantequilla a la fresquera. Cuando regresó, cogió a Chamán de la mano y lo condujo a una habitación contigua a la cocina, que evidentemente era el probador de Roberta Williams. En un rincón había media pieza de guinga, y sobre un estante largo, retazos de seda, raso, dril y algodón pulcramente doblados. Junto a un enorme sofá de crin se veía un maniquí hecho con alambres y tela, y Chamán quedó fascinado al ver que tenía nalgas de marfil. Lucille le ofreció su rostro para un único beso prolongado; luego empezaron a desnudarse con diligencia y pulcritud y dejaron la ropa en dos delicados montones iguales, y los calcetines dentro de los zapatos. Con ojo clínico, Chamán observó que el cuerpo de ella estaba desequilibrado: tenía hombros estrechos y caídos, los pechos parecían pasteles ligeramente levantados —cada uno rematado en un pequeño charco de almíbar y adornado con una baya pardusca—, mientras la mitad inferior del cuerpo era más gruesa, de caderas anchas y piernas gordas. Cuando se volvió para cubrir el sofá con una sábana gris («¡La crin raspa!»), él se dio cuenta de que el maniquí no era adecuado para sus faldas, que debían ser más amplias.

Ella no se soltó el pelo.

—Lleva demasiado tiempo volver a recogerlo —dijo a modo de disculpa, y él le aseguró en tono casi formal que así estaba bien.

Resultó fácil. Ella hizo que lo fuera, y además él había escuchado tantas veces las historias jactanciosas de Alex y sus amigos, que aunque nunca se había encontrado en esa situación conocía muy bien todos los entresijos. El día anterior no habría soñado siquiera con tocar las nalgas de marfil del maniquí, pero ahora estaba acariciando unas muy cálidas y de verdad, y lamió el almíbar y probó las bayas. Enseguida, y con gran alivio, se liberó de la carga de la castidad después de alcanzar un tembloroso clímax. Como no podía oír los jadeos de ella, utilizó al máximo todos sus otros sentidos, y ella colaboró adoptando toda clase de posturas para que él hiciera un detenido examen, hasta que logró repetir la experiencia anterior, tomándose un poco más de tiempo. Estaba preparado para seguir, una y otra vez, pero de pronto Lucille miró el reloj y saltó del sofá mientras decía que tenía que tener la cena preparada cuando llegaran su madre y su padre. Hicieron planes mientras se vestían. Ella (¡y esa casa vacía!) estaban disponibles durante el día. Pero, ¡ay!, durante el día Chamán trabajaba. Quedaron de acuerdo en que ella intentaría estar en su casa todos los martes y los viernes a las dos de la tarde, en caso de que él pudiera acercarse al pueblo. De esa forma, explicó él con sentido práctico, podría recoger la correspondencia.

Lucille se mostró igualmente práctica: mientras lo despedía con un beso, le informó que le encantaban los bombones de azúcar cande, y los granulados de color rosa, no los verdes aromatizados con menta. Él le aseguró que comprendía cuál era la diferencia. Al otro lado de la valla, mientras caminaba con una ligereza desconocida, volvió a pasar junto a la larga fila de lilas en flor, entre el intenso perfume que durante el resto de su vida le resultaría absolutamente erótico.

A Lucille le gustaba la suavidad de las manos de Chamán, pero no sabía que se debía a que durante gran parte del día las tenía cubiertas por la lana de las ovejas, rica en lanolina. A mediados de mayo llegó el momento de ocuparse de la lana; Chamán, Alex y Alden hicieron la mayor parte del esquileo; Doug Penfield estaba ansioso por aprender, pero era torpe con las tijeras. La mayor parte del tiempo le hacían seleccionar y limpiar la lana. A su llegada, les llevó noticias de lo que ocurría en otros sitios, incluida la información de que los republicanos habían elegido a Abraham Lincoln como candidato a la presidencia.

Cuando todos los vellones estuvieron enrollados, atados y embalados, también se enteraron de que los demócratas se habían reunido en Baltimore y después de un cáustico debate habían elegido a Douglas. Al cabo de unas semanas, los demócratas sureños habían convocado una segunda convención en la misma ciudad y habían designado al vicepresidente John C. Breckinridge para que se presentara como candidato a presidente, pidiendo la protección de su derecho a poseer esclavos.

Los demócratas estaban más unidos a nivel local, y una vez más habían elegido a John Kurland, el abogado de Rock Island, para que disputara a Nick Holden su escaño en el Congreso. Nick se presentaba como candidato de los dos partidos, el Partido Americano y el Republicano, y recorría las poblaciones haciendo propaganda electoral a favor de Lincoln con la esperanza de subir al carro triunfal del que resultara vencedor en las elecciones. Lincoln había aceptado de buen grado el apoyo de los Ignorantes, y por ese motivo Rob J. declaró que no votaría por él.

A Chamán le resultó difícil concentrarse en la política. En julio tuvo noticias de la facultad de medicina de Cleveland, otra negativa, y a finales del verano también fue rechazado por la facultad de medicina de Ohio y por la Universidad de Louisville. Pensó que sólo necesitaba una aceptación. La primera semana de septiembre, un martes en que Lucille había esperado en vano, su padre llegó a casa con la correspondencia y le entregó un sobre largo de color marrón cuyo remitente indicaba que se trataba de la facultad de medicina de Kentucky. Antes de abrirlo salió del establo. Se alegró de encontrarse a solas, porque era otra solicitud rechazada. Se tendió sobre el heno y trató de no dejarse llevar por el pánico. Aún estaba a tiempo de ir a Galesburg y matricularse en el Knox College como alumno de tercer año. Eso sería algo seguro, un retorno a una rutina en la que había sobrevivido, en la que le había ido bien. Cuando hubiera obtenido el grado de bachiller, la vida podía incluso ser emocionante, porque podría ir al Este a estudiar ciencias. Tal vez incluso viajar a Europa.

Si no regresaba a Knox y no podía ingresar en una facultad de medicina, ¿en qué consistiría su vida?

Pero no hizo nada para ir a ver a su padre y pedirle que lo enviara otra vez al instituto. Se quedó un buen rato tendido sobre el heno, y cuando se levantó cogió una pala y la carretilla y empezó a limpiar el establo, un acto que en sí mismo era una especie de respuesta.

Era imposible evitar la política. En noviembre Rob J. reconoció libremente que en las elecciones había votado por Douglas; pero era el año de Lincoln, porque los demócratas del Norte y los del Sur dividieron el partido con candidatos separados, y Lincoln ganó fácilmente. Hubo un pequeño consuelo: Nick Holden fue finalmente separado del cargo. «Al menos Kurland nos representará bien en el Congreso», dijo Rob J. En el almacén la gente se preguntaba si Nick regresaría a Holden's Crossing y volvería a ejercer la jurisprudencia.

La pregunta quedó olvidada al cabo de pocas semanas, cuando Abraham Lincoln empezó a anunciar algunos de los nombramientos que se realizarían bajo la nueva administración. El honorable miembro del Congreso, Nicholas Holden, héroe de la guerra de los sauk y ardiente partidario de la candidatura del señor Lincoln, había sido nombrado Delegado de Asuntos Indios de Estados Unidos. Se le encomendaba la tarea de completar las negociaciones con las tribus del Oeste y de proporcionarles reservas adecuadas a cambio de un comportamiento pacífico, y de confiscar las restantes tierras y territorios indios.

Rob J. estuvo irritable y deprimido durante varias semanas.

Fue una época de tensión y desdicha para Chamán a nivel personal, y una época de tensión y desdicha para toda la nación. Pero mucho tiempo después evocaría aquel invierno con nostalgia, recordándolo como una preciosa escena campestre tallada por unas manos pacientes y habilidosas, y luego congelada en una bola de cristal: la casa, el establo; el río helado, los campos nevados; las ovejas, los caballos y las vacas lecheras; las personas. Todos a salvo y unidos, en el lugar que correspondía.

Pero la bola de cristal había sido derribada de la mesa y ya estaba cayendo.

Pocos días después de la elección del presidente que se había presentado como candidato con la premisa de que los Estados del Sur no debían poseer esclavos, éstos empezaron a buscar la secesión. Carolina del Sur fue el primero, y el ejército de Estados Unidos, que había ocupado dos fuertes en el puerto de Charleston, se concentró en el más grande de los dos, Fort Sumter. Enseguida quedaron sitiados. Unas tras otras, las milicias de los Estados de Georgia, Alabama, Florida, Louisiana y Mississippi arrebataron las instalaciones de Estados Unidos a unas fuerzas federales de tiempos de paz, más numerosas, y a veces tras una batalla.

Queridos mamá y papá:

Me marcho con Mal Howard para unirme al Sur. No sabemos exactamente en dónde vamos a alistarnos. A Mal creo que le gustaría ir a Tennessee, para luchar junto a sus parientes. A mí no me importa mucho eso, a menos que pudiera llegar a Virginia y saludar a los nuestros.

El señor Howard dice que para el Sur es importante reunir un ejército gigantesco, para demostrarle a Lincoln que con ellos no se juega. Dice que no habrá guerra, que sólo es una disputa de familia. Así que regresaré con tiempo suficiente para cuando nazcan los corderos, en primavera.

Mientras tanto, papá, tal vez me den un caballo y un arma para mí solo.

Vuestro hijo que os quiere,
Alexander Bledsoe Cole

Chamán encontró otra nota en su dormitorio, garabateada en un trozo de papel de envolver y sujeta encima de la almohada con navaja, igual a la que le había regalado su padre.

Querido Brother:
Cuídamela. No me gustaría perderla. Nos veremos pronto.

Bigger

Rob J. fue enseguida a ver a Julian Howard, que admitió, incómodo pero con expresión desafiante, que había llevado a los muchachos a Rock Island en su carro la noche anterior, cuando terminaron de trabajar.

—¡Por Dios, no hay necesidad de sacar las cosas de quicio! Son muchachos mayores, y esto no es más que una aventura.

Rob J. le preguntó en qué muelle del río los había dejado. Howard vio cómo la voluminosa figura de Rob J. Cole se cernía sobre él y sintió la frialdad y el desprecio en la voz arrogante del médico, y dijo tartamudeando que los había dejado cerca del muelle de Transporte de Mercancías Tres Estrellas.

Rob J. partió directamente hacia allí, sabiendo que tenía muy pocas posibilidades de llevarlos de vuelta a casa.

Si las temperaturas hubieran sido tan bajas como en otros inviernos, quizás habría tenido más suerte; pero el río no estaba bloqueado por el hielo y el tráfico era intenso.

El director de la empresa de transportes lo miró asombrado cuando él le preguntó si había visto a dos jóvenes que buscaban trabajo en alguna de las chalanas o balsas que se trasladaban río abajo.

—Señor, ayer teníamos en este muelle setenta y dos embarcaciones para descargar o para despachar, y estamos en temporada baja, y sólo somos una de las muchas compañías de transporte del Mississippi. Y la mayoría de estas embarcaciones contratan jóvenes que se largan de su casa a alguna parte, así que ni me fijo en ellos —dijo, no sin amabilidad.

Chamán pensaba que los Estados sureños se separaban como el maíz cuando salta dentro de una sartén caliente. Su madre, que siempre tenía los ojos rojos, se pasaba el día rezando, y su padre se iba a visitar a sus enfermos sin sonreír. Una de las tiendas de comida de Rock Island estaba trasladando toda la mercancía posible a la trastienda y alquilaba la mitad del local a un reclutador del ejército. En una ocasión Chamán entró en el lugar, pensando que tal vez, si su vida fracasaba, podría ser camillero, porque era grande y fuerte. Pero el cabo que alistaba a los hombres levantó las cejas en un gesto cómico en cuanto se enteró de que Chamán era sordo, y le dijo que volviera a casa.

Él sentía que, dado que en el mundo ocurrían tantas cosas graves, no tenía derecho a angustiarse por la confusión que reinaba en su vida personal. El segundo martes de enero su padre regresó a casa con una carta, y el viernes con otra. Rob J. lo sorprendió, porque sabía que le había recomendado nueve facultades, y había seguido de cerca las nueve cartas de respuesta.

—Ésta es la última, ¿verdad? —le preguntó a Chamán esa noche después de cenar.

—Sí. De la facultad de medicina de Missouri. Un rechazo —respondió Chamán, y su padre asintió sin sorprenderse—. Pero ésta es la carta que llegó el martes —añadió el joven mientras la sacaba del bolsillo y la abría.

La carta estaba firmada por el decano Lester Nash Berwyn, doctor en medicina, de la Facultad de Medicina Policlínica de Cincinnati. La facultad lo aceptaba como alumno con la condición de que completara con éxito el primer curso de estudios, que sería un período de prueba. La facultad, afiliada al Hospital de Cincinnati del sudoeste de Ohio, ofrecía un programa de estudios de dos años, que permitía obtener el título de doctor en medicina; cada año constaba de cuatro cursos. Y el siguiente curso comenzaría el 24 de enero.

Chamán tendría que haber sentido la alegría de la victoria, pero sabía que su padre estaba mirando las expresiones «con la condición» y «período de prueba», y que se preparaba para una discusión. Alex se había marchado, y ahora él era necesario en la granja; pero estaba decidido a marcharse, a no dejar escapar esta oportunidad. Por varias razones, algunas de ellas egoístas, estaba furioso: porque su padre había permitido que Alex se marchara, porque parecía condenadamente seguro de que Dios no existía, y porque no se daba cuenta de que la mayoría de la gente no era lo suficientemente fuerte para ser pacifista.

Pero cuando Rob J. levantó la vista de la carta, Chamán vio sus ojos y su boca. La idea de que el doctor Rob J. Cole no era invulnerable lo traspasó como una flecha.

—A Alex no le pasará nada. ¡Estará perfectamente bien! —gritó, pero se dio cuenta de que no era la afirmación honesta de una persona responsable, de un hombre. A pesar de la existencia de la habitación con el maniquí de las nalgas de marfil, a pesar de la llegada de la carta de Cincinnati, comprendió que sólo era la promesa inútil de un muchacho desesperado.

QUINTA PARTE

UNA DISPUTA DE FAMILIA

24 DE ENERO DE 1861

45

En la Policlínica

Cincinnati resultó más grande de lo que Chamán había imaginado. Las calles estaban rebosantes de tránsito, y el hielo del río Ohio había sido reemplazado por infinidad de embarcaciones. De las altas chimeneas de las fábricas surgía un humo impresionante. Había gente por todas partes y Chamán podía imaginar el ruido que hacían.

Un tranvía tirado por caballos lo llevó directamente desde la estación de ferrocarril que se encontraba junto al río hasta la tierra prometida de la calle Ninth. El Hospital del Sudoeste de Ohio estaba compuesto por un par de edificios de ladrillos rojos, cada uno de tres pisos, y uno de madera, de dos pisos, destinado a los enfermos contagiosos. Al otro lado de la calle, en otro edificio de ladrillo coronado por una cúpula de cristal, estaba la Facultad de Medicina Policlínica de Cincinnati.

Dentro del edificio de la facultad, Chamán vio salas de conferencias y aulas de aspecto lamentable. Le preguntó a un alumno por el despacho del decano y el joven le indicó que subiera una escalera de roble hasta el segundo piso. El doctor Berwyn era un hombre cordial, de mediana edad, bigote blanco y cabeza calva que brillaba bajo la suave luz de las ventanas altas y mugrientas.

—Ah, entonces usted es Cole.

Le indicó a Chamán que se sentara. Luego le habló brevemente de la historia de la facultad de medicina, de las responsabilidades de un buen médico, y de la necesidad de hábitos de estudio rigurosos.

Chamán supo instintivamente que la bienvenida era un discurso preparado que el decano recitaba a todos los estudiantes nuevos, aunque hubo un final que fue expresamente para él.

—No debe sentirse intimidado por el carácter provisional de su estancia en la facultad —dijo cuidadosamente el doctor Berwyn—. En cierto sentido, todos los alumnos están aquí a prueba, y deben demostrar su valía.

«En cierto sentido.» Chamán tenía la seguridad de que no a todos los estudiantes se les había informado en la carta del carácter provisional de su estancia en la facultad. No obstante dio las gracias cortésmente al decano. El doctor Berwyn lo acompañó al dormitorio, que resultó ser una casa de madera de tres pisos oculta detrás de la facultad. Una lista pegada a la pared del vestíbulo informaba que Cole, Rob J., debía alojarse en la habitación 2-B, junto con Cooke, Paul P.; Torrington, Ruel, y Henried, William.

La 2-B era una habitación pequeña, completamente ocupada por dos literas, dos cómodas y una mesa con cuatro sillas, en una de las cuales estaba sentado un joven regordete que dejó de escribir en su libreta cuando entró Chamán.

—¡Hola! Yo soy P. P. Cooke, de Xenia. Billy Henried ha salido a buscar sus libros. Tú debes de ser Torrington, de Kentucky, o el sordo.

Chamán se echó a reír repentinamente relajado.

—Soy el sordo —confirmó—. ¿Te importa que te llame Paul?

Esa noche se observaron mutuamente y sacaron sus conclusiones. Cooke era hijo de un comerciante de piensos, próspero a juzgar por sus ropas y demás pertenencias. Chamán se dio cuenta de que era un joven acostumbrado a hacer el ridículo tal vez por su corpulencia, pero sus ojos pardos, que no pasaban nada por alto, revelaban una aguda inteligencia. Billy Henried era menudo y tranquilo. Les contó que había crecido en una granja de las afueras de Columbus y que había asistido al seminario durante dos años, hasta que decidió que no estaba hecho para el sacerdocio. Ruel Torrington, que no llegó hasta después de la cena, fue una sorpresa. Doblaba en edad a sus compañeros de habitación, y ya era un veterano en la práctica de la medicina. Había trabajado de aprendiz de un médico desde muy joven, y ahora había decidido asistir a la facultad de medicina para legitimar su título de «doctor».

Los otros tres estudiantes que ocupaban la 2-B estaban fascinados por los antecedentes de Torrington; al principio creían que sería una ventaja estudiar junto a un médico con experiencia, pero Torrington llegó de mal humor y continuó adusto mientras estuvieron juntos. La única cama que quedaba libre cuando él llegó era la de arriba, junto a la pared, y no le gustó. Resultó evidente que despreciaba a Cooke porque era gordo, a Chamán porque era sordo y a Henried porque era católico. Su animosidad unió a los otros tres en una rápida alianza, y no perdieron demasiado tiempo con él.

Cooke llevaba allí varios días y había reunido información que compartió con los demás. La facultad contaba con un cuerpo docente de elevada reputación, pero dos de sus estrellas brillaban más que las otras. Una era el profesor de cirugía, el doctor Berwyn, que también era el decano. El otro, el doctor Barnett A. McGowan, era un patólogo que dictaba el temido curso conocido como «A y F»: anatomía y fisiología.

—Le apodan Barney —les confió Cooke—. Dicen que ha suspendido a más estudiantes de medicina que todos los demás profesores juntos.

A la mañana siguiente Chamán fue a una caja de ahorros y depositó la mayor parte del dinero que llevaba. Él y su padre habían previsto cuidadosamente sus necesidades financieras. La matrícula costaba sesenta dólares al año, cincuenta si el pago era anticipado. Habían añadido dinero para el alojamiento y las comidas, los libros, el transporte y otros gastos. Rob J. se había mostrado contento de pagar todo lo necesario, pero Chamán había insistido tenazmente en que dado que su educación médica era una idea suya, era él quien debía pagarla. Finalmente se pusieron de acuerdo en que firmaría una nota a su padre, prometiendo devolverle hasta el último dólar después de su graduación.

Después de salir del banco, su siguiente gestión consistió en encontrar al tesorero de la facultad y pagar su matrícula. No se sintió animado cuando el funcionario le explicó que si era despedido por razones académicas o de salud, sólo se le devolvería una parte del dinero de la matrícula.

La primera clase a la que asistió como estudiante de medicina fue una conferencia de una hora sobre las enfermedades de las mujeres. En el instituto, Chamán había aprendido que era imprescindible llegar a las clases tan pronto como pudiera para sentarse en los primeros asientos y leer el movimiento de los labios con la máxima precisión. Llegó tan temprano que consiguió un lugar en la primera fila, lo cual fue una suerte porque el profesor Harold Meigs hablaba a toda velocidad. Chamán había aprendido a tomar notas mientras miraba los labios del conferenciante en lugar de mirar el papel. Escribió con cuidado, consciente de que Rob J. querría leer sus notas para ponerse al corriente de cómo se llevaba a cabo la formación de los médicos.

La siguiente clase, de química, le reveló que tenía suficiente experiencia de laboratorio para el nivel de la facultad. Esto lo animó, y estimuló su apetito por la comida y también por el trabajo. Fue al comedor del hospital a tomar un almuerzo rápido de galletas y sopa de carne, que dejaba mucho que desear. Luego fue a toda prisa a la Librería Cruikshank, que abastecía a la facultad, y allí alquiló un microscopio y compró los libros que necesitaba: *Terapéutica general y materia médica*, de Dunglison; *Fisiología humana*, de McGowan; *Placas anatómicas*, de Quain; *Cirugía operativa*, de Berwyn; *Quími-*

ca, de Fowne, y dos libros de Meigs: *La mujer, sus enferme-dades y remedios* y *Enfermedades infantiles*.

Mientras el anciano empleado le hacía la cuenta, Chamán apartó la vista y vio al doctor Berwyn que conversaba con un hombre bajo, de expresión airada, cuya pulcra barba esta-ba salpicada de mechones grises, lo mismo que su cabellera; era tan peludo, como Berwyn calvo. Estaban evidentemente enzarzados en una discusión, aunque sin duda hablaban en voz baja, porque nadie de los que pasaban por allí les prestó atención. El doctor Berwyn estaba casi de espaldas a Cha-mán, pero el otro hombre se encontraba totalmente de fren-te, y Chamán leyó el movimiento de sus labios más por re-flejo que por indiscreción.

—... sé que este país va a entrar en guerra. Soy muy cons-ciente, señor, de que la clase de los que empiezan tiene cua-renta y dos alumnos, en lugar de los sesenta de siempre, y sé muy bien que algunos de ellos se irán a luchar en cuanto los estudios de medicina les resulten duros. En una época como ésta debemos tener especial cuidado para que no descienda nuestro nivel. Harold Meigs dice que ha aceptado usted al-gunos estudiantes que habría rechazado el año pasado. Me han informado que entre ellos hay incluso un sordomudo...

Afortunadamente, en ese momento el empleado le tocó el brazo a Chamán y le presentó la cuenta.

—¿Quién es el caballero que habla con el doctor Ber-wyn? —El mudo tenía voz.

—Es el doctor McGowan, señor —respondió el empleado.

Chamán asintió, recogió sus libros y desapareció.

Varias horas más tarde, el profesor Barnett Alan McGo-wan estaba sentado ante su mesa del laboratorio de la facul-tad, copiando unas notas en los registros definitivos. Todos los registros estaban relacionados con la muerte, ya que el doctor McGowan rara vez hacía algo que tuviera que ver con un paciente vivo. Como algunas personas consideraban la muerte como un paisaje poco deseable, él se había acostumbrado a que le asignaran lugares de trabajo que estaban fuera de la vista. En el hospital, donde el doctor McGowan era jefe de patología, la sala de disección estaba en el sótano del edificio principal. Aunque acorde con el túnel de paredes de ladrillo que se extendía debajo de la calle —entre el hospital y la facultad—, era un sitio tenebroso, notable por las tuberías que atravesaban su techo bajo.

El laboratorio de anatomía de la facultad de medicina estaba en la parte de atrás del edificio, en el segundo piso. Se llegaba a él desde el pasillo y desde una escalera independiente. En la estrecha habitación había una ventana alta, sin cortina, que dejaba entrar la luz plomiza del invierno. En un extremo del suelo astillado, frente a la mesa del profesor, había un pequeño anfiteatro con los asientos dispuestos en gradas, demasiado juntos para que resultaran cómodos, pero no para concentrarse. En el otro extremo había tres filas de mesas de disección para los alumnos. En el centro de la habitación se veía un recipiente con salmuera, que contenía distintas partes del cuerpo humano, y una mesa en la que había varios instrumentos de disección puestos en fila. Encima de un tablón colocado sobre unos caballetes, fuera de la vista y completamente tapado por una sábana blanca y limpia, se encontraba el cuerpo de una mujer joven. Los datos que el profesor apuntaba en el registro correspondían al cuerpo de la mujer.

Veinte minutos antes de que comenzara la clase entró un estudiante en el laboratorio. El profesor McGowan no levantó la vista ni saludó al joven alto; mojó la plumilla en la tinta y siguió escribiendo mientras el alumno iba directamente al asiento del medio de la primera fila y dejaba en él su libreta. No se sentó, sino que se paseó por el laboratorio, observándolo todo.

Se detuvo delante del recipiente con salmuera y, para asombro del doctor McGowan, cogió el palo de madera que tenía el gancho de hierro en la punta y empezó a pescar las distintas partes del cuerpo de la solución salina, como un niño que juega en un estanque. En los diecinueve años que el doctor McGowan llevaba dando clases de anatomía a los alumnos principiantes, jamás había visto a ninguno de ellos comportarse de esa forma. Los alumnos llegaban por primera vez a la clase de anatomía con solemne dignidad. Por lo general caminaban lentamente, a menudo con miedo.

—¡Oiga! ¡Ya está bien! Deje el gancho en la mesa —ordenó McGowan.

El joven no dio señales de haber oído, ni cuando el profesor batió las palmas bruscamente, y McGowan supo instantáneamente de quién se trataba. Empezó a levantarse, pero volvió a sentarse enseguida, deseoso de ver lo que ocurría a continuación.

El joven movió el gancho selectivamente entre las partes del cuerpo del recipiente. La mayoría de ellas eran viejas, y muchas habían sido cortadas por otros estudiantes en la clase. Su estado general de mutilación y descomposición era el elemento clave en la conmoción que producía una primera clase de anatomía. McGowan vio que el joven sacaba a la superficie una mano con la muñeca, y una pierna destrozada. Luego levantó un antebrazo y una mano que estaba evidentemente en mejores condiciones que la mayoría de las piezas anatómicas. McGowan observó cómo utilizaba el gancho para llevar el espécimen elegido hasta la parte superior del rincón derecho del recipiente, y luego lo cubría con otros de aspecto lamentable... ¡ocultándolo!

Enseguida colocó el palo con el gancho donde lo había encontrado, y se acercó a la mesa, donde se dedicó a inspeccionar las hojas de los escalpelos. Cuando encontró uno que le gustó, lo colocó ligeramente más arriba que los demás, y luego regresó al anfiteatro para ocupar su asiento.

El doctor McGowan decidió no prestarle más atención, y durante los diez minutos siguientes siguió trabajando en sus registros. Finalmente empezaron a llegar los alumnos al laboratorio. Se sentaron enseguida. Muchos ya estaban pálidos, porque en la sala había olores que daban alas a sus fantasías y temores.

A la hora exacta en que debía comenzar la clase, el doctor McGowan dejó su pluma y se colocó delante del escritorio.

—Caballeros —dijo.

Cuando todos guardaron silencio, entonces hizo la presentación.

—En este curso estudiamos a los muertos para conocer mejor y ayudar a los vivos. Los primeros registros de estos estudios fueron hechos por los antiguos egipcios, que disecaron los cadáveres de los desdichados a los que mataban en los sacrificios. Los antiguos griegos son los verdaderos padres de la investigación fisiológica. Existía una gran facultad de medicina en Alejandría, donde Herophilus de Calcedonia estudió los órganos y las vísceras humanas. Él dio nombres al *calamus scriptorius* y al duodeno.

El doctor McGowan era consciente de que los ojos del joven de la primera fila no se apartaban de sus labios. Estaba realmente pendiente de cada una de sus palabras.

Siguió la pista de la desaparición del estudio anatómico en el vacío supersticioso de la Edad de las Tinieblas, y su reaparición después del 1300 de nuestra era.

La última parte de su conferencia trataba sobre el hecho de que después de que el espíritu había dejado de existir, los investigadores debían tratar el cuerpo sin temor pero con deferencia.

—En mis tiempos de estudiante en Escocia, mi profesor comparaba el cuerpo después de la muerte con una casa cuyo propietario se ha mudado. Decía que el cuerpo debe ser tratado con cuidado y dignidad, por respeto al alma que vivía en él —reflexionó el doctor McGowan, y se sintió molesto al ver que el joven de la primera fila sonreía.

Les indicó que cada uno debía coger un espécimen del recipiente y un cuchillo, disecar la pieza anatómica escogida y hacer un dibujo de lo que veían; antes de salir del aula debían entregarlo. En la primera clase siempre se producía un momento de vacilación, cierta reticencia a comenzar. Mientras los demás remoloneaban, el joven que había llegado primero se levantó enseguida y se acercó al recipiente, del que cogió el espécimen que había escondido, y luego el escalpelo afilado. Mientras los demás empezaban a arremolinarse junto al recipiente, él ya se había instalado en la mesa de disección que estaba mejor iluminada.

El doctor McGowan era plenamente consciente del nerviosismo de la primera clase de anatomía. Él estaba acostumbrado al hedor dulzón que emanaba del recipiente de salmuera, pero sabía el efecto que causaba en los no iniciados. Había sometido a algunos de ellos a una tarea ingrata, porque muchos especímenes se encontraban en un estado tan lamentable que era imposible disecarlos bien y dibujarlos con precisión, y tuvo en cuenta ese detalle. El ejercicio era una disciplina, la primera herida de sangre de unas tropas inmaduras. Era un desafío a su capacidad de enfrentarse a lo desagradable y a la adversidad, y un duro aunque necesario mensaje de que el ejercicio de la medicina suponía algo más que cobrar honorarios y disfrutar de un lugar respetable en la sociedad.

Al cabo de unos minutos varios alumnos habían abandonado la sala; uno de ellos era un hombre joven que había salido a toda prisa. Para satisfacción del doctor McGowan, todos acabaron por regresar. Durante casi una hora se paseó entre las mesas de disección, comprobando el avance de los trabajos. En la clase había varios hombres maduros que habían practicado la medicina después de un aprendizaje, y que no sentían las náuseas de algunos estudiantes. El doctor McGowan sabía por experiencia que algunos serían médicos excelentes; pero vio a uno de ellos, un tal Ruel Torrington, que cortaba torpemente un hombro, y suspiró pensando en las desastrosas cirugías que el hombre habría dejado a su paso.

Se detuvo unos segundos más en la última mesa, donde un joven gordo, de rostro sudoroso, se esforzaba trabajando en una cabeza que era casi todo cráneo.

Frente al joven gordo trabajaba el chico sordo. Tenía experiencia y había utilizado el escalpelo muy bien para abrir el brazo en capas.

El hecho de que supiera hacer esto revelaba un conocimiento previo de la anatomía, lo cual sorprendió agradablemente a McGowan, que notó que las articulaciones, los músculos, los nervios y los vasos sanguíneos estaban perfectamente clasificados y representados en el dibujo. Mientras él miraba, el joven escribía su nombre en letras de imprenta en la hoja del dibujo y se la entregaba: Cole, Robert J.

—Oiga, Cole, en el futuro debe escribir las letras de imprenta un poco más grandes.

—Sí, señor —dijo Cole—. ¿Haremos algo más?

—No. Puede volver a guardar su espécimen en el recipiente y limpiar lo que ha usado. Luego puede marcharse.

Estas palabras animaron a media docena de estudiantes a entregar su dibujo al doctor McGowan, pero él los rechazó y les sugirió que revisaran el dibujo o les indicó diversas formas de mejorar la disección.

Mientras hablaba con los alumnos vio que Cole volvía a guardar el espécimen en el recipiente. Lo observó lavar y secar el escalpelo antes de colocarlo otra vez en la mesa. Lo vio llevar agua hasta la mesa de disección y frotar el trozo que él había utilizado, y luego coger jabón y agua limpia y lavarse las manos y los brazos con todo cuidado antes de bajarse las mangas.

Antes de salir, Cole se detuvo junto al joven rechoncho y examinó su dibujo. El doctor McGowan vio que se inclinaba sobre él y le susurraba algo. El joven pareció más relajado y asintió mientras Cole le palmeaba el hombro. Luego el gordo siguió trabajando, y el sordo salió del aula.

46

Los sonidos del corazón

Era como si la facultad de medicina fuera una lejana tierra extranjera en la que Chamán de vez en cuando oía terribles rumores de guerra inminente en Estados Unidos. Se enteró de la celebración de la Convención de Paz en Washington, D.C., a la que asistieron ciento treinta y un delegados de veintiún Estados. Pero la mañana en que la Convención de Paz se inauguró en la capital, en Montgomery, Alabama, se reunió el Congreso Provisional de los Estados Confederados de América. Pocos días más tarde, la Confederación votó a favor de separarse de Estados Unidos, y todo el mundo supo con absoluta certeza que no habría paz.

Pero Chamán sólo podía dedicar una atención superficial a los problemas de la nación. Estaba luchando por su propia supervivencia. Afortunadamente era un buen alumno. Por la noche se concentraba en sus libros hasta que se le cerraban los ojos, y muchas mañanas lograba estudiar unas cuantas horas antes de ir a desayunar. Las clases se dictaban de lunes a sábado, de diez a una y de dos a cinco. A menudo se pronunciaba una conferencia antes o durante las seis materias clínicas que daban nombre a la facultad: martes por la tarde, enfermedades del tórax; martes por la noche, enfermedades venéreas; jueves por la tarde, enfermedades infantiles; jueves por la noche, malestares de la mujer; sábados por la mañana, clínica quirúrgica, y sábados por la tarde, clínica médica. Los domingos por la tarde, los alumnos observaban a los médicos que trabajaban en las salas del hospital.

El sexto sábado en que Chamán se encontraba en la Policlínica, el doctor Meigs dio una conferencia sobre el estetoscopio. Meigs había estudiado en Francia con los médicos que habían sido instruidos por el inventor del instrumento. Les informó a sus alumnos que un día de 1816, un médico llamado René Laënnec, poco dispuesto a poner la oreja sobre el pecho generoso de una tímida paciente, había enrollado una hoja de papel y atado el tubo resultante con un hilo. Al colocar un extremo del tubo en el pecho de la paciente y escuchar por el otro extremo, Laënnec quedó sorprendido al observar que el método ampliaba los sonidos del pecho en lugar de ser una forma menos eficaz de escuchar. Meigs añadió que hasta hacía poco tiempo los estetoscopios habían sido simples tubos de madera que los médicos utilizaban en una sola oreja. Él tenía una versión más moderna del instrumento, en la que el tubo era de seda tejida y desembocaba en unos auriculares de marfil que encajaban en ambas orejas. Durante la clínica médica, después de la clase, el doctor Meigs utilizó un estetoscopio de ébano con una segunda salida a la que se había conectado un tubo, de manera que el profesor y el alumno podían escuchar el sonido del pecho del paciente al mismo tiempo. A cada alumno se le dio la posibilidad de escuchar, pero cuando le llegó el turno a Chamán, le dijo al profesor que no tenía sentido.

—No podría oír nada.

El doctor Meigs frunció los labios.

—Al menos debe intentarlo.

Explicó detenidamente a Chamán cómo debía colocarse el instrumento en la oreja. Pero Chamán sacudió la cabeza.

—Lo siento —dijo el profesor Meigs.

Los alumnos serían sometidos a una prueba de práctica clínica. Cada uno debía examinar a un paciente utilizando el estetoscopio, y redactar un informe. Era evidente que Chamán iba a fracasar.

Un frío día por la mañana se enfundó en su abrigo y sus

guantes, se ató una bufanda al cuello y salió de la facultad. En una esquina, un chico voceaba los periódicos que hablaban sobre la investidura de Lincoln. Chamán bajó hasta el río y caminó por los muelles, absorto en sus pensamientos.

Al regresar entró en el hospital y recorrió las salas, observando a los enfermeros y enfermeras. La mayoría eran hombres, muchos de ellos borrachos que se habían sentido atraídos por el trabajo en un hospital, porque el nivel era deficiente. Se fijó en los que parecían sobrios e inteligentes, y finalmente decidió que un hombre llamado Jim Halleck sería el adecuado. Esperó hasta que el enfermero trasladó un montón de leña y la dejó en el suelo, cerca de la salamandra; entonces se acercó a él.

—Tengo que hacerle una proposición seria, señor Halleck.

La tarde de la prueba se presentaron en la clínica el doctor McGowan y el doctor Berwyn, lo que acentuó el estado de nerviosismo de Chamán. El doctor Meigs examinaría a los alumnos por orden alfabético. Chamán era el tercero, después de Allard y Bronson. A Israel Allard le tocó un caso fácil: una mujer joven con la espalda encorvada, cuyos sonidos cardíacos eran fuertes, regulares y nada complicados. Clark Bronson tuvo que examinar a un hombre asmático, que ya no era joven; describió vacilantemente el ruido de los estertores en el pecho. Meigs tuvo que hacerle varias preguntas para obtener la información que quería, pero evidentemente quedó satisfecho.

—¿Señor Cole?

Sin duda esperaba que Chamán se negara a participar. Pero el joven dio un paso adelante y aceptó el estetoscopio monoaural de madera. Cuando miró hacia donde Jim Halleck estaba sentado, el enfermero se levantó y se acercó a él. El paciente era un joven de dieciséis años, fornido, que se había cortado la mano en una carpintería. Halleck sostuvo un extremo del estetoscopio sobre el pecho del chico y colocó la oreja en el otro extremo. Chamán cogió la muñeca del paciente y sintió el pulso contra sus dedos.

—El pulso del paciente es normal y regular. A un ritmo de setenta y ocho pulsaciones por minuto —dijo por fin. Miró al enfermero, que sacudió la cabeza ligeramente—. No hay estertores —añadió.

—¿Qué significa todo este teatro? —protestó el doctor Meigs—. ¿Qué está haciendo aquí Jim Halleck?

—El señor Halleck me presta sus oídos, señor —explicó Chamán, y tuvo la desdicha de captar las amplias sonrisas de algunos alumnos.

El doctor Meigs no sonrió.

—Ya veo. Sus oídos. ¿Y piensa usted casarse con el señor Halleck y llevarlo con usted allí donde tenga que practicar la medicina? ¿Durante el resto de su vida?

—No, señor.

—¿Entonces le pedirá a otras personas que le presten sus oídos?

—Tal vez sí, a veces.

—¿Y si es usted un médico que encuentra a alguien que necesita su ayuda, y usted está solo, solo con el paciente?

—Puedo tomarle el pulso para saber el ritmo cardíaco. —Chamán apoyó dos dedos en la arteria carótida del paciente—. Y sentir si es normal, o acelerado, o débil. —Abrió los dedos y colocó la palma de la mano sobre el pecho del joven—. Puedo sentir el ritmo de la respiración. Y ver la piel, y tocarla para saber si está afiebrada o fría, húmeda o seca. Puedo ver los ojos. Si el paciente está despierto, puedo hablar con él, y, consciente o no, puedo observar la consistencia de su esputo y ver el color de su orina y olerla, incluso probarla si es necesario.

Miró la cara del profesor y pronunció la objeción antes de que el doctor Meigs pudiera hacerlo.

—Pero nunca podré escuchar los estertores de su pecho.

—No, no podrá.

—Para mí, los estertores no serán una advertencia de que existen problemas. Cuando vea las primeras etapas de una respiración dificultosa sabré que si pudiera oírlos, los estertores sin duda serían como crujidos. Si mi paciente respira con excesiva dificultad, sabré que los estertores son burbujeantes. Si hay asma, o infección de los bronquios, sabré que son sibilantes. Pero no podré confirmar ese conocimiento. —Hizo una pausa y miró directamente al doctor Meigs—. No puedo hacer nada con respecto a mi sordera. La naturaleza me ha robado una valiosa herramienta para el diagnóstico, pero tengo otras. En un caso de emergencia, podría ocuparme del paciente utilizando mis ojos, mi nariz, mi juventud, mis dedos y mi cerebro.

No era la respuesta respetuosa que el doctor Meigs habría valorado en un alumno de primer año, y mostró una expresión de enfado. El doctor McGowan se acercó a él y se inclinó para hablarle al oído.

El doctor Meigs volvió a mirar enseguida a Chamán.

—Se me sugiere que aceptemos lo que dice y que haga un diagnóstico sin utilizar el estetoscopio. Yo estoy dispuesto, si usted está de acuerdo.

Chamán asintió, aunque sintió una punzada en el estómago.

El profesor los condujo a la sala más cercana, donde se detuvo delante de un paciente que, según indicaba la cartulina que colgaba a los pies de la cama, se llamaba Arthur Herrenshaw.

—Puede examinar a este paciente, señor Cole.

Chamán miró los ojos de Arthur Herrenshaw y enseguida se dio cuenta de que el hombre estaba grave.

Retiró la sábana y la manta y levantó la bata. El cuerpo del paciente parecía excesivamente gordo, pero cuando Chamán lo tocó fue como tocar un pastel inflado. Desde el cuello, donde las venas estaban dilatadas y palpitantes, hasta sus tobillos deformados, los tejidos hinchados estaban cargados de fluido. Su respiración era jadeante.

—¿Cómo se encuentra hoy, señor Herrenshaw?

Tuvo que repetir la pregunta, en voz más alta, y por fin el paciente respondió sacudiendo ligeramente la cabeza.

—¿Cuántos años tiene, señor?

—Yo... cincuen... ta y dos... —Hablaba entre jadeos, como quien ha estado corriendo un largo trecho.

—¿Siente dolor, señor Herrenshaw? ¿Siente dolor?

—Oh... —respondió el hombre tocándose el esternón. Chamán notó que hacía un esfuerzo por incorporarse.

—¿Quiere sentarse? —Le ayudó a hacerlo y a apoyar la espalda sobre las almohadas. El señor Herrenshaw sudaba abundantemente, pero al mismo tiempo temblaba. El único calor que había en la sala era el que proporcionaba el tubo negro y grueso que salía de una estufa de leña y que dividía el cielorraso en dos. Chamán levantó la manta hasta tapar los hombros del señor Herrenshaw. Cogió el reloj. Al comprobar el pulso del paciente, fue como si de repente el segundero se moviera más despacio. El pulso era débil e increíblemente rápido, como las pisadas desesperadas de un animalito que huye de un depredador. A Chamán le resultó difícil contar a tal velocidad. El animal aminoró la marcha, se detuvo, dio un par de saltos. Y siguió corriendo.

Chamán sabía que ése era el momento en que el doctor Meigs habría usado el estetoscopio. Pudo imaginar los interesantes y trágicos sonidos que habría oído, los ruidos de un hombre que se está ahogando en sus propios fluidos.

Cogió las manos del señor Herrenshaw entre las suyas y quedó petrificado y entristecido al recibir el mensaje. Sin darse cuenta de que lo hacía, tocó el hombro caído del paciente y se marchó. Regresaron al aula para que Chamán diera su informe.

—No sé qué es lo que hace que los fluidos se acumulen en sus tejidos. No tengo la experiencia necesaria para entender ese fenómeno. Pero el pulso del paciente es débil. E irregular. Le falla el corazón, y cuando se le acelera el ritmo cardíaco llega a tener ciento treinta y dos pulsaciones por minuto. —Miró a Meigs—. En los últimos años ayudé a mi padre a hacer la autopsia de dos hombres y una mujer a los que les había fallado el corazón. En cada caso, una pequeña parte de la pared del corazón estaba muerta. El tejido parecía quemado, como si hubiera sido tocado por una brasa.

—¿Qué haría por él?

—Lo abrigaría. Le daría somníferos. Morirá en unas pocas horas, así que deberíamos aliviar su dolor. —Al instante se dio cuenta de que había hablado demasiado, pero no podía retirar las palabras.

Meigs dio un salto.

—¿Cómo sabe que morirá?

—Lo sentí —dijo Chamán en voz baja.

—¿Qué? Hable en voz alta, señor Cole, para que la clase pueda oírlo.

—Lo sentí, señor.

—No tiene experiencia suficiente para saber algo sobre los fluidos pero es capaz de sentir una muerte inminente —dijo el profesor en tono cortante. Miró hacia los alumnos—. La lección que podemos sacar de aquí es clara, caballeros. Mientras un paciente esté vivo, jamás..., jamás diremos que morirá. Nosotros luchamos por renovar la vida del paciente hasta que haya muerto. ¿Lo comprende, señor Cole?

—Sí, señor —respondió Chamán, desesperado.

—Entonces, puede sentarse.

Llevó a Jim Halleck a cenar a una taberna que había junto al río, un sitio con el suelo cubierto de serrín; comieron carne de vaca cocida con col, y cada uno bebió tres jarras de cerveza negra. No fue una comida de celebración. Ninguno de los dos se sentía bien con respecto a lo ocurrido. Además de estar de acuerdo en que Meigs era una verdadera desgracia, tenían poco que decirse. Cuando terminaron de comer, Chamán le dio las gracias a Halleck y le pagó por su colaboración. Halleck pudo regresar a su casa, junto a su esposa y sus cuatro hijos, varios dólares menos pobre que cuando se había marchado. Chamán se quedó en la taberna y bebió más cerveza. No se preocupó por el efecto que el alcohol podía tener sobre el Don. Imaginó que no estaría mucho más tiempo en una situación en la que el Don pudiera ser importante para su vida.

Regresó a su dormitorio caminando lentamente, sin pensar en nada más que en la necesidad de colocar un pie delante del otro para avanzar, y en cuanto llegó se metió en la cama completamente vestido.

Por la mañana se dio cuenta de que había otra buena razón para evitar las bebidas fuertes, porque le dolía la cabeza y los huesos de la cara, un justo castigo. Dedicó un buen rato a lavarse y cambiarse la ropa. Cuando se dirigía lentamente a tomar un desayuno tardío, un alumno de primer año llamado Rogers entró corriendo en el comedor del hospital.

—Dice el doctor McGowan que debes ir inmediatamente a su laboratorio.

Cuando llegó a la sala de disección del sótano, vio que el doctor McGowan estaba con el doctor Berwyn. Sobre la mesa yacía el cuerpo de Arthur Herrenshaw.

—Le estábamos esperando —dijo el doctor McGowan en tono irritado, como si Chamán llegara tarde a una cita acordada previamente.

—Sí, señor —fue lo único que respondió.

—¿Le importaría abrirlo? —preguntó el doctor McGowan.

Chamán jamás había abierto un cadáver. Pero había visto en varias ocasiones cómo lo hacía su padre, y cuando asintió, el doctor McGowan le entregó el escalpelo. Era consciente de que los dos médicos observaban atentamente mientras abría el pecho. El doctor McGowan cortó personalmente las costillas. Después de quitar el esternón, el patólogo se inclinó sobre el corazón; lo cogió y lo levantó ligeramente para que el doctor Berwyn y Chamán pudieran ver la marca redonda, parecida a una quemadura, en la pared del músculo cardíaco del señor Herrenshaw.

—Algo que debería saber —le dijo el doctor Berwyn a Chamán—, es que a veces el fallo se produce en el interior del corazón, y por lo tanto no se puede ver en la pared del músculo.

Chamán asintió, para indicar que comprendía.

McGowan se volvió hacia Berwyn y le dijo algo, y el doctor Berwyn se echó a reír. El doctor McGowan miró a Chamán. Su rostro parecía un trozo de cuero arrugado, y fue la primera vez que Chamán lo veía iluminado por una sonrisa.

—Le he dicho «Tráigame más alumnos sordos» —aclaró el doctor McGowan.

47

Los días de Cincinnati

Todos los días de aquella gris primavera de tormenta nacional, las multitudes ansiosas se apiñaban a las puertas de las oficinas del *Cincinnati Commercial* para leer los boletines de noticias de la guerra, escritos con tiza en una pizarra. El presidente Lincoln había ordenado el bloqueo de todos los puertos confederados por parte del departamento federal de la marina, y les había pedido a los hombres de todos los Estados del Norte que respondieran a la llamada a filas. En todas partes se hablaba de la guerra, y todo el mundo hacía especulaciones. El general Winfield Scott, general en jefe del ejército de la Unión, era un sureño que apoyaba a Estados Unidos, pero era un hombre viejo y cansado; un paciente del hospital le transmitió a Chamán el rumor de que Lincoln se había dirigido al coronel Robert E. Lee y le había pedido que tomara el mando del ejército de la Unión. Pero unos días más tarde, los periódicos informaron que Lee había renunciado a la misión federal y había decidido luchar junto a los Estados del Sur.

Antes de que concluyera ese semestre en la Facultad de Medicina Policlínica, más de una docena de estudiantes, la mayoría de ellos con problemas académicos, habían abandonado el centro para unirse a uno u otro ejército. Entre ellos se encontraba Ruel Torrington, que dejó dos cajones de la cómoda vacíos pero impregnados de olor a ropa sucia. Otros alumnos hablaban de terminar el semestre y luego alistarse. En mayo, el doctor Berwyn convocó una reunión de alumnos y les explicó que el cuerpo docente había considerado la posibilidad de cerrar la facultad durante el estado de emergencia militar, pero después de reflexionar detenidamente habían decidido continuar impartiendo clases. Apremiaron a los alumnos a que permanecieran en la facultad.

—Muy pronto los médicos serán más necesarios que nunca. En el ejército y para atender a la población civil.

Pero el doctor Berwyn tenía malas noticias. Dado que los profesores cobraban su sueldo gracias a las matrículas, y que las matriculaciones se habían reducido, los importes de aquéllas debían aumentar considerablemente. Para Chamán esto significaba que tendría que contar con una cantidad que no había previsto. Pero así como no permitiría que la sordera se interpusiera en su camino, tampoco estaba dispuesto a que algo tan nimio como el dinero le impidiera llegar a ser médico.

Chamán y Paul Cooke se hicieron amigos. En los temas de la facultad y médicos, Chamán era el consejero y el guía; en las demás cuestiones, Cooke era el que llevaba la iniciativa. Paul lo llevó a los restaurantes y al teatro. Fueron llenos de admiración al Pike's Opera House, a ver a Edwin Thomas Booth en el papel de Ricardo III. El teatro tenía tres filas de palcos, tres mil asientos y espacio para mil personas más de pie. Ni siquiera las butacas de la octava fila que Cooke había conseguido en la taquilla le habrían permitido a Chamán una comprensión total de la representación, pero había leído toda la obra de Shakespeare mientras estaba en el Knox College, y antes de la representación releyó ésta en particular. El hecho de estar familiarizado con el argumento y con el texto supuso una gran ventaja, y disfrutó enormemente de la experiencia.

Otro sábado por la noche, Cooke lo llevó a un prostíbulo, donde Chamán siguió a una mujer taciturna hasta su habitación y recibió un servicio rápido. La mujer no abandonó en ningún momento su sonrisa fija y no dijo casi nada. Chamán nunca sintió el impulso de volver, pero a veces, como era un joven normal y sano, el deseo sexual representaba un problema. Un día en que se le encomendó la misión de conducir la ambulancia del hospital, fue a la Compañía de Velas P. L. Trent, en la que trabajaban mujeres y niños, y atendió a un niño de trece años de varias quemaduras en la pierna causadas por una salpicadura de cera hirviendo. Llevó al niño a la sala del hospital, acompañado por una joven de piel de melocotón y pelo negro que renunció a su paga por horas para ir al hospital con el paciente, que era primo suyo. Chamán volvió a verla ese jueves por la noche durante la visita semanal a la sala de caridad. Había otros familiares que esperaban para ver al niño quemado, de modo que la visita fue breve y tuvo la oportunidad de hablar con ella. Se llamaba Hazel Melville. Aunque no podía permitírselo, le pidió que cenara con él el domingo siguiente. Ella intentó parecer sorprendida, pero en cambio sonrió satisfecha y asintió.

La joven vivía a poca distancia del hospital, en el tercer piso de una casa de vecinos muy parecida a la que albergaba los dormitorios de la facultad. Su madre había muerto. Chamán tuvo conciencia de su pronunciación gutural cuando el coloradote padre de la chica, alguacil del tribunal de justicia municipal de Cincinnati, lo miró con suspicacia, incapaz de decir con certeza qué era lo que le resultaba diferente en el amigo de Hazel.

Si el día hubiera sido más cálido podría haberla llevado al río, a pasear en barca. Soplaba una brisa pero llevaban abrigo y era agradable caminar. Mientras oscurecía, miraron los escaparates de las tiendas. Chamán pensó que la joven era muy bonita, salvo sus labios, delgados, severos y con diminutas líneas de insatisfacción en las comisuras. Ella se sintió impresionada al saber que era sordo. Mientras él le explicaba cómo leía el movimiento de los labios, la joven mostró una sonrisa insegura.

Pero resultó agradable hablar con una mujer que no estaba enferma ni herida. Hazel le contó que llevaba un año fabricando velas; odiaba ese trabajo, pero las mujeres no tenían mucho dónde elegir. Le contó con cierto resentimiento que tenía dos primos más grandes que ella que habían ido a trabajar por un buen sueldo a Wells & Company.

—Wells & Company ha recibido un encargo de la milicia del estado de Indiana para fundir diez mil barriles de balas para mosquetes. ¡Ojalá contrataran a mujeres!

Cenaron en un pequeño restaurante que Cooke le había recomendado porque no era caro y estaba bien iluminado, de modo que él podría ver lo que la chica decía. Ella parecía pasárselo bien, aunque devolvió los panecillos a la cocina porque no estaban calientes, y le habló al camarero en tono áspero. Cuando regresaron al apartamento de Hazel, su padre no estaba. La joven dejó que Chamán la besara y respondió tan favorablemente que para él fue algo natural tocarla por encima de la ropa y finalmente hacerle el amor en el incómodo sofá. Por miedo a que su padre regresara, ella dejó la luz encendida y no quiso quitarse la ropa; simplemente se levantó la falda por encima de la cintura. Su olor íntimo quedaba eclipsado por el de las bayas de arrayán de la parafina en la que sumergía las velas seis días a la semana. Chamán la tomó con fuerza y rápidamente, sin que hubiera nada parecido al placer, consciente de la posible interrupción furiosa del alguacil, y sin compartir más contacto humano con ella que el que había experimentado con la mujer del burdel. En las siete semanas siguientes ni siquiera pensó en ella.

Pero una tarde, impulsado por la añoranza, fue caminando hasta la fábrica de velas y entró a buscarla. El aire del interior era caliente y pesado debido al olor concentrado a bayas de arrayán. Hazel Melville pareció molesta al verlo.

—No están permitidas las visitas. ¿Quieres que me despidan?

Pero antes de que él saliera, le dijo a toda prisa que no podría volver a verlo, porque durante las semanas que él no había aparecido, ella se había prometido a otro hombre, alguien a quien había conocido hacía mucho tiempo. Era un profesional, un contable de la empresa, le dijo sin hacer el más mínimo intento de ocultar su satisfacción.

La verdad era que Chamán tenía menos distracciones físicas de las que habría deseado. Lo volcó todo —anhelos y deseos, esperanzas y expectativas de placer, energías e imaginación— en el estudio de la medicina. Cooke decía con sincera envidia que Robert J. Cole estaba destinado a ser estudiante de medicina, y Chamán creía que era verdad; toda su vida había estado esperando lo que había encontrado en Cincinnati.

A mediados del semestre empezó a ir al laboratorio de disección siempre que tenía una hora libre —en ocasiones solo, aunque la mayor parte de las veces con Cooke o con Billy Henreid—, para ayudarlos a mejorar la técnica con el instrumental, o para terminar de explicarles un problema planteado por un libro de texto o en una clase. Al iniciar el curso de A y F, el doctor McGowan le había pedido que ayudara a los alumnos que tuvieran alguna dificultad. Chamán sabía que sus calificaciones en los otros cursos eran excelentes, e incluso el doctor Meigs había llegado a saludarlo cordialmente inclinando la cabeza cuando se cruzaba con él en el pasillo. La gente se había acostumbrado a que él fuera diferente. A veces se concentraba tanto en una clase o en el trabajo del laboratorio que volvía a su antigua costumbre de canturrear sin darse cuenta. En una ocasión el doctor Berwyn había interrumpido la clase para decirle: «Deje de canturrear, señor Cole.» Al principio los otros alumnos se reían disimuladamente, pero pronto aprendieron a tocarle el brazo y a lanzarle una mirada para indicarle que guardara silencio. A él no le molestaba. Era un joven seguro de sí mismo.

Disfrutaba paseándose solo por las salas del hospital. Un día una paciente se quejó de que había pasado junto a su cama sin prestarle atención, a pesar de que ella lo había llamado por su nombre varias veces. Después de eso, para demostrarse a sí mismo que su sordera no hería a sus pacientes, adoptó la costumbre de detenerse brevemente delante de cada cama y sostener las manos del paciente entre las suyas y decirle unas pocas palabras en voz baja a cada uno. El fantasma de su situación provisional había caído en el olvido cuando el doctor McGowan le ofreció un trabajo en el hospital durante los meses de julio y agosto, el período de vacaciones de la facultad. El doctor McGowan le dijo sinceramente que tanto él como el doctor Berwyn se habían disputado los servicios de Chamán, pero que finalmente habían decidido compartirlo.

—Pasaría el verano trabajando para los dos, haciendo el trabajo sucio para Berwyn en la sala de operaciones todas las mañanas, y ayudándome a practicar la autopsia a sus errores todas las tardes.

Chamán se dio cuenta de que era una oportunidad fantástica; y el pequeño salario le permitiría hacer frente al aumento de la matrícula.

—Me encantaría —le dijo al doctor McGowan—. Pero este verano mi padre me espera en casa para que lo ayude en el trabajo de la granja. Tendré que escribirle y pedirle permiso para quedarme.

Barney McGowan sonrió.

—Ah, la granja —dijo, restándole importancia al tema—. Joven, creo que para usted ya se ha terminado eso de trabajar en la granja. Su padre es un médico rural de Illinois, tengo entendido. Hace tiempo que quiero comentárselo. En el hospital del colegio universitario de Edimburgo había un hombre que me llevaba varios años de adelanto. Se llamaba igual que usted.

—Sí. Es mi padre. Él cuenta la misma anécdota que usted contó en la clase de anatomía, sobre la descripción que sir William Fergusson hizo de un cadáver como una casa de la que el propietario se ha mudado.

—Recuerdo que usted sonrió cuando conté esa anécdota. Y ahora entiendo por qué. —McGowan lo miró atentamente, entrecerrando los ojos—. ¿Usted sabe por qué... por qué su padre abandonó Escocia?

Chamán se dio cuenta de que el doctor McGowan intentaba ser discreto.

—Sí. Él me lo contó. Se metió en problemas de política. Estuvo a punto de ser deportado a Australia.

—Lo recuerdo. —McGowan sacudió la cabeza—. Nos lo pusieron como ejemplo para que nos sirviera de advertencia. En la universidad todo el mundo lo conocía. Era el protegido de sir William Fergusson, tenía un futuro ilimitado. Y ahora es un médico rural. ¡Qué pena!

—No hay por qué sentir pena. —Chamán luchó con un sentimiento de rabia y finalmente sonrió—. Mi padre es un gran hombre —dijo, y con cierto asombro reconoció que era verdad.

Empezó a hablarle a Barney McGowan de Rob J., de que había trabajado con Oliver Wendell Holmes en Boston, del viaje que había hecho por todo el país con los leñadores, y de que había trabajado como médico del ferrocarril. Le contó que en una ocasión su padre había tenido que cruzar dos ríos y un riachuelo a caballo para llegar a una casa de tepe donde ayudó a una mujer a parir mellizos. Le habló de las cocinas en las que su padre había operado, y de las veces que había practicado la cirugía sobre una mesa sacada del interior mugriento de una casa a la limpia luz del sol. Le contó que su padre había sido secuestrado por unos forajidos que a punta de pistola le habían ordenado que le quitara una bala a uno de los suyos. Le habló de una ocasión en que su padre regresaba a casa una noche en que la temperatura en la llanura había descendido a treinta grados bajo cero y había salvado la vida bajando del caballo, cogiéndose a la cola del animal y corriendo tras él para que volviera a circularle la sangre.

Barney McGowan sonrió.

—Tiene razón —comentó—. Su padre es un gran hombre. Y un padre afortunado.

—Gracias, señor. —Chamán empezó a salir, pero enseguida se detuvo—. Doctor McGowan. Una de las autopsias que hizo mi padre fue la de una mujer que había sido asesinada de once puñaladas en el pecho, aproximadamente de noventa y cinco milímetros de ancho. Estaban hechas con un instrumento puntiagudo, de forma triangular, que tenía los tres bordes afilados. ¿Tiene idea de qué instrumento podría hacer esa clase de herida?

El patólogo reflexionó interesado.

—Podría haber sido un instrumento médico. Hay uno que es el bisturí Beer, un escalpelo de tres lados que se utiliza para operar las cataratas y eliminar los defectos de la córnea. Pero las heridas que usted describe son demasiado grandes para que las hubiera hecho un bisturí Beer. Tal vez fueron producidas con otro tipo de bisturí. ¿Los bordes cortantes tenían un ancho uniforme?

—No. El instrumento se estrechaba en la punta.

—No conozco ningún bisturí con esa forma. Tal vez las heridas no fueran hechas con un instrumento médico.

Chamán vaciló.

—¿Podrían haber sido producidas con un objeto generalmente utilizado por una mujer?

—¿Una aguja de hacer punto o algo así? Es posible, por supuesto, pero tampoco se me ocurre qué objeto de un ama de casa podría hacer una herida como ésa. —McGowan sonrió—. Déjeme tiempo para pensarlo y volveremos a hablar del tema.

»Cuando le escriba a su padre —añadió—, déle muchos recuerdos de alguien que estudió con William Fergusson pocos años después que él.

Chamán prometió hacerlo.

La respuesta de su padre no llegó a Cincinnati hasta ocho días antes de que concluyera el semestre, tiempo suficiente para permitirle aceptar el trabajo de verano en el hospital.

Su padre no recordaba al doctor McGowan, pero se alegraba de que Chamán estuviera estudiando patología con otro escocés que había aprendido el arte y la ciencia de la disección con William Fergusson. Le pidió a su hijo que le transmitiera sus respetos al profesor, así como su autorización para trabajar en el hospital.

La carta era afectuosa y breve, y por la falta de otros comentarios Chamán supo que su padre se sentía triste. No habían tenido noticias del paradero ni de la situación en que se encontraba Alex, y su padre le decía que cada vez que volvían a iniciarse las hostilidades, su madre sentía más pánico.

48

El paseo en barca

A Rob J. no le pasó por alto el hecho de que tanto Jefferson Davis como Abraham Lincoln habían alcanzado el liderazgo que ahora ostentaban, porque habían contribuido a destruir a la nación sauk en la guerra de Halcón Negro. Cuando Davis era un joven teniente del ejército, había llevado personalmente a Halcón Negro y a su hechicero Nube Blanca, Mississippi abajo, desde Fort Crawford hasta el Cuartel Jefferson, donde fueron encarcelados y encadenados. Lincoln había combatido a los sauk con la milicia, como soldado raso y luego como capitán. Ahora ambos hombres respondían al tratamiento de «Señor Presidente», y hacían que una mitad de la nación norteamericana se enfrentara a la otra.

Rob J. no quería saber nada de semejante galimatías, pero eso era pretender demasiado. Hacía seis semanas que había comenzado la guerra cuando Stephen Hume fue a Holden's Crossing a visitarlo. El ex miembro del Congreso fue sincero y le dijo que había utilizado sus influencias para que lo nombraran coronel del ejército de Estados Unidos. Había abandonado su puesto de consejero legal del ferrocarril en Rock Island para organizar el regimiento 102 de voluntarios de Illinois, y había ido a ofrecerle al doctor Cole el puesto de médico del regimiento.

—Eso no es para mí, Stephen.

—Doctor, me parece correcto poner objeciones a la guerra en un nivel abstracto. Pero en estos momentos nos enfrentamos a los hechos y existen buenas razones por las que deberíamos participar en esta guerra.

—No creo que matar a un montón de gente vaya a cambiar la forma de pensar de nadie sobre la esclavitud o el libre comercio. Además, tú necesitas a alguien más joven y más malvado. Yo soy un hombre de cuarenta y cuatro años, y he engordado.

Había engordado. Tiempo atrás, cuando los esclavos que escapaban se refugiaban en su escondite, Rob J. se había acostumbrado a ponerse comida en el bolsillo mientras recorría la cocina: un boniato cocido al horno, un trozo de pollo frito, un par de bollos dulces para alimentar a los fugitivos. Ahora seguía cogiendo comida, pero se la comía él, para consolarse.

—Bueno, de acuerdo, pero eres tú el que me interesa, gordo o delgado, malvado o bueno —insistió Hume—. Es más, en este momento sólo hay noventa médicos en todo el maldito ejército. Será una gran oportunidad. Entrarás como capitán y serás comandante antes de lo que imaginas. Un médico como tú está destinado a ascender.

Rob J. sacudió la cabeza. Pero apreciaba a Stephen Hume, y le tendió la mano.

—Espero que regreses sano y salvo, coronel.

Hume le dedicó una sonrisa forzada y le estrechó la mano. Unos días más tarde, en el almacén, Rob J. se enteró de que Tom Beckermann había sido designado médico castrense del regimiento 102.

Durante tres meses los dos frentes estuvieron jugando a la guerra, pero en julio fue evidente que estaba tomando forma una confrontación a gran escala. Mucha gente tenía el convencimiento de que el problema se solucionaría rápidamente, pero aquella primera batalla fue una epifanía para la nación. Rob J. leía las noticias del periódico con tanta avidez como cualquier amante de la guerra.

En Manassas, Virginia, a cuarenta kilómetros al sur de Washington, más de treinta mil soldados de la Unión al mando del general Irvin McDowell se enfrentaron a veinte mil confederados bajo las órdenes del general Pierre G. T. Beauregard. Aproximadamente otros once mil confederados se concentraban en el valle Shenandoah, a las órdenes del general Joseph E. Johnston, preparados para atacar a otro cuerpo de la Unión de catorce mil hombres al mando del general Robert Patterson. Con la esperanza de que Patterson mantuviera ocupado a Johnston, el 21 de julio McDowell condujo a su ejército contra los sureños, cerca de Sudley Ford, en Bull Run Creek.

Apenas fue un ataque por sorpresa.

Exactamente antes de que McDowell atacara, Johnston, se escabulló, librándose de Patterson, y unió sus fuerzas a las de Beauregard. El plan de batalla del Norte era tan conocido que los miembros del Congreso y los funcionarios habían abandonado Washington llevándose a sus esposas e hijos en cabriolés y calesas a Manassas, donde organizaron suculentas comidas al aire libre y se prepararon para contemplar el espectáculo, como si se tratara de una carrera atlética. El ejército había contratado a montones de conductores para que permanecieran junto a los carros que se utilizarían como ambulancias en el caso de que hubiera heridos. Muchos de los conductores de las ambulancias se llevaban su propio whisky a la excursión.

Mientras este público miraba con placer y fascinación, los soldados de McDowell cayeron contra la fuerza combinada confederada. La mayoría de los hombres de ambos bandos eran soldados rasos no entrenados que luchaban con más fervor que arte. Los soldados confederados, reclutados entre los ciudadanos, cedieron unos cuantos kilómetros y luego se mantuvieron firmes, dejando que los del Norte se agotaran en varios ataques frenéticos. Entonces Beauregard ordenó el contraataque. Las exhaustas tropas federales cedieron. Pronto su retirada se convirtió en una desbandada.

La batalla no fue lo que el público había esperado. Los

sonidos combinados del fuego de rifles y artillería y de las voces humanas eran espantosos, y el panorama aún peor. En lugar de un espectáculo de atletismo presenciaron la transformación de hombres vivos en seres destripados, decapitados y tullidos. Hubo infinidad de muertos. Algunos de los civiles se desmayaban, otros lloraban. Todos intentaban huir, pero una granada había hecho volar un carro y matado a un caballo, bloqueando el camino principal de la retirada. La mayoría de los aterrorizados civiles conductores de ambulancias, tanto los borrachos como los sobrios, se habían marchado con los carros vacíos. Los pocos que intentaron recoger a los heridos se encontraron atrapados en un mar de vehículos de civiles y caballos encabritados. Los que estaban muy malheridos quedaron tendidos en el campo de batalla, gritando, hasta que murieron. Algunos de los heridos que no necesitaron ser ingresados tardaron varios días en regresar a Washington.

En Holden's Crossing la victoria de los confederados dio nuevo impulso a los simpatizantes del Sur. Rob J. se sentía más deprimido por el criminal abandono de las víctimas que por la derrota. A principios del otoño se supo que en Bull Run se habían producido casi cinco mil muertos, heridos o desaparecidos, y que muchas vidas se habían perdido como consecuencia de la falta de cuidados.

Una noche, mientras estaban sentados en la cocina de los Cole, él y Jay Geiger evitaron hablar de la batalla. Comentaron incómodos la noticia de que Judah P. Benjamin, el primo de Lillian Geiger, había sido designado secretario de guerra de la Confederación. Pero estaban absolutamente de acuerdo en la cruel idiotez de los ejércitos, que no rescataban a sus propios heridos.

—Aunque resulte difícil —dijo Jay—, no debemos permitir que esta guerra ponga fin a nuestra amistad.

—¡Claro que no!

Rob J. pensaba que la amistad entre ellos no debía concluir, pero ya estaba estropeada. Se sorprendió cuando al marcharse de su casa Geiger lo abrazó como haría un amante.

—Quiero a tu familia como si fuera la mía —declaró Jay—. Haría cualquier cosa por asegurar su felicidad.

Al día siguiente, Rob J. comprendió las palabras de despedida de Jay cuando Lillian, sentada en la cocina de los Cole, les contó sin derramar una lágrima que al amanecer su esposo se había marchado al Sur para ofrecerse como voluntario a las fuerzas de la Confederación.

A Rob J. le parecía que todo el mundo se había vuelto sombrío, a juego con el gris de los confederados. A pesar de todo lo que hizo, Julia Blackmer, la esposa del pastor, siguió tosiendo hasta que murió, precisamente antes de que el aire del invierno se volviera frío y penetrante. En el cementerio, el pastor lloraba mientras recitaba las oraciones, y cuando la primera palada de tierra y piedras cayó con un ruido sordo sobre el ataúd de pino, Sarah le apretó la mano a Rob J. con tal fuerza que le hizo daño. Durante los días siguientes, los miembros del rebaño de Lucian Blackmer se reunieron para apoyar a su pastor, y Sarah organizó a las mujeres de tal manera que al señor Blackmer nunca le faltó compañía ni alguien que le preparara la comida. Rob J. pensaba que al pastor le convenía un poco de intimidad para desahogar su pena, pero el señor Blackmer parecía agradecido por las buenas obras.

Antes de Navidad, la madre Miriam Ferocia le confió a Rob J. que había recibido una carta de una firma de abogados de Frankfurt en la que le comunicaban la muerte de Ernst Brotknecht, su padre. En su testamento había dispuesto la venta de la fábrica de carros de Frankfurt y la de carruajes de Munich, y la carta añadía que una considerable cantidad de dinero estaba esperando a la hija, conocida en su vida anterior como Andrea Brotknecht.

Rob J. le expresó sus condolencias por la muerte de su padre, a quien hacía varios años que ella no veía. Luego dijo:

—¡Vaya! ¡Es usted rica, madre Miriam!

—No —repuso ella tranquilamente. Cuando tomó los

hábitos había prometido entregar todos sus bienes materiales a la Santa Madre Iglesia. Ya había firmado documentos que cedían la herencia a la jurisdicción de su arzobispo.

Rob J. se sintió molesto. Durante todos esos años, y porque detestaba ver sufrir a las monjas, él había hecho una serie de pequeños regalos a la comunidad. Había sido testigo del rigor de su vida, del severo racionamiento y de la falta de cualquier cosa que pudiera considerarse un lujo.

—Un poco de dinero sería importante para las hermanas de su comunidad. Si no podía aceptarlo para usted misma, debería haber pensado en sus monjas.

Pero ella no se dejó convencer por el enfado de Rob J.

—La pobreza es una parte esencial de la vida de las monjas—dijo, y respondió con exasperante indulgencia cristiana cuando él se despidió bruscamente.

Con la partida de Jason también perdió gran parte del calor que aún conservaba su vida. Podría haber seguido haciendo música con Lillian, pero el piano y la viola de gamba sonaban extrañamente insustanciales sin la melodiosa amalgama del violín de Jay, y ambos encontraron excusas para no tener que tocar solos.

En la primera semana de 1862, en un momento en que Rob J. se sentía especialmente descontento, tuvo la alegría de recibir una carta de Harry Loomis, de Boston, acompañada por la traducción de un informe publicado en Viena varios años antes por un médico húngaro llamado Ignaz Semmelweis. El trabajo de Semmelweis, titulado *La etiología, concepto y profilaxis de la fiebre del parto*, básicamente apoyaba el trabajo hecho en Norteamérica por Oliver Wendell Holmes. En el Hospital General de Viena, Semmelweis había llegado a la conclusión de que la fiebre del parto, que mataba a doce madres de cada cien, era contagiosa. Tal como había hecho Holmes décadas antes, él había descubierto que los propios médicos eran los que propagaban la enfermedad por el mero hecho de no lavarse las manos.

Harry Loomis añadía que estaba cada vez más interesado en los medios de prevenir la infección de heridas e incisiones quirúrgicas. Le preguntaba a Rob J. si conocía las investigaciones del doctor Milton Akerson, que trabajaba en ese tipo de problemas en el Hospital del Valle del Mississippi, en Cairo, Illinois, que según tenía entendido no estaba demasiado lejos de Holden's Crossing.

Rob J. no había oído hablar del trabajo del doctor Akerson, pero enseguida sintió deseos de visitar Cairo para conocerlo. No obstante tardó varios meses en tener la oportunidad. Siguió cabalgando sobre la nieve para hacer sus visitas, pero finalmente, con la llegada de las lluvias de primavera, las cosas se calmaron. La madre Miriam le aseguró que ella y las hermanas vigilarían a sus pacientes, y Rob J. anunció que iba a viajar a Cairo para tomarse unas breves vacaciones. El miércoles 9 de abril condujo a Boss por el barro pegajoso de los caminos hasta Rock Island, donde dejó el caballo en un establo; al anochecer subió a una balsa que lo llevó Mississippi abajo. Viajó durante toda la noche, razonablemente abrigado bajo el techo de la cabina, durmiendo sobre los leños que había cerca del hornillo de la cocina. A la mañana siguiente, cuando bajó de la balsa tras la llegada a Cairo, seguía lloviendo y se sentía entumecido.

Cairo presentaba un aspecto lamentable, y los campos estaban inundados, lo mismo que muchas calles. Se adecentó cuidadosamente en una posada donde le sirvieron un pobre desayuno, y luego se trasladó al hospital.

El doctor Akerson era un hombre menudo, moreno, con gafas; sus gruesos bigotes se extendían por sus mejillas hasta unirse a las orejas y el cabello, según la deplorable moda popularizada por Ambrose Burnside, cuya brigada había efectuado el primer ataque contra los confederados en Bull Run.

El doctor Akerson saludó a Rob cordialmente y quedó visiblemente complacido al enterarse de que su trabajo había llamado la atención de colegas de ciudades tan alejadas como Boston. Las salas del hospital estaban impregnadas de olor a ácido clorhídrico, que, según él creía, era el agente que podía combatir las infecciones que tan a menudo provocaban la muerte de los heridos. Rob J. observó que el olor de lo que Akerson llamaba el «desinfectante» neutralizaba algunos de los olores desagradables de la sala, pero le resultó irritante para la nariz y los ojos. Enseguida vio que el cirujano de Cairo no tenía ninguna cura milagrosa.

—A veces parece evidente que da buen resultado tratar las heridas con ácido clorhídrico. Pero otras veces... —el doctor Akerson se encogió de hombros— parece que de nada sirve.

Había experimentado rociando ácido clorhídrico en la sala de operaciones y en las salas, según le contó a Rob, pero había abandonado esa práctica porque con los vapores resultaba difícil ver y respirar. Ahora se contentaba con impregnar las vendas con el ácido y colocarlas directamente sobre las heridas. Dijo que pensaba que la gangrena y otras infecciones estaban causadas por corpúsculos de pus que flotaban en el aire en forma de polvo, y que las vendas empapadas de ácido mantenían estos agentes contaminantes alejados de las heridas.

Entró un enfermero que llevaba una bandeja cargada de vendas, y se le cayó una al suelo. El doctor Akerson la cogió, le quitó un poco de polvo con la mano y se la enseñó a Rob. Se trataba de una venda corriente, hecha con tela de algodón e impregnada en ácido clorhídrico. Cuando él se la devolvió a Akerson, el cirujano volvió a ponerla en la bandeja.

—Es una pena que no podamos determinar por qué a veces funciona y a veces no —se lamentó Akerson.

La visita fue interrumpida por un joven médico que informó al doctor Akerson que el señor Robert Francis, un representante de la Comisión Sanitaria de Estados Unidos, solicitaba verlo por «un asunto de suma urgencia».

Mientras Akerson acompañaba a Rob J. hasta la puerta, encontraron al señor Francis esperando ansiosamente en el pasillo. Rob J. conocía y aprobaba la tarea de la Comisión Sanitaria, una organización civil fundada para reunir fondos y reclutar personal para atender a los heridos. El señor

Francis les comunicó precipitadamente que se había producido una encarnizada batalla de dos días en Pittsburgh Landing, en Tennessee, a casi cincuenta kilómetros de Corinth, Mississippi.

—Hay una enorme cantidad de víctimas; ha sido peor que en Bull Run. Hemos reunido voluntarios que trabajarán como enfermeros, pero tenemos poquísimos médicos.

El doctor Akerson pareció compungido.

—Esta guerra se ha llevado a la mayoría de nuestros médicos. Aquí no hay ninguno que pueda irse.

Rob J. reaccionó de inmediato.

—Yo soy médico, señor Francis. Estoy en condiciones de ir —afirmó.

Con otros tres médicos recogidos en las poblaciones cercanas y quince civiles que jamás habían atendido enfermos, Rob J. embarcó al mediodía en el paquebote *City of Louisiana* y navegó entre la húmeda tiniebla que cubría el río Ohio. A las cinco de la tarde llegaron a Paducah, en Kentucky, y entraron en el río Tennessee. Debían recorrer trescientos setenta kilómetros Tennessee arriba. En la oscuridad de la noche, sin ser vistos y sin poder ver nada, pasaron junto a Fort Henry, que Ulysses S. Grant había tomado hacía sólo un mes. Al día siguiente pasaron junto a poblaciones ribereñas, embarcaderos atestados y más campos inundados. A las cinco de la tarde, cuando casi había vuelto a oscurecer, llegaron a Pittsburg Landing.

Rob J. contó veinticuatro barcos de vapor, incluidos dos cañoneros. Cuando los médicos y los demás pasajeros desembarcaron descubrieron que la orilla y los acantilados habían quedado convertidos en barro por las pisadas de los yanquis que se habían retirado el domingo, y se hundieron hasta las rodillas. Rob J. fue destinado al *War Hawk*, un barco que iba cargado con cuatrocientos seis soldados heridos. Cuando embarcó ya habían sido cargados casi todos, y puso manos a la obra sin demora. Un ceñudo primer piloto le explicó a Rob J. que la gran cantidad de víctimas de la batalla habían saturado todas las instalaciones hospitalarias de todo el territorio de Tennessee. El *War Hawk* tendría que trasladar a sus pasajeros a lo largo de mil cincuenta kilómetros, por el río Tennessee hasta el Ohio, y por el Ohio hasta Cincinnati.

Los heridos habían sido colocados en todos los lugares disponibles: en la bodega, en los camarotes de los oficiales y pasajeros, y en todas las cubiertas, bajo la lluvia incesante. Rob J. y un médico del ejército, llamado Jim Sprague, de Pensilvania, eran los únicos facultativos. Todas las provisiones habían sido amontonadas en uno de los camarotes, y llevaban menos de dos horas viajando cuando Rob J. vio que el coñac medicinal había sido robado. El comandante militar del barco era un joven teniente llamado Crittendon, que aún tenía los ojos deslumbrados por el combate. Rob lo convenció de que las provisiones necesitaban custodiarse con un guardia armado, lo cual se dispuso de inmediato.

Rob J. no había llevado consigo su maletín. Entre las provisiones había un botiquín quirúrgico, y pidió al oficial que le afilaran unos cuantos instrumentos. No tenía ningún deseo de utilizarlos.

—El viaje es duro para los heridos —le comentó a Sprague—. Creo que siempre que sea posible deberíamos postergar la cirugía hasta que podamos ingresar a estos hombres en el hospital.

Sprague estuvo de acuerdo.

—No soy muy aficionado a cortar —comentó. Decidió no intervenir y dejar que Rob J. tomara las decisiones.

Rob pensó que Sprague tampoco era muy aficionado a la medicina, pero le pidió que se ocupara de los vendajes y de comprobar que los pacientes recibían sopa y pan.

Enseguida se dio cuenta de que algunos hombres habían quedado gravemente destrozados y necesitaban una amputación sin más demora.

Los enfermeros voluntarios eran personas bien dispuestas, pero inexpertas: contables, dueños de establos, maestros; todos ellos se enfrentaban a la sangre, al dolor y a tragedias de todo tipo que jamás habían imaginado. Rob eligió a unos cuantos para que lo ayudaran a amputar, y puso a los demás a trabajar bajo las órdenes del doctor Sprague vendando heridas, cambiando vendajes, dando agua a los sedientos y abrigando a los que estaban en la cubierta, bajo la lluvia, con todas las mantas y abrigos que se pudieran conseguir.

A Rob J. le habría gustado ocuparse de los heridos uno por uno, pero no tuvo oportunidad de hacerlo. En lugar de eso se acercaba a un paciente cada vez que un enfermero le decía que estaba «mal». En teoría ninguno de los que habían sido embarcados en el *War Hawk* tenía por qué estar tan «mal» como para no sobrevivir al viaje, pero muchos murieron casi de inmediato.

Rob J. ordenó desalojar el camarote del segundo de a bordo y se instaló allí para amputar, a la luz de cuatro faroles. Esa noche cortó catorce miembros. Muchos de los heridos habían sufrido una amputación antes de ser embarcados; examinó a algunos de esos hombres y se entristeció al ver la mala calidad de algunas de las intervenciones. Un hombre llamado Peters, de diecinueve años, había perdido la pierna derecha hasta la rodilla, la pierna izquierda hasta la cadera, y todo el brazo derecho. En algún momento de la noche empezó a sangrarle el muñón de la pierna izquierda, o tal vez ya sangraba cuando lo embarcaron. Fue el primero al que descubrieron muerto.

—Papá, lo intenté —sollozaba un soldado de largo pelo rubio que tenía en la espalda un agujero en el que le brillaba la columna vertebral, blanca como la espina de una trucha—. Hice todo lo que pude.

—Sí, claro que sí. Eres un buen hijo —le dijo Rob J. mientras le acariciaba la cabeza.

Algunos gritaban, otros se hundían en un silencio que les servía de armadura, otros lloraban y farfullaban. Poco a poco, Rob J. descifró la batalla a partir de las pequeñas piezas de dolor de cada uno. Grant había estado en Pittsburg Landing con cuarenta y dos mil soldados, esperando que las fuerzas del general Carlos Buell se unieran a él. Beauregard y Albert Johnston decidieron que podían derrotar a Grant antes de que llegara Buell, y cuarenta mil confederados cayeron sobre las tropas federales que vivaqueaban. La línea de Grant fue obligada a retroceder, tanto en la izquierda como en la derecha, pero el centro —guarnecido de soldados de Iowa e Illinois— soportó el más salvaje de los combates.

Durante el domingo los rebeldes habían hecho muchos prisioneros. Las fuerzas de la Unión fueron obligadas a retroceder en dirección al río, hasta el agua, con la espalda contra el acantilado que les impedía seguir retrocediendo. Pero el lunes por la mañana, cuando los confederados estaban a punto de acabar con ellos, de la niebla matinal surgieron barcos cargados con veinte mil soldados de refuerzo de Buell, y la batalla cambió de signo. Al final de aquel salvaje día de combate, los sudistas se retiraron a Corinth. Al anochecer, desde Shiloh Church se veía el campo de batalla cubierto de cadáveres. Y algunos de los heridos fueron recogidos y trasladados a los barcos.

El *War Hawk* se deslizó por la mañana junto a bosques en los que brillaban las hojas nuevas y el muérdago, dejando atrás los campos verdeantes y de vez en cuando un grupo de melocotoneros en flor; pero Rob J. no vio nada.

El plan del capitán del barco había sido atracar en una población ribereña durante la mañana y la noche con el fin de buscar leña. Al mismo tiempo los voluntarios debían desembarcar y conseguir toda el agua y los alimentos que pudieran para los pacientes. Pero Rob J. y el doctor Sprague habían convencido al capitán para que hiciera un alto también al mediodía, y a veces por la tarde, porque descubrieron que enseguida se quedaban sin agua. Los heridos estaban sedientos.

Para desesperación de Rob J., los voluntarios no podían hacer nada por mantener la higiene. Muchos de los soldados habían padecido disentería antes de resultar heridos. Los hombres defecaban y orinaban en el mismo sitio en que estaban acostados, y era imposible limpiarlos. No había ropa de recambio, y sus excrementos se endurecían entre sus ropas, mientras seguían tendidos bajo la lluvia. Los enfermeros pasaban la mayor parte del tiempo distribuyendo sopa caliente. En el curso de la segunda tarde cesó la lluvia y el sol empezó a brillar con fuerza, y Rob J. sintió un gran alivio con la llegada del calor. Pero con el vapor que surgía de las cubiertas y de los cuerpos de los heridos, se produjo un aumento del tremendo olor que invadía el *War Hawk*. El hedor era casi palpable. A veces, cuando el barco atracaba, los civiles patriotas subían a bordo con mantas, agua y alimentos. Enseguida empezaban a parpadear, les lloraban los ojos, y siempre se marchaban a toda prisa. A Rob J. le hubiera gustado tener un poco del ácido clorhídrico del doctor Akerson. Los hombres morían y eran envueltos en las sábanas más mugrientas. Rob J. practicó media docena más de amputaciones, en los casos más graves, de modo que entre los treinta y ocho muertos que había cuando llegaron a destino se encontraban ocho de los veinte hombres a los que había amputado. Llegaron a Cincinnati el martes a primera hora de la mañana. Había pasado tres días y medio sin dormir y casi sin comer. De pronto, libre de toda responsabilidad, se quedó de pie en el muelle contemplando estúpidamente cómo los demás distribuían a los pacientes en grupos que eran enviados a diferentes hospitales. Cuando uno de los carros quedó cargado con los hombres destinados al Hospital del Sudoeste de Ohio, Rob J. subió y se sentó en el suelo, entre dos camillas.

Después de que descendieran a los pacientes se paseó por el hospital, moviéndose lentamente porque el aire de Cincinnati parecía muy denso. Los miembros del personal miraron de reojo al gigante de mediana edad, barbudo y maloliente. Cuando un enfermero le preguntó en tono cortante qué quería, él pronunció el nombre de Chamán.

Finalmente fue llevado a un pequeño anfiteatro desde el que se veía la sala de operaciones. Ya habían empezado a operar a los pacientes del *War Hawk*. Alrededor de la mesa había cuatro hombres, y vio que uno de ellos era Chamán. Durante unos minutos lo observó mientras operaban, pero enseguida la cálida marea del sueño se elevó hasta su cabeza y se hundió en ella con gran facilidad y anhelo.

No recordaba haber sido trasladado desde el hospital hasta el dormitorio de Chamán, ni que lo hubieran desvestido. Durmió el resto del día y toda la noche sin saber que estaba en la cama de su hijo. Cuando se despertó era el miércoles por la mañana, y fuera brillaba el sol. Mientras se afeitaba y se daba un baño, un amigo de Chamán, un joven servicial llamado Cooke, recogió la ropa de Rob J. de la lavandería del hospital, donde la habían hervido y planchado, y luego fue a buscar a Chamán.

Chamán estaba más delgado pero parecía sano.

—¿Has sabido algo de Alex? —le preguntó de inmediato.

—No.

Chamán llevó a Rob J. a un restaurante, lejos del hospital, para tener un poco de intimidad. Tomaron una comida sustanciosa: huevos y patatas con carne de ijar, y un café muy malo hecho principalmente con achicoria tostada. Chamán le permitió tomar el primer trago caliente y amargo antes de empezar a hacerle preguntas, y siguió la historia de la travesía del *War Hawk* con sumo interés.

Rob J. le hizo preguntas sobre la facultad de medicina, y le dijo lo orgulloso que se sentía de él.

—¿Recuerdas aquel viejo escalpelo azul de acero que tengo en casa? —le preguntó.

—¿El antiguo, el que tú le llamas el bisturí de Rob J.? ¿El que se supone que ha pertenecido a la familia durante siglos?

—Ese mismo. Ha pertenecido a la familia durante siglos. Siempre pasa a manos del primer hijo que se convierte en médico. Ahora es tuyo. —Chamán sonrió.

—¿No sería mejor que esperaras a diciembre, cuando me gradúe?

—No sé si podré estar aquí para tu graduación. Voy a convertirme en médico del ejército.

Chamán abrió los ojos de par en par.

—¡Pero tú eres pacifista! Odias la guerra.

—Lo soy, y la odio —dijo en tono más amargo que el café—. Pero ya ves lo que se están haciendo unos a otros.

Permanecieron sentados durante mucho rato, bebiendo nuevas tazas de café malísimo, mirándose atentamente a los ojos, hablando lenta y serenamente, como si tuvieran mucho tiempo para estar juntos.

Pero a las once de la mañana estaban de regreso en la sala de operaciones. La invasión de heridos del *War Hawk* había saturado las instalaciones del hospital y ocupado a todo el personal médico. Algunos cirujanos habían trabajado durante toda la noche y toda la mañana, y ahora Robert Jefferson Cole estaba operando a un joven de Ohio cuyo cráneo, hombros, espalda, nalgas y piernas habían sido alcanzados por la metralla de los confederados. La intervención era larga y laboriosa, porque cada fragmento de metal debía ser retirado de la carne con un mínimo de daño para los tejidos, y la sutura resultaba igualmente delicada porque se esperaba que los músculos se desarrollaran correctamente. El pequeño anfiteatro estaba repleto de estudiantes de medicina y de algunos miembros del profesorado, que observaban los casos desesperados que los médicos podían esperar de la guerra. El doctor Harold Meigs, que estaba situado en la primera fila, dio un codazo al doctor Barney McGowan, y con un movimiento de la barbilla le señaló a un hombre que se hallaba de pie a un lado de la sala de operaciones, abajo, lo suficientemente apartado para no molestar, pero observándolo todo. Era un hombre corpulento y barrigón, de pelo entrecano; estaba con los brazos cruzados y los ojos fijos en la mesa de operaciones, ajeno a todo lo que ocurría a su alrededor. Mientras observaba la habilidad y la seguridad del cirujano, asentía inconscientemente, a modo de aprobación. Los dos profesores se miraron y sonrieron.

Rob J. regresó en tren y llegó a la estación de Rock Island nueve días después de haber salido de Holden's Crossing. En la calle, fuera de la estación de ferrocarril, se encontró con Paul y Roberta Williams, que estaban en Rock Island haciendo compras.

—Hola, doctor. ¿Acaba de bajar del tren? —le preguntó Williams—. He oído decir que estaba fuera, haciendo unas pequeñas vacaciones.

—Sí —repuso Rob.

—Bueno, ¿lo ha pasado bien?

Rob J. abrió la boca para decir algo, pero cambió de idea.

—Muy bien, Paul, gracias —respondió por fin en tono sereno.

Fue hasta el establo a recoger a Boss y cabalgó en dirección a su casa.

49

El médico contratado

A Rob J. le llevó casi todo el verano planificar las cosas. Su primera idea había sido lograr que a otro médico le resultara económicamente atractivo ocupar su puesto en Holden's Crossing, pero después de un tiempo tuvo que enfrentarse al hecho de que eso era imposible, porque la guerra había creado una acusada escasez de médicos. Lo mejor que pudo hacer fue ponerse de acuerdo con Tobias Barr para que acudiera al dispensario de Holden's Crossing todos los miércoles, y en casos de urgencia. Para los problemas menos serios, los habitantes de Holden's Crossing se desplazarían al consultorio del doctor Barr en Rock Island, o consultarían a las monjas.

Sarah estaba furiosa, y a Rob J. le parecía que el enfado se debía tanto a que él iba a unirse al «bando equivocado» como al hecho de que se marchara. Ella rezó y consultó con Lucian Blackmer. Sin él se encontraría indefensa, insistía.

—Antes de irte debes escribir al ejército federal —le dijo— y preguntarles si tienen registrado a Alex como prisionero o como baja.

Rob J. había hecho esa gestión algunos meses atrás, pero estuvo de acuerdo en que había llegado el momento de escribir otra vez, y se ocupó de ello.

Sarah y Lillian estaban más unidas que nunca. Jay había ideado un acertado sistema para enviar correspondencia y noticias sobre los confederados a Lillian a través de las líneas de batalla, probablemente por intermedio de los que cruzaban clandestinamente el río. Antes de que los periódicos de Illinois publicaran la noticia, Lillian les contó que Judah P. Benjamin había sido ascendido de la secretaría de guerra de la Confederación a la secretaría de Estado. En una ocasión, Sarah y Rob J. habían cenado con los Geiger y con Benjamin cuando éste viajó a Rock Island para consultar con Hume a propósito de un pleito del ferrocarril. Benjamin le había parecido inteligente y modesto, en absoluto el tipo de hombre que busca la oportunidad de dirigir una nueva nación.

En cuanto a Jay, Lillian dijo que se encontraba a salvo. Tenía el grado de suboficial y le habían asignado el trabajo de administrador de un hospital militar en algún lugar de Virginia.

Cuando se enteró de que Rob J. iba a unirse al ejército del Norte, asintió cautelosamente.

—Rezo para que tú y Jay jamás os encontréis mientras estemos en guerra.

—Creo que eso es muy improbable —dijo él, y le palmeó la mano.

Se despidió de la gente lo más discretamente posible. La madre Miriam Ferocia lo escuchó con pétrea resignación. Rob pensó que era parte de la disciplina de las monjas decir adiós a aquellos que se habían convertido en parte de su vida. Ellas iban adonde el Señor les ordenaba; en ese sentido, eran como soldados.

El 12 de agosto de 1862 por la mañana, Sarah se despidió de él en el muelle de barcos de vapor de Rock Island; Rob llevaba consigo el *mee-shome* y una pequeña maleta. Sarah lloraba y él la besó en los labios una y otra vez, casi con delirio, sin hacer caso a las miradas de la gente que se encontraba en el muelle.

—Eres mi querida muchachita —le dijo en un susurro.

Odiaba dejarla de esa forma, pero se sintió aliviado al subir a bordo y saludar con la mano mientras la embarcación lanzaba dos bocinazos cortos y uno largo y entraba en la corriente del río, y se alejaba.

Rob se quedó en la cubierta durante la mayor parte de la travesía. Le encantaba el Mississippi y disfrutó mirando el tránsito de la temporada de mayor actividad. Hasta ese momento, el Sur había contado con combatientes más temerarios y enérgicos que el Norte, y con mejores generales. Pero esa primavera, cuando los federales habían tomado Nueva Orleans, ellos se habían unido a la supremacía de la Unión en la sección inferior y superior del Mississippi. Junto con el Tennessee y otros ríos menores, aquél daba a las fuerzas federales una ruta navegable directa al vientre vulnerable del Sur.

Uno de los centros militares instalados a lo largo de la ruta fluvial era Cairo, donde Rob J. había empezado un viaje en el *War Hawk*, y fue allí donde desembarcó en esta ocasión. En Cairo no hubo inundaciones a finales de agosto, pero ésa fue una breve ventaja, porque miles de soldados habían acampado en las afueras, y los detritos de tanta humanidad concentrada habían llegado a la ciudad, donde la basura, los perros muertos y otros residuos en estado de descomposición se apilaban en las calles llenas de barro, frente a casas elegantes. Rob J. siguió el tránsito militar hasta el campamento, donde fue interceptado por un centinela. Se identificó y pidió que le permitieran hablar con el comandante, y enseguida fue conducido ante un coronel llamado Sibley, del regimiento 176 de voluntarios de Pensilvania. El 176 de Pensilvania ya contaba con los dos médicos castrenses permitidos por la organización del ejército, le informó el coronel Sibley. Dijo que en el campamento había otros tres regimientos, el 42 de Kansas, el 106 de Kansas, y el 201 de Ohio. Añadió que el 106 de Kansas tenía una vacante de médico auxiliar, y allí fue donde Rob J. se dirigió.

El comandante del 106 era un coronel llamado Frederick Hilton, a quien Rob J. encontró delante de su tienda, mascando tabaco y sentado ante una pequeña mesa, escribiendo. Hilton se mostró ansioso por contar con él. Habló de un grado de teniente («capitán, en cuanto sea posible»), y de un año de alistamiento como médico militar auxiliar, pero Rob J. se había informado y había pensado mucho antes de salir de casa. Si hubiera elegido someterse al examen de médico jefe habría tenido derecho al grado de comandante, con una generosa asignación para alojamiento y con el cargo de oficial del cuerpo médico, o el de médico en un hospital general. Pero sabía lo que quería.

—Ni reclutamiento ni nombramiento. El ejército emplea médicos civiles con carácter transitorio, y yo trabajaré con usted con un contrato de tres meses.

Hilton se encogió de hombros.

—Prepararé los papeles para el cargo de médico auxiliar interino. Vuelva después de cenar para firmarlos. Ochenta dólares al mes, el caballo debe conseguirlo usted. Puedo enviarlo a un sastre de la ciudad para que le haga el uniforme.

—No llevaré uniforme.

El coronel lo miró con curiosidad.

—Sería aconsejable que lo llevara. Estos hombres son soldados. No van a aceptar las órdenes de un civil.

—No importa.

El coronel Hilton asintió afablemente y escupió el jugo del tabaco. Llamó a un sargento y le indicó que acompañara al doctor Cole a la tienda de los médicos.

No habían llegado muy lejos cuando sonaron las primeras notas del bugle que señalaban la retreta, la ceremonia para arriar la bandera a la hora del crepúsculo. Todos los sonidos y los movimientos cesaron mientras los hombres miraban a la bandera y se cuadraban para saludarla.

Era la primera retreta de Rob J., y le resultó extrañamente conmovedora porque le pareció que era similar a una comunión religiosa de todos estos hombres que mantenían el saludo hasta que se apagaba la última nota trémula del remoto bugle. Entonces el campamento reanudaba la actividad.

La mayoría de las tiendas eran minúsculas, pero el sargento lo llevó hasta una zona de tiendas cónicas que a Rob J. le recordaron los tipis, y se detuvo delante de una de ellas.

—Hemos llegado, señor.

—Gracias.

En el interior de la tienda sólo había dos sitios para dormir, en el suelo, debajo de la tela. Un hombre, sin duda el médico del regimiento, dormía bajo los efectos del alcohol; su cuerpo despedía un olor agrio mezclado con el fuerte olor del ron.

Rob J. dejó el maletín en el suelo y se sentó. Pensó que había cometido muchos errores, que había hecho más locuras que algunos y menos que otros. Y no pudo dejar de preguntarse si no estaría dando uno de los pasos más estúpidos de su vida.

El cirujano era el comandante G. H. Woffenden. Rob J. se dio cuenta enseguida de que nunca había asistido a la facultad de medicina, pero que había trabajado de aprendiz durante un tiempo «con el viejo doctor Cowan», y luego se había independizado; que había sido nombrado por el coronel Hilton en Topeka; que la paga de comandante era el dinero más regular que había ganado jamás, y que se daba por contento dedicándose a beber y dejando que el médico auxiliar interino se ocupara de atender a los enfermos.

La atención de los enfermos llevaba casi toda la jornada, y todos los días, porque las filas de pacientes parecían interminables. El regimiento tenía dos batallones. El primero estaba completo y constaba de cinco compañías. El segundo batallón sólo se componía de tres compañías. El regimiento tenía menos de cuatro meses de antigüedad, y se había formado cuando los hombres más capacitados ya estaban en el ejército. El 106 se había quedado con lo que sobraba, y el segundo batallón había cogido los restos de Kansas. Muchos de los hombres que esperaban ver a Rob J. eran demasiado viejos para ser soldados, y otros muchos demasiado jóvenes, incluidos media docena de muchachos que apenas parecían adolescentes. Todos se encontraban en un estado lamentable. Las afecciones más frecuentes eran de diarrea y disentería, pero Rob J. vio distintos tipos de fiebres, fuertes constipados que afectaban el pecho y los pulmones, casos de sífilis y gonorrea, delirium tremens y otros síntomas de alcoholismo, hernias y muchos casos de escorbuto.

Había una tienda que hacía las veces de dispensario, donde encontró una especie de serón de medicinas del ejército de Estados Unidos, una caja enorme de mimbre y lona en la que se guardaban artículos medicinales. Según el inventario, también debía incluir té, azúcar blanco, extracto de café, extracto de carne, leche condensada y alcohol. Cuando Rob J. le preguntó a Woffenden por esos artículos, el médico pareció molesto.

—Los robaron, supongo —le espetó en actitud demasiado defensiva.

Después de las primeras comidas, Rob J. se dio cuenta de cuál era el motivo de tantos problemas estomacales. Buscó al oficial del economato, un angustiado subteniente llamado Zearing, y se enteró de que el ejército le daba al regimiento dieciocho centavos diarios para alimentar a cada hombre. El resultado era una ración diaria de trescientos cuarenta gramos de grasa de cerdo salada, setenta gramos de judías o guisantes, y quinientos gramos de harina, o en su defecto trescientos cuarenta gramos de galletas. La carne solía estar negra por fuera y amarilla de putrefacción por dentro, y los soldados llamaban «castillo de gusanos» a las galletas, porque las más grandes y gruesas, a menudo llenas de moho, solían estar habitadas por gusanos y gorgojos.

Cada soldado recibía su ración sin cocinar y se la preparaba él mismo sobre la llama de una pequeña fogata, generalmente hirviendo las judías y friendo la carne y la galleta —a veces incluso la harina— en la grasa de cerdo. Combinada con la enfermedad, la dieta representaba un desastre para miles de estómagos, y no había letrinas. Los hombres defecaban donde les venía en gana, por lo general detrás de las tiendas, aunque muchos con problemas intestinales sólo llegaban al espacio comprendido entre su tienda y la del vecino. En todo el campo flotaban efluvios que recordaban los del *War Hawk*, y Rob J. llegó al convencimiento de que todo el ejército olía a mierda.

Se dio cuenta de que no podía hacer nada con respecto a la dieta, al menos inmediatamente, pero estaba decidido a mejorar las condiciones. La tarde siguiente, después de visitar a los enfermos, se acercó a un sargento de la compañía C, primer batallón, que instruía a media docena de hombres en el uso de la bayoneta.

—Sargento, ¿sabe dónde hay algunas palas?

—¿Palas? Claro que lo sé —respondió el sargento con cautela.

—Bien, pues quiero que traiga una para cada uno de estos hombres y que caven una zanja —le indicó Rob J.

—¿Una zanja, señor? —El sargento contempló la curiosa figura vestida con el traje negro holgado, la camisa arrugada, la corbata de lazo y el sombrero de paisano, de ala ancha.

—Sí, una zanja —confirmó Rob J.—. Exactamente aquí. De tres metros de largo, un metro de ancho y dos metros de profundidad.

El médico civil era un hombre corpulento. Parecía muy decidido. Y el sargento sabía que ostentaba el grado de teniente, aunque vistiera de paisano.

Pocos minutos después el coronel Hilton y el capitán Irvine, de la compañía C del primer batallón, se acercaron a los seis hombres que cavaban laboriosamente bajo la atenta mirada de Rob J. y del sargento.

—¿Qué demonios es esto? —le preguntó el coronel Hilton al sargento, que abrió la boca y miró a Rob J.

—Están cavando un pozo negro, coronel —le informó Rob J.

—¿Un pozo negro?

—Sí, señor, una letrina.

—Sé lo que es un pozo negro. Pero es mejor que dediquen el tiempo a practicar con la bayoneta. Muy pronto estos hombres entrarán en combate. Les estamos enseñando a matar rebeldes. Este regimiento va a disparar a los confederados, a pasarlos por la bayoneta, a apuñalarlos, y si es necesario nos cagaremos y mearemos en ellos hasta matarlos. Pero no cavaremos letrinas.

Uno de los hombres que usaba la pala lanzó una risotada. El sargento estaba observando a Rob J., sonriendo burlonamente.

—¿Ha quedado claro, médico auxiliar interino?

Rob J. no sonrió.

—Sí, coronel.

Así fue el cuarto día que pasó con el 106. Aún quedaban ochenta y seis días más, que transcurrieron muy lentamente y fueron contados con todo cuidado.

50

Una carta del hijo

Cincinatti, Ohio
12 de enero de 1863

Querido papá:
¡Reclamo el escalpelo de Rob J.!

El coronel Peter Brandon, primer ayudante del médico jefe William A. Hammond, pronunció el discurso en la ceremonia de entrega de diplomas. Algunos dijeron que fue un discurso excelente, pero a mí me decepcionó. El doctor Brandon nos dijo que los médicos se han ocupado de las necesidades médicas de sus ejércitos a lo largo de toda la historia. Puso montones de ejemplos: los hebreos de la Biblia, los griegos, los romanos, etc. Luego nos habló de las espléndidas oportunidades que el ejército de Estados Unidos ofrece en tiempos de guerra a un médico, los salarios y la satisfacción que uno siente cuando sirve a su país. Nosotros esperábamos que evocara las antiguas glorias de nuestra nueva profesión —Platón y Galeno, Hipócrates y Andrea Vesalio— y él nos dio un discurso de reclutamiento. Por otra parte, era innecesario. Más de diecisiete de los treinta y seis médicos de mi clase ya han hecho los trámites necesarios para ingresar en el departamento médico del ejército.

Aunque me habría encantado ver a mamá, me sentí

aliviado por su decisión de no emprender el viaje a Cincinnati. Los trenes, los hoteles, etc., están tan atestados y sucios en estos tiempos, que una mujer que viaje sola podría sentirse incómoda, como mínimo. Eché de menos sobre todo tu presencia, lo que me da otra razón para odiar la guerra. El padre de Paul Cooke, que vende piensos y granos en Xenia, estuvo en la ceremonia de entrega de diplomas y después nos llevó de comilona, y brindamos con vino y hubo grandes felicitaciones. Paul es uno de los que van a ingresar directamente en el ejército. Resulta engañoso porque es un joven muy divertido, pero fue el más brillante de nuestra clase y le otorgaron el *summa cum laude*. Yo lo ayudaba en el laboratorio, y él me ayudó a ganar mi *magna cum laude*, porque cada vez que terminaba de leer un trabajo me hacía preguntas mucho más complicadas que las que nos planteaba cualquiera de los profesores.

Después de la cena, él y su padre fueron a la Pike's Opera House a escuchar un concierto de Adelina Patti, y yo regresé a la Policlínica. Sabía muy bien lo que quería hacer. Hay un túnel revestido de ladrillos que corre por debajo de la calle Ninth, entre la facultad y el edificio principal del hospital. Está reservado exclusivamente para los médicos. Con el fin de que se encuentre despejado durante las emergencias, está prohibido el acceso a los estudiantes de medicina, que deben pasar por la calle. Bajé al sótano de la facultad todavía con mentalidad de estudiante, y entré en el túnel iluminado por las lámparas. Y en cierto modo, cuando lo atravesaba hasta llegar al hospital, me sentí médico por primera vez.

Papá, he aceptado un nombramiento de dos años como funcionario interno del hospital del sudoeste de Ohio. La paga es de sólo trescientos dólares al año, pero el doctor Berwyn dice que eso me llevará a tener buenos ingresos como cirujano. «Nunca subestimes la importancia de tus ingresos —me dijo—. Debes recordar que la persona que se queja amargamente de las ganancias de los médicos, por lo general no es médico.»

Aunque es una situación embarazosa, tengo la maravillosa suerte de que el doctor Berwyn y el doctor McGowan se pelean por ver quién me tendrá bajo su ala. El otro día, Barney McGowan me trazó este plan para el futuro: trabajaré con él durante unos años como ayudante, y luego él se encargará de que me designen profesor auxiliar de anatomía. De este modo, dice, cuando él se retire yo estaré en condiciones de ocupar el cargo de profesor de patología.

Entre los dos me aturdieron, porque mi sueño siempre ha sido ser simplemente médico. Al final decidieron un programa que a mí me resulta ventajoso; tal como hice durante mi trabajo de verano, pasaré las mañanas en la sala de operaciones con Berwyn y dedicaré las tardes a la patología, con McGowan, con la única diferencia de que en lugar de hacer el trabajo sucio como estudiante, lo haré como médico. A pesar de la amabilidad de ambos, no sé si al final decidiré establecerme en Cincinnati. Echo de menos la vida en un sitio pequeño en el que conozco a la gente.

Cincinnati es más sudista en sus sentimientos que Holden's Crossing. Billy Henried nos confió a unos pocos amigos íntimos que después de graduarse se unirá al ejército confederado como cirujano. Hace un par de noches fui a una cena de despedida con él y con Cooke. Fue una cena tensa y triste, porque cada uno sabía a dónde iba ir el otro.

La noticia de que el presidente Lincoln ha firmado una proclama garantizando la libertad a los esclavos ha provocado grandes iras. Sé que no sientes simpatía por el presidente debido a su participación en la destrucción de los sauk, pero yo lo admiro por liberar a los esclavos, al margen de cuáles sean sus razones políticas. Los partidarios del Norte que hay por aquí parecen capaces de hacer cualquier sacrificio cuando saben que es para salvar la Unión, pero no quieren que el objetivo de la guerra sea la abolición de la esclavitud. La mayoría de ellos parecen no estar preparados para pagar con su sangre si el propósito de la lucha es liberar a los negros. Las pérdidas han sido aterradoras en batallas como la de Second Bull Run y Antietam. Ahora corre el rumor de una matanza en Fredericksburg, donde fueron eliminados casi trece mil soldados federales mientras intentaban ocupar las posiciones del Sur. Esto ha provocado la desesperación de mucha gente con la que he hablado.

Me preocupo constantemente por ti y por Alex. Tal vez te moleste saber que he empezado a rezar, aunque no sé a quién ni a qué, y sólo pido que regreséis a casa.

Por favor, haz todo lo que puedas por cuidar tu salud tanto como la de los demás, y recuerda que hay quien cifra su vida en tu fortaleza y tu bienestar.

Tu hijo que te quiere,

Chamán
(¡Doctor! Robert Jefferson Cole)

51

El trompa

Vivir en una tienda y volver a dormir en el suelo no resultó tan duro como Rob J. había imaginado. Lo más difícil era responder a las preguntas que lo atormentaban: por qué demonios estaba allí, y cuáles serían las consecuencias de esta terrible guerra civil. Las cosas seguían saliendo mal para la causa del Norte. «No hay forma de que ganemos», le comentó el comandante G. H. Woffenden en uno de sus momentos menos alcoholizados.

La mayor parte de los soldados con los que vivía Rob J. bebían en exceso cuando estaban fuera de servicio, sobre todo el día siguiente a la paga. Bebían para olvidar, para recordar, para celebrar, para compadecerse unos de otros. Los jóvenes sucios y a menudo borrachos eran como gallos de riña atados, aparentemente inconscientes de la muerte que se cernía sobre ellos, esforzándose por alcanzar a su enemigo natural, otros norteamericanos que sin duda estaban igualmente sucios y se emborrachaban con la misma frecuencia.

¿Por qué estaban tan ansiosos por matar soldados confederados? Muy pocos lo sabían realmente. Rob J. veía que la guerra había tomado para ellos una consistencia y un significado que iban más allá de las razones y las causas. Ansiaban luchar porque la guerra existía, y porque había sido declarado oficialmente admirable y patriótico matar. Eso era suficiente. Quería gritarles, encerrar a los generales y a los políticos en una habitación oscura como si fueran niños errantes y estúpidos, cogerlos por el cogote, sacudirlos y preguntarles: ¿Qué os ocurre? ¿Qué os ocurre?

En cambio visitaba a los enfermos todos los días, y repartía ipecacuana y quinina, y tenía cuidado de mirar dónde pisaba, como quien ha construido su hogar en una enorme perrera.

En su último día con el 106 de Kansas, Rob J. buscó al habilitado y recogió sus ochenta dólares; luego fue a su tienda, se colgó el *Mee-shome* del hombro y cogió su maleta. El comandante G. H. Woffenden, acurrucado en su poncho, no abrió los ojos ni se molestó en decirle adiós.

Cinco días antes, los hombres del 176 de Pensilvania habían embarcado desordenadamente en los barcos de vapor y, según se rumoreaba, eran trasladados al sur para combatir en el Mississippi. Ahora había desembarcado el 131 de Indiana, que levantaba sus tiendas donde había acampado el regimiento de Pensilvania. Cuando Rob J. buscó al comandante, encontró a un coronel con cara de niño, de veintitantos años, llamado Alonzo Symonds. El coronel Symonds dijo que estaba buscando un médico. El que tenía hasta ese momento había concluido el alistamiento de tres meses y había regresado a Indiana, y nunca habían tenido médico auxiliar. Preguntó cuidadosamente al doctor Cole y pareció impresionado por lo que oyó, pero cuando Rob J. empezó a decir que antes de firmar debían tenerse en cuenta ciertas condiciones, el coronel Symonds pareció inseguro.

Rob J. había llevado un registro detallado de sus visitas a los enfermos del 106.

—El treinta y seis por ciento de los hombres estaban en cama o venían a consultarme. Había días en que el porcentaje era más alto. ¿Qué me dice de su lista de enfermos?

—Hemos tenido muchos —reconoció Symonds.

—Coronel, si usted me ayuda puedo darle más hombres sanos.

Hacía sólo cuatro meses que Symonds era coronel. Su familia era propietaria de una fábrica en Fort Wayne donde se hacían tubos de cristal de lámparas, y él sabía lo ruinosos que pueden resultar los trabajadores enfermos. El 131 de Indiana se había formado sólo cuatro meses antes con tropas no aguerridas, y al cabo de unos días habían sido enviados a una misión de piquete en Tennessee. El coronel se consideraba afortunado de que sólo hubieran tenido dos escaramuzas lo suficientemente serias para poder decir que habían estado en contacto con el enemigo. Había tenido dos muertos y un herido, pero un día habían caído tantos hombres a causa de la fiebre que si lo hubieran sabido los confederados podrían haber bailado el vals encima del regimiento sin ningún problema.

—¿Qué debo hacer?

—Sus tropas están levantando las tiendas sobre las pilas de excrementos que ha dejado el 176 de Pensilvania. El agua de aquí es mala y beben la del río, que está contaminada por sus propios desperdicios. Al otro lado del campamento, a menos de un kilómetro y medio, hay un emplazamiento que no ha sido utilizado y que tiene manantiales puros que darían agua buena durante todo el invierno, si usted está dispuesto a colocar tuberías.

—¡Santo Dios! Un kilómetro y medio es demasiado para reunirnos a hablar con otros regimientos, o para que sus oficiales vengan a verme si quieren hablar conmigo.

Se observaron atentamente y el coronel Symonds tomó una decisión. Fue a hablar con el sargento mayor.

—Ordene que se desmonten las tiendas, Douglass. El regimiento se va a trasladar.

Luego regresó y siguió haciendo tratos con el complicado médico.

Rob J. volvió a rechazar la posibilidad de recibir un nombramiento. Solicitó ser aceptado como médico auxiliar interino, con un contrato de tres meses.

—De esa forma, si no consigue lo que quiere puede marcharse —observó con astucia el coronel. El médico no lo negó, y el coronel Symonds preguntó—: ¿Qué más quiere?

—Letrinas —dijo Rob J.

El suelo era firme pero aún no se había helado. En una sola mañana se cavaron las zanjas y se colocaron los troncos en los bordes de las mismas. Cuando se dio a todas las compañías la orden de que defecar u orinar en cualquier sitio que no fueran las zanjas destinadas al efecto comportaría un rápido y severo castigo, los hombres se mostraron resentidos. Necesitaban odiar y ridiculizar a alguien, y Rob J. se dio cuenta de que cubría esa necesidad. Cuando pasaba entre los soldados, éstos se daban codazos y lo miraban de arriba abajo y sonreían cruelmente al ver la ridícula figura vestida con el traje de paisano cada vez más raído.

El coronel Symonds no les dio la posibilidad de perder mucho tiempo quejándose. Dedicó cuatro días a una serie de trabajos para construir varias barracas de troncos y tepe. Eran húmedas y estaban mal ventiladas, pero resultaban bastante más abrigadas que las tiendas, y con un pequeño fuego permitían que los hombres durmieran durante toda la noche en invierno.

Symonds era un buen comandante y se había rodeado de oficiales decentes. El oficial del economato del regimiento era un capitán llamado Mason, y a Rob J. no le resultó difícil explicarle las causas alimentarias del escorbuto, porque podía señalarle ejemplos de los efectos de la enfermedad en las tropas. Los dos cogieron un carro y fueron a Cairo a comprar varios kilos de coles y zanahorias, que pasaron a formar parte del rancho. El escorbuto predominaba aún más entre algunas otras unidades del campamento, pero cuando Rob J. intentó hablar con los médicos de los demás regimientos, tuvo poco éxito. Parecían más conscientes de su papel como oficiales armados que como médicos. Todos iban uniformados, dos de ellos llevaban espada como si fueran oficiales de carrera, y el médico del regimiento de Ohio lucía unas charreteras con flecos como las que Rob J. había visto una vez en un retrato de un presumido general francés.

En contraste, él insistía en seguir siendo un civil. Cuando un sargento encargado de la intendencia le entregó una chaqueta de lana azul en agradecimiento por haberle aliviado los retortijones de estómago, él la aceptó de buen grado pero la llevó a la ciudad y la hizo teñir de negro y cambiar los botones por unos normales de hueso. Le gustaba pensar que aún era un médico rural que se había mudado transitoriamente a otra ciudad.

En muchos sentidos el campamento era como una pequeña ciudad, aunque habitada exclusivamente por hombres. El regimiento contaba con su oficina de correos propia, al frente de la cual estaba un cabo llamado Amasa Decker que hacía las veces de jefe de correos y de cartero. Los miércoles por la noche la banda ofrecía conciertos en el campo de instrucción, y a veces, cuando tocaban canciones populares como *Escucha el canto del sinsonte*, o *Ven donde sueña mi amor*, o *La chica que dejé*, los hombres cantaban. Los cantineros llevaban variedad de mercancías al campo. Con trece dólares al mes, el soldado medio no podía permitirse comprar demasiado queso a cincuenta centavos la libra, ni leche condensada a setenta y cinco centavos la lata, pero compraban el licor de los cantineros. Rob J. se permitía varias veces por semana comer galletas de melaza, seis por veinticinco centavos. Un fotógrafo había puesto un negocio en una tienda de campaña, y un día Rob J. le pagó un dólar para que le hiciera una foto en ferrotipo, rígido y serio, que le envió a Sarah enseguida como prueba de que aún estaba vivo y la amaba.

Después de llevar en una ocasión a tropas no aguerridas a un territorio en disputa, el coronel Symonds decidió que nunca más entrarían en combate sin estar preparados. A lo largo del invierno entrenó a fondo a sus soldados. Realizaban marchas de más de cuarenta kilómetros que producían nuevos pacientes para Rob J., porque algunos hombres sufrían tirones musculares por cargar con todo el equipo o con los pesados mosquetes. Otros se ocasionaban hernias por llevar pesadas cajas de cartuchos colgadas del cinturón. Los batallones se entrenaban constantemente en el uso de las bayonetas, y Symonds los obligaba a practicar la complicada carga de los mosquetes una y otra vez: «Arrancad con los dientes la punta del cartucho envuelto en papel como si estuvierais furiosos. Colocad la pólvora en el cañón, meted el proyectil y luego el papel para formar un taco, y apretadlo todo haciendo presión. Coged una cápsula de la cartuchera y colocadla en la chimenea de la recámara. Apuntad esa maravilla y... ¡fuego!»

Lo hacían una y otra vez, lo repetían incesantemente. Symonds le contó a Rob J. que quería que estuvieran en condiciones de cargar el arma y disparar cuando fueran despertados por algún ruido, cuando estuvieran paralizados por el pánico, mientras las manos les temblaran de entusiasmo o de miedo.

De la misma forma, para que aprendieran a obedecer las órdenes sin vacilar ni protestar a los oficiales, el coronel los hacía marchar incesantemente en orden cerrado. Muchas mañanas, cuando el terreno estaba cubierto de nieve, Symonds pedía prestado al departamento de carreteras de Cairo las enormes apisonadoras de madera, y un tiro de caballos del ejército las arrastraba por el terreno hasta dejarlo aplastado y duro para que las compañías entrenaran un poco más mientras la banda del regimiento tocaba marchas y pasos ligeros.

Un luminoso día de invierno, mientras recorría el lugar de instrucción, lleno de batallones de hombres que se entrenaban, Rob J. echó un vistazo a la banda y vio que uno de los trompas tenía una mancha de color oporto en la cara. El hombre llevaba el pesado instrumento de metal apoyado en el hombro izquierdo, y el largo tubo despedía destellos dorados bajo el sol invernal, y mientras soplaba la boquilla —estaban tocando *Salud, Columbia*— las mejillas se le inflaban completamente y se le aflojaban, una y otra vez. Y cuando las mejillas del hombre se llenaban de aire, la marca de color púrpura que tenía debajo del ojo derecho se oscurecía, como si fuera una señal.

Durante nueve largos años Rob J. se había puesto tenso

al ver a un hombre con una mancha en la cara, pero ahora simplemente se dispuso a atender a los enfermos y siguió caminando automáticamente, al ritmo de la insistente música, hasta la tienda que hacía las veces de dispensario.

A la mañana siguiente, cuando vio que la banda marchaba en dirección al terreno de instrucción para la revista del primer batallón, buscó al trompa de la cara manchada, pero el hombre no estaba.

Rob J. se encaminó a la fila de chozas en las que vivían los miembros de la banda y enseguida se topó con el hombre, que quitaba unas prendas congeladas del tendedero.

—Está más tiesa que la polla de un muerto —le comentó el hombre en tono enojado—. No sé qué sentido tiene que nos hagan pasar revista en pleno invierno.

Rob J. fingió darle la razón, pues las revistas habían sido sugerencia suya para obligar a los hombres a lavar al menos algunas prendas.

—Tiene el día libre, ¿eh?

El hombre le dedicó una mirada hosca.

—Yo no marcho. Soy cojo.

Mientras se alejaba cargado de ropa congelada, Rob J. lo observó. El trompa habría destruido la simetría de la formación militar. Su pierna derecha parecía ligeramente más corta que la izquierda, y caminaba con una visible cojera.

Rob J. entró en su choza y se sentó sobre su poncho en la fría penumbra, con la manta sobre los hombros.

Nueve años. Recordaba aquel día con toda claridad. Evocó cada una de las visitas domiciliarias que había hecho mientras Makwa-ikwa era violada y asesinada.

Pensó en los tres hombres que habían llegado a Holden's Crossing exactamente antes del asesinato y que luego habían desaparecido. En nueve años no había logrado averiguar nada sobre ellos, salvo que bebían «como esponjas».

Un falso predicador, el reverendo Ellwood Patterson, al que había tratado de una sífilis.

Un hombre gordo y fuerte llamado Hank Cough.

Un joven delgado al que llamaban Len y Lenny, que tenía una mancha de color oporto en la cara, debajo del ojo derecho. Y era cojo.

Ya no era delgado, si es que era él. Pero ahora tampoco era joven.

Rob J. pensó que probablemente no era éste el hombre que buscaba. Seguramente en Estados Unidos había más de un hombre con una mancha en la cara, y cojo.

Se dio cuenta de que no quería que fuera éste el hombre. Se enfrentó al hecho de que en realidad ya no quería encontrarlos. ¿Qué podía hacer si el trompa era Lenny? ¿Cortarle el pescuezo?

La impotencia se apoderó de él.

La muerte de Makwa era algo que había logrado guardar en un compartimiento separado de su mente. Ahora ese compartimiento había quedado abierto, como una caja de Pandora, y sintió que un frío casi olvidado empezaba a crecer en su interior, un frío que no tenía nada que ver con la temperatura de la choza.

Salió y caminó hasta la tienda que hacía las veces de despacho del regimiento. El sargento mayor se llamaba Stephen Douglass, que se escribía con una ese más que el nombre del senador. Se había acostumbrado a ver al médico haciendo sus archivos personales. Le había comentado a Rob J. que jamás había visto un cirujano del ejército tan aficionado a llevar registros médicos completos.

—¿Más papeleo, doctor?

—Un poco.

—Cójalo usted mismo. El enfermero ha ido a buscar un poco de café caliente. Siempre viene bien beber un poco. Simplemente procure no chorrear mis malditos archivos.

Rob J. le prometió que tendría cuidado.

La banda estaba archivada bajo Compañía del Cuartel General. El sargento Douglass guardaba los archivos de cada compañía en una caja gris separada. Rob J. encontró la caja correspondiente a Compañía del Cuartel General, y dentro un grupo de historiales médicos atados con una cuerda, como un fajo diferenciado, con la inscripción «Banda del regimiento 131 de Indiana».

Pasó los historiales uno por uno. En la banda no había nadie que se llamara Leonard, pero cuando Rob J. encontró la ficha, supo al instante y sin vacilaciones que correspondía a ese hombre, de la misma forma que a veces sabía si alguien viviría o moriría.

Ordway, Lanning A., soldado raso. Lugar de residencia, Vincennes, Indiana. Reclutamiento de un año, 28 de julio de 1862. Reclutamiento, Fort Wayne. Nacimiento, Vincennes, Indiana, 11 de noviembre de 1836. Estatura, 1,72 m. Tez blanca. Ojos grises. Pelo castaño. Reclutado para servicio limitado como músico (corneta mi bemol) y trabajos generales, debido a incapacidad física.

52

Movimiento de tropas

Algunas semanas después de que expirara el contrato de Rob, el coronel Symonds fue a hablar con él de la renovación. Para entonces las fiebres de la primavera ya habían empezado a asolar los otros regimientos, pero no el 131 de Indiana. Los hombres del 131 se constipaban a causa de lo empapado que estaba el suelo, y tenían los intestinos flojos debido a la alimentación, pero las colas de enfermos de Rob J. eran las más cortas que había visto desde que había empezado a trabajar en el ejército. El coronel Symonds sabía que había tres regimientos afectados por la fiebre y por los escalofríos típicos de la malaria, y que los hombres del suyo estaban relativamente sanos. Algunos de los hombres mayores, que jamás tendrían que haber estado allí, habían sido enviados a casa. La mayor parte de los que quedaban tenían piojos, los pies y el cuello mugriento, y comezón en la espalda, y bebían demasiado whisky. Pero estaban delgados y fuertes debido a las largas marchas, bien preparados gracias al entrenamiento constante, y entusiasmados y con los ojos brillantes porque en cierto modo el médico auxiliar interino, Cole, los había preparado durante el invierno para que entraran en servicio, tal como había prometido. De los seiscientos hombres que formaban el regimiento, siete habían muerto durante el invierno, lo que representaba un índice de mortandad del doce por mil. En los otros tres regimientos había muerto el cincuenta y ocho por mil, y ahora que había llegado la época de las fiebres ese promedio seguramente iba a aumentar.

De modo que el coronel fue a hablar con el médico. Se mostró razonable, y Rob J. firmó el contrato por otros tres meses sin vacilar. Sabía cuándo se encontraba en una situación ventajosa.

Lo que tenían que hacer ahora, le dijo a Symonds, era conseguir una ambulancia para utilizarla cuando el regimiento entrara en combate.

La comisión sanitaria civil había presionado a la secretaría de guerra hasta que finalmente había logrado que las ambulancias y los camilleros formaran parte del ejército del Potomac, pero el movimiento de reforma se había detenido en esa fase, sin proporcionar cuidados similares a los heridos de las unidades del sector del oeste.

—Tendremos que espabilarnos —comentó Rob J.

Él y Symonds se sentaron cómodamente delante de la tienda que hacía las veces de dispensario; el humo de los puros que fumaban flotaba en el tibio aire primaveral mientras Rob J. le hablaba al coronel de su travesía hasta Cincinnati en el *War Hawk*.

—Hablé con hombres que estuvieron tendidos en el campo de batalla durante dos días después de caer heridos. Fue una suerte que lloviera, porque no tenían agua. Un hombre me contó que por la noche los cerdos se habían acercado hasta allí y habían empezado a comer los cuerpos. Algunos de ellos todavía no estaban muertos.

Symonds asintió. Conocía muy bien los terribles detalles.

—¿Qué necesita?

—Cuatro hombres de cada compañía.

—Usted quiere un pelotón completo para trasladar las camillas —le dijo Symonds, sorprendido—. A este regimiento le faltan efectivos. Para ganar batallas necesito combatientes, no camilleros. —Observó la punta de su puro—. Hay demasiados viejos e incapacitados que no deberían haber sido reclutados. Coja algunos de ésos.

—No. Necesitamos hombres lo suficientemente fuertes para salvar a otros de los disparos y ponerlos a resguardo. No es una tarea que puedan realizar hombres viejos y enfermos. —Rob J. contempló el rostro preocupado de aquel joven al que había llegado a admirar y compadecer. Symonds apreciaba a sus soldados y quería protegerlos, pero tenía la nada envidiable misión de derrochar las vidas humanas como si fueran balas, o raciones de comida, o trozos de madera para el fuego—. Supongamos que utilizo los hombres de la banda del regimiento —sugirió Rob J.—. Pueden tocar la mayor parte del tiempo, y después de una batalla pueden trasladar las camillas.

El coronel Symonds asintió, aliviado.

—Fantástico. Averigüe si el director de la banda le cede algunos hombres.

Warren Fitts, el director de la banda, había sido zapatero durante dieciséis años, hasta que fue reclutado en Fort Wayne. Había recibido una educación musical rigurosa, y de joven había intentado a lo largo de varios años abrir una escuela de música en South Bend. Cuando se fue de esa ciudad dejando varias deudas, se dedicó con amargo alivio al oficio de zapatero, que había aprendido de su padre; éste había sido un buen maestro, y él era un buen zapatero. Llevaba una vida modesta pero desahogada, y además daba lecciones de música y enseñaba a tocar el piano y algunos instrumentos de viento. La guerra había renovado sueños que él creía acabados y descartados. A los cuarenta años se le presentaba la oportunidad de alistarse en una banda militar y moldearla como quisiera. Para encontrar músicos suficientes para la banda había tenido que indagar el talento musical de toda la zona de Fort Wayne, y escuchó azorado al cirujano, que le sugería utilizar a algunos de sus hombres como camilleros.

—¡Jamás!

—Sólo tendrán que estar conmigo una parte del tiempo —le aseguró Rob J.—. El resto del tiempo estarán con usted.

Fitts intentó ocultar su desdén.

—Todos los músicos deben entregarse totalmente a la banda. Cuando no están tocando, deben ensayar y estudiar.

Gracias a su propia experiencia con la viola de gamba, Rob J. sabía que el director tenía razón.

—¿No tiene instrumentos para los que le sobren intérpretes? —preguntó pacientemente.

La pregunta tocó una cuerda sensible de Fitts. Su situación como director de la banda era lo más parecido al sueño que jamás había alcanzado, y tenía el buen cuidado de que su propio aspecto, y el de la banda, fueran merecedores de su función de artistas. Fitts tenía una abundante cabellera canosa. Llevaba la cara bien afeitada y unos bigotes bien recortados; se arreglaba las puntas con cera y se los atusaba. Su uniforme siempre estaba impecable y los músicos sabían que debían tener bruñidos los cobres, los uniformes limpios y las botas bien lustradas. Debían marchar con elegancia, porque cuando el director se pavoneaba blandiendo la batuta quería ser seguido por una banda que estuviera a su altura. Pero había algunos que echaban a perder esta imagen...

—Wilcox, Abner —respondió—. Toca el bugle.

Wilcox tenía un ojo visiblemente desviado hacia fuera. A Fitts le gustaban los músicos que tuvieran belleza física, además de talento. No soportaba ver ningún tipo de defecto que estropeara la clara perfección de su orquesta, y le había asignado a Wilcox las misiones que sobraban como intérprete de bugle.

—Lawrence, Oscar. Tambor —añadió.

Éste era un torpe joven de dieciséis años cuya falta de coordinación no sólo lo convertía en un mal tambor sino que a menudo le hacía perder el ritmo cuando desfilaba la banda, y su cabeza a veces se balanceaba a un ritmo distinto de las cabezas de los demás.

—Ordway, Lanning —declaró Fitts, y el cirujano hizo una extraña inclinación de cabeza—. Corneta mi bemol.

Era un músico mediocre y conductor de uno de los carros de la banda; a veces trabajaba como peón. Adecuado para tocar la trompa cuando ofrecían música a las tropas los miércoles por la noche, o cuando ensayaban sentados en sillas, en el campo de instrucción; pero la cojera le impedía marchar sin destruir el efecto militar.

—Perry, Addison. Flautín y pífano.

Mal músico y descuidado con su persona y su arreglo. Fitts estaba encantado de librarse de semejante inútil.

—Robinson, Lewis. Corneta soprano.

En su fuero interno, Fitts admitía que Robinson era un buen músico, pero también una fuente de irritación, un sabelotodo con pretensiones.

En varias ocasiones Robinson le había mostrado a Fitts piezas que, según él, eran composiciones originales, y le había preguntado si la banda podría tocarlas. Afirmaba que tenía experiencia como director de una filarmónica de la comunidad en Columbus, Ohio. Fitts no quería a nadie que mirara por encima de su hombro o que metiera las narices en todo.

—¿Y...? —le preguntó el cirujano.

—Y nadie más —dijo el director de la banda con satisfacción.

Rob J. había observado a Ordway de lejos durante todo el invierno. Estaba nervioso porque aunque a Ordway todavía le quedaba mucho tiempo de servicio, no era difícil para un soldado desertar y desaparecer. Pero lo que mantenía a la mayoría dentro del ejército también contaba para Ordway, que fue uno de los cinco soldados rasos que se presentó ante Rob J.; no era un hombre de aspecto desagradable —si se tiene en cuenta que era un presunto asesino—, salvo los ojos ansiosos y húmedos.

Ninguno de los cinco soldados se alegró al conocer su nueva ocupación. Lewis Robinson reaccionó con pánico.

—¡Yo debo tocar música! Soy músico, no médico.

Rob J. lo corrigió.

—Camillero. De momento es usted camillero —le dijo, y los demás supieron que les hablaba a todos.

Puso al mal tiempo buena cara y le pidió al director de la banda que renunciara a contar con esos hombres, y ganó este favor con sospechosa facilidad. Para prepararlos empezó por lo más elemental: les enseñó a enrollar y preparar vendajes, simuló diversos tipos de heridas y les enseñó a aplicar el vendaje adecuado. También les explicó cómo mover y transportar a los heridos, y proporcionó a cada uno una pequeña mochila que contenía vendajes, un recipiente con agua fresca, y opio y morfina en polvo y en pastillas. El serón del ejército contenía varias tablillas, pero a Rob J. no le gustaban, de modo que pidió madera con la que los camilleros pudieron hacer sus propias tablillas bajo su exigente dirección. Abner Wilcox resultó ser un carpintero competente y además innovador. Hizo una serie de camillas excelentes y de poco peso, estirando la lona entre dos palos. El oficial del economato ofreció un cabriolé de dos ruedas para utilizarlo como ambulancia, pero Rob J. había pasado años recorriendo caminos en mal estado para visitar a sus enfermos y sabía que para evacuar heridos en un terreno desigual necesitaba la seguridad de las cuatro ruedas. Encontró un carro en buenas condiciones, y Wilcox hizo los costados y un techo para cerrarlo. Lo pintaron de negro, y Ordway copió hábilmente el caduceo médico impreso en el serón y pintó uno a cada lado de la ambulancia, con pintura plateada. Rob J. consiguió que el oficial de remonta le cediera un par de caballos de tiro feos pero fuertes, elementos de desecho como el resto del cuerpo de rescate.

Los cinco hombres empezaban a sentir un involuntario orgullo de grupo, pero Robinson estaba preocupado por los riesgos crecientes de su nueva misión.

—Habrá peligro, por supuesto —dijo Rob J.—. La infantería que está en el frente también corre peligro, y hay peligro en la carga de la caballería, de lo contrario no se necesitarían camilleros.

Rob J. siempre había sabido que la guerra corrompe, pero ahora se dio cuenta de que lo había corrompido a él tanto como a cualquiera. Él había dispuesto de la vida de estos cinco jóvenes de manera que ahora se esperaba que fueran una y otra vez a recoger a los heridos, como si estuvieran inmunizados contra los disparos de los mosquetes y de la artillería; y estaba intentando distraerlos diciéndoles que eran miembros de la generación de la muerte. Sus palabras y su actitud engañosas pretendían rechazar su propia responsabilidad, mientras trataba desesperadamente de creer con ellos que ahora no estaban peor que cuando sus vidas se veían complicadas sólo por el estúpido temperamento de Fitts, y por la expresión que lograban dar a la interpretación de los valses, las polcas y las marchas ligeras.

Los distribuyó en equipos: Perry con Lawrence; Wilcox con Robinson.

—¿Y yo? —preguntó Ordway.

—Usted no se separará de mí —le informó Rob J.

El cabo Amasa Decker, el cartero, había llegado a conocer a Rob J. porque siempre tenía correspondencia de Sarah, que le escribía cartas largas y apasionadas. El hecho de que su esposa fuera tan ardiente siempre había constituido uno de sus principales atractivos para Rob J., y él a veces se sentaba en su barraca y se dedicaba a leer todas las cartas, tan transportado por el deseo que creía sentir el perfume de ella. Aunque en Cairo había mujeres en abundancia, desde las que cobraban hasta las patriotas, él no había intentado siquiera acercarse a ellas. Sufría la maldición de la fidelidad.

Pasaba la mayor parte del tiempo libre escribiendo cartas tiernas y estimulantes como contrapartida a la angustiosa pasión de Sarah. A veces le escribía a Chamán, y siempre tomaba notas en su diario. En ocasiones se tendía sobre su poncho y pensaba cómo podría sonsacarle a Ordway lo que había ocurrido el día del asesinato de Makwa-ikwa. Sabía que de alguna manera tenía que ganarse la confianza de Ordway.

Pensó en el informe que la Feroz Miriam le había entregado sobre los Ignorantes y su Orden Suprema de la Bandera Estrellada. Quien hubiera escrito ese informe —él siempre imaginaba que había sido un sacerdote que actuaba de espía—, se había hecho pasar por un protestante anticatólico. ¿Podría dar resultado esa misma táctica? Tenía el informe guardado en Holden's Crossing, con el resto de sus papeles. Pero lo había leído tantas veces y tan atentamente que descubrió que recordaba los signos y las señales, las palabras en clave y las contraseñas, toda una panoplia de comunicación secreta que podría haber sido inventada por un niño dotado de una imaginación demasiado activa.

Rob J. hacía ejercicios de entrenamiento con los camilleros, en los que uno de ellos desempeñaba el papel de herido, y descubrió que mientras dos hombres podían colocar a un hombre en la camilla y levantarlo para ponerlo en la ambulancia, esos mismos hombres se cansaban enseguida y podían caer desplomados si tenían que trasladar la camilla a una distancia considerable.

—Necesitamos un camillero en cada esquina de la camilla —dijo Perry, y Rob J. sabía que tenía razón.

Pero eso significaba tener una sola camilla disponible, lo cual era del todo insuficiente si el regimiento llegaba a tener algún problema.

Le planteó el problema al coronel.

—¿Qué quiere hacer al respecto? —le preguntó Symonds.

—Disponer de toda la banda. Convertir en cabos a mis cinco camilleros preparados. Cada uno de ellos puede capitanear una camilla en situaciones en las que haya muchos heridos, y podemos asignar otros tres músicos a cada cabo. Si los soldados tuvieran que elegir entre tener músicos que toquen maravillosamente bien durante una batalla y músicos que les salven la vida si resultan heridos, sé qué elegirían.

—Ellos no lo harán —puntualizó Symonds en tono seco—. Aquí soy yo el que escoge.

Y lo hizo correctamente. Los cinco camilleros se cosieron una cinta a la manga, y cuando Fitts se cruzaba con Rob J. ni siquiera lo saludaba.

A mediados de mayo empezó a hacer calor. El campamento estaba instalado en la confluencia del Mississippi y el Ohio, ambos llenos de desperdicios del campamento. Pero Rob J. le entregó una pastilla de jabón tosco a cada hombre del regimiento y las compañías iban de una en una hasta un tramo limpio del Ohio, corriente arriba, donde todos debían desnudarse y bañarse. Al principio entraban en el agua maldiciendo y gruñendo, pero la mayor parte de ellos habían crecido en un ambiente rural y no podían resistir la tentación de nadar, y el baño degeneraba en chapoteo y jarana. Cuando salían eran inspeccionados por sus sargentos, que ponían especial énfasis en la cabeza y los pies, y algunos eran enviados otra vez a lavarse, ante las burlas de sus compañeros.

Algunos uniformes estaban raídos y apolillados, hechos con tela de baja calidad. Pero el coronel Symonds había adquirido una serie de uniformes nuevos, y cuando fueron distribuidos, los hombres supusieron acertadamente que iban a embarcar. Los dos regimientos de Kansas se habían marchado Mississippi abajo en un barco de vapor. Todo indicaba que habían ido a ayudar al ejército de Grant a tomar Vicksburg, y que el 131 de Indiana los seguiría.

Pero en la tarde del 27 de mayo, mientras la banda de Warren Fitts cometía una serie de errores evidentes pero tocaba con brío, el regimiento fue trasladado a la estación de ferrocarril, y no al río. Hombres y animales fueron cargados en furgones y hubo una espera de dos horas mientras los carros eran atados a las bateas, y al anochecer el 131 se despidió de Cairo, Illinois.

El médico y los camilleros viajaron en el vagón hospital. Cuando partieron de Cairo no había nadie más en el vagón, pero al cabo de una hora un joven soldado raso se desmayó en uno de los furgones y cuando fue trasladado al vagón hospital Rob J. descubrió que estaba ardiendo de fiebre y deliraba. Le hizo lavados de alcohol con esponja y decidió ingresarlo en un hospital civil en la primera oportunidad.

Rob J. estaba fascinado por el vagón hospital, que habría resultado inestimable si estuvieran regresando de una batalla en lugar de ir hacia ella. Una triple fila de camillas ocupaba todo lo largo del vagón a ambos lados del pasillo. Cada camilla estaba inteligentemente suspendida por medio de tiras de caucho que sujetaban sus cuatro esquinas a los ganchos instalados en la pared y en unos postes, de modo que el estiramiento y la contracción del caucho absorbía gran parte del movimiento del tren. Como no había pacientes, los cinco nuevos cabos habían elegido una camilla cada uno y habían coincidido en que si hubieran sido generales no habrían podido viajar más cómodos. Addison Perry, que había demostrado que podía dormitar en cualquier sitio, de día o de noche, ya estaba dormido, lo mismo que Lawrence, el más joven. Lewis Robinson había elegido una camilla apartada de las demás, debajo del farol, y con un pequeño lápiz negro hacía pequeñas rayas en un papel, componiendo música.

No tenían la menor idea de cuál era el destino del viaje. El ruido resultó atronador cuando Rob J. caminó hasta el extremo del vagón y abrió la puerta, pero levantó la vista entre los dos vagones hasta los puntos luminosos del cielo y encontró la Osa Mayor. Siguió las dos estrellas indicadoras del extremo y allí estaba la Estrella Polar.

—Vamos hacia el este —dijo, girándose hacia el interior del vagón.

—¡Mierda! —protestó Abner Wilcox—. Nos envían con el ejército del Potomac.

Lew Robinson dejó de hacer marcas.

—¿Y eso qué tiene de malo?

—El ejército del Potomac jamás ha hecho nada bueno. Para lo único que sirve es para dar vueltas y esperar. Cuando entra en combate, cosa que ocurre muy de vez en cuando, esos inútiles siempre se las arreglan para perder con los rebeldes. Yo quiero estar con Grant. Ese tío sí que es un general.

—Mientras das vueltas y esperas, no te matan —puntualizó Robinson.

—Me revienta ir al este —intervino Ordway—. El mal-

dito este está lleno de irlandeses y de escoria católica romana. Cabrones repugnantes.

—En Fredericksburg nadie lo hizo mejor que la brigada
irlandesa. La mayoría de ellos murieron —opinó Robinson
débilmente.

Rob J. no tuvo que pensarlo mucho; fue una decisión
instantánea. Se puso la punta del dedo debajo del ojo derecho y lo deslizó lentamente por el costado de la nariz: la señal con que un miembro de la Orden le indicaba a otro que
estaba hablando demasiado.

¿Funcionó, o fue pura coincidencia? Lanning Ordway lo
observó durante un instante, dejó de hablar y se fue a dormir.

A las tres de la mañana hicieron una parada larga en Louisville, donde una batería de artillería se unió al tren de la tropa. El aire estaba más cargado que en Illinois, pero era más
suave. Los que estaban despiertos bajaron del tren para estirar las piernas, y Rob J. se ocupó de que el cabo enfermo fuera ingresado en el hospital local. Al terminar regresó a la estación y pasó junto a dos hombres que meaban.

—Aquí no hay tiempo para cavar zanjas, señor —dijo
uno de ellos, y se echaron a reír. El médico civil aún era motivo de risa.

Se acercó a los enormes Parrotts de cuatro kilos y medio
y a los obuses de cinco kilos y medio de la batería, que eran
asegurados a las bateas con gruesas cadenas. El cañón era
cargado a la luz amarilla de unas enormes lámparas de calcio
que parpadeaban, proyectando sombras que parecían moverse con vida propia.

—Doctor —dijo alguien suavemente.

El hombre salió de la oscuridad y le cogió la mano, haciendo la señal de reconocimiento. Demasiado nervioso para
sentirse ridículo, Rob J. se esforzó por dar la contraseña
como si la hubiera utilizado muchas veces.

Ordway lo miró.

—Bien —dijo.

53

La larga línea gris

Llegaron a odiar el tren de la tropa. Era una tediosa cárcel con forma de serpiente que se arrastraba lentamente por todo Kentucky y serpenteaba con aire cansino entre las colinas.

Cuando el tren llegó a Virginia, la noticia corrió de vagón en vagón. Los soldados se asomaban a las ventanillas, pensando que se toparían con el enemigo, pero todo lo que vieron fue un paisaje de montañas y bosques. Cuando se detenían en las poblaciones pequeñas para cargar combustible y agua, la gente se mostraba tan amistosa como en Kentucky, porque la zona oeste de Virginia apoyaba a la Unión. Se dieron cuenta enseguida cuando llegaron a la otra zona de Virginia. En las estaciones no había mujeres con jarras de agua fresca de la montaña o limonada, y los hombres tenían rostro suave e inexpresivo, y ojos vigilantes y párpados pesados.

El 131 de Indiana bajó del tren en un lugar llamado Winchester, y ocuparon la ciudad, llenándola de uniformes azules. Mientras eran descargados los caballos y los equipos, el coronel Symonds desapareció en el interior de un edificio que servía como cuartel general, cerca de la estación de ferrocarril, y cuando salió, las tropas y los carros estaban formados en orden de marcha, y se pusieron en camino hacia el sur.

Al firmar el contrato, a Rob J. le habían dicho que el caballo corría de su cuenta, pero en Cairo no había tenido necesidad urgente de disponer de un caballo porque no usaba uniforme ni tomaba parte en los desfiles. Además, allí donde llegaba el ejército, los caballos empezaban a escasear porque la caballería reclamaba todos los que tenía al alcance de la vista, ya fueran animales de carrera o para tirar de un arado. Así que ahora, sin caballo, viajó en la ambulancia, sentado junto al cabo Ordway, que llevaba el tiro. Rob J. aún se sentía tenso en presencia de Lanning Ordway, pero la única pregunta que éste había planteado con cautela era por qué un miembro de la OSBE hablaba «con acento extranjero», refiriéndose a la pronunciación gutural escocesa que en alguna ocasión se deslizaba en el habla de Rob J. Éste le explicó que había nacido en Boston y que de muy joven lo habían llevado a Edimburgo para que estudiara allí, y Ordway pareció satisfecho. Ahora se mostraba alegre y amistoso, evidentemente complacido de trabajar para un hombre que tenía motivos políticos para cuidarlo.

Por un camino de tierra pasaron junto a un mojón que señalaba hacia Fredericksburg.

—¡Dios Todopoderoso! —exclamó Ordway—. Espero que a nadie se le ocurra enviar un segundo grupo de yanquis contra esos artilleros rebeldes que están en las colinas de Fredericksburg.

Rob J. no pudo menos que coincidir.

Varias horas antes del anochecer, el 131 llegó a la orilla del río Tappahannock, y Symonds les indicó que se detuvieran y acamparan.

Convocó una reunión de todos los oficiales delante de su tienda, y Rob J. se quedó a un lado del grupo de uniformados y escuchó.

—Caballeros, durante medio día hemos sido miembros del ejército federal del Potomac, que está a las órdenes del general Joseph Hooker —les dijo Symonds.

Añadió que Hooker había reunido una fuerza de unos ciento veintidós mil hombres, esparcidos en una amplia zona. Robert E. Lee tenía aproximadamente noventa mil confederados en Fredericksburg. La caballería de Hooker había rechazado al ejército de Lee durante mucho tiempo, y estaban convencidos de que Lee se estaba preparando para invadir el Norte en un intento por apartar a las fuerzas de la Unión del sitio de Vicksburg, pero nadie sabía dónde ni cuándo se produciría la invasión.

—En Washington la gente está lógicamente nerviosa —añadió—, porque el ejército confederado está a sólo un par de horas de la Casa Blanca. El 131 viaja para sumarse a otras unidades cerca de Fredericksburg.

Los oficiales consideraron la noticia con seriedad. Distribuyeron retenes en diferentes lugares, y el resto del campamento se retiró a pasar la noche. Después de comer su ración de cerdo y judías, Rob J. se echó hacia atrás y contempló las estrellas de la noche estival. Le resultaba difícil pensar en unas fuerzas tan numerosas. ¡Noventa mil confederados! ¡Ciento veintidós mil soldados de la Unión! Y unos haciendo todo lo posible por matar a los otros.

Era una noche despejada. Los seiscientos catorce soldados del 131 de Indiana durmieron al raso, sin molestarse en levantar las tiendas. La mayor parte de ellos aún arrastraban el constipado del norte, y el sonido de la tos era suficiente para advertir de su presencia a cualquier enemigo cercano. Rob J. tuvo una pesadilla: se preguntaba qué ruido harían ciento veintidós mil hombres tosiendo al mismo tiempo. El médico auxiliar interino se rodeó el cuerpo con los brazos, estremecido. Sabía que si dos ejércitos tan numerosos iban a enfrentarse y luchar, harían falta más hombres que los de toda la banda para trasladar a los heridos.

Les llevó dos días y medio llegar a Fredericksburg. En el camino estuvieron a punto de sucumbir al arma secreta de Virginia: la nigua. El diminuto acárido rojo caía sobre ellos cuando pasaban bajo los árboles, y se pegaba a su piel cuando caminaban entre la hierba. Si se pegaba a sus ropas emigraba hasta llegar a la piel, donde introducía todo su cuerpo para alimentarse de la carne. Pronto los hombres se llenaron de sarpullido entre los dedos de las manos y de los pies, en las nalgas y en el pene. El acárido tenía el cuerpo formado por dos partes: si un soldado veía una de ellas introducirse en su piel e intentaba quitársela, la nigua se partía a la altura de la estrecha cintura, y la porción que ya se había introducido hacía tanto daño como el que habría hecho toda la nigua. Al tercer día, la mayor parte de los soldados se rascaban y lanzaban maldiciones, y algunas heridas ya habían empezado a supurar a causa del calor húmedo. Rob J. no podía hacer nada más que rociar azufre sobre los insectos introducidos en la piel, pero algunos hombres ya habían tenido experiencia con las niguas y les enseñaron a los demás que el único remedio consistía en sujetar el extremo encendido de un trozo de madera o de un cigarrillo junto a la piel, hasta que la nigua empezara a retroceder, atraída por el calor. Entonces se la podía coger y quitar lenta y cuidadosamente, para que no se rompiera. En todo el campamento se veían hombres quitándose mutuamente las niguas, y a Rob J. le recordaron los monos del zoológico de Edimburgo cuando se quitaban los piojos unos a otros.

Pero la epidemia de niguas no anuló el terror. La aprensión de los soldados aumentaba a medida que se acercaban a Fredericksburg, que había sido el escenario de la matanza yanqui en la primera batalla. Pero cuando llegaron sólo vieron uniformes azules de la Unión, porque Robert E. Lee había retirado hábil y silenciosamente sus tropas varios días antes, al amparo de la noche, y su ejército del norte de Virginia se encaminaba hacia el norte. La caballería federal estaba rechazando el avance de Lee, pero el ejército del Potomac no lo perseguía, por razones que sólo el general Hooker conocía.

Acamparon en Fredericksburg durante seis días; descansaron, se curaron las ampollas de los pies, se quitaron las niguas, limpiaron y engrasaron las armas. Cuando estaban fuera de servicio, subían en pequeños grupos las colinas en las que sólo seis meses atrás casi trece mil soldados de la Unión habían resultado muertos o heridos. Al mirar hacia abajo y ver que sus camaradas constituían un blanco muy fácil mientras subían detrás de ellos, se alegraron de que Lee se hubiese marchado antes de que ellos llegaran.

Cuando Symonds recibió nuevas órdenes, tuvieron que ir otra vez hacia el norte. Mientras avanzaban por un camino de tierra recibieron la noticia de que Winchester, donde habían abandonado el tren, había sido duramente atacada por los confederados, a las órdenes del general Richard S. Ewell. Había sido otra victoria rebelde: noventa y cinco soldados de la Unión muertos, trescientos cuarenta y ocho heridos y más de cuatro mil desaparecidos o hechos prisioneros.

Mientras viajaba incómodo en la ambulancia por ese pacífico camino rural, Rob J. no se permitió creer en el combate, del mismo modo que, siendo niño, no se había permitido creer en la muerte. ¿Por qué iba a morir la gente? No tenía sentido puesto que era más agradable vivir. ¿Y por qué la gente iba a luchar en una guerra? Era más agradable avanzar adormilado por ese camino sinuoso y soleado que enredarse en aquel asunto de matar.

Pero así como su incredulidad infantil con respecto a la muerte había concluido con la muerte de su padre, la realidad del presente lo sacudió cuando llegaron a Fairfax Courthouse y vio lo que quería decir la Biblia cuando describía un ejército como una multitud.

Acamparon en una granja, en seis campos, en medio de la artillería, la caballería y otros soldados de infantería. Mirara donde mirase, Rob J. veía soldados de la Unión. El ejército cambiaba constantemente porque las tropas llegaban y se marchaban. El día anterior a la llegada del 131 se enteraron de que el ejército del norte de Virginia a las órdenes de Lee ya había invadido el Norte, cruzando el río Potomac y entrando en Maryland. Una vez que Lee se había comprometido, Hooker hizo lo mismo, enviando tardíamente las primeras unidades de su ejército hacia el norte, intentando permanecer entre Lee y Washington. Pasaron cuarenta horas más antes de que el 131 formara filas y reanudara la marcha con rumbo al norte.

Cada ejército era demasiado grande y difuso para ser

reinstalado rápida y totalmente. Parte de las fuerzas de Lee estaban aún en Virginia, avanzando para cruzar el río y unirse a su comandante. Los dos ejércitos eran monstruos deformes y palpitantes que se dispersaban y se contraían, siempre en movimiento, a veces uno al lado del otro. Cuando sus bordes se tocaban por casualidad, se producían escaramuzas que parecían ráfagas de chispas: en Upperville, en Haymarket, en Aldie, y en varios lugares más. El 131 de Indiana no tuvo más pruebas concretas de lucha que en una ocasión, en plena noche, cuando la línea exterior de retenes intercambió algunos disparos inútiles con unos jinetes que huyeron a toda prisa.

La noche del 27 de junio, los hombres del 131 cruzaron el Potomac en pequeñas barcas. A la mañana siguiente reanudaron la marcha hacia el norte, y la banda de Fitts atacó *Maryland, mi Maryland*. A veces, cuando se cruzaban con la gente, alguien los saludaba, pero los habitantes de Maryland junto a los que pasaban no parecían impresionados porque llevaban varios días viendo desfilar a las tropas. Rob J. y los soldados pronto quedaron absolutamente hartos del himno del Estado de Maryland, pero a la mañana siguiente, cuando avanzaban por onduladas tierras de labrantío y entraban en una elegante población, la banda aún lo seguía tocando.

—¿Qué parte de Maryland es esto? —le preguntó Ordway a Rob J.

—No lo sé. —Pasaban junto a un banco en el que estaba sentado un anciano que miraba pasar a los militares—. Señor —lo llamó Rob J.—, ¿cómo se llama este lugar tan bonito?

El cumplido pareció desconcertar al anciano.

—¿Nuestra ciudad? Esta bonita ciudad es Gettysburg, Pensilvania —respondió.

Aunque los hombres del 131 de Indiana no lo sabían, el día que entraron en Pensilvania habían estado al mando de otro general durante veinticuatro horas. El general George

Meade había sido nombrado para reemplazar al general Joe Hooker, que pagó el precio de su persecución tardía de los confederados.

Atravesaron la pequeña ciudad y marcharon a lo largo de Taneytown Road. El ejército de la Unión estaba concentrado al sur de Gettysburg, y Symonds los hizo detenerse en un enorme prado ondulado en el que podían acampar. El aire era pesado y caliente y estaba cargado de humedad y desafío. Los hombres del 131 hablaban del grito rebelde. No lo habían oído mientras estaban en Tennessee, pero sí habían oído hablar mucho de él, y escuchado muchísimas imitaciones. Se preguntaban si en los días siguientes llegarían a oír el auténtico.

El coronel Symonds sabía que la actividad era el mejor remedio para los nervios, de modo que formó grupos de trabajo y les hizo cavar posiciones de ataque no muy profundas detrás de pilas de cantos rodados que podían utilizarse como parapetos. Esa noche se fueron a dormir con el canto de los pájaros y de los saltamontes, y a la mañana siguiente despertaron con más calor y el sonido de frecuentes disparos a varios kilómetros al norte, en dirección a Chambersburg Pike.

Alrededor de las once de la mañana, el coronel Symonds recibió nuevas órdenes, y el 131 avanzó casi un kilómetro por una colina arbolada hasta un prado en un terreno alto, al este de Emmitsburg Road. La prueba de que la nueva posición estaba más cerca del enemigo fue el siniestro descubrimiento de seis soldados de la Unión que parecían dormidos sobre la hierba. Los seis retenes muertos estaban descalzos porque los sudistas —que iban mal calzados— les habían robado los zapatos.

Symonds ordenó que cavaran más parapetos y colocó nuevos retenes. A petición de Rob J. se colocó una estructura larga y estrecha de troncos, como un emparrado, en el límite del bosque; luego se cubrió con un techo de ramas con hojas para proporcionar sombra a los heridos, y fuera de este cobertizo Rob J. instaló la mesa de operaciones.

A través de los jinetes que llevaban los partes, pudieron enterarse de que los primeros disparos se habían producido en un choque entre las caballerías. A medida que pasaba el día, los ruidos de la batalla crecían en el norte: un sonido ronco y regular de mosquetes, como el ladrido de miles de perros feroces, y el fragor discordante e interminable de los cañones. Cada movimiento del aire pesado parecía transfigurar el rostro de los soldados.

A primeras horas de la tarde el 131 se trasladó por tercera vez en el día; marchó en dirección a la ciudad y al ruido del combate, hacia los destellos del fuego de los cañones y las nubes de humo blanco grisáceo. Rob J. había llegado a conocer a los soldados y era consciente de que la mayoría de ellos ansiaba tener una herida poco importante, tan sólo un rasguño, un rasguño que dejara una marca que cicatrizara rápidamente, para que al volver a casa la familia viera cómo habían sufrido para lograr una valerosa victoria. Pero ahora avanzaban hacia donde los hombres morían. Marcharon sobre la ciudad, y poco después, mientras subían la colina, quedaron rodeados por los sonidos que hasta entonces habían oído de lejos. En varias ocasiones las descargas de la artillería silbaron por encima de sus cabezas, mientras pasaban junto a la infantería y se disparaban cuatro baterías de cañones. Al llegar a la cumbre, cuando les ordenaron que se instalaran, descubrieron que habían sido colocados en medio del Cemetery Hill, el cementerio que daba nombre al lugar.

Rob J. estaba instalando su puesto de socorro detrás de un mausoleo imponente que ofrecía protección y un poco de sombra cuando un agitado coronel subió por la colina y preguntó por el médico militar. Se identificó como el coronel Martin Nichols, del departamento médico, y dijo que era el encargado de organizar los servicios médicos.

—¿Tiene usted experiencia como cirujano? —le preguntó a Rob J.

No era el momento adecuado para la modestia.

—Sí. Tengo mucha experiencia —respondió Rob J.

—Entonces lo necesito en un hospital al que están enviando los casos graves de cirugía.

—Si no le importa, coronel, quiero quedarme en este regimiento.

—Me importa, doctor, me importa. Tengo algunos cirujanos buenos, pero también algunos médicos jóvenes e inexpertos que están llevando a cabo operaciones vitales y haciendo verdaderos desastres. Están amputando miembros sin dejar colgajos, y muchos dejan muñones con varios centímetros de hueso a la vista. Están probando operaciones extrañas y experimentales que ningún cirujano preparado haría jamás: resecciones de la cabeza del húmero, desarticulaciones de la cadera, desarticulaciones del hombro... Están creando tullidos sin necesidad, hombres que van a despertar aullando de dolor todas las mañanas, durante el resto de su vida. Usted reemplazará a uno de esos supuestos cirujanos, y a él lo enviaré aquí para que ponga vendajes a los heridos.

Rob J. asintió. Le informó a Ordway que se quedaba a cargo del puesto de socorro hasta que llegara el otro médico, y siguió al coronel Nichols colina abajo.

El hospital se encontraba en la ciudad, instalado en la iglesia católica, y Rob J. vio que era la iglesia de San Francisco; tendría que acordarse de contárselo a la Feroz Miriam. Había una mesa de operaciones colocada en la entrada, y las puertas dobles estaban abiertas de par en par para que el cirujano contara con luz suficiente. Los bancos habían sido cubiertos con tablones y sobre éstos habían colocado paja y mantas para hacer camas para los heridos. En una habitación pequeña y húmeda del sótano, iluminada por lámparas que proporcionaban una luz amarilla, había otras dos mesas de operaciones, y Rob J. se hizo cargo de una de ellas. Se quitó la chaqueta y se levantó las mangas de la camisa todo lo que pudo mientras un cabo de la primera división de caballería le administraba cloroformo a un soldado al que una bala de cañón le había arrebatado la mano. En cuanto el chico estuvo anestesiado, Rob J. cortó por encima de la muñeca, dejando un buen colgajo para el muñón.

—¡El siguiente! —gritó. Le llevaron otro paciente, y Rob J. se concentró en la tarea.

El sótano tenía aproximadamente seis metros por doce. En una mesa instalada al otro lado de la estancia había otro cirujano, pero él y Rob casi no se miraron, y tenían poco que decirse. En el curso de la tarde Rob J. notó que el otro hombre hacía un buen trabajo y que por su parte él recibía una valoración similar, y cada uno se concentró en su propia mesa. Rob J. buscaba balas y metal, reemplazaba intestinos destrozados, suturaba heridas y amputaba. Y seguía amputando. La bala *minié* era un proyectil lento que resultaba especialmente dañino si alcanzaba el hueso. Cuando lo arrancaba o lo rompía en trozos grandes, lo único que podían hacer los cirujanos era amputar el miembro. En el suelo, entre la mesa de Rob J. y la del otro cirujano, se alzaba un montón de brazos y piernas. De vez en cuando entraban soldados y se los llevaban.

Cuatro o cinco horas después de llegar allí, otro coronel —éste de uniforme gris— entró en el sótano y les dijo a los dos médicos que eran prisioneros.

—Somos mejores soldados que vosotros y hemos tomado toda la ciudad. Vuestras tropas han sido obligadas a retroceder hacia el norte, y hemos capturado a cuatro mil de los vuestros.

No había mucho que decir. El otro cirujano miró a Rob J. y se encogió de hombros. Rob J. estaba operando y le dijo al coronel que le tapaba la luz.

Cuando se producía una breve pausa, Rob intentaba dormitar durante unos minutos, de pie. Pero las pausas eran escasas. Los combatientes dormían por la noche, pero los médicos trabajaban sin descanso, intentando salvar a los hombres que el ejército enemigo había destrozado. En el sótano no había ventanas, y las lámparas estaban siempre encendidas. Muy pronto Rob J. perdió la noción del tiempo.

—¡El siguiente! —volvió a gritar.

¡El siguiente! ¡El siguiente! ¡El siguiente!

Era lo mismo que limpiar los establos de Augías, porque en cuanto terminaba con un paciente le llevaban otro. Algunos iban vestidos con uniformes ensangrentados y raídos, de color gris, y otros con uniformes ensangrentados y raídos de color azul, pero Rob J. se dio cuenta enseguida de que había una cantidad interminable. Otras cosas no eran interminables. El hospital enseguida se quedó sin vendas, y no tenían alimentos. El coronel que le había dicho que el Sur tenía mejores soldados, ahora le informó de que el Sur no tenía cloroformo ni éter.

—No podéis calzarlos ni darles anestesia para el dolor. Por eso finalmente vais a perder —le dijo Rob J. sin ninguna satisfacción, y le pidió que consiguiera licor.

El coronel envió a alguien con whisky para los pacientes y con sopa caliente de paloma para los médicos, y Rob J. se la tomó sin saborearla.

Como no tenía anestesia, consiguió varios hombres fuertes para que sujetaran a los pacientes mientras operaba, como había hecho de joven, cortando, serrando, cosiendo, rápida y hábilmente, como le había enseñado William Fergusson. Las víctimas gritaban y pataleaban. Él no bostezaba, y aunque parpadeaba con frecuencia, seguía teniendo los ojos abiertos. Era consciente de que los pies y los tobillos se le estaban hinchando y le dolían, y a veces, mientras se llevaban un paciente y traían otro, se frotaba la mano derecha con la izquierda. Cada caso era diferente, pero aunque existen muchas formas de destruir la vida de un ser humano, pronto fueron todas iguales, duplicados, incluso aquellas que mostraban la boca destrozada, los genitales arrancados o los ojos reventados.

Las horas pasaban lentamente.

Llegó a creer que había estado toda la vida en esa habitación pequeña y húmeda, cortando seres humanos en pedazos, y que estaba condenado a quedarse allí para siempre. Pero poco a poco se fue produciendo un cambio en los ruidos que les llegaban. La gente que se encontraba en la iglesia se había acostumbrado a los gemidos y los gritos, al sonido de cañones y mosquetes, a la explosión de los morteros, e incluso a la escalofriante conmoción de los impactos cercanos. Pero los disparos y los bombardeos alcanzaron un nuevo crescendo, un ininterrumpido frenesí de explosiones que duró varias horas, y luego se produjo un relativo silencio en el que de pronto se podía oír lo que cada uno decía. Entonces se oyó un sonido nuevo, un rugido que se elevó, ensordecedor, y cuando Rob J. envió a un enfermero confederado a averiguar de qué se trataba, el hombre regresó y dijo con voz quebrada que eran los malditos, jodidos y miserables yanquis lanzando vítores, eso era.

Unas horas más tarde apareció Lanning Ordway y lo encontró aún de pie en la pequeña habitación.

—¡Dios mío, doctor, venga conmigo!

Ordway le contó que había pasado casi dos días enteros allí dentro, y le indicó dónde vivaqueaba el 131. Y Rob J. dejó que el Buen Camarada y el Terrible Enemigo lo condujera a un almacén, un sitio seguro y desocupado en el que se pudo preparar una cama blanda con heno limpio, y se durmió.

A últimas horas de la tarde siguiente lo despertaron los gemidos y los gritos de los heridos que habían sido colocados a su alrededor, en el suelo del almacén. En las mesas había otros cirujanos que se las arreglaban muy bien sin él. No tenía sentido utilizar la letrina de la iglesia porque hacía tiempo que había quedado atestada. Salió bajo una fuerte lluvia y en medio de una humedad saludable vació su vejiga detrás de unos matorrales de lilas que volvían a pertenecer a la Unión.

Todo Gettysburg volvía a pertenecer a la Unión. Rob J. caminó bajo la lluvia, mirando a su alrededor. Olvidó dónde le había dicho Ordway que estaba acampado el 131, y preguntó a todos los hombres con los que se cruzaba. Finalmente los encontró diseminados en varias granjas al sur de la ciudad, agachados dentro de las tiendas.

Wilcox y Ordway lo saludaron con una cordialidad que lo conmovió. ¡Habían conseguido huevos! Mientras Lanning Ordway trituraba las galletas y freía las migas y los huevos en grasa de cerdo para que el médico desayunara, le contaron todo lo que había ocurrido, empezando por las malas noticias. El mejor trompa de la banda, Thad Bushman, había muerto.

—Tenía un agujero diminuto en el pecho, doctor —le explicó Wilcox—. Debió de darle en el lugar exacto.

De los camilleros, Lex Robinson había sido el primero en recibir un disparo.

—Le dieron en el pie, poco después de que usted se fuera —le informó Ordway—. Ayer, Oscar Lawrence quedó prácticamente partido en dos por la artillería.

Ordway terminó de revolver los huevos y colocó la sartén delante de Rob J., que pensaba con auténtica pena en el torpe y joven tambor. Pero aunque sintió vergüenza, no pudo resistir la tentación de la comida, y se la tragó.

—Oscar era demasiado joven. Tendría que haberse quedado en casa con su madre —comentó Wilcox con pesar.

Rob J. se quemó la boca con el café, que era muy fuerte pero sabía a gloria.

—Todos tendríamos que habernos quedado en casa con nuestra madre —dijo, y eructó. Comió el resto de los huevos lentamente y bebió otra taza de café mientras terminaban de contarle lo que había ocurrido cuando él estaba en el sótano de la iglesia.

—El primer día nos hicieron retroceder hacia el norte de la ciudad —dijo Ordway—. Fue lo mejor que podría habernos ocurrido. Al día siguiente estábamos en Cemetery Ridge, en un largo frente de escaramuzas entre dos pares de colinas, Cemetery Hill y Culp's Hill al norte, más cerca de la ciudad, y Round Top y Little Round Top a tres kilómetros hacia el sur. La batalla fue terrible, terrible. Murieron muchos hombres. Nosotros estuvimos ocupados todo el tiempo trasladando a los heridos.

—Y lo hicimos muy bien —comentó Wilcox—. Tal como usted nos enseñó.

—Estoy seguro de que así fue.

—Al día siguiente el 131 fue obligado a abandonar Cemetery Ridge para ir a reforzar el cuerpo de Howard. Alrededor del mediodía los cañones de los confederados nos derrotaron —prosiguió Ordway—. Nuestros retenes avanzados veían que mientras ellos nos estaban bombardeando, un montón de tropas confederadas se movían más abajo, en los bosques que se encuentran al otro lado de Emmitsburg Road. Pudimos ver el metal que brillaba entre los árboles. Ellos siguieron bombardeándonos durante una hora o más, y dieron en el blanco varias veces, pero mientras tanto nosotros nos estábamos preparando porque sabíamos que nos iban a atacar.

»A media tarde los cañones de ellos dejaron de disparar, y los nuestros también. Entonces alguien gritó "¡Ya vienen!", y quince mil hijos de puta con uniforme gris salieron del bosque. Esos chicos de Lee avanzaban hacia nosotros hombro con hombro, línea tras línea. Sus bayonetas eran como una valla larga y curvada de estacas de acero que se alzaba por encima de las cabezas, y el sol brillaba sobre ellas. No gritaban, no decían una sola palabra, simplemente avanzaban hacia nosotros con paso rápido y firme.

»Le aseguro, doctor —añadió Ordway—, que Robert E. Lee nos azotó el culo montones de veces y yo sé que es un hijo de puta muy listo, pero aquí en Gettysburg no demostró ser muy inteligente. No podíamos creerlo; veíamos a esos rebeldes venir hacia nosotros así, a campo abierto, mientras nosotros estábamos en un terreno alto y protegido. Sabíamos que eran hombres muertos, y ellos también debían de saberlo. Los vimos cuando estaban casi a un kilómetro y medio. El coronel Symonds y los oficiales que estaban arriba y abajo de la línea de batalla gritaban: "¡No disparéis! Dejad que se acerquen. ¡No disparéis!" Ellos también debieron de oírlo.

»Cuando estuvieron tan cerca que pudimos verles la cara, nuestra artillería de Little Round Top y Cemetery Ridge abrió fuego, y desaparecieron un montón de rebeldes. Los que quedaban avanzaron hacia nosotros entre el humo, y finalmente Symonds gritó "¡Fuego!", y cada uno se cargó a un rebelde.

»Alguien gritó "¡Fredericksburg!", y de repente todos gritábamos "¡Fredericksburg! ¡Fredericksburg! ¡Fredericksburg!", y disparábamos y cargábamos, disparábamos y cargábamos, disparábamos...

»Llegaron a la pared de piedra que está al pie de nuestra posición sólo en un punto. Los que lo hicieron lucharon como hombres predestinados, pero todos resultaron muertos o capturados —concluyó Ordway, y Rob J. asintió. Supo que había sido en ese momento cuando él oyó los vítores.

Wilcox y Ordway habían trabajado toda la noche trasladando heridos, y ahora volvieron a empezar. Rob J. fue con ellos y corrieron bajo la fuerte lluvia. Mientras se acercaban al campo de batalla, pensó que la lluvia era una bendición porque tapaba el olor de la muerte, que de todos modos ya era terrible. Por todas partes se veían cuerpos hinchados. Los rescatadores buscaban entre los restos de la matanza para recoger a los vivos.

Durante lo que quedaba de la mañana, Rob J. trabajó bajo la lluvia, vendando heridas y ayudando a trasladar las camillas. Cuando llevó a los heridos al hospital, comprendió por qué sus muchachos habían conseguido huevos. En todas partes estaban descargando carros. Había montones de medicamentos y anestesia, montones de vendas, montones de alimentos. En cada mesa de operaciones había tres cirujanos. El agradecido gobierno de Estados Unidos se había enterado de que por fin habían obtenido una victoria, por la que habían pagado un precio muy alto, y había decidido que no se escatimara nada a los que habían sobrevivido.

Cerca de la estación de ferrocarril Rob J. fue abordado por un hombre vestido de paisano, aproximadamente de la misma edad que él, que le preguntó en tono cortés si sabía dónde podría conseguir que embalsamaran a un soldado; parecía como si le hubiera preguntado la hora, o la dirección del ayuntamiento. Dijo que era Winfield S. Walker, Jr., un granjero de Havre de Grace, Maryland. Cuando se enteró de que se había producido la batalla, algo le dijo que fuera a ver a su hijo Peter, y lo había encontrado entre los muertos.

—Ahora me gustaría que lo embalsamaran para poder llevarlo a casa, ¿comprende?

Rob J. comprendía.

—He oído decir que en el Hotel Washington House están embalsamando.

—Sí, señor. Pero allí me han dicho que tienen una lista muy larga, que hay muchos antes que yo. Por eso he pensado en mirar en otra parte. —El cuerpo de su hijo se encontraba en la granja Harold, una granja-hospital instalada al otro lado de Emmitsburg Road.

—Yo soy médico. Puedo hacerlo —sugirió Rob J.

En el serón de las medicinas del 131 tenía los instrumentos necesarios; fue a buscarlos y luego se reunió con el señor Walker en la granja. Rob J. tuvo que decirle lo más delicadamente posible que fuera a buscar un ataúd del ejército, que estaba revestido de cinc, porque habría alguna pérdida de líquidos. Mientras el padre iba a hacer el triste recado, él se acercó al hijo, que estaba en una habitación en la que se guardaban otros seis cadáveres. Peter Walker era un joven apuesto, de unos veinte años, que tenía el rostro cincelado de su padre y pelo negro y grueso. Estaba en perfectas condiciones, salvo que una granada le había arrancado la pierna izquierda a la altura del muslo. Se había desangrado hasta morir, y su cuerpo tenía la blancura de una estatua de mármol.

Rob J. mezcló treinta gramos de sales de cloruro de cinc en dos litros de alcohol y agua. Ató la arteria de la pierna cortada para retener el fluido; luego abrió la arteria femoral de la pierna herida e inyectó en ella el fluido conservante con una jeringa.

El señor Walker no tuvo problemas para conseguir un ataúd del ejército. Intentó pagar el trabajo de embalsamiento, pero Rob J. sacudió la cabeza.

—Un padre debe ayudar a otro padre —le dijo.

Seguía lloviendo a cántaros. El primer aguacero había producido el desbordamiento de algunos riachuelos, y algunos de los heridos graves se habían ahogado. Finalmente empezó a amainar, y Rob J. regresó al campo de batalla y buscó heridos hasta el anochecer. Luego interrumpió la búsqueda porque habían llegado hombres más jóvenes y fuertes provistos de lámparas y antorchas para recorrer el campo, y porque estaba absolutamente agotado.

La Comisión Sanitaria había instalado una cocina en un almacén cercano al centro de Gettysburg, y Rob J. fue hasta allí y tomó una sopa con el primer trozo de carne vacuna que comía en varios meses. Comió tres platos y seis rebanadas de pan blanco.

Después se fue a la iglesia presbiteriana y caminó entre los bancos, deteniéndose en cada cama improvisada para hacer algo sencillo, que pudiera ayudar, dar agua a un herido, enjugar un rostro sudoroso. Cuando veía que el paciente era un confederado, siempre hacía la misma pregunta:

—Hijo, ¿en tu ejército te cruzaste alguna vez con un joven llamado Alexander Cole, de veintitrés años, de pelo rubio, que venía de Holden's Crossing, Illinois?

Pero nadie lo había visto jamás.

54

Escaramuzas

Mientras volvía a caer una cortina de lluvia, el general Robert E. Lee reunió a sus maltrechas tropas y regresaron a Maryland lenta y dificultosamente. Meade no debía permitir que se marcharan. En el ejército del Potomac también abundaban los heridos: tenía más de veintitrés mil víctimas, incluyendo unos ocho mil muertos o desaparecidos, pero los hombres del Norte se sentían eufóricos debido a la victoria y mucho más fuertes que los hombres de Lee, que quedaron rezagados por un vagón de un tren con heridos que marchaba a unos veinticinco kilómetros detrás de ellos. Pero así como Hooker no había actuado en Virginia, Meade tampoco actuó en Pensilvania, y no hubo persecución.

—¿De dónde saca el señor Lincoln a sus generales? —le dijo Symonds a Rob J. en tono disgustado.

Pero si la demora frustraba a los coroneles, los soldados de la tropa se alegraron de descansar y recuperarse, y tal vez de escribir a casa con la extraordinaria noticia de que aún estaban vivos.

Ordway encontró a Lewis Robinson en una de las granjas-hospital. Le habían amputado el pie derecho diez centímetros por encima del tobillo. Estaba delgado y pálido, pero por lo demás parecía gozar de buena salud. Rob J. le examinó el muñón y le dijo que estaba cicatrizando muy bien, y que el médico que le había amputado el pie había hecho un buen trabajo. Era evidente que Robinson se sentía feliz de haber quedado fuera de la guerra; en sus ojos había una sensación de alivio tan profunda que era casi palpable. Rob J. tuvo la impresión de que Robinson había estado predestinado a quedar herido, porque había temido la posibilidad de que ocurriera. Le llevó al joven su corneta soprano, algunos lápices y papel, y pensó que se encontraría bien porque no hace falta tener dos pies para componer música o tocar la corneta.

Tanto Ordway como Wilcox fueron ascendidos al rango de sargento. Fueron varios los hombres ascendidos, ya que Symonds debía llenar el cuadro de organización del regimiento con los supervivientes, distribuyendo entre ellos los cargos que habían ostentado los caídos. El 131 de Indiana había sufrido un dieciocho por ciento de bajas, que era poco comparado con otros regimientos.

Uno de Minnessota había perdido el ochenta y seis por ciento de sus hombres. En realidad ese regimiento y algunos más habían quedado destruidos. Symonds y sus oficiales pasaron varios días reclutando con éxito supervivientes de los regimientos destruidos, haciendo que las fuerzas del 131 ascendieran a setecientos setenta y un hombres. Un poco avergonzado, el coronel le comunicó a Rob J. que había encontrado un médico castrense. El doctor Gardner Coppersmith había servido como capitán en una de las unidades disueltas de Pensilvania, y Symonds lo había convencido de que se uniera a su regimiento ofreciéndole un ascenso. Se había graduado en una facultad de medicina de Filadelfia, y tenía dos años de experiencia en el combate.

—Doctor Cole, si usted no fuera un civil yo lo habría convertido en médico jefe del regimiento en un minuto —le confió Symonds—. Pero ese cargo necesita un oficial. ¿Comprende que el comandante Coppersmith será su superior, que él organizará las cosas?

Rob J. le aseguró que lo comprendía.

Para Rob J. era una guerra complicada, hecha por una nación complicada. Se enteró por los periódicos de que se había producido un disturbio racial en Nueva York debido al resentimiento creado por el primer listado de nombres para el refuerzo militar. Una multitud de más de cincuenta mil hombres, la mayoría trabajadores irlandeses católicos, había prendido fuego a la oficina de reclutamiento, a las oficinas del *New York Tribune* y a un orfanato de negros, en el que afortunadamente no había niños en ese momento. Al parecer culpaban a los negros del estallido de la guerra e invadieron las calles golpeando y asaltando a todas las personas negras que encontraban a su paso, y estuvieron varios días asesinando y linchando negros, hasta que los disturbios fueron sofocados por las tropas federales recién llegadas de combatir a los sudistas en Gettysburg. La noticia desalentó a Rob J. Los protestantes nativos aborrecían y oprimían a católicos e inmigrantes, y los católicos e inmigrantes despreciaban y asesinaban a los negros, como si cada grupo viviera de su odio y necesitara el alimento que proporcionaba el tuétano de alguien más débil.

Cuando se preparaba para convertirse en ciudadano norteamericano, Rob J. había estudiado la Constitución de Estados Unidos y se había sentido maravillado por sus disposiciones. Ahora se daba cuenta de que el genio de aquellos que habían redactado la Constitución consistía en prevenir la debilidad de carácter del hombre y la presencia constante del mal en el mundo y convertir la libertad individual en la realidad legal a la que el país tenía que volver una y otra vez.

Estaba fascinado por lo que hacía que los hombres se odiaran mutuamente, y estudió a Lanning Ordway como si el sargento cojo fuera un microbio en el microscopio. Si no hubiera sido porque Ordway vomitaba odio de vez en cuando como un hervidor rebosante, si no hubiera sido porque Rob J. sabía que un crimen espantoso e impune se había cometido una década antes en sus bosques de Illinois, habría considerado a Ordway uno de los jóvenes más agradables del regimiento. Ahora veía que el camillero alcanzaba su plenitud, tal vez porque las experiencias que había vivido en el ejército representaban más éxito del que jamás había obtenido.

En todo el regimiento reinaba una atmósfera de triunfo. La banda del Regimiento 131 de Indiana mostraba dinamismo y vitalidad mientras recorría los hospitales dando conciertos a los heridos. El nuevo intérprete de tuba no era tan bueno como Thad Bushman, pero los músicos tocaban con orgullo porque durante la batalla habían demostrado su valía.

—Hemos pasado las peores cosas juntos —anunció Wilcox en tono solemne una noche que había bebido demasiado, y miró fijamente a Rob J. con la feroz expresión que le daba el ojo desviado—. Entramos y salimos de las fauces de la muerte, zigzagueamos por el Valle de las Sombras. Miramos directamente a los ojos a la terrible criatura. Escuchamos el grito rebelde y respondimos. Los hombres se trataban mutuamente con gran ternura. El sargento Ordway, el sargento Wilcox e incluso el descuidado cabo Perry fueron premiados porque habían llevado a sus compañeros músicos a recoger a los soldados heridos y a rescatarlos de entre los disparos. La historia de la maratón de Rob J. con el escalpelo fue relatada en todas las tiendas, y los hombres supieron que él era el responsable del servicio de ambulancia del regimiento. Ahora le sonreían cordialmente cada vez que lo veían, y nadie mencionaba las letrinas.

Esta nueva popularidad le resultaba sumamente agradable. Uno de los soldados de la compañía B, segunda brigada, un hombre llamado Lyon, incluso le llevó un caballo.

—Lo encontré caminando sin jinete a un lado del camino. Enseguida pensé en usted, doctor —dijo Lyon mientras le entregaba las riendas.

Rob J. se sintió incómodo pero encantado ante esta muestra de afecto. En realidad el caballo no era gran cosa, sólo un castrado flaco y de lomo hundido. Quizás había pertenecido a un soldado rebelde muerto o herido porque tanto el animal como la montura manchada de sangre llevaban la marca CSA. El caballo tenía la cabeza y la cola caídas, los ojos apagados y la crin y la cola llena de cardos. Daba la impresión de que tenía gusanos. Pero Rob J. dijo:

—¡Es un animal maravilloso! No sé cómo agradecérselo, soldado.

—Calculo que cuarenta y dos dólares sería una cifra justa —respondió Lyon.

Rob J. se echó a reír, más divertido por su estúpido anhelo de cariño que por la situación. Cuando concluyó el regateo, el caballo fue suyo a cambio de cuatro dólares con ochenta y cinco, y la promesa de que no acusaría a Lyon de saqueador del campo de batalla.

Le dio al animal una buena ración de comida, le quitó pacientemente los cardos de la crin y la cola, lavó la sangre de la montura, friccionó con aceite el cuerpo del caballo allí donde el cuero lo había irritado, y le cepilló el pelo. Cuando concluyó la operación, el animal seguía teniendo un aspecto sumamente lamentable, de modo que Rob J. le puso de nombre Pretty Boy, con la remota esperanza de que semejante nombre pudiera dar al horrible animal una pizca de placer y dignidad.

El 17 de agosto, cuando el 131 de Indiana abandonó Pensilvania, Rob J. iba montado en su caballo. Pretty Boy aún tenía la cabeza y la cola caídas, pero se movía con el paso suelto y firme de una bestia acostumbrada a los recorridos largos. Si en el regimiento había alguien que no sabía con certeza en qué dirección avanzaban, sus dudas desaparecieron cuando el jefe de la banda, Warren Fitts, tocó el silbato, levantó la barbilla, blandió la batuta, y la banda empezó a tocar *Maryland, mi Maryland*.

El 131 volvió a cruzar el Potomac seis semanas después que las tropas de Lee y un mes más tarde que las primeras unidades de su propio ejército. En su marcha hacia el sur le siguieron la pista al final del verano, y el suave y seductor otoño no los alcanzó hasta que se habían adentrado en Virginia. Eran veteranos, expertos en niguas, y habían sido puestos a prueba en la batalla, pero en ese momento la mayor parte de la acción bélica se desarrollaba en el teatro del oeste, y para el 131 de Indiana las cosas estaban en calma. El ejército de Lee avanzaba por el Valle Shenandoah, donde los exploradores de la Unión lo espiaron y dijeron que estaba en perfectas condiciones salvo por una evidente escasez de provisiones, sobre todo de calzado decente.

El cielo de Virginia ya estaba oscurecido por las lluvias otoñales cuando llegaron al Tappahannock y encontraron pruebas de que los confederados habían acampado allí poco tiempo antes. A pesar de las objeciones de Rob J., montaron las tiendas exactamente en el lugar en que había acampado el ejército rebelde. El comandante Coppersmith era un médico muy educado y competente, pero no se preocupaba si había un poco de mierda, y en ningún momento incordió a nadie con la idea de cavar letrinas. No fue nada sutil al informar a Rob J. que se habían acabado los tiempos en que un médico auxiliar interino podía dictar principios médicos al regimiento. Al comandante le gustaba hacer personalmente las visitas a los enfermos, sin ningún tipo de asistente, salvo los días en que pudiera encontrarse mal, cosa que no era frecuente. Y dijo que a menos que un combate se convirtiera en otro Gettysburg, pensaba que él y un soldado raso bastaban para colocar vendajes en un puesto médico.

Rob J. le sonrió.

—¿Qué queda para mí?

El comandante Coppersmith frunció el ceño y se alisó el bigote con el dedo índice.

—Bueno, me gustaría que se ocupara de los camilleros, doctor Cole —respondió.

Rob J. se encontró atrapado por el monstruo que él había creado, enredado en la telaraña que él mismo había tejido. No tenía ningún deseo de unirse a los camilleros, pero cuando ellos se convirtieron en su tarea principal le pareció una tontería pensar que simplemente enviaría a los equipos y se sentaría a ver lo que ocurría con ellos. Reclutó su propio equipo: dos músicos —el nuevo trompa, un tal Alan

Johnson, y un intérprete de pífano llamado Lucius Wagner—, y para el cuarto puesto reclutó al cabo Amasa Decker, el administrador de correos del regimiento.

Los equipos de camilleros se turnaban para salir. Les dijo a los nuevos, tal como les había dicho a los cinco primeros camilleros (de los que uno había muerto y el otro tenía un pie amputado), que salir en busca de los heridos no suponía más riesgo que cualquier otra cosa relacionada con la guerra. Les aseguró que todo saldría bien, e incluyó su equipo en el programa de trabajo.

El 131 y muchas otras unidades del ejército del Potomac siguieron la pista a los confederados a lo largo del río Tappahannock hasta su principal afluente, el Rapidan, avanzando día tras día junto al agua que reflejaba el gris del cielo. Las fuerzas de Lee eran más numerosas y estaban mejor equipadas que las federales, y seguían llevándoles ventaja. Las cosas no cambiaron en Virginia hasta que la guerra en el teatro de operaciones del oeste se volvió muy amarga para la Unión. Los confederados del general Braxton Bragg asestaron un duro golpe a las fuerzas de la Unión del general William S. Rosecrans en Chicamauga Creek, en las afueras de Chattanooga, y se produjeron más de dieciséis mil bajas federales. Lincoln y los miembros de su gabinete celebraron una reunión de emergencia y decidieron separar dos cuerpos de Hooker del ejército del Potomac que se encontraba en Virginia y enviarlos a Alabama por ferrocarril para apoyar a Rosecrans.

Cuando el ejército de Meade quedó con dos cuerpos menos, Lee dejó de avanzar. Dividió su ejército en dos e intentó flanquear a Meade, moviéndose hacia el oeste y el norte, en dirección a Manassas y Washington. Así empezaron las escaramuzas.

Meade tuvo cuidado de quedar entre Lee y Washington, y luego el ejército de la Unión retrocedió dos o tres kilómetros de una sola vez hasta que hubieron cedido unos sesenta kilómetros al ataque del Sur, con refriegas esporádicas.

Rob J. observó que cada uno de los camilleros abordaba la tarea de manera distinta. Wilcox iba a buscar a los heridos con tenaz resolución, mientras Ordway mostraba una valentía despreocupada, salía corriendo como un enorme y rápido cangrejo con su paso desigual y trasladaba a la víctima con mucho cuidado, sosteniendo su extremo de la camilla bien alto y firme, y aprovechando la fuerza de sus brazos musculosos para compensar su cojera. Rob J. tuvo varias semanas para pensar en su primera intervención antes de que ocurriera. Su problema consistía en que tenía tanta imaginación como Robinson, tal vez más. Pudo pensar varias formas y circunstancias en las que resultaba herido. En su tienda, a la luz de la lámpara, hizo una serie de dibujos para su diario, enseñándole al equipo de Wilcox a salir corriendo, tres hombres inclinados contra una posible descarga de plomo, el cuarto llevando la camilla delante de él mientras corría, como un frágil escudo. Le enseñó a Ordway a regresar llevando el ángulo derecho trasero de la camilla, los otros tres camilleros con el rostro tenso y asustado y los delgados labios de Ordway curvados en un rictus que era mitad sonrisa y mitad gruñido, un hombre absolutamente insignificante que por fin había descubierto que servía para algo. Rob J. se preguntó qué haría Ordway cuando la guerra terminara y no pudiera salir a buscar heridos exponiéndose a los disparos.

No hizo dibujos de su equipo. Aún no había salido.

La primera vez fue el 7 de noviembre. El 119 de Indiana fue enviado al otro lado del Tappahannock, cerca de un sitio llamado Kelly's Ford. El regimiento cruzó el río a media mañana pero pronto quedó bloqueado por el intenso fuego enemigo, y al cabo de diez minutos se informó al cuerpo de camilleros que alguien había resultado herido. Rob J. y sus tres camilleros avanzaron hasta un campo de heno que había a la orilla del río, donde media docena de hombres acurrucados detrás de una pared de piedra cubierta de enredadera disparaban al bosque. Mientras corrían hasta la pared,

Rob J. esperó sentir el mordisco de un proyectil en su carne. El aire estaba demasiado cargado para respirar por la nariz. Fue como si hubiera avanzado gracias a una fuerza bruta, y sus miembros parecían moverse lentamente.

El soldado había sido alcanzado en el hombro. La bala estaba metida en la carne y era necesario explorar para encontrarla, pero no en medio de los disparos. Rob J. cogió un vendaje de su *Mee-shome* y cubrió la herida, asegurándose de que la hemorragia quedaba controlada. Luego colocaron al soldado en la camilla y regresaron a buen paso. Rob J. era consciente del amplio blanco que ofrecía su espalda en la parte de atrás de la camilla. Pudo oír cada uno de los disparos y el sonido de las balas que pasaban rasgando las hierbas altas, chocando sólidamente contra la tierra, cerca de ellos.

Al otro lado de la camilla, Amasa Decker gimió.

—¿Te han dado? —Rob J. jadeó.

—No.

Corrieron arrastrando los pies, con su carga a cuestas, deslizándose durante una eternidad hasta llegar a un sitio cubierto en el que el comandante Coppersmith había instalado su puesto médico.

Cuando entregaron el paciente al médico jefe, los cuatro camilleros se tendieron sobre la hierba como si fueran truchas recién pescadas.

—Esas balas *minié* suenan como abejas —comentó Lucius Wagner.

—Creí que nos mataban a todos —dijo Amasa Decker—. ¿Usted no, doctor?

—Estaba asustado pero recordé que tenía cierta protección. —Rob J. les mostró el *Mee-shome* y les contó que, según la promesa de los sauk, las tiras, los trapos *Izze*, lo protegerían de las balas. Decker y Johnson lo escucharon con expresión seria, Wagner con una leve sonrisa.

Esa tarde el fuego cesó casi por completo. Los flancos quedaron en un punto muerto hasta el anochecer, cuando dos brigadas de la Unión atravesaron el río y pasaron junto a la posición del 131 en la única carga a la bayoneta que Rob J.

vería en la guerra. Los soldados de infantería del 131 calaron sus bayonetas y se unieron al ataque, cuyo carácter sorpresivo y feroz permitiría a la Unión matar y capturar varios miles de confederados. Las pérdidas de la Unión fueron escasas, pero Rob J. y sus camilleros salieron media docena de veces a buscar heridos. Los tres soldados habían quedado convencidos de que gracias al doctor Cole y a su bolsa medicinal injun eran un equipo afortunado, y cuando regresaron sanos y salvos después de la última salida, Rob J. quedó tan convencido como ellos del poder de su *Mee-shome*.

Aquella noche, en la tienda, después de atender a los heridos, Gardner Coppersmith lo observó con ojos brillantes.

—Una carga a la bayoneta gloriosa, ¿no le parece, Cole?

Rob J. pensó seriamente en la pregunta.

—Más bien una carnicería —dijo en tono cansado.

El médico del regimiento lo miró con disgusto.

—Si piensa de esa forma, ¿por qué demonios está aquí?

—Porque aquí es donde están los pacientes —repuso Rob J.

Sin embargo, a finales de año decidió que dejaría el 131 de Indiana. Era allí donde estaban los pacientes, pero él se había unido al ejército para proporcionar buenos cuidados médicos a los soldados, y el comandante Coppersmith no le permitiría hacerlo. Pensó que él apenas hacía otra cosa que trasladar camillas, lo cual era desperdiciar un médico con experiencia, y para un ateo no tenía sentido vivir como si quisiera convertirse en mártir o en santo. Decidió regresar a casa cuando expirara su contrato, es decir, la primera semana de 1864.

La Nochebuena fue muy extraña, lamentable y conmovedora al mismo tiempo. Hubo ceremonias de adoración delante de las tiendas. A un lado del Tappahannock, los músicos del 131 de Indiana interpretaron *Adeste Fideles*. Cuando concluyeron, la banda de los confederados que se encontraba en la orilla opuesta tocó *God Rest Ye Merry, Gentlemen*; la música flotaba misteriosamente sobre las oscuras aguas, y entonces se oyeron los acordes de *Noche de paz*. El director Fitts alzó su batuta y la banda de la Unión y los músicos confederados tocaron al unísono mientras los soldados de ambas orillas cantaban. Cada ejército podía ver las fogatas del otro.

Resultó una noche de paz, sin disparos. Para cenar no tuvieron aves, pero el ejército les había proporcionado una sopa muy aceptable que contenía algo que podría haber sido carne de vaca, y cada soldado del regimiento recibió un poco de whisky para celebrar la festividad.

Tal vez eso fue un error porque despertó la sed de los hombres, que querían seguir bebiendo. Después del concierto Rob J. encontró a Wilcox y a Ordway, que lo saludaban desde la orilla del río, donde acababan de vaciar una botella del matarratas del cantinero. Wilcox sujetaba a Ordway, pero él también se tambaleaba.

—Vete a dormir, Abner —le dijo Rob J.—. Yo llevaré a éste a su tienda.

Wilcox asintió y se fue, pero Rob J. no hizo lo que había dicho. Sino que ayudó a Ordway a alejarse de las tiendas y lo sentó contra unas piedras.

—Lanny —le dijo—. Lan, muchacho. Tú y yo tenemos que hablar.

Ordway lo miró con los ojos entrecerrados, completamente borracho.

—... Feliz Navidad, doctor.

—Feliz Navidad, Lanny. Hablemos de la Orden Suprema de la Bandera Estrellada —propuso Rob J.

Así que decidió que el whisky era la clave que le iba a revelar todo lo que Lanning Ordway sabía.

El 3 de enero, cuando el coronel Symonds fue a verlo con otro contrato, él estaba observando cómo Ordway llenaba cuidadosamente su mochila con vendas limpias y píldoras de morfina. Rob J. vaciló sólo durante un segundo, y no apartó la vista de Ordway. Luego garabateó su firma y quedó alistado por tres meses más.

55

«¿Cuándo conociste
a Ellwood R. Patterson?»

Rob J. pensaba que había sido muy sutil y circunspecto en la forma en que interrogó al ebrio Ordway aquella Nochebuena. El interrogatorio había confirmado su imagen del hombre, y de la OSBE.

Sentado con la espalda apoyada en el poste de la tienda, con el diario apoyado en las rodillas levantadas, escribió lo siguiente:

Lanning Ordway empezó a asistir a las reuniones del Partido Americano en Vincennes, Indiana, «cinco años antes de tener edad suficiente para votar». (Me preguntó dónde me había unido yo, y le dije «En Boston».)

A las reuniones lo llevaba su padre, «porque quería que yo fuera un buen norteamericano». Su padre era Nathanael Ordway, empleado de un fabricante de escobas. Las reuniones se celebraban en un segundo piso, encima de una taberna. Entraban por la taberna, salían por la puerta de atrás y subían las escaleras. Su padre golpeaba la puerta según la señal convenida. Recuerda que su padre siempre se sentía orgulloso cuando «el Guardián de la Entrada» (!) los observaba por la mirilla y los dejaba pasar «porque éramos buenas personas».

Al cabo de un año aproximadamente, cuando su padre estaba borracho o enfermo, Lanning iba a las reuniones solo. Cuando Nathaniel Ordway murió («a causa de la bebida y la pleuresía»), Lanning se fue a Chicago, a trabajar en una taberna que había fuera de la estación de ferrocarril, en la calle Galena, donde un primo de su padre despachaba whisky. Ordenaba el establecimiento cuando se marchaban los borrachos, esparcía serrín limpio todas las mañanas, lavaba los enormes espejos, pulía la barandilla de latón, hacía un poco de todo.

Para él fue normal buscar a los Ignorantes en Chicago. Era como ponerse en contacto con la familia porque tenía más cosas en común con los simpatizantes del Partido Americano que con el primo de su padre. El partido trabajaba para elegir funcionarios públicos que contrataran a trabajadores norteamericanos nativos, dándoles preferencia sobre los inmigrantes. A pesar de su cojera (después de hablar con él y de observarlo, deduzco que nació con la cavidad de la cadera demasiado poco profunda), los miembros del partido se acostumbraron a llamarlo a él cuando necesitaban a alguien joven para hacer recados importantes, y lo bastante mayor para mantener la boca cerrada.

Fue motivo de orgullo para él que sólo al cabo de un par de años, cuando tenía diecisiete, lo introdujeran en la secreta Orden Suprema de la Bandera Estrellada. Dio a entender que también era un motivo de esperanza, porque pensaba que un joven norteamericano pobre y tullido necesitaba estar relacionado con una organización poderosa si quería llegar a algo, «con todos esos extranjeros católicos romanos dispuestos a hacer el trabajo de cualquier norteamericano por una cantidad miserable de dinero».

La Orden «hacía cosas que el partido no podía hacer». Cuando le pregunté a Ordway qué hacía él para la Orden, me respondió: «Esto y aquello. Viajaba de un lado a otro, aquí y allá.»

Le pregunté si alguna vez había conocido a un hombre llamado Hank Cough, y él parpadeó. «Claro que lo conozco. ¿Usted también conoce a ese hombre? Imagínese. Sí. ¡Hank!»

Le pregunté dónde estaba Cough, y me miró con expresión extraña. «Está en el ejército.»

Pero cuando le pregunté qué clase de trabajo habían hecho juntos, se colocó el dedo índice debajo del ojo y lo hizo bajar por su nariz. Se puso de pie tambaleándose, y concluyó la entrevista.

A la mañana siguiente, Ordway no dio muestras de recordar el interrogatorio. Rob J. tuvo el buen cuidado de dejar pasar algunos días. De hecho pasaron varias semanas hasta que se presentó otra oportunidad, porque las provisiones de whisky del cantinero habían sido agotadas por la tropa durante las fiestas, y los comerciantes del Norte que viajaban con las fuerzas de la Unión eran reacios a reponer las existencias de whisky en Virginia por temor a que el producto estuviera envenenado. Pero un cirujano auxiliar interino siempre tenía una reserva de whisky del ejército para uso medicinal. Rob J. le dio la botella a Wilcox porque sabía que la compartiría con Ordway. Esa noche esperó vigilante, y cuando por fin regresaron, Wilcox alegre y Ordway taciturno, le dio las buenas noches a Wilcox y se ocupó de Ordway tal como había hecho en la ocasión anterior. Fueron al mismo montón de piedras, lejos de las tiendas.

—Bueno, Lanny —dijo Rob J.—. Conversemos un poco más.

—¿Sobre qué, doctor?

—¿Cuándo conociste a Ellwood R. Patterson?

Los ojos del joven se convirtieron en agujas de hielo.

—¿Quién es usted? —preguntó Ordway, y su voz sonó completamente sobria.

Rob J. estaba preparado para la cruda verdad. Esperó un buen rato.

—¿Quién crees que soy?

—Por las preguntas que hace, pienso que es un maldito espía católico.

—Y tengo más. Tengo algunas preguntas acerca de la mujer india que asesinaste.

—¿Qué india? —preguntó Ordway auténticamente horrorizado.

—¿A cuántas indias has asesinado? ¿Sabes de dónde soy, Lanny?

—Usted dijo de Boston —respondió Ordway en tono malhumorado.

—Eso era antes. He vivido en Illinois durante años. En una pequeña población llamada Holden's Crossing.

Ordway lo miró y no dijo nada.

—La india que fue asesinada era mi amiga, trabajaba para mí. Se llamaba Makwa-ikwa, por si no lo sabías. Fue violada y asesinada en mi bosque, en mi granja.

—¿La india? Dios mío. Apártese de mi vista, loco desgraciado, no sé de qué me está hablando. Se lo advierto. Si es inteligente, si sabe lo que le conviene para proteger su bienestar, espía hijo de puta, olvide todo lo que cree saber sobre Ellwood R. Patterson —le espetó Ordway. Pasó junto a Rob J. tambaleándose y se perdió en la oscuridad con tanta rapidez como si le estuvieran disparando.

Al día siguiente Rob J. no le quitó los ojos de encima, sin que se notara que lo estaba vigilando. Le vio preparar a su equipo de camilleros e inspeccionar sus mochilas, y le oyó advertirles que debían ser muy cuidadosos con el uso de las pastillas de morfina hasta que el ejército les proporcionara más, porque el regimiento ya había agotado sus provisiones. Tenía que reconocer que Lanning Ordway se había convertido en un buen y eficaz sargento del cuerpo de ambulancias.

Por la tarde vio a Ordway en su tienda, afanándose sobre un papel, con la pluma en la mano. Pasó así varias horas.

Después del toque de retreta, Ordway llevó el sobre a la tienda que hacía las veces de correo.

Rob J. se detuvo y entró en la oficina de correos.

—Esta mañana encontré a un cantinero que tenía un queso fantástico —le comentó a Amasa Decker—. Te he dejado un trozo en tu tienda.

—Gracias, doctor, es muy amable —respondió Decker, encantado.

—Tengo que cuidar a mis camilleros, ¿no? Será mejor que vayas y te lo comas antes de que otro lo encuentre. Me lo pasaré bien haciendo de cartero mientras tú no estás.

No tuvo que hacer nada más. Inmediatamente después de que Decker se marchara, Rob J. se acercó a la caja de la correspondencia que debía ser enviada. Sólo le llevó unos minutos encontrar el sobre y deslizarlo dentro de su *mee-shome*.

No lo abrió hasta que se encontró a solas, en la intimidad de su tienda. La carta iba dirigida al reverendo David Goodnow, calle Bridgeton 237, Chicago, Illinois.

Estimado señor Goodnow, Lanning Ordway. Estoi en el 131 Indiana, si se hacuerda. Aquí ai un ombre que hase preguntas. Un doctor un tal Robit Col. Quiere saver sobre Henry. Abla raro, lo estube oserbando. Quiere saver de L. wood Padson. Me dijo que biolamos y matamos a esa chica injun esa ves en Illinois. En sierto modo me hocupo de el. Pero uso la cabesa y se lo cuento para que aberiue como se entero de nosotros. Soi sarjento. Cuando acave la gerra bolvere a trabajar para la orden. Lanning Ordway.

56

Al otro lado del Tappahannock

Rob J. era perfectamente consciente de que en medio de una guerra, con las armas a disposición de cualquiera, y siendo el asesinato a gran escala un fenómeno normal, surgirían muchas formas y oportunidades para un asesino experto que estaba decidido a «hocuparse» de él. Durante cuatro días intentó saber qué tenía a sus espaldas, y durante cinco noches durmió poco o no durmió. Se quedaba despierto pensando cómo lo intentaría Ordway. Decidió que si estuviera en el lugar de Ordway, y con su temperamento, esperaría hasta que ambos estuvieran participando en una ruidosa escaramuza en la que se produjeran muchos disparos. Por otra parte, no tenía idea de si Ordway era de los que llevaban cuchillo. Si Rob J. aparecía acuchillado, o con el pescuezo cortado, después de una larga y oscura noche en la que cualquier retén asustado habría pensado que cada sombra correspondía a un confederado infiltrado, su muerte no resultaría sorprendente y no se realizaría ninguna investigación.

Esta situación cambió el 19 de enero, cuando la compañía B de la segunda brigada fue enviada al otro lado del Tappahannock, en lo que se suponía que debía ser una rápida exploración y una veloz retirada, pero la cosa no fue así. La compañía de infantería encontró posiciones de los confederados donde no había imaginado, y quedó inmovilizada por el fuego enemigo en un lugar sin protección.

Volvía a repetirse la situación en la que todo el regimiento se había encontrado unas semanas antes, pero en lugar de setecientos hombres con la bayoneta calada cargando al otro lado del río para arreglar la situación, aquí no hubo apoyo del ejército del Potomac. Los ciento siete hombres se quedaron donde estaban y soportaron el fuego durante todo el día, devolviéndolo lo mejor que podían. Cuando cayó la noche, volvieron a cruzar el río a toda velocidad, llevando consigo cuatro muertos y siete heridos.

La primera persona que trasladaron a la tienda que hacía las veces de hospital fue Lanning Ordway.

Los hombres del equipo de Ordway dijeron que había sido herido exactamente antes del anochecer. Había metido la mano en el bolsillo de su chaqueta para coger la galleta dura y el trozo de cerdo frito que había guardado esa mañana envueltos en papel, cuando dos balas *minié* lo alcanzaron en rápida sucesión. Una de las balas le había arrancado un fragmento de la pared abdominal, y ahora le sobresalía un trozo de abdomen grisáceo. Rob J. empezó a empujarlo hacia dentro, pensando que cerraría la herida, pero enseguida vio varias cosas más y reconoció que no podía hacer nada para salvar a Ordway.

La segunda herida era perforante y había causado demasiado daño interno al intestino o al estómago, o tal vez a ambos. Sabía que si abría el vientre encontraría la sangre encharcada en la cavidad abdominal. El rostro seco de Ordway estaba blanco como la leche.

—¿Quieres algo, Lanny? —le preguntó Rob J. suavemente.

Ordway movió los labios. Clavó sus ojos en los de Rob J., y cierta expresión de serenidad que éste había visto con anterioridad en los moribundos le indicó que estaba consciente.

—Agua.

Era lo peor que se le podía dar a un hombre que había

recibido un disparo en el vientre, pero Rob J. sabía que no tenía importancia. Cogió dos pastillas de morfina de su *Meeshome* y se las dio a Ordway con un buen trago de agua. Casi al instante Ordway vomitó sangre.

—¿Quieres un sacerdote? —preguntó Rob J. mientras intentaba poner todo en orden. Pero Ordway no respondió, simplemente siguió mirándolo—. Tal vez quieras contarme exactamente qué ocurrió con Makwa-ikwa aquel día en mi bosque. O contarme alguna otra cosa, lo que se te ocurra.

—Usted... al infierno —logró decir Ordway.

Rob J. no creía que fuera a parar allí. Tampoco creía que Ordway ni nadie fuera a semejante sitio, pero no era el momento adecuado para abrir un debate.

—Creo que hablar podría ayudarte en este momento. Si hay algo que quieras librar de tu mente.

Ordway cerró los ojos, y Rob J. supo que debía dejarlo en paz.

Odiaba ver cómo la muerte le arrebataba a alguien, pero le molestó especialmente perder a este hombre que había estado dispuesto a matarlo, porque en el cerebro de Ordway había información que él había buscado ansiosamente durante años, y cuando el cerebro del hombre se apagara como una lámpara, la información habría desaparecido.

También sabía que a pesar de todo había algo en su interior que se había mostrado sensible a este extraño y complejo joven, que había sido sorprendido mientras cumplía su misión. ¿Cómo habría sido conocer a un Ordway que hubiera sido parido por su madre sin defectos físicos, un Ordway que hubiera recibido un mínimo de educación en lugar de ser analfabeto, que hubiera recibido algunos cuidados en lugar de pasar hambre, y un patrimonio diferente de su padre borracho?

Sabía muy bien lo inútil que era esta especulación, y cuando echó un vistazo a la figura inmóvil se dio cuenta de que Ordway estaba más allá de cualquier consideración.

Durante un rato sostuvo el cono de éter mientras Gardner Coppersmith quitaba, no sin destreza, una bala *minié* de la parte carnosa de la nalga izquierda de un muchacho. Luego volvió al lado de Ordway, le ató la mandíbula, colocó unas monedas sobre sus párpados, y finalmente lo tendió en el suelo, junto a los otros cuatro soldados que la compañía B había devuelto al campamento.

57

El círculo completo

El 12 de febrero de 1864, Rob escribió en su diario:

Dos ríos, allá en casa, el grandioso Mississippi y el modesto Rock, han marcado mi vida; ahora, en Virginia, he llegado a conocer muy bien otro par desparejo de ríos en los que he presenciado repetidas matanzas: el Tappahannock y el Rapidan. Tanto el ejército del Potomac como el del norte de Virginia han enviado pequeños grupos de infantería y caballería al otro lado del Rapidan para atacarse mutuamente, durante los últimos días del invierno y el principio de la primavera. Con la misma naturalidad con que cruzaba el Rock en los viejos tiempos para visitar a un vecino enfermo o traer un niño al mundo, ahora acompaño a las tropas a cruzar el Rapidan de diversas formas, montado sobre Pretty Boy, chapoteando en los vados poco profundos, o navegando por corrientes caudalosas en barcos o balsas. Este invierno no ha habido grandes batallas con miles de muertos, pero me he acostumbrado a ver docenas de cuerpos, o uno. Hay algo infinitamente más trágico en un solo hombre muerto que en un campo lleno de cadáveres. He aprendido en cierto modo a no fijarme en los sanos ni en los muertos y a concentrarme en los heridos, a salir a buscar estúpidos y malditos jóvenes que las más de las veces caen por los disparos de otros estúpidos y malditos jóvenes...

Los soldados de ambos ejércitos se habían acostumbrado a pinchar en sus ropas trozos de papel con su nombre y su dirección, con la esperanza de que sus seres queridos fueran notificados en caso de que ellos se convirtieran en bajas. Ni Rob J. ni los tres camilleros de su equipo se molestaban en ponerse el papel de identificación. Ahora salían sin ningún temor, porque Amasa Decker, Alan Johnson y Lucius Wagner estaban convencidos de que la medicina de Makwa-ikwa los protegía realmente, y Rob J. se había permitido contagiarse de esa convicción. Era como si en cierto modo el *Mee-shome* generara una fuerza que desviaba todas las balas, convirtiendo el cuerpo de todos ellos en algo intocable.

A veces parecía que siempre había habido guerra, y que continuaría eternamente. Sin embargo, Rob J. veía algunos cambios. Un día, en un ejemplar hecho jirones del *Baltimore American*, leyó que todos los varones blancos del Sur en edades comprendidas entre los diecisiete y los cincuenta años habían sido reclutados para prestar servicios en el ejército confederado. Esto significaba que a partir de ese momento cada baja del ejército confederado sería irreemplazable, y su ejército cada vez más reducido. Rob J. veía con sus propios ojos que los soldados confederados muertos y prisioneros, llevaban el uniforme raído y un calzado lamentable. Se preguntaba con desesperación si Alex estaba vivo, y alimentado, vestido y calzado. El coronel Symonds anunció que muy pronto el 131 de Indiana recibiría una partida de carabinas Sharps equipadas con recámara, que permitirían el tiro rápido. Y al parecer a eso conducía la guerra: a un Norte que fabricaba mejores armas, municiones y barcos, y a un Sur que luchaba cada vez con menos hombres y que sufría la escasez de todo lo que podía producirse en una fábrica. El problema consistía en que los confederados no parecían darse cuenta de que se movían con una terrible desventaja industrial, y combatían con una fiereza que hacía pensar que la guerra no terminaría pronto.

Un día de finales de febrero, los cuatro camilleros tuvieron que acudir a un sitio en el que un capitán llamado Taney, comandante de la compañía A de la primera brigada, estaba tendido fumando estoicamente un puro después de que una bala le destrozara la espinilla. Rob J. vio que no tenía sentido colocarle una tablilla porque la bala había arrancado varios centímetros de tibia y peroné, y la pierna tendría que ser amputada entre el tobillo y la rodilla. Cuando fue a coger una venda del *Mee-shome* se dio cuenta de que no lo había llevado consigo.

Sintió que se le revolvía el estómago y supo exactamente dónde lo había dejado: encima de la hierba, en la entrada de la tienda donde estaba instalado el hospital.

Los otros también lo recordaron.

Rob J. cogió el cinturón de cuero que llevaba puesto Alan Johnson y lo utilizó para hacer un torniquete; luego cargaron al capitán en la camilla y se lo llevaron casi en estado de embriaguez.

—¡Santo cielo! —decía Lucius Wagner. Siempre decía lo mismo y en tono acusador cuando estaba muy asustado. Ahora lo susurró una y otra vez hasta que resultó molesto, pero nadie se quejó ni le dijo que se callara porque estaban demasiado ocupados imaginando el doloroso impacto de las balas en sus cuerpos tan cruel y repentinamente desprovistos de magia.

El traslado fue más lento y desesperante que el primero de todos los que habían hecho. Hubo varios disparos, pero a los camilleros no les ocurrió nada. Finalmente llegaron a la tienda que albergaba el hospital, y después de entregarle el paciente a Coppersmith, Amasa Decker cogió el *Mee-shome* del suelo y lo arrojó a las manos de Rob J.

—Póngaselo. Rápido —le dijo, y Rob J. obedeció.

Los tres camilleros se consultaron con expresión sombría, aliviados, y se pusieron de acuerdo en compartir la responsabilidad de comprobar que el médico auxiliar interino Cole se colgaba la bolsa de las medicinas todas las mañanas nada más levantarse.

Rob J. se alegró de llevar el *Mee-shome* dos mañanas más tarde, cuando el 131 de Indiana —a ochocientos metros del punto en el que el Rapidan se une al río más grande— giró en una curva del camino y literalmente se topó con los rostros desconcertados de una brigada de soldados de uniforme gris.

Los hombres de ambos grupos empezaron a disparar inmediatamente, algunos a muy corta distancia. El aire se llenó de maldiciones, gritos, estampidos de mosquete y aullidos de los que caían heridos; luego las filas delanteras se fundieron entre sí, y los oficiales atacaron con la espada o dispararon las armas pequeñas mientras los soldados blandían los rifles como si fueran palos, o usaban los puños, las uñas o los dientes porque no tenían tiempo para volver a cargar las armas.

A un lado del camino había un bosquecillo de robles y al otro un campo abonado que parecía suave como el terciopelo, arado y listo para la siembra. Algunos hombres de ambos ejércitos se refugiaron detrás de los árboles que había al lado del camino, pero el grueso se dispersó, estropeando la perfección del campo abonado. Se disparaban mutuamente desde una línea de ataque desordenada y desigual.

Cuando se producía una escaramuza, Rob J. se quedaba generalmente en la retaguardia, esperando que lo fueran a buscar en caso de necesidad, pero en la confusión de la refriega se encontró luchando con su aterrorizado caballo en el centro mismo de la violencia. El animal se encabritó y luego pareció quebrarse. Rob J. logró desmontar de un salto mientras el caballo se desplomaba sobre el suelo y quedaba allí tendido, sacudiéndose. En el cuello del color del barro de

Pretty Boy había un agujero sin sangre del tamaño de una moneda de cinco centavos, pero de sus ollares ya manaban dos pequeños torrentes rojos; el animal se esforzaba por respirar, y en su agonía pateaba el aire espasmódicamente.

La bolsa de las medicinas contenía una jeringa hipodérmica con una aguja de cobre y un poco de morfina, pero los opiáceos aún escaseaban y no se podían administrar a un caballo. Un teniente del ejército confederado yacía muerto a diez metros de distancia. Rob J. se acercó a él y le cogió un pesado revólver negro que llevaba en la pistolera. Regresó junto a Pretty Boy, colocó la boca del arma debajo de la oreja del animal y apretó el gatillo.

No había dado más de una docena de pasos cuando sintió un dolor espantoso en la parte superior del brazo izquierdo, como si le hubiera picado un abeja de medio metro de largo. Dio tres pasos más, y la tierra ocre y cubierta de estiércol pareció levantarse para recibirlo. Pensaba con claridad. Sabía que se había desmayado y que enseguida recuperaría las fuerzas, y se quedó tendido, mirando con ojos de pintor el tosco sol ocre en un cielo teñido de azul, mientras los sonidos se apagaban a su alrededor, como si alguien hubiera arrojado una manta sobre el resto del mundo. No supo cuánto tiempo permaneció así. Tuvo conciencia de que le sangraba la herida del brazo y buscó a tientas unas vendas en la bolsa y las apretó sobre la herida para detener la hemorragia. Al mirar hacia abajo vio sangre en el *Mee-shome*. La ironía le resultó irresistible y se echó a reír al pensar en el ateo que había intentado convertir en un dios una vieja bolsa de cañones de pluma y un par de tiras de cuero curtido.

Finalmente fue a recogerlo el equipo de Wilcox. El sargento —tan feo como Pretty Boy, con su ojo desviado hacia fuera cargado de cariño y preocupación— le dijo a Rob J. el tipo de cosas tontas y sin sentido que él había dicho miles de veces a los pacientes para consolarlos. Los sudistas habían visto que el enemigo era mucho más numeroso y se habían retirado. Había un montón de hombres y caballos muertos, de carros destrozados y cosas desparramadas, y Wilcox le comentó a Rob J. en tono de pesar que el granjero iba a pasarlo muy mal para volver a arar ese bonito campo.

Sabía que había tenido la suerte de que la herida no fuera más grave, pero era algo más que un rasguño. La bala no había tocado el hueso pero había arrancado carne y músculo.

Coppersmith había cosido la herida parcialmente y la había vendado con cuidado, y dio la impresión de que la tarea le producía una gran satisfacción.

Rob J. fue trasladado con otros treinta y seis heridos a un hospital de Fredericksburg, donde permaneció diez días. El lugar había sido un depósito y no estaba tan limpio como debía, pero el médico militar responsable, un comandante llamado Sparrow que había ejercido la medicina en Hartford, Connecticut, antes de la guerra, era un buen profesional. Rob J. recordó los experimentos que el doctor Milton Akerson había hecho en Illinois con el ácido clorhídrico, y el doctor Sparrow estuvo de acuerdo en permitirle que de vez en cuando se lavara la herida con una solución suave de ácido clorhídrico. Le escocía, pero la herida empezó a cicatrizar perfectamente y sin infección, y acordaron que tal vez daría buen resultado probar el sistema con otros pacientes. Rob J. podía flexionar los dedos y mover la mano izquierda, aunque le dolía. Coincidió con el doctor Sparrow en que aún era demasiado pronto para saber cuánta fuerza y movimiento recuperaría el brazo herido.

El coronel Symonds fue a visitarlo cuando pasó una semana en la ciudad.

—Váyase a casa, doctor Cole. Cuando se recupere, si quiere volver con nosotros, será bienvenido —le dijo, aunque ambos sabían que no regresaría. Symonds le dio las gracias torpemente—. Si sobrevivo, y algún día usted pasa por Fort Wayne, Indiana, vaya a visitarme a la Fábrica de Tubos de Lámparas Symonds y tomaremos una comida maravillosa, y beberemos todo lo que haga falta, y hablaremos largo y tendido de los malos viejos tiempos —propuso.

Se despidieron con un fuerte apretón de manos, y el joven coronel se marchó.

Le llevó tres días y medio llegar a casa, con cinco redes de ferrocarril diferentes, empezando por el Ferrocarril de Baltimore y Ohio. Todos los trenes llevaban retraso, y estaban mugrientos y atestados de viajeros con problemas. Llevaba el brazo en cabestrillo pero no era más que otro civil de mediana edad, y en varias ocasiones tuvo que viajar de pie a lo largo de ochenta kilómetros o más en un tren que no dejaba de balancearse. En Canton, Ohio, esperó medio día para cambiar de tren, y luego compartió un asiento con un tambor llamado Harrison que trabajaba para una gran empresa de cantineros que vendía polvos de tinta al ejército. El hombre le confió que había oído los disparos de cerca muchas veces. Tenía montones de historias inverosímiles sobre la guerra, condimentadas con los nombres de importantes figuras militares y políticas, y las historias hacían que los kilómetros pasaran más deprisa.

En los vagones, atestados y calurosos, la gente se había quedado sin agua. Al igual que los demás, Rob J. bebió lo que le quedaba en la cantimplora y después pasó sed. Finalmente el tren se detuvo en un apeadero cercano a un campamento del ejército, en las afueras de Marion, Ohio, para cargar combustible y coger agua de una pequeña corriente, y los pasajeros bajaron para llenar sus recipientes.

Rob J. estaba entre ellos, pero cuando se arrodilló con su cantimplora, algo que había en la orilla opuesta le llamó la atención, y enseguida supo de qué se trataba.

Al acercarse se dio cuenta de que efectivamente alguien había arrojado en la corriente vendas usadas, gasas ensangrentadas y otros desechos de hospital; cuando después de un corto paseo descubrió otros vertederos, volvió a tapar su cantimplora y aconsejó a los demás pasajeros que hicieran lo mismo.

El revisor dijo que conseguirían agua buena en Lima, un poco más abajo, y Rob J. regresó a su asiento; cuando el tren reanudó la marcha, se quedó dormido a pesar del balanceo del vagón.

Al despertar se enteró de que el tren acababa de salir de Lima.

—Quería coger agua —dijo irritado.

—No se preocupe —le dijo Harrison—. Tengo el termo lleno. —Se lo pasó, y Rob J. bebió una buena cantidad.

—¿Había mucha gente recogiendo agua en Lima? —preguntó mientras le devolvía el termo.

—Oh, ésta no la cogí en Lima. Llené el termo en Marion, cuando nos detuvimos a cargar combustible —respondió el vendedor.

El hombre se puso pálido cuando Rob J. le contó lo que había visto en la corriente de agua de Marion.

—¿Entonces enfermaremos?

—No se sabe. —Después de Gettysburg, Rob J. había visto a toda una compañía beber durante cuatro días de una fuente en la que después descubrieron a dos confederados muertos, pero no habían sufrido consecuencias importantes. Se encogió de hombros—. No me sorprendería que dentro de unos días los dos tuviéramos diarreas.

—¿No podemos tomar algo?

—Un poco de whisky ayudaría, si pudiéramos conseguirlo.

—De eso me ocupo yo —le aseguró Harrison, y se marchó a toda prisa en busca del revisor. Cuando regresó, sin duda con el billetero mucho más vacío, llevaba una botella grande con dos tercios de whisky. La bebida era suficientemente fuerte para que surtiera efecto, comentó Rob J. después de probarla. Cuando se despidieron en South Bend, Indiana, un poco mareados, cada uno estaba convencido de que el otro era un individuo fantástico, y se saludaron con un caluroso apretón de manos. Rob llegó a Gary antes de darse cuenta de que no conocía el nombre de pila de Harrison.

Llegó a Rock Island a primera hora de la mañana, con la fresca, mientras soplaba el viento desde el río. Se alegró de bajar del tren y caminó por la ciudad con la maleta en la mano sana. Tenía la intención de alquilar un caballo y un cabriolé, pero enseguida se encontró con George Cliburne, quien le dio la mano, le palmeó la espalda e insistió en llevarlo a Holden's Crossing personalmente, en su calesa.

Cuando Rob J. atravesó la entrada de la granja, Sarah estaba sentándose para tomar el huevo del desayuno y la galleta del día anterior, y lo miró sin decir una palabra y se echó a llorar. Se abrazaron.

—¿Estás malherido?

Él le aseguró que no.

—Estás muy delgado.

Le dijo que le prepararía el desayuno, pero él le aseguró que lo tomaría más tarde. Empezó a besarla, y estaba tan ansioso como un niño. Quería hacerle el amor en la mesa, o en el suelo, pero ella le dijo que ya era hora de que volviera a su cama, y él la siguió escaleras arriba. Al llegar a la habitación, ella lo hizo esperar hasta que estuvieron desnudos.

—Necesito darme un buen baño —dijo él, nervioso; pero ella respondió en un susurro que el baño también podía esperar.

Todos esos años, la enorme fatiga y el dolor de la herida desaparecieron con sus ropas. Se besaron y se exploraron mutuamente con más ansia que la que habían sentido en aquel granero, después de casarse durante el Gran Despertar, porque ahora sabían qué era lo que les había faltado. La mano sana de Rob encontró el cuerpo de ella y sus dedos hablaron por él. Finalmente, Sarah no pudo mantenerse en pie, se apoyó en el brazo de Rob, y él se encogió de dolor.

Sarah miró la herida y lo ayudó a volver a poner el brazo en el cabestrillo y lo hizo tenderse en la cama boca arriba mientras ella se ocupaba de todo, y cuando hicieron el amor, Rob J. gritó varias veces, una de ellas porque el brazo le dolía.

Se sentía auténticamente contento no sólo de estar junto a su esposa sino de poder ir al establo a darles manzanas secas a los caballos y ver que ellos lo recordaban; y de encontrarse con Alden, que arreglaba unas vallas, y ver la enorme alegría reflejada en el rostro del anciano; y de recorrer el Camino Corto que cruzaba el bosque hasta el río y detenerse a arrancar las hierbas de la tumba de Makwa; y de sentarse con la espalda apoyada en un árbol, cerca de donde había estado el *hedonoso-te*, y contemplar las aguas que se deslizaban serenamente, sin que nadie llegara desde la otra orilla gritando como los animales ni le disparara.

A última hora de la tarde recorrió con Sarah el sendero que había entre su casa y la de los Geiger. Lillian también se echó a llorar al verlo, y lo besó en la boca. Le dijo que lo último que sabía de Jason era que estaba sano y salvo, y que trabajaba como administrador de un enorme hospital que se encontraba a orillas del río James.

—Estuve muy cerca de allí —comentó Rob J.—. Sólo a un par de horas de viaje.

Lillian asintió.

—Dios quiera que él también regrese pronto a casa —dijo en tono seco, y no pudo evitar mirar el brazo de Rob J.

Sarah no quiso quedarse a cenar. Se negaba a compartir a Rob J.

Sólo pudo estar a solas con él un par de días, porque al tercero por la mañana se había extendido la noticia de que había regresado, y la gente empezó a llegar a su casa, algunos sólo para darle la bienvenida, pero muchos más para hacer girar casualmente la conversación en torno a un furúnculo en la pierna, o una fuerte tos, o un dolor de estómago que no se calmaba. El tercer día, Sarah capituló. Alden ensilló a Boss, y Rob J. visitó media docena de sus antiguos pacientes.

Tobias Barr había abierto un dispensario en Holden's Crossing, donde atendía casi todos los miércoles; pero la gente sólo iba a verlo en los casos de mayor urgencia, y Rob J. se encontró con el mismo tipo de problemas que había descubierto al llegar por primera vez a Holden's Crossing:

hernias descuidadas, dentaduras cariadas, toses crónicas. Cuando pasó por casa de los Schroeder les dijo que se sentía aliviado de ver que Gustav no había perdido más dedos trabajando en la granja, lo cual era verdad aunque lo dijera en tono de broma. Alma le dio café mezclado con achicoria y *mandelbrot*, y lo puso al corriente de las novedades del lugar, algunas de las cuales lo entristecieron. Hans Grueber había caído muerto en su campo de trigo el agosto anterior.

—El corazón, supongo —comentó Gus.

Y Suzy Gilbert, que siempre insistía en que Rob J. se quedara a tomar sus pesadas tortas de patata, había muerto durante el parto, hacía un mes.

En el pueblo había personas nuevas, familias de Nueva Inglaterra y del Estado de Nueva York. Y tres familias católicas, recién llegadas de Irlanda.

—Ni siquierra saben hablarr su idioma —sentenció Gus, y Rob no pudo ocultar una sonrisa.

Por la tarde guió al caballo por el sendero de entrada del convento de San Francisco de Asís, pasando junto a lo que ahora era un respetable rebaño de cabras.

Miriam la Feroz lo saludó radiante de alegría. Él se sentó en la silla del obispo y le contó lo que le había ocurrido.

Ella pareció profundamente interesada al oírle hablar de Lanning Ordway y de la carta que éste había escrito al reverendo David Goodnow, de Chicago.

Le pidió permiso para copiar el nombre y la dirección de Goodnow.

—Hay personas que se alegrarán de recibir esta información —le aseguró la madre superiora.

Después le habló de su mundo. El convento prosperaba. Había cuatro monjas nuevas y dos novicias. Ahora los laicos iban al convento para el culto dominical. Si seguían asistiendo, pronto existiría una iglesia católica.

Rob J. supuso que ella esperaba una visita, porque sólo hacía unos minutos que había llegado cuando la hermana Mary Peter Celestine les sirvió una fuente con galletas recién horneadas y un excelente queso de cabra.

Y café de verdad, el primero que probaba después de más de un año, con cremosa leche de cabra para aclararlo.

—¿La cría engordada, reverenda madre?

—Es fantástico tenerlo otra vez en casa —dijo ella.

Se sentía cada día más fuerte. No se excedía, dormía hasta tarde, comía bien y con placer, se paseaba por la granja. Por la tarde visitaba a unos pocos pacientes.

No obstante, tenía que volver a acostumbrarse a la buena vida. Al séptimo día de estar en casa, le dolían las piernas, los brazos y la espalda. Se rió y le dijo a Sarah que no estaba acostumbrado a dormir en una cama.

A primeras horas de la mañana, cuando estaba acostado en la cama, sintió el retortijón de estómago e intentó pasarlo por alto porque no quería levantarse. Finalmente tuvo que hacerlo, y estaba en mitad de la escalera cuando empezó a dar bandazos y a correr, y Sarah se despertó.

No logró llegar al retrete; se detuvo a un lado del sendero y se agachó entre la maleza como un soldado borracho, gruñendo y gimiendo mientras sus intestinos se vaciaban como en un estallido.

Ella lo había seguido hasta fuera, y él lamentó que lo viera en ese trance.

—¿Qué te ocurre? —le preguntó Sarah.

—El agua... en el tren —dijo Rob J. jadeando.

Por la noche tuvo tres episodios más. Por la mañana se administró aceite de ricino para eliminar la enfermedad de su organismo, y esa noche, al ver que el malestar no lo abandonaba, tomó sulfato de magnesio. Al día siguiente empezó a arder de fiebre y comenzaron los terribles dolores de cabeza, y supo lo que tenía incluso antes de que Sarah lo desnudara esa noche para bañarlo y vieran las manchas rojas de su abdomen.

Ella se mostró decidida cuando él se lo dijo.

—Bueno, hemos cuidado gente con fiebre tifoidea en otras ocasiones y los hemos salvado. Dime qué dieta debes hacer.

Le producía náuseas pensar en la comida, pero se lo dijo.

—Caldo de carne cocida con verduras, si es que consigues alguna. Zumos de fruta. Aunque en esta época del año...

Aún quedaban algunas manzanas en un cajón del sótano, y Sarah dijo que Alden las trituraría. Sarah se mantuvo ocupada todo el tiempo para no preocuparse, pero al cabo de veinticuatro horas se dio cuenta de que necesitaba ayuda porque entre el orinal, los cambios constantes de ropa, los baños para combatir la fiebre y el hervir la ropa sucia apenas había podido dormir un rato. Envió a Alden al convento católico para pedir ayuda a las monjas enfermeras. Se presentaron dos —Sarah ya había oído decir que siempre trabajaban en parejas—, una monja joven con cara de niña, llamada hermana Mary Benedicta, y una mujer mayor, alta y de nariz larga, que dijo ser la madre Miriam Ferocia. Rob J. abrió los ojos y sonrió al verlas, y Sarah se fue al dormitorio de los chicos y durmió durante seis horas.

La habitación del enfermo estaba ordenada y olía bien. Las monjas eran enfermeras eficaces. A los tres días de estar en casa de Rob J. le bajó la fiebre. Al principio las tres mujeres se alegraron, pero la mayor le enseñó a Sarah que las deposiciones empezaban a ser sanguinolentas, y ella envió a Alden a Rock Island a buscar al doctor Barr.

Cuando llegó el doctor Barr, las deposiciones estaban compuestas casi totalmente de sangre, y Rob J. se veía muy pálido. Habían pasado ocho días desde el primer retortijón.

—Ha avanzado muy rápidamente —le comentó el doctor Barr, como si estuvieran en una reunión de la Asociación de Médicos.

—A veces ocurre —coincidió Rob J.

—¿Quinina, tal vez, o calomelanos? —sugirió el doctor Barr—. Algunos creen que es como la malaria.

Rob J. opinó que la quinina y el calomelanos eran inútiles.

—La fiebre tifoidea no es como la malaria —dijo haciendo un esfuerzo.

Tobias Barr no tenía tanta experiencia como Rob J. en anatomía, pero ambos sabían que una hemorragia grave significaba que los intestinos estaban llenos de perforaciones causadas por la fiebre tifoidea, y que las úlceras se harían más pronunciadas en lugar de mejorar. No eran necesarias demasiadas hemorragias.

—Podría dejarle un poco de polvos de Dover —dijo el doctor Barr.

Los polvos de Dover eran una mezcla de ipecacuana y opio. Rob J. sacudió la cabeza y el doctor Barr comprendió que quisiera mantenerse consciente todo el tiempo que le fuera posible, en su habitación, en su propia casa. Para el doctor Barr era más fácil que el paciente no supiera nada, así podía dejarle la esperanza dentro de un frasco, con instrucciones acerca de cuándo tomarla. Palmeó el hombro de Rob J. y dejó la mano allí durante breves instantes.

—Volveré mañana —dijo serenamente. Había pasado por esto infinidad de veces; pero su mirada estaba transida de pesar.

—¿No podemos ayudarla en nada más? —le preguntó Miriam Ferocia a Sarah.

Sarah dijo que ella era baptista, pero las tres se arrodillaron en el pasillo, junto al dormitorio, y rezaron juntas. Esa noche Sarah le dio las gracias a las monjas y les dijo que podían marcharse.

Rob J. descansó tranquilamente hasta la medianoche, cuando tuvo una pequeña hemorragia. Le había prohibido a Sarah que dejara entrar al pastor, pero ahora ella volvió a preguntarle si quería hablar con el reverendo Blackmer.

—No, puedo hacerlo tan bien como Ordway —dijo con voz clara.

—¿Quién es Ordway? —preguntó Sarah, pero él parecía demasiado cansado para responder.

Ella se sentó junto a la cama. Rob J. enseguida estiró la mano y ella se la cogió, y ambos cayeron en un sueño ligero. Exactamente antes de las dos de la madrugada, ella se despertó y enseguida notó que la mano de él estaba fría.

Se quedó sentada a su lado durante un rato, y luego se obligó a levantarse. Encendió las lámparas y lavó a Rob J. por última vez, enjuagando la última hemorragia que le había arrebatado la vida. Lo afeitó e hizo todo lo que él le había enseñado a hacer por los demás durante todos esos años, y lo vistió con el mejor traje. Ahora le quedaba demasiado grande, pero sabía que no importaba.

Como buena esposa de un médico, recogió la ropa interior que estaba demasiado manchada de sangre para hervirla, y la envolvió en una sábana para quemarla. Luego calentó agua y se preparó un baño en el que se frotó con jabón tosco, mientras lloraba.

Al despuntar el día, estaba vestida con ropa limpia y sentada junto a la puerta de la cocina. En cuanto oyó que Alden abría la puerta del establo, salió a buscarlo y le dijo que su esposo había muerto, y le dio un mensaje para llevar a la oficina de telégrafos, pidiéndole a su hijo que regresara a casa.

SEXTA PARTE

EL MÉDICO RURAL

2 DE MAYO DE 1864

58

Consejeros

Curiosamente, al despertar, Chamán quedó abrumado por dos emociones contradictorias: la viva y amarga realidad de que su padre ya no estaba, y la conocida seguridad del hogar, como si cada parte de su cuerpo y de su mente hubiera quedado fundida con la imagen que tenía de ese lugar y se hubiera deslizado en su vacío, llenándolo con absoluta naturalidad.

Conocía aquellas sensaciones: el estremecimiento de la casa antes de que soplara el viento de la llanura, el tacto de la almohada y las sábanas ásperas contra su piel, los aromas del desayuno que se deslizaban escaleras arriba y lo obligaban a bajar, incluso aquel resplandor del sol amarillo y caliente sobre el rocío de la hierba del patio. Cuando salió del retrete, sintió la tentación de recorrer el sendero hasta el río, pero aún tendrían que pasar varias semanas para que el agua estuviera bastante caliente para nadar.

Mientras regresaba a la casa, Alden salió del granero y le hizo señas de que se detuviera.

—¿Cuánto tiempo te quedarás, Chamán?

—No estoy seguro, Alden.

—Bueno, el caso es que... hay un montón de barreras para plantar alrededor de los pastos. Doug Penfield ya ha abierto las franjas de tierra, pero con todo lo que ha ocurrido nos hemos retrasado en el cuidado de los corderos añales, y en unas cuantas cosas más. Tú podrías ayudarme a plantar los naranjos de Osage. Te llevaría más o menos cuatro días.

Chamán sacudió la cabeza.

—No, Alden, no puedo.

Al ver la expresión de enfado del anciano sintió la culposa necesidad de darle una explicación, pero se resistió. Alden aún lo veía como el hijo menor del jefe al que había que decirle lo que debía hacer, el sordo que no era tan buen granjero como Alex. La negativa constituía un cambio en la situación de ambos, e intentó suavizar la cosa.

—Tal vez pueda trabajar en la granja dentro de un par de días. Pero si no es así, tú y Doug tendréis que arreglaros solos —añadió, y Alden se marchó con el ceño fruncido.

Chamán y su madre intercambiaron sonrisas cautelosas mientras él se acomodaba en su silla. Habían aprendido a hablar de cosas sin importancia, para no correr riesgos. Él elogió la salchicha y los huevos de la granja, dijo que estaban muy bien cocinados y que no había tomado un desayuno como aquél desde que se había marchado de casa.

Ella comentó que el día anterior había visto tres garzas azules mientras iba a la ciudad.

—Creo que este año hay más que nunca. Tal vez hayan salido espantadas de otros sitios debido a la guerra —le agregó.

Chamán había estado levantado hasta tarde leyendo el diario de su padre. Le hubiera gustado preguntarle unas cuantas cosas a su madre, y pensó que era una pena no poder hacerlo.

Después del desayuno pasó un buen rato leyendo los historiales de los pacientes de su padre. Nadie llevaba archivos médicos más detallados que Robert Judson Cole. Agotado o no, siempre había completado los historiales antes de irse a dormir, y gracias a eso Chamán pudo hacer una detallada lista de todas las personas a las que había atendido en los días posteriores a su regreso. Le preguntó a su madre si podía disponer de Boss y del cabriolé durante ese día.

—Quiero visitar a los pacientes de papá. La fiebre tifoidea es una enfermedad que se propaga fácilmente.

Ella asintió.

—Me parece una buena idea que te lleves el caballo y el coche. ¿Y tu comida? —le preguntó.

—Me llevaré en el bolsillo un par de esos bollos tuyos.

—Él solía hacer lo mismo —dijo ella débilmente.

—Lo sé.

—Yo te prepararé una buena comida.

—Como quieras, mamá.

Se acercó a ella y la besó en la frente. Sarah se quedó quieta pero cogió la mano de su hijo y la apretó con fuerza. Cuando la soltó, Chamán volvió a quedar impresionado por su belleza.

La primera casa en la que se detuvo fue la de un granjero llamado William Bemis que se había lesionado la espalda ayudando a parir un ternero. Bemis cojeaba y tenía el cuello torcido, aunque dijo que su espalda había mejorado.

—Pero se me está terminando ese linimento apestoso que tu padre me dejaba.

—¿Ha tenido fiebre, señor Bemis?

—En absoluto. Sólo me duele la espalda, ¿por qué iba a tener fiebre? —Miró a Chamán con el ceño fruncido—. ¿Vas a cobrarme la visita? Yo no he llamado a ningún médico.

—No, señor, no le cobraré nada. Me alegro de que se encuentre mejor —le aseguró Chamán, y le dejó un poco más de linimento para que se quedara satisfecho.

Intentó hacer algunas paradas que imaginaba que habría hecho su padre para saludar a los viejos amigos. Llegó a casa de los Schroeder poco después del mediodía.

—A tiempo para la comida —le dijo Alma entusiasmada, y frunció los labios con desdén cuando él le dijo que se había llevado la comida de su casa.

—Bueno, tráela y siéntate a la mesa con nosotros —propuso Alma, y él aceptó, contento de tener compañía.

Sarah le había preparado rodajas de cordero frío, un boniato cocido y tres bollos abiertos y untados con miel.

Alma llevó a la mesa una fuente con codornices fritas y empanadas de melocotón.

—No vas a rechazar las empanadas que hice con mi última confitura —le advirtió ella, y Chamán cogió dos y una ración de codornices—. Tu padre sabía que no debía traer nada cuando venía a mi casa a la hora de la comida —le dijo Alma algo molesta. Lo miró a los ojos—. ¿Ahora te quedarás en Holden's Crossing y serás nuestro médico?

La pregunta lo desconcertó. Era una pregunta normal, una pregunta que él mismo tendría que haberse hecho, la misma que había estado eludiendo.

—Bueno, Alma... no lo he pensado muy bien —repuso en tono poco convincente.

Gus Schroeder se inclinó hacia delante y, como si estuviera confiándole un secreto, le susurró:

—¿Por qué no lo piensas?

A media tarde, Chamán estaba en casa de los Snow. Edwin Snow cultivaba trigo en una granja del extremo norte de la población, el lugar de Holden's Crossing más alejado de la granja de los Cole. Snow era uno de los que había enviado a buscar al doctor Cole cuando se enteró de su regreso, porque se le había infectado un dedo del pie. Chamán lo encontró caminando de un lado a otro, sin cojear.

—Oh, tengo el pie estupendamente —dijo contento—. Tu padre le dijo a Tilda que lo sujetara mientras él lo abría con su cuchillo, usando la mano sana, que la tenía firme como una roca. Me hice baños de sal para quitar toda la porquería como él me dijo. Pero es curioso que hayas venido hoy. Tilda no se encuentra bien.

Encontraron a la señora Snow dando de comer a las gallinas; parecía que no tuviera fuerzas ni para tirarles el maíz. Era una mujer alta y corpulenta, de cara coloradota, y reconoció que tenía «un poco de fiebre».

Chamán se dio cuenta enseguida de que tenía bastante fiebre, y sintió el alivio de la mujer cuando él le ordenó que se metiera en la cama, aunque mientras caminaban hacia la casa ella no dejó de protestar y de decir que no era necesario.

La señora Snow le dijo que había pasado todo un día con un fuerte dolor de espalda, y que había perdido el apetito.

Chamán se sintió inquieto pero se esforzó en hablar con naturalidad, y le dijo que descansara un poco, que el señor Snow se ocuparía de las gallinas y de los demás animales. Les dejó un frasco de tónico y dijo que volvería a visitarlos al día siguiente. Snow intentó protestar cuando Chamán se negó a cobrarle, pero éste se mostró firme.

—No voy a cobrarle. La cosa sería distinta si yo fuera su médico. Simplemente pasaba por aquí —le aseguró, incapaz de aceptar dinero por tratar una enfermedad que tal vez le había contagiado su padre.

La última parada que hizo aquel día fue en el convento de San Francisco de Asís.

La madre Miriam pareció realmente contenta de verlo. Cuando le pidió que se sentara, él eligió la silla de madera de respaldo recto en la que se había sentado las pocas veces que había ido al convento con su padre.

—Bueno —dijo ella—, ¿echando un vistazo a tu antiguo hogar?

—Hoy estoy haciendo algo más que eso. Estoy intentando ver si mi padre pudo contagiar la fiebre tifoidea a alguien de Holden's Crossing. ¿Usted o la madre Mary Benedicta han sentido algún síntoma?

La madre Miriam sacudió la cabeza.

—No. Y no creo que se presenten ninguno. Estamos acostumbradas a cuidar personas con toda clase de enfermedades, como lo estaba tu padre. Probablemente ahora a ti te ocurre lo mismo, ¿no?

—Sí, me parece que sí.

—Creo que el Señor cuida a las personas como nosotros.

Chamán sonrió.

—Espero que no se equivoque.

—¿Habéis visto muchos casos de fiebre tifoidea en tu hospital?

—Hemos visto algunos. Tenemos a los pacientes que sufren enfermedades contagiosas en un edificio separado, lejos de los demás.

—Me parece muy sensato —opinó—. Háblame de tu hospital.

Y él le habló del Hospital del Sudoeste de Ohio, empezando por el equipo de enfermeros, que era lo que a ella posiblemente le interesaría más, y siguiendo por el equipo médico y quirúrgico, y los patólogos. Ella le hizo preguntas interesantes que lo estimularon a seguir hablando, y le habló también de su trabajo como cirujano con el doctor Berwyn, y como patólogo con Barney McGowan.

—Entonces has tenido una buena formación, y una buena experiencia. ¿Y ahora? ¿Te quedarás en Cincinnati?

Chamán le comentó lo que le había preguntado Alma Schroeder, y que no se había sentido preparado para responder.

La madre Miriam lo miró con interés.

—¿Y por qué te parece tan difícil responder?

—Cuando vivía aquí, siempre me sentía incompleto, era un chico sordo que crecía entre personas que oían perfectamente. Amaba y admiraba a mi padre y quería ser como él. Ansiaba ser médico, y trabajé y luché aunque todos, incluso él, decían que no lo lograría.

»Mi sueño siempre fue convertirme en médico, y ahora estoy más allá del sueño. Ya no soy incompleto, y vuelvo a estar en el lugar que amo. Para mí, este lugar siempre pertenecerá al verdadero médico, a mi padre.

La madre Miriam asintió.

—Pero él ya no está, Chamán.

No respondió. Sintió el palpitar de su corazón, como si estuviera oyendo la noticia por primera vez.

—Quiero que me hagas un favor —le dijo ella. Señaló la silla de cuero—. Siéntate allí, donde siempre se sentaba él.

De mala gana, con el cuerpo casi rígido, se levantó de la

silla de madera y se sentó en la tapizada. Ella aguardó un instante.

—No es tan incómoda, supongo.

—Es muy cómoda —respondió él.

—Y tú la llenas perfectamente bien. —La madre superiora esbozó una sonrisa y luego le dio un consejo casi idéntico al que le había dado Gus Schroeder—. Debes pensarlo —dijo.

En el camino de regreso se detuvo en casa de Howard y compró una botella de whisky.

—Lamento lo de tu padre —musitó Julian Howard, incómodo.

Chamán asintió, consciente de que Howard y su padre no se habían soportado jamás. Mollie Howard dijo que imaginaba que Mal y Alex habían logrado alistarse en el ejército confederado, porque no habían recibido una sola noticia de Mal desde que ambos se habían marchado.

—Supongo que si estuvieran en algún sitio a este lado de las líneas, uno u otro habría enviado alguna carta a su casa —dijo Mollie, y Chamán respondió que pensaba que tenía razón.

Después de cenar llevó la botella a la cabaña de Alden, como una oferta de paz. Incluso se sirvió un poco en uno de los vasos, porque sabía que a Alden no le gustaba beber solo cuando estaba con alguien. Esperó a que Alden hubiera bebido unos cuantos tragos antes de encauzar la conversación hacia el tema de la granja.

—¿A qué se debe que este año tú y Doug Penfield tengáis tantos problemas para que el trabajo esté al día?

Alden respondió al instante.

—¡Hace mucho tiempo que se está retrasando! Apenas hemos vendido alguna oveja, salvo uno o dos añales a algún vecino para la comida de Pascua. Por eso todos los años el rebaño crece, y cada vez son más los animales que hay que limpiar y esquilar, y más los pastos cercados que hay que proporcionarles. Intenté que tu padre estudiara la situación antes de irse al ejército, pero nunca lo logré.

—Bueno, hablemos de este asunto ahora mismo. ¿Cuánto consigues por un kilo de vellón? —preguntó Chamán mientras sacaba del bolsillo una libreta y un lápiz.

Estuvieron casi una hora hablando de precios y calidades de lanas, de las posibilidades del mercado cuando concluyera la guerra, del terreno necesario por cabeza, de los días de trabajo, y del coste diario. Cuando concluyeron, Chamán tenía la libreta llena de garabatos.

Alden se había apaciguado.

—Ahora bien, si pudieras decirme que Alex regresará pronto, eso cambiaría el panorama, porque ese chico es una fiera trabajando. Pero la verdad es que podría estar muerto en cualquier sitio. Y sabes que tengo razón, Chamán.

—Sí, es verdad. Pero a menos que me entere de lo contrario, pienso que sigue vivo.

—Bueno, claro. Pero será mejor que no cuentes con él cuando planifiques el trabajo, eso es todo.

Chamán lanzó un suspiro y se levantó para marcharse.

—Te diré una cosa, Alden. Mañana por la tarde tengo que volver a salir, pero dedicaré toda la mañana a los naranjos de Osage —anunció.

A la mañana siguiente salió al campo temprano, vestido con ropa de trabajo. Era un día excelente para trabajar al aire libre, un día seco y ventoso con el cielo lleno de nubes inofensivas. Hacía mucho tiempo que no realizaba ninguna actividad física, y antes de terminar de cavar el primer agujero sintió los músculos agarrotados.

Sólo había colocado tres plantas cuando su madre llegó a la pradera montando a Boss, seguida por un sueco llamado Par Swanson, que se dedicaba a cultivar remolachas, y al que Chamán apenas conocía.

—¡Es mi hija! —gritó el hombre antes de llegar a donde estaba Chamán—. Creo que se ha roto el cuello.

Chamán cogió el caballo de su madre y siguió al hombre. Tuvieron que cabalgar casi un cuarto de hora para llegar a casa de los Swanson. Por la breve descripción del hombre imaginó lo que iba a encontrar, pero se dio cuenta enseguida que la pequeña estaba viva aunque con muchos dolores.

Selma Swanson era una niñita muy rubia, que aún no tenía tres años. Le gustaba subir con su padre en el distribuidor de estiércol. Esa mañana los caballos de su padre habían sorprendido a un enorme halcón que había bajado hasta el campo para comerse un ratón. El halcón levantó el vuelo súbitamente, espantando a los caballos. Cuando éstos saltaron hacia delante, Selma perdió el equilibrio y cayó. Mientras luchaba por dominar a los animales, Par vio que su hija se había golpeado con un ángulo del distribuidor en el momento de caer.

—Me miraba a mí, y se golpeó el cuello —dijo el padre.

La niñita se sujetaba el brazo izquierdo con la mano derecha, contra el pecho.

Tenía el hombro izquierdo adelantado.

—No —lo corrigió Chamán después de examinar a la pequeña—. Es la clavícula.

—¿Está rota? —preguntó la madre.

—Bueno, un poco doblada, y tal vez algo astillada, pero no hay por qué preocuparse. Sería grave si le hubiera ocurrido a usted, o a su marido. Pero a la edad de la niña los huesos se curvan como ramas verdes y se curan con gran rapidez.

La clavícula había quedado lesionada no muy lejos de su unión con el omóplato y el esternón. Con unos trapos que le proporcionó la señora Swanson hizo un pequeño cabestrillo para el brazo izquierdo de Selma, y después de colocarlo en él, ató todo al cuerpo con otro trapo para impedir que la clavícula se moviera.

La niña ya se había calmado cuando él terminó de beber el café que la señora Swanson había calentado en el hornillo.

Chamán se encontraba a poca distancia de varios de los pacientes que tenía que visitar ese día, y no tenía sentido regresar a su casa y volver a salir, de modo que empezó las visitas en ese momento.

Una mujer llamada Royce, la esposa de uno de los nuevos colonos, le dio pastel de carne para comer. Empezaba a caer la tarde cuando regresó a la granja.

Al pasar por el campo en el que había empezado a trabajar esa mañana, vio que Alden había puesto a Doug Penfield a trabajar en la barrera, y que una larga y admonitoria línea de brotes de naranjo de Osage se extendía por la pradera.

59

El padre reservado

—No lo permita Dios —susurró Lillian.

Ninguno de los Geiger había mostrado síntomas de fiebre tifoidea, dijo. Chamán observó que el rostro de Lillian reflejaba el esfuerzo de llevar la granja, la casa y la familia sin la ayuda de su esposo. Aunque el negocio de boticario se había resentido, ella aún trabajaba en algunos aspectos del negocio farmacéutico de Jason, importaba medicamentos para Tobias Barr y Julius Barton.

—El problema es que Jay solía conseguir mucho material en la empresa farmacéutica que su familia tenía en Charleston. Y ahora, por culpa de la guerra, Carolina del Sur está apartada de nosotros, por supuesto —le comentó a Chamán mientras le servía el té.

—¿Has recibido alguna noticia de Jason?

—Últimamente no.

Lillian pareció incómoda cuando Chamán le hizo preguntas sobre Jason, pero él comprendió que se mostrara reacia a hablar demasiado de su esposo por temor a revelar algo que pudiera perjudicarlo, o a revelar información militar, o a poner en peligro a su familia. Para una mujer resultaba difícil vivir en un estado de la Unión mientras su esposo trabajaba en Virginia con los confederados.

Lillian se sintió más relajada cuando hablaron de la carrera médica de Chamán. Ella estaba al tanto de sus progresos en el hospital y de las ofertas que le habían hecho allí. Evidentemente, Sarah había comentado con ella las noticias que él transmitía en sus cartas.

—Cincinnati es un sitio muy cosmopolita —apuntó Lillian—. Sería fantástico que hicieras tu carrera allí, que enseñaras en la facultad de medicina, que ejercieras tu profesión. Jay y yo estamos muy orgullosos de ti. —Cortó rebanadas delgadas y perfectas de tarta de café y se las sirvió en el plato—. ¿Tienes idea de cuándo regresarás?

—No estoy seguro.

—Chamán. —Puso una mano sobre la de él y se inclinó hacia delante—. Regresaste cuando murió tu padre, y te has ocupado de todo maravillosamente bien. Ahora debes empezar a pensar en ti, y en tu carrera. ¿Sabes lo que tu padre habría querido que hicieras?

—¿Qué, tía Lillian?

—Tu padre habría querido que regresaras a Cincinnati y reanudaras tu carrera. ¡Debes volver allí lo más pronto posible! —dijo ella en tono solemne.

Sabía que Lillian tenía razón. Si iba a marcharse, sería mejor que lo hiciera sin demora. Todos los días tenía que visitar una casa diferente, porque la gente lo llamaba, como reacción al hecho de que en Holden's Crossing volvía a haber médico. Cada vez que trataba un paciente era como si quedara atado por un finísimo hilo. Esos hilos podían romperse, ciertamente; cuando él se fuera, el doctor Barr podía ocuparse del tratamiento de cualquiera que siguiera necesitando cuidados médicos. Pero aumentaba su sensación de que había cosas allí que no deseaba dejar inconclusas.

Su padre guardaba una lista de nombres y direcciones, y Chamán la leyó cuidadosamente. Le comunicó la muerte de su padre a Oliver Wendell Holmes, de Boston, y a su tío Herbert, al que nunca había visto, y que nunca más tendría que preocuparse de que su hermano mayor regresara a Escocia a reclamar sus tierras.

Chamán dedicaba todos sus momentos libres a la lectura de los diarios, cautivado por las visiones momentáneas de su padre, que le resultaban interesantes y desconocidas. Rob J. Cole había escrito sobre la sordera de su hijo con angustia y ternura, y mientras leía, Chamán sentía todo su gran amor. El dolor de su padre al escribir sobre la muerte de Makwa-ikwa, y la muerte posterior de Viene Cantando y de Luna, reavivó sentimientos que habían quedado enterrados profundamente. Volvió a leer el informe de su padre sobre la autopsia de Makwa-ikwa, por si había pasado algo por alto en las anteriores lecturas, y trató de determinar si su padre había omitido algo en su examen, y si él habría hecho algo diferente en caso de que hubiera realizado la autopsia.

Cuando cogió el volumen correspondiente al año 1853, quedó atónito. En el cajón del escritorio de su padre encontró la llave del cobertizo cerrado que había detrás del granero. La cogió y la llevó al granero, y una vez allí abrió la enorme cerradura y entró. Era simplemente el cobertizo, un sitio en el que había estado cientos de veces. En las estanterías de la pared había provisiones de medicamentos, tónicos y otros específicos, y ramilletes de hierbas secas colgados de las vigas, legado de Makwa. Aún seguía allí la vieja estufa de leña, no muy lejos de la mesa de las autopsias, donde tantas veces había ayudado a su padre. De unos clavos de las paredes colgaban cacerolas y cubos, y de otro que había en un tronco todavía colgaba el viejo jersey marrón de Rob J.

El cobertizo no había sido barrido ni limpiado desde hacía varios años. Había telarañas por todas partes, pero Chamán no hizo caso. Se acercó al lugar de la pared que le pareció el correcto, pero cuando tiró de la tabla, ésta se mantuvo firme. En la parte de delante del establo había una palanca, pero no fue necesario ir a buscarla porque cuando tocó la tabla contigua se soltó fácilmente, junto con otras.

Fue como mirar dentro de una cueva. El interior estaba muy oscuro, y sólo entraba una luz natural grisácea por una ventana pequeña y llena de polvo. Primero abrió la puerta grande del cobertizo, pero la luz seguía siendo pobre, así que cogió la lámpara, que aún contenía un poco de aceite, y la encendió.

Cuando la acercó a la abertura, arrojó sombras vacilantes al interior de la habitación secreta.

Chamán se agachó y entró. Su padre la había dejado limpia. Aún había un bol, una taza y una manta pulcramente doblada que Chamán recordó haber visto en su casa durante mucho tiempo. El sitio resultaba pequeño para Chamán, que era tan corpulento como había sido su padre.

Sin duda algunos de los esclavos fugitivos también habían sido corpulentos.

Apagó la lámpara y se quedó a oscuras en ese espacio secreto. Intentó imaginar que la entrada estaba cerrada con los tablones, y que el mundo exterior era un sabueso ladrador que lo perseguía. Que sólo podía elegir entre ser un animal de carga o un animal cazado.

Cuando salió instantes después, cogió el viejo jersey marrón y se lo puso, a pesar de que ya hacía bastante calor. Conservaba el olor de su padre.

Pensó que todo ese tiempo, durante todos esos años en los que él y Alex habían vivido en la casa y se habían peleado y hecho travesuras, y se habían confiado sus necesidades y deseos, su padre había guardado este inmenso secreto, había vivido esta experiencia solo. Ahora Chamán sintió la abrumadora necesidad de hablar con Rob J., de compartir la experiencia, de hacerle preguntas, de expresarle su amor y admiración. En su habitación del hospital había llorado al recibir el telegrama que anunciaba la muerte de su padre. Pero se había mostrado imperturbable en el tren, y fuerte durante y después del funeral, pensando en su madre.

Ahora apoyó la espalda contra la pared del cobertizo, junto a la habitación secreta, y se deslizó hacia abajo hasta quedar sentado en el suelo como un niño, y como un niño que llama a su padre se entregó a la pena con la convicción de que su silencio iba a ser más solitario que nunca.

60

Una criatura con crup

Dios no lo permitió. No hubo más casos de fiebre tifoidea en Holden's Crossing. Habían pasado dos semanas, y no había aparecido sarpullido en el cuerpo de Tilda Snow.

La fiebre le había bajado enseguida, sin que se presentara hemorragia ni ninguna señal de pérdida de sangre, y una tarde en que Chamán fue a la granja de los Snow encontró a la mujer lavando los cerdos.

—Fue una gripe muy fuerte, pero se ha curado —le dijo a su esposo.

Si esta vez Snow hubiera querido pagarle, él habría aceptado el dinero, pero en lugar de pagarle el granjero le entregó un par de gansos que había matado, vaciado, desplumado y manido especialmente para Chamán.

—Tengo una hernia desde hace tiempo y me molesta —le informó Snow.

—Bien, déjeme echar un vistazo.

—No querría empezar ahora, que viene la siega del heno.

—¿Cuándo habrá terminado? ¿Dentro de un mes y medio?

—Más o menos.

—Venga a verme entonces, al dispensario.

—¿Qué? ¿Aún estarás aquí?

—Sí —le respondió con una amplia sonrisa, y así fue como decidió que se quedaría para siempre: serenamente y sin angustias, sin saber siquiera que había tomado la decisión.

Le dio a su madre los gansos y le sugirió que invitara a Lillian y a sus hijos a comer. Pero Sarah dijo que no era el momento adecuado para que Lillian fuera a comer, y que pensaba que sería mejor que se comieran las aves ellos solos, simplemente ellos dos y los dos jornaleros.

Esa noche Chamán escribió dos cartas: una a Barney McGowan y otra a Lester Berwyn, expresándoles su agradecimiento por todo lo que habían hecho por él en la facultad de medicina y en el hospital, y explicándoles que renunciaba a su cargo en el hospital para poder hacerse cargo de los pacientes de su padre en Holden's Crossing. Le escribió a Tobias Barr a Rock Island, dándole las gracias por haber dedicado los miércoles a Holden's Crossing. Añadió que a partir de ese momento estaría constantemente en Holden's Crossing, y le pidió al doctor Barr que apoyara su solicitud de ingreso en la Asociación de Médicos del Distrito de Rock Island.

Le comunicó su decisión a su madre en cuanto terminó de escribir las cartas, y vio la alegría y el alivio de ella al saber que no iba a estar sola. Se acercó a él rápidamente y lo besó en la mejilla.

—Se lo diré a las mujeres de la iglesia —le aseguró, y Chamán sonrió, porque sabía que no había necesidad de hacer ningún otro tipo de anuncio.

Se sentaron, hablaron e hicieron planes. Él usaría el dispensario y el cobertizo del granero, como había hecho su padre, dedicando las mañanas al dispensario y las tardes a las visitas domiciliarias. Mantendría los honorarios que su padre había establecido, pues aunque no eran elevados siempre les habían permitido vivir cómodamente.

Había pensado en los problemas de la granja, y Sarah escuchó mientras él le comentaba sus ideas, y luego asintió mostrando su total acuerdo.

A la mañana siguiente, Chamán se sentó en la cabaña de Alden y bebió un café espantoso mientras le explicaba lo que habían decidido hacer para reducir el rebaño.

Alden escuchó con atención, sin apartar los ojos de Chamán mientras chupaba y volvía a encender la pipa.

—Supongo que sabes lo que estás diciendo, ¿no? ¿Sabes que el precio de la lana va a mantenerse por las nubes mientras dure la guerra, y que un rebaño reducido os dará menos beneficios que los que obtenéis ahora?

Chamán asintió.

—Mi madre y yo pensamos que la otra alternativa es tener un negocio más grande que exige más trabajadores y más administración, y ninguno de los dos quiere eso. Mi profesión es la medicina, no la cría de corderos. Pero tampoco nos gustaría que la granja de los Cole se quedara sin corderos. Así que querríamos examinar bien el rebaño y separar los mejores productores de lana y conservar esos ejemplares y criarlos. Escogeremos el rebaño todos los años para producir lana cada vez mejor, y así mantendremos buenos precios. Sólo tendremos el número de corderos que tú y Doug Penfield estéis en condiciones de cuidar.

Alden estaba radiante.

—Bueno, eso me parece una decisión maravillosa —afirmó, y volvió a llenar la jarra de Chamán con el espantoso café.

A veces para Chamán era muy duro leer el diario de su padre, demasiado doloroso internarse en su cerebro y en sus emociones. En algunas ocasiones lo dejaba de lado durante toda una semana, pero siempre volvía a cogerlo, necesitaba leer las siguientes páginas porque sabía que serían su último contacto con su padre. Cuando terminara de leer el diario, no tendría más información sobre Rob J. Cole, sólo recuerdos.

Fue un mes de junio lluvioso y un verano raro; todo llegó de forma prematura, las cosechas y las frutas, las plantas de los bosques. Estalló la población de conejos y liebres; los animales estaban en todas partes, mordisqueaban la hierba que crecía junto a la casa y se comían las lechugas y las flores del jardín de Sarah Cole. Las lluvias hicieron difícil segar el heno, y campos enteros de forraje se pudrían en la tierra, sin poder secarse, lo que produjo una abundante población de insectos que picaban a Chamán cuando salía a hacer sus visitas. A pesar de eso, le parecía maravilloso ser el médico de Holden's Crossing. Había disfrutado ejerciendo la medicina en el hospital de Cincinnati; cuando necesitaba ayuda o palabras tranquilizadoras de un médico mayor, todo el personal lo apoyaba y se ponía a su disposición. Aquí estaba solo y no tenía idea de lo que encontraría al día siguiente. Ésa era la esencia de la práctica de la medicina, y a él le apasionaba.

Tobias Barr le comunicó que la Asociación de Médicos del Distrito se había disuelto porque la mayor parte de sus miembros habían ido a la guerra. Sugirió que mientras tanto se reunieran una noche al mes con Julius Barton para cenar y hablar de temas profesionales, y celebraron la primera reunión con verdadero placer; el principal tema de conversación fue el sarampión, que había estallado en Rock Island pero no en Holden's Crossing. Coincidieron en que era necesario recalcar a los pacientes jóvenes y viejos que no debían rascar ni romper las pústulas, por muy irritantes que resultaran, y que el tratamiento debía incluir ungüentos suavizantes, bebidas refrescantes y polvos de Seidlitz. Los otros dos médicos se mostraron interesados cuando Chamán les comentó que en el hospital de Cincinnati el tratamiento incluía gárgaras de alumbre en los casos en que había complicaciones respiratorias.

A la hora de los postres, la conversación derivó hacia la política. El doctor Barr era uno de los muchos republicanos que pensaba que el enfoque de Lincoln con respecto al Sur era demasiado blando. Él apoyaba el Proyecto de Ley de Reconstrucción Wade-Davis, que reclamaba severas medidas de castigo contra el Sur cuando concluyera la guerra, y que la Cámara de Representantes había aprobado a pesar de las objeciones de Lincoln. Animados por Horace Greeley, los republicanos disidentes se habían reunido en Cleveland y habían acordado nombrar su propio candidato presidencial, el general John Charles Fremont.

—¿Cree usted que el general tiene posibilidades de derrotar a Lincoln? —preguntó Chamán.

El doctor Barr sacudió la cabeza con expresión pesimista.

—Si aún hay guerra, no. No hay nada mejor que una guerra para que un presidente resulte reelegido —sentenció.

En julio cesaron por fin las lluvias, pero el sol parecía de bronce. La pradera empezó a despedir vapor, quedó abrasada y adquirió un color pardo. Finalmente el sarampión llegó a Holden's Crossing, y Chamán tuvo que levantarse varias veces de la cama para atender a las víctimas de la epidemia, aunque ésta no fue tan virulenta como la de Rock Island. Su madre le contó que el sarampión había atacado Holden's Crossing el año anterior, y que había matado a unas cuantas personas, entre ellas algunos niños. Chamán pensó que tal vez un ataque virulento de la enfermedad servía para producir una inmunidad parcial en los años siguientes. Se le ocurrió escribirle al doctor Harold Meigs, su antiguo profesor de medicina en Cincinnati, y preguntarle si la teoría podía tener algún valor.

Una serena y bochornosa noche que concluyó con una tormenta, Chamán se fue a dormir sintiendo de vez en cuando las vibraciones de algún trueno de proporciones gigantescas, y abriendo los ojos cada vez que la habitación quedaba transformada por la iluminación del relámpago. Finalmente el cansancio pudo más que las perturbaciones naturales, y se durmió tan profundamente que cuando su madre le tocó el hombro tardó algunos segundos en darse cuenta de lo que ocurría.

Sarah sostenía la lámpara junto a su cara para que él pudiera leer el movimiento de sus labios.

—Tienes que levantarte.

—¿Alguien con sarampión? —preguntó; ya estaba terminando de vestirse.

—No. Lionel Geiger ha venido a buscarte.

Cuando su madre terminó la frase, ya se había puesto los zapatos y había salido.

—¿Qué ocurre, Lionel?

—El hijo de mi hermana. Se está asfixiando. Intenta respirar, pero hace un ruido horrible, como una bomba que no logra hacer subir el agua.

Le habría llevado demasiado tiempo correr por el Camino Largo que atravesaba el bosque, demasiado tiempo enganchar la calesa o ensillar uno de sus caballos.

—Cogeré tu caballo —le dijo a Lionel, e hizo galopar al animal por el sendero de su casa, después lo condujo a lo largo de ochocientos metros y finalmente por el sendero de los Geiger, mientras cogía con fuerza el maletín para no perderlo.

Lillian Geiger lo esperaba en la puerta de entrada.

—Por aquí.

Rachel. Sentada en la cama de su antigua habitación, con una criatura en el regazo. El pequeño estaba azul. Aunque débil, seguía intentando respirar.

—Haz algo. Se va a morir.

De hecho, Chamán creía que el niño estaba al borde de la muerte. Le abrió la boca y le metió dos dedos en la garganta. La parte posterior de la boca del pequeño y la abertura de la laringe estaban cubiertas por una desagradable membrana mucosa, una membrana mortal, gruesa y gris. Chamán la arrancó con los dedos.

El niño empezó a respirar inmediatamente, al tiempo que se estremecía.

Su madre lo abrazó y se echó a llorar.

—Oh, Dios. Joshua, ¿estás bien? —A esas horas de la noche su olor corporal era intenso y estaba despeinada.

Pero por increíble que pareciera era Rachel. Una Rachel mayor, más mujer. Que sólo tenía ojos para su hijo.

El pequeño ya tenía mejor aspecto, estaba menos azul, y a medida que el oxígeno llegaba a sus pulmones recuperaba el color normal.

Chamán colocó la mano en el pecho del niño y la dejó

unos instantes para sentir la fuerza de los latidos del corazón; luego le tomó el pulso y durante unos instantes sujetó la pequeña mano entre las suyas. Joshua había empezado a toser.

Lillian entró en la habitación, y Chamán se dirigió a ella.

—¿Cómo suena la tos?

—Cavernosa, como... como un ladrido.

—¿Jadeante?

—Sí, cuando termina de toser es casi como un silbido.

Chamán asintió.

—Tiene un crup catarral. Debéis hervir agua y darle baños calientes durante el resto de la noche para relajar los músculos respiratorios del pecho. Y tiene que respirar vapor. —Cogió de su bolsa una de las medicinas de Makwa, una mezcla de raíces contra el veneno de las serpientes, y caléndula—. Prepara una infusión con esto y dáselo a beber endulzado, lo más caliente posible. Le mantendrá la laringe abierta y le ayudará a aliviar la tos.

—Gracias, Chamán —le dijo Lillian apretándole la mano.

Rachel parecía no haberlo visto. Sus ojos inyectados de sangre parecían los de una loca. Tenía la bata manchada con los mocos del niño.

Mientras él salía de la casa, su madre y Lionel se acercaban caminando por el Camino Largo, Lionel con una lámpara que atraía un verdadero enjambre de mosquitos y mariposas. Lionel movía los labios, y Chamán pudo descifrar lo que estaba preguntando.

—Pienso que se pondrá bien —dijo—. Apaga la lámpara y asegúrate de que los bichos desaparecen antes de que entres en la casa.

Subió solo por el Camino Largo, un camino que había recorrido tantas veces que podía hacerlo a oscuras. De vez en cuando resplandecían los últimos relámpagos, y los árboles oscuros de los lados del camino saltaban ante sus ojos con la claridad.

Cuando llegó a su dormitorio, se desvistió como un

sonámbulo. Pero cuando se metió en la cama, no pudo dormir.

Entumecido y perplejo, miró fijamente el techo oscuro, las paredes negras, y mirara donde mirase siempre veía el mismo rostro.

61

Una discusión sincera

A la mañana siguiente, cuando fue a casa de los Geiger, ella le abrió la puerta; llevaba una bata azul que parecía nueva. Su pelo estaba pulcramente peinado. Él olió su suave fragancia mientras ella le cogía las manos.

—Hola, Rachel.

—Gracias, Chamán.

Sus ojos no habían cambiado, eran tan hermosos y profundos como siempre, pero él notó que aún estaban abrumados por la fatiga.

—¿Cómo está mi paciente?

—Parece que está mejor. La tos no es tan alarmante como ayer.

Rachel lo condujo escaleras arriba. Lillian estaba sentada junto a la cama de su nieto, con un lápiz y algunas hojas de papel de estraza, dibujando figuras y contándole cuentos para entretenerlo. El paciente, al que Chamán sólo había visto la noche anterior como un ser humano enfermo, era un niñito de ojos oscuros, pelo castaño y pecas que se destacaban en su rostro pálido. Debía de tener unos dos años. Al pie de su cama había una niña varios años mayor, notablemente parecida a su pequeño hermano.

—Éstos son mis hijos —declaró Rachel—. Joshua y Hattie Regensberg. Y éste es el doctor Cole.

—Encantado —los saludó Chamán.

—Cantado. —El niño lo miró con expresión cautelosa.

—Encantada —respondió Hattie Regensberg—. Mamá dice que no nos oyes, y que debemos mirarte cuando te hablemos, y pronunciar las palabras con claridad.

—Sí, así es.

—¿Y por qué no nos oyes?

—Soy sordo porque cuando era pequeño estuve enfermo —dijo Chamán con toda naturalidad.

—¿Y Joshua se va a quedar sordo?

—No, estoy seguro de que Joshua no se va a quedar sordo.

Instantes después estuvo en condiciones de asegurarles que Joshua se encontraba mucho mejor. Los baños y el vapor le habían bajado la fiebre; su pulso era fuerte y firme, y cuando él le colocó el estetoscopio y le indicó a Rachel que escuchara, ella no oyó estertores. Chamán le puso los auriculares a Joshua y lo dejó escuchar sus propios latidos, y luego le tocó el turno a Hattie, que colocó el estetoscopio en la barriga de su hermano y anunció que lo único que oía eran «burbujas».

—Eso es porque tiene hambre —explicó Chamán, y le dijo a Rachel que durante uno o dos días el niño siguiera una dieta ligera pero nutritiva.

Les dijo a Joshua y a Hattie que su madre conocía muchos sitios fantásticos a lo largo del río para ir a pescar, y los invitó a visitar la granja de los Cole para jugar con los corderos. Luego se despidió de ellos y de la abuela. Rachel lo acompañó hasta la puerta.

—Tienes unos hijos maravillosos.

—¿Verdad que sí?

—Lamento lo de tu esposo, Rachel.

—Gracias, Chamán.

—Y te deseo mucha suerte en tu próximo matrimonio.

Rachel pareció sorprendida.

—¿Qué próximo matrimonio? —preguntó, en el momento en que su madre bajaba la escalera.

Lillian pasó por el vestíbulo en silencio, pero el rubor de sus mejillas fue como un anuncio.

—Te han informado mal. No tengo planes de matrimonio —respondió Rachel en tono áspero y suficientemente alto para que su madre la oyera. Cuando se despidió de Chamán, estaba pálida.

Esa tarde, mientras regresaba a su casa montando a Boss, divisó una solitaria figura femenina que caminaba lentamente, y al acercarse reconoció la bata azul. Rachel llevaba zapatos resistentes y un viejo sombrero para protegerse la cara del sol. Él la llamó, y ella se volvió y lo saludó serenamente.

—¿Puedo caminar contigo?

—Por favor.

Chamán bajó de un salto y caminó delante del caballo.

—No sé qué pretende mi madre contándote que voy a casarme. El primo de Joe ha mostrado cierto interés, pero no vamos a casarnos. Creo que mi madre me está empujando a los brazos de él porque desea ansiosamente que los niños vuelvan a tener un padre adecuado.

—Parece que hay una conspiración materna. La mía no me contó que habías regresado, y estoy seguro de que lo hizo adrede.

—Es ofensivo que hayan actuado de ese modo —dijo Rachel, y él vio que tenía los ojos llenos de lágrimas—. Piensan que somos tontos. Soy consciente de que tengo un hijo y una hija que necesitan un padre judío. Y sin duda lo último que te interesa a ti es una mujer judía con dos criaturas, que además lleva luto.

Él le sonrió.

—Son dos niños hermosos. Y tienen una madre hermosa. Pero es verdad, yo ya no soy un quinceañero encaprichado.

—Pensé en ti muy a menudo después de casarme. Y lamenté que te sintieras herido.

—Lo superé muy pronto.

—Éramos dos criaturas que nos sentimos muy unidos en una época difícil. Yo le temía al matrimonio, y tú eras un amigo fantástico —le sonrió—. Y cuando eras un niño dijiste que matarías al maestro para protegerme. Ahora somos adultos y le has salvado la vida a mi hijo. —Le puso una mano en el brazo—. Espero que siempre seamos amigos leales. Mientras vivamos, Chamán.

Él se aclaró la garganta.

—Oh, sé que lo seremos —dijo con torpeza. Durante un rato caminaron en silencio, y luego Chamán le preguntó si quería montar a caballo.

—No, prefiero seguir caminando.

—Bien, entonces montaré yo, porque tengo mucho que hacer antes de la hora de la cena. Buenas tardes, Rachel.

—Buenas tardes, Chamán —respondió ella.

Chamán volvió a montar y se alejó, y ella siguió caminando sendero abajo, detrás de él, con paso resuelto.

Pensó que era una mujer fuerte y práctica que tenía el valor de afrontar las cosas como eran, y decidió aprender de ella. Necesitaba la compañía de una mujer. Fue a visitar a Roberta Williams, que padecía «problemas femeninos» y había empezado a beber en exceso. Mientras apartaba la vista del maniquí de las nalgas de marfil, le preguntó a Roberta por su hija y se enteró de que Lucille se había casado con un empleado de correos hacía tres años, y que vivía en Davenport.

—Tiene una criatura cada año. Nunca viene a verme a menos que necesite dinero —le confió Roberta. Chamán le dejó un frasco de tónico.

Precisamente en el momento de mayor insatisfacción, al llegar a la calle Main fue saludado por Tobias Barr, que iba sentado en su calesa con dos mujeres. Una de ellas era su menuda y rubia esposa, Frances, y la otra la sobrina de Frances, que había llegado de St. Louis para visitarlos. Evelyn Flagg tenía dieciocho años, era más alta que Frances Barr, pero tan rubia como ella, y poseía el perfil femenino más perfecto que Chamán había visto jamás.

—Le estamos mostrando la ciudad a Evie, pensamos que le gustaría ver Holden's Crossing —anunció el doctor Barr—. ¿Has leído *Romeo y Julieta*, Chamán?

—Sí, desde luego.

—Bien, has dicho que cuando conoces una obra te encanta verla representada. Esta semana en Rock Island hay una compañía de teatro, y estamos reuniendo un grupo para ir a verla. ¿Querrás venir con nosotros?

—Me encantaría —afirmó Chamán y le sonrió a Evelyn, que correspondió con una sonrisa deslumbrante.

—Entonces primero tomaremos una cena ligera en casa, a las cinco en punto —puntualizó Frances Barr.

Se compró una camisa blanca y una corbata de lazo negra, y releyó la obra. Los Barr también invitaron a Julius Barton y a su esposa Rose. Evelyn llevaba un vestido azul que combinaba muy bien con su pelo rubio. Durante un momento Chamán hizo un esfuerzo por recordar dónde había visto últimamente aquel color azul, y por fin se dio cuenta de que era el mismo de la bata de Rachel Geiger.

La idea que Frances Barr tenía de una cena ligera incluía seis platos. A Chamán le resultó difícil mantener una conversación con Evelyn. Cuando él le hacía una pregunta, ella solía contestar con una sonrisa nerviosa y asintiendo o negando con la cabeza. Habló por propia iniciativa en dos ocasiones, una para decirle a su tía que la comida era excelente, y otra mientras comían el postre, para confiarle a Chamán que adoraba los melocotones y las peras, y que tenía la suerte de que maduraban en diferentes épocas, y así no se veía obligada a elegir entre ambos.

El teatro estaba lleno a rebosar y la noche era calurosa como sólo podía serlo una noche de finales del verano. Llegaron momentos antes de que se alzara el telón, porque los seis platos les habían llevado tiempo. Tobias Barr había comprado las entradas pensando en las necesidades de Chamán. Se sentaron en la zona central de la tercera fila, y apenas habían terminado de acomodarse cuando los actores comenzaron la representación. Chamán miró la obra con unos prismáticos que le permitieron leer el movimiento de los labios perfectamente, y disfrutó. Durante el primer intervalo acompañó al doctor Barr y al doctor Barton fuera de la sala, y mientras hacían cola para usar el retrete que había detrás del teatro coincidieron en que la representación era interesante. El doctor Barton pensaba que tal vez la actriz que interpretaba a Julieta estaba embarazada. El doctor Barr opinó que Romeo llevaba un braguero debajo de las mallas.

Chamán se había concentrado en los labios de los actores, pero durante el segundo acto observó a Julieta y vio que la suposición del doctor Barton no tenía fundamento. De todos modos, no cabía duda de que Romeo llevaba braguero.

Al final del segundo acto se abrieron las puertas dejando paso a una agradable brisa, y se encendieron las luces. Él y Evelyn se quedaron en los asientos e intentaron conversar. Ella dijo que en St. Louis iba al teatro con frecuencia.

—Me parece de lo más inspirador asistir a las obras, ¿a ti no?

—Sí, pero voy al teatro en contadas ocasiones —comentó él, distraído.

Curiosamente, Chamán se sentía observado. Con sus prismáticos observó a la gente de los palcos de la izquierda del escenario, y luego los de la derecha. En el segundo palco, a la derecha, vio a Lillian Geiger y a Rachel. Lillian llevaba puesto un vestido de hilo de color castaño con enormes mangas acampanadas de encaje. Rachel estaba sentada debajo de una lámpara, lo que la obligaba a espantar con la mano las mariposas que revoloteaban alrededor de la luz, pero le daba a Chamán la posibilidad de examinarla más detenidamente. Llevaba el pelo pulcramente peinado hacia atrás en un brillante moño. Lucía un vestido negro que parecía de seda; Chamán se preguntó cuándo dejaría de llevar luto en público. El vestido no tenía cuello, para aliviar el calor, y era de mangas cortas y ahuecadas. Estudió sus brazos redondos y sus pechos generosos, volviendo siempre a su rostro. Mientras él la estaba mirando, Rachel dejó de hablar con su madre y miró hacia abajo, donde él estaba sentado. Durante un intenso momento observó cómo la miraba a través de los prismáticos, y finalmente apartó la vista, mientras los acomodadores apagaban las lámparas.

El tercer acto pareció interminable. En el momento en que Romeo le decía a Mercucio: «¡Valor, hombre! La herida no será de importancia», se dio cuenta de que Evelyn Flagg intentaba decirle algo. Sintió su ligero y cálido aliento en la oreja mientras ella susurraba, al tiempo que Mercucio respondía: «No; no es tan profunda como un pozo, ni tan ancha como un portal de iglesia; pero basta; producirá su efecto.»

Apartó los prismáticos de sus ojos y se volvió hacia la muchachita que estaba sentada a su lado en la oscuridad, desconcertado al pensar que niños tan pequeños como Joshua y Hattie Regensberg podían recordar el principio de la lectura de los labios, y ella no.

—No te oigo.

No estaba acostumbrado a susurrar. Sin duda su voz sonó muy alta, porque el hombre que estaba delante mismo de él, en la segunda fila, se volvió y lo miró fijamente.

—Discúlpeme —musitó Chamán. Deseó con toda el alma que esta vez su voz hubiera sonado más suave, y volvió a acercar los prismáticos a sus ojos.

62

La pesca

Chamán sentía curiosidad por saber qué era lo que permitía a hombres como su padre y George Cliburne dar la espalda a la violencia, mientras otros no podían hacerlo. Sólo unos pocos días después de la sesión de teatro se encontró viajando otra vez a Rock Island, en esta ocasión para hablar con Cliburne sobre pacifismo. Apenas podía creer en la revelación del diario de su padre de que Cliburne era el hombre frío y valeroso que le había llevado esclavos fugitivos y luego los había recogido para conducirlos a otro escondite. El regordete y calvo comerciante de forrajes no tenía aspecto de héroe, ni parecía el tipo de persona que arriesgaría todo por alguien que actuaba en contra de la ley.

Chamán sentía una gran admiración por ese secreto ser inflexible que habitaba el blando cuerpo de tendero de Cliburne.

Cliburne asintió cuando Chamán le planteó su solicitud en la tienda de forrajes.

—Bien, puedes plantearme preguntas sobre el pacifismo y conversaremos, pero supongo que te resultará útil empezar a leer algo sobre el tema —dijo, y le comunicó a su empleado que volvería enseguida. Chamán lo siguió hasta su casa, y poco después Cliburne había seleccionado varios libros y un opúsculo de su biblioteca—. Tal vez, en algún momento, quieras asistir a una Reunión de los Amigos.

En su fuero interno Chamán dudaba de que alguna vez quisiera hacerlo, pero le dio las gracias a Cliburne y regresó a casa con los libros. Resultaron más bien decepcionantes, porque en su mayor parte hablaban del cuaquerismo. La Sociedad de los Amigos había sido fundada en Inglaterra en el siglo XVII por un hombre llamado George Fox, que creía que «la Luz Interior del Señor» moraba en el corazón de las gentes sencillas. Según los libros de Cliburne, los cuáqueros se ayudaban mutuamente llevando una vida sencilla de amor y amistad. No eran partidarios de credos y dogmas, consideraban la vida como algo sacramental y no observaban una liturgia especial. No tenían clérigos sino que pensaban que los seglares podían recibir al Espíritu Santo, y era fundamental para su religión que rechazaran la guerra y trabajaran en favor de la paz.

Los Amigos eran perseguidos en Inglaterra, y su nombre originalmente era un insulto. Al ser llevado ante un juez, Fox le dijo «tiemblo ante la palabra del Señor», y el juez le llamó «cuáquero»*. William Penn fundó su colonia en Pensilvania como un refugio para los Amigos ingleses perseguidos, y durante tres cuartos de siglo Pensilvania no tuvo ejército y sólo contó con unos pocos policías.

Chamán se preguntó cómo se las habrían arreglado para ocuparse de los borrachos. Cuando dejó a un lado los libros de Cliburne, tampoco había aprendido mucho sobre el pacifismo ni había sido iluminado por la Luz Interior.

Septiembre se anunció caluroso, pero fue despejado y fresco, y en sus visitas domiciliarias Chamán prefería seguir los senderos que bordeaban el río siempre que le resultaba posible, disfrutando del brillo del sol sobre las aguas en movimiento, y de la esbelta belleza de las aves zancudas, ahora menos numerosas porque muchas ya habían emigrado hacia el sur.

Una tarde cabalgaba lentamente de regreso a casa cuando vio tres figuras conocidas, sentadas bajo un árbol a la orilla del río. Rachel estaba quitando el anzuelo a una presa mientras su hijo sostenía la caña de pescar, y cuando ella dejó caer el aleteante pescado en el agua, Chamán vio la expresión de Hattie y notó que estaba enfadada por algo. Se desvió del camino, en dirección a ellos.

—Hola a todos.

—¡Hola! —exclamó Hattie.

—No nos deja quedarnos con ningún pescado —le informó Joshua.

—Me juego cualquier cosa a que todos eran bagres —dijo Chamán, y sonrió. A Rachel nunca le habían permitido llevar bagres a su casa porque no eran *kosher*, carecían de escamas. Él sabía que para un niño lo mejor de la pesca era ver que su familia se comía lo que él había capturado—. Voy todos los días a casa de Jack Damon, porque se encuentra mal. Bueno, ¿conoces ese sitio en que el río traza una curva brusca, cerca de su casa?

Rachel le sonrió.

—¿Ese recodo en el que hay montones de rocas?

—Exacto. El otro día vi algunos chicos que cogían unas hermosas percas más allá de las rocas.

—Te agradezco la información. Mañana los llevaré allí.

Notó que la sonrisa de la pequeña era muy parecida a la de Rachel.

—Bueno, me alegro de veros.

—¡Me alegro de verte! —repuso Hattie.

Él los saludó con la mano e hizo girar el caballo.

—Chamán. —Rachel se acercó a él y lo miró—. Si mañana hacia el mediodía vas a casa de Jack Damon, ven a compartir la comida con nosotros.

—Bueno, lo intentaré —respondió.

Al día siguiente, después de aliviar la laboriosa respiración de Jack Damon, cabalgó hasta el recodo del río y enseguida vio la calesa marrón de Lillian y la yegua torda atada a la sombra, sobre la abundante hierba.

Rachel y los niños habían estado pescando cerca de las

rocas, y Joshua cogió a Chamán de la mano y lo condujo hasta donde seis percas negras, del tamaño ideal para comerlas, nadaban en un bajío sombreado, con un sedal ensartado en las galletas y atado a la rama de un árbol.

En cuanto lo vio, Rachel cogió un trozo de jabón y empezó a restregarse las manos.

—La comida va a tener sabor a pescado —dijo en tono alegre.

—No me molestaría —dijo, y era verdad. Tenían huevos sazonados, pepinos encurtidos, limonada y galletas de melaza. Después de la comida Hattie anunció solemnemente que era la hora de dormir, y ella y su hermano se acostaron en una manta que había cerca de allí y durmieron la siesta.

Cuando terminaron de comer, Rachel limpió y guardó todo en la bolsa.

—Si te apetece, puedes coger una de las cañas y pescar un poco.

—No —respondió Chamán, que prefería mirar lo que decía Rachel en lugar de ocuparse del sedal.

Ella miró en dirección al río. Corriente arriba, una enorme bandada de golondrinas que probablemente llegaban del norte planeó como si fueran un solo pájaro, rozando el agua antes de alejarse otra vez a toda velocidad.

—¿No es fantástico, Chamán? ¿No es maravilloso estar en casa?

—Sí, sí lo es, Rachel.

Durante un rato hablaron de la vida en las ciudades. Él le habló de Cincinnati y respondió a sus preguntas sobre la facultad de medicina y el hospital.

—¿Y tú? ¿Te gustaba Chicago?

—Me encantaba tener cerca los teatros y los conciertos. Todos los jueves tocaba el violín en un cuarteto. Joe no era aficionado a la música, pero me complacía. Era un hombre

* Juego de palabras con *quake*, «temblar», y *quaker*, «cuáquero», que también puede traducirse como «temblón» (*N. de la T.*)

muy amable —comentó—. Fue muy cuidadoso conmigo cuando perdí al bebé, el mismo año que nos casamos.

Chamán asintió.

—Bueno, pero después llegó Hattie, y la guerra. La guerra me ocupaba todo el tiempo que mi familia me dejaba libre. En Chicago éramos menos de mil judíos. Ochenta y cuatro hombres jóvenes se alistaron en una compañía judía, y recaudamos fondos y los equipamos a todos. Formaron la compañía C del 82 de infantería de Illinois. Han servido con distinciones en Gettysburg y en otros frentes, y yo fui parte de eso.

—¡Pero tú eres prima de Judah P. Benjamin, y tu padre es un ferviente sudista!

—Lo sé. Pero Joe no lo era, y yo tampoco. El día que llegó la carta de mi madre en la que me decía que mi padre se había unido a los confederados, yo tenía la cocina llena de Damas Hebreas de la Asociación de Ayuda al Soldado que preparaban vendas para los soldados de la Unión. —Se encogió de hombros—. Y luego llegó Sam. Y después murió Joe. Y ésa es mi historia.

—Hasta ahora —puntualizó Chamán, y ella lo miró. Él había olvidado la vulnerable curva de su suave mejilla debajo de los pómulos altos, la suave carnosidad de su labio inferior, y las luces y sombras que contenían sus profundos ojos pardos. No quiso hacerle la pregunta, pero algo la arrancó de sus labios—. ¿Entonces eras feliz en tu matrimonio?

Ella contempló el río. Durante un instante él creyó que había pasado por alto su respuesta, pero en ese momento ella volvió a mirarlo.

—Me gustaría decir que estaba satisfecha. La verdad es que estaba resignada.

—Yo nunca me sentí satisfecho ni resignado —dijo él mirándola con expresión perpleja.

—Tú no te rindes, sigues luchando, y por eso eres Chamán. Tienes que prometerme que jamás te permitirás mostrarte resignado.

Hattie se levantó y dejó a su hermano durmiendo solo en la manta. Se acercó a su madre y se acurrucó en su regazo.

—Prométemelo —dijo Rachel.

Chamán sonrió.

—Lo prometo.

—¿Por qué hablas raro? —le preguntó Hattie.

—¿Yo hablo raro? —preguntó él, dirigiendo la pregunta a Rachel más que a la niña.

—¡Sí! —dijo Hattie.

—Tu voz suena más gutural que antes de que yo me marchara—aclaró Rachel con cautela—. Y parece que no la dominas tanto.

Él asintió y le habló de la dificultad que había tenido al intentar susurrar en el teatro, durante la representación.

—¿Has seguido haciendo los ejercicios? —preguntó ella.

Pareció sorprendida cuando él admitió que no había pensado demasiado en su pronunciación desde que dejara Holden's Crossing para ir a la facultad de medicina.

—No tenía tiempo para ejercicios. Estaba demasiado ocupado intentando convertirme en médico.

—¡Pero ahora no debes abandonarte! Tienes que volver a hacer tus ejercicios. Si no los haces de vez en cuando, olvidarás cómo debes hablar. Yo trabajaré contigo en los ejercicios, si quieres, como solíamos hacer. —Lo miró con expresión seria; la brisa del río le enredaba el pelo suelto, y la pequeña, que tenía sus mismos ojos y su sonrisa, seguía reclinada contra su pecho. Ella tenía la cabeza erguida, y su cuello tenso y atractivo le recordó a Chamán el dibujo que había visto de una leona.

«Sé que puedo hacerlo, señorita Burnham.»

Recordó a la niña que se había ofrecido espontáneamente a ayudar a un chico sordo a hablar, y recordó cuánto la había amado.

—Te lo agradecería, Rachel —respondió con firmeza, cuidando de acentuar la última sílaba de «agradecería» y de bajar levemente la voz al final de la frase.

Habían decidido encontrarse en un punto del Camino Largo equidistante de ambas casas. Él estaba seguro de que Rachel no le había dicho a Lillian que volvería a trabajar con él en los ejercicios, y consideró que no había razón alguna para comentárselo a su madre. El primer día Rachel apareció a la hora convenida, las tres en punto, acompañada por los dos niños, a los que envió a recoger avellanas en el sendero.

Rachel se sentó en una pequeña manta que había llevado, con la espalda apoyada en un roble, y él se sentó obedientemente frente a ella. El ejercicio que escogió Rachel consistía en pronunciar una frase que Chamán leería en sus labios y repetiría con la entonación y el énfasis adecuados. Para ayudarlo, ella le cogió los dedos y los apretó para indicarle en qué sílaba debía acentuarse cada palabra. La mano de ella era cálida y seca, y tan formal como si sostuviera una plancha o la ropa para lavar. Chamán sentía que su propia mano estaba caliente y sudorosa, pero cuando dedicó su atención a la tarea que ella le imponía, perdió toda la timidez. Su pronunciación había empeorado más de lo que él imaginaba, y luchar con ello no le producía ningún placer. Se sintió aliviado cuando por fin llegaron los niños, cargando laboriosamente con un cubo medio lleno de avellanas. Rachel les dijo que en cuanto llegaran a casa las abrirían con un martillo, quitarían el fruto del interior y luego amasarían un pan de avellanas para compartirlo con Chamán.

Él tenía que encontrarse con ella al día siguiente para hacer más ejercicios, pero por la mañana, después de atender el dispensario y de salir a hacer sus visitas, descubrió que Jack Damon estaba sucumbiendo finalmente a la tuberculosis. Se quedó junto al hombre agonizante, intentando aliviarlo. Cuando todo concluyó, era demasiado tarde para reunirse con Rachel, y regresó a su casa de mal humor.

El día siguiente era sábado. En casa de los Geiger se respetaba estrictamente el Sabbath y no podría encontrarse con Rachel, pero cuando concluyó el horario del dispensario se puso a hacer los ejercicios él solo.

Se sintió desarraigado, y en cierto modo, en un aspecto que no tenía nada que ver con su trabajo, estaba insatisfecho con su vida.

Esa tarde volvió a coger los libros de Cliburne y siguió leyendo sobre el pacifismo y el movimiento cuáquero, y el domingo por la mañana se levantó temprano y se fue a Rock Island. Cuando llegó a casa de Cliburne, el hombre estaba terminando de desayunar. Aceptó los libros que Chamán le devolvió, y le sirvió una taza de café; asintió sorprendido cuando Chamán le preguntó si podía asistir a una reunión cuáquera.

George Cliburne era viudo. Tenía un ama de llaves, pero el domingo era su día libre, y él era un hombre muy pulcro. Lavó los platos del desayuno y le permitió a Chamán secarlos. Dejaron a Boss en el establo y subieron a la calesa de Cliburne, y en el camino le explicó algunas cosas sobre la Reunión.

—Entramos en la Casa de Reuniones sin hablar y nos sentamos, los hombres a un lado y las mujeres a otro. Supongo que eso es para que haya menos distracciones. La gente guarda silencio hasta que el Señor deja caer en alguien la carga del sufrimiento humano, y esa persona se pone de pie y habla.

Cliburne le advirtió a Chamán que se sentara en medio o en la parte de atrás de la Casa de Reuniones. No se sentarían juntos.

—Es costumbre que los Mayores, que han hecho el trabajo de la Sociedad durante muchos, muchos años, se sienten adelante. —Se acercó a él y sonriendo le dijo en tono confidencial—: Algunos cuáqueros nos llaman los Amigos de Peso.

La Casa de Reuniones era pequeña y sencilla, una casa de madera blanca sin campanario. Las paredes estaban pintadas de blanco y el suelo de gris. Contra tres de las cuatro paredes había unos bancos oscuros dispuestos de tal manera que formaban una U cuadrada y plana que permitía que pudieran verse unos a otros. Cuando entraron ya había cuatro hombres sentados. Chamán se acomodó en el último banco, cerca de la puerta, como quien antes de meterse en las aguas profundas prueba la temperatura metiendo la punta del pie en la parte menos profunda. Al otro lado había media docena de mujeres, y ocho niños. Y los Mayores eran ancianos; George y cinco de sus Amigos de Peso estaban sentados en un banco colocado encima de una plataforma de unos treinta centímetros de altura, en el frente de la sala.

El sosiego del lugar armonizaba con el silencio del mundo de Chamán.

De vez en cuando entraba alguien y se sentaba sin decir una sola palabra. Finalmente estuvieron todos reunidos: once hombres, catorce mujeres y doce niños, según el cálculo de Chamán.

En silencio.

Reinaba la calma.

Pensó en su padre y abrigó la esperanza de que descansara en paz.

Pensó en Alex.

Por favor, dijo en el silencio perfecto que ahora compartía con los demás. De los cientos de miles de muertos, por favor, salva a mi hermano. Por favor, haz que mi loco, adorable y fugitivo hermano regrese a casa.

Pensó en Rachel, pero no se atrevió a rezar.

Pensó en Hattie, que tenía la sonrisa y los ojos de su madre, y que hablaba sin parar.

Pensó en Joshua, que hablaba poco pero parecía estar mirándolo siempre.

Una mujer de mediana edad que ocupaba un banco cercano se puso de pie. Era delgada y frágil, y empezó a hablar.

—Esta guerra terrible por fin está empezando a declinar. Está ocurriendo muy lentamente, pero ahora nos damos cuenta de que no puede seguir para siempre. Muchos de nuestros periódicos están pidiendo que se elija al general Fremont como presidente. Dicen que el presidente Lincoln será muy tolerante con el Sur cuando llegue la paz. Dicen que no es momento de perdonar sino de vengarse de la gente de los estados sureños.

»Jesús dijo: "Padre, perdónalos porque no saben lo que hacen." Y Jesús dijo: "Dad de comer al hambriento, dad de beber al sediento."

»Debemos perdonar los pecados cometidos por ambas partes en esta terrible guerra, y rezar para que las palabras del salmo se hagan realidad pronto, para que la misericordia y la verdad se unan, para que la justicia y la paz se den la mano.

»Bienaventurados los que sufren, porque ellos serán consolados.

»Bienaventurados los humildes, porque ellos heredarán la tierra.

»Bienaventurados los que tienen hambre y sed de justicia, porque ellos serán saciados.

»Bienaventurados los misericordiosos, porque ellos obtendrán misericordia.

»Bienaventurados los pacíficos, porque serán llamados los hijos de Dios.

Se quedó quieto, y el silencio se prolongó.

Una mujer se puso de pie exactamente delante de Chamán. Dijo que estaba intentando conceder el perdón a una persona que le había hecho un gran daño a su familia. Deseaba que su corazón quedara libre de odio y quería mostrar tolerancia y amor misericordioso, pero estaba enzarzada en una lucha consigo misma, porque no deseaba perdonar. Les pedía a sus amigos que rezaran para darle fuerzas.

Cuando se sentó, enseguida se levantó otra mujer; estaba en el otro extremo de la sala, de modo que Chamán no pudo verle la boca lo suficiente para enterarse de lo que decía. Unos minutos después volvió a sentarse y todos guardaron silencio hasta que un hombre que ocupaba un asiento junto a la ventana se puso de pie. Era un joven de veintitantos años, de rostro sincero. Dijo que tenía que tomar una decisión importante que afectaría el resto de su vida.

—Necesito la ayuda del Señor, y vuestras oraciones —anunció, y se sentó.

Después nadie más habló. Pasaron los minutos, y entonces Chamán vio que George Cliburne se volvía hacia el hombre que estaba a su lado y le estrechaba la mano. Era la señal para concluir la reunión. Varias personas que estaban cerca de Chamán le estrecharon la mano, y todos se dirigieron a la puerta.

Era el servicio religioso más extraño que Chamán había visto jamás. En el camino de regreso a casa de Cliburne, permaneció pensativo.

—¿Entonces se espera que un cuáquero exprese su perdón por todos los crímenes? ¿Y la satisfacción que se siente cuando la justicia triunfa sobre el mal?

—Nosotros creemos en la justicia —afirmó Cliburne—. Lo que no creemos es en la venganza ni en la violencia.

Chamán sabía que su padre había deseado vengar la muerte de Makwa, y sin duda él también deseaba hacerlo.

—¿No sería violento si viera que alguien está a punto de matar a su madre? —preguntó, y se sintió molesto al ver que George Cliburne sonreía irónicamente.

—Todos los que reflexionan sobre el pacifismo, tarde o temprano plantean la misma pregunta. Mi madre murió hace tiempo, pero si alguna vez me encontrara en una situación semejante, estoy seguro de que el Señor me indicaría qué debo hacer.

»Verás, Chamán. Tú no vas a rechazar la violencia porque yo te lo diga. No es algo que saldrá de aquí —dijo tocándole los labios—. Y tampoco saldrá de aquí.

Tocó la frente de Chamán.

—Si ocurre, debe salir de aquí. —Le dio unos golpecitos en el pecho—. Hasta entonces, debes seguir sujetando tu espada —añadió, como si Chamán fuera un romano o un visigodo en lugar de un joven sordo al que no habían aceptado para el servicio militar—. Cuando desenvaines la espada, si es que lo haces, será porque no tienes otra alternativa —concluyó Cliburne, y mientras volvía a coger las riendas hizo chascar la lengua para que el caballo fuera más rápido.

63

El final del diario

—Esta tarde estamos invitados a tomar el té en casa de los Geiger —le informó Sarah a Chamán—. Rachel dice que debemos ir. Parece que tiene algo que ver con los niños y unas avellanas.

De modo que esa tarde recorrieron el Camino Largo y se sentaron a la mesa de los Geiger. Rachel le enseñó a Sarah una capa nueva para el otoño, de lana verde clara.

—¡Hecha con lana de los Cole!

Lillian la había tejido para su hija, porque había concluido el año de luto, y todos la elogiaron por haber confeccionado una prenda tan bonita.

Rachel comentó que se la pondría el siguiente lunes, cuando viajara a Chicago.

—¿Estarás fuera mucho tiempo? —le preguntó Sarah, y Rachel le respondió que no, que sólo se ausentaría unos días.

—Negocios —apuntó Lillian en un tono que reflejaba su desaprobación.

Cuando Sarah comentó apresuradamente lo intenso que era el aroma del té inglés, Lillian suspiró y dijo que era una suerte tenerlo.

—En todo el Sur casi no queda café, y no hay té decente. Jay dice que tanto uno como otro se venden en Virginia a cincuenta dólares la libra.

—¿Entonces has vuelto a tener noticias de él? —le preguntó Sarah.

Lillian asintió.

—Dice que está bien, gracias a Dios.

Hattie sonrió cuando su madre llevó a la mesa el pan, aún caliente.

—¡Lo hicimos nosotros! —anunció—. ¡Mamá puso las cosas y las mezcló, y mí y Joshua pusimos las avellanas!

—Joshua y yo —la corrigió la abuela.

—*Bubbie*, ¡tú ni siquiera estabas en la cocina!

—Estas avellanas son deliciosas —le dijo Sarah a la pequeña.

—Las recogió mí y Hattie —declaró Joshua, orgulloso.

—Las recogimos Hattie y yo —insistió su abuela.

—No, *Bubbie*, tú no estabas; fue en el Camino Largo, y mí y Hattie recogimos las avellanas mientras mamá y Chamán estaban sentados en la manta, cogidos de la mano.

Hubo un momento de silencio.

—Chamán ha tenido algunas dificultades con su pronunciación —explicó Rachel—. Necesita un poco de práctica, simplemente. Y yo lo estoy ayudando, como hacía antes. Nos encontramos en el sendero del bosque, para que los chicos pudieran jugar cerca, pero ahora vendrá a casa y haremos los ejercicios en el piano.

Sarah asintió.

—A Robert le iría muy bien ejercitar la pronunciación.

Lillian también asintió, pero con rigidez.

—Sí, qué suerte que estés en casa, Rachel —comentó, y cogió la taza de Chamán y le sirvió más té inglés.

Al día siguiente, aunque no había acordado ninguna cita con Rachel, cuando concluyó las visitas domiciliarias recorrió el Camino Largo y la encontró caminando en dirección opuesta.

—¿Dónde están mis amigos?

—Estuvieron ayudando a hacer la limpieza general de la

casa, y se perdieron la siesta, así que ahora están durmiendo un poco.

Chamán dio media vuelta y caminó a su lado. Los árboles estaban llenos de pájaros, y en un árbol cercano vio un cardenal que emitía un canto imperioso y mudo.

—He estado discutiendo con mi madre. Quiere que vayamos a Peoria a celebrar las fiestas, pero me niego a ser exhibida delante de todos los solteros y viudos que puedan ser deseables. Así que pasaremos las fiestas en casa.

—Fantástico —dijo él serenamente, y ella sonrió.

Le contó que también había discutido con su madre porque el primo de Joe Regensberg se iba a casar con otra mujer, y le había hecho una oferta para comprarle la Compañía de Quincalla Regensberg ya que no podía hacerse con ella mediante el matrimonio. Por eso iba a viajar a Chicago, le confió, para vender la compañía.

—Tu madre se serenará. Te adora.

—Ya lo sé. ¿Te apetece hacer unos ejercicios?

—¿Por qué no? —Extendió la mano.

Esta vez detectó un leve temblor en la mano de Rachel. Quizás el esfuerzo de la limpieza general la había agotado, o tal vez la discusión. Pero confió en que fuera algo más, y reconoció la corriente que circulaba entre los dedos de ambos, y su mano se movió involuntariamente en la de ella.

Se concentraron en el dominio respiratorio necesario para pronunciar las pequeñas explosiones de la letra P, y él repetía seriamente una frase sin sentido sobre un perro perfecto que persigue a una perturbada perdiz, pero ella sacudió la cabeza.

—No. Verás cómo lo hago yo —le dijo, y puso la mano de él en su cuello.

Pero lo único que notó en sus dedos fue el calor de la piel de Rachel.

No lo había planeado; y si lo hubiera pensado, no lo habría hecho. Deslizó la mano hacia arriba para cogerle suavemente la cara y se inclinó hacia ella. El beso fue infinitamente suave, el beso soñado y anhelado del chico de quince años a la chica de la que estaba locamente enamorado. Pero enseguida fueron un hombre y una mujer que se besaban, y la avidez mutua fue tan sorprendente para él, tan contradictoria con el decidido control de la amistad eterna que ella le había ofrecido, que tuvo miedo de creerlo.

—Rachel —dijo él cuando se separaron.

—No. Oh, Dios.

Pero cuando volvieron a acercarse, ella le besó la cara una y otra vez, y sus besos parecían una cálida lluvia. Él le besó los ojos, pasó por alto el centro de sus labios y le besó las comisuras, y la nariz. Sintió el cuerpo de ella que se tensaba contra el suyo.

Rachel luchaba con su propia conmoción. Colocó una mano temblorosa en la mejilla de Chamán, y él movió la cabeza hasta apretar los labios contra su palma.

Vio que ella pronunciaba palabras que él conocía hacía mucho tiempo, las mismas que Dorothy Burnham había empleado para indicar que la clase había terminado.

—Creo que esto es todo por hoy —le dijo Rachel sin aliento.

Se apartó de él, y Chamán se quedó quieto, viéndola alejarse a toda prisa hasta que desapareció en la curva del Camino Largo.

Esa noche empezó a leer el último fragmento del diario de su padre, observando con temor e infinita tristeza cómo se extinguía la existencia de Robert Judson Cole, y se enteró de los detalles de la terrible batalla librada en el Tappahannock tal como su padre la había registrado con su letra grande y clara.

Cuando Chamán supo que Rob J. había descubierto a Lanning Ordway, se quedó un rato sentado, sin leer. Le resultaba difícil aceptar que después de haberlo intentado durante tantos años, su padre hubiera establecido contacto con uno de los hombres que habían causado la muerte de Makwa.

Estuvo levantado toda la noche, encorvado sobre el diario para aprovechar la luz de la lámpara y continuar la lectura.

Volvió a leer varias veces la carta de Ordway a Goodnow.

Poco antes de que amaneciera llegó al final del diario, y al final de la vida de su padre.

Se tendió en la cama completamente vestido y permaneció así durante una hora solitaria. Cuando calculó que su madre ya estaba en la cocina, bajó hasta el establo y le pidió a Alden que entrara en la casa. Les mostró a ambos la carta de Ordway y les dijo cómo la había encontrado.

—¿En su diario? ¿Has leído su diario? —le preguntó su madre.

—Sí. ¿Te gustaría leerlo?

Ella sacudió la cabeza.

—No necesito hacerlo, yo era su esposa. Lo conocía.

Los dos vieron que Alden tenía resaca y que parecía no encontrarse bien, y Sarah sirvió café para los tres.

—No sé qué hacer con respecto a la carta.

Chamán esperó a que ambos la leyeran.

—Bueno, ¿y tú qué puedes hacer? —dijo Alden irritado. Chamán se dio cuenta de que el jornalero estaba envejeciendo muy rápidamente. O bebía más que antes o le resultaba más difícil asimilar el whisky. El temblor de la mano le hizo derramar el azúcar mientras se lo servía en la taza—. Tu padre hizo todo lo posible para conseguir que la justicia actuara en el caso de esa mujer sauk. ¿Crees que ahora van a mostrarse más interesados porque tienes el nombre de alguien en la carta de un hombre muerto?

—Robert, ¿cuánto va a terminar con esto? —preguntó su madre amargamente—. Los huesos de esa mujer han estado enterrados en nuestras tierras durante todos estos años, y vosotros dos, tu padre primero y ahora tú, no habéis sido capaces de dejar que descanse en paz, y nosotros tampoco. ¿No puedes romper esa carta y olvidar esos antiguos sufrimientos, y dejar que los muertos descansen en paz?

Pero Alden sacudió la cabeza.

—No quiero faltar al respeto, señora Cole. Pero este hombre no está más dispuesto que su padre a escuchar palabras sensatas sobre esos indios. —Sopló el café, lo sostuvo delante de su cara con ambas manos y dio un trago que debió de quemarle la boca—. No, él seguirá preocupándose hasta el día de su muerte, como un perro que se asfixia con un hueso, tal como hizo su padre. —Miró a Chamán—. Si mi consejo significa algo para ti, cosa que dudo, deberías ir a Chicago en cuanto puedas y buscar a ese tal Goodnow, y averiguar si él puede decirte algo. De lo contrario, vas a quedar hecho una ruina, y nosotros contigo.

La madre Miriam Ferocia no estaba de acuerdo. Esa tarde, cuando Chamán cabalgó hasta el convento y le mostró la carta, ella asintió.

—Tu padre me habló de David Goodnow —dijo sin inmutarse.

—Si el reverendo Goodnow fuera realmente el reverendo Patterson, debería ser responsabilizado de la muerte de Makwa.

La madre Miriam suspiró.

—Chamán, tú eres médico, no policía. ¿No puedes dejar que sea Dios quien juzgue a este hombre? Aquí te necesitamos como médico. —Se inclinó hacia delante y lo miró fijamente—. Tengo noticias importantísimas. Nuestro obispo nos ha comunicado que nos enviará los fondos necesarios para levantar un hospital aquí.

—¡Es una noticia maravillosa, reverenda madre!

—Sí, maravillosa.

Chamán notó que la sonrisa hacía que su rostro pareciera más luminoso. Recordó que por el diario de Rob J. se había enterado de que ella había recibido una herencia después de la muerte de su padre, y que la había entregado a la Iglesia; se preguntó si era su propia herencia lo que el obispo le enviaría, o una parte de la misma. Pero la dicha de ella no habría tolerado el cinismo.

—La gente de esta zona tendrá un hospital —dijo, radiante—. Las monjas enfermeras de este convento cuidarán a los enfermos en el Hospital de San Francisco de Asís.

—Y yo tendré un hospital en el que ingresar a mis pacientes.

—En realidad esperamos que tengas más que eso. Las hermanas están de acuerdo. Queremos que seas el médico director del hospital.

Chamán guardó silencio durante un instante.

—Me honra, reverenda madre —dijo finalmente—. Pero yo creo que sería preferible que el director fuera un médico que tuviera más experiencia, alguien mayor. Y usted ya sabe que yo no soy católico.

—Una vez, cuando me atreví a soñar algo como esto, abrigué la esperanza de que tu padre fuera nuestro director. Dios nos envió a tu padre para que fuera nuestro amigo y nuestro médico, pero tu padre ya no está. Y ahora Dios te envía a ti. Tú tienes la preparación y la capacidad necesarias, y ya posees una buena experiencia. Eres el médico de Holden's Crossing, y debes dirigir su hospital.

La monja sonrió.

—En cuanto a que no eres mayor, creemos que eres el joven más viejo que jamás hemos conocido. El hospital será pequeño, sólo contará con veinticinco camas, y todos creceremos con él.

»Me tomaré la libertad de darte algunos consejos. No te niegues a considerar que eres valioso, porque los demás pensamos que lo eres. Tampoco vaciles en aspirar a cualquier objetivo, porque Dios ha sido generoso contigo.

Chamán se sintió incómodo, pero sonrió con la tranquilidad de un médico al que acaban de prometerle que tendrá un hospital.

—Siempre es un placer creer en usted, reverenda madre —le aseguró.

64

Chicago

Chamán sólo confió a su madre la conversación que había mantenido con la priora, y Sarah lo sorprendió con la intensidad de su orgullo.

—Qué fantástico será tener aquí un hospital, y que tú lo dirijas. ¡Qué feliz se habría sentido tu padre!

Él le advirtió que la archidiócesis católica no entregaría los fondos para la construcción hasta que estuvieran hechos y aprobados los planos del hospital.

—Mientras tanto, Miriam Ferocia me ha pedido que visite varios hospitales y que estudie los distintos departamentos —le informó.

Él enseguida supo a dónde iría, y qué tren cogería.

El lunes cabalgó hasta Moline y dispuso lo necesario para dejar a Boss en un establo durante unos días. El tren para Chicago paraba en Moline a las tres y veinte de la tarde, sólo el tiempo suficiente para cargar las mercancías despachadas por la fábrica de arados John Deere, y a las dos y cuarenta y cinco Chamán ya esperaba en el andén de madera.

Subió al tren en el último vagón y empezó a caminar hacia delante. Sabía que Rachel lo había cogido en Rock Island sólo unos minutos antes, y la encontró tres vagones más abajo, sola. Se había preparado para saludarla en tono despreocupado y hacer alguna broma sobre lo «casual» del encuentro, pero cuando Rachel lo vio se puso pálida.

—Chamán... ¿sucede algo con los niños?

—No, no, en absoluto. Voy a Chicago por asuntos personales —respondió, molesto consigo mismo por no haberse dado cuenta de que éste sería el resultado de su sorpresa—. ¿Puedo sentarme contigo?

—Por supuesto.

Pero cuando colocó su maleta junto a la de ella en el estante y ocupó el asiento del pasillo, se sintieron violentos.

—Chamán, con respecto a lo que ocurrió el otro día en el sendero del bosque...

—Me gustó mucho —dijo él en tono firme.

—No puedo permitir que te formes una idea equivocada.

«Otra vez», pensó él desesperado.

—Creí que a ti también te había gustado mucho —comentó, y ella se puso roja.

—Ésa no es la cuestión. No debemos entregarnos al tipo de... gustos que sólo sirven para hacer que la realidad sea más cruel.

—¿Cuál es la realidad?

—Soy una judía viuda con dos hijos.

—¿Y?

—He jurado que nunca más permitiré que mis padres me elijan un marido, pero eso no significa que no vaya a ser sensata cuando haga mi elección.

Le dolió. Pero esta vez no se dejaría amedrentar por las cosas que no se decían.

—Te he amado durante la mayor parte de mi vida. Jamás he conocido a ninguna mujer cuyo aspecto e inteligencia me parecieran más hermosos. En ti hay una bondad que yo necesito.

—Chamán. Por favor. —Se volvió y se puso a mirar por la ventanilla, pero él continuó.

—Me has hecho prometer que nunca me resignaré ni me mostraré pasivo ante la vida. Y no me resignaré a perderte otra vez. Quiero casarme contigo y ser el padre de Hattie y Joshua.

Ella siguió dándole la espalda, contemplando los campos que pasaban a sus pies y las granjas.

Él había dicho lo que quería decir, de modo que cogió una revista médica de su bolsillo y empezó a leer un artículo sobre la etiología y tratamiento de la tos ferina. Un instante después Rachel cogió la bolsa del tejido de debajo del asiento y sacó su labor de punto. Él vio que estaba haciendo un jersey pequeño de lana azul oscura.

—¿Para Hattie?

—Para Joshua. —Se miraron durante un prolongado momento y ella sonrió levemente y siguió haciendo punto.

La luz se desvaneció antes de que hubieran recorrido ochenta kilómetros, y el revisor entró para encender las luces. Eran apenas las cinco de la tarde cuando se sintieron demasiado hambrientos para esperar la hora de la cena. Chamán llevaba un paquete con pollo frito y tarta de manzana, y Rachel tenía pan, queso, huevos duros y cuatro peras dulces pequeñas. Se repartieron la tarta de él, y los huevos y la fruta de ella. Chamán tenía también agua de manantial en un termo.

Después de que el tren se detuviera en Joliet, el revisor apagó las lámparas y Rachel se quedó dormida durante un rato. Cuando se despertó, tenía la cabeza apoyada en el hombro de Chamán y él le sujetaba la mano. Ella apartó la mano pero dejó la cabeza en su hombro unos segundos más. Cuando el tren se deslizó desde la oscuridad de la pradera hasta el mar de luces, ella estaba sentada, arreglándose el pelo, sujetando una horquilla entre sus fuertes dientes blancos. Cuando concluyó, le dijo que estaban en Chicago.

En la estación cogieron un coche hasta el Hotel Palmer's Illinois, donde el abogado de Rachel había reservado una habitación para ella. Chamán también se registró allí, y se le asignó la habitación 508 en el quinto piso. La acompañó hasta la habitación 306 y le dio propina al botones.

—¿Quieres alguna cosa? ¿Un café?

—Creo que no, Chamán. Se está haciendo tarde y maña-na tengo que resolver un montón de asuntos. —Tampoco quería reunirse con él a la hora del desayuno—. ¿Por qué no nos encontramos aquí a las tres en punto, y antes de comer te enseño Chicago?

Él le dijo que le parecía fantástico, y se marchó. Subió a la 508, guardó sus cosas en la cómoda, colgó algunas pren-das en el armario, y volvió a bajar los cinco pisos para usar el retrete que había detrás del hotel y que estaba agradablemen-te limpio y bien cuidado.

Al regresar hizo una breve pausa en el rellano del tercer piso y miró el pasillo en dirección a la habitación de Rachel, y luego subió los dos pisos que le quedaban.

Por la mañana, inmediatamente después de desayunar, salió a buscar la calle Bridgeton, que estaba en un barrio obrero de casas adosadas de madera. En el número 237, la joven de aspecto cansado que le abrió la puerta llevaba un niño en brazos y otro agarrado a las faldas.

Cuando Chamán le preguntó por el reverendo David Goodnow, sacudió la cabeza.

—El señor Goodnow hace más de un año que no vive aquí. Está muy enfermo. Eso me dijeron.

—¿Sabe adónde se ha marchado?

—Sí, está... en una especie de hospital. Nosotros nunca lo vimos. Le enviamos el importe del alquiler al hospital to-dos los meses. Eso es lo que dispuso su abogado.

—¿Podría darme el nombre de ese hospital? Es impor-tante que lo vea.

La joven asintió.

—Lo tengo apuntado, en la cocina. —Desapareció y vol-vió un instante después, con el niño pegado a sus faldas y un trozo de papel en la mano.

—Es el Asilo Dearborn —dijo—. En la calle Sable.

El letrero era modesto y decoroso: una plancha de bronce colocada en la columna central que se elevaba por encima de una pared baja de ladrillos rojos:

ASILO DEARBORN. PARA ALCOHÓLICOS Y DEMENTES.

El edificio era una mansión de tres pisos de ladrillos rojos, y las gruesas rejas de hierro de las ventanas combinaban con las puntas de hierro que remataban la pared de ladrillos.

Al otro lado de la puerta de caoba había un vestíbulo oscuro con un par de sillas de crin. En un pequeño despacho al lado del vestíbulo se veía un hombre de mediana edad sentado ante un escritorio, escribiendo en un enorme libro mayor. Asintió cuando Chamán le informó del motivo de su visita.

—El señor Goodnow no recibe a nadie desde sabe Dios cuándo. No sé si alguna vez ha recibido a alguien. Firme el libro de visitas, y yo iré a buscar al doctor Burgess.

El doctor Burgess apareció unos minutos más tarde; era un hombre bajo, de pelo negro y bigote fino y remilgado.

—¿Es usted familiar o amigo del señor Goodnow, doctor Cole? ¿O se trata de una visita profesional?

—Conozco a unas personas que conocen al señor Goodnow —dijo Chamán cautelosamente—. Estoy de paso por Chicago, y pensé en venir a verlo.

El doctor Burgess asintió.

—El horario de visita es por la tarde, pero tratándose de un médico ocupado podemos hacer una excepción. Sígame, por favor.

Subieron la escalera y el doctor Burgess llamó a una puerta que estaba cerrada con llave, y que fue abierta por un voluminoso empleado. El hombre los guió por un largo pasillo en el que había unas cuantas mujeres pálidas sentadas contra las paredes, hablando solas o mirando el vacío. Sortearon un charco de orina, y Chamán vio excrementos aplastados. En algunas habitaciones a los lados del pasillo había mujeres encadenadas a la pared. Cuando estaba en la facultad de medicina, Chamán había pasado cuatro tristes semanas trabajando en el asilo del estado de Ohio para enfermos mentales, y no se sorprendió por las imágenes ni por los olores. Se alegró de no captar los sonidos.

El empleado abrió otra puerta que estaba cerrada con llave y los condujo por otro pasillo a la sala de los hombres, que no era mejor que la de las mujeres. Finalmente Chamán fue introducido en una pequeña habitación en la que había una mesa y algunas sillas de madera, y le dijeron que esperara.

El médico y el empleado regresaron enseguida, acompañando a un anciano vestido con un pantalón al que le faltaban varios botones en la bragueta, y una mugrienta chaqueta encima de la ropa interior. Necesitaba un corte de pelo y su barba gris estaba enmarañada y sin recortar. Tenía una débil sonrisa en los labios, pero sus ojos estaban en otra parte.

—Aquí está el señor Goodnow —anunció el doctor Burgess.

—Señor Goodnow, soy el doctor Robert Cole.

La sonrisa se mantuvo imperturbable. Los ojos no lo veían.

—No habla —dijo el doctor Burgess.

No obstante, Chamán se levantó de la silla y se acercó al hombre.

—Señor Goodnow, ¿usted era Ellwood Patterson?

—Lleva más de un año sin hablar —dijo el doctor Burgess pacientemente.

—Señor Goodnow, ¿usted mató a la mujer india que violó en Holden's Crossing? ¿Cuándo lo envió allí la Orden de la Bandera Estrellada?

El doctor Burgess y el empleado miraron fijamente a Chamán.

—¿Sabe dónde puedo encontrar a Hank Cough?

Pero no obtuvo respuesta.

Insistió, en tono áspero.

—¿Dónde puedo encontrar a Hank Cough?

—Es sifilítico. Parte de su cerebro ha quedado destruido por la paresia —explicó el doctor Burgess.

—¿Cómo sabe que no está fingiendo?

—Lo vemos día y noche, y lo sabemos. ¿Qué sentido tendría que alguien fingiera para vivir de esta forma?

—Hace años, este hombre participó en un crimen horrendo e inhumano. No quiero ver cómo se salva del castigo —señaló Chamán en tono amargo.

David Goodnow había empezado a babear. El doctor Burgess lo miró y sacudió la cabeza.

—No creo que se haya salvado del castigo —dijo.

Chamán fue conducido de nuevo por las salas hasta la puerta de entrada, donde el doctor Burgess se despidió de él con cortesía y mencionó que el asilo siempre recibía con agrado las consultas de los médicos del oeste de Illinois. Se alejó de aquel lugar parpadeando a causa de la brillante luz del sol. En contraste con el interior, los hedores de la ciudad parecían perfumes. Le daba vueltas la cabeza, y caminó varias manzanas completamente absorto en sus pensamientos.

Le parecía que era el final de un camino. Uno de los hombres que había asesinado a Makwa-ikwa estaba muerto. El otro, como él mismo había visto, estaba atrapado en un infierno, y en cuanto al tercer hombre, nadie conocía su paradero.

Miriam Ferocia tenía razón. Ya era hora de que dejara en manos de Dios el castigo de los asesinos de Makwa y se concentrara en la medicina y en su propia vida.

Cogió un tranvía de caballos hasta el centro de Chicago, y otro hasta el Hospital de Chicago, que enseguida le recordó a su hospital de Cincinnati. Era un buen hospital, y grande, con casi quinientas camas. Cuando solicitó una entrevista con el director médico y le explicó cuál era su objetivo, recibió un trato agradablemente cortés.

El médico jefe le presentó al cirujano jefe, y ambos le dieron su opinión sobre el equipo y las provisiones que necesitaría un hospital pequeño. El agente de compras del hospital le recomendó algunas casas de suministros que podían ofrecerle un servicio permanente y entregas razonables. Y habló con el ama de llaves acerca de la cantidad de ropa de cama necesaria para que cada cama estuviera siempre limpia. Chamán no dejaba de tomar apuntes en su libreta.

Poco antes de las tres de la tarde, cuando regresó al Palmer's Illinois, encontró a Rachel sentada en el vestíbulo, esperándolo. En cuanto vio su rostro, Chamán supo que a ella le había ido bien.

—Se acabó, la compañía ya no es responsabilidad mía —anunció. Le contó que el abogado había hecho un trabajo excelente preparando los documentos necesarios, y que la mayor parte de los recibos de la venta ya estaban depositados para Hattie y Joshua.

—Bueno, esto hay que celebrarlo —afirmó él, y el mal humor que se había apoderado de él tras las actividades de la mañana quedó evaporado.

Cogieron el primer cabriolé de la fila que aguardaba en la puerta del hotel. Chamán no quería ver la sala de conciertos ni los nuevos corrales del ganado. En Chicago sólo había una cosa que le interesaba.

—Enséñame los lugares que frecuentabas cuando vivías aquí —le pidió.

—¡Pero eso te resultará muy aburrido!

—Por favor.

De modo que Rachel le dio algunas direcciones al cochero, y el caballo echó a andar.

Al principio se sintió incómoda al señalar la tienda de música en la que había comprado cuerdas y un arco nuevo para su violín, y donde había hecho reparar las clavijas. Pero empezó a disfrutar al mostrarle las tiendas en las que se había comprado sombreros y zapatos, y la del camisero al que había encargado algunas camisas de frac como regalo de cumpleaños para su padre. Recorrieron unas veinte manzanas, hasta que ella le enseñó un edificio imponente y le dijo que era la Congregación del Sinaí.

—Aquí es donde tocaba con mi cuarteto los jueves, y donde veníamos a celebrar el servicio los viernes por la noche. No es donde nos casamos Joe y yo. Nos casamos en la sinagoga Kehilath Anshe Maarib, de la que Harriet Ferber, la tía de Joe, era un miembro destacado.

»Hace cuatro años, Joe y algunos hombres más se separaron de la sinagoga y fundaron Sinaí, una congregación del judaísmo reformado. Suprimieron una buena parte de los rituales y la tradición, y eso originó un escándalo enorme. Tía Harriet estaba furiosa, pero la ruptura no duró mucho, y nos mantuvimos unidos. Cuando ella murió, un año más tarde, le pusimos su nombre a la niña.

Luego le indicó al cochero que los llevara a un barrio en el que había casas pequeñas pero confortables, y al pasar por la calle Tyler señaló una casa con tejado de tablillas marrones.

—Ahí vivíamos.

Chamán recordó el aspecto de ella en aquel entonces, y se echó hacia delante, intentando imaginar a la chica de su recuerdo en el interior de esa casa.

A cinco manzanas de distancia había un grupo de tiendas.

—¡Oh, debemos parar aquí! —exclamó Rachel.

Bajaron del cabriolé y entraron en una tienda de comestibles que olía a especias y a sal. Un anciano de cara colorada y barba blanca, tan corpulento como Chamán, se acercó a ellos radiante de alegría, mientras se limpiaba las manos en el delantal.

—¡Señora Regensberg, qué alegría volver a verla!

—Gracias, señor Freudenthal. Yo también me alegro de verlo. Quiero comprar algunas cosas para mi madre.

Compró diversas variedades de pescado ahumado, olivas negras y una buena cantidad de pasta de almendras. El tendero echó una penetrante mirada a Chamán.

—*Ehr is nit ah Yiddisheh* —le dijo a ella.

—*Nein* —respondió Rachel. Y como si fuera necesaria una explicación, añadió—: *Ehr is ein guteh freint.*

Chamán no tuvo necesidad de conocer el idioma para saber lo que habían dicho. Sintió un destello de resentimiento, pero enseguida se dio cuenta de que la pregunta del anciano era parte de la realidad que la rodeaba a ella, lo mismo que Hattie y Joshua. Cuando él y Rachel eran niños y vivían en un mundo más inocente, habían tenido que enfrentarse a menos diferencias, pero ahora eran adultos y había que asumir esas diferencias.

De modo que cuando cogió los paquetes de Rachel de manos del tendero, miró al anciano con una sonrisa.

—Que tenga un buen día, señor Freudenthal —lo saludó, y salió detrás de Rachel.

Llevaron los paquetes al hotel. Era la hora de cenar. Chamán se habría quedado en el comedor del hotel, pero Rachel dijo que conocía un sitio mejor. Lo llevó al Parkman Café, un pequeño restaurante situado a pocos pasos. Era un local sin ostentación y de precios moderados, pero la comida y el servicio eran buenos. Después de cenar, cuando él le preguntó qué deseaba hacer a continuación, ella respondió que quería caminar a la orilla del lago.

Desde el agua llegaba una ligera brisa, pero el aire volvía a tener la tibieza del verano. En el cielo brillaban las estrellas y la luna en cuarto creciente, pero estaba demasiado oscuro para que Chamán viera los labios de ella, y caminaron en silencio. Con otra mujer eso lo habría hecho sentirse incómodo, pero sabía que Rachel no esperaba que él hablara cuando la visibilidad no era buena.

Caminaron por el terraplén del lago hasta que ella se detuvo debajo de una farola y señaló hacia delante, en dirección a una fuente de luz amarilla.

—¡Oigo una música increíblemente mala, montones de címbalos!

Cuando llegaron a un sitio iluminado vieron algo extraño, una plataforma redonda —tan grande como el sitio de un establo reservado para ordeñar— sobre la cual había clavados unos animales de madera pintada. Un hombre delgado de rostro arrugado y curtido daba vueltas a una enorme manivela.

—¿Es una caja de música? —preguntó Rachel.

—*Non, es un carrousel*. Uno elige un animal y cabalga sobre él, *très drole, très plaisant* —le informó el hombre—. Veinte centavos la vuelta.

Rob se sentó sobre un oso pardo. Rachel montó sobre un caballo pintado de un inverosímil color rojo. El francés gruñó mientras hacía girar la manivela y enseguida empezaron a dar vueltas.

En el centro del carrusel, una anilla de latón colgaba de una barra, debajo de un letrero que anunciaba que cualquiera que lograra coger la anilla sin levantarse de su corcel sería premiado con una vuelta gratuita. Sin duda estaba fuera del alcance de la mayoría de los jinetes, pero Chamán sólo tenía que estirar su largo cuerpo. Cuando el francés vio que Chamán intentaba coger la argolla, empezó a dar vueltas a la manivela con más fuerza y el carrusel cobró velocidad; pero Chamán se apoderó de la anilla en la vuelta siguiente.

Ganó varios viajes gratuitos para Rachel, pero pronto el propietario se detuvo para descansar el brazo, y Chamán bajó de su oso pardo y se ocupó de hacer girar la manivela. La hizo girar cada vez más rápido, y el caballo rojo pasó del medio galope al galope tendido. Rachel, la cabeza hacia atrás, reía como una niña cuando pasaba junto a Chamán. No había nada infantil en su atractivo. Chamán no era el único que estaba fascinado; el francés lanzaba miradas de admiración mientras se preparaba para cerrar.

—Son los últimos clientes de 1864 —le dijo a Chamán—. Final de la temporada. Pronto llegará el hielo.

Rachel dio once vueltas. Era evidente que habían entretenido al propietario más de la cuenta; Chamán le pagó y le dio una propina, y el hombre le regaló a Rachel una jarra de cristal blanco en la que había pintado un ramo de rosas.

Regresaron al hotel con el pelo revuelto por el viento, sonrientes.

—Lo he pasado muy bien —dijo ella al llegar a la habitación 306.

—Yo también. —Antes de que él tuviera tiempo de hacer o decir algo más, ella le había besado suavemente en la mejilla, y la puerta de la habitación se había abierto y vuelto a cerrar.

Una vez en su habitación, Chamán estuvo tendido en la cama durante una hora, completamente vestido. Finalmente se levantó y bajó los dos pisos. Ella tardó unos minutos en responder. Él casi había perdido la esperanza, pero al fin se abrió la puerta: allí estaba Rachel, en salto de cama.

Se quedaron quietos, mirándose.

—¿Entras, o salgo yo? —dijo ella finalmente. Chamán notó que estaba nerviosa.

Entró en la habitación y cerró la puerta.

—Rachel... —empezó a decir, pero ella le puso una mano en los labios.

—Cuando era niña solía bajar por el Camino Largo y detenerme en un sitio perfecto en el que el bosque se aparta del río, exactamente en el límite de nuestras propiedades, del lado que pertenece a mi padre. Pensaba que ibas a crecer muy pronto y que construirías una casa allí, y me salvarías de tener que casarme con un viejo sin dientes. Imaginaba a nuestros hijos, un niño como tú, y tres hijas con las que serías cariñoso y paciente, y les permitirías ir a la escuela y vivir en su hogar hasta que estuvieran preparadas para marcharse.

—Te he amado toda la vida.

—Lo sé —dijo ella; mientras Chamán la besaba, ella le desabotonó la camisa.

Dejaron la luz encendida para contemplarse mutuamente y para que ella pudiera hablarle.

Después de hacer el amor, ella se quedó dormida con la misma facilidad con que un gato duerme una siesta, y él permaneció a su lado, contemplándola. Finalmente se despertó, y al verlo abrió los ojos desmesuradamente.

—Incluso después de casarme con Joe, incluso después de convertirme en madre, soñaba contigo.

—En cierto modo yo lo sabía. Por eso era tan doloroso.

—¡Tengo miedo, Chamán!

—¿De qué, Rachel?

—Durante años mantuve enterrada cualquier esperanza con respecto a nosotros. ¿Sabes qué hace una familia que practica la religión cuando uno de sus miembros se casa con alguien que no es de la misma fe? Cubren los espejos con tela y se ponen de luto. Y rezan por los muertos.

—No tengas miedo. Hablaremos con ellos hasta que al fin lo comprendan.

—¿Y si nunca lo comprenden?

Él sintió una punzada de temor, pero era necesario enfrentarse a la pregunta.

—Si no lo comprenden, entonces tú tendrás que tomar una decisión —opinó Chamán.

Se miraron.

—Nunca más nos resignaremos, ni tú ni yo —afirmó Rachel—. ¿De acuerdo?

—De acuerdo.

Comprendieron que acababan de establecer un compromiso, algo más serio que cualquier promesa, y se abrazaron como si cada uno fuera la tabla de salvación del otro.

Al día siguiente, mientras viajaban en el tren rumbo al oeste, Rachel dijo:

—Necesitaré tiempo.

Cuando él le preguntó cuánto tiempo, ella dijo que quería contárselo a su padre personalmente, no en una carta enviada clandestinamente.

—No será mucho tiempo. Todo el mundo piensa que la guerra está a punto de terminar.

—Te he esperado durante tanto tiempo que puedo esperar un poco más —repuso él—. Pero no te veré en secreto. Quiero ir a buscarte a tu casa, y que salgas conmigo. Y quiero pasar mucho tiempo con Hattie y Joshua, para que podamos conocernos bien.

Rachel sonrió.

—Sí —dijo, y le cogió la mano.

Lillian iría a Rock Island a buscar a su hija. Chamán bajó del tren en Moline y fue al establo a recoger su caballo. Cabalgó cincuenta kilómetros río arriba y cogió el transbordador que lo llevó al otro lado del Mississippi, a Clinton, Iowa. Pasó la noche en el Hotel Randall, en una buena habitación iluminada con luz de gas y provista de agua corriente, caliente y fría. El hotel contaba con un maravilloso retrete de ladrillos en el quinto piso, al que se podía acceder desde todas las plantas. Pero al día siguiente, cuando fue a visitar el Hospital Inman, tuvo una gran decepción. Era un hospital pequeño, como el que pensaban instalar en Holden's Crossing, pero estaba mugriento y mal dirigido; era un ejemplo de lo que no se debía hacer. Chamán escapó de allí en cuanto pudo, y le pagó al capitán de una chalana para que los llevara a él y a Boss río abajo, hasta Rock Island.

Mientras cabalgaba en dirección a Holden's Crossing empezó a caer una lluvia fría, pero se sintió reconfortado pensando en Rachel y en el futuro.

Cuando por fin llegó a casa y desensilló el caballo, entró en la cocina y encontró a su madre sentada en el borde de la silla, muy erguida. Sin duda había estado esperando ansiosamente su regreso porque las palabras salieron como un torrente de su boca en cuanto él abrió la puerta.

—Tu hermano está vivo. Es prisionero de guerra —dijo Sarah.

65

Un telegrama

El día anterior, Lillian Geiger había recibido una carta de su esposo.

Jason le decía que había visto el nombre del cabo Alexander Bledsoe en una lista de confederados prisioneros de guerra. Alex había sido apresado por las fuerzas de la Unión el 11 de noviembre de 1862, en Perryville, Kentucky.

—Por eso desde Washington no contestaban las cartas que enviamos preguntando si tenían un prisionero llamado Alexander Cole —razonó Sarah—. Él utilizó el apellido de mi primer marido.

Chamán estaba exultante.

—¡Al menos es posible que aún esté vivo! Escribiré ahora mismo para intentar averiguar dónde lo tienen.

—Eso llevaría meses. Si aún está vivo, hace casi tres años que es prisionero. Jason dice en su carta que los campos de prisioneros, tanto de un bando como de otro, están en condiciones lamentables. Dice que deberíamos localizar a Alex de inmediato.

—Entonces iré yo mismo a Washington.

Su madre sacudió la cabeza.

—Leí en el periódico que Nick Holden vendrá a Rock Island y a Holden's Crossing para participar en mítines a favor de la reelección de Lincoln. Debes ir a verlo y pedirle ayuda para encontrar a tu hermano.

Chamán estaba desconcertado.

—¿Por qué habríamos de recurrir a Nick Holden en lugar de hablar con nuestro diputado, o con nuestro senador? Papá despreciaba a Holden por haber contribuido a la destrucción de los sauk.

—Nick Holden probablemente es el padre de Alex —dijo ella con naturalidad.

Durante un pequeño instante, Chamán quedó mudo de asombro.

—... Siempre pensé... Es decir, Alex cree que su padre natural es alguien llamado Will Mosby —dijo por fin.

Su madre lo miró. Estaba muy pálida, pero no había lágrimas en sus ojos.

—Yo tenía diecisiete años cuando murió mi primer esposo. Estaba totalmente sola en una cabaña, en medio de la pradera, en lo que ahora es la granja de los Schroeder. Intenté continuar yo sola el trabajo de la granja, pero no tenía las fuerzas necesarias. La tierra acabó conmigo muy pronto. No tenía dinero. En aquel entonces no había trabajo y aquí vivía muy poca gente. Primero me encontró Will Mosby. Era un delincuente y pasaba fuera largos períodos, pero cuando regresaba siempre traía montones de dinero. Luego Nick empezó a rondarme.

»Los dos eran apuestos y encantadores. Al principio yo pensaba que ninguno de los dos conocía la existencia del otro, pero cuando quedé embarazada resultó que ambos se conocían, y cada uno afirmaba que el padre era el otro.

A Chamán le resultó difícil articular las palabras.

—¿No te ayudaron en nada?

Ella esbozó una amarga sonrisa.

—Absolutamente en nada. Creo que Will Mosby me amaba y que finalmente se habría casado conmigo, pero llevaba una vida peligrosa y temeraria, y eligió ese momento para que lo mataran. Nick no volvió a aparecer, pero yo siempre he pensado que era el padre de Alex. Alma y Gus habían venido a hacerse cargo de la tierra, y supongo que él sabía que los Schroeder iban a proporcionarme comida.

»Cuando di a luz, Alma estaba conmigo, pero la pobrecilla se queda paralizada cuando surge una emergencia, y yo tuve que decirle lo que debía hacer. Después de nacer Alex, la vida fue terrible. Primero me enfermé de los nervios, luego del estómago, lo que me produjo los cálculos en la vejiga. —Sacudió la cabeza—. Tu padre me salvó la vida. Hasta que él apareció, yo no creía que en el mundo existiera un hombre bueno y amable.

»Lo importante es que yo había pecado. Cuando te quedaste sordo supe que ése era mi castigo, que te había ocurrido por mi culpa, y casi no podía acercarme a ti. Te quería mucho, y me remordía la conciencia. —Se estiró y le tocó la mejilla—. Lamento que hayas tenido una madre tan débil y pecadora.

Chamán le cogió la mano.

—No, no eres débil ni pecadora. Eres una mujer fuerte que tuvo que tener mucho coraje para sobrevivir. Y has tenido mucho coraje al contarme todo esto. Mi sordera no es culpa tuya, mamá. Dios no quiere castigarte. Nunca me he sentido tan orgulloso de ti, y nunca te quise tanto.

—Gracias, Chamán —dijo ella. Cuando lo besó, notó que su madre tenía la mejilla húmeda.

Cinco días antes de que Nick Holden fuera a hablar a Rock Island, Chamán entregó una nota para él al presidente del comité republicano del distrito. En la nota le decía que Robert Jefferson Cole agradecería infinitamente que se le brindara la oportunidad de hablar con el delegado Holden sobre un asunto urgente y de gran importancia.

El día del primer mitin Chamán se presentó en la enorme casa de madera que Nick tenía en Holden's Crossing y un secretario asintió cuando él dio su nombre.

—El delegado le está esperando —dijo el hombre, y acompañó a Chamán hasta el despacho.

Holden había cambiado desde la última vez que lo había visto. Se había vuelto corpulento, su cabellera gris empezaba a ralear y en los bordes de la nariz le habían aparecido montones de venas pequeñas, pero aún era un hombre apuesto, y lucía un aire de seguridad como si se tratara de un traje hecho a la medida.

—Santo cielo, si tú eres el pequeño, el hijo menor, ¿no? ¿Y ahora eres médico? De verdad que me alegro de verte. Te diré lo que haremos: yo necesito una buena comida casera, tú te vienes conmigo al comedor de Anna Wiley y me permites que te invite a comer.

Hacía tan poco tiempo que Chamán había terminado de leer el diario de su padre que aún veía a Nick a través de los ojos y la pluma de Rob J., y lo que menos deseaba era aceptar una invitación de Nick. Pero sabía por qué estaba allí, de modo que se dejó llevar al comedor de la calle Main en el coche de Nick. Por supuesto, primero tuvieron que detenerse en el almacén, y Chamán esperó mientras Nick estrechaba la mano a todos los hombres que estaban en el porche, como un buen político, y se aseguraba de que todos conocían a «mi buen amigo, nuestro médico».

En el comedor, Anna Wiley se deshizo en atenciones, y Chamán logró comer su carne asada, que era buena, y su tarta de manzana, que era mediocre. Finalmente logró hablarle de Alex.

Holden escuchó sin hacer interrupciones, y luego asintió.

—Hace tres años que es prisionero, ¿no?

—Sí, señor. En el caso de que aún esté vivo.

Nick cogió un puro del bolsillo superior y se lo ofreció a Chamán. Cuando éste lo rechazó, arrancó la punta con los dientes y lo encendió lanzando pequeñas bocanadas de humo en dirección a su invitado.

—¿Y por qué has venido a verme a mí?

—Mi madre pensó que estaría interesado —aclaró Chamán.

Holden le echó un vistazo y luego sonrió.

—Tu padre y yo... Ya sabes, cuando éramos jóvenes, fuimos grandes amigos. Corrimos grandes aventuras juntos.

—Lo sé —respondió Chamán fríamente.

Algo en el tono de Chamán debió de advertir a Nick que era mejor dejar ese tema de lado. Volvió a asentir.

—Bueno, dale a tu madre mis mejores recuerdos. Y dile que me ocuparé personalmente de este asunto.

Chamán le dio las gracias. De todas formas, cuando llegó a casa les escribió al diputado y al senador de su Estado pidiéndoles ayuda para encontrar a Alex.

Pocos días después de regresar de Chicago, Chamán y Rachel comunicaron a sus respectivas madres que habían decidido verse con regularidad.

Cuando se enteró, Sarah tensó los labios, pero asintió sin mostrar el más mínimo asombro.

—Serás muy bueno con sus hijos, por supuesto, lo mismo que tu padre con Alex. Si tenéis más hijos, ¿vais a bautizarlos?

—No lo sé, mamá. No hemos llegado tan lejos.

—En vuestro caso, yo hablaría del tema —fue todo lo que se le ocurrió decir.

Rachel no fue tan afortunada. Ella y su madre discutían con frecuencia. Lillian era amable con Chamán cuando él iba a su casa, pero no le mostraba el menor cariño. Él llevaba a pasear a Rachel y a los dos niños en la calesa siempre que le resultaba posible, pero la naturaleza conspiraba contra él, porque el tiempo se volvió inclemente. Así como el verano había llegado temprano y casi no había habido primavera, ese mismo año el invierno había caído prematuramente sobre la llanura. Octubre fue un mes glacial. Chamán encontró en el establo los patines de su padre; les compró a los chicos patines de doble cuchilla en la tienda de Haskins y los llevó a patinar al pantano helado, pero hacía demasiado frío para que se lo pasaran bien. El día de las elecciones, cuando Lincoln fue reelegido por amplio margen, estaba nevando; y el dieciocho de aquel mes, Holden's Crossing fue azotado por una ventisca y el suelo quedó cubierto por un manto blanco que duró hasta la primavera.

—¿Te has dado cuenta de qué modo tiembla Alden? —le preguntó Sarah a Chamán una mañana.

En realidad hacía tiempo que él observaba a Alden.

—Tiene mal de Parkinson, mamá.

—¿Qué es eso?

—No sé qué es lo que provoca los temblores, pero la enfermedad afecta el control de los músculos.

—¿Va a morir?

—A veces es una enfermedad mortal, pero no ocurre a menudo. Lo más probable es que vaya empeorando poco a poco. Quizá quede tullido.

Sarah asintió.

—Bueno, el pobre ya está demasiado viejo y enfermo para ocuparse de la granja. Tendremos que ir pensando en poner a Doug Penfield al frente, y contratar a alguien para que lo ayude. ¿Podemos permitírnoslo?

Le estaban pagando veintidós dólares mensuales a Alden y diez a Doug Penfield. Chamán hizo algunos cálculos rápidos y finalmente asintió.

—Entonces, ¿qué será de Alden?

—Bueno, se quedará en su cabaña y nosotros lo cuidaremos, por supuesto. Pero va a ser difícil convencerlo de que deje de ocuparse de las tareas pesadas.

—Lo mejor sería pedirle que hiciera montones de cosas que no supongan un esfuerzo —sugirió ella con gran perspicacia, y Chamán estuvo de acuerdo.

—Creo que tengo una de esas cosas para que empiece ahora mismo —anunció.

Esa noche llevó el «escalpelo de Rob J.» a la cabaña de Alden.

—Hay que afilarlo, ¿eh? —dijo Alden mientras lo cogía.

Chamán sonrió.

—No, Alden, yo lo mantengo afilado. Es un bisturí que ha pertenecido a mi familia durante siglos. Mi padre me contó que en casa de su madre lo tenían guardado en una vitrina cerrada con cristales, colgada de la pared. Pensé que tú podrías hacerme una igual.

—No veo por qué no. —Alden movió el escalpelo entre sus manos—. Una buena pieza de acero.

—Así es. Y tiene un filo fantástico.

—Yo podría hacerte un cuchillo como éste, si alguna vez quieres tener otro.

Chamán sintió curiosidad.

—¿Querrías intentarlo? ¿Podrías hacer uno con una hoja más larga que la de éste, y más estrecha?

—No habría ningún problema —le aseguró Alden, y Chamán fingió que no veía el temblor de la mano del anciano mientras le devolvía el escalpelo.

Resultaba muy difícil estar tan cerca de Rachel y sin embargo tan lejos de ella. No había ningún sitio donde pudieran hacer el amor. Caminaban por la nieve hasta el bosque, donde se acurrucaban uno en los brazos del otro, como osos, e intercambiaban besos helados y caricias acolchadas. Chamán empezó a estar de mal humor y notó que Rachel tenía ojeras.

Después de dejarla en su casa, Chamán daba enérgicos paseos. Un día recorrió el Camino Corto que llevaba al río y vio que el trozo de madera que marcaba la tumba de Makwa-ikwa, y que sobresalía por encima de la nieve, estaba roto. El tiempo casi había borrado los signos rúnicos que su padre le había hecho grabar a Alden en la madera.

Sintió que la furia de Makwa se levantaría de la tierra, atravesando la nieve. ¿Cuánto correspondía a su imaginación y cuánto a su conciencia?

«He hecho lo que podía. ¿Qué más puedo hacer? Es más importante mi vida que tu descanso», le dijo en tono brusco, y se alejó pisoteando la nieve hacia su casa.

Esa tarde fue a casa de Betty Cummings, que padecía un fuerte reumatismo en ambos hombros. Ató el caballo, y cuando se dirigía a la puerta de atrás vio al otro lado del establo una huella doble y una serie de marcas extrañas. Avanzó cuidadosamente sobre la nieve y se arrodilló para mirarlas.

Las marcas que había sobre la nieve eran de forma triangular. Se hundían en la superficie unos quince centímetros y su tamaño variaba ligeramente, de acuerdo con la profundidad que alcanzaban.

Estas heridas triangulares en la nieve no tenían sangre, y eran mucho más de once. Se quedó arrodillado, observándolas.

—¿Doctor Cole?

La señora Cummings había salido y estaba inclinada, observándolo con expresión preocupada.

Dijo que los agujeros los habían hecho los bastones de los esquíes de su hijo. Se había fabricado los esquíes y los bastones con madera de nogal, tallando los extremos en punta.

Eran demasiado grandes.

—¿Todo está bien, doctor Cole? —La mujer se estremeció y se cerró más el chal, y Chamán se sintió repentinamente avergonzado de tener a una anciana reumática expuesta al frío.

—Todo está perfectamente bien, señora Cummings —le aseguró. Se levantó y fue tras ella hasta la acogedora cocina.

Alden había hecho una maravilloso trabajo con la vitrina para el escalpelo de Rob J. La había fabricado con roble cortado a escuadra y había conseguido que Sarah le diera un retazo de terciopelo azul claro para montar encima el escalpelo.

—Pero no logré encontrar un trozo de cristal usado. Tuve que comprar uno nuevo en la tienda de Haskins. Espero que sea adecuado.

—Es más que adecuado. —Chamán estaba satisfecho—. Lo colgaré en el vestíbulo principal de la casa —anunció.

Quedó más satisfecho aún al ver el escalpelo que Alden había hecho según sus instrucciones.

—Lo forjé con un hierro viejo de marcar el ganado. Ha sobrado acero suficiente para dos o tres cuchillos más como ése, si te interesan.

Chamán se sentó, y con un lápiz dibujó un bisturí para tomar muestras y una horquilla para amputar.

—¿Crees que podrías hacer esto?

—Claro que podría.

Chamán lo miró con expresión pensativa.

—Alden, pronto vamos a tener aquí un hospital. Eso significa que vamos a necesitar instrumentos, camas, sillas..., todo tipo de cosas. ¿Qué te parecería si consiguieras a alguien que te ayudara a fabricar todo eso?

—Bueno, sería fantástico, pero... No creo que pueda disponer del tiempo necesario para ocuparme de todo.

—Sí, me doy cuenta. Pero supongamos que contratamos a alguien para que trabaje en la granja con Doug Penfield, y que ellos se reúnen contigo un par de veces por semana para que tú les digas lo que deben hacer.

Alden pensó un momento y luego asintió.

—Estaría muy bien.

Chamán vaciló.

—Alden... ¿aún tienes buena memoria?

—Tan buena como cualquiera, supongo.

—Hasta donde puedas recordar, dime dónde estaba cada uno el día que Makwa-ikwa fue asesinada.

Alden lanzó un profundo suspiro y puso los ojos en blanco.

—Todavía sigues con eso, por lo que veo. —Pero cuando Chamán insistió, él colaboró—. Bien, empecemos contigo. Tú estabas dormido en el bosque, según me dijeron. Tu padre estaba visitando a sus pacientes. Yo estaba en casa de Hans Grueber, ayudándolo a matar los animales, que era la forma en que tu padre le pagaba por utilizar sus bueyes para tirar del distribuidor de estiércol... Veamos, ¿quién queda?

—Alex. Mi madre. Luna y Viene Cantando.

—Bueno, Alex estaba en algún sitio, pescando, jugando, no sé. Tu madre y Luna... recuerdo que estaban haciendo la limpieza de la despensa, preparándola para colgar la carne cuando hiciéramos la matanza. El indio grande estaba con el ganado, y luego fue a trabajar al bosque. —Le dedicó una amplia sonrisa—. ¿Qué te parece mi memoria?

—Fue Jason el que encontró a Makwa. ¿Qué hizo Jason aquel día?

Alden se mostró indignado.

—Bueno, ¿cómo demonios voy a saberlo? Si quieres saber algo sobre Geiger, habla con su esposa.

Chamán asintió.

—Creo que es eso lo que voy a hacer —dijo.

Pero cuando regresó a casa, todas sus ideas lo abandonaron, porque su madre le comunicó que Carroll Wilkenson le había traído un telegrama. Venía de la oficina de telégrafos de Rock Island. Cuando Chamán rompió el sobre, los dedos le temblaban tanto como a Alden.

El telegrama era conciso y formal.

Cabo Alexander Bledsoe, 38 de fusileros montados de Louisiana, actualmente encarcelado como prisionero de guerra, Campo de Prisioneros de Elmira, Elmira, Estado de Nueva York. Por favor, ponerse en contacto conmigo si puedo ayudar en alguna otra cosa. Buena suerte. Nicholas Holden, Deleg. Asuntos Indios, Estados Unidos.

66

El campo de Elmira

En el despacho del presidente del banco, Charlie Andreson miró la cantidad del formulario para retirar dinero y frunció los labios.

Aunque se trataba de su propio dinero, Chamán no vaciló en informarle a Andreson del motivo por el que lo solicitaba, ya que sabía que podía revelarle al banquero cualquier asunto confidencial.

—No tengo idea de qué necesitará Alex. En cualquier caso, necesitaré dinero para ayudarlo.

Andreson asintió y salió del despacho. Un instante después volvió con un montón de billetes dentro de una pequeña bolsa. También llevaba un cinturón para guardar el dinero.

—Un pequeño regalo del banco para un apreciado cliente. Junto con nuestros sinceros deseos de éxito, y un consejo, si me permites: guarda el dinero en el cinturón y llévalo sobre la piel, debajo de la ropa. ¿Tienes pistola?

—No.

—Bueno, deberías comprar una. Vas a recorrer una larga distancia, y hay hombres peligrosos que te matarían sin vacilar para robarte el dinero.

Chamán le dio las gracias al banquero y guardó el dinero y el cinturón en una pequeña bolsa tapizada que había llevado consigo. Estaba recorriendo la calle Main cuando recordó que tenía un arma, el Colt 44 que su padre le había quitado a un confederado muerto para matar el caballo, y que había traído de la guerra. En circunstancias normales, a Chamán no se le hubiera ocurrido viajar armado, pero no podía permitirse el lujo de que le pasara algo mientras iba a ayudar a Alex, así que hizo girar el caballo y fue hasta la tienda de Haskins, donde compró una caja de munición para el calibre 44. Las balas y el revólver eran pesados, y le ocupaban bastante espacio en la única maleta que llevaba, junto con el maletín de médico, cuando a la mañana siguiente partió de Holden's Crossing.

Fue en vapor río abajo, hasta Cairo; luego se dirigió hacia el este en tren. En tres ocasiones se produjeron largas demoras porque los distintos trenes en que viajaba eran detenidos para permitir el paso a otros que trasladaban tropas. Fueron cuatro días y cuatro noches de viaje difícil. Cuando dejó atrás Illinois desapareció la nieve pero no el invierno, y el frío penetrante que reinaba en los vagones del tren se apoderó de Chamán. Cuando por fin llegó a Elmira estaba agotado por el viaje, pero no hizo ningún intento de bañarse ni de cambiarse de ropa antes de intentar encontrar a Alex, porque tenía un irresistible deseo de asegurarse de que su hermano estaba vivo.

Fuera de la estación, pasó junto a un cabriolé, pero decidió coger una calesa para poder sentarse junto al conductor y ver lo que decía. El cochero comentó con orgullo que la población de la ciudad había alcanzado los quince mil habitantes. Atravesaron una encantadora ciudad de casas pequeñas, hasta un barrio en las afueras de Elmira, y luego bajaron por la calle Water, junto al río Chemung, según dijo el hombre. Muy pronto apareció una valla de madera que marcaba los límites de la prisión.

El cochero estaba orgulloso de la belleza de la ciudad, y era un experto en comunicar datos. Le informó a Chamán que la valla estaba construida con «tablas nativas» de tres metros y medio de altura, que bordeaban una superficie de veintiocho acres en la que vivían más de diez mil confederados capturados.

—A veces ha habido hasta doce mil rebeldes ahí dentro —añadió.

Señaló que un metro por encima de la parte superior de la valla, y del lado de afuera, había una estrecha pasarela por la que patrullaban los centinelas armados.

Siguieron calle West Water abajo, donde los intermediarios habían convertido el campo de prisioneros en un zoo humano. Una torre de madera de tres pisos de altura, con una escalera que conducía a una plataforma vallada, permitía a cualquiera que tuviera quince centavos echar un vistazo a los hombres que trabajaban en la molienda del interior.

—Aquí antes había dos torres. Y un montón de puestos de refrescos. Vendían tartas, galletas, cacahuetes, limonada y cerveza a los que miraban a los prisioneros. Pero el ejército las cerró.

—Una pena.

—Sí. ¿Quieres parar, subir y echar un vistazo?

Chamán sacudió la cabeza.

—Déjeme en la entrada principal del campo, por favor —le indicó.

En la entrada había un centinela militar de color. Al parecer, la mayor parte de los centinelas eran negros. Chamán siguió a un soldado raso hasta la oficina de la compañía del cuartel general, donde se identificó ante un sargento y solicitó permiso para ver al prisionero llamado Alexander Bledsoe.

El sargento habló con un teniente que estaba sentado detrás de un escritorio en un despacho minúsculo, y al salir murmuró que desde Washington les había llegado un telegrama en el que se mencionaba al doctor Cole, lo que hizo que Chamán aún tuviera mejor imagen de Nicholas Holden.

—Las visitas no pueden superar los noventa minutos.

Le indicaron que el soldado lo llevaría hasta su hermano, que se encontraba en la tienda 8-C, y siguió al negro al interior del campo, por senderos helados. Mirara donde mirase sólo veía prisioneros, indiferentes, miserables, mal vestidos. Comprendió enseguida que estaban hambrientos. Vio a dos hombres junto a un barril colocado boca abajo, sobre el que despellejaban una rata.

Pasaron junto a una serie de barracas de madera. Al otro lado de las barracas había hileras de tiendas, y más allá de éstas un estanque largo y estrecho que evidentemente se utilizaba como alcantarilla, porque cuanto más se acercaban, más fuerte era el hedor.

El soldado negro se detuvo finalmente delante de una de las tiendas.

—Ésta es la 8-C, señor —le indicó, y Chamán le dio las gracias.

En el interior encontró a cuatro hombres ateridos de frío. No los conocía, y lo primero que pensó fue que uno de ellos era alguien que tenía el mismo nombre que Alex, y que él había hecho todo ese viaje por un error de identificación.

—Estoy buscando al cabo Alexander Bledsoe.

Uno de los prisioneros, un chico cuyos oscuros bigotes eran demasiado grandes para su huesudo rostro, señaló lo que parecía un montón de harapos. Chamán se acercó cautelosamente, como si un animal feroz acechara debajo de los trapos sucios: dos sacos de algún producto alimentario, un trozo de alfombra y algo que en otros tiempos podría haber sido una chaqueta.

—Le tapamos la cara para que no tenga frío —dijo el del bigote oscuro, y apartó uno de los sacos.

Era su hermano, pero no era exactamente su hermano. Chamán podría haberse cruzado con él en la calle y no lo habría reconocido, porque Alex estaba absolutamente cambiado; había adelgazado mucho, y su rostro parecía envejecido por experiencias en las que Chamán no quiso pensar. Le cogió la mano. Por fin Alex abrió los ojos y lo miró fijamente, sin reconocerlo.

—Bigger —dijo Chamán, pero no pudo continuar.

Alex parpadeó, desconcertado. Entonces la comprensión se deslizó en su mente como una marea que invade poco a poco la azotada orilla, y se echó a llorar.

—¿Mamá y papá?

Fueron las primeras palabras que pronunció Alex, y Chamán mintió instantáneamente.

—Los dos están bien.

Los hermanos permanecieron en silencio, cogidos de la mano. Tenían tanto que decir, tanto que preguntar y que contar, que al principio se quedaron sin habla. Pronto las palabras acudieron a la mente de Chamán, pero Alex no estaba en condiciones de decir nada. A pesar de su excitación inicial, empezó a deslizarse otra vez en el sueño, lo que indicó a Chamán lo enfermo que estaba.

Se presentó a los otros cuatro hombres, y escuchó sus nombres: Berry Womack, de Spartanburg, Carolina del Sur, bajo y fornido, de pelo rubio, largo y sucio. Fox J. Byrd, de Charlottesville, Virginia, de rostro adormilado y carnes flojas, como si alguna vez hubiera sido gordo. James Joseph Waldron, de Van Buren, Arkansas, achaparrado, moreno y el más joven de todos; según calculó Chamán, no tendría más de diecisiete años. Y Barton O. Westmoreland, de Richmond, Virginia, el chico del bigote grande que le estrechó la mano a Chamán y le dijo que lo llamara Buttons.

Mientras Alex dormía, Chamán lo examinó.

Había perdido el pie izquierdo.

—¿Le dispararon?

—No, señor —respondió Buttons—. Yo estaba con él. Algunos de nosotros fuimos trasladados hasta aquí en tren, desde el campo de prisioneros de Point Look-out, en Maryland, el 16 de julio pasado. Bueno, hubo un accidente ferroviario terrible en Pensilvania... En Sholola, Pensilvania. Murieron cuarenta y ocho prisioneros de guerra, y diecisiete guardias federales. Los enterraron en un campo, cerca de las vías, como después de una batalla.

—Entre nosotros hubo ochenta y cinco heridos. El pie de Alex estaba tan destrozado que se lo cortaron. Yo tuve mucha suerte, sólo me torcí el hombro.

—Su hermano estuvo muy bien durante un tiempo —añadió Berry Womack—. Jimmie-Joe le hizo unas muletas, y así caminaba con bastante agilidad. Era el que se ocupaba de los enfermos de esta tienda, nos cuidaba a todos. Dijo que había aprendido un poco observando a su padre.

—Nosotros le llamamos doctor —comentó Jimmie-Joe Waldron.

Cuando Chamán levantó la pierna de Alex vio que ésta era la causa de los problemas de su hermano. La amputación estaba muy mal hecha. La pierna aún no estaba gangrenosa, pero la mitad del muñón no se había curado, y debajo del tejido ya cicatrizado había pus.

—¿Usted es médico de verdad? —preguntó Waldron al ver el estetoscopio.

Chamán le aseguró que sí. Colocó el extremo en el pecho de Alex, pidió a uno de ellos que le informara de lo que oía, y se alegró al deducir que su hermano tenía los pulmones limpios. Pero tenía fiebre y su pulso era débil.

—En este campo hay toda clase de pestes, señor —afirmó Buttons—. Viruela, toda clase de fiebres, malaria. ¿Qué cree que tiene?

—Se le empieza a gangrenar la pierna —dijo Chamán en tono grave.

Era evidente que Alex también sufría de desnutrición y que había pasado mucho tiempo expuesto al frío, como todos los que estaban en esa tienda. Le dijeron a Chamán que algunas tiendas contaban con estufas de estaño, que algunas tenían unas pocas mantas, pero que la mayoría no tenían ni una cosa ni la otra.

—¿Qué coméis?

—Por la mañana recibimos un trozo de pan y un trozo pequeño de una carne repugnante. Por la noche, un trozo de pan y una taza de lo que ellos llaman sopa, el agua en la que han hervido la carne repugnante —aclaró Buttons Westmoreland.

—¿Nada de verduras?

Todos sacudieron la cabeza, aunque Chamán ya conocía la respuesta porque al entrar en el campo había visto síntomas de escorbuto.

—Cuando llegamos aquí, éramos cerca de diez mil —prosiguió Buttons—. Siguen llegando más prisioneros, pero de los diez mil primeros sólo quedamos cinco mil. Hay un pabellón lleno de moribundos y al otro lado del campamento un cementerio enorme. Todos los días mueren alrededor de veinticinco hombres.

Chamán se sentó en el suelo frío y cogió las manos de Alex mientras observaba su rostro. Alex seguía durmiendo profundamente.

En ese momento el guardia asomó la cabeza por la abertura de la tienda y le dijo que era la hora de marcharse.

En la oficina de la compañía, el sargento escuchó en actitud impasible mientras Chamán se identificaba como médico y describía los síntomas de su hermano.

—Me gustaría que me autorizaran a llevarlo a casa. Sé que si se queda aquí morirá.

El sargento buscó en un archivo y sacó una ficha que leyó atentamente.

—Su hermano no tiene derecho a la libertad bajo palabra. Ha trabajado como ingeniero. Así llamamos a los prisioneros que intentan escapar cavando un túnel.

—¡Un túnel! —exclamó Chamán sorprendido—. ¿Cómo iba a cavarlo? Sólo tiene un pie.

—Y dos manos. Y antes de llegar aquí, había escapado de otro campo y fue capturado nuevamente.

Chamán intentó razonar.

—¿Usted no habría hecho lo mismo? ¿No es lo que habría hecho cualquier hombre honrado?

Pero el sargento sacudió la cabeza.

—Tenemos nuestras reglas.

—¿Puedo traerle un par o tres de cosas?

—Ningún instrumento cortante ni de metal.

—¿Hay alguna pensión cerca de aquí?

—Hay una casa, a medio kilómetro al oeste de la entrada principal. Alquilan habitaciones —le informó el sargento. Chamán le dio las gracias y recogió sus cosas.

En cuanto se instaló en la habitación y se libró de la presencia del dueño, cogió ciento cincuenta dólares de su cinturón y los guardó en el bolsillo de la chaqueta. Había un empleado que por unos dólares se prestó encantado a trasladar al nuevo huésped a la ciudad. En la oficina de telégrafos Chamán envió un telegrama a Washington, a nombre de Nick Holden: «Alex gravemente enfermo. Imprescindible asegurar su liberación, o morirá. Ayuda, por favor.»

Encontró unas cuadras, donde alquiló un caballo y un carro.

—¿Para un día o una semana? —preguntó el dueño de las cuadras.

Chamán lo alquiló para una semana y le pagó por adelantado.

El almacén era más grande que el de Haskins. Chamán llenó el carro que había alquilado con cosas para los hombres de la tienda de Alex: leña, mantas, un pollo adobado, una lonja de tocino, seis hogazas de pan, dos sacos de patatas, un saco de cebollas, un cajón de coles.

El sargento abrió desmesuradamente los ojos al ver el «par o tres de cosas» que Chamán había comprado para su hermano.

—Ya ha utilizado los noventa minutos de hoy. Descargue ese botín y váyase.

Al llegar a la tienda vio que Alex aún dormía. Para los demás fue como una Navidad de los viejos tiempos. Llamaron a sus vecinos. Hombres de una docena de tiendas entraron y cogieron leña y verduras.

La intención de Chamán era que las cosas cambiaran un poco la situación de los hombres de la tienda 8-C, pero ellos habían preferido compartir casi todo lo que él les había llevado.

—¿Tenéis un cazo? —le preguntó a Buttons.

—¡Sí, señor! —Buttons le dio una lata enorme y abollada.

—Prepara una sopa con pollo, cebollas, coles, patatas y un poco de pan. Cuento con que le daréis la mayor cantidad posible de sopa caliente.

—Sí, señor, lo haremos —afirmó Buttons.

Chamán vaciló. Ya había desaparecido una cantidad increíble de comida.

—Mañana traeré más. Debéis guardar la mayor parte de ésta para los que estáis en esta tienda.

Westmoreland asintió gravemente. Ambos sabían que se acababa de establecer y aceptar una condición tácita: que sobre todo Alex estuviera alimentado.

A la mañana siguiente, cuando volvió al campamento, Alex estaba dormido y Jimmie-Joe lo estaba cuidando. El chico dijo que Alex había tomado una buena cantidad de sopa.

Cuando Chamán le ajustó las mantas, Alex se despertó sobresaltado, y él le palmeó el hombro.

—Todo está bien, Bigger. Soy tu hermano.

Alex volvió a cerrar los ojos, y un instante después le preguntó:

—¿Aún vive el viejo Alden?

—Sí, claro.

—¡Estupendo!

Alex abrió los ojos y vio el estetoscopio que asomaba por la abertura del maletín.

—¿Qué haces con el maletín de papá?

—... Se lo pedí prestado —dijo Chamán con voz ronca—. Ahora yo también soy médico.

—¡Venga! —exclamó Alex, como si fueran dos niños que jugaban a marcarse un farol.

—Sí, de verdad —insistió Chamán, y ambos sonrieron.

Alex volvió a quedarse profundamente dormido; Chamán le tomó el pulso y no le gustó, pero en ese momento no podía hacer nada al respecto. Alex estaba sucio y todo el cuerpo le olía mal, pero cuando Chamán destapó el muñón y se inclinó para olerlo, le dio un vuelco el corazón. El prolongado aprendizaje realizado junto a su padre y luego con Lester Berwyn y Barney McGowan, le había enseñado que no había nada bueno en lo que cirujanos menos informados llamaban a menudo «loable pus». Chamán sabía que la aparición de pus en una incisión o una herida con frecuencia indicaba el comienzo de un envenenamiento de la sangre, de un absceso o una gangrena. Sabía qué había que hacer, y también que no se podía hacer en el campo de prisioneros.

Tapó a su hermano con dos de las mantas nuevas y se quedó a su lado, cogiéndole las manos y observando su rostro.

Cuando el soldado lo echó del campamento, una hora y media más tarde, Chamán condujo el caballo y el carro alquilados en dirección al sudoeste, a lo largo del camino que bordeaba el río Chemung. Allí había más colinas que en Illinois, y más bosques. Aproximadamente a ocho kilómetros al otro lado del límite de la población encontró una tienda que, según el letrero de la entrada, pertenecía a un tal Barnard. Entró y compró unas galletas y un trozo de queso para comer, y dos porciones de tarta de manzana y dos tazas de café. Cuando le preguntó al propietario por los alojamientos disponibles en la zona, el hombre lo envió a casa de la señora Pauline Clay, que se encontraba a un kilómetro y medio camino abajo, en los aledaños de la población de Wellsburg.

La casa era pequeña y estaba sin pintar, y se encontraba rodeada de árboles. Había cuatro rosales envueltos con sacos de harina y atados con cuerda de embalar, protegidos del frío. En un letrero pequeño colocado en la valla de estacas se leía: «Habitaciones.»

La señora Clay tenía un rostro sincero y amable. Se compadeció enseguida cuando él le habló de su hermano, y le enseñó toda la casa. El letrero tendría que haber estado escrito en singular, porque la casa sólo tenía dos habitaciones.

—Su hermano podría ir a la habitación de huéspedes, y usted podría ocupar la mía. Yo duermo a menudo en el sofá —sugirió.

Quedó claramente sorprendida cuando él le dijo que quería alquilarle toda la casa.

—Oh, me temo... —Pero se interrumpió y abrió desmesuradamente los ojos cuanto él le enseñó lo que estaba dispuesto a pagar. La mujer dijo que una viuda que había luchado durante años no podía rechazar tanta generosidad, y que podía mudarse a casa de su hermana, que vivía en el pueblo, mientras los hermanos Cole ocupaban su casa.

Chamán regresó a la tienda de Barnard y cargó en el carro montones de alimentos y provisiones. Cuando los llevó a la casa, esa misma tarde, la señora Clay se estaba mudando.

A la mañana siguiente, el sargento se mostró malhumorado y decididamente frío, pero resultó evidente que el ejército había recibido noticias de Nick Holden, y tal vez de algunos amigos de éste.

El sargento le entregó a Chamán una hoja impresa que contenía una promesa formal de que, a cambio de la libertad, Alex «no volverá a tomar las armas contra los Estados Unidos de América».

—Haga que su hermano firme esto, y después puede llevárselo.

Chamán se sintió preocupado.

—Tal vez no se encuentra lo suficientemente bien para firmar.

—Bien, la regla es que tiene que dar su palabra, de lo contrario no será liberado. No me importa lo enfermo que esté; si no firma, no sale.

Así que Chamán fue a la tienda 8-C con pluma y tinta, y mantuvo una serena conversación con Buttons antes de entrar.

—¿Alex firmaría este papel, si pudiera?

Westmoreland se rascó la barbilla.

—Bueno, algunos están dispuestos a firmar sólo por salir de aquí, otros lo consideran una deshonra. No se qué piensa su hermano.

La caja que había contenido las coles estaba en el suelo, cerca de la tienda; Chamán la puso boca abajo, colocó encima la hoja de papel y el tintero. Mojó la pluma y escribió apresuradamente al pie de la página: Alexander Bledsoe.

Buttons asintió satisfecho.

—Bien hecho, doctor Cole. Ahora lléveselo de este maldito infierno.

Chamán pidió a cada uno de los compañeros de tienda de Alex que apuntaran el nombre y la dirección de un pariente próximo, y prometió escribir diciendo que estaban vivos.

—¿Le parece que podrá conseguir que lleguen las cartas? —le preguntó Buttons Westmoreland.

—Supongo que sí, en cuanto esté en mi casa.

Chamán actuó con rapidez. Le dejó la hoja con la promesa firmada al sargento y regresó a toda prisa a la pensión para recoger su maleta. Le pagó al empleado para que rellenara el carro con paja suelta y volvió a conducir hasta el campamento.

Un sargento negro y un soldado vigilaron a los prisioneros que subieron a Alex al carro y lo taparon con las mantas.

Los hombres de la tienda 8-C estrecharon la mano a Chamán y se despidieron.

—¡Hasta la vista, doctor!

—¡Adiós, Bledsoe, amigo!

—¡Enséñales lo que es bueno!

—¡Primero, ponte bien!

Alex seguía con los ojos cerrados y no respondió.

El sargento hizo una señal con la mano para que se marcharan, y el soldado subió al carro y cogió las riendas, guiando al caballo hasta la puerta principal del campamento. Chamán contempló el rostro negro y serio del hombre y recordó algo que había leído en el diario de su padre.

—El día del jubileo —dijo.

El soldado pareció sorprendido, pero enseguida sonrió, dejando al descubierto su dentadura absolutamente blanca.

—Creo que tiene razón, señor —comentó, y le entregó las riendas.

Los muelles del carro dejaban mucho que desear; tendido sobre la paja, Alex no dejaba de bambolearse. Gritó de dolor y luego gimió cuando Chamán atravesó la entrada y giró en el camino.

El caballo avanzó junto a la torre de observación, y pasó por el extremo del muro que rodeaba la prisión. Desde la pasarela, un soldado armado con un fusil los miró atentamente mientras se alejaban.

Chamán mantuvo las riendas cortas. No podía avanzar a mayor velocidad sin torturar a Alex, pero también avanzaba lentamente porque no quería llamar la atención. Aunque pareciera absurdo, tenía la impresión de que en cualquier momento se extendería el largo brazo del ejército de Estados Unidos y volvería a atrapar a su hermano, y no empezó a respirar tranquilamente hasta que los muros de la prisión quedaron muy atrás y superaron los límites de la población, abandonando Elmira.

67

La casa de Wellsburg

La casa de la señora Clay era agradable, tan pequeña que enseguida estaba todo visto, y a Chamán muy pronto le resultó familiar, como si hubiera vivido allí muchos años.

Encendió un buen fuego en la cocina económica, y el fogón pronto quedó al rojo vivo; calentó agua en la olla más grande de la señora Clay y llenó la bañera, que colocó cerca del fuego.

Cuando acomodó a Alex dentro del agua como si fuera un bebé, éste abrió desmesuradamente los ojos, encantado.

—¿Cuándo fue la última vez que te diste un baño de verdad?

Alex se encogió de hombros. Chamán imaginó que hacía tanto tiempo que no podía recordarlo. No se atrevió a dejar a su hermano mucho rato en la bañera por temor a que pudiera resfriarse si el agua se enfriaba, así que lo lavó con un trapo enjabonado y se lo pasó por el cuerpo. Al frotarle las costillas tuvo la impresión de que estaba restregando una tabla de lavar. Tuvo especial cuidado con la pierna herida.

Cuando sacó a su hermano de la bañera, lo sentó sobre una manta delante de la cocina económica, lo secó con una toalla, y luego le puso una camisa de dormir de franela. Unos años antes, llevarlo en brazos por la escalera habría sido una ardua tarea, pero Alex había adelgazado tanto que no le resultó difícil.

Cuando dejó a su hermano en la cama de la habitación de huéspedes, Chamán puso manos a la obra. Sabía muy bien lo que tenía que hacer. No tenía sentido esperar, y cualquier demora podía representar un auténtico peligro.

Quitó todo lo que había en la cocina, salvo la mesa y una silla, y amontonó las restantes sillas y la bañera seca en la sala. Luego fregó las paredes, el suelo, el techo, la mesa y la silla con agua caliente y jabón fuerte. Lavó el instrumental y lo colocó en la silla, cerca de la mesa. Finalmente se recortó las uñas y se restregó las manos.

Cuando volvió a bajar a Alex y lo colocó sobre la mesa, vio que su hermano tenía un aspecto muy vulnerable, y quedó impresionado. Estaba seguro de lo que hacía, salvo en un aspecto. Había llevado consigo cloroformo, pero no sabía con certeza qué cantidad utilizar, porque el traumatismo y la desnutrición habían dejado a Alex muy débil.

—¿Qué...? —se quejó Alex en tono soñoliento, confundido por el ajetreo.

—Respira profundamente, Bigger.

Dejó caer el cloroformo y sujetó el cono sobre el rostro de Alex todo el tiempo que pudo. «Por favor, Dios», pensó.

—¡Alex! ¿Me oyes? —Pellizcó el brazo de su hermano y le dio unas palmadas en la mejilla, pero vio que dormía profundamente.

No tuvo que pensar ni planificar nada. Había pensado en cada detalle, lo había planificado todo cuidadosamente. Se obligó a apartar toda emoción de su mente y emprendió la tarea.

Quería salvar el mayor fragmento de pierna que le fuera posible, y al mismo tiempo cortar lo suficiente para asegurarse de que la parte amputada incluiría todo el hueso y el tejido infectados.

Realizó la primera incisión circular en un punto situado quince centímetros por debajo de la inserción del tendón de la corva, y preparó un buen colgajo para el muñón, interrumpiendo el corte sólo para atar las venas safena mayor y menor, las venas de la tibia y la del peroné. Aserró la tibia con los mismos movimientos de quien sierra un leño. Prosiguió hasta aserrar el peroné, y la porción infectada de la pierna quedó suelta; había hecho un trabajo esmerado y pulcro.

Hizo un vendaje ceñido con vendas limpias para conseguir un muñón con buena forma. Cuando concluyó la tarea, besó a su hermano aún inconsciente y volvió a llevarlo a la cama.

Estuvo un buen rato sentado junto a la cama, observando a su hermano, pero no notó ningún síntoma, ni náuseas, ni vómitos, ni gritos de dolor. Alex dormía como un trabajador que se ha ganado un buen descanso.

Finalmente se llevó afuera de la casa el trozo de pierna amputado, envuelto en una toalla, y una pala que encontró en el sótano. Fue hasta el bosque que había detrás de la casa e intentó enterrar el trozo de tejido y hueso infectados, pero el suelo estaba completamente congelado y la pala resbalaba sobre la superficie. Ante la dificultad, reunió unos trozos de madera e hizo una pira, en un intento de ofrecer al trozo de pierna un funeral vikingo. Colocó el tronco carnoso sobre la madera, apiló más troncos encima, y roció todo con el contenido de la lámpara. Cuando encendió la cerilla, la pila empezó a llamear. Chamán se quedó cerca, con la espalda apoyada contra un árbol y los ojos secos aunque embargado por una tremenda emoción, convencido de que en el mejor de los mundos un hombre no habría tenido que cortar la pierna a su hermano mayor.

El sargento de la oficina de la compañía del campo de prisioneros conocía bien la jerarquía de los suboficiales de su región, y sabía que este sargento mayor gordo, de pecho en forma de tonel, no estaba estacionado en Elmira. En líneas generales, a un soldado que llegara de otro sitio le habría pedido que identificara la unidad a la que pertenecía, pero el porte de este hombre, y sobre todo su mirada, revelaban claramente que pretendía conseguir información, no proporcionarla.

El sargento sabía que los sargentos mayores no eran dioses, pero era perfectamente consciente de que dirigían el ejército. Los pocos hombres que llegaban a ser suboficiales de más alto rango del ejército podían conseguir que alguien lograra una buena misión, o un puesto de castigo en un fuerte aislado. Podían meter a un hombre en problemas militares o sacarlo de ellos, podían forjar una carrera, o destruirla. En el mundo real del sargento, un sargento mayor intimidaba más que cualquier oficial, y se apresuró a mostrarse servicial.

—Sí, señor, sargento mayor —dijo inmediatamente después de examinar sus archivos—. No ha coincidido con él por poco más de un día. Ese sujeto está terriblemente enfermo. Sólo le queda un pie, ¿sabe? Su hermano es médico, se llama Cole. Se lo llevó en un carro ayer por la mañana.

—¿En qué dirección se marcharon?

El sargento lo miró y sacudió la cabeza.

El gordo lanzó un gruñido y escupió en el suelo limpio. Abandonó la oficina de la compañía, montó en su hermosa yegua cobriza y salió por la entrada principal del campamento. Una ventaja de un día no era nada cuando se cargaba con un inválido. Allí sólo había un camino, y únicamente podrían haber cogido una de las dos direcciones. Decidió girar hacia el noroeste. De vez en cuando, al pasar junto a una tienda o una granja, o cuando se cruzaba con otro viajero, se detenía a preguntar. Mientras avanzaba en esa dirección, atravesó la población de Horseheads, y luego la de Big Flats. Ninguna de las personas con las que habló había visto a los hombres que él buscaba. El sargento mayor era un perseguidor experto. Sabía que cuando un rastro era tan invisible como éste, lo más probable es que fuera una pista equivocada. Así que dio media vuelta y empezó a cabalgar en dirección opuesta. Pasó otra vez junto al campo de prisioneros y atravesó la ciudad de Elmira. Tres kilómetros más abajo, un granjero recordó que había visto el carro. Y tres kilómetros más allá del límite de Wellsburg, llegó a un almacén.

El propietario sonrió al ver al gordo militar acurrucado junto a la estufa.

—Hace frío, ¿eh?

Cuando el sargento mayor le pidió café, le sirvió una taza.

—Oh, claro —contestó cuando le hizo la pregunta—. Se alojan en casa de la señora Clay; yo le explicaré cómo encontrarla. Un sujeto agradable ese doctor Cole. Ha venido aquí a comprar bastante comida. Son amigos suyos, ¿verdad?

El sargento mayor sonrió.

—Me alegraré mucho de encontrarlos —comentó.

La noche posterior a la operación, Chamán se sentó en una silla junto a la cama de su hermano y tuvo la lámpara encendida durante toda la noche. Alex dormía, pero el suyo era un sueño agobiado por el dolor, e inquieto. Cuando comenzaba a despuntar el día, Chamán se quedó dormido unos minutos. Al abrir los ojos, vio que Alex lo miraba.

—Hola, Bigger.

Alex se pasó la lengua por los labios secos y Chamán fue a buscar agua; le sujetó la cabeza mientras bebía, dejándole dar sólo unos pocos sorbos.

—Me pregunto... —dijo Alex por fin.

—¿Qué?

—Cómo podré... darte una patada en el culo... sin caerme sentado.

Para Chamán fue reconfortante volver a ver la sonrisa de su hermano.

—Me cortaste un poco más la pierna, ¿eh? —Alex lo miró con expresión acusadora, y el agotado Chamán se sintió dolido.

—Sí, pero te salvé algo más, creo.

—¿Qué?

—La vida.

Alex pareció reflexionar, y luego asintió. Un instante después volvió a quedarse dormido.

El primer día después de la operación, Chamán cambió el vendaje dos veces. En cada ocasión olió el muñón y lo examinó, aterrorizado ante la posibilidad de oler o ver una infección, porque había visto morir a muchos por ese motivo pocos días después de una amputación.

Pero no había olor, y el tejido rosado del muñón parecía sano.

Alex casi no tenía fiebre, pero le quedaban muy pocas energías, y Chamán no confiaba demasiado en la capacidad de recuperación de su hermano. Empezó a pasar más tiempo en la cocina de la señora Clay. A media mañana le dio a Alex unas gachas, y al mediodía un huevo cocido a fuego lento.

Poco después del mediodía empezaron a caer unos copos enormes. La nieve cubrió rápidamente el suelo. Chamán hizo un rápido repaso a las provisiones con que contaba y decidió coger el carro y volver a la tienda a buscar más comida, por si quedaban bloqueados por la nieve. Durante un intervalo en el que Alex estuvo despierto, le explicó lo que iba a hacer, y Alex asintió indicando que comprendía.

Era agradable avanzar por ese mundo nevado. La verdadera razón por la que volvía a la tienda era comprar algún ave para hacer sopa; pero Barnard no tenía ninguna para venderle; en cambio le ofreció un trozo decente de carne de vaca con la que podría hacer una sopa nutritiva, y Chamán aceptó el ofrecimiento.

—¿Su amigo encontró la casa sin problemas? —preguntó el tendero mientras quitaba la grasa a la carne.

—¿Amigo?

—El militar. Le expliqué cómo llegar a casa de la señora Clay.

—Oh, ¿cuándo fue eso?

—Ayer, un par de horas antes de cerrar. Un hombre corpulento, gordo. De barba negra. Y montones de galones —añadió tocándose el brazo—. ¿No llegó? —Miró a Chamán entrecerrando los ojos—. Supongo que hice bien al decirle dónde podía encontrarlo, ¿no?

—Por supuesto, señor Barnard. Fuera quien fuese, probablemente decidió que en realidad no tenía tiempo para visitas y siguió de largo.

«¿Qué querrá ahora el ejército?», se preguntó Chamán mientras salía de la tienda.

A medio camino de la casa tuvo la impresión de que lo observaban. Resistió el impulso de volverse y mirar, pero unos minutos después detuvo al caballo y bajó para acomodar la brida, simulando que ajustaba algo. Al mismo tiempo echó un vistazo hacia atrás.

Era difícil ver algo entre la nieve que caía, pero el viento arrastró los copos y Chamán pudo ver a un jinete que lo seguía a cierta distancia.

Cuando llegó a casa vio que Alex se encontraba bien. Desenganchó el carro y llevó el caballo al establo. Volvió a entrar y puso a hervir a fuego lento la carne, con patatas, zanahorias, cebollas y nabos.

Estaba preocupado. No sabía si contarle a Alex lo ocurrido, y finalmente se sentó junto a la cama y le explicó la situación.

—Así que tal vez recibamos una visita del ejército —concluyó.

Pero Alex sacudió la cabeza.

—Si se tratara del ejército, habrían llamado a la puerta de inmediato... Alguien como tú, que llega para sacar a un familiar de la prisión, seguramente lleva dinero. Lo más probable es que busque eso... No habrás traído un arma, ¿verdad?

—Sí. —Fue hasta donde tenía la maleta y cogió el Colt. Ante la insistencia de Alex, lo limpió, lo cargó y se aseguró de que en la recámara había un cartucho nuevo. Lo dejó en la mesilla de noche, y quedó aún más preocupado que antes—. ¿Por qué este hombre se limita a esperar y a vigilarnos?

—Está estudiando nuestros movimientos para asegurarse de que estamos solos. Para ver qué luz está encendida por la noche y saber en qué habitación estamos. Para ese tipo de cosas.

—Creo que exageramos —dijo Chamán lentamente—. Creo que tal vez el hombre que preguntó por nosotros es algún militar del servicio de información del ejército, que quiere asegurarse de que no planeamos ayudar a los demás prisioneros a escapar del campo. Seguramente no volveremos a saber nada de él.

Alex se encogió de hombros y asintió. Pero a Chamán le resultó difícil creer en sus propias palabras. El último problema que deseaba en ese momento era ser asaltado en esa casa, junto a su hermano, débil y recién operado.

Esa tarde le dio a Alex leche caliente endulzada con miel. Quería hacerle tomar alimentos sustanciosos para que recuperara peso, pero sabía que eso le llevaría tiempo. Por la tarde temprano Alex volvió a quedarse dormido y cuando se despertó, varias horas más tarde, tenía ganas de hablar. Poco a poco Chamán fue enterándose de lo que le había sucedido a su hermano después de abandonar el hogar.

—Mal Howard y yo trabajamos para pagarnos el viaje en una chalana, hasta Nueva Orleans. Tuvimos una discusión por una chica, y él siguió solo hacia Tennessee para alistarse. —Alex se interrumpió y miró a su hermano—. ¿Sabes qué ha sido de él?

—Su familia no ha recibido noticias suyas.

Alex asintió; la respuesta no le sorprendía.

—En ese momento estuve a punto de volver a casa. Ojalá lo hubiera hecho. Pero había reclutadores de los confederados por todas partes, y me alisté. Pensé que podía cabalgar y disparar, así que me uní a la caballería.

—¿Estuviste en muchas batallas?

Alex asintió con expresión sombría.

—Durante dos años. ¡Me puse furioso conmigo mismo cuando me capturaron en Kentucky! Nos metieron en un sitio vallado del que incluso un bebé podría haber escapado.

Esperé la oportunidad y me largué. Estuve en libertad durante tres días, robando comida de los huertos, sobreviviendo de esa forma. Y un día me detuve en una granja y pedí algo de comer. Una mujer me dio un desayuno, y yo le di las gracias como un caballero, sin hacer ningún movimiento incorrecto. ¡Probablemente ése fue mi error! Media hora más tarde oí que me perseguían con una jauría. Me metí en un campo de maíz gigantesco. Los tallos eran verdes y altos y estaban plantados muy cerca unos de otros, de modo que no podía pasar entre las hileras. Tenía que cortarlos a medida que avanzaba, y después pareció que por allí había pasado un oso. Estuve en ese campo de maíz la mayor parte de la mañana, huyendo de los perros. Empecé a pensar que jamás podría salir. Por fin salí en el otro extremo, y allí estaban esos dos soldados yanquis, apuntándome con sus armas y sonriendo burlonamente.

»Esa vez los federales me enviaron a Point Lookout. ¡Fue el peor campo de prisioneros! Comida mala, cuando te la daban; agua sucia, y podían agujerearte a balazos si te veían a cuatro pasos de la valla. No puedes imaginarte lo que me alegré cuando me sacaron de allí. Pero algo tenía que suceder, y tuvimos ese accidente con el tren. —Sacudió la cabeza—. Sólo recuerdo un fuerte ruido chirriante, y el dolor en el pie. Estuve inconsciente durante un rato, y cuando me desperté ya me habían cortado el pie y me encontraba en otro tren en dirección a Elmira.

—¿Cómo lograste cavar un túnel después de que te amputaran el pie?

Alex sonrió.

—Fue fácil. Me enteré de que había un grupo que estaba cavando. En aquellas fechas me encontraba bastante bien, así que me turné con ellos en la tarea. Cavamos unos sesenta metros, hasta llegar debajo del muro. Mi muñón no estaba curado, y en el túnel me lo ensucié. Tal vez por eso tuve problemas. No pude irme con ellos, por supuesto, pero diez hombres lograron escapar y no me enteré de que los hubieran cogido. Me dormía contento, pensando en esos diez hombres.

Chamán lanzó un suspiro.

—Bigger —dijo—, papá ha muerto.

Alex guardó silencio durante un momento, y luego asintió.

—Me lo imaginé cuando vi que tenías su maletín. Si hubiera estado vivo y sano, habría venido él mismo a buscarme, no te habría enviado a ti.

Chamán sonrió.

—Sí, es verdad. —Le contó a su hermano lo que le había ocurrido a Rob J. antes de morir. Mientras lo escuchaba, Alex empezó a sollozar y cogió la mano de su hermano. Cuando Chamán concluyó su relato, ambos guardaron silencio y siguieron cogidos de la mano. Por fin Alex se quedó dormido, y Chamán permaneció sentado a su lado sin soltarlo.

Nevó hasta bien entrada la tarde. Cuando al fin oscureció, Chamán se asomó a las ventanas de ambos lados de la casa. La luz de la luna se reflejaba sobre la nieve intacta, sin huellas. A esas alturas ya había elaborado una explicación. Pensó que ese militar gordo había ido a buscarlo porque alguien necesitaba un médico. Tal vez el paciente había muerto o se había recuperado, o tal vez el hombre había encontrado a otro médico y ya no lo necesitaba.

Era una explicación plausible, y se tranquilizó.

A la hora de cenar le dio a Alex un plato de caldo sustancioso, con una galleta. Su hermano durmió a ratos. Chamán había pensado que esa noche dormiría en la cama de la otra habitación, pero acabó dormitando en la silla, junto a la cama de Alex.

A las tres menos cuarto de la madrugada —según pudo comprobar Chamán en el reloj que tenía en la mesilla de noche, junto al arma— Alex lo despertó: tenía la mirada extraviada, y había empezado a levantarse de la cama.

—Alguien está rompiendo una ventana en la planta baja. —Alex movió los labios formando las palabras, pero sin emitir sonido alguno.

Chamán se enderezó y cogió el arma, sujetándola con la mano izquierda; le resultó un instrumento desconocido.

Esperó, con la vista fija en el rostro de Alex.

¿Sería la imaginación de Alex? ¿Lo habría soñado, tal vez? La puerta del dormitorio estaba cerrada. ¿Quizás había oído el hielo que se rompía?

Pero Chamán se quedó quieto. Todo su cuerpo se convirtió en su mano apoyada en la caja del piano, y pudo sentir los pasos cautelosos.

—Está dentro —musitó.

Empezó a sentir el olor, como si se tratara de las notas en una escala ascendente.

—Está subiendo la escalera. Voy a apagar la lámpara. —Alex asintió.

Ellos conocían la disposición del dormitorio, y el intruso no, lo cual representaba una ventaja en la oscuridad. Pero Chamán estaba desesperado, porque sin luz no podría leer el movimiento de los labios de Alex.

Cogió la mano de su hermano y la puso sobre su pierna.

—Cuando oigas que entra en la habitación, aprieta —le dijo, y Alex asintió.

La única bota de Alex estaba en el suelo. Chamán se pasó el arma a la mano derecha, se agachó, recogió la bota y finalmente apagó la lámpara.

Pareció una eternidad. No podían hacer otra cosa que esperar en la oscuridad, petrificados.

Finalmente, las grietas de la puerta del dormitorio pasaron del amarillo al negro. El intruso había cogido la lámpara del pasillo y la había apagado para que su silueta no apareciera en el hueco de la entrada.

Encerrado en su conocido mundo de silencio absoluto, Chamán percibió el momento en que el hombre abría la puerta al notar el aire helado que entraba por la ventana abierta de la planta baja.

Y Alex le apretó la pierna.

Arrojó la bota al otro lado de la habitación, a la pared opuesta.

Vio los dos resplandores amarillos, uno tras otro, e intentó apuntar el pesado Colt a la derecha de los estallidos. Cuando apretó el gatillo, el revólver se sacudió salvajemente en su mano, y lo cogió con las dos mientras apretaba el gatillo una y otra vez, sintiendo las explosiones, parpadeando con cada una de ellas, percibiendo el aliento del diablo. Cuando se terminaron las balas, Chamán se sintió más desnudo y vulnerable que nunca, y se quedó quieto, esperando la respuesta.

—¿Te encuentras bien, Bigger? —preguntó por fin como un tonto, sabiendo que no podría oír a su hermano.

Buscó a tientas las cerillas y logró encender la lámpara con mano temblorosa.

—¿Te encuentras bien? —volvió a preguntarle a Alex, pero éste señalaba al hombre que estaba en el suelo.

Chamán era muy mal tirador. Si el hombre hubiera podido les habría disparado a ambos, pero no podía. Chamán se acercó a él como si fuera un oso cazado cuya muerte aún no es segura. Su mala puntería era evidente, porque había agujeros en la pared, y el suelo estaba astillado. Los disparos del intruso no habían tocado siquiera la bota, pero habían destrozado el cajón superior del tocador de arce de la señora Clay. El hombre había quedado tendido de costado, como si estuviera durmiendo; era un militar gordo, de barba negra, y su rostro sin vida conservaba un gesto de sorpresa. Uno de los disparos había alcanzado su pierna izquierda, exactamente en el punto en que Chamán había cortado la pierna a Alex. Otro le había dado en el pecho, directamente en el corazón. Cuando Chamán le palpó la arteria carótida, notó que tenía la piel tibia, pero ya no había pulso.

A Alex no le quedaban fuerzas, y se derrumbó. Chamán se sentó en la cama y cogió a su hermano entre sus brazos, meciéndolo como si fuera un niño tembloroso. Alex tenía la seguridad de que si se descubría esa muerte, él tendría que volver a la prisión. Quería que Chamán se llevara aquel hombre al bosque y lo quemara, como había quemado su pierna.

Chamán lo consoló y le dio unas palmaditas en la espalda, al tiempo que pensaba serenamente.

—Soy yo quien lo ha matado, no tú. Si alguien tiene problemas, no serás tú. Pero alguien notará la ausencia de este hombre. El tendero sabe que iba a venir aquí, y tal vez lo saben otros. La habitación está estropeada y hace falta un carpintero, que hablaría del asunto. Si oculto o destruyo su cadáver, es posible que me cuelguen. No tocaremos el cadáver.

Alex se serenó. Chamán se quedó a su lado y hablaron hasta que la luz gris de la mañana entró en la habitación y pudieron apagar la lámpara. Llevó a su hermano a la sala de abajo, lo acostó en el sofá y lo abrigó con unas mantas. Llenó la estufa de leña, volvió a cargar el Colt y lo puso en una silla, cerca de Alex.

—Volveré con alguien del ejército. Por Dios, no le dispares a nadie sin asegurarte de que no somos nosotros. —Miró a su hermano a los ojos—. Van a interrogarnos una y otra vez, juntos y separados. Es importante que digas absolutamente toda la verdad de lo ocurrido. De esa forma no podrán desvirtuar lo que digamos. ¿Comprendido?

Alex asintió, y Chamán le dio unas palmaditas en la mejilla y salió de la casa.

La nieve le llegaba a las rodillas, y no cogió el carro. En el establo había un ronzal; se lo colocó al caballo y montó a pelo. Más allá de la tienda de Barnard, le resultó más difícil avanzar sobre el suelo cubierto de nieve, pero después de cruzar el límite de Elmira vio que la nieve había sido aplastada por rodillos, y le resultó más fácil seguir.

Se sentía entumecido, pero no por el frío. Había perdido pacientes que consideraba que tendría que haber salvado, y eso siempre lo inquietaba. Pero jamás había matado a un ser humano. Llegó temprano a la oficina de telégrafos y tuvo que esperar hasta las siete a que abrieran. Entonces le envió un telegrama a Nick Holden.

He matado militar en defensa propia. Por favor, envíe a autoridades civiles y militares de Elmira su respaldo inmediato con respecto a mi reputación y a la de Alex Bledsoe Cole. Agradecido, Robert J. Cole.

Fue directamente a la oficina del sheriff del distrito de Steuben y denunció un homicidio.

68

Luchando en la telaraña

En pocas horas, la casa de la señora Clay quedó atestada. El sheriff, un hombre achaparrado, de pelo gris, llamado Jesse Moore, padecía de dispepsia matinal y fruncía el ceño de vez en cuando y eructaba a menudo. Iba acompañado por dos ayudantes, y su comunicación al ejército había dado como resultado la presencia inmediata de cinco militares: un teniente, dos sargentos y un par de soldados. Al cabo de media hora llegó el comandante Oliver P. Poole, un oficial de piel atezada que llevaba gafas y un fino bigote negro. Todos se pusieron a sus órdenes: evidentemente era el que estaba a cargo del caso.

Al principio los militares y los civiles pasaron un rato observando el cadáver, entrando y saliendo de la casa, pisando torpemente la escalera con sus pesadas botas, y conversando en voz baja. Dejaron escapar todo el calor que había en la casa y las huellas de nieve y hielo, y destrozaron el suelo de madera encerada de la señora Clay.

El sheriff y sus hombres estaban alerta, los militares permanecían muy serios, y el comandante se mostró fríamente cortés.

Arriba, en la habitación, el comandante Poole examinó los orificios que habían quedado en la pared y en el suelo, en el cajón del tocador y en el cadáver del militar.

—¿No puede identificarlo, doctor Cole?

—Nunca lo había visto.

—¿Supone que le quiso robar?

—No tengo la menor idea. Lo único que sé es que yo tiré esa bota contra la pared en la habitación a oscuras, y que él disparó al oír el ruido, y yo le disparé a él.

—¿Ha mirado dentro de sus bolsillos?

—No, señor.

El comandante se dispuso a hacerlo, y colocó el contenido de los bolsillos del militar sobre una manta, al pie de la cama. No había gran cosa: una lata de rapé Clock-Time, un pañuelo arrugado y lleno de mocos, diecisiete dólares y treinta y ocho centavos, y un permiso del ejército que Poole leyó y luego le pasó a Chamán.

—¿Este nombre significa algo para usted?

El permiso estaba extendido a nombre del sargento mayor Henry Bowman Korff, cuartel general, Unidad de Intendencia del este del Ejército de Estados Unidos, Elizabeth, Nueva Jersey.

Chamán lo leyó y sacudió la cabeza.

—Jamás había visto ni oído ese nombre —dijo con toda sinceridad.

Pero unos minutos más tarde, mientras empezaba a bajar la escalera, se dio cuenta de que ese nombre producía ecos inquietantes en su mente. A mitad de la escalera supo por qué.

Nunca más tendría que volver a hacer especulaciones, como había hecho su padre hasta morir, sobre el paradero del tercer hombre que había desaparecido de Holden's Crossing la mañana en que Makwa-ikwa fue violada y asesinada. Ya no tendría que buscar a un hombre gordo llamado «Hank Cough». Hank Cough lo había encontrado a él.

Al poco rato llegó el forense, que declaró al difunto legalmente muerto. Saludó a Chamán con frialdad. Todos los hombres que se encontraban en la casa mostraban un antagonismo abierto o reservado, y Chamán comprendió por qué. Alex era enemigo de ellos; había luchado contra ellos, probablemente había matado soldados del Norte, y hasta hacía muy poco había sido su prisionero de guerra. Y ahora el hermano de Alex había matado a un soldado de la Unión que vestía uniforme.

Chamán se sintió aliviado cuando cargaron el pesado cadáver en un camilla y lo bajaron trabajosamente por la escalera y lo sacaron de la casa.

Fue entonces cuando comenzó el interrogatorio más serio. El comandante se instaló en el dormitorio en el que había tenido lugar el tiroteo. Cerca de él, en otra silla de la cocina, se sentó uno de los sargentos y tomó notas del interrogatorio. Chamán se sentó en el borde de la cama.

El comandante le preguntó por sus afiliaciones, y Chamán le dijo que las dos únicas organizaciones a las que se había unido alguna vez eran la Asociación para la Abolición de la Esclavitud, mientras estudiaba en el Knox College, y la Asociación de Médicos del Distrito de Rock Island.

—¿Simpatiza usted con los confederados, doctor Cole?

—No.

—¿No siente alguna simpatía por los sudistas?

—No estoy a favor de la esclavitud. Deseo que la guerra termine sin que haya más sufrimiento, pero no soy partidario de la causa del Sur.

—¿Por qué vino a esta casa el sargento mayor Korff?

—No tengo ni idea. —Casi al instante había decidido no mencionar el antiguo asesinato de una india en Illinois ni el hecho de que tres hombres y una organización política secreta habían estado implicados en su violación y muerte. Todo era demasiado remoto, demasiado secreto. Consideró que revelarlo habría sido lo mismo que provocar la incredulidad de ese desagradable oficial del ejército, y un sinfín de problemas.

—¿Nos está pidiendo que aceptemos que un sargento mayor del ejército de Estados Unidos fue asesinado cuando intentaba cometer un robo a mano armada?

—No, no estoy pidiendo que acepten nada. Comandante

Poole, ¿usted cree que yo le envié una invitación a este hombre para que rompiera una ventana de la casa que alquilo, para que entrara en ella ilegalmente a las dos de la madrugada, para que subiera y entrara en la habitación de mi hermano enfermo y disparara?

—Entonces, ¿por qué lo hizo?

—No lo sé —respondió Chamán, y el comandante frunció el ceño.

Mientras Poole interrogaba a Chamán, el teniente interrogaba a Alex en la sala. Al mismo tiempo, los dos soldados y los ayudantes del sheriff llevaban a cabo un registro del establo y de la casa, inspeccionaban el equipaje de Chamán y vaciaban los cajones de la cómoda y el armario.

De vez en cuando se producía una pausa en el interrogatorio y los dos oficiales deliberaban.

—¿Por qué no me dijo que su madre es sureña? —le preguntó el comandante Poole a Chamán después de una de esas pausas.

—Mi madre nació en Virginia pero ha vivido en Illinois más de la mitad de su vida. No se lo dije porque usted no me lo preguntó.

—Hemos encontrado esto en su maletín. ¿Qué es, doctor Cole? —Poole extendió sobre la cama cuatro trozos de papel—. Cada papel tiene el nombre y la dirección de una persona. De una persona del Sur.

—Son las direcciones de parientes de los hombres que estaban en la misma tienda que mi hermano, en el campo de prisioneros de Elmira. Esos hombres cuidaron a mi hermano y lo mantuvieron con vida. Cuando la guerra termine, les escribiré para saber si han sobrevivido. Y si es así, les daré las gracias.

El interrogatorio se prolongó durante horas. Poole repetía a menudo las preguntas que ya había formulado, y Chamán repetía las respuestas anteriores.

A mediodía los hombres se fueron a comer algo a la tienda de Barnard, y dejaron a los dos soldados y a uno de los sargentos en la casa. Chamán fue a la cocina, preparó unas gachas y se las dio a Alex, que parecía alarmantemente agotado.

Alex dijo que no podía comer.

—¡Debes comer! ¡Es tu manera de seguir luchando! —le dijo Chamán en tono grave, y Alex empezó a meterse en la boca cucharadas de la pastosa mezcla.

Después de la comida, los interrogadores intercambiaron sus puestos: el comandante interrogó a Alex y el teniente se encargó de preguntar a Chamán. A media tarde, para enfado de los oficiales, Chamán pidió que se interrumpiera la sesión y se tomó su tiempo para cambiar el vendaje del muñón de Alex, delante de todos.

El comandante Poole le pidió a Chamán que acompañara a tres de los militares a la zona del bosque donde había quemado el trozo amputado de la pierna de Alex. Cuando él señaló el sitio exacto, empezaron a apartar la nieve y los restos de la fogata hasta que recuperaron algunos trozos de tibia y peroné calcinados, los colocaron dentro de un pañuelo y se los llevaron. Los hombres se marcharon a última hora de la tarde. La casa parecía felizmente desierta, aunque insegura y violada. En la ventana rota habían clavado una manta. El suelo estaba lleno de barro y en el aire aún flotaba el olor de las pipas y los cuerpos de aquellos hombres.

Chamán calentó la sopa de carne. Para alegría suya, Alex sintió apetito de repente; le sirvió una abundante ración de carne y verduras, además de caldo. Esto también estimuló su apetito, y después de la sopa comieron pan con mantequilla y mermelada, y compota de manzana, y preparó más café.

Llevó a Alex a la planta alta y lo acostó en la cama de la señora Clay. Se ocupó de todas sus necesidades y se quedó sentado a su lado hasta tarde, pero finalmente regresó a la habitación de huéspedes y cayó rendido en la cama, intentando olvidar las manchas de sangre que había en el suelo. Esa noche durmieron poco.

A la mañana siguiente no se presentaron ni el sheriff ni sus hombres, pero los militares llegaron antes de que Chamán hubiera recogido las cosas del desayuno.

Al principio pareció que el día sería una repetición del anterior, pero aún era muy temprano cuando un hombre llamó a la puerta; dijo llamarse George Hamilton Crockett, ayudante del delegado para Asuntos Indios de Estados Unidos, estacionado en Albany. Se sentó con el comandante Poole y hablaron durante un rato, y entregó al oficial un fajo de papeles a los que se refirió varias veces en el curso de la conversación.

Poco después los militares recogieron sus cosas, se pusieron la chaqueta y se retiraron, encabezados por el ceñudo comandante Poole.

El señor Crockett se quedó un rato conversando con los hermanos Cole. Les dijo que ellos habían sido el motivo de una larga serie de telegramas entre Washington y su oficina.

—El incidente es muy desafortunado. Al ejército le resulta difícil aceptar que ha perdido a uno de los suyos en la casa de un militar confederado. Están acostumbrados a matar a los confederados que los matan a ellos.

—Lo han dejado muy claro con sus preguntas y su persistencia —comentó Chamán.

—Ustedes no tienen nada que temer. La prueba es demasiado obvia. El caballo del sargento mayor estaba atado en el bosque, escondido. Las huellas que dejó el sargento mayor en la nieve iban desde donde está el caballo hasta la ventana de la parte de atrás de la casa. El cristal estaba roto, la ventana abierta. Cuando examinaron el cadáver, aún tenía el arma en la mano, y comprobaron que había sido disparada dos veces.

»En el calor de las pasiones que despierta la guerra, una investigación escrupulosa podría haber pasado por alto la prueba convincente de este caso, pero eso no ocurre cuando personas poderosas siguen de cerca el caso.

Crockett sonrió y les transmitió los cálidos saludos del honorable Nicholas Holden.

—El delegado me ha pedido que les asegure que vendrá a Elmira personalmente si lo necesitan. Yo me alegro de poder asegurarle que ese viaje no será necesario —concluyó.

A la mañana siguiente, el comandante Poole envió a uno de los sargentos con el mensaje de que se solicitaba a los hermanos Cole que no abandonaran Elmira hasta que la investigación quedara cerrada formalmente. Cuando le preguntaron al sargento cuándo se daría esa circunstancia, él contestó en tono cortés que no lo sabía.

De modo que se quedaron en la pequeña casa. La señora Clay se había enterado inmediatamente de lo ocurrido y les hizo una visita; observó con el rostro pálido y sin decir una palabra la ventana rota, y con expresión horrorizada los agujeros dejados por las balas y el suelo manchado de sangre. Cuando vio el cajón del tocador destrozado, se le llenaron los ojos de lágrimas.

—Era de mi madre.

—Me ocuparé de que lo arreglen, y de que la casa quede como estaba —la tranquilizó Chamán—. ¿Puede recomendarme un carpintero?

Esa misma tarde ella envió a un hombre desgarbado y de edad avanzada llamado Bert Clay, primo de su difunto esposo. El hombre lanzó exclamaciones de sorpresa pero se puso inmediatamente a trabajar. Consiguió un cristal de las dimensiones adecuadas y reparó la ventana. Los desperfectos del dormitorio resultaron más complicados. Las tablas del suelo que estaban astilladas tuvieron que ser reemplazadas, y las que tenían manchas de sangre, lijadas y pulidas nuevamente. Bert dijo que rellenaría los agujeros de la pared con yeso y que pintaría la habitación. Pero cuando miró el cajón del tocador, sacudió la cabeza.

—No sé. Éste es un arce especial. Tal vez pueda conseguir una pieza en algún sitio, pero será carísima.

—Consígala —respondió Chamán con expresión ceñuda.

Llevó una semana hacer todas las reparaciones. Cuando Bert concluyó el trabajo, la señora Clay volvió a hacerles una visita e inspeccionó todo cuidadosamente. Asintió y le dio las gracias a Bert y dijo que todo estaba bien, incluso el cajón del tocador. Pero se mostró fría con Chamán, y él comprendió que para ella la casa nunca volvería a ser la misma.

Toda la gente con la que trataba se mostraba fría. El señor Barnard ya no le sonreía ni conversaba cuando él pasaba por la tienda; en la calle, la gente lo miraba y hacía comentarios. La animosidad general le ponía los nervios de punta. El comandante Poole había confiscado el Colt, y tanto Chamán como Alex se sentían desprotegidos. Por la noche, Chamán se iba a la cama con el atizador de la chimenea y un cuchillo de cocina que dejaba en el suelo, al lado de la cama, y se quedaba despierto mientras el viento azotaba la casa, intentando detectar las vibraciones producidas por los intrusos.

Al cabo de tres semanas, Alex había ganado peso y tenía mejor aspecto, pero estaba desesperado por marcharse de allí. Se sintieron aliviados y contentos cuando Poole les envió el mensaje de que podían marcharse. Chamán le había comprado a Alex ropas de paisano, y lo ayudó a ponérselas, sujetando la pierna izquierda del pantalón para que no le estorbara. Alex intentó caminar con ayuda de la muleta, pero le resultaba difícil.

—Me falta un trozo de pierna tan grande que me da la impresión de que voy a perder el equilibrio —dijo, y Chamán le aseguró que se acostumbraría.

En la tienda de Barnard, Chamán compró un queso enorme, y lo dejó encima de la mesa para la señora Clay, como regalo de compensación. Había quedado de acuerdo en devolver el caballo y el carro en la estación de ferrocarril, y Alex viajó hasta el andén tendido sobre la paja, tal como lo había hecho al salir del campo de prisioneros. Cuando llegó el tren, Chamán subió a su hermano en brazos y lo acomodó en el asiento de la ventanilla mientras los demás pasajeros lo miraban fijamente o apartaban la mirada. Ambos hablaron muy poco, pero cuando el tren abandonó Elmira, Alex apoyó la mano en el brazo de su hermano, en un ademán elocuente.

Regresaron a casa por un camino situado más al norte que el que había utilizado Chamán para llegar a Elmira. Se dirigieron a Chicago, y no a Cairo, porque Chamán pensaba que el Mississippi tal vez estuviera helado cuando llegaran a Illinois. La travesía resultó agotadora. El traqueteo del tren le producía a Alex un dolor agudo y continuo. A lo largo del viaje tuvieron que hacer varios transbordos, y en cada ocasión Alex tuvo que trasladarse de un tren a otro en brazos de su hermano. Los trenes casi nunca llegaban ni salían a la hora prevista. El tren en el que viajaban tuvo que esperar varias veces en un vía muerta para permitir el avance de un tren militar. En una ocasión, Chamán consiguió asientos tapizados en un coche salón, en el que recorrieron ochenta kilómetros, pero la mayor parte del tiempo tuvieron que viajar en duros asientos de madera. Cuando llegaron a Erie, Pensilvania, Alex tenía calentura en las comisuras de los labios, y Chamán comprendió que no podía seguir viajando.

Alquiló una habitación en un hotel para que Alex pudiera descansar en una cama blanda. Esa noche, mientras le cambiaba el vendaje, empezó a contarle algunas cosas de las que se había enterado leyendo el diario de su padre.

Le habló de la suerte que habían corrido los tres hombres que habían violado y asesinado a Makwa-ikwa.

—Creo que yo tengo la culpa de que Henry Korff nos siguiera. Cuando estuve en el asilo de Chicago en el que está internado David Goodnow, hablé demasiado de los asesinos. Le pregunté por la Orden de la Bandera Estrellada y por Hank Cough, y les di la clara impresión de que les causaría infinidad de problemas. Probablemente algún miembro del personal forma parte de la Orden, o tal vez todos los que llevan ese asilo pertenecen a ella, cualquiera sabe. Pero de lo que no cabe duda es que se pusieron en contacto con Korff, y él decidió seguirnos.

Alex guardó silencio durante un instante, pero miró a su hermano con expresión preocupada.

—Escucha, Chamán... Korff sabía dónde debía buscarnos. Lo que significa que alguien de Holden's Crossing le informó que tú habías ido a Elmira.

Chamán asintió.

—He pensado mucho en eso —respondió serenamente.

Una semana después de salir de Elmira llegaron a Chicago. Chamán le envió un telegrama a su madre, comunicándole que regresaba a casa con Alex. No le informó de que Alex había perdido una pierna, y le pedía que les fuera a esperar a la llegada del tren.

Cuando el tren llegó a Rock Island, con una hora de retraso, ella estaba en el andén con Doug Penfield. Chamán bajó a Alex del vagón y Sarah abrazó a su hijo mayor y lloró en silencio.

—Déjame que lo acomode en la calesa, pesa mucho —se quejó Chamán finalmente, y puso a Alex en el asiento del vehículo. Alex también había llorado.

—Tienes muy buen aspecto, mamá —dijo por fin.

Sarah se sentó junto a Alex y le cogió la mano. Chamán sujetó las riendas mientras Doug montaba su caballo, que había sido atado a la parte posterior de la calesa.

—¿Dónde está Alden? —preguntó Chamán.

—Está en cama. Ha ido empeorando, Chamán; los temblores son mucho más graves. Y hace unas semanas resbaló y sufrió una caída terrible mientras cortaban hielo en el río —le informó Sarah.

Mientras avanzaban, Alex contempló ávidamente el paisaje. Chamán hizo lo mismo, pero se sentía raro. Así como la casa de la señora Clay nunca volvería a ser la misma para ella, la vida de Chamán tampoco sería la de antes. Desde su partida hasta este momento había matado a un hombre, y ahora el mundo parecía trastocado.

Al anochecer llegaron a casa y acostaron a Alex en su

cama. Él se quedó tendido con los ojos cerrados, y su rostro mostraba una expresión de profundo placer.

Sarah cocinó algo especial para celebrar el regreso de su hijo. Le preparó pollo asado y puré de patatas y zanahorias. En cuanto la cena estuvo lista, Lillian llegó a toda prisa por el Camino Largo, cargada con una fuente en la que llevaba estofado.

—¡Los tiempos de hambre se han acabado para ti! —le dijo a Alex después de besarlo y darle la bienvenida a casa.

Le dijo que Rachel había tenido que quedarse con los niños, pero que por la mañana pasaría a verlo.

Chamán los dejó conversando, su madre y Lillian sentadas tan cerca como era posible de la cama de Alex, y se dirigió a la cabaña de Alden. Al entrar vio que el anciano dormía, y la cabaña olía a whisky barato. Salió sin hacer ruido y echó a andar por el Camino Largo. La nieve había sido pisada y luego se había congelado, y en algunos tramos era fácil resbalar. Cuando llegó a casa de los Geiger, se acercó a la ventana y vio a Rachel sentada junto a la chimenea, leyendo. Cuando golpeó el cristal, a ella se le cayó el libro de las manos.

Se besaron como si uno de los dos estuviera agonizando. Ella le cogió la mano y lo condujo escaleras arriba, hasta su habitación. Los niños dormían en la del otro extremo del pasillo, su hermano Lionel estaba en el establo arreglando unos arneses y su madre podía regresar a casa en cualquier momento, pero hicieron el amor en la cama de Rachel sin desvestirse, tierna y decididamente, con desesperada gratitud.

Cuando él regresó por el mismo sendero, el mundo había recuperado el equilibrio.

69

El apellido de Alex

A Chamán le dio un vuelco el corazón cuando vio a Alden caminar de un lado a otro de la granja. Tenía el cuello y los hombros tiesos —cosa que no le ocurría cuando Chamán se había marchado— y su rostro parecía una máscara rígida y paciente, incluso cuando los temblores eran más agudos. Lo hacía todo lenta y pausadamente, como un hombre que se mueve debajo del agua.

Pero su mente seguía lúcida. Encontró a Chamán en el cobertizo del granero y le entregó el pequeño estuche que había hecho para el escalpelo de Rob J., y el nuevo bisturí que Chamán le había encargado. Le dio un informe detallado de lo que había sucedido en la granja durante el invierno: el número de animales que había, la cantidad de forraje consumido, las posibilidades con respecto a las nuevas crías.

—Le he dicho a Doug que traslade madera seca a la azucarera, para que podamos preparar jarabe en cuanto empiece a salir la savia.

—Fantástico —dijo Chamán.

Reunió fuerzas para la tarea más desagradable: decirle a Alden, en tono despreocupado, que le había dado instrucciones a Doug para que buscara un buen trabajador que los ayudara a realizar los trabajos específicos de la primavera.

Alden asintió muy lentamente. Carraspeó durante un

buen rato hasta aclararse la garganta, y luego escupió cuidadosamente.

—No estoy tan activo como en otros tiempos —comentó, como si quisiera revelar la noticia poco a poco.

—Bueno, deja que esta primavera se ocupe otro de arar. No hay ninguna necesidad de que el administrador de la granja haga el trabajo pesado cuando podemos conseguir individuos jóvenes con buenos músculos —prosiguió Chamán. Alden volvió a asentir y finalmente salió del cobertizo. Chamán notó que tardaba en empezar a caminar, como un hombre que ha decidido mear pero no puede. Cuando se puso en marcha, fue como si sus pies se movieran gracias al impulso inicial y el resto del cuerpo avanzara dejándose llevar.

A Chamán le resultó agradable reanudar su trabajo. Pese al cuidado con que las monjas enfermeras se habían ocupado de los pacientes, no podían reemplazar al médico. Trabajó arduamente durante varias semanas, poniendo al día operaciones postergadas y haciendo más visitas diarias de las que había hecho con anterioridad.

Cuando se detuvo en el convento, la madre Miriam Ferocia lo saludó con cariño y escuchó con serena alegría su relato sobre el regreso de Alex. Ella también tenía noticias que darle.

—La archidiócesis nos ha comunicado que nuestro presupuesto inicial ha sido aprobado, y nos piden que pongamos en marcha la construcción del hospital.

El obispo había revisado los planos personalmente y los había aprobado, pero aconsejaba que el hospital no se construyera en el terreno del convento.

—Dice que el convento es demasiado inaccesible, que está demasiado alejado del río y de los caminos principales. Así que debemos buscar un solar.

Estiró el brazo detrás de su silla y le entregó a Chamán dos pesados ladrillos de color crema.

—¿Qué te parecen?

Eran duros y casi sonaron como una campanilla cuando él los hizo entrechocar.

—No soy un experto en ladrillos, pero tienen muy buen aspecto.

—Las paredes que levanten con ellos serán como las de una fortaleza —le aseguró la priora—. El hospital será fresco en verano y caliente en invierno. Estos ladrillos están vitrificados, son tan compactos que no absorben el agua. Y se consiguen cerca de aquí; los hace un hombre llamado Rosswell que ha construido un horno en sus depósitos de arcilla. Tiene en reserva una cantidad suficiente para comenzar la construcción, y está impaciente por hacer más. Dice que si queremos que tengan un color más oscuro, puede ahumarlos.

Chamán sopesó los ladrillos, que parecían muy sólidos, como si sostuviera en sus manos las paredes mismas del hospital.

—Creo que este color es perfecto.

—Yo también —coincidió la madre Miriam Ferocia, y se sonrieron encantados, como dos niños que comparten una golosina.

A última hora de la noche, Chamán se sentó en la cocina a beber café con su madre.

—Le he hablado a Alex de su... relación con Nick Holden —comentó ella.

—¿Y cómo se lo ha tomado?

Sarah se encogió de hombros.

—Simplemente lo aceptó —dijo con una débil sonrisa—. Comentó que le daba lo mismo que su padre fuera Nick o un forajido muerto. —Guardó silencio durante un instante, pero volvió a mirar a Chamán, y éste notó que estaba nerviosa—. El reverendo Blackmer se marcha de Holden's Crossing. El pastor de la iglesia baptista de Davenport ha sido trasladado a Chicago, y los fieles le han ofrecido el púlpito a Lucian.

—Lo siento. Sé cuánto lo aprecias. Así que ahora la iglesia de aquí tendrá que buscar otro pastor.

—Chamán —dijo ella—. Lucian me ha pedido que me vaya con él. Y que nos casemos.

Chamán le cogió la mano y notó que estaba fría.

—¿Y tú qué quieres hacer, madre?

—Hemos estado... muy unidos desde que murió su esposa. Cuando yo me quedé viuda, él me ayudó mucho. —Apretó la mano de Chamán—. Yo amaba profundamente a tu padre. Y siempre lo amaré.

—Lo sé.

—Dentro de pocas semanas se cumplirá un año de su muerte. ¿Me guardarías rencor si volviera a casarme? —Él se acercó a su madre—. Soy una mujer hecha para el matrimonio.

—Yo sólo quiero tu felicidad —le dijo al tiempo que la abrazaba.

Sarah tuvo que liberarse del abrazo para que él pudiera verle los labios.

—Le he dicho a Lucian que no podemos casarnos hasta que Alex ya no me necesite.

—Mamá, Alex se pondrá mejor en cuanto dejes de desvivirte por él.

—¿De veras?

—De veras.

Sarah sonrió, radiante.

Por un instante él tuvo una arrobadora visión de cómo había sido ella de joven.

—Gracias, Chamán, cariño. Se lo diré a Lucian —comentó.

El muñón de su hermano cicatrizaba maravillosamente bien. Alex recibía atenciones constantes de su madre y de las damas de la iglesia. Aunque había aumentado de peso y ya no se veía tan delgado, rara vez sonreía, y sus ojos tenían una expresión sombría.

Un hombre llamado Wallace se estaba haciendo famoso gracias a la tienda que había abierto en Rock Island, en la que construía miembros postizos. Después de mucho insistir, Chamán consiguió convencer a Alex de que fueran a verlo. De la pared del taller de Wallace colgaba una fascinante colección de manos, pies, piernas y brazos tallados en madera. El fabricante tenía el tipo de físico corpulento que lleva a clasificar a los hombres como alegres y divertidos, pero se tomaba a sí mismo con mucha seriedad. Pasó más de una hora tomando medidas mientras Alex se quedaba de pie, se sentaba, se estiraba, caminaba, flexionaba una rodilla, flexionaba ambas rodillas, se arrodillaba y se acostaba como si se dispusiera a dormir. Finalmente les dijo que pasaran a retirar la pierna postiza al cabo de seis semanas.

Alex era uno más de los muchos que habían quedado tullidos. Chamán los veía por todas partes cada vez que iba a la ciudad: ex militares que habían perdido alguna parte de su cuerpo, y muchos de ellos espiritualmente lisiados. Stephen Hume, el viejo amigo de su padre, había regresado con el rango de general de una estrella después de obtener en el campo de batalla de Vicksburg el ascenso a general de brigada, tres días después de que una bala lo alcanzara exactamente debajo del codo derecho. No había perdido el brazo, pero la herida le había destruido los nervios del mismo, de modo que le había quedado inútil, y Hume lo llevaba en un cabestrillo negro, como si lo tuviera constantemente roto. El honorable Daniel P. Allan, juez del tribunal del distrito de Illinois, había fallecido dos meses antes de que regresara Hume, y el gobernador había designado al heroico general para que ocupara su lugar. El juez Hume ya estaba viendo algunos casos. Chamán notó que algunos ex militares estaban en condiciones de reanudar la vida civil sin pestañear, mientras otros tenían problemas que los atormentaban y los dejaban incapacitados.

Intentaba consultar con Alex cada vez que había que tomar una decisión relacionada con la granja. Los jornaleros aún escaseaban, pero Doug Penfield encontró a un hombre llamado Billy Edwards que había trabajado en la cría de corderos en Iowa. Chamán habló con él y vio que era un joven fuerte y voluntarioso, y además venía muy bien recomendado por George Cliburne. Chamán le preguntó a Alex si quería conversar con Edwards.

—No, no me interesa.

—Creo que sería interesante que lo hicieras. Después de todo, el hombre trabajará para ti cuando puedas dedicarte de nuevo a la granja.

—No creo que vuelva a dedicarme a la granja.

—Oh.

—Quizá trabaje contigo. Puedo prestarte mis oídos, como aquel individuo del hospital de Cincinnati del que me hablaste.

Chamán sonrió.

—No necesito unos oídos constantemente. Puedo recurrir a los de cualquiera cada vez que los necesite. Hablando en serio, ¿tienes idea de lo que querrás hacer?

—No lo sé exactamente.

—Bueno, tienes tiempo para decidir —dijo Chamán, y se alegró de dejar el tema para más adelante.

Billy Edwards era un buen trabajador, pero cuando dejaba de trabajar era un gran conversador. Hablaba de la calidad de la tierra, de la cría de corderos, de los precios de las cosechas y de lo importante que era contar con el ferrocarril. Cuando se puso a hablar del regreso de los indios a Iowa despertó todo el interés de Chamán.

—¿A qué te refieres cuando dices que han vuelto?

—Hablo de un grupo de sauk y mesquakie. Abandonaron la reserva de Kansas y regresaron a Iowa.

«Como el grupo de Makwa-ikwa», pensó Chamán.

—¿Tienen algún problema con la gente de la zona?

Edwards se rascó la cabeza.

—No. Nadie tiene motivos para crearles dificultades. Estos indios son listos; han comprado tierras de forma legal.

Y han pagado con dinero norteamericano contante y sonante. —Sonrió—. Por supuesto, la tierra que han comprado es seguramente la peor de todo el Estado, poco fértil. Pero en ella han construido cabañas y tienen unos pocos cultivos. Han creado una pequeña población. La llaman Tama, como a uno de sus caciques, según me dijeron.

—¿Dónde está esa población?

—A unos ciento sesenta kilómetros al oeste de Davenport. Y un poco más al norte.

Chamán sintió deseos de visitarla.

Algunas mañanas más tarde evitó cuidadosamente preguntar al delegado de Asuntos Indios por los sauk y los mesquakie que vivían en Iowa. Nick Holden llegó a la granja de los Cole en un espléndido coche nuevo con cochero. Cuando Sarah y Chamán le dieron las gracias por su ayuda, Holden se mostró cortés y amable, pero quedó claro que había ido a ver a Alex.

Pasó la mañana en la habitación de Alex, sentado junto a su cama. A mediodía, cuando Chamán concluyó sus tareas en el dispensario, quedó sorprendido al ver que Nick y el cochero ayudaban a Alex a subir al coche.

Estuvieron fuera toda la tarde y parte del anochecer. Cuando regresaron, Nick y el cochero ayudaron a Alex a entrar en la casa, saludaron a los demás con cortesía y se marcharon.

Alex no habló mucho de lo que había sucedido en el curso del día.

—Paseamos un poco. Hablamos. —Sonrió—. Es decir, casi todo el tiempo habló él y yo escuché. Comimos en el comedor de Anna Wiley. —Se encogió de hombros. Pero parecía pensativo y se fue a la cama pronto, fatigado por la actividad del día.

A la mañana siguiente, Nick volvió con su coche. Esta vez se llevó a Alex a Rock Island, y por la noche éste describió a Chamán la comida y la cena de lujo que habían disfrutado en el hotel.

El tercer día fueron a Davenport. Alex regresó a casa más temprano que los dos días anteriores, y Chamán le oyó despedirse de Nick deseándole un agradable viaje de regreso a Washington.

—Me mantendré en contacto contigo, si quieres —dijo Nick.

—Por supuesto, señor.

Esa noche, cuando Chamán se fue a dormir, Alex lo llamó a su habitación.

—Nick quiere reconocerme —anunció.

—¿Reconocerte?

Alex asintió.

—El primer día que vino me dijo que el presidente Lincoln le había pedido que dimitiera, para poder nombrar a otro. Nick dice que ya es hora de instalarse de nuevo aquí. No tiene deseos de casarse, pero le gustaría tener un hijo. Dijo que siempre había sabido que era mi padre. Pasamos tres días recorriendo toda la zona, mirando sus propiedades. También tiene una próspera fábrica de lápices en el oeste de Pensilvania, y un montón de cosas más. Quiere que me convierta en su heredero y que cambie mi nombre por el de Holden.

Chamán sintió una profunda tristeza, y también rabia.

—Bueno, tú dijiste que no quieres trabajar en la granja.

—Le dije a Nick que no tengo dudas acerca de quién es mi padre. Mi padre fue el hombre que se ocupó de mí durante mi infancia y mi juventud sin pestañear, el hombre que me dio disciplina y amor. Le dije que mi nombre es Cole.

Chamán puso la mano sobre el hombro de su hermano. No pudo hablar, pero asintió. Luego besó a su hermano en la mejilla y se fue a la cama.

El día que tenían que retirar la pierna postiza volvieron al taller. Wallace había tallado el pie hábilmente, para que se le pudiera poner el calcetín y el zapato. El muñón de Alex quedó encajado en el hueco, y el miembro postizo fue atado a su pierna con unas correas de cuero por debajo y por encima de la rodilla.

Alex odió la pierna postiza desde el primer momento, porque le producía un dolor espantoso.

—Eso se debe a que el muñón aún está tierno —le explicó Wallace—. Cuanto más tiempo lleve puesta la pierna, más rápidamente se formará el callo en el muñón. Y después no le hará el más mínimo daño.

Pagaron la pierna y se la llevaron a casa. Pero Alex la guardó en el armario del vestíbulo y nunca se la quería poner. Cuando caminaba, se arrastraba con la muleta que Jimmie-Joe le había hecho en el campo de prisioneros.

Una mañana de mediados de marzo, Billy Edwards estaba haciendo maniobras con un carro cargado de troncos, intentando que girara la yunta de bueyes que le habían alquilado al joven Mueller. Alden se encontraba detrás del carro, apoyado en su bastón y gritándole instrucciones al atónito Edwards.

—¡Hazlos retroceder, muchacho! ¡Hazlos retroceder!

Billy obedeció. Era lógico suponer que, desde el momento en que le ordenaba que hiciera retroceder el carro, el anciano se había apartado. Un año antes, Alden podría haber dirigido la operación fácilmente y sin problemas, pero ahora, aunque su mente le decía que se apartara del camino, su enfermedad no permitía que el mensaje pasara a sus piernas con la rapidez suficiente. Un tronco que sobresalía del carro lo golpeó en el costado derecho del pecho con la fuerza de un ariete, arrojándolo a bastante distancia, y quedó tendido sobre el barro lleno de nieve. Billy irrumpió en el dispensario mientras Chamán examinaba a una embarazada llamada Molly Thornwell, que había soportado una larga travesía desde Maine.

—Es Alden. Creo que lo he matado —declaró Billy.

Llevaron a Alden a la casa y lo colocaron sobre la mesa de la cocina. Chamán le cortó la ropa y lo examinó cuidadosamente.

Con cara pálida, Alex había salido de su habitación y se las había arreglado para bajar la escalera. Miró a Chamán con expresión interrogadora.

—Tiene varias costillas rotas. No podemos atenderlo si se queda en su cabaña. Voy a instalarlo en la habitación de huéspedes, y yo volveré a dormir en nuestra habitación contigo.

Alex asintió. Se apartó y vio cómo Chamán y Billy llevaban a Alden a la planta alta y lo metían en la cama.

Un rato más tarde, Alex tuvo por fin la oportunidad de prestarle sus oídos a Chamán. Escuchó atentamente los sonidos del pecho de Alden e informó a Chamán de lo que oía.

—¿Se pondrá bien?

—No lo sé —respondió Chamán—. Parece que los pulmones no han sufrido daño. Unas costillas rotas pueden ser bien toleradas por una persona fuerte y saludable. Pero a la edad de él, y con los problemas de su enfermedad...

Alex asintió.

—Yo me quedaré a su lado y lo cuidaré.

—¿Estás seguro? Puedo pedirle a la madre Miriam que me envíe unas enfermeras.

—Por favor, me gustaría hacerlo —insistió Alex—. Tengo un montón de tiempo.

Así que además de los pacientes que depositaban su confianza en Chamán, éste tenía dos miembros de su propia casa que lo necesitaban. Aunque era un médico sensible, descubrió que cuidar a los seres queridos no era lo mismo que cuidar a otros pacientes. Existía una urgencia especial con respecto a la responsabilidad y la preocupación cotidianas. Cuando volvía a casa a toda prisa, al final de la jornada, las sombras parecían más largas y oscuras.

Pero había momentos deliciosos. Una tarde tuvo la dicha de que Joshua y Hattie fueran solos a visitarlo. Era la primera vez que recorrían el Camino Largo sin compañía, y se mostraron solemnes y serios cuando le preguntaron a Chamán si podía disponer de un rato para jugar.

Se sintió feliz y honrado de salir a pasear con ellos por el bosque durante una hora. Descubrieron las primeras flores y las huellas de un venado.

Alden tenía fuertes dolores. Chamán le dio morfina, pero la droga preferida de Alden era la que se destilaba a partir de cereales.

—De acuerdo, dale whisky —le dijo a Alex—, pero con moderación. ¿Comprendido?

Alex asintió e hizo lo que Chamán le indicaba. La habitación llegó a tener el olor a whisky característico de Alden, pero el anciano sólo podía beber cincuenta centímetros cúbicos al mediodía y la misma cantidad por la noche.

A veces Sarah y Lillian sustituían a Alex en la tarea de cuidar a Alden. Una noche Chamán ocupó el puesto; se sentó junto a la cama del anciano a leer una publicación de medicina que le había llegado desde Cincinnati. Alden estaba inquieto; dormía y se despertaba agitado. Cuando estaba semidormido, refunfuñaba y conversaba con personas invisibles, revivía conversaciones sobre la granja, con Doug Penfield, maldecía a los depredadores que atacaban a los corderos. Chamán estudió el rostro viejo y arrugado, los ojos cansados, la enorme nariz roja con sus fosas peludas, y pensó en el Alden que había visto por primera vez, un hombre fuerte y capaz, el ex luchador de ferias que había enseñado a los niños Cole a usar los puños.

Alden fue serenándose y durmió profundamente durante un rato. Chamán aprovechó para leer un artículo sobre fracturas infantiles. Cuando empezaba a leer otro sobre cataratas, levantó la vista y vio que Alden lo miraba serenamente, con la expresión despejada de un breve momento de lucidez.

—Mi intención no era que él te matara. Sólo pensé que te daría un susto —dijo Alden.

70

Un viaje a Nauvoo

Al compartir de nuevo la habitación, Chamán y Alex se sentían niños de nuevo. Aún en la cama pero despierto, un amanecer Alex encendió la lámpara y le describió a su hermano los sonidos de la primavera que empezaba a desatarse: la explosión exuberante del canto de los pájaros, la tintineante impaciencia de los arroyos que comenzaban a precipitarse en dirección al mar, el rugido estrepitoso del río, el estallido chirriante de los enormes bloques de hielo que chocaban entre sí. Pero Chamán no estaba de humor para contemplar la naturaleza. En lugar de eso, reflexionó sobre la naturaleza del ser humano. Recordó cosas y añadió la suma de los acontecimientos que de pronto podían relacionarse de forma significativa. Más de una vez se levantó en plena noche de la cama y caminó silenciosamente por la casa para consultar el diario de su padre.

Y atendía a Alden con un cuidado especial y una especie de ternura fascinada, una vigilancia nueva y fría. A veces miraba al anciano como si lo estuviera viendo por primera vez.

Alden seguía sumido en un semisueño inquieto. Pero una noche, cuando Alex le colocó el estetoscopio, abrió los ojos desorbitadamente.

—Oigo un ruido nuevo... como si cogieras dos mechones de pelo y los frotaras entre los dedos.

Chamán asintió.

—Eso se llama estertor.

—¿Y qué significa?

—Que algo no va bien en sus pulmones.

El 9 de abril, Sarah Cole y Lucian Blackmer se casaron en la Primera Iglesia Baptista de Holden's Crossing. La ceremonia fue oficiada por el reverendo Gregory Bushman, cuyo púlpito de Davenport ocuparía Lucian. Sarah se puso su mejor vestido gris, que Lillian había alegrado agregándole un cuello y unos puños de encaje blanco que Rachel había terminado de hacer el día anterior.

El señor Bushman habló muy bien, evidentemente encantado de casar a un pastor y hermano en Cristo. Alex le informó a Chamán de que Lucian pronunciaba su promesa solemne en el tono confiado de un pastor, y Sarah pronunciaba la suya en voz suave y trémula. Cuando concluyó la ceremonia y ambos se volvieron, Chamán vio que su madre sonreía debajo del corto velo.

Después del servicio, los feligreses se trasladaron a casa de los Cole. Casi todos los asistentes a la reunión llegaron con una fuente tapada, pero Sarah y Alma Schroeder habían cocinado, y Lillian había horneado diversos platos durante toda la semana. La gente no paraba de comer y Sarah estaba radiante de alegría.

—Hemos agotado todos los jamones y embutidos de la despensa. Esta primavera vais a tener que hacer otra matanza —le dijo a Doug Penfield.

—Será un placer, señora Blackmer —dijo Doug en actitud galante, y fue la primera persona que la llamó por ese nombre.

Cuando se fue el último invitado, Sarah cogió la maleta y besó a sus hijos. Lucian la llevó en su calesa hasta la casa parroquial, que abandonarían pocos días después para trasladarse a Davenport.

Un rato más tarde, Alex abrió el armario del vestíbulo y cogió la pierna postiza. Se la ató sin pedir ayuda. Chamán se sentó en su estudio a leer algunas publicaciones médicas.

Alex pasaba cada minuto aproximadamente junto a la puerta abierta mientras recorría el pasillo arriba y abajo con paso vacilante. Chamán podía sentir el impacto de la pierna postiza que se elevaba demasiado y luego descendía, e imaginaba el dolor que cada paso le producía a su hermano.

Cuando entró en el dormitorio, Alex ya se había quedado dormido. El calcetín y el zapato aún estaban en la pierna, y ésta se encontraba en el suelo, junto al zapato derecho de Alex, como si ése fuera su sitio habitual.

A la mañana siguiente, Alex se puso la pierna postiza para ir a la iglesia, como regalo de bodas para Sarah. Los hermanos nunca asistían a la iglesia, pero su madre les había pedido que ese domingo estuvieran presentes como parte de la ceremonia de la boda, y no le quitó los ojos de encima a su primogénito, que avanzaba por la nave hasta el banco de la primera fila que pertenecía a la familia del pastor. Alex se apoyaba en un bastón de fresno que Rob J. guardaba para prestar a sus pacientes. A veces arrastraba la pierna postiza, otras la levantaba demasiado. Pero no se tambaleó ni se cayó, y avanzó a ritmo regular hasta llegar junto a Sarah.

Ella se sentó entre sus dos hijos y observó a su nuevo esposo, que dirigía a los fieles en las oraciones. Cuando llegó el momento del sermón, el pastor comenzó dando las gracias a aquellos que se habían sumado a la celebración de sus nupcias. Dijo que Dios lo había llevado hasta Holden's Crossing y que ahora Dios lo conducía a otro sitio, y daba las gracias a todos aquellos que habían contribuido a que su ministerio significara tanto para él.

En el momento en que se disponía a mencionar el nombre de algunas personas que lo habían ayudado a realizar la obra del Señor, una serie de sonidos empezaron a entrar por las ventanas entreabiertas de la iglesia. Primero se oyeron unos débiles vítores que enseguida se hicieron más audibles. Una mujer chilló y luego hubo varios gritos roncos. En la calle alguien lanzó un disparo, que fue seguido por una fuerte descarga.

De súbito se abrió la puerta de la iglesia y entró Paul Williams. Echó a correr por la nave central hasta llegar junto al pastor, a quien le susurró algo en tono apremiante.

—Hermanos y hermanas —anunció Lucian. Al parecer tenía problemas para articular las palabras—. En Rock Island se ha recibido un telegrama... Robert E. Lee rindió su ejército al general Grant en el día de ayer.

Un murmullo invadió toda la iglesia. Algunos se pusieron de pie. Chamán vio que su hermano se echaba hacia atrás en el banco, con los ojos cerrados.

—¿Qué significa, Chamán? —preguntó su madre.

—Significa que por fin todo ha terminado, mamá —le informó Chamán.

Durante los cuatro días siguientes, Chamán tuvo la impresión de que la gente estaba borracha de paz y esperanza. Incluso los enfermos graves sonreían y decían que habían llegado mejores tiempos, y había entusiasmo y risas, y también pesar porque todos conocían a alguien que no había regresado.

Aquel jueves, cuando regresó de hacer su ronda de visitas, encontró a Alex rebosante de optimismo y al mismo tiempo nervioso, porque Alden mostraba unos síntomas que lo desconcertaban. El anciano tenía los ojos abiertos y estaba consciente. Pero Alex comentó que los estertores se percibían con más claridad.

—Y me parece que tiene fiebre.

—¿Tienes hambre, Alden? —le preguntó Alex.

Alden lo miró fijamente pero no respondió. Chamán le había indicado a Alex que incorporara al anciano y le dieron un poco de caldo, pero resultó difícil debido a que el temblor se había acentuado. Llevaban varios días dándole únicamente gachas, porque Chamán temía que aspirara los alimentos en sus pulmones.

En realidad Chamán podía darle pocos medicamentos que le hicieran bien. Colocó trementina en un cubo de agua hirviendo y cubrió el cubo y la cara de Alden con una manta. Alden aspiró el vapor durante un buen rato y acabó tosiendo tanto que Chamán retiró el cubo y no volvió a intentar el tratamiento nunca más.

El agridulce júbilo de aquella semana se convirtió en horror el viernes por la noche, cuando Chamán recorrió la calle Main. Su primera impresión fue que corría la noticia de una horrible catástrofe. La gente se reunía en pequeños grupos y hablaba. Vio que Anna Wiley lloraba reclinada contra una columna del porche de su pensión. Simeon Cowan, el esposo de Dorothy Burnham Cowan, estaba sentado en su carretón con los ojos entrecerrados y los labios apretados entre su dedo índice y su gordo pulgar.

—¿Qué ocurre? —le preguntó Chamán a Simeon. Estaba seguro de que la paz había concluido.

—Abraham Lincoln ha muerto. Anoche un fanático le disparó en un teatro de Washington.

Chamán se negó a aceptar semejante noticia, pero desmontó y recibió la confirmación de varias personas. Aunque nadie conocía los detalles, era evidente que la noticia era cierta, y Chamán regresó a casa y se la comunicó a Alex.

—El vicepresidente ocupará su lugar —anticipó Alex.

—Sin duda Andrew Johnson ya ha prestado juramento.

Se quedaron sentados en la sala durante un rato, en silencio.

—¡Pobre país! —dijo Chamán finalmente.

Era como si Estados Unidos fuera un paciente que había luchado arduamente y durante mucho tiempo para sobrevivir a la más terrible de las plagas, y ahora cayera estrepitosamente por un acantilado.

Fueron tiempos de tristeza. Cuando hacía sus visitas domiciliarias, Chamán sólo veía rostros sombríos. Todas las tardes sonaba la campana de la iglesia. Un día Chamán ayudó a Alex a montar a Trude, y Alex salió a cabalgar; era la primera vez que montaba desde que se produjera su captura. Al regresar le contó a Chamán que el tañido de las campanas llegaba hasta el final de la pradera, y su sonido era triste y solitario. Sentado junto a la cama de Alden después de la medianoche, Chamán levantó la vista de la lectura y vio que el anciano lo miraba fijamente.

—¿Quieres algo, Alden?

El viejo sacudió la cabeza de forma casi imperceptible. Chamán se inclinó sobre él.

—Alden, ¿recuerdas aquella vez en que mi padre salía del granero y alguien le disparó a la cabeza, y tú fuiste a registrar el bosque y no encontraste a nadie?

Alden no parpadeó.

—Tú disparaste a mi padre con el rifle.

Alden se pasó la lengua por los labios.

—Disparé para no darle... para asustarlo...

—¿Quieres agua?

En lugar de responder, Alden preguntó:

—¿Cómo llegaste a saberlo?

—Mientras dormías dijiste algo que me ayudó a entender un montón de cosas. Lo mismo que cuando me animaste a que fuera a Chicago para buscar a David Goodnow. Sabías que él estaba absolutamente loco, y que no hablaba. Y que yo no me enteraría de nada.

—¿Qué más sabes?

—Sé que estás metido en todo este asunto. Hasta el cuello.

Otra vez el movimiento casi imperceptible de la cabeza.

—Yo no la maté. Yo... —Alden sufrió un prolongado y terrible ataque de tos, y Chamán le acercó una palangana y lo incorporó para que escupiera una gran cantidad de mucosidad gris, con manchas rosadas. Cuando dejó de toser, estaba pálido y agotado, y cerró los ojos.

—Alden, ¿por qué le dijiste a Korff adónde me dirigía?

—Tú no ibas a detenerte. Dejaste alterados a los de Chicago. Korff me envió a alguien el día después de tu partida.

Les dije adónde ibas. Pensé que él hablaría contigo, y que te asustaría. Como me asustó a mí.

Estaba agitado. Chamán tenía infinidad de preguntas que hacerle pero sabía lo enfermo que estaba Alden. Se debatió entre la ira y el juramento que había pronunciado. Finalmente se tragó las palabras y contempló a Alden, que tenía los ojos cerrados y de vez en cuando escupía un poco de sangre o se crispaba con el temblor.

Casi media hora más tarde, Alden empezó a hablar por su cuenta.

—Yo dirigía el Partido Americano aquí... Esa mañana ayudé a Grueber... en la matanza. Me marché temprano para encontrarme con ellos tres. En el bosque. Cuando llegué, ellos ya... tenían a la mujer. Ella estaba allí tendida. Los oyó hablar conmigo. Empecé a gritar. Dije: ¿cómo voy a quedarme aquí ahora? Les dije que ellos se irían, pero que la india me metería en un tremendo apuro. Korff no pronunció una palabra. Sólo cogió el cuchillo, y la mató.

Chamán no pudo preguntarle nada. Sentía que temblaba de ira. Quiso gritar, como un niño.

—Simplemente me advirtieron que no hablara, y se marcharon. Me fui a casa y metí algunas cosas en una caja. Me imaginaba que tendría que huir..., no sabía adónde. Pero nadie me prestó atención, ni siquiera me hicieron preguntas cuando la encontraron.

—¡Incluso ayudaste a enterrarla, miserable! —rugió Chamán. No pudo evitarlo. Tal vez fue su tono de voz más que sus palabras lo que Alden captó. El anciano cerró los ojos y empezó a toser. Esta vez la tos no cedía.

Chamán fue a buscar quinina y un poco de infusión, pero cuando intentó dársela a Alden, éste se atragantó y desparramó todo el líquido, y quedó tan mojado que hubo que cambiarle la camisa de dormir.

Varias horas más tarde, Chamán se sentó y se puso a recordar al jornalero tal como había sido a lo largo de su vida: el artesano que fabricaba cañas de pescar y patines de cuchillas, el experto que les había enseñado a cazar y a pescar. El borracho irascible.

El mentiroso. El hombre que había sido cómplice de una violación y asesinato.

Se levantó y sostuvo la lámpara sobre la cara de Alden.

—Alden. Escúchame. ¿Qué clase de cuchillo utilizó Korff para apuñalarla? ¿Cuál fue el arma, Alden?

Pero el anciano tenía los ojos cerrados. Alden Kimball no dio muestras de haber oído la voz de Chamán.

Hacia el amanecer, cada vez que tocaba a Alden notaba que tenía mucha fiebre. El anciano estaba inconsciente. Al toser escupía una mucosidad espantosa y cada vez más roja. Chamán cogió la muñeca de Alden con los dedos y notó que el pulso era acelerado: ciento ocho pulsaciones por minuto.

Desvistió a Alden y cuando lo estaba limpiando con una esponja empapada en alcohol levantó la vista y se dio cuenta de que ya era de día. Alex se había asomado a la puerta.

—¡Dios! Tiene un aspecto espantoso. ¿Siente algún dolor?

—Creo que ya no siente nada.

Le resultó difícil contárselo a Alex —y a éste más difícil aún escucharlo—, pero Chamán no omitió ningún detalle.

Alex había trabajado mucho tiempo con Alden, había compartido con él el cruel y duro trabajo de la granja, había recibido sus indicaciones sobre cómo hacer infinidad de tareas sencillas, había buscado en aquel hombre la estabilidad en la época en que sentía que era un bastardo huérfano, y se había rebelado contra la autoridad paterna de Rob J.

Chamán sabía que Alex adoraba al anciano.

—¿Vas a informar a las autoridades? —preguntó Alex, aparentemente sereno. Sólo su hermano sabía hasta qué punto estaba perturbado.

—No tiene sentido. Tiene neumonía y la enfermedad avanza rápidamente.

—¿Se está muriendo?

Chamán asintió.

—Me alegro por él —concluyó Alex.

Se sentaron a analizar las posibilidades de notificar a sus deudos. Ninguno de los dos conocía el paradero de la esposa y los hijos mormones que el jornalero había abandonado antes de ir a trabajar con Rob J. Cole.

Chamán le pidió a Alex que registrara la cabaña del anciano, y Alex salió. Al regresar, sacudió la cabeza.

—Tres botellas de whisky, dos cañas de pescar, un rifle. Herramientas. Unos arreos que estaba reparando. Ropa sucia. Y esto. —Le extendió a su hermano una hoja de papel—. Una lista de nombres. Creo que deben de ser los miembros del Partido Americano de esta población.

Chamán no la cogió.

—Será mejor que la quemes.

—¿Estás seguro?

Asintió.

—Voy a pasar aquí el resto de mi vida, cuidando a esa gente. Cuando vaya a su casa como médico, no quiero saber cuál de ellos pertenece a los Ignorantes —dijo. Alex comprendió a su hermano y se llevó el papel.

Chamán envió a Billy Edwards al convento con los nombres de varios pacientes a los que había que visitar en su domicilio, pidiéndole a la madre Miriam Ferocia que lo sustituyera en las visitas. Estaba dormido cuando Alden murió, a media mañana. Cuando se despertó, Alex ya había cerrado los ojos al anciano, y lo había lavado y vestido con ropas limpias.

Cuando les comunicaron la noticia a Doug y a Billy, éstos se quedaron junto a la cama durante unos minutos, y luego fueron al granero y se pusieron a preparar el ataúd.

—No quiero tenerlo enterrado aquí, en la granja —anunció Chamán.

Alex guardó silencio unos minutos, pero finalmente asintió.

—Podemos llevarlo a Nauvoo. Creo que aún tiene amigos entre los mormones de allí —sugirió.

El ataúd fue trasladado a Rock Island en el carretón, y colocado en la cubierta de una chalana. Los hermanos Cole se sentaron cerca, sobre un embalaje de rejas de arado. Aquel día, mientras un tren empezaba a transportar el cadáver de Abraham Lincoln en un largo viaje hacia el Oeste, el cuerpo del jornalero flotaba sobre una chalana, Mississippi abajo.

En Nauvoo, el ataúd fue descargado en cuanto el barco tocó tierra, y Alex esperó junto a él mientras Chamán entraba en un depósito de mercancías y le explicaba su misión a un empleado llamado Perley Robinson.

—¿Alden Kimball? No lo conozco. Para enterrarlo aquí tendrá que tener permiso de la señora Bidamon. Aguarde un momento. Iré a preguntárselo.

Regresó un instante después.

La viuda del profeta Joseph Smith le había dicho que conocía a Alden Kimball, que era un mormón, antiguo habitante de Nauvoo, y que podía ser enterrado en el cementerio.

El pequeño camposanto estaba en el interior. El río quedaba fuera del alcance de la vista, pero había árboles, y alguien que sabía manejar la guadaña mantenía la hierba cortada. Dos jóvenes robustos cavaron la tumba, y Perley Robinson, que era un anciano, leyó un interminable fragmento del *Libro del mormón*, mientras las sombras del atardecer se alargaban.

Después Chamán arregló cuentas. Los costes del funeral ascendían a siete dólares, incluidos los cuatro dólares y medio del terreno.

—Por otros veinte dólares me ocuparé de que tenga una bonita lápida —sugirió Robinson.

—De acuerdo —se apresuró a decir Alex.

—¿En que año nació?

Alex sacudió la cabeza

—No lo sabemos. Que simplemente graben: Alden Kimball, muerto en 1865.

—Le diré lo que haremos. Debajo de eso puedo decirles que graben: «Santo.»*

Pero Chamán lo miró y sacudió la cabeza.

—Sólo el nombre y la fecha —indicó.

Perley Robinson dijo que enseguida pasaría un barco. Izó la bandera roja para que el barco se detuviera, y pronto ambos estuvieron instalados en las sillas de la cubierta de babor, contemplando el sol que se hundía en dirección a Iowa, en un cielo ensangrentado.

—¿Qué lo llevaría a unirse a los Ignorantes? —preguntó Chamán finalmente.

Alex dijo que a él no le sorprendía.

—Siempre supo odiar. Estaba amargado por un montón de cosas. A mí me contó muchas veces que su padre había nacido en Norteamérica, que había muerto en Vermont siendo un jornalero y que él también iba a morir siendo jornalero. Solía sentirse molesto cuando veía que los extranjeros eran dueños de granjas.

—¿Quién se lo impidió a él? Papá le habría ayudado a tener su propia casa.

—Era algo que estaba en su interior. Durante todos estos años, nosotros teníamos de él mejor opinión que él mismo —reflexionó Alex—. No me extraña que bebiera. Imagina la carga con la que vivía el pobre cabrón.

Chamán sacudió la cabeza.

—Cuando piense en él, lo recordaré riéndose secretamente de papá. Y diciéndole a un hombre, que él sabía que era un asesino, dónde podía encontrarme.

* Nombre utilizado por los mormones para referirse a sí mismos. (N. de la T.)

—Eso no te impidió seguir cuidándolo, incluso después de enterarte de todo —observó Alex.

—Sí, bueno —dijo Chamán con un tono de amargura—, la verdad es que por segunda vez en mi vida quise matar a alguien.

—Pero no lo hiciste. En lugar de eso, intentaste salvarlo —puntualizó Alex. Miró a Chamán con expresión grave—. En el campo de Elmira yo me ocupaba de los hombres de mi tienda. Cuando estaban enfermos, intentaba pensar en lo que habría hecho papá, y entonces lo hacía por ellos. Me ayudaba a sentirme feliz.

Chamán asintió.

—¿Crees que podría llegar a ser médico?

La pregunta sorprendió a Chamán. Hizo una larga pausa antes de contestar.

—Creo que sí, Alex.

—No soy tan buen estudiante como tú.

—Eres más brillante de lo que jamás estuviste dispuesto a admitir. Cuando íbamos a la escuela no te molestabas estudiando. Pero si ahora trabajaras mucho creo que podrías conseguirlo. Podrías hacer tu aprendizaje conmigo.

—Me gustaría trabajar contigo el tiempo que me lleve prepararme en química y en anatomía, y lo que tú consideres necesario. Pero preferiría ir a una facultad de medicina, como hicisteis tú y papá. Me gustaría ir al Este. Tal vez a estudiar con el doctor Holmes, el amigo de papá.

—Lo tenías todo planeado. Llevas mucho tiempo pensando en esto, ¿verdad?

—Sí. Y nunca había estado tan asustado —comentó Alex, y ambos sonrieron por primera vez en muchos días.

71

Regalos de familia

En el camino de regreso de Nauvoo se detuvieron en Davenport y encontraron a su madre sentada en medio de cajas y embalajes sin abrir, en la pequeña rectoría de ladrillos que se encontraba cerca de la iglesia baptista. Lucian ya había salido a hacer sus visitas pastorales. Chamán vio que Sarah tenía los ojos enrojecidos.

—¿Ocurre algo, mamá?

—No. Lucian es un hombre muy bueno y nos adoramos. Y es aquí donde quiero estar, pero... es un cambio muy grande. Todo es nuevo y me asusta, y yo soy una tonta.

Pero se sentía feliz de ver a sus hijos.

Volvió a llorar cuando le contaron lo de Alden. Parecía que no podría parar.

—Lloro por Alden y también porque me siento culpable —dijo cuando intentaron consolarla—. Nunca me cayó bien Makwa-ikwa, y no fui amable con ella. Pero...

—Creo que sé cómo animarte —intervino Alex. Empezó a abrir las cajas, y Chamán lo ayudó.

Al cabo de unos minutos, Sarah se unió a ellos en la tarea.

—¡Ni siquiera sabéis dónde guardaré las cosas!

Mientras abrían cajas, Alex le habló de su decisión de estudiar medicina, y Sarah respondió con admiración y placer.

—Eso habría hecho muy feliz a Rob J.

Les enseñó la pequeña casa. El escaso mobiliario estaba un poco estropeado.

—Le pediré a Lucian que lleve algunos muebles al granero y traeremos algunas cosas mías de Holden's Crossing.

Preparó café y lo sirvió con tarta de manzana que le había llevado una de «sus» señoras de la iglesia. Mientras la comían, Chamán garabateó algunos números en el dorso de una factura vieja.

—¿Qué estás haciendo? —le preguntó Sarah.

—Tengo una idea. —Los miró, sin saber cómo empezar, y simplemente planteó la pregunta—: ¿Qué os parecería donar veinte acres de nuestras tierras al nuevo hospital?

Alex estaba a punto de dar un bocado de tarta, y detuvo el tenedor a mitad de camino y dijo algo. Chamán le bajó el tenedor con la mano, para poder ver los labios de su hermano.

—¿Una dieciseisava parte de toda la granja? —preguntó Alex incrédulo.

—Según mis cálculos, si donáramos esa tierra el hospital podría tener treinta camas en lugar de veinticinco.

—Pero Chamán..., ¿veinte acres?

—Hemos reducido el rebaño. Y quedaría un montón de tierra para la granja, incluso si alguna vez quisiéramos volver a tener más animales.

Su madre frunció el ceño.

—Tendrías que tener cuidado de no instalar el hospital demasiado cerca de la casa.

Chamán lanzó un suspiro.

—La casa está en los veinte acres que le daríamos al hospital. Podría tener su propio muelle en el río, y un derecho de paso por el camino.

Ellos se limitaron a mirarlo.

—Tú ahora vas a vivir aquí —le dijo a su madre—. Yo voy a construir una casa nueva para Rachel y los niños. Y tú estarás fuera durante años —le dijo a Alex—, estudiando y preparándote. Yo convertiría nuestra casa en una clínica, un sitio al que los pacientes que no estén tan enfermos como para ser hospitalizados puedan acudir a consultar a un médico. Allí tendríamos salas suplementarias para hacer reconocimientos, y otras salas de espera. Tal vez el despacho del hospital, y una farmacia. Podríamos llamarla Robert Judson Cole Memorial Clinic.

—Oh, eso me gusta —dijo su madre, y cuando Chamán la miró a los ojos supo que la había convencido.

Alex asintió.

—¿Estás seguro?

—Sí —le aseguró Alex.

Era tarde cuando abandonaron la rectoría y cogieron el transbordador que los llevó a la otra orilla del Mississippi. Había caído la noche cuando recogieron el caballo y el carretón del establo de Rock Island, pero conocían a la perfección el camino, y regresaron a casa en medio de la oscuridad. Cuando llegaron a Holden's Crossing, ya no era hora de hacer ninguna visita al convento de San Francisco de Asís. Chamán sabía que aquella noche no dormiría, y que iría al convento a primera hora de la mañana. Estaba impaciente por comunicarle la noticia a la madre Miriam Ferocia.

Cinco días más tarde, cuatro topógrafos visitaron la parcela de veinte acres, cargados con teodolitos y cintas métricas de acero. En la zona que se extendía entre los ríos no había ningún arquitecto, pero el contratista de obras con mejor reputación era un hombre llamado Oscar Ericsson, de Rock Island. Chamán y la madre Miriam Ferocia se reunieron con Ericsson y hablaron largo y tendido. El contratista había construido un ayuntamiento y varias iglesias, pero sobre todo había hecho casas y tiendas. Ésta era la primera oportunidad que tenía de construir un hospital, y escuchó con atención lo que ellos le decían. Cuando Chamán y la madre Miriam Ferocia estudiaron los croquis que él les mostró, supieron que habían encontrado a su constructor.

Ericsson comenzó levantando un mapa del emplazamiento y sugirió rutas, caminos de entrada y senderos.

Habría un sendero entre la clínica y el embarcadero para los barcos de vapor, y pasaría exactamente junto a la cabaña de Alden.

—Será mejor que tú y Billy la desmontéis y hagáis leña con los troncos —le indicó Chamán a Doug Penfield, y empezaron de inmediato. Cuando llegó el primer equipo de trabajo de Ericsson para limpiar el terreno donde se instalaría el hospital, fue como si la cabaña jamás hubiese existido.

Esa tarde, cuando Chamán iba a hacer sus visitas en el carretón tirado por Boss, vio que un coche de alquiler de los establos de Rock Island avanzaba en dirección opuesta.

Junto al conductor viajaba otro hombre, y Chamán los saludó con la mano mientras pasaban. Le llevó sólo unos segundos identificar en su mente al pasajero, e hizo girar a Boss trazando una U cerrada, y se apresuró a adelantarlos.

Cuando los alcanzó, le indicó con la mano al cochero que se detuviera, y bajó enseguida del carretón.

—Jay —lo llamó.

Jason Geiger bajó del coche. Había adelgazado; no era extraño que Chamán no lo hubiera reconocido a primera vista.

—¿Chamán? —dijo—. ¡Dios mío, eres tú!

Jason no llevaba maleta, sólo una bolsa de tela con cuerdas, que Chamán pasó a su carretón.

Jay se echó hacia atrás en el asiento y pareció aspirar el paisaje.

—He echado esto de menos. —Miró el maletín de médico y asintió—. Lillian me escribió contándome que eres médico. No sabes lo orgulloso que me sentí al saberlo. Tu padre debe de haber sentido... —No pudo continuar. Luego añadió—: Yo estaba más unido a tu padre que a mis propios hermanos.

—Él siempre se sintió afortunado de que fueras su amigo.

Geiger asintió.

—¿Te esperan en casa?

—No. Sólo me enteré hace muy pocos días de que regresaba. Las tropas de la Unión entraron en mi hospital con su propio equipo de médicos, y simplemente dijeron que podíamos irnos a casa. Me puse ropa de paisano y cogí un tren. Cuando llegué a Washington, alguien comentó que el cuerpo de Lincoln estaba en la rotonda del Capitolio, y allí fui. Había una multitud impresionante. Estuve en la cola todo el día.

—¿Viste su cadáver?

—Durante unos segundos. Tenía una gran dignidad. Si uno quería detenerse y decirle algo, le hacían avanzar. Se me ocurrió pensar que si algunas de las personas que estaban allí hubieran visto el uniforme gris que llevaba en la bolsa, me habrían hecho pedazos. —Suspiró—. Lincoln habría sido un apaciguador. Supongo que los que están ahora en el poder van a valerse de su asesinato para acabar con el Sur.

Se interrumpió, porque Chamán había hecho girar el caballo y el carretón en el sendero que conducía a casa de los Geiger, y siguió hasta la puerta lateral que solía usar la familia.

—¿Quieres entrar? —le preguntó Jay.

Chamán sacudió la cabeza y sonrió. Esperó mientras Jay cogía la bolsa y subía rígidamente los escalones de la entrada. Era su casa y entró sin llamar, y Chamán hizo chascar la lengua mientras tiraba de las riendas y se alejaba.

Al día siguiente, Chamán terminó de atender a los pacientes en el dispensario y recorrió a pie el Camino Largo hasta la casa de los Geiger. Cuando llamó a la puerta, Jason salió a abrirle. Chamán observó su expresión y se dio cuenta de que Rachel había hablado con él.

—Entra.

—Gracias, Jay.

Los niños reconocieron la voz de Chamán y llegaron corriendo desde la cocina; Joshua se cogió de una de sus piernas y Hattie de la otra. Lillian llegó corriendo tras ellos y los apartó, al mismo tiempo que saludaba a Chamán con un movimiento de cabeza. Se llevó a los niños a la cocina mientras éstos protestaban.

Jay condujo a Chamán hasta la sala y señaló una de las sillas de crin.

Chamán se sentó, en actitud obediente.

—Mis nietos me tienen miedo.

—Aún no te conocen. Lillian y Rachel les han hablado de ti constantemente. El abuelo esto, y *Zaydeh* aquello. En cuanto logren identificarte con ese abuelo fantástico, cambiarán de actitud. —Se le ocurrió que tal vez en esas circunstancias a Jay Geiger no le gustara ser tratado con aire protector con relación a sus propios nietos, e intentó cambiar de tema—. ¿Dónde está Rachel?

—Salió a caminar. Está... perturbada.

Chamán asintió.

—Te habló de mí.

Jason asintió.

—La he amado toda mi vida. Gracias a Dios, ya no soy un niño... Jay, sé de qué tienes miedo.

—No, Chamán. Con el debido respeto, nunca lo sabrás. Esos niños llevan en su venas la sangre de dos sumos sacerdotes. Deben ser educados como judíos.

—Y así será. Hemos hablado mucho de este tema. Rachel no renunciará a sus creencias. Joshua y Hattie pueden aprender contigo, que eres quien educó a su madre. A mí me gustaría aprender hebreo con ellos. En la escuela lo estudié un poco.

—¿Te convertirás?

—No... En realidad, estoy pensando en convertirme en cuáquero. —Geiger guardó silencio—. Si tu familia estuviera encerrada en una ciudad con tu gente, podrías pretender el tipo de pareja que quieres para tus hijos. Pero tú los has hecho vivir en el mundo.

—Sí, asumo la responsabilidad. Ahora debo hacerlos regresar.

Chamán sacudió la cabeza.

—Pero no volverán. No pueden. —Jay no cambió de expresión—. Rachel y yo vamos a casarnos. Y si la herís mortalmente poniendo trapos en los espejos y entonando la oración por los muertos, le pediré que coja a los chicos y nos iremos muy lejos de aquí.

Durante un instante temió los legendarios arranques de ira de Jay, pero éste se limitó a asentir.

—Esta mañana me dijo que se marcharía.

—Ayer tú me dijiste que tu corazón estaba más unido a mi padre que a tus hermanos. Yo sé que adoras a su familia. Sé que me quieres. ¿No podemos querernos tal como somos?

Jason estaba pálido.

—Me parece que debemos intentarlo —dijo torpemente. Se levantó y extendió la mano.

Chamán hizo caso omiso de la mano y lo envolvió en un fuerte abrazo. Un instante después sintió la mano de Jason que subía y bajaba por su espalda, dándole unas palmaditas.

Durante la tercera semana de abril, el invierno regresó a Illinois. Bajó la temperatura y empezó a nevar. Chamán se preocupó por los minúsculos brotes de los melocotoneros. Se interrumpieron los trabajos de construcción, pero Ericsson visitó la casa de los Cole y decidieron dónde debían construirse estanterías y vitrinas para el instrumental. Afortunadamente, él y Chamán coincidieron en que para convertir la casa en clínica habría que modificar muy poco la estructura.

Cuando cesaron las nevadas, Doug Penfield aprovechó el frío para matar algunos animales, como le había prometido a Sarah. Chamán pasó por la puerta del matadero que se encontraba detrás del establo y vio tres cerdos atados y colgados en lo alto por las patas traseras. Se dio cuenta de que tres cerdos era demasiado: Rachel nunca utilizaría jamón ni paletilla ahumada, y sonrió al comprobar las interesantes complejidades que empezaba a tener su vida. Los cerdos ya habían sido desangrados, destripados, sumergidos en tinas de agua hirviendo, y raspados. Tenían un color blanco rosáceo, y mientras los observaba sintió curiosidad por las tres aberturas pequeñas e idénticas de las venas del pescuezo por las que habían sido desangrados.

Marcas triangulares, como los agujeros dejados en la nieve por los palos de los esquís.

No tuvo que tomar la medida para saber que estas marcas tenían el tamaño exacto.

Estaba paralizado, observándolas, cuando apareció Doug con la sierra de cortar carne.

—Estos agujeros. ¿Qué has usado para hacerlos?

—El cuchillo de matarife de Alden —dijo Doug con una sonrisa—. Es muy curioso. Desde la primera vez que trabajé en una matanza en esta granja le estuve pidiendo a Alden que me hiciera uno. Se lo pedí miles de veces. Siempre me decía que algún día me lo haría. Decía que sabía que era mejor clavarles este tipo de cuchillo en lugar de cortarles el cuello. Decía que había tenido uno, y que lo había perdido. Pero nunca me hizo uno igual.

»Después derribamos su cabaña y allí estaba, en una vigueta del suelo de madera. Debió de dejarlo allí mientras reparaba una de las tablas del suelo y se olvidó de él, y seguramente colocó la tabla encima. Ni siquiera hubo que afilarlo demasiado.

Un momento después Chamán lo tenía en la mano. Era el instrumento que había desconcertado a Barney McGowan cuando él intentó describírselo en el laboratorio de patología del hospital de Cincinnati, sólo a partir de una descripción de las heridas de Makwa. Tenía unos cuarenta y cinco centímetros de largo. El mango era redondo y suave, fácil de sujetar. Tal como su padre había supuesto al realizar la autopsia, los quince últimos centímetros de la hoja triangular se estrechaban, de modo que cuanto más se introducía la hoja en el tejido, más grande resultaba la herida. Los tres bordes resplandecían peligrosamente, poniendo de manifiesto que el acero estaba muy bien afilado. A Alden siempre le había gustado usar buen acero.

Vio el brazo que subía y bajaba. Subía y bajaba.

Once veces.

Seguramente ella no gritó ni lloró. Chamán pensó que se habría quedado muy dentro de sí misma, en el lugar en que no había dolor. Deseó profundamente que fuera verdad.

Dejó que Doug siguiera trabajando. Bajó por el Camino Corto, sujetando el instrumento cuidadosamente delante de su cuerpo, como si pudiera transformarse en una serpiente y retroceder para morderlo. Caminó entre los árboles, pasó junto a la tumba de Makwa y el *hedonoso-te* en ruinas. Al llegar a la orilla del río, echó el brazo hacia atrás y lo lanzó.

El instrumento fue dando giros en el aire primaveral, brillante a la luz del sol, como una espada. Pero no era Excalibur. Ninguna mano enviada por Dios surgió de las profundidades para cogerlo y blandirlo. En lugar de eso, acuchilló el profundo torrente sin rizar siquiera el agua. Chamán sabía que el río no lo devolvería, y el peso que había soportado durante tantos años —tantos que ya no era consciente de que lo llevaba— se elevó desde sus hombros y se alejó volando como un pájaro.

72

La construcción

A finales de abril ya no quedaba nieve, ni siquiera en los rincones secretos en los que el bosque proyectaba sombras profundas. Las puntas de los melocotoneros habían quedado quemadas por la escarcha, pero una nueva vida luchaba debajo del tejido ennegrecido y empujaba los brotes verdes hasta hacerlos florecer. El 13 de mayo, cuando en la granja de los Cole se celebró la ceremonia del inicio formal de la construcción, el tiempo era cálido. Poco después del mediodía, el reverendísimo James Duggan, obispo de la diócesis de Chicago, bajó del tren en Rock Island, acompañado por tres monseñores.

Fueron recibidos por la madre Miriam Ferocia, y dos carruajes de alquiler condujeron al grupo hasta la granja, donde la gente esperaba reunida. Entre el público se encontraba la mayor parte de los médicos de la zona, las monjas enfermeras del convento y su sacerdote confesor, los padres de la ciudad, una serie de políticos entre los que se contaban Nick Holden y el miembro del Congreso John Kurland, y unos cuantos ciudadanos. La madre Miriam habló con voz firme cuando les dio la bienvenida, pero su acento sonó más marcado de lo habitual, cosa que le ocurría siempre que se ponía nerviosa. Presentó a los prelados y le pidió al obispo Duggan que pronunciara la invocación.

Luego les presentó a Chamán, que los llevó en un recorrido por la propiedad. El obispo, un hombre corpulento de rostro coloradote enmarcado por una abundante cabellera canosa, quedó claramente satisfecho con lo que vio.

Cuando llegaron al solar en el que se construiría el hospital, John Kurland pronunció unas breves palabras, describiendo lo que el hospital significaría para sus electores. La madre Miriam le entregó una pala al obispo, que excavó un trozo de tierra como si hubiera hecho ese trabajo toda su vida. Luego cogió la pala la priora, y a continuación Chamán, seguido por los políticos, y por fin varias personas más que estarían encantadas de contar a sus hijos que habían comenzado personalmente la construcción del Hospital de San Francisco.

Después de la ceremonia inaugural se celebró una recepción en el convento. Hubo otras visitas: al huerto, a los campos en los que pastaban los corderos y las cabras, al granero, y finalmente al edificio del convento.

Miriam Ferocia había actuado con cautela, porque deseaba honrar a su obispo con una digna hospitalidad, pero era consciente de que no debía darle la impresión de que era una despilfarradora. Se las había arreglado admirablemente bien, utilizando los productos del convento para preparar pequeñas pastas de queso que se sirvieron calientes en bandejas para acompañar el té o el café. Todo parecía funcionar perfectamente bien, aunque a Chamán le pareció que Miriam Ferocia estaba cada vez más inquieta. Vio que observaba pensativamente a Nick Holden, que estaba sentado en la silla tapizada, junto a la mesa de la priora.

Cuando Holden se puso de pie y se apartó, ella pareció ponerse a la expectativa, y no le quitaba los ojos de encima al obispo Duggan.

Chamán ya había conversado con el obispo en la granja. Ahora se acercó a él y, cuando surgió la oportunidad, le dijo:

—Excelencia, ¿ve una silla enorme tapizada, con brazos de madera tallada, que hay a mis espaldas?

El obispo pareció desconcertado.

—Sí, sí que la veo.

—Excelencia, cuando las monjas vinieron aquí trajeron esa silla en un carro por toda la pradera. La llaman la silla del obispo. Su sueño ha sido siempre que el obispo viniera de visita y tuviera una silla tan magnífica como ésa en la que descansar.

El obispo Duggan asintió con expresión seria, pero le brillaban lo ojos.

—Doctor Cole, creo que usted va a llegar lejos —dijo.

Era un hombre circunspecto. Primero se acercó al miembro del Congreso y habló del futuro de los capellanes del ejército, ahora que la guerra había terminado. Y a los pocos minutos se acercó a Miriam Ferocia.

—Venga, madre —le dijo—. Hablemos un poco. —Colocó una silla de respaldo recto cerca de la silla tapizada, en la que se sentó él dando un suspiro de placer.

Pronto estuvieron enzarzados en una conversación sobre los asuntos del convento. La madre Miriam Ferocia estaba erguida en la silla de respaldo recto, fascinada al ver el espléndido aspecto del obispo en la silla, un aspecto casi regio, con las manos cómodamente apoyadas en los extremos de los brazos tallados. La hermana Mary Peter Celestine, que estaba sirviendo pastas, vio el rostro radiante de la priora. Le echó una mirada a la hermana Mary Benedicta, que estaba sirviendo café, y ambas sonrieron.

La mañana posterior a la recepción en el convento, el sheriff y un ayudante llegaron en un carretón a la granja de los Cole, con el cuerpo de una mujer regordeta, de mediana edad, de pelo castaño, largo y sucio. El sheriff no sabía quién era. La habían descubierto muerta en la parte de atrás de un furgón de mercancías que transportaba un pedido de azúcar y harina empaquetada para la tienda de Haskins.

—Nos imaginamos que se deslizó en la parte trasera del furgón en Rock Island, pero allí nadie sabe de dónde salió, ni tiene idea de quién es —dijo el sheriff. La llevaron hasta el cobertizo y la colocaron sobre la mesa; luego se marcharon.

—Lección de anatomía —le dijo Chamán a Alex.

La desvistieron. La mujer no estaba muy limpia, y Alex observó a Chamán quitar liendres y trozos de paja del pelo con un peine. Chamán utilizó el escalpelo que le había hecho Alden, e hizo la incisión que abría el pecho. Introdujo el escoplo y le retiró el esternón, al tiempo que le explicaba a Alex qué era cada cosa que hacía y por qué. Cuando levantó la vista se dio cuenta de que su hermano estaba pálido.

—No importa lo estropeado que se encuentre un cuerpo: es un milagro ante el cual hay que maravillarse y al que tratar bien. Cuando una persona muere, el alma o el espíritu, lo que los griegos llaman *anemos*, abandona el cuerpo. Los hombres siempre han discutido acerca de si el alma también muere o queda en otra parte. —Sonrió al recordar a su padre y a Barney pronunciando el mismo mensaje, complacido de ser él quien ahora transmitía el legado—. Cuando papá estudiaba medicina, tenía un profesor que decía que el espíritu abandona el cuerpo del mismo modo que alguien abandona la casa donde ha vivido. Papá decía que debemos tratar el cuerpo con gran dignidad, por respeto a la persona que solía vivir en esa casa.

Alex asintió. Chamán vio que su hermano se había inclinado sobre la mesa con auténtico interés, y que sus mejillas habían recuperado el color mientras lo observaba trabajar.

Jay se había ofrecido voluntariamente a enseñar química y farmacología a Alex. Esa tarde se sentaron en el porche de casa de los Cole y repasaron los elementos mientras Chamán leía un periódico y dormitaba de vez en cuando. La llegada de Nick Holden los obligó a dejar los libros de lado, y Chamán abandonó la esperanza de hacer la siesta. Observó que Alex saludaba a Nick con cortesía pero sin afecto.

Nick había ido a despedirse. Seguía siendo delegado de Asuntos Indios, y regresaba a Washington.

—¿Entonces el presidente Johnson le ha pedido que se quede? —le preguntó Chamán.

—Sólo durante un tiempo. No cabe duda de que pondrá a su gente en el gobierno —dijo Nick haciendo una mueca. Les comunicó que todo Washington estaba inquieto porque circulaba el rumor de una relación entre el ex vicepresidente y el asesino del presidente Lincoln—. Dicen que se descubrió en poder de Johnson una nota que llevaba la firma de John Wilkes Booth. Y que la tarde del asesinato, Booth llamó al hotel en que se alojaba Johnson y preguntó por él en la recepción, y que le dijeron que Johnson no estaba allí.

Chamán se preguntó si en Washington se asesinaban las reputaciones igual que asesinaban a los presidentes.

—¿Se le ha preguntado a Johnson por esos rumores?

—Él prefiere pasarlos por alto. Simplemente actúa como un presidente y habla de pagar el déficit causado por la guerra.

—El mayor déficit causado por la guerra no se puede pagar —opinó Jay—. Un millón de hombres han resultado muertos o heridos. Y morirán más porque hay focos de confederados que aún no se han rendido.

Todos reflexionaron sobre esas palabras.

—¿Qué le habría ocurrido a este país si no hubiese habido guerra? —preguntó Alex de repente—. ¿Qué habría pasado si Lincoln hubiera dejado que el Sur se separara en paz?

—La Confederación habría tenido muy corta vida —intervino Jay—. Los sudistas ponen su fe en su propio Estado y desconfían de un gobierno central. Enseguida habrían surgido disputas. Se habrían dividido en grupos regionales más pequeños, y en su momento éstos se habrían separado en Estados independientes. Creo que todos los Estados, uno a uno, humillados y avergonzados habrían vuelto por su cuenta a la Unión.

—La Unión está cambiando —afirmó Chamán—. El Partido Americano tuvo muy poco éxito en las últimas elecciones. Los soldados norteamericanos han visto a sus camaradas irlandeses, alemanes y escandinavos morir en la batalla, y ya no están dispuestos a escuchar a los políticos fanáticos. El *Chicago Daily Tribune* dice que los Ignorantes están acabados.

—Fantástico —dijo Alex.

—Simplemente eran otro partido —añadió Nick suavemente.

—Un partido político que daba vida a otros grupos más siniestros —intervino Jay—. Pero no hay nada que temer. Tres millones y medio de ex esclavos se están diseminando, buscando trabajo. Surgirán nuevas sociedades que dirigirán el terror contra ellos, probablemente formadas por los miembros de aquél.

Nick Holden se levantó para marcharse.

—A propósito, Geiger, ¿su querida esposa ha recibido alguna noticia de su célebre primo?

—Delegado, ¿usted cree que si supiera el paradero de Judah Benjamin se lo revelaría a usted? —dijo Jay serenamente.

Holden esbozó una de sus características sonrisas.

Era verdad que le había salvado la vida a Alex, y Chamán le estaba agradecido. Pero la gratitud jamás haría que Nick le gustara. En lo más profundo de su corazón, deseó fervientemente que su hermano hubiese sido engendrado por el joven proscrito que se había llamado Will Mosby. No se le ocurrió siquiera invitar a Holden a la boda.

Chamán y Rachel se casaron el 22 de mayo de 1865 en la sala de la casa de los Geiger, y sólo asistieron las familias de ambos. Sarah había sugerido a su hijo que, ya que su padrastro era pastor, sería un gesto por la unidad familiar el que solicitaran a Lucian que oficiara la ceremonia. Jay le dijo a su hija que la única forma en que una mujer judía podía casarse era con un rabino. Ni Rachel ni Chamán discutieron, pero fueron casados por el juez Stephen Hume. Hume no podía pasar las páginas o las notas con una sola mano, a menos que tuviera un atril, y Chamán tuvo que pedir prestado el que había en la iglesia, tarea que resultó más fácil porque aún no había sido nombrado el nuevo pastor. Se quedaron de pie delante del juez, con los niños. Joshua apretaba el dedo índice de Chamán con su minúscula mano sudorosa. Rachel, con un traje de boda de brocado azul con un amplio cuello de encaje de color crema, sostenía a Hattie de la mano. Hume era un hombre agradable que les deseó cosas buenas. Cuando los declaró marido y mujer y les dijo «Id en paz», Chamán interpretó sus palabras al pie de la letra. El mundo avanzó más lentamente y él sintió que su alma se elevaba como lo había hecho sólo una vez con anterioridad, cuando por primera vez como médico había recorrido el túnel que se extendía entre la facultad de medicina policlínica de Cincinnati y el hospital del sudoeste de Ohio.

Chamán había pensado que Rachel querría ir a Chicago o a alguna otra ciudad durante el viaje de boda, pero ella le había oído comentar que los sauk y los mesquakie habían regresado a Iowa, y él se sintió encantado cuando le preguntó si podían ir a visitar a los indios.

Necesitaban un animal para llevar las provisiones y la ropa de cama. Paul Williams tenía en su establo un caballo castrado de pelo gris, muy manso, y Chamán se lo alquiló por once días. Tama, la ciudad india, se encontraba a unos ciento sesenta kilómetros de distancia, y calculó que tardarían cuatro días para ir y otros tantos para volver, y que estarían un par de días de visita.

Pocas horas después de casarse emprendieron el viaje, Rachel montada en Trude y Chamán en Boss, y guiando el caballo de carga que según había dicho Williams se llamaba Ulises, «sin ofender al general Grant».

Chamán se habría detenido a pasar el resto del día en Rock Island, pero estaban vestidos para viajar por el campo, no para ir a un hotel, y Rachel quería pasar la noche en la pradera. De modo que cruzaron el río con los caballos en el transbordador, y cabalgaron quince kilómetros más allá de Davenport.

Siguieron un estrecho camino de tierra entre amplias extensiones aradas de tierra negra, pero en los campos cultivados aún quedaban fragmentos de pradera. Llegaron a un sitio cubierto de hierba intacta, con un arroyo, y Rachel se acercó y agitó la mano para atraer la atención de Chamán.

—¿Podemos parar aquí?

—Primero busquemos la casa.

Tuvieron que recorrer otro kilómetro y medio. A medida que se acercaban a la casa, la hierba fue transformándose en campos arados que sin duda serían sembrados de maíz. En el patio del establo, un perro de pelo claro embistió a los caballos y les ladró. El granjero estaba colocando un perno nuevo a la reja del arado, y frunció el ceño con suspicacia cuando Chamán le pidió permiso para acampar junto al arroyo. Pero cuando aquél ofreció pagarle, rechazó la oferta con un movimiento de la mano.

—¿Va a encender una fogata?

—Pensaba hacerlo. Todo está verde.

—Oh, sí, no se extendería. El agua del arroyo es potable. Cerca encontrará unos árboles cortados con los que puede hacer leña.

Le dieron las gracias y retrocedieron para buscar un lugar adecuado. Quitaron las monturas a los caballos y descargaron a Ulises. Chamán hizo cuatro viajes para recoger leña, mientras Rachel instalaba el campamento. Extendió la vieja piel de búfalo que su padre le había comprado hacía muchos años a Perro de Piedra. En los trozos en que faltaba el pelo se veía el cuero de color pardo, pero era lo más adecuado para poner entre ellos y la tierra. Sobre la piel de búfalo extendió dos mantas tejidas con lana de los Cole, porque aún faltaba un mes para la llegada del verano.

Chamán amontonó leña entre algunas rocas y encendió el fuego. Puso agua del arroyo y café en un cazo y lo calentó. Sentados en las monturas, comieron las sobras frías del banquete de boda: tajadas de cordero añal, patatas asadas, zanahorias escarchadas. De postre tomaron tarta de bodas con whisky glaseado, y luego se sentaron junto al fuego y bebieron café. A medida que caía la noche iban apareciendo las estrellas, y la luna se levantó sobre la llanura.

Un instante después ella dejó la taza y buscó jabón, un trapo y una toalla, y se perdió en la oscuridad.

No sería la primera vez que hacían el amor, y Chamán

se preguntó por qué se sentía tan torpe. Se desvistió y fue a otro tramo del arroyo y se lavó a toda prisa; cuando ella regresó, él ya la estaba esperando metido entre las mantas y la piel de búfalo; aún tenían el frío del agua en la piel, pero las mantas estaban calientes. Sabía que ella había escogido este sitio para el fuego con la intención de que la luz no llegara a la cama, pero no le importó. Ahora sólo tenían sus manos, sus labios y su cuerpo. Hicieron el amor por primera vez como marido y mujer, y luego se quedaron tendidos de espaldas, cogidos de la mano.

—Te amo, Rachel Cole —dijo él.

Ambos podían ver todo el cielo como si fuera un cuenco volcado sobre la planicie de la tierra. Las estrellas eran enormes y blancas.

Volvieron a hacer el amor. Esta vez, cuando terminaron, Rachel se levantó y corrió hacia la fogata. Cogió una rama que tenía un extremo encendido y la agitó como si fuera un molinete, hasta que se hizo una llama. Luego regresó y se arrodilló tan cerca que él pudo ver la piel de gallina en el valle formado por su pechos, y la llama que convertía sus ojos en gemas, y su boca.

—Yo también te amo, Chamán —dijo.

Al día siguiente, a medida que se internaban en Iowa, las granjas se encontraban más separadas. A lo largo de casi un kilómetro, el camino se extendía junto a una pocilga, y el olor era tan denso que casi podían tocarlo; pero pronto volvió a aparecer la hierba y el aire perfumado.

De pronto Rachel se puso tensa en su montura y levantó la mano.

—¿Qué ocurre?

—Un aullido. ¿Puede ser un lobo?

Chamán pensaba que tenía que tratarse de un perro.

—Los granjeros de aquí deben de haber acorralado a los lobos, como han hecho en Illinois. Los lobos han desaparecido, como los bisontes y los indios.

—Tal vez antes de llegar veamos un milagro —arriesgó ella—. Quizás un búfalo, o un gato montés, o el último lobo de Iowa.

Pasaron junto a pequeñas poblaciones. Al mediodía entraron en un almacén y comieron galletas con queso seco y melocotones enlatados.

—Ayer nos enteramos de que los militares arrestaron a Jefferson Davis. Lo tienen en Fort Monroe, en Virginia, encadenado —les informó el tendero. Escupió en el suelo cubierto de serrín—. Espero que cuelguen a ese hijo de puta. Con perdón de la señora.

Rachel asintió. Resultaba difícil ser elegante mientras escurría el resto del zumo de melocotón de la lata.

—¿También capturaron a su secretario de estado, Judah P. Benjamin?

—¿El judío? No, que yo sepa, aún no lo han encontrado.

—Bien —dijo Rachel abiertamente.

Cogieron las latas vacías para usarlas en el camino, y volvieron a montar. El tendero se quedó en el porche, observándolos mientras se alejaban por el camino de tierra.

Esa tarde vadearon el río Cedar con cuidado de no mojarse, pero finalmente quedaron empapados por una inesperada lluvia de primavera. Casi había oscurecido cuando llegaron a una granja y se cobijaron en un granero. Chamán sintió un extraño placer al recordar la descripción de la noche de bodas de sus padres que había leído en el diario de Rob J. Se lanzó bajo la lluvia para pedir permiso al granjero para quedarse. El hombre, que aunque se llamaba Williams no tenía parentesco alguno con el dueño del establo de Holden's Crossing, accedió inmediatamente. Cuando Chamán regresó, la señora Williams lo siguió de cerca con medio cazo de deliciosa sopa de zanahorias, patatas y cebada, y un pan fresco. Los dejó solos tan pronto que imaginaron que ella se había dado cuenta de que eran recién casados.

A la mañana siguiente el aire estaba despejado y más cálido que el día anterior. A primera hora de la tarde llegaron al río Iowa. Billy Edwards le había indicado a Chamán que si seguían en dirección al noroeste encontrarían a los indios. El río estaba desierto, y un rato después llegaron a un pequeño entrante de agua clara, poco profundo y con fondo de arena. Se detuvieron y ataron los caballos, y Chamán se desvistió rápidamente y chapoteó en el agua.

—¡Venga! —la animó.

Ella no se atrevió. Pero el sol quemaba y parecía que el río jamás hubiera sido pisado por otros seres humanos. Pocos minutos después, Rachel se metió entre los arbustos y se quitó toda la ropa menos la bata suelta de algodón que llevaba debajo del vestido. Protestó porque el agua estaba fría y jugaron juntos como niños. La bata mojada se le pegó al cuerpo, y él enseguida se estiró para abrazarla; pero a ella le dio vergüenza.

—¡Seguro que viene alguien! —exclamó, y salió del agua corriendo.

Se puso el vestido y colgó la bata en una rama para que se secara.

Chamán tenía anzuelos y sedal entre sus cosas, y después de vestirse cogió unos cuantos gusanos de debajo de un tronco y cortó una rama para hacer una caña. Caminó río arriba hasta un remanso, y unos minutos después ya había capturado un par de percas moteadas de más de doscientos gramos cada una.

A mediodía habían comido huevos duros de la abundante provisión preparada por Rachel, pero esa noche comerían las percas, que limpiaron enseguida.

—Será mejor que las cocinemos ahora, para que no se estropeen, y que las envolvamos en un paño para guardarlas —sugirió él, y preparó una fogata.

Mientras se cocinaban las percas, Chamán volvió a acercarse a ella.

Esta vez Rachel perdió todo recato. No le importó que aunque él se hubiera restregado las manos con agua del río y arena, no le hubiera desaparecido el olor a pescado de las manos; no le importó que estuvieran a plena luz del día. Él le levantó las faldas e hicieron el amor vestidos, sobre la hierba caliente y soleada de la orilla del río, mientras el impetuoso torrente sonaba en los oídos de Rachel.

Unos minutos más tarde, mientras ella daba vuelta el pescado para que no se quemara, apareció una chalana en el recodo del río. En ella viajaban tres hombres barbudos y descalzos, vestido únicamente con pantalones raídos.

Uno de ellos levantó la mano levemente para saludar, y Chamán respondió.

En cuanto la chalana hubo desaparecido, Rachel corrió hasta la rama de la que colgaba su bata como una enorme bandera blanca que anunciara lo que habían hecho. Cuando él se acercó, ella se volvió y preguntó:

—¿Qué nos ocurre? ¿Qué me ocurre a mí? ¿Quién soy?

—Eres Rachel —respondió él, estrechándola entre sus brazos. Lo dijo con tal satisfacción que cuando la besó ella estaba sonriendo.

73

Tama

A primera hora de la mañana del quinto día adelantaron a otro jinete. Cuando se acercaron a él para pedirle que les indicara el camino, Chamán vio que el hombre iba vestido con sencillez pero montaba un buen caballo y una montura cara. Tenía el pelo largo y negro, y la piel del color de la arcilla cocida.

—¿Puede indicarnos el camino a Tama? —le preguntó Chamán.

—Mejor que eso. Yo voy allí; si quieren, pueden cabalgar conmigo.

—Es muy amable.

El indio se inclinó hacia delante y añadió algo, pero Chamán sacudió la cabeza.

—Me resulta difícil hablar mientras cabalgamos. Tengo que verle los labios, soy sordo.

—Oh.

—Pero mi esposa oye con claridad, perfectamente —aclaró Chamán.

Sonrió, y el hombre le devolvió la sonrisa, se volvió hacia Rachel y la saludó. Intercambiaron unas pocas palabras, pero el resto del trayecto los tres cabalgaron en silencio disfrutando de la tibia mañana.

Cuando llegaron a una pequeña charca se detuvieron para que los caballos pudieran beber un poco y comer hierba mientras ellos estiraban las piernas; entonces se presentaron correctamente. El hombre les estrechó la mano y dijo que se llamaba Charles P. Keyser.

—¿Vive en Tama?

—No, tengo una granja a unos quince kilómetros de aquí. Soy potawatomi, pero toda mi familia murió a causa de las fiebres, y me criaron unos blancos. Ni siquiera hablo la lengua india, salvo algunas palabras de kickapoo. Me casé con una mujer que era medio kickapoo, medio francesa.

Dijo que iba a Tama cada pocos años y que pasaba allí un par de días.

—En realidad no sé por qué lo hago. —Se encogió de hombros—. La llamada de la sangre, supongo.

Chamán asintió.

—¿Le parece que los animales ya han comido bastante?

—Oh, claro, a ver si las monturas van a estallar debajo de nosotros —bromeó Keyser; volvieron a montar y reanudaron el viaje.

A media mañana, Keyser los condujo por la población de Tama. Mucho antes de llegar al grupo de cabañas que formaban un enorme círculo, se vieron seguidos por un grupo de niños de ojos pardos, y perros que ladraban.

Keyser indicó que se detuvieran, y desmontaron.

—Le comunicaré al jefe que estamos aquí —dijo, y entró en una cabaña cercana.

Cuando volvió a aparecer, acompañado de un piel roja corpulento de mediana edad, ya se había reunido una pequeña multitud. El hombre robusto dijo algo que Chamán no pudo descifrar mirándole los labios. No había hablado en inglés, pero el hombre aceptó la mano de Chamán cuando él se la tendió.

—Soy el doctor Robert J. Cole, de Holden's Crossing, Illinois. Ésta es mi esposa, Rachel Cole.

—¿Doctor Cole? —Un joven se separó de la multitud y miró atentamente a Chamán—. No, demasiado joven.

—¿Quizá conocías a mi padre?

El hombre estudió su rostro.

—¿Eres el chico sordo? ¿Eres tú, Chamán?

—Sí.

—Yo soy Perro Pequeño. El hijo de Luna y Viene Cantando.

Chamán sintió una enorme alegría mientras se estrechaban la mano y recordaban cómo habían jugado juntos de niños.

Él hombre robusto dijo algo.

—Él es Medi-ke, Tortuga Mordedora, jefe de la ciudad de Tama —anunció Perro Pequeño—. Quiere que los tres entréis en su cabaña.

Tortuga Mordedora le indicó a Perro Pequeño que él también debía entrar, y a los otros les dijo que se marcharan. La cabaña era pequeña y por el olor se notaba que acababan de comer carne chamuscada. Las mantas dobladas indicaban el sitio en el que dormían, y en un rincón se veía colgada una hamaca de lona. El suelo de tierra era duro y estaba húmedo, y en él se sentaron mientras la esposa de Tortuga Mordedora, Wapansee —Lucecita—, les servía café endulzado con azúcar de arce, alterado y transformado por otros ingredientes. Tenía el mismo sabor que el café que preparaba Makwa-ikwa. Cuando Lucecita terminó de servirlo, Tortuga Mordedora le dijo algo, y ella salió de la casa.

—Tenías una hermana llamada Mujer Pájaro —le dijo Chamán a Perro Pequeño—. ¿Vive aquí?

—Murió, hace ya mucho tiempo. Tengo otra hermana, Sauce Verde, la más joven. Vive con su esposo en la reserva de Kansas. —Perro Pequeño añadió que entre la gente que vivía en Tama no había nadie más del reducido grupo de Holden's Crossing.

Tortuga Mordedora le informó por intermedio de Perro Pequeño que él era mesquakie. Y que en Tama había unos doscientos mesquakie y sauk. Luego lanzó un torrente de palabras y volvió a mirar a Perro Pequeño.

—Dice que las reservas son muy malas, como enormes

jaulas. Nos sentíamos tristes recordando los viejos tiempos, las viejas costumbres. Cazamos caballos salvajes, los domamos, los vendimos por el dinero que pudimos. Ahorramos hasta el último centavo.

»Luego unos cien de los nuestros vinieron aquí. Tuvimos que olvidar que Rock Island antes era Sauk-e-nuk, la gran ciudad de los sauk, y que Davenport era Mesquak-e-nuk, la gran población de los mesquakie. El mundo ha cambiado. Compramos ochenta acres de tierra con dinero blanco, y el gobernador blanco de Iowa firmó escrituras como testigo.

Chamán asintió.

—Fantástico —dijo, y Tortuga Mordedora sonrió. Evidentemente entendía un poco de inglés, pero siguió hablando en su lengua y a medida que hablaba su rostro se volvía sombrío.

—Dice que el gobierno siempre finge que ha comprado nuestras inmensas tierras. El Padre Blanco arrebata nuestras tierras y ofrece a las tribus monedas pequeñas en lugar de dinero de papel grande. Incluso nos quita las monedas y nos da mercancías baratas y dice que a mesquakie y a sauk se les paga una anualidad. Muchos de los nuestros dejan mercancías sin valor que se pudran en tierra. Les aconsejamos que digan claramente que sólo aceptarán dinero, y que vengan aquí a comprar más tierras.

—¿Tenéis algún problema con los vecinos blancos? —preguntó Chamán.

—Ningún problema —respondió Perro Pequeño, y escuchó lo que decía Tortuga Mordedora—. Él dice que no somos una amenaza. Cada vez que nuestra gente va a hacer negocios, hombres blancos ponen monedas en la corteza de árboles y dicen a nuestros hombres que se pueden quedar con monedas si les dan con la flecha. Algunos de los nuestros dicen que eso es un insulto, pero Tortuga Mordedora lo permite. —Tortuga Mordedora dijo algo, y Perro Pequeño sonrió—: Dice que nos mantiene entrenados con el arco.

Lucecita regresó con un hombre vestido con camisa

blanca de algodón deshilachada, pantalones de lana color pardo, manchados, y pañuelo rojo atado a la altura de la frente. Dijo que era Nepepaqua, Sonámbulo, hechicero sauk. Sonámbulo no era de los que pierden el tiempo.

—Ella dice que eres médico.

—Sí.

—Bien. ¿Vendrás conmigo?

Chamán asintió. Chamán y Rachel dejaron a Charles Keyser bebiendo café con Tortuga Mordedora. Sólo se detuvieron a coger el maletín. Luego siguieron al hechicero.

Mientras atravesaban el poblado, Chamán buscó imágenes conocidas que coincidieran con sus recuerdos. No vio tipis, pero al otro lado de las cabañas había algunos *hedono-so-tes*. En su gran mayoría, la gente iba vestida con ropas raídas de blancos. Los mocasines eran como él los recordaba, aunque muchos indios llevaban botas de trabajo, o calzado del ejército.

Sonámbulo los llevó a una cabaña al otro lado del poblado. En su interior, una joven delgada se retorcía de dolor, acostada y con las manos apoyadas en su enorme vientre.

Tenía los ojos vidriosos y parecía haber perdido el juicio. No respondió a las preguntas de Chamán. Su pulso era rápido y fuerte. Él sintió temor, pero cuando cogió las manos de la joven entre las suyas notó que tenía más vitalidad de la que había imaginado.

Sonámbulo le indicó que se llamaba Watwaweiska, Ardilla Trepadora. Era la esposa de su hermano. El momento de su primer parto había llegado el día anterior por la mañana. Ya había elegido un sitio blando y seco en el bosque, y allí había ido. Sintió los dolores agudos y se puso en cuclillas, como le había enseñado su madre. Después de romper aguas, sus piernas y su vestido quedaron mojados, pero no ocurrió nada más. El dolor no cesaba, y el niño no llegaba. Al caer la noche, otras mujeres habían ido a buscarla, la habían encontrado y trasladado a la cabaña.

Sonámbulo no había podido ayudarla.

Chamán rompió el vestido empapado en sudor y estudió el cuerpo de la india. Era muy joven. Sus pechos, aunque llenos de leche, eran pequeños, y su pelvis estrecha. Sus partes pudendas estaban dilatadas, pero no se veía la pequeña cabeza. Presionó suavemente la superficie del vientre con los dedos. Luego cogió el estetoscopio y le pasó los auriculares a Rachel. Apoyó el otro extremo en distintos puntos del vientre de Ardilla Trepadora, y las conclusiones a las que había llegado con la ayuda de las manos y los ojos quedaron confirmadas por los sonidos que Rachel le describió.

—El niño se presenta mal.

Chamán salió y pidió agua limpia, y Sonámbulo lo llevó a un arroyo, al otro lado del bosque. El hechicero miró con curiosidad a Chamán, que se enjabonaba con jabón tosco y se restregaba las manos y los brazos.

—Es parte de la medicina —explicó, y Sonámbulo aceptó el jabón y lo imitó.

Cuando regresaron a la cabaña, Chamán cogió su frasco de grasa limpia y se lubricó las manos. Introdujo un dedo en el canal y luego otro, como si intentara tocar un puño. Avanzó poco a poco en dirección ascendente. Al principio no sintió nada, pero enseguida la joven tuvo un espasmo y el puño apretado se abrió ligeramente. Un minúsculo pie le tocó los dedos y alrededor del mismo notó el cordón enrollado. El cordón umbilical era duro, pero estaba estirado, y Chamán no se atrevió a liberar el pie hasta que el espasmo hubiera pasado. Luego, trabajando cuidadosamente con dos dedos, desenredó el cordón y tiró del pie hacia abajo.

El otro pie estaba más alto, apuntalado contra la pared del canal. Con el siguiente espasmo logró alcanzarlo y tirar de él hacia abajo, hasta que dos minúsculos pies rojos se desprendieron de la joven madre. Los pies pronto fueron piernas, y enseguida vieron que era un varón. Apareció el vientre del pequeño, arrastrando el cordón. Pero el avance se interrumpió cuando los hombros y la cabeza del bebé quedaron atascados en el canal, como un corcho en el cuello de una botella.

Chamán no pudo arrastrar más al pequeño, pero tampoco pudo llegar a un punto lo suficientemente alto para evitar que el cuerpo de la madre apretara la nariz del bebé. Se arrodilló, con la mano aún en el canal, y pensó en una solución, pero sintió que el bebé se asfixiaría.

Sonámbulo también tenía su maletín en un rincón de la cabaña, y de él sacó una enredadera de algo más de un metro. La enredadera terminaba en lo que parecía indudablemente la cabeza chata y espantosa de un crótalo de ojos negros, redondos y brillantes, y colmillos fibrosos. Sonámbulo manipuló la «serpiente» para que pareciera que reptaba por el cuerpo de Ardilla Trepadora hasta que la cabeza quedó cerca de la cara, zigzagueando. El hechicero entonó algunas palabras en su lengua, pero Chamán no intentó leer el movimiento de sus labios. Estaba observando a Ardilla Trepadora.

Vio que la joven clavaba los ojos en la serpiente y los abría desmesuradamente. El hechicero hizo que la serpiente girara y reptara por su cuerpo hasta quedar encima del punto en que se encontraba el niño.

Chamán sintió un estremecimiento en el canal.

Vio que Rachel abría la boca para protestar, pero con la mirada le advirtió que no lo hiciera.

Los colmillos tocaron el vientre de Ardilla Trepadora. De repente Chamán sintió que se producía una dilatación. La joven dio un tremendo empujón y el niño bajó con tanta facilidad que no resultó difícil tirar de él; tenía los labios y las mejillas azules, pero enseguida empezaron a tornarse rojos. Con un dedo tembloroso, Chamán le quitó la mucosidad de la boca. El diminuto rostro se retorció de indignación, y la boca se abrió. Chamán notó que el abdomen del pequeño se contraía para introducir el aire, y supo que los demás estaban oyendo un chillido agudo. Tal vez en re bemol, porque el vientre le vibraba de la misma forma que el piano de Lillian cuando Rachel tocaba la quinta tecla negra del extremo.

Él y el hechicero regresaron al arroyo para lavarse. Sonámbulo parecía dichoso. Chamán estaba muy pensativo. Antes de abandonar la cabaña, había vuelto a mirar la enredadera para asegurarse de que sólo era una enredadera.

—¿La chica creyó que la serpiente devoraría a su bebé, y lo soltó para salvarlo?

—Mi canción decía que la serpiente era manitú malo. Manitú bueno la ayudó.

Se dio cuenta de que la lección decía que la ciencia puede ayudar a la medicina hasta ese punto. Luego recibe una tremenda ayuda si existe una fe o una creencia en alguna otra cosa. Era una ventaja que el hechicero tenía sobre el médico, porque Sonámbulo era sacerdote y al mismo tiempo médico.

—¿Eres chamán?

—No. —Sonámbulo lo miró fijamente—. ¿Conoces las Tiendas de la Sabiduría?

—Makwa nos hablaba de las siete tiendas.

—Sí, siete. Para algunas cosas, estoy en la cuarta tienda. Pero para otras muchas cosas, estoy en la primera tienda.

—¿Algún día te convertirás en chamán?

—¿Quién va a enseñarme? Wabokieshiek está muerto. Makwa-ikwa está muerta. Las tribus están dispersas, ya no existe el *Mide'wiwin*. Cuando yo era joven y sabía que quería ser un guardián de los espíritus, oí hablar de un viejo sauk, casi un chamán, que vivía en Missouri. Lo encontré y pasé dos años a su lado. Pero murió de viruela febril. Ahora busco a los ancianos, para aprender de ellos, pero quedan muy pocos y casi ninguno sabe nada. A nuestros niños les enseñan inglés en las reservas, y las Siete Tiendas de la Sabiduría desaparecen.

Chamán se dio cuenta de que Sonámbulo estaba diciendo que él no tenía facultades de medicina a las que enviar cartas solicitando el ingreso. Los sauk y los mesquakie eran los últimos vestigios, y les habían robado su religión, su medicina y su pasado.

Tuvo la breve y espantosa visión de una horda de seres

de piel verde que caía sobre la raza blanca que poblaba la tierra, dejando sólo unos pocos supervivientes perseguidos a los que sólo les quedaban rumores de una civilización anterior, y los débiles ecos de Hipócrates, Galeno, Avicena, Jehová, Apolo y Jesús.

Fue como si el pueblo entero se hubiera enterado casi al instante del nacimiento del niño. No eran personas expresivas, pero Chamán vio sus miradas de aprobación mientras caminaba entre ellos. Charles Keyser se le acercó y le confió que el caso de esa joven era similar al parto que había matado a su esposa el año anterior.

—El médico no llegó a tiempo. La única mujer que había allí era mi madre, y ella no sabía más de lo que sabía yo.

—No debe culparse. A veces simplemente no se puede salvar a alguien. ¿El bebé también murió?

Keyser asintió.

—¿Tiene más hijos?

—Dos niñas y un varón.

Chamán supuso que una de las razones por las que Keyser había viajado a Tama era para buscar esposa. Al parecer, las indias de Tama lo conocían y lo apreciaban. En diversas ocasiones, varias personas que pasaron a su lado lo saludaron llamándolo Charlie Granjero.

—¿Por qué le llaman así? ¿Acaso ellos no son también granjeros?

Keyser sonrió.

—No como yo. Mi padre me dejó cuarenta acres de la tierra de Iowa más negra que jamás pueda imaginar. Yo cultivo dieciocho acres y planto sobre todo trigo otoñal.

»Cuando vine aquí por primera vez intenté mostrarle a esta gente cómo se debe sembrar. Me llevó algún tiempo comprender que ellos no quieren granjeros blancos. Los hombres que les vendieron esta tierra debieron de pensar que los estaban engañando, porque es una tierra pobre. Pero ellos amontonan maleza, hojarasca y basura en los huertos y dejan que todo eso se pudra, a veces durante años. Luego plantan las semillas, utilizando palos en lugar de arados. Los huertos les proporcionan montones de comida. Además en estas tierras hay mucha caza menor, y en el río Iowa abunda la pesca.

—Realmente hacen la vida de los viejos tiempos que vinieron a buscar —comentó Chamán.

Keyser asintió.

—Sonámbulo dice que le ha pedido que atienda a algunos otros enfermos. Me encantaría ayudarle, doctor Cole.

Chamán ya contaba con la ayuda de Rachel y de Sonámbulo. Pero pensó que aunque Keyser parecía un habitante más de Tama, no se sentía absolutamente cómodo y tal vez necesitaba la compañía de otras personas ajenas a la tribu. Le dijo al granjero que le agradecía su ayuda.

Los cuatro formaban una pequeña y extraña caravana mientras iban de una cabaña a otra, pero pronto fue evidente que se complementaban. El hechicero hacía que la gente los aceptara, y entonaba sus oraciones. Rachel llevaba una bolsa de golosinas y era especialmente hábil para ganarse la confianza de los niños; y las manos enormes de Charlie Keyser tenían la fuerza y la amabilidad que le permitían mantener a alguien sin moverse cuando era necesario.

Chamán arrancó una serie de dientes picados y se sintió complacido al ver a los pacientes que, aunque escupían sangre, sonreían porque la fuente de su sufrimiento había desaparecido de pronto.

Abrió furúnculos, quitó un dedo gordo de un pie infectado y Rachel estuvo ocupada escuchando con el estetoscopio el pecho de los que tenían tos. A algunos les administraba jarabe, pero otros tenían tuberculosis y se vio obligado a decirle a Sonámbulo que no se podía hacer nada por ellos. También vio media docena de hombres y varias mujeres que estaban aletargados por el alcohol, y Sonámbulo le informó que había otros que estarían borrachos si pudieran conseguir whisky.

Chamán era consciente de que habían muerto más indios a causa de las enfermedades de los blancos que de las balas. Sobre todo la viruela había devastado las tribus del bosque y la planicie, y él había llevado consigo una pequeña caja de madera que contenía algunas vacunas.

Sonámbulo se mostró muy interesado cuando Chamán le dijo que tenía una medicina para prevenir la viruela. Pero le resultó muy difícil explicar en qué consistía. Les rasparía el brazo e introduciría diminutas partículas del virus en la herida. Se desarrollaría una ampolla roja que produciría picor, y que alcanzaría el tamaño de un guisante pequeño. Se convertiría en una llaga gris con forma de ombligo, rodeada por una amplia zona roja, dura y caliente. Después de la inoculación, la mayor parte de la gente pasaría aproximadamente tres días enferma con el virus de la vacuna, una enfermedad mucho más suave y benigna que la viruela, pero que proporcionaría inmunidad contra la mortal enfermedad. Aquellos que se sometieran a la inoculación probablemente tendrían dolores de cabeza y fiebre. Después de la breve enfermedad, la llaga se volvería más grande y más oscura a medida que se secaba. Luego se desprendería la costra, aproximadamente el vigesimoprimer día, dejando una cicatriz rosada y llena de hoyitos.

Chamán le dijo a Sonámbulo que le explicara esto a la gente, y que ellos decidieran si querían recibir el tratamiento. El hechicero volvió pocos minutos después. Todos querían que los protegieran de la viruela, dijo, de modo que emprendieron la tarea de inocular a toda la comunidad.

A Sonámbulo le correspondió la tarea de hacer que la gente formara una fila delante del médico blanco, y de asegurarse que sabían lo que les haría. Rachel se sentó en el tocón de un árbol y con dos escalpelos raspaba partículas muy pequeñas de la vacuna que había en la caja de madera. Cada vez que aparecía un nuevo paciente, Charlie Keyser le cogía el brazo izquierdo y lo levantaba, dejando al descubierto la parte interna del brazo, la zona que probablemente sufriría menos golpes y roces accidentales. Chamán utilizó un escalpelo puntiagudo para hacer algunos cortes superficiales en el brazo, y luego colocaba una pequeña cantidad de virus en cada corte.

No era complicado, pero debía hacerse con mucho cuidado, y la fila avanzaba con lentitud. Cuando por fin el sol empezó a ponerse, Chamán interrumpió la tarea. Aún había que vacunar a la cuarta parte de la población de Tama, pero él les dijo que el consultorio del médico estaba cerrado, y que volvieran por la mañana.

Sonámbulo tenía el instinto de un predicador baptista próspero, y esa noche convocó a todo el pueblo a una reunión para agasajar a los visitantes. En un claro se preparó y encendió una fogata, y la gente se sentó en el suelo, a su alrededor.

Chamán se sentó a la derecha de Sonámbulo. Perro Pequeño se situó entre Chamán y Rachel, para poder traducirles lo que se decía. Chamán vio que Charlie estaba sentado junto a una mujer delgada y sonriente, y Perro Pequeño le dijo que era una viuda que tenía dos niños pequeños.

Sonámbulo le pidió al doctor Cole que les hablara de Makwa-ikwa, la mujer que había sido la chamán de la tribu.

Chamán imaginaba que sin duda todos los reunidos sabían más que él acerca de la matanza que había tenido lugar en Bad Ax. Lo que había sucedido donde el río Bad Ax se une al Mississippi les habría sido relatado miles de veces junto al fuego. Pero él les dijo que entre los que habían sido asesinados por los Cuchillos Largos se encontraba un hombre llamado Búfalo Verde —cuyo nombre Sonámbulo tradujo como Ashtibugwa-gupichee— y una mujer llamada Unión de Ríos, o Matapya. Les contó que Dos Cielos, la hija de diez años que ambos tenían, había llevado a su pequeño hermano más allá del fuego de los rifles y cañones del ejército de Estados Unidos, nadando por el *Masesibowi* mientras sostenía la suave piel del cuello del niño entre sus dientes para evitar que se ahogara.

Chamán les contó cómo la niña llamada Dos Cielos había encontrado a su hermana Mujer Alta, y cómo las tres criaturas se habían escondido entre la maleza como liebres hasta que los soldados los habían descubierto. Y cómo un soldado había cogido al pequeño sangrante y nunca más habían vuelto a verlo.

Y les contó que las dos niñas sauk fueron trasladadas a una escuela cristiana de Wisconsin, y que el misionero había dejado embarazada a Mujer Alta, a la que habían visto por última vez en 1832, cuando se la llevaron para convertirla en criada de una granja de blancos, más allá de Fort Crawford. Y que la niña llamada Dos Cielos había escapado de la escuela y había logrado llegar a Prophetstown, donde un chamán llamado Nube Blanca, Wabokieshiek, la había acogido en su tienda y la había guiado por las Siete Tiendas de la Sabiduría, y le había dado un nombre nuevo: Makwa-ikwa, la Mujer Oso.

Y que Makwa-ikwa había sido la chamán de su pueblo hasta que fue violada y asesinada por tres hombres blancos en Illinois, en 1851.

Todos escuchaban con expresión grave, pero nadie lloró. Estaban acostumbrados a los relatos de horror sobre aquellos a los que amaban.

Se pasaron de mano en mano un tambor de agua hasta que llegó a donde se encontraba Sonámbulo. No era el tambor de agua de Makwa-ikwa, que había desaparecido cuando los sauk se marcharon de Illinois, pero Chamán vio que era similar. Junto con el tambor habían pasado un palo, y Sonámbulo se arrodilló delante del tambor y empezó a tocarlo en ráfagas de cuatro golpes rítmicos, y a cantar:

> Ne-nye-ma-wa-wa,
> ne-nye-ma-wa-wa,
> ne-nye-ma-wa-wa,
> ke-ta-ko-ko, na-na.
> Lo golpeo cuatro veces,
> lo golpeo cuatro veces,

> *lo golpeo cuatro veces,*
> *golpeo nuestro tambor cuatro veces.*

Chamán miró a su alrededor y vio que la gente cantaba con el hechicero, y que muchos de ellos sostenían calabazas entre las manos y las agitaban al ritmo de la música, como había hecho él con la caja de puros llena de canicas durante las clases de música de la escuela.

> *Ke-te-ma-ga-yo-se lye-ya-ya-ni,*
> *Ke-te-ma-ga-yo-se lye-ya-ya-ni,*
> *Me-to-se-ne-ni-o lye-ya-ya-ni,*
> *Ke-te-ma-ga-yo-se lye-ya-ya-ni.*
> *Bendícenos cuando vienes,*
> *bendícenos cuando vienes,*
> *el pueblo, cuando vienes,*
> *bendícenos cuando vienes.*

Chamán se inclinó y colocó la mano en el tambor de agua, justo debajo del parche. Cuando Sonámbulo lo golpeó, fue como sujetar un trueno entre sus manos. Miró los labios de Sonámbulo, y vio con placer que era una de las canciones de Makwa que él conocía, y cantó con ellos.

> *... Wi-a-ya-ni,*
> *ni-na ne-gi-se ke-wi-to-se-me-ne ni-na.*
> *... Vayas donde vayas,*
> *camino a tu lado, hijo mío.*

Alguien se acercó con un leño y lo arrojó al fuego, produciendo una columna de chispas amarillas que se elevaron formando un remolino en el cielo oscuro. El fulgor del fuego mezclado con el calor de la noche lo hizo sentirse mareado y débil, preparado para ver visiones. Miró a su esposa, preocupado por ella, y se dio cuenta de que la madre de Rachel se habría puesto furiosa al verla: llevaba la cabeza descubierta, el pelo desordenado y enredado, el rostro brillante de sudor y los ojos resplandecientes de alegría. A él nunca le había parecido más mujer, más humana y más deseable. Ella vio que la miraba y sonrió mientras se inclinaba por delante de Perro Pequeño para hablarle. Alguien que tuviera el oído sano se habría perdido sus palabras a causa del ruido del tambor y los cánticos, pero Chamán no tuvo problemas para leer el movimiento de sus labios.

—¡Es tan bueno como ver un búfalo! —exclamó.

A la mañana siguiente, Chamán se levantó temprano sin despertar a su esposa y se bañó en el río Iowa mientras las golondrinas bajaban en picado para alimentarse, y los minúsculos peces de cuerpo dorado corrían entre sus pies.

Hacía poco que había salido el sol. En el poblado, los niños ya se llamaban y se silbaban, y mientras pasaba junto a las casas vio algunos hombres y mujeres descalzos que aprovechaban la fresca para cultivar el huerto. En el extremo del poblado se encontró con Sonámbulo y ambos se detuvieron a conversar como dos terratenientes que se encuentran durante un paseo matinal.

Sonámbulo le hizo preguntas sobre el entierro y la tumba de Makwa. A Chamán no le resultó cómodo responder.

—Cuando ella murió, yo sólo era un niño. No es mucho lo que recuerdo —puntualizó. Pero gracias a la lectura del diario de su padre, pudo comunicarle que la tumba de Makwa había sido cavada por la mañana, y que ella había sido enterrada por la tarde, con su mejor manta. Sus pies habían sido colocados en dirección oeste. Y con ella se había enterrado el rabo de una hembra de búfalo.

Sonámbulo asintió con gesto aprobador.

—¿Qué hay a diez pasos al noroeste de su tumba?

Chamán quedó perplejo.

—No sé, no lo recuerdo.

El hechicero lo miró atentamente. Le explicó que el anciano de Missouri, el que casi había sido un chamán, lo había instruido sobre la muerte de los chamanes. Le había enseñado que fuera cual fuese el sitio en el que es enterrado un chamán, cuatro *watawinonas*, los diablillos de la perversidad, se instalan a diez pasos al noroeste de la tumba. Los *watawinonas* se turnan para estar despiertos: mientras tres diablillos duermen, el cuarto se queda despierto. No pueden hacer daño al chamán, le explicó Sonámbulo, pero mientras se les permite seguir allí, el chamán no puede usar sus poderes para ayudar a los seres vivos que le piden ayuda.

Chamán reprimió un suspiro. Tal vez, si él hubiera crecido creyendo esas cosas, se habría sentido más tolerante. Pero durante la noche se había quedado despierto preguntándose qué estaría ocurriendo con sus pacientes. Y ahora quería concluir su trabajo allí y regresar a casa, con el tiempo suficiente para poder hacer noche en el entrante del río en el que habían acampado en el camino de ida.

—Para ahuyentar a los *watawinonas* —declaró Sonámbulo— tienes que encontrar el sitio en el que duermen y quemarlo.

—Sí. Lo haré —dijo Chamán descaradamente, y Sonámbulo pareció aliviado.

Perro Pequeño se acercó y le preguntó si podía ocupar el sitio de Charlie Granjero cuando se reanudara la vacunación. Dijo que Keyser se había marchado de Tama la noche anterior, poco después de que se hubiera extinguido el fuego.

A Chamán le decepcionó que Keyser no se hubiera despedido, pero asintió y le dijo a Perro Pequeño que le encantaría contar con su ayuda.

Empezaron temprano a poner las vacunas que faltaban. Trabajaron un poco más rápidamente que el día anterior, porque Chamán había adquirido mucha práctica.

Cuando estaban a punto de terminar, un par de caballos bayos entraron en el claro del poblado arrastrando un carro. Keyser llevaba las riendas, y en la parte de atrás del carro viajaban tres niños que observaban a los sauk y los mesquakie con gran interés.

—Si pudiera vacunarlos también a ellos se lo agradecería mucho —dijo Charlie, y Chamán le respondió que sería un placer.

Cuando toda la gente del pueblo y los tres niños estuvieron vacunados, Charlie ayudó a Chamán y a Rachel a recoger sus cosas.

—Algún día me gustaría llevar a mis hijos a ver la tumba de la chamán —dijo, y Chamán le respondió que los recibiría con sumo gusto.

Llevó muy poco tiempo cargar a Ulises. Recibieron un regalo del esposo de Ardilla Trepadora, Shemago —Lanza—, que apareció con tres enormes garrafas de las de whisky llenas de jarabe de arce, que les encantó. Las garrafas iban atadas con el mismo tipo de enredadera con la que Sonámbulo había hecho la serpiente. Cuando Chamán las ató al resto de las cosas que llevaba Ulises, parecía que Rachel y él iban camino de una grandiosa celebración.

Se despidió de Sonámbulo con un apretón de manos y le dijo que regresaría la primavera siguiente. Luego se despidieron de Charlie, de Tortuga Mordedora y de Perro Pequeño.

—Ahora eres *Cawso wabeskiou* —dijo Perro Pequeño.

Cawso wabeskiou, el chamán blanco. Chamán se sintió complacido, porque sabía que Perro Pequeño no sólo estaba usando su apodo.

Muchos los saludaron con la mano, y lo mismo hicieron Rachel y Chamán mientras bajaban por el camino, bordeando el río hasta salir de Tama.

74

El madrugador

Durante los cuatro días posteriores al regreso a casa, Chamán pagó el precio que se exige a los médicos que se han tomado vacaciones. El dispensario estaba cada mañana atestado de gente, y todas las tardes y noches Chamán visitaba a los pacientes que no podían salir, y regresaba a casa de los Geiger a última hora de la noche, agotado.

Pero el quinto día, un sábado, la marea de pacientes disminuyó hasta recuperar la normalidad, y el domingo por la mañana se despertó en el dormitorio de Rachel y se dio cuenta de que podía disfrutar de un descanso. Se levantó como de costumbre antes que los demás, recogió su ropa y la llevó a la sala, donde se vistió sin hacer ruido antes de salir por la puerta principal.

Bajó por el Camino Largo, deteniéndose en el bosque en el que los obreros de Oscar Ericsson habían despejado el terreno para construir la nueva casa y el granero. No era el sitio que Rachel había soñado siendo niña; lamentablemente, los sueños de las niñas no tienen en cuenta los desagües, y Ericsson había estudiado el solar y había dicho que no era apropiado. Se había decidido por un sitio más adecuado, a cien metros de distancia, que, como había dicho Rachel, estaba bastante cerca de sus sueños. Chamán había pedido permiso para comprar el terreno, y Jay había insistido en que era un regalo de bodas. Pero él y Jay se trataban en esos días con cálida y exquisita consideración, y la cuestión se resolvería amablemente.

Cuando llegó al terreno del hospital, vio que el agujero del sótano estaba casi totalmente cavado. Alrededor de éste, los montones de tierra formaban un paisaje de hormigueros gigantescos.

El agujero parecía más pequeño de lo que él había imaginado que sería el edificio del hospital, pero Ericsson le había dicho que el agujero siempre parecía más pequeño. Los cimientos se harían con piedra gris extraída al otro lado de Nauvoo, transportada por el Mississippi en chalanas y trasladada desde Rock Island en una carreta de bueyes, una perspectiva peligrosa que atemorizó a Chamán, pero que el contratista hizo frente con ecuanimidad.

Caminó hasta la casa de los Cole, de la que Alex pronto se marcharía. Luego cogió el Camino Corto, intentando imaginar que era utilizado por los pacientes que llegaban a la clínica en barco. Había que realizar algunos cambios.

Contempló el sudadero, que de pronto estaba en el sitio equivocado. Decidió hacer un detallado dibujo del lugar que ocupaba cada roca plana, y luego recogerlas y reconstruir el sudadero detrás del nuevo granero, para que Joshua y Hattie vivieran la experiencia de quedarse dentro de ese lugar terriblemente caluroso hasta que les resultara imposible no meterse corriendo en las reparadoras aguas del río.

Cuando se volvió hacia la tumba de Makwa, vio que la madera había quedado tan agrietada y desteñida por las inclemencias del tiempo que casi no se percibían los signos rúnicos. Las inscripciones estaban en uno de los diarios, y decidió colocar una marca más duradera y algún tipo de barrera que rodeara la tumba para que no se estropeara. La maleza se había adueñado del lugar. Mientras quitaba los hierbajos que se habían abierto camino entre las matas de azucenas, se sorprendió diciéndole a Makwa que algunos de los suyos estaban a salvo en Tama. La fría ira que había sentido allí, viniera o no de lo más profundo de su ser, había desaparecido. Lo único que sentía ahora era quietud. Pero...

Había algo.

Durante un rato luchó con el impulso. Entonces localizó el noroeste y empezó a caminar desde la tumba, contando los pasos.

Cuando había dado diez, se encontró en medio de las ruinas del *hedonoso-te*. La casa comunal se había deteriorado con el correr de los años, y ahora era un montón bajo y desigual de troncos estrechos y tiras de corteza de árbol enmohecidas, entre las que asomaban hojas de índigo silvestre.

Pensó que no tenía sentido arreglar la tumba, trasladar el sudadero y dejar este antiestético montón. Bajó por el sendero hasta el granero, donde había un recipiente grande con aceite de lámpara. Estaba casi lleno; lo llevó hasta el lugar y lo vació. El material del montón estaba húmedo de rocío pero su varilla de azufre funcionó al primer intento, y el aceite se encendió.

Un instante después todo el *hedonoso-te* se consumía entre saltarinas llamas azules y amarillas, y una columna de oscuro humo gris se elevó en línea recta y luego quedó curvada por la brisa y se deslizó sobre el río.

Brotó súbitamente una acre bocanada de humo negro como un ardiente estallido, y el primer demonio, el que estaba despierto, emergió y desapareció. Chamán imaginó un solitario y furioso grito demoníaco, un sollozo siseante.

Una a una las otras tres criaturas del mal, tan violentamente arrancadas de su sueño, ascendieron como hambrientas aves de rapiña y abandonaron la deliciosa carne; los *watawinonas* se alejaron montados en las alas de rabia tiznada.

Le pareció que de la tumba surgía algo parecido a un suspiro.

Se quedó cerca y sintió los lengüetazos del calor como la fogata de una ceremonia sauk, e imaginó cómo había sido ese lugar cuando el joven Rob J. Cole lo vio por primera vez: una pradera intacta que se extendía hacia los bosques y el río. Y pensó en otros que habían vivido allí, Makwa, Luna y Viene Cantando. Y Alden. Mientras el fuego ardía cada vez más débilmente, cantó para sus adentros: *Tti-la-ye ke-wi-ta-mo-*

ne i-no-ki-i-i, ke-te-ma-ga-yo-se. Espíritus, os convoco, enviadme vuestra bendición.

Pronto todo quedó convertido en una delgada capa de residuos de la que surgían algunas volutas de humo.

Sabía que la hierba volvería a crecer, y que no quedarían huellas del *hedonoso-te.*

Cuando pudo dejar solo el fuego, volvió a llevar el recipiente del aceite al granero y regresó a la casa. En el Camino Largo encontró una ceñuda y pequeña figura que lo esperaba.

Intentaba apartarse de un niñito que se había caído y se había raspado la rodilla. El pequeño cojeaba detrás de ella en actitud obstinada. Estaba llorando, y le caían mocos de la nariz.

Chamán limpió la nariz de Joshua con el pañuelo y le besó la rodilla junto a la herida. Le prometió que se la curaría en cuanto llegaran a casa. Sentó a Hattie con las piernas sobre sus hombros, cogió en brazos a Joshua y echó a andar. Éstos eran los únicos diablillos de todo el mundo que le interesaban, dos diablillos encantadores que le habían robado el corazón. Hattie le tironeaba de las orejas para que caminara más rápidamente, y él trotaba como Trude. Cuando el tirón de orejas fue tan fuerte que sintió dolor, sujetó a Joshua contra las piernas de ella para que no se cayera y empezó a avanzar a medio galope, como Boss.

Un instante después empezó a galopar, a galopar al ritmo de una nueva música magnífica y sutil que sólo él era capaz de oír.

Agradecimientos y notas

Los sauk y los mesquakie aún viven en Tama, Iowa, en tierras de su propiedad. Su adquisición original de ochenta acres aumentó considerablemente. En la actualidad unos 575 nativos norteamericanos viven en tres mil quinientos acres, que se extienden a lo largo del río Iowa. En el verano de 1987 visité el asentamiento de Tama con mi esposa, Lorraine. Don Wanatee, entonces director ejecutivo del Consejo Tribal, y Leonard Oso Joven, un destacado artista nativo norteamericano, respondieron pacientemente a mis preguntas. En sucesivas conversaciones también lo hicieron Muriel Racehill, actual directora ejecutiva, y Charlie Oso Viejo.

He intentado presentar los acontecimientos de la Guerra de Halcón Negro tan ajustados a la historia como me ha sido posible. El jefe guerrero conocido como Halcón Negro (la traducción literal de su nombre sauk, Makataime-shekiakiak, es Gavilán Negro) constituye una figura histórica. El chamán Wabokieshiek, Nube Blanca, también existió. En este libro se convierte en un personaje de ficción después de conocer a la chica que va a convertirse en Makwa-ikwa, la Mujer Oso.

Con respecto a la mayor parte del vocabulario sauk y mesquakie utilizado en esta novela, he confiado especialmente en una serie de publicaciones anteriores del Smithsonian Institution's Bureau of American Ethnology.

Los primeros tiempos de la organización benéfica conocida como Boston Dispensary fueron más o menos como los he descrito. Me he permitido una licencia en el tema de los salarios de los médicos que visitaban a los pacientes en su domicilio. Aunque la escala de salarios es auténtica, la remuneración no comenzó hasta 1842, varios años después de que Rob J. es presentado como asalariado para atender a los pobres. Hasta el año 1842, ser médico en el Boston Dispensary era en cierto modo como ser un interno no retribuido. De todas formas, las condiciones de vida de los pobres eran tan difíciles que los médicos jóvenes se rebelaron. Primero exigieron un salario, y luego se negaron a seguir visitando a los pacientes de los barrios bajos. El Boston Dispensary se instaló entonces en un edificio y se convirtió en una clínica, y los pacientes iban a ver a los médicos. En el momento en que informé sobre el Boston Dispensary —a finales de los años cincuenta y principios de los sesenta, como redactor jefe de temas científicos del antiguo *Boston Herald*—, aquél se había convertido en un famoso hospital-clínica y formaba parte de una sociedad administrativa con la Pratt Diagnostic Clinic, el Floating Hospital for Infants and Children y la Tufts Medical School, así como el Tufts-New England Medical Center. En 1965 los hospitales integrantes quedaron unidos y absorbidos en la actual y prestigiosa institución conocida como New England Medical Center Hospitals. David W. Nathan, ex archivero del centro médico, y Kevin Richardson, del departamento de relaciones exteriores del centro médico, me proporcionaron información y material histórico.

Mientras escribía *Chamán*, descubrí un inesperado filón de datos y de ideas exactamente en mi lugar de residencia, y estoy agradecido a mis amigos, vecinos y a la gente de mi ciudad.

Conversé con Edward Gulick de pacifismo y me habló de Elmira, en el estado de Nueva York. Elizabeth Gulick compartió conmigo sus ideas sobre la Sociedad de los Amigos y me ofreció algunos de sus escritos sobre el culto cuáquero. Don Buckloh, conservador de recursos del Departamento de Agricultura de Estados Unidos, respondió a mis preguntas sobre las primeras granjas del Medio Oeste. Su esposa, Denise Jane Buckloh, la ex hermana Miriam de la Eucaristía, OCD, me proporcionó detalles sobre el catolicismo y la vida cotidiana de una monja en un convento.

Donald Fitzgerald me prestó libros de consulta y me regaló una copia del diario de la guerra civil de su bisabuelo, John Fitzgerald, que a los dieciséis años había caminado desde Rowe, Massachusetts hasta Greenfield, a cuarenta kilómetros de distancia bajando por el Sendero Mohawk, para alistarse en el ejército de la Unión. John Fitzgerald luchó con el 27 de Voluntarios de Massachusetts hasta que fue capturado por los confederados, y sobrevivió en varios campos de prisioneros, incluido Andersonville.

Theodore Bobetsky, un granjero de toda la vida cuyas tierras lindan con las nuestras, me suministró información sobre la matanza de animales. El abogado Stewart Eisenberg habló conmigo del sistema de libertad bajo fianza utilizado por los tribunales del siglo XIX, y Nina Heiser me prestó algunos libros de su colección sobre los nativos norteamericanos.

Walter A. Whitney Jr. me entregó la copia de una carta escrita el 22 de abril de 1862 por Addison Graves a su padre, Ebenezer Graves Jr., de Ashfield, Massachusetts. La carta es un informe de la experiencia de Addison Graves como enfermero voluntario en el buque hospital *War Eagle*, que trasladaba a los heridos de la Unión desde Pittsburgh, Tennessee, hasta Cincinnati. Fue la base para el capítulo cuarenta y ocho, en el que Rob J. Cole presta servicios como cirujano voluntario en el buque hospital *War Hawk*.

Beverly Presley, bibliotecaria de mapas y geografía de la Clark University, calculó la distancia recorrida durante la travesía de los buques hospital históricos y de ficción.

El cuerpo docente del departamento de lenguas clásicas del College of the Holy Cross me ayudó con varias traducciones del latín.

Richard M. Jakowski, doctor en medicina veterinaria, profesor adjunto del departamento de patología del Tufts-

New England Veterinary Medical Center, en North Grafton, Massachusetts, respondió a mis preguntas sobre la anatomía de los perros.

Expreso mi agradecimiento a la University of Massachusetts, en Amherst, por seguir concediéndome prerrogativas de profesor en todas sus bibliotecas, y a Edla Holm, de la Interlibrary Loans Office, de dicha universidad. Doy las gracias a la American Antiquarian Society, en Worcester, Massachusetts, por permitirme acceder a sus colecciones.

Recibí ayuda y materiales de Richard J. Wolfe, conservador de libros raros y manuscritos, y de Joseph Garland, bibliotecario de la Countway Medical Library de la Harvard Medical School, y conté con préstamos a largo plazo de la Lamar Soutter Library de la University of Massachusetts Medical School, en Worcester. También doy las gracias al personal de la Boston Public Library y del Boston Athenaeum por su colaboración.

Bernard Wax, de la American Jewish Historical Society de la Brandeis University, me proporcionó información y trabajos de investigación sobre la Compañía C del 82 de Illinois, «la compañía judía».

En el verano de 1989 mi esposa y yo visitamos varios campos de batalla de la Guerra de Secesión. En Charlottesville, el profesor Ervin L. Jordan Jr., archivero de la Alderman Library de la University of Virginia, me brindó la hospitalidad de esa biblioteca y me proporcionó información sobre los hospitales del ejército confederado. Las condiciones médicas, batallas y acontecimientos de la guerra civil que se narran en *Chamán* están basados en la historia. Los regimientos en los que sirvió Rob J. Cole son ficticios.

Mi fuente con respecto al yiddish fue Dorothy Seay, mi suegra.

Durante gran parte del tiempo que dediqué a escribir este libro, Ann N. Lilly formó parte del personal de la Forbes Library de Northampton y del Western Massachusetts Regional Library System de Hadley, Massachusetts. Me localizó algunos documentos y retiró los libros de ambas instituciones para llevarlos a su casa de Ashfield. También doy las gracias a Barbara Zalenski, de la Belding Memorial Library de Ashfield, y al personal de la Field Memorial Library de Conway, Massachusetts, por su colaboración en la investigación.

La Planned Parenthood Federation of America me envió material sobre la fabricación y el uso de condones durante el siglo pasado. En el Center for Disease Control, de Atlanta, Georgia, Robert Cannon, doctor en medicina, me suministró información sobre el tratamiento de la sífilis durante el período que abarca mi relato, y la American Parkinson Disease Association, Inc., me facilitó información sobre de esa enfermedad.

William McDonald, estudiante de una escuela para graduados, del departamento de metalurgia del Massachusetts Institute of Technology, me informó sobre los metales utilizados para fabricar instrumental durante la época de la Guerra de Secesión.

El análisis de Jason Geiger sobre lo que habría ocurrido si Lincoln hubiera permitido que la Confederación se separara de la Unión sin que hubiera guerra, como se expresa en el capítulo setenta y dos, está basado en la opinión expresada por el fallecido psicógrafo Gamaliel Bradford en su biografía de Robert E. Lee (*Lee the American*, Houghton Mifflin Company, Boston, 1912).

Doy las gracias a Dennis B. Gjerdingen, presidente de la Clarke School for the Deaf, en Northampton, Massachusetts, por permitirme el acceso al personal y a la biblioteca de dicha escuela. Ana D. Grist, ex bibliotecaria de la Clarke School, me permitió tener libros en préstamo durante largos períodos. Estoy especialmente agradecido a Marjorie E. Magner, que pasó cuarenta y tres años enseñando a niños sordos, no sólo por las ideas que me proporcionó sino también por haber leído el manuscrito para comprobar su precisión con respecto a la sordera.

Varios médicos de Massachusetts me han prestado su generosa ayuda en este libro. Albert B. Giknis, doctor en medicina, médico forense del distrito de Franklin, en Massachusetts, me habló detalladamente de la violación y el asesinato, y me permitió consultar textos sobre patología. Joel F. Moorhead, doctor en medicina, director médico de la división de pacientes no internados del Spaulding Hospital, y profesor clínico en medicina de rehabilitación de la Tufts Medical School, respondió a mis preguntas sobre lesiones y enfermedad. Wolfgang G. Gilliar, D.O., director del programa para la medicina de rehabilitación de Greenery Rehabilitation Center y profesor en medicina de rehabilitación de la Tufts Medical School, me habló de la medicina física. El médico internista de mi familia, Barry E. Poret, doctor en medicina, me facilitó información y puso a mi alcance sus libros de medicina. Stuart R. Jaffee, doctor en medicina, urólogo principal del St. Vincent Hospital de Worcester, Massachusetts, y profesor adjunto de urología de la University of Massachusetts Medical School, respondió a mis preguntas sobre litotomía y leyó el manuscrito para comprobar las precisiones sobre el tema.

Expreso mi agradecimiento a mi agente, Eugene H. Winick, de McIntosh & Otis, Inc., por su amistad y entusiasmo, y al doctor Karl Blessing, Geschäftsführer de la Droemer Knaur Publishing Company de Munich. *Chamán* es el segundo libro de una proyectada trilogía sobre la dinastía médica de los Cole. La fe inicial del doctor Blessing en el primer libro de la trilogía, *El médico*, ayudó a que se convitiera en un *bestseller* en Alemania y en otros países, y me alentó enormemente mientras escribía *Chamán*.

En muchos sentidos, *Chamán* fue un proyecto familiar. Mi hija Lise Gordon se ocupó de la edición de *Chamán* antes de que la novela llegara a las manos de la editorial. Es una persona meticulosa, dura incluso con su padre, y maravillosamente estimulante y colaboradora. Mi esposa, Lorraine, me ayudó a preparar el manuscrito y, como de costumbre, me entregó su amor y su apoyo total. Mi hija Jamie Beth Gordon, fotógrafa, alivió mi temor a la cámara durante una sesión especial y muy divertida, mientras me tomaba fotos para la sobrecubierta del libro y para los catálogos de la editorial. Durante el tiempo que dediqué a la escritura del libro, me apoyó con sus notas y postales. Y las frecuentes conferencias telefónicas de mi hijo Michael Seay Gordon llegaban invariablemente cuando yo necesitaba el aliento que él siempre me da.

Estas cuatro personas son la parte más importante de mi vida, y han aumentado, multiplicando al menos por diez, mi alegría por concluir esta novela.

Ashfield, Massachusetts
20 de noviembre de 1991

Índice

TERCERA PARTE
HOLDEN'S CROSSING
14 DE NOVIEMBRE DE 1842

CUARTA PARTE
EL CHICO SORDO
12 DE OCTUBRE DE 1851

QUINTA PARTE
UNA DISPUTA DE FAMILIA
24 DE ENERO DE 1861

SEXTA PARTE
EL MÉDICO RURAL
2 DE MAYO DE 1864

OTROS TÍTULOS
DE LA COLECCIÓN

EL DRUIDA DEL CÉSAR

Claude Cueni

Julio César, acosado por las deudas, aprovecha los desórdenes en la Galia para emprender una brutal guerra de rapiña y salvar así su propia carrera política. Corisio, un joven celta aspirante a druida, que, junto a su pueblo y Wanda —su bella esclava germana— se ve obligado a huir de tierras helvéticas hacia el océano Atlántico. Tras salir indemne de una espantosa matanza acabará ejerciendo de escriba a las órdenes del César. A partir de este momento, el destino de estos dos personajes tan diferentes se une para siempre. A través de la mirada astuta de Corisio, y con una prosa ágil e impregnada de humor, Claude Cueni presenta un vivo retrato del enfrentamiento entre romanos y celtas, dos filosofías y modelos de civilización opuestos.

EL CAUTIVO

JESÚS SÁNCHEZ ADALID

Luis María Monroy de Villalobos es un joven noble del siglo XVI que crece entre las fantasías que en él despiertan los relatos de caballerías y su deseo de formar parte de las huestes del rey. Por obediencia al codicilo del testamento paterno, el adolescente Monroy irá a servir como paje al legendario castillo de Belvís, un señorío de la familia, con el fin de hacerse caballero a la antigua usanza. Las circunstancias le llevarán a servir a Carlos V. Desde allí emprenderá, con la armada de Felipe II, una de las empresas guerreras más absurdas y catastróficas de la historia, el llamado «desastre de los Gelves».

Sánchez Adalid —autor de *El mozárabe*— retrata el contraste del lirismo, la música y el amor cortés con la prohibición de las novelas de caballerías, la Reconquista, la guerra, el cautiverio y la muerte.

EL ABISINIO

JEAN-CHRISTOPHE RUFIN

Jean-Baptiste Poncet, un joven médico perteneciente a la colonia francesa asentada en El Cairo, es elegido para curar al Negus, mítico soberano abisinio. Poncet, que ignora la trama urdida a sus espaldas, parte hacia Abisinia en compañía de su acólito Juremi, un artista y liberal francés, y el padre Brèvedent, un jesuita que oculta una siniestra ambición de poder. Juntos recorren los desiertos egipcios y las montañas abisinias. Tras cumplir con su objetivo, se trasladan a Versalles. El recibimiento en palacio será muy diferente del esperado y Poncet chocará con el conservadurismo de la corte.

Emocionante libro de aventuras, *El abisinio* recibió el premio Goncourt a la primera novela.